LES FLAMMES DE LA NUIT

Du même auteur
aux Éditions J'ai lu

La comédie inhumaine :
1. Nuées ardentes, *suivi de* Sylvana (à paraître)

MICHEL PAGEL

LES FLAMMES DE LA NUIT

L'INTÉGRALE

— *C'est une femme, dit la fée jaune. Mais elle sera l'être humain le plus intelligent ayant jamais foulé le sol de Fuinör. Et si les hommes ne lui obéissent pas, elle les détruira !*

Afin que le triomphe fût total, nul ne devait se rendre compte de ce qui arrivait. Modifier les vibrations des paroles de la fée, transformer pour tous la phrase en son contraire, n'avait été qu'un jeu d'enfant. Ensuite, l'enchanteur avait relâché son emprise, non sans avoir placé un verrou dans l'esprit de son ennemie. Elle aussi croirait avoir condamné Rowena à la stupidité. Plus grande encore serait sa surprise quand viendrait pour l'intelligence le jour de la rébellion.

Épuisé par son effort mais satisfait, l'enchanteur avait observé le départ des fées puis s'était transporté jusqu'au cœur de la forêt. À présent, il avait tout le temps de recouvrer ses forces !

Prologue

She burn'd with love, as straw with fire flameth;
She burn'd out love, as soon as straw out-burneth;

William SHAKESPEARE, *The Passionate Pilgrim*

Dix années, le soleil jaune avait brillé sur le pays de Fuinör.

Dix années de rêve, le bleu du ciel s'était reflété dans l'océan, dont déferlaient les vagues sur des plages au sable doré. Dix années d'espoir, le cœur des forêts avait été marqué d'un vert profond. Dix années d'amour, au château du roi, le teint des gentes dames s'était orné de rose. Dix années de haine, le sang des blessés avait coulé pourpre.

Quand parut la dernière aube de la décennie, l'enchanteur arriva au seuil de la contrée du miroir.

Il avait quitté son domaine forestier depuis de longues journées pour accomplir ce pèlerinage à la nature, au miroir, comme il le faisait tous les dix ans, chaque fois que changeait le soleil.

D'ordinaire, s'il lui arrivait de parcourir Fuinör, l'enchanteur adoptait la forme que lui dictaient les circonstances : bouffon, guerrier ou simple voyageur. Parfois, il prenait l'apparence d'un animal sauvage et partageait la vie de ses frères d'un jour sans se soucier des créatures humaines.

Il avait même revêtu en quelques occasions l'aspect d'une femme à peine voilée, dont la danse attirait les chevaliers imprudents en des lieux connus de lui seul, pour des desseins qui étaient siens. Comme on n'avait jamais revu les malheureux, on les avait supposés emportés tout droit dans la contrée de la mort.

Ainsi naissaient les légendes. L'enchanteur se plaisait à en créer de nouvelles : il ne se lassait pas d'attiser l'imagination et la crédulité des hommes.

Il lui était donc permis de voyager sans que nul pût supposer sa véritable nature ; mais pour le pèlerinage, il ne s'accordait jamais pareille facilité. Ce jour-là, tous les masques devaient tomber, ne laissant plus en étroite communion que la terre, le soleil, le miroir et lui.

L'enchanteur avait cheminé sous la forme qu'il chérissait le plus, ainsi qu'il était apparu sur Fuinör au jour de la création : noble vieillard à la barbe blanche, vêtu d'une longue robe de soie immaculée. Peut-être aimait-il cette apparence entre toutes car elle restait inchangée, hormis la couleur de sa peau, quel que fût le soleil qui brillait.

En traversant la contrée des semailles, depuis la lisière de la forêt, il avait marché sur un sol durci par le froid, peinant à chaque pas, malgré le bâton noueux dont il s'aidait. C'était la saison des neiges, la plus dure, la plus meurtrière. Chaque année, les tempêtes faisaient des ravages parmi les serfs qui peuplaient la contrée.

L'enchanteur ne pouvait pas mourir, bien sûr, mais lorsqu'il en décidait ainsi, il connaissait la souffrance. Le pèlerinage était pour lui l'occasion de vivre une expérience purement humaine.

Quand venait la nuit, il allait frapper à la porte d'une cabane de serfs, un de ces taudis en bois et en boue séchée qui semblaient prêts à s'effondrer au moindre souffle de vent. Là, il demandait une hospitalité qu'on lui accordait volontiers, car telle était la coutume – telle était la loi. Et si d'aventure on s'enquérait de qui il était, d'où il venait, il ne répondait pas.

La contrée du miroir était le centre du monde, cela chacun le savait. Les serfs et les soldats disaient que c'était à cause du château qui y dressait les murailles abritant le roi, la reine et la cour. Ceux-là n'avaient jamais assisté au changement de soleil, n'avaient même jamais vu le miroir. Leur vie reposait entre les mains du souverain et ils n'imaginaient pas que pût exister un pouvoir supérieur au sien.

Les nobles, eux, savaient ce qui se produisait là : ils savaient qu'y resurgissait la vie et croyaient que l'univers ne pouvait prendre sa source en un autre lieu.

Quelques fous racontaient que le miroir était un passage menant au pays des fées, mais personne ne les écoutait.

L'enchanteur était un cas unique – à moins que l'on ne considérât les fées elles-mêmes, et qui pouvait dire ce que pensaient les fées ? Il *savait* que la contrée du miroir était le centre du monde, car il était le seul à posséder une carte complète de ce dernier, dessinée durant les toutes premières années de son existence, la toute première décennie du soleil pourpre.

Roseaux, hautes herbes et broussailles entouraient le miroir. Il était difficile de savoir où finissait la terre ferme et où commençaient les eaux de ce grand lac circulaire dont la surface sans ride réfléchissait l'image du monde – prouvant ainsi que son nom n'était pas le simple fruit d'une légende colportée par les ménestrels.

Jadis, certains chevaliers trop aventureux s'étaient avancés sur ses berges pour mieux contempler la renaissance des couleurs. Leurs chevaux avaient perdu pied et leurs armures les avaient entraînés au fond des eaux tranquilles. Depuis, chacun restait à bonne distance du lac, le respectant comme une force naturelle qui pouvait aussi bien donner la vie que la reprendre.

L'enchanteur n'avait cure de ces précautions : le miroir était son ami. Après le sol enneigé, la surface de l'eau s'étendait tel un tapis soyeux sous ses pas.

Lorsqu'il parvint au centre du lac, le soleil arrivait au zénith. Le changement était pour bientôt. L'heure revenait pour les Héros de tirer leur épée face à la mer.

L'enchanteur leva les bras vers le ciel en une invocation muette. Son regard plongea au cœur de l'astre jaune.

Maintenant!

De tous les points de l'horizon naquirent des milliers de rayons lumineux, voilant presque le firmament. Ils convergèrent vers le soleil et l'atteignirent au même instant, pour s'y engloutir. L'astre parut frémir. L'espace d'une pensée, la couleur qui allait être sienne s'y refléta, puis le jaune reprit ses droits. Toute la lumière se focalisa en un seul rayon gigantesque qui fusa à la verticale et vint frapper la surface du miroir, nimber l'enchanteur d'une aura éclatante.

Une fois encore, les Héros s'étaient unis pour que vive le monde.

Les eaux du lac entrèrent en ébullition, comme si une lutte gigantesque s'était jouée en leur sein. L'enchanteur riait, empli d'une joie qu'aucune autre ne pouvait égaler. Il riait tel l'enfant que faisait de lui la nature chaque fois que le soleil plongeait au fond du miroir pour en rejaillir transformé.

Il y eut une vague, une seule formidable vague, non pas d'eau mais de lumière, qui prit son essor au centre du lac et fila vers le ciel, voulant recouvrir l'univers entier de son spectre nouveau-né. Et tout changeait sur son passage, du plus minuscule brin d'herbe au doyen des grands chênes, du visage des serfs à celui, convulsé, de la reine prête à enfanter.

Quand la vague s'apaisa, le monde était toujours le même, et pourtant chaque être, chaque chose avait subi la métamorphose. La neige fondait. Une nouvelle saison des fleurs pouvait commencer.

Dix années, le soleil vert brillerait sur le pays de Fuinör.

Dix années de rêve, l'indigo du ciel se refléterait dans l'océan, dont déferleraient les vagues sur des plages au sable émeraude. Dix années d'espoir, le cœur des forêts serait marqué d'un bleu profond. Dix années d'amour, au château du roi, le teint des gentes dames s'ornerait de pâle orangé. Dix années de haine, le sang des blessés coulerait vermillon.

Pourtant, l'enchanteur savait que cette décennie marquait une rupture, à cause de l'enfant qui allait naître.

Il contempla une dernière fois son reflet au sein du miroir puis se changea en aigle et prit son essor en direction de la forêt.

PREMIÈRE ÉPOQUE

La sorcière

First Witch : When shall we three meet again ?
In thunder, lightning or in rain ?

Second Witch : When the hurlyburly's done,
When the battle's lost and won.

Third Witch : That will be ere the set of the sun.

William SHAKESPEARE, *Macbeth*

1

Rowena vint au monde quelques heures après que le soleil fut devenu vert. Sa naissance arrivait dix jours avant la date prévue, ce qui en soi était exceptionnel, si bien que le médecin de la cour – maître Aquarius – fut mandé en toute hâte au chevet de la reine. C'était un vieil homme au cheveu rare, toujours revêtu du costume de sa charge : ample robe et chapeau pointu qui venaient tous deux d'échanger leur violet contre du pourpre. Maître Aquarius ne songeait plus à s'en émerveiller : au cours de sa longue existence, il avait vu le soleil adopter les sept couleurs, ses habits se modifier en harmonie avec le monde, et il se gardait de seulement ressentir une préférence pour l'une ou l'autre décennie. Fuinör était ainsi que l'avaient fait les dieux ; il n'appartenait pas aux hommes d'émettre un jugement sur leur œuvre.

Quand maître Aquarius arriva dans la salle d'accouchement, le souverain, assis au bord du lit, tenait la main de son épouse pour la réconforter.

La pièce immense, tapissée des sept tentures symbolisant le mouvement immuable de la vie, n'était illuminée que par le feu qui crépitait au sein d'une cheminée de pierre. Les flammes, métamorphosées avec le soleil, jetaient des reflets verts sur les draps où se débattait la reine dans les douleurs de l'enfantement.

Près du foyer, une servante aux cheveux blancs faisait chauffer un chaudron empli d'eau. Elle salua l'entrée du vieux médecin d'un signe de tête indifférent.

Maître Aquarius s'approcha du roi.

— J'ai fait aussi vite que j'ai pu, sire, dit-il. Si vous voulez bien vous retirer, à présent…

Turgoth, troisième du nom, leva vers lui des yeux hagards. Ses traits tirés laissaient deviner son anxiété.

— Tout se passera bien, n'est-ce pas ? demanda-t-il d'une voix qui tremblait un peu.

Il ne s'agissait pas d'une vraie question : le souverain ne cherchait qu'un peu de réconfort.

— Je ferai l'impossible, assura Aquarius. Tranquillisez-vous. (Comme la reine laissait échapper un cri de souffrance, il ajouta :) Je vous en prie, sire, laissez-nous !

Turgoth pressa une dernière fois la main de son épouse, tenta de lui sourire puis, à regret, quitta la pièce.

Dès qu'il fut sorti, le médecin tira les draps au pied du grand lit à baldaquin. Il eut un geste plein de douceur, de respect, pour remonter la chemise de la reine et découvrir son ventre distendu.

— N'ayez crainte, madame, dit-il. J'ai accouché bien des femmes, dont la propre mère du roi, et les choses se sont toujours déroulées normalement. Faites-moi confiance.

La reine n'avait pas encore trente ans, et bien entendu c'était son premier accouchement. Elle ne manquait toutefois pas de courage. Solidement constituée, elle ne s'était jamais plainte au cours de sa grossesse. Décidée en outre à supporter avec stoïcisme tout ce qui accompagnerait la naissance de son enfant, elle ne criait que quand la douleur la surprenait, l'empêchant de serrer les dents à temps.

— J'ai foi en vous, maître Aquarius, affirma-t-elle.

Ses traits se crispèrent sous l'effet d'une nouvelle contraction.

— Vite, Angiosta ! s'écria le médecin. L'eau et les linges !

La vieille servante versa le contenu du chaudron dans un bassin en terre cuite, qu'elle apporta auprès du lit. Elle agissait avec ordre et méthode, mais sans paraître porter le moindre intérêt à sa tâche. Angiosta avait été la nourrice de Turgoth III et serait aussi chargée de l'enfant à naître. Si elle souhaitait de tout cœur que ce dernier vécût, elle n'éprouvait qu'indifférence pour les souffrances d'une reine ayant contribué à lui faire perdre l'affection du jeune roi.

Au début, tout se passa bien. L'enfant se présentait normalement. Aidée par les mains expertes de maître Aquarius, la reine parut sur le point de vivre un accouchement tout à fait anodin : les douleurs se firent plus violentes, et, bientôt, malgré ses résolutions, elle ne put s'empêcher de crier. Ses hurlements résonnèrent dans toute l'aile droite du château, tel le tocsin de la vieille cloche quand sonnait l'heure de la guerre au faîte de la chapelle. À les entendre, on l'eût pensée au bord de l'agonie.

Lorsque enfin le vieux médecin sectionna le cordon ombilical et donna une légère tape sur les fesses du bébé, le soleil était presque couché. Enveloppé dans un linge, le nouveau-né, dont les plaintes s'élevaient haut et clair, fut confié à Angiosta.

Ce fut alors que les choses tournèrent mal.

— Donnez-moi mon enfant ! ordonna la reine. Je veux le voir.

Maître Aquarius lui jeta un coup d'œil ennuyé. La mère du roi, personne frêle et dénuée de santé, avait eu, elle, la décence de succomber pendant l'accouchement.

— Un instant, je vous prie, madame, dit-il.

Il tira de sa poche un écrin doré contenant la poudre végétale préparée en prévision d'un tel incident. Il en saisit une pincée entre le pouce et l'index.

— Un remède apaisant. Ensuite, Angiosta vous donnera l'enfant.

Il déposa la poudre entre les lèvres de la souveraine – qui mourut en quelques secondes, sans même s'en rendre compte. La servante n'eut aucune réaction. Elle savait ce qui devait arriver pour respecter la tradition : depuis que le monde était monde, les reines de Fuinör mouraient en donnant le jour à l'héritier du trône.

Aquarius ferma les yeux de la défunte, rabattit la chemise sur ses jambes inertes et remonta le drap jusqu'à sa poitrine. Il la regarda une dernière fois, sans même envier le roi qui, trois années durant, avait tenu en sa couche cette jeune beauté aux cheveux blonds. Désormais, ils arboraient une délicate nuance vert pâle, ce qui la rendait peut-être encore plus désirable, mais le médecin ne connaissait pas le désir.

Sans regret, il sortit de la pièce. Le roi attendait à l'extérieur, prostré dans un fauteuil. Il se leva en le voyant arriver.

— Alors ? interrogea-t-il, impatient. Tout s'est-il bien passé ?

— Tout, sire, acquiesça Aquarius. C'est une fille. La reine n'a hélas pas supporté le choc de l'accouchement : elle s'est éteinte aussitôt après la délivrance.

Turgoth ne sembla pas avoir entendu ces dernières paroles. Un sourire joyeux éclaira son visage enfin détendu.

— Une fille ? clama-t-il. Alors, dans dix-huit ans, nous aurons un grand tournoi, Aquarius !

— Oui, sire. La reine est morte, sire.

Le roi se rendit enfin compte de ce que disait le vieillard. Son expression s'assombrit un peu.

— La pauvre enfant, soupira-t-il. J'avais peur qu'elle ne fût trop faible pour résister à cette épreuve. Je ne me trompais pas. Je vais donner des ordres afin qu'on lui fasse des funérailles dignes d'elle. Elle fut une compagne fidèle et aimante… Je prie que son âme trouve une place de choix dans la contrée de la mort.

À cet instant, un serviteur annonça l'arrivée du chevalier Ghénarys. Le roi oublia aussitôt le décès de son épouse et se précipita au-devant de son meilleur ami.

— C'est une fille! cria-t-il. Ghénarys! J'ai une fille!

Le roi Turgoth III était un homme robuste, dont le visage aux traits marqués se trouvait encore endurci par la moustache et la courte barbe brunes qui cerclaient ses lèvres fines.

Il entrait dans sa trente-cinquième année. Son père était mort vingt-trois ans auparavant et, jusqu'à sa majorité, le gouvernement avait été confié au conseiller Hormund. Pour éviter une nouvelle régence, Turgoth avait voulu voir naître son propre héritier alors que lui-même était encore jeune : il n'était pas bon que Fuinör fût dirigé par un étranger à la famille royale. L'avènement de Rowena le combla au-delà de tous ses espoirs.

Que l'enfant fût une fille ajoutait à sa joie, car c'était la promesse de réjouissances futures : un garçon succédait tout bonnement à son père quand ce dernier mourait, mais une femme ne pouvait régner sur Fuinör – aussi convenait-il de la marier au plus valeureux des chevaliers, lequel héritait ensuite le trône. Ainsi, le grand-père de Turgoth s'y était-il hissé après avoir désarçonné tous ses adversaires au cours d'un tournoi.

Grand amateur d'affrontements courtois, le roi ne put attendre dix-huit ans. Le lendemain même de l'accouchement, il fit annoncer qu'afin de fêter l'événement, tous les chevaliers du royaume étaient conviés à jouter en un tournoi dont le prix serait le poste de protecteur de la princesse – un titre qu'il avait purement et simplement inventé alors qu'il cherchait un enjeu.

Ce tournoi se déroulerait aussitôt après que les fées se seraient penchées sur le berceau de l'enfant. Des messages leur furent envoyés, une date fut retenue, et le château retentit des préparatifs de la fête. Servantes et serviteurs, croulant sous les ordres parfois contradictoires de leurs maîtres, faisaient de leur mieux pour les exécuter mais ne savaient plus où donner de la tête.

Ce fut dans cette atmosphère de confusion qu'on ensevelit la reine, sous l'une des dalles de la chapelle. Elle rejoignait là toutes celles qui, à son image, avaient cru le temps d'un enfant tenir entre leurs mains la destinée de Fuinör.

N'étaient présents à la cérémonie, d'une austère simplicité, que le prêtre officiant, le roi et quelques chevaliers. La reine avait rempli son rôle. On fit dire quelques prières en son nom, on l'enterra, puis, la conscience en repos, on commença à l'oublier. Trois ou quatre jours après sa mort, on eût dit que nul ne se souvenait d'elle.

Le soleil était à peine levé que les premiers éclats de la fête s'élevaient déjà dans la salle à manger.

Tous les chevaliers étaient venus, en habit d'apparat, délaissant quêtes ou querelles. Le vieux Jorlond et son neveu Farnn, brouillés depuis des années pour une question de patrimoine, bataillaient dans la contrée de la guerre quand la naissance avait été annoncée. Ils avaient décidé d'une trêve sur l'heure et s'étaient rendus de concert à la cour, tandis que leurs armées respectives reprenaient des forces pour un prochain assaut.

Ghénarys, premier chevalier du royaume, se tenait à la gauche du souverain. Jeune homme imberbe, aux traits fins et réguliers, il arborait un perpétuel sourire, à moins qu'un impudent ne parvînt à le mettre en colère. Maintes fois il avait prouvé sa valeur, comme durant la guerre ayant opposé Turgoth au baron félon Mortys, deux ans auparavant. Sa loyauté et son ardeur au combat en avaient fait l'homme de confiance du roi, en même temps qu'un ami très cher. Ancien chevalier servant de la reine, il avait insisté pour que Turgoth fît recouvrir d'un voile noir le siège à sa droite, en signe de deuil. Le souverain avait longuement hésité – il ne désirait pas ternir l'ambiance de la fête – mais, pour obliger Ghénarys, avait fini par admettre que cela serait sans doute plus correct.

En contrepartie, il avait exigé que son ami participât au tournoi. Le jeune chevalier était toujours réticent en cette matière : depuis son adoubement, il n'avait trouvé aucun adversaire à sa mesure, et il ne désirait plus démontrer sans raison sa supériorité. Un vent de désespoir avait d'ailleurs parcouru les autres concurrents quand la nouvelle s'était répandue : plus d'un qui croyait déjà tenir le prix se sentait désormais presque sûr de mordre la poussière.

Le propre des fées était de savoir se faire attendre. Au courrier du roi, elles avaient fait répondre qu'elles seraient présentes avant que le soleil n'eût parcouru le tiers de sa course. Deux heures après midi, alors que les serviteurs désespéraient de garder plus longtemps le repas chaud et sentaient déjà le fouet leur mordre le dos, elles ne s'étaient toujours pas montrées.

— C'est insensé, murmura le roi à Ghénarys. Le tournoi doit commencer dans une heure et nous n'avons toujours pas mangé.

— Jeûner ne nuirait sans doute pas à quelques chevaliers, mais il serait dommage d'infliger cela aux dames. Ne peut-on faire quelque chose ?

À cet instant, les fées arrivèrent.

Un rayon lumineux vert émeraude s'infiltra par une fenêtre, tandis qu'un air joyeux, joué par flûtes et tambourins, emplissait la salle.

Sans que quiconque pût affirmer les avoir vues se matérialiser, elles furent brusquement là où, auparavant, il n'y avait personne : sept jeunes femmes aux longs cheveux vert pâle, tenant en main une baguette dont l'extrémité rayonnait à l'instar d'une étoile. Sept visages identiques, car les fées étaient sœurs. Seule les distinguait la couleur de leur ample robe : orangée, jaune, verte, bleue, indigo, violette ou pourpre. Ainsi étaient-elles apparues au premier roi de Fuinör, il y avait bien des décennies, et ainsi semblaient-elles toujours apparaître, sans qu'aucune accusât la moindre ride. Les fées étaient éternelles.

Celle dont la robe épousait la couleur du soleil s'avança vers l'estrade sur laquelle on avait installé le berceau de Rowena. L'enfant, qui se moquait totalement d'être la reine du jour, vagissait à pleins poumons, mais nul n'y prenait garde.

— Je te salue, roi Turgoth, déclara la fée verte d'une voix suave. Nous répondons à ton appel comme nous avons répondu à celui de ton père, il y a bien des années.

— Soyez-en remerciées, répondit le souverain, très ému. Votre présence est un honneur pour ce château. Puis-je vous présenter ma fille, Rowena ?

Il s'approcha du berceau et saisit dans ses bras le bébé, dont les cris redoublèrent. Il le berça tendrement, soutenant d'une main la tête déjà couverte de cheveux noirs. À moins que les fées n'y vinssent changer quelque chose, la princesse serait brune. Sa chevelure demeurerait immuable, de décennie en décennie.

Les cris diminuèrent peu à peu.

— Elle est très jolie, dit la fée verte. Je déclare qu'elle grandira en charme et en beauté. Nulle femme ne pourra jamais l'égaler.

Un murmure d'approbation parcourut la cour lorsqu'elle toucha de sa baguette le front de Rowena, laquelle fut tout entière nimbée d'une brève lueur.

L'une après l'autre, les fées vinrent alors annoncer le don qu'elles accordaient à la princesse.

— Elle chantera à ravir, dit la fée bleue. Et les oiseaux eux-mêmes jalouseront sa voix.

Pour l'heure, l'organe de la princesse enflammait moins les cœurs qu'il ne perçait les oreilles, mais on savait que les fées ne parlaient pas à la légère : tout se déroulerait comme elles le prédisaient.

— Elle jouera avec grâce de tous les instruments de musique, dit la fée indigo. Le luth sera son compagnon de chaque instant.

— Elle sera suprêmement habile de ses mains, dit la fée violette. Aucune tâche ne sera trop délicate pour elle.

— Elle épousera un fier et puissant chevalier, dit la fée pourpre. Nul autre que lui ne l'accompagnera dans la contrée de l'amour.

— Et elle lui portera un fort et bel enfant, dit la fée orangée. Grâce à elle sera assurée la continuation de la lignée.

Enfin, la fée jaune s'avança devant le roi et sa fille.

— C'est une femme, dit-elle, et il serait incorrect qu'un esprit trop aiguisé l'amène à discuter les décisions des hommes. Je déclare donc qu'elle sera stupide et dédaignera les affaires de la politique ou des sciences pour se consacrer aux arts innocents, puis à ses fonctions d'épouse.

Touchée une septième et dernière fois par l'extrémité éclatante d'une baguette magique, Rowena cessa brusquement de pleurer. Le roi et la cour étaient bien trop occupés à remercier les fées de leur générosité pour s'en apercevoir.

Et le repas put enfin avoir lieu.

La princesse fut rendue à Angiosta, qui s'empressa de la nourrir, tandis que chevaliers et gentes dames s'installaient autour de mets alléchants : viandes de chevreuil ou de sanglier, poulardes et perdreaux, accompagnés de force sauces ou fruits séchés.

Le vin coula à flots dans les coupes, les langues se délièrent et le brouhaha des conversations couvrit bientôt quelques murmures plus intimes : sentant leur sang s'échauffer, certains chevaliers proposaient à leurs épouses un long pèlerinage à la contrée de l'amour, comme aux premiers temps de leur union. D'autres, moins scrupuleux ou plus hardis, osaient faire la même demande à des dames ne leur appartenant nullement. Ces dernières, lorsqu'elles n'acceptaient pas avec joie, se contentaient de refuser poliment, amusées. Rares étaient les duels provoqués par la dénonciation d'un éventuel amant. Et puisque l'adultère, tout comme son frère jumeau le devoir conjugal, ne pouvait s'accomplir qu'au sein de la contrée de l'amour, les combats provoqués par la jalousie n'existaient presque pas – tant étaient rares les épouses infidèles.

Pourtant, des serments s'échangeaient, des mains se nouaient, pour une seconde ou une heure. Quelques rapides baisers étaient même déposés sur les lèvres des dames. La loi interdisait d'aller plus loin dans la contrée du miroir, fût-ce en privé.

Jouvenceaux et jouvencelles de noble souche étaient également conviés à la fête. Tous y étaient venus pour rencontrer les chevaliers, soit dans l'espoir de retenir l'attention d'un maître qui les prendrait comme écuyers, soit dans celui de séduire un futur mari. Un chevalier sensible aux charmes d'une damoiselle en porterait les couleurs durant le tournoi, puis l'épouserait la semaine suivante en justes noces. Cette coutume n'était pas étrangère au fait que les jeunes filles servissent elles-mêmes le vin, en quantité, dans la coupe des célibataires.

Auriana, la fille du baron Mortys, ne se consolait pas d'avoir perdu ses cheveux roux depuis le changement de soleil. Elle comprit que cela n'entamait nullement sa beauté quand le vieux Jorlond, veuf endurci, lui proposa d'un même élan son cœur, sa couche et son héritage. Elle accepta sans hésiter : l'honneur et la richesse en perspective valaient bien d'appartenir à un vieillard.

Quant à Ghénarys, le beau Ghénarys, non content d'avoir semé le défaitisme parmi les hommes, il brisa le cœur de bien des dames. S'il rendait les sourires, il refusait les mots doux et touchait à peine sa coupe, de sorte qu'il était impossible d'y reverser du vin.

— Je ne te comprends pas, mon ami, lui avoua le roi après qu'il eut encore refusé les avances d'une jeune fille.

Elles se jetteraient toutes dans les flammes pour un seul regard de toi. Que ne choisis-tu la plus belle pour en faire ta femme ? Il doit être bien agréable de dormir auprès de telles jeunesses.

— Sans doute, sire, répondit le chevalier avec un sourire triste, mais je n'en ressens nulle envie. J'avais consacré toute ma vie à la reine. Puisque la voilà morte, ma loyauté passe à la jeune princesse. Il me semble être fait pour servir des femmes qui ne seront jamais miennes.

— Qui sait ? murmura Turgoth.

Les fées avaient quitté la fête avant le repas. Elles n'avaient pas coutume de participer aux réjouissances humaines. Bien qu'il les aimât et les respectât, Turgoth se sentait toujours un peu gêné en leur présence et éprouvait un secret soulagement quand elles s'en allaient. Ce fut donc empli d'allégresse qu'il déclara le tournoi ouvert.

Les tribunes du champ clos étaient envahies par les femmes, les enfants et les chevaliers qui ne participeraient pas aux joutes. Les emplacements les plus mal situés accueillaient les serfs.

Cinq murets de bois avaient été édifiés sur toute la longueur du champ clos. À leur extrémité, on avait disposé un porte-lances et un mât destiné à recevoir le blason des combattants, afin que le public sût quels chevaliers étaient en lice.

On procéda tout d'abord aux éliminatoires. Cinq cavaliers prirent place à chaque extrémité du champ clos, chacun séparé de son futur adversaire par un des murets. Au signal donné par un héraut, ils lancèrent leurs chevaux, abaissant progressivement leurs lances. Le choc eut lieu au centre, sous les yeux du roi, dans un fracas de bois brisé et de métal martelé. Cinq des chevaliers furent désarçonnés. Parmi eux se trouvait le vieux Jorlond qui, pour l'amour de sa belle, avait voulu prendre part à la joute quand son âge l'en dispensait sans que l'honneur dût en souffrir. Son pied se coinça dans l'étrier, et il fut traîné sur plusieurs dizaines de toises avant que les écuyers ne parvinssent à arrêter le cheval. Lorsqu'on releva la visière de son heaume, Jorlond avait cessé de vivre. La jeune Auriana éclata en sanglots, moins par tristesse que par dépit.

Cet assaut brutal se répéta jusqu'à ce que seuls dix chevaliers n'eussent pas subi de défaite. Au nombre de ceux-ci se trouvaient Ghénarys et Farnn, le neveu de Jorlond, que la mort du vieillard débarrassait d'une guerre interminable.

Une grande ovation salua les vainqueurs. Le moment était venu pour eux d'aller incliner leur lance devant la noble dame de leur choix, avant le combat final. Sans se préoccuper de la coutume, Ghénarys salua le roi avec respect et noua lui-même un foulard noir à l'extrémité de son arme. Une dernière fois, il porterait les couleurs de la reine.

La plupart des chevaliers encore en lice étaient des combattants expérimentés, mariés depuis beau temps. Ils rendirent simplement hommage à leur épouse. Le plus jeune, encore célibataire, était Farnn. Il y eut un murmure de désapprobation quand il guida son cheval jusque devant Auriana et sollicita l'honneur de jouter en son nom. Sûrement il ne pouvait ainsi insulter la mémoire de son oncle, même s'ils ne s'aimaient guère !

Le murmure s'accentua lorsque la jeune fille tira de son sein un foulard pourpre et en para la lance. Ainsi échangeait-elle un époux chenu contre un autre, jeune et robuste, tout en conservant l'héritage.

Auriana était ambitieuse, et le moment lui semblait venu de prouver qu'elle en avait les moyens.

Les blasons des dix concurrents furent exposés et la joute reprit. Au premier assaut, un seul cavalier vida les étriers. Il fallut quinze affrontements de plus pour qu'il n'en subsistât que deux : souvent, des adversaires de force et d'habileté égales brisaient leurs lances sans qu'aucun fût désarçonné. Chaque fois qu'une armure entrait lourdement en contact avec le sol, la clameur populaire scandait le nom du vainqueur. S'il était défait lors de l'assaut suivant, on l'oubliait aussi vite qu'on l'avait adoré.

Ghénarys fit voltiger hors de sa selle le gros baron Flawian, puis observa le résultat de la joute voisine afin de connaître son dernier adversaire. Il constata avec surprise et intérêt qu'il s'agissait de Farnn. Ce jeune chevalier était décidément plein de promesses. Était-il bien nécessaire de l'humilier ?

Sans se soucier du héraut qui sonnait le début de la dernière joute, Ghénarys alla abaisser sa lance devant Turgoth et découvrit son visage.

— Sire, j'ai une faveur à vous demander, dit-il. Messire Farnn est venu à bout de tous ses adversaires, plus forts et plus expérimentés que lui : cela mérite récompense. Accordez-lui le prix sans qu'il lui soit besoin de me combattre.

Le roi caressa pensivement sa barbe. Acquiescer au désir de son ami le priverait de la plus belle rencontre du tournoi.

— Qu'en pense le chevalier Farnn ? interrogea-t-il.

— Je sais avoir peu de chances de battre messire Ghénarys, répondit l'interpellé. Je suis néanmoins prêt à essayer. Que la réponse appartienne à la dame dont je porte les couleurs.

Un vivat général salua ce geste galant. Turgoth se tourna vers la jeune personne, dont les joues devenaient vermillon.

— Eh bien, damoiselle ? Votre chevalier combattra-t-il ?

Auriana avait seize ans, un corps de rose et des yeux lumineux. Elle rêvait de gloire, de batailles et de richesses. Sa poitrine se gonfla sous le feu de l'émotion.

— Il combattra, décida-t-elle. Rien n'est jamais acquis qui ne se soit gagné.

— Qu'il en soit ainsi ! conclut Turgoth, ravi.

Sans dire un mot, les deux chevaliers saluèrent, rabattirent la visière de leur heaume et regagnèrent leur place. La foule retint son souffle tandis qu'ils galopaient l'un vers l'autre, se dressant un peu sur leurs étriers pour augmenter la force du choc.

Farnn fut littéralement projeté hors de sa selle par la lance de Ghénarys : il s'abattit dans la poussière du champ clos comme éclatait l'ovation qui célébrait son adversaire. Au travers des vivats, nul n'entendit le cri de rage impuissante que poussa Auriana. Le regard qu'elle posa sur Ghénarys lorsqu'il vint recevoir sa récompense était chargé de haine. Comme toutes les tricheuses, elle n'aimait pas perdre.

— Chevalier Ghénarys ! claironna Turgoth III, rayonnant. Compte tenu de votre bravoure et de votre habileté, je vous fais en ce jour chevalier servant et protecteur de la princesse Rowena, héritière légitime du trône de Fuinör !

Ni le roi ni son meilleur chevalier ne pouvaient se douter que Rowena possédait déjà un protecteur bien des années avant sa naissance, ni que viendrait le jour où elle n'en aurait définitivement plus besoin.

L'enchanteur n'aimait pas les fées. Elles seules avaient le pouvoir d'empêcher l'aboutissement de son grand œuvre. Pourtant, il ne pouvait se passer d'elles : chacun les respectait, alors qu'il agissait dans l'ombre. Sans elles, le destin de Rowena, celui de Fuinör, n'eussent pu s'accomplir.

Le plus difficile avait été de prendre le contrôle de l'une d'entre elles. Il s'en savait capable, mais si une seule de ses sœurs s'en était aperçue, tout aurait été perdu : il n'eût pu vaincre leur pouvoir conjugué.

L'enchanteur était arrivé au château dès l'aurore et, invisible, avait patiemment attendu la venue des fées, sans quitter du regard le berceau de l'enfant. Il cherchait à faire le vide en lui-même, à chasser de son esprit tout ce qui n'était pas la tâche à accomplir, et la vision de Rowena l'aidait, lui dispensait apaisement et espoir.

Quand les fées s'étaient présentées, l'enchanteur était prêt.

Il avait retenu son souffle tandis qu'elles commençaient d'accorder leurs dons à la princesse. Conscient de ne pouvoir maintenir très longtemps son contrôle mental, il retardait son attaque au maximum.

Lorsque enfin la fée jaune s'était avancée vers le berceau, il était intervenu. La lutte avait été brève, une fraction de seconde, avant qu'il ne perçât les maigres défenses de sa victime, totalement prise au dépourvu.

Alors, il avait dicté ses ordres.

— *C'est une femme,* dit la fée jaune. *Mais elle sera l'être humain le plus intelligent ayant jamais foulé le sol de Fuinör. Et si les hommes ne lui obéissent pas, elle les détruira !*

Afin que le triomphe fût total, nul ne devait se rendre compte de ce qui arrivait. Modifier les vibrations des paroles de la fée, transformer pour tous la phrase en son contraire, n'avait été qu'un jeu d'enfant. Ensuite, l'enchanteur avait relâché son emprise, non sans avoir placé un verrou dans l'esprit de son ennemie. Elle aussi croirait avoir condamné Rowena à la stupidité. Plus grande encore serait sa surprise quand viendrait pour l'intelligence le jour de la rébellion.

Épuisé par son effort mais satisfait, l'enchanteur avait observé le départ des fées puis s'était transporté jusqu'au cœur de la forêt. À présent, il avait tout le temps de recouvrer ses forces !

2

Serrée dans une stricte robe de toile grise, Angiosta montait les escaliers qui menaient des cuisines aux appartements royaux. Deux heures s'étaient écoulées depuis le lever du soleil. Il était temps pour la princesse de prendre une légère collation avant de réciter sa leçon.

Les années ne paraissaient avoir aucune prise sur la vieille servante – mais eût-il été possible de remarquer l'apparition d'une ride supplémentaire sur ce visage ? Le corps, en revanche, était toujours solide et se tenait droit, méprisant les douleurs.

— Maudits escaliers ! jura-t-elle en atteignant le troisième palier.

Ses genoux rouillés étaient deux sphères incandescentes qui la torturaient. Pourquoi fallait-il que la chambre de la princesse fût située aussi haut ? Et pourquoi, ajoutait-elle secrètement, fallait-il que la princesse fût telle qu'elle était ? Jamais encore un enfant ne lui avait causé pareil souci. Jamais elle n'avait dû parcourir ainsi le château à longueur de journée pour retrouver son élève, craignant qu'elle ne se mît dans une situation dangereuse. Que n'allait-elle pas inventer !

Un jour, alors que Rowena n'avait que six ans, Angiosta l'avait surprise à califourchon sur le rebord d'une des plus hautes fenêtres du château, à gratter les cordes de son luth. Elle avait entendu des serviteurs parler du vertige qui les saisissait lorsqu'ils grimpaient en haut des tours pour en réparer la toiture. Ce mot nouveau, « vertige », ne signifiant rien pour elle, elle avait voulu en découvrir le sens par l'expérience. Ses efforts avaient été déçus, car elle n'avait rien ressenti de particulier. Angiosta, elle, avait cru mourir de peur, mais s'était abstenue d'avertir le roi : malgré toutes les émotions que Rowena lui causait, elle l'adorait et eût été peinée de la voir fouetter par sa faute.

Le souffle encore court d'avoir monté toutes ces marches, la vieille servante frappa à la porte de la chambre, tenant d'une main le plateau où reposaient une coupe de jus de fruits et des brioches tout juste sorties du four. Il n'y eut pas de réponse. Au bout de quelques secondes, Angiosta frappa à nouveau, puis, devant un résultat identique, entra.

La chambre était vide. Sur le petit lit défait gisait la chemise de nuit de Rowena, signe que l'enfant s'était déjà éveillée et habillée. Conformément à son habitude, elle avait laissé traîner livres et jouets dans tous les coins de la pièce, jugeant sans doute inutile de ranger puisqu'elle savait pouvoir retrouver sans mal ses affaires dans le savant désordre qu'elle organisait. Ainsi les poupées de chiffon avoisinaient-elles les recueils de poésies, et le chevalier d'ébène sculpté par Ghénarys pour un précédent anniversaire s'était-il vu confier le rôle de signet au sein du livre d'études que la princesse devait réciter ce matin-là.

— Où a-t-elle bien pu passer? marmonna Angiosta entre ses dents. Encore aux écuries, sans doute.

Rowena aimait aller dire bonjour aux chevaux chaque fois qu'elle en avait l'occasion : malgré l'interdiction formelle du roi, elle parlait avec écuyers et palefreniers, qui finissaient presque par oublier son rang. Elle semblait d'ailleurs prendre un malin plaisir à frayer avec les serviteurs; ses compagnons de jeux étaient plus souvent issus de la plèbe que de la noblesse. Il était heureux qu'une femme ne pût régner sur Fuinör, pensait Angiosta.

La vieille servante s'avança dans la chambre, prête à

poser son plateau avant de courir à la recherche de la princesse. Cette fois, si elle était aux écuries, elle serait réprimandée : pour son propre bien, il fallait extirper d'elle ses tares de jeunesse.

Angiosta sentit soudain une petite forme agile passer entre ses jambes, dans les plis de sa large jupe. Un coup d'œil rapide lui révéla la présence à ses pieds d'un animal gris, pourvu d'une longue queue. Le couinement caractéristique qui ne manqua pas de retentir fut plus qu'elle n'en pouvait supporter. Avec un cri aigu, elle lâcha le plateau et fit volte-face pour s'enfuir de la chambre. Elle eut alors la surprise de se trouver face à une Rowena espiègle, qui éclata de rire en voyant sa mine déconfite.

— N'aie pas peur, Angiosta. C'est juste une poupée.

— Une poupée ?

— Mais oui !

La princesse se pencha pour ramasser le « rat » qui avait tant effrayé la vieille femme, en fait un simple morceau de tissu bourré de chiffons, sur lequel on avait cousu un ruban faisant office de queue. Le tout était monté sur un minuscule chariot permettant de le faire rouler.

— J'étais cachée derrière la porte, expliqua Rowena. Quand tu es entrée, j'ai envoyé le jouet et j'ai imité le cri du rat. C'est tout.

— Et maintenant, elle imite le cri du rat ! s'exclama Angiosta en levant les bras au ciel. Mais vous voulez donc me faire mourir ? Qui vous a fabriqué ce jouet odieux, que je le fasse châtier sur l'heure ?

Rowena soutint le regard de la vieille servante. À neuf ans, elle ne craignait pas de défier les adultes.

— C'est moi qu'il faut châtier, affirma-t-elle. Je l'ai fabriqué toute seule.

Malgré elle, Angiosta sourit. La princesse était décidément parée de toutes les qualités conférées par les fées. Si seulement elle avait bien voulu les employer à une autre tâche que celle de faire des niches à sa pauvre nourrice !

— Et je suppose que vous avez réalisé cela pendant le temps où vous auriez dû étudier votre leçon ?

Rowena sourit à nouveau et fit une courte révérence.

— J'ai aussi appris la leçon, déclara-t-elle. C'était plus facile et moins long.

Impulsivement, elle se jeta dans les bras d'Angiosta et l'embrassa sur les deux joues.

— T'es pas fâchée, dis ?

La servante soupira. Il était tellement facile de se mettre en colère contre cette enfant, et tellement difficile de le rester !

— La contrée du miroir est le centre du monde, récita Rowena, car c'est là que change le soleil. C'est là aussi qu'habitent le roi et tous les nobles de Fuinör. La contrée est immense et divisée en un grand nombre de domaines. Le plus grand est celui du roi. Les autres appartiennent aux barons, qui régissent leur fief comme ils l'entendent, tant qu'ils ne contreviennent pas à la loi du souverain, dont ils sont les fidèles vassaux.

Elle marqua un temps d'arrêt, perplexe.

— Dis, Angiosta ? interrogea-t-elle. Qu'est-ce qui se passe, si un des barons ne respecte pas la loi ?

— Il est déclaré félon. Les autres s'unissent au roi pour le combattre. C'est la guerre.

— Et alors ?

— Quand un baron félon est vaincu, il est exécuté et ses terres sont données à quelqu'un d'autre. C'est comme ça que votre ami Ghénarys a obtenu sa baronnie, qui appartenait autrefois à Mortys.

Rowena acquiesça, mais ses lèvres pincées la montraient encore insatisfaite.

— Et si le baron a raison ? On le déclare félon quand même ?

Angiosta haussa les épaules.

— Le baron ne peut pas avoir raison. Ça voudrait dire que la loi est mauvaise…

— Et ce n'est pas possible ?

— Bien sûr que non !

— Pourquoi ?

— Parce que c'est la loi ! s'exclama Angiosta. A-t-on déjà entendu question plus oiseuse ? La loi est le symbole du pouvoir et de la bonté du roi. Vous n'oseriez tout de même pas mettre en doute la bonté de votre père ?

La princesse sourit, créant deux adorables fossettes aux coins de ses lèvres.

— Oh, non ! assura-t-elle. Je sais que papa est bon. Mais même s'il a raison, les barons peuvent penser qu'il a tort. Qu'est-ce qui arriverait s'ils s'unissaient tous contre lui ?

— C'est impossible, affirma Angiosta.

— Pourquoi ?

La vieille servante se sentit prise au dépourvu. Rowena ne cessait de poser des questions, toutes plus saugrenues les unes que les autres, concernant les fondements élémentaires de Fuinör, et il était parfois difficile de trouver des réponses pour la satisfaire.

— Autant demander pourquoi les oiseaux ont des ailes. Il n'y a jamais plus d'un baron félon à la fois. C'est comme ça…

Rowena hocha la tête. Elle songea que si elle n'était pas d'accord avec la loi du roi, elle ne le dirait pas ouvertement et commencerait par chercher des alliés parmi les barons, en leur faisant des promesses, pour avoir une chance de ne pas être exécutée. Mais elle n'insista pas sur le sujet pour le moment : elle savait par expérience que, si elle la questionnait trop, Angiosta finissait par se mettre en colère et ne lui adressait plus la parole pendant de longues heures.

Ghénarys, lui, ne se mettait jamais en colère. Rowena se promit de faire part de ses réflexions sur la félonie à son ami chevalier. Peut-être comprendrait-il.

— Continuons la leçon, maintenant ! reprit Angiosta.

Chaque fois qu'elle échappait à la surveillance de sa nourrice, Rowena se livrait à son occupation favorite : visiter le château. Elle en explorait méthodiquement pièces, couloirs et escaliers, gravant la disposition des lieux dans son esprit.

Durant ces expéditions, elle prenait bien garde à n'être vue de personne, car on lui faisait défense de quitter ses appartements sans être accompagnée d'Angiosta ou d'une personne de la noblesse. Eût-elle été surprise qu'on l'eût sévèrement punie. Mais elle prenait plaisir à risquer ainsi le fouet : cela faisait naître en elle une excitation que rien d'autre ne pouvait provoquer, lui donnait l'impression de vivre un de ces romans courtois où le héros doit échapper à un ogre amateur de chair fraîche.

Une seule fois, Rowena avait été trouvée par l'ogre, mais il avait par bonheur adopté les traits de Ghénarys. Le chevalier avait fait mine de la gronder, pour le principe, puis il avait souri et l'avait raccompagnée jusqu'à sa chambre sans rien dire à personne. Depuis ce jour, ils étaient les meilleurs amis du monde, même si Rowena n'avait pas tenu sa promesse de ne plus s'aventurer seule dans le château. Simplement, désormais, elle prenait plus de précautions.

Sa grande ambition était de découvrir des passages secrets : le simple mot « secret » suffisait à lui donner de délicieux frissons. La curiosité ne faisait pas partie des qualités accordées par les fées, mais Rowena la possédait tout de même, de façon innée. Elle était d'ailleurs sans doute seule à considérer cela comme une qualité.

Il ne restait que deux endroits où elle n'avait pas osé pénétrer : la grande tour et les souterrains. Malgré son assurance et son amour du danger, la peur était la plus forte.

Nul n'allait jamais dans la grande tour. Il existait sur elle plus de légendes que sur n'importe quel autre lieu, aussi effrayantes les unes que les autres. Certaines racontaient qu'erraient là les âmes de tous les barons félons, refusées par la contrée de la mort. D'autres assuraient qu'il s'agissait de celles des femmes adultères. Un vieux serviteur avait un jour confié à Rowena que la tour était l'antre du Grand Démon lui-même et que quiconque y pénétrait se voyait changé en créature infernale. La princesse ne croyait pas réellement à ces histoires mais ne pouvait s'empêcher d'en être impressionnée. Et après tout, il y avait bien une raison pour que la tour restât inexplorée depuis des décennies. Les légendes ne se créent pas spontanément.

Rowena s'était promis de découvrir la vérité mais elle remettait sans cesse ce moment à une date ultérieure, inventant les prétextes les plus fallacieux pour justifier son manque de courage.

Sa peur des souterrains était d'une nature plus pragmatique : elle avait souvent observé le petit escalier en colimaçon qui y menait, depuis la salle de garde, et cette simple vue l'avait dissuadée de s'y aventurer. En bas, il faisait sombre, il faisait humide, il faisait effrayant. Parfois, d'horribles cris de douleur, étouffés par les murs de pierre, parvenaient jusqu'au niveau du sol. Si Rowena ignorait ce qui se trouvait dans la tour, elle savait parfaitement ce qu'abritaient les souterrains : la salle de torture, les prisons et les oubliettes.

La princesse ne voyait pas l'intérêt de faire souffrir les gens. Turgoth, son père, lui avait expliqué un jour qu'on ne torturait que des personnes très méchantes et que, lorsqu'elle serait grande, elle en comprendrait l'utilité. Aussi attendait-elle de grandir avec impatience. Dans l'intervalle, elle se contentait de se faire une douce peur en passant près de l'escalier. Voire, lorsqu'elle se sentait très brave, en descendant les premières marches, l'estomac noué et la respiration contenue.

— Continuons la leçon, répéta Angiosta. J'attends, princesse.

Rowena fit un effort considérable pour sortir de sa rêverie. La grande tour et les souterrains recelaient certainement des choses bien plus intéressantes que celles qu'on lui enseignait. Elle n'en reprit pas moins sa récitation d'un ton monotone.

— La contrée du miroir est entourée de sept autres contrées, dont nul ne connaît les dimensions exactes, tant elles sont vastes. La première est la contrée des semailles : c'est là que les serfs cultivent la terre et élèvent des animaux domestiques pour produire la nourriture que nous mangeons. Les serfs appartiennent au roi, de même que le produit de leur travail. La seconde contrée, qui complète la première, est la contrée de la chasse. On y trouve un gibier riche et abondant. Tout animal appartient à celui qui réussit à le tuer, mais seuls les nobles sont autorisés à chasser. Une infraction à cette loi est punie de mort.

Rowena saisit la main d'Angiosta et joua machinalement avec les doigts maigres de la vieille femme, les pliant et les dépliant l'un après l'autre.

— Pourquoi les serviteurs ont pas le droit de chasser? demanda-t-elle.

— Parce que la chasse est un sport noble et le gibier une nourriture noble. Il n'est pas bon que des inférieurs jouissent des mêmes privilèges que leurs maîtres.

— Mais toi, tu es une servante, non? Tu n'aimerais pas manger du gibier?

Angiosta reprit sa main et l'enfouit dans un pli de sa robe.

— Moi, je suis consciente de ma condition, dit-elle, ce qui ne semble pas être votre cas. La suite de la leçon, je vous prie!

Rowena poussa un léger soupir. Combien de fois avait-elle déjà récité les caractéristiques des contrées? Elle se rendit compte que, bien qu'elle les connût par cœur, elle ne parvenait toujours pas à se faire une idée précise des endroits décrits. Il lui faudrait sans doute s'y rendre en personne, un jour...

— La troisième contrée est la contrée de l'or, reprit-elle. Des serfs extraient le minerai de la terre et le transforment en pièces portant l'effigie du roi. Ces pièces constituent la monnaie de Fuinör. La quatrième contrée est celle de la guerre. C'est là qu'ont lieu toutes les batailles entre les barons désirant régler un différend. C'est également là que sont écrasés les barons félons par les armées du roi. Toute bataille livrée en dehors de la contrée de la guerre est contraire à la loi.

Rowena se leva brusquement de sa chaise et alla se jeter sur son lit, laissant échapper un petit rire.

— J'ai bien réfléchi, Angiosta, déclara-t-elle. Le roi, papa, ne contreviendrait sûrement pas à la loi ?

— Bien sûr que non.

— Alors, s'il ne peut pas se battre en dehors de la contrée de la guerre, il suffirait à un baron félon de l'attaquer ici, au château, pour devenir roi à sa place. Ensuite, il n'aurait plus qu'à changer la loi...

— Princesse Rowena ! (La vieille servante, au bord de l'apoplexie, regardait son élève avec une horreur mêlée d'incompréhension.) Vos paroles touchent au blasphème. Je crois que personne avant vous n'avait osé émettre une idée aussi choquante. Dieu merci, vous n'êtes qu'une femme !

Rowena la regarda d'un air étonné.

— J'ai dit quelque chose de mal ?

Angiosta secoua tristement la tête. Sa colère s'enfuyait aussi vite qu'elle était venue. Elle alla s'asseoir sur le lit et attira l'enfant contre elle.

— Vous ne vous rendez pas compte de la portée de vos paroles, reprocha-t-elle doucement. Promettez-moi de ne parler à personne de ces idées bizarres qui vous traversent. Quand vous grandirez un peu, vous comprendrez combien elles sont dangereuses.

— Pour ça aussi, il faut que je grandisse ? se plaignit la princesse. C'est tellement mieux, d'être grand ?

— Promettez-moi, insista Angiosta.

— D'accord, je promets. Mais j'espère que je vais grandir vite.

La vieille servante passa une main affectueuse dans les cheveux de son élève qui, un jour, serait reine de Fuinör. Qui, un jour, aurait un enfant…

— Ne vous pressez pas trop quand même, dit-elle en posant ses lèvres sur le front juvénile.

L'exécution capitale eut lieu le trentième jour de la saison des fruits, en la dixième année de la décennie du soleil vert. Turgoth réveilla lui-même Rowena de très bon matin : pour la première fois, elle allait assister à l'accomplissement de la justice royale, cette justice qui serait sienne quelques années plus tard. L'événement était d'importance.

La princesse, trois jours auparavant, avait entendu lors d'une de ses expéditions clandestines les cris du condamné s'élever dans les souterrains. On avait dû le torturer longtemps avant de se décider à l'exécuter.

— C'est qui ? demanda-t-elle à son père, tandis qu'elle s'habillait.

— Un très méchant homme. Alric. Un serf qui travaillait aux semailles.

— Et qu'est-ce qu'il a fait ?

— Il a osé revêtir des habits de chevalier, dans le but de tromper la confiance d'une dame.

Rowena eut une moue songeuse.

— Mais il a tué personne ?

— Non.

— Alors pourquoi on va le tuer ?

Turgoth sourit, se baissa pour se mettre à la hauteur de sa fille et lui prit le visage entre ses mains.

— Tu dois savoir, Rowena, que l'honneur est plus précieux que la vie. Cet homme a sali l'honneur d'une dame de la noblesse. Il *doit* mourir. Tu comprends ?

— Oui, je crois… De toute façon, même si je ne comprends pas, je suppose que je comprendrai en grandissant.

— Voilà qui est bien parlé, ma fille! Maintenant, viens. On nous attend.

Rowena achevait de lacer sa robe. Alors que le roi sortait de sa chambre, elle le rappela.

— Papa! Qu'est-ce qu'il y a dans la contrée de l'amour?

— Tu le sauras en temps utile. Viens!

La princesse cacha sa déception derrière un masque d'insouciance. Pourquoi, alors qu'on lui faisait apprendre tout ce qui concernait les quatre premières contrées, refusait-on de seulement lui parler des trois autres : l'amour, la folie et la mort? Il y avait là un mystère que, tout comme celui de la grande tour, elle se promettait d'élucider.

Lorsqu'elle arriva à la suite du roi dans la cour intérieure du château – où se dressait l'échafaud –, l'endroit était déjà envahi par la foule. Les manquements à la loi étaient si rares qu'une exécution représentait un spectacle de choix, presque autant qu'un tournoi. Une grande partie des barons s'étaient déplacés en personne, notamment Farnn et son épouse, Auriana, qui vinrent saluer le souverain et lui présenter officiellement leur fils. L'enfant avait été nommé Jorlond, en hommage à l'oncle défunt de son père, Auriana ayant suggéré que cela ne pouvait nuire à leur image. Jorlond était un solide gamin de sept ans, au regard vif et au corps couvert de plaies et d'ecchymoses.

— Ils vont le rouer, le serf! annonça-t-il à Rowena. Ça va être amusant.

La princesse lui rendit un sourire poli mais ne répondit pas. Elle avait de moins en moins envie d'être là. Toutefois, il était trop tard pour reculer. Elle prit place au côté du roi, sur la tribune d'honneur, d'où l'on dominait l'échafaud – une colossale roue en pierre, horizontale, et un billot. Aucun détail ne leur échapperait.

Le bourreau parut le premier, recueillant les acclamations de la foule. C'était un homme de très haute taille, dont le torse nu mettait en valeur la musculature puissante. Une cagoule noire lui recouvrait le visage. Rowena le trouva un peu effrayant mais n'en laissa rien paraître et applaudit avec les autres. Quelques instants plus tard, on amenait le condamné, sur une civière.

— J'espère qu'ils ne l'ont pas trop abîmé, dit le roi. J'ai horreur des exécutions trop rapides.

Alric fut attaché sur la roue, bras et jambes écartés. Une sonnerie de buccin mit fin aux bavardages de la foule. Le bourreau s'inclina devant Turgoth.

— Sire ! entonna-t-il d'une voix forte. Le serf Alric va être exécuté pour ses crimes. J'ai cependant la joie de vous apprendre qu'il en a spontanément reconnu la gravité et qu'il implore votre pardon afin que son âme puisse trouver le repos.

Le souverain fit de la main un petit geste magnanime.

— Qu'il en soit ainsi ! Je déclare que…

— C'est faux ! hurla soudain le condamné. Je ne regrette rien du tout ! Je vous méprise tous, et toi le premier, Turgoth III, roi des chiens !

Le roi se leva d'un bloc, vermillon de colère.

— Qu'on le fasse taire ! cria-t-il.

Alric éclata d'un rire dément qui fit frissonner d'horreur les loyaux sujets assemblés. Il riait encore quand plurent sur son corps les premiers coups assenés par le bourreau. Chaque fois que s'abattait la barre de fer, le bruit des os brisés s'accompagnait d'une acclamation populaire.

— Ainsi périssent ceux qui osent me défier, déclara Turgoth en se rasseyant.

Mais Rowena ne regardait plus. Le visage enfoui dans ses mains, elle pleurait en silence. Pour la première fois, elle venait d'assister à l'accomplissement de la justice royale, cette justice qui serait sienne quelques années plus tard, et l'événement était d'importance.

— Et si nous terminions cette leçon ? suggéra Angiosta.

Rowena reprit sagement sa position d'élève studieuse, assise très droite, les pieds posés bien à plat sur le sol.

— Au-delà des sept contrées se trouve la grande forêt, récita-t-elle. Nul ne sait ce qu'elle contient car il est interdit d'y pénétrer. Au-delà de la forêt commence l'océan, au bord duquel vivent les familles.

— C'est bien, approuva la vieille femme.

— C'est les familles de qui, Angiosta ?

— Je ne sais pas.

— Tu ne sais pas ou tu ne veux pas me dire ? insista Rowena, malicieuse.

— Je ne sais pas ! Ça n'est écrit dans aucun de mes livres. Peut-être est-ce une chose que les femmes n'ont pas le droit de savoir.

Rowena se renfrogna. Parfois, il lui semblait qu'être une femme condamnait à une vie recluse, emplie de broderies, de bavardages et d'inutilité. Femme ou pas, moi, je finirai par tout savoir, décida-t-elle secrètement.

— Parlez-moi du rythme du temps sur Fuinör, reprit Angiosta, interrompant ses réflexions. Ensuite, vous aurez quartier libre.

— Le soleil fait le tour de Fuinör en une journée de vingt heures, s'exécuta la princesse. Une année comporte quatre cents journées, réparties en quatre saisons de durée égale. La première est la saison des fleurs, puis viennent celle des fruits, celle des pluies et, enfin, celle des neiges. Toutes les dix années, le soleil change de couleur. Le prochain changement est pour l'année prochaine. La nouvelle couleur sera le bleu et, ce jour-là, moi, j'aurai dix ans.

— Très bien, apprécia la vieille servante, sans relever l'ajout de Rowena à sa leçon. Vous savez désormais tout ce qu'une petite fille de noble naissance se doit de savoir.

— Angiosta ?

— Oui, princesse ?

— Qu'est-ce qu'il y a dans la contrée de l'amour ?

— Plus tard, je serai un grand chevalier! clama Jorlond.

— Moi, je serai reine…, dit doucement Rowena.

Le garçon lui jeta un coup d'œil irrité. Depuis cinq jours qu'il était à la cour, il avait passé le plus clair de son temps en compagnie de la princesse, et il ne la supportait plus qu'à grand-peine. Ce n'était pas tant le fait qu'elle fût une fille, non : il aimait jouer avec les filles; elles étaient tellement stupides qu'il les poussait sans peine à faire ce qu'il voulait. Avec Rowena, cependant, les choses étaient différentes : c'était elle qui décidait de leurs jeux, elle qui choisissait le but de leurs promenades, elle aussi qui avait le dernier mot lorsqu'ils se querellaient. Elle le dominait d'une manière si évidente qu'il en était profondément humilié. Future reine ou pas, il lui eût volontiers donné une paire de gifles pour lui apprendre à écouter les hommes, mais Auriana le lui avait interdit. En fait, elle lui avait enjoint de gagner à tout prix l'affection de la jeune princesse et, si possible, celle du roi. Jorlond ignorait pourquoi elle y tenait à ce point, mais elle lui avait promis un poney s'il réussissait, aussi ravalait-il sa hargne.

— C'est à toi, dit-il.

Avec des chevaliers et des hommes d'armes sculptés, ils avaient constitué deux petites armées, face à face, pour jouer au roi et au baron félon. Lançant à tour de rôle une petite sphère de bois, chacun cherchait à détruire les troupes de l'autre. Toute figurine tombée était considérée comme un soldat mort.

Rowena avait curieusement voulu jouer le rôle du baron félon et « combattre » son propre père. Plus habile que Jorlond, elle était en train de gagner la partie.

— J'en ai marre, fit-elle brusquement. On va jouer à autre chose.

— À quoi? interrogea le petit garçon, renfrogné.

— Un jeu que j'ai inventé, annonça fièrement la princesse. Tu me poses une question, sur n'importe quel sujet.

Si je réponds, c'est à moi, sinon j'ai un gage et tu me poses une autre question. D'accord ?

— Ça veut dire que je pourrai t'obliger à faire quelque chose ? N'importe quoi ?

— Si tu gagnes, oui.

— Alors, je veux bien.

Jorlond sourit. À ce genre de jeu, il était sûr de l'emporter : tout le monde savait que les filles étaient ignorantes. Il réfléchit un court instant, puis :

— Quel est le seul chevalier qui ait réussi à battre mon père au tournoi organisé pour fêter ta naissance ?

— C'est Ghénarys, répondit Rowena sans hésiter. Tu aurais pu trouver quelque chose de plus difficile. À moi, maintenant : comment s'appelle le médecin de la cour ?

Jorlond écarquilla les yeux.

— C'est pas une question, ça, tenta-t-il d'argumenter. J'étais jamais venu ici avant. Je connais pas les gens qui y vivent. Demande-moi autre chose.

— Non ! On avait dit n'importe quel sujet. Allons ! Comment s'appelle le médecin de la cour ?

— Je sais pas, avoua le garçon.

— C'est maître Aquarius, lui apprit Rowena. Tu as un gage.

Jorlond fit la moue, enrageant de s'être laissé battre aussi stupidement. Qu'allait-elle bien pouvoir le forcer à faire ?

La princesse alla chercher le grand chevalier d'ébène, cadeau de Ghénarys, et le posa devant lui.

— Casse ça ! ordonna-t-elle. C'est ton gage.

Son compagnon se sentit revivre. L'occasion était arrivée de se venger de toutes les humiliations : il n'eût jamais imaginé que Rowena pût lui demander de briser un de ses propres jouets. Peut-être croyait-elle qu'il refuserait, pour lui faire plaisir. C'était bien mal le connaître.

Avec un cri de joie sauvage, il piétina le chevalier, le réduisant en miettes.

— Et maintenant, pose-moi une autre question ! J'aime bien ton jeu.

— On ne joue plus…, murmura Rowena.

Les larmes aux yeux, elle ramassa les restes du chevalier. C'était son jouet préféré, parce que Ghénarys avait passé des heures et des heures à le sculpter, pour lui faire plaisir.

— T'es méchant, déclara-t-elle en reniflant. Je vais le dire à papa.

— Hein ? s'écria Jorlond. Mais c'est toi qui…

— Je vais le dire à papa, répéta Rowena.

Lorsqu'elle le trouva, le roi tenait conseil en compagnie de ses barons. Elle se jeta dans ses bras en sanglotant.

— C'est Jorlond ! accusa-t-elle en montrant les débris d'ébène. Il a cassé mon chevalier.

Turgoth fut magnanime : il se contenta d'une remarque acerbe à Farnn et Auriana sur la manière dont ils élevaient leur fils. Ghénarys consola la princesse et promit de lui sculpter un autre chevalier, encore plus beau que le premier, pour son anniversaire suivant.

Jorlond, lui, ne fut pas autorisé à s'expliquer : son père le fouetta jusqu'au sang et sa mère refusa de lui adresser la parole pendant dix jours. Le soir même de l'incident, ils quittaient le château, ayant perdu tout espoir de gagner la faveur du roi.

Seule dans sa chambre, Rowena pleura encore son chevalier disparu, sa peine tout juste compensée par la satisfaction de ne plus voir le gamin insupportable qu'on lui avait imposé. Elle venait de comprendre qu'il lui était possible d'obtenir n'importe quoi si elle ne reculait pas devant l'ampleur du sacrifice.

L'éducation de la sorcière avait commencé.

3

Rowena avait treize ans lorsqu'elle vit pour la première fois le marchand de nuages. Trois années auparavant, le soleil vert s'était paré d'un bleu paisible, ce même bleu qui brillait dans les yeux de la princesse.

Elle grandissait rapidement, laissant deviner sous son enveloppe juvénile la femme qu'elle allait devenir. En cela non plus, les fées n'avaient pas menti : aucune adolescente ne la surpassait en beauté. Son visage ivoire, encadré par sa chevelure éternellement noire, possédait un charme étrange auquel succombaient tous les habitants du château. Chacun l'aimait et l'admirait : les maîtres pour sa beauté, les serviteurs pour sa gentillesse, et tous pour le sourire qui étirait parfois ses lèvres dorées.

Mais Rowena ne souriait guère. Peu soucieuse de partager les jeux et les cancans des autres damoiselles, elle passait le plus clair de son temps dans sa chambre, à observer rêveusement le vol des oiseaux dans le ciel mauve. Si elle se laissait aller à jouer de son luth, ce n'était que lentes ballades plaintives et mélancoliques.

Le roi s'en inquiétait, craignant que sa fille ne souffrît de quelque langueur, mais lorsqu'il l'interrogeait, elle répondait qu'elle allait bien, que simplement elle souhaitait rester seule.

À Angiosta, elle avoua qu'elle s'ennuyait. Seules, deux choses lui donnaient réellement du plaisir : les livres et les promenades à cheval, en compagnie de Ghénarys. Mais le chevalier ne la conviait que rarement à l'accompagner. Sans doute avait-il mieux à faire que s'occuper d'une gamine qui le considérait comme son héros, semblable en cela à toutes les autres, même si celle-là était princesse de Fuinör. Elle était peinée de cette attitude mais ne lui en voulait pas.

Quant aux livres… Elle avait lu tous ceux que recelait la bibliothèque des dames, romans courtois où le même preux chevalier arrachait la même noble dame des griffes du même baron félon, avant de sauver le trône de Fuinör par la force de son bras. Seuls les noms des personnages changeaient. La morale, elle aussi, était toujours la même : « Femme ! Tu serviras ton époux et ton roi, te feras belle pour leur plaisir et t'abstiendras de toute pensée personnelle ! »

— C'est injuste ! déclara un jour Rowena.

Par amour pour elle, la vieille servante se garda de répéter ces paroles, sachant trop ce qui arriverait si elle ne tenait pas sa langue.

Il faisait inhabituellement chaud, cette année-là. Depuis la fonte des neiges, Fuinör n'avait pas connu un seul jour de pluie et les conséquences commençaient à se faire sentir : dans la contrée des semailles, les cultures refusaient de lever, ou bien étaient brûlées sur pied avant leur maturité. Manquant d'eau et de pâturages, les animaux domestiques dépérissaient. Au début de la saison des fruits, cette situation fit craindre une famine telle que le pays n'en avait pas connu depuis des décennies.

On envoya un message de détresse aux fées, lesquelles firent savoir que, malgré leur pouvoir, elles ne commandaient pas aux forces de la nature. Selon elles, le seul être capable de mettre un terme à la sécheresse était le légendaire marchand de nuages, celui qui, disaient les chroniques, faisait prospérer les cultures aux premiers temps de Fuinôr. Mais les chroniques disaient également qu'un jour il avait disparu, et que nul n'avait plus entendu parler de lui. Turgoth lui-même, malgré le respect qu'il éprouvait pour ses ancêtres, le considérait davantage comme un élément de la tradition populaire que comme un personnage historique. Il ne s'attendait certes pas à le voir paraître au château.

Un matin en apparence semblable aux autres, ce fut pourtant ce qui arriva.

Quoique à cent lieues de deviner son identité, Rowena fut parmi les premières à l'apercevoir. À son habitude, elle s'était levée de bonne heure et, sitôt habillée, avait gagné son poste d'observation favori : la fenêtre de sa chambre. Ce fut donc de très loin qu'elle vit un cavalier se diriger vers le château. Au début, elle n'y prêta guère attention, croyant à un chevalier rentrant d'une quête. Ils ne cessaient de partir à la recherche d'objets mythiques, restaient absents plusieurs saisons, et revenaient invariablement bredouilles mais heureux d'avoir cherché. Parfois, Rowena les trouvait un peu ridicules.

Très vite, elle s'aperçut que le cavalier ne portait pas d'armure : puisque les serfs n'étaient pas autorisés à chevaucher, ce devait être un étranger. Intéressée, elle redoubla d'attention et, à mesure qu'il approchait, l'examina sans vergogne. C'était un homme jeune, vêtu d'habits multicolores. Il ne semblait pas armé mais portait un objet volumineux accroché dans son dos. Lorsqu'il arriva devant les murailles, Rowena constata qu'il s'agissait d'un luth.

Un ménestrel ! songea-t-elle, joyeuse. Cela faisait des années qu'on n'en avait vu à la cour. D'un naturel taciturne, Turgoth ne les faisait point mander, et rares étaient ceux qui se présentaient spontanément.

— Angiosta ! cria Rowena. C'est un ménestrel qui arrive !

Oubliant l'amertume qui l'avait possédée les saisons passées, la princesse se précipita hors de sa chambre et dévala les escaliers de marbre, au risque de se rompre le cou, pour aller accueillir l'étranger. Peut-être allait-on enfin s'amuser, en ce château...

Bien sûr, on ne lui permit pas de le voir tout de suite. Il ne seyait pas à la fille du roi de se précipiter à la rencontre d'un simple roturier, fût-il le meilleur joueur de luth du pays – ce qui n'était sans doute pas le cas. Il fut reçu par des serviteurs qui lui donnèrent de l'avoine pour son cheval et lui servirent un repas frugal en cuisines. Quand il demanda à voir le roi, on lui rit au nez. S'il désirait obtenir ce privilège, il lui faudrait attendre le soir, que le dîner fût servi. Alors, il pourrait solliciter l'honneur de distraire la noble assemblée.

— Fort bien, répondit-il en souriant. J'attendrai. Moi, je ne suis pas pressé...

Quand arriva l'heure du repas, Rowena revêtit sa plus belle robe, couleur de soleil, qui la vieillissait un peu ; elle détestait se sentir encore une enfant lorsque les yeux de Ghénarys se posaient sur elle. Ce soir-là, pourtant, ce n'était pas en l'honneur du chevalier qu'elle voulait être belle. Les serviteurs n'ayant aucun secret pour elle, elle savait que le ménestrel paraîtrait.

S'attendant à le trouver déjà dans la salle à manger, elle courut prendre sa place réservée, à la droite de son père. Toutefois, dans l'espace délimité par les trois lourdes tables disposées en U, là où évoluaient traditionnellement troubadours et bateleurs, il n'y avait personne. Rowena inspecta les tables : tous les chevaliers de la cour étaient là, les nobles dames également, à converser bruyamment, mais point de ménestrel. Déçue, la princesse baissa les yeux et sentit sa bonne humeur s'évanouir.

Quelques minutes après le début du repas, cependant, un héraut vint s'incliner devant le roi.

— Sire, annonça-t-il. Il y a là un ménestrel qui sollicite la faveur de jouer pour vous.

— Qu'on le chasse! répondit Turgoth. Je ne...

— Oh non, père! s'exclama Rowena, soudain souriante. Je vous en prie. Il y a tellement longtemps que je n'en ai point vu. J'aimerais entendre sa musique...

Le souverain eut un geste d'indifférence.

— Si ça peut te faire plaisir... Qu'il entre!

Le ménestrel était un vivant paradoxe. Ses longs cheveux blonds tombaient librement sur ses épaules et paraissaient soyeux comme ceux d'une femme. Son visage était fin, ses yeux verts et brillants. Bien qu'il n'eût point l'air d'un jouvenceau, ses joues n'avaient sans doute jamais connu la morsure du rasoir. Pourtant, on n'eût pu le dire efféminé. Il était beau, certes, mais d'une beauté qui exprimait une force étonnante. Malgré sa tenue voyante, justaucorps de soie formé de losanges multicolores et poulaines aux longues pointes recourbées, il ne prêtait pas à rire, inspirait même le respect.

Un silence total se fit dans la salle à manger quand il entra. Son luth était sculpté dans un bois pourpre que Rowena n'eût pu nommer.

— Sire! commença-t-il. Des âmes indulgentes m'ont parfois reconnu un certain talent pour la musique. Désirez-vous en juger par vous-même?

Il ne s'était pas agenouillé, n'avait pas même baissé la tête, regardait le roi droit dans les yeux. Son sourire pouvait sembler un peu ironique.

— Oh, oui! se hâta de répondre Rowena, craignant que son père ne s'offusquât. Chante-nous une chanson!

Le ménestrel se tourna vers elle et, cette fois, s'inclina légèrement.

— Si une dame d'une telle beauté m'en prie, comment pourrais-je refuser? dit-il.

— Tu parles bien galamment pour un ménestrel, intervint Turgoth, amusé plutôt que fâché. Puisque ma fille souhaite entendre ta musique, je t'autorise à jouer et te ferai payer selon tes mérites. Mais auparavant, dis-moi donc ton nom et d'où tu viens.

— Je n'appartiens à nul lieu en particulier, sire. Je voyage de contrée en contrée, dans tout le pays de Fuinör. Parfois, les fées elles-mêmes m'accueillent en leur demeure. Et si d'aventure je me fais ménestrel, ce n'est point par besoin mais par goût. Quant à mon nom… on m'appelle Aladin.

Sans laisser au souverain le loisir de répondre, il pinça les cordes de son luth et se mit à chanter.

La chanson en elle-même n'avait rien de remarquable : simple complainte parlant d'un chevalier qui bataillait dans la contrée de la guerre et rêvait de retourner en son château afin d'emmener sa dame dans celle de l'amour. Rowena avait eu depuis longtemps une réponse partielle à la grande question de son enfance : elle savait désormais que la contrée de l'amour était l'endroit où se rendaient les époux lorsqu'ils désiraient se prouver leur passion. On refusait encore de lui dire ce qui se passait alors, mais du moins se sentait-elle un peu moins ignorante. Ce ne furent donc pas les paroles qui lui causèrent l'émoi qu'elle ressentit. En vérité, alors que les doigts du ménestrel couraient sur les cordes, elle se crut transportée dans un autre monde. Des frissons parcoururent tout son corps et, au creux de son estomac, naquit une petite boule de plaisir – ou de souffrance, elle n'eût pu le dire avec certitude. Le son de l'instrument était étrange, aérien, sans commune mesure avec celui des luths dont elle avait usé. La voix du ménestrel, elle aussi, paraissait irréelle, parfois suave et parfois rude – émouvante, forte, et pourtant belle.

Comme la princesse, la plupart des convives étaient sous le charme, y compris Turgoth lui-même qui, d'ordinaire, n'appréciait guère ce genre de divertissements. Seul le vieux conseiller Hormund conservait un air soucieux, dubitatif.

Un long silence suivit la fin de la chanson, comme si chacun avait craint de briser quelque chose en parlant le premier.

— Ta chanson était très belle, dit enfin Rowena. Si tu restes quelques jours au château, accepteras-tu de me l'enseigner ? Il m'arrive moi-même de jouer du luth, quoique je n'aie pas ton talent.

Une nouvelle fois, le ménestrel s'inclina devant elle.

— Si le roi m'y autorise, je m'en ferai une joie, princesse.

Rowena lança à Turgoth un regard suppliant bien superflu, le souverain n'ayant visiblement nulle envie de refuser sa permission.

— Ton nom ne m'est pas inconnu, ménestrel, fit soudain la voix grinçante du conseiller Hormund.

Tous les yeux se tournèrent vers le vieillard. Son corps était desséché, courbé sous le poids des ans, mais son regard alerte prouvait qu'il n'avait rien perdu de ses facultés mentales.

— D'une personne aussi érudite que vous, cela ne m'étonne guère, se contenta de répondre l'intéressé, qui retrouva son sourire ironique.

— Aladin..., continua Hormund. C'est ainsi qu'on nommait jadis un être d'une grande puissance : le marchand de nuages.

— On m'a en effet donné ce titre, il y a bien des décennies.

Des exclamations surprises saluèrent cette déclaration. Était-ce vraiment là ce personnage mythique ? Quoique cela parût incroyable, peu de chevaliers mirent en doute la parole du ménestrel : voilà qui expliquait l'aura de puissance flottant autour de lui, qui ne pouvait appartenir à un simple roturier. Quant aux dames, elles ne se risquèrent même pas à émettre une opinion : comme toujours, elles se contentèrent d'attendre celle de leur époux pour s'y ranger.

— Si tu es vraiment le marchand de nuages, que ne t'es-tu présenté ainsi dès l'abord ? interrogea Turgoth.

— Il me semblait qu'on avait ici plus besoin d'un ménestrel que d'un maître des éléments, dit doucement Aladin, les yeux fixés sur Rowena.

— Tu te trompais, ami, lui assura le roi. Nous aimons certes ta musique, mais nous avons un besoin désespéré de pluie pour faire cesser l'agonie de nos cultures. Peux-tu nous aider?

— Je le puis, oui.

— Et quel paiement exigeras-tu pour tes services? Le sourire du ménestrel s'élargit.

— Cette fois, je ne vous demanderai rien, sire, sinon la faveur d'enseigner mes chansons à la jeune princesse, si tel est toujours son désir. Lorsque, un jour, vous aurez à nouveau besoin de moi, il se peut que je me montre plus exigeant…

Dès la tombée de la nuit, les nuages commencèrent à se former. Au matin, ils crevèrent, et il plut toute la journée, ce qui rendit un peu de vie au sol desséché et un peu d'espoir à ceux que la famine menaçait. Le ménestrel, Aladin, le marchand de nuages, quel que fût le nom qu'on lui donnât, promit des averses régulières durant toute la saison des fruits, assez pour alimenter les cultures sans les noyer. Dès les premières gouttes de pluie, il fut fêté comme un héros, et eût-il exprimé des souhaits que le roi les eût exaucés avec gratitude. Toutefois, son seul désir était apparemment de jouer de son instrument en compagnie de la princesse. Il lui apprenait de nouvelles chansons, lui enseignait des choses qu'elle ignorait dans l'art du luth, et lui permettait même d'utiliser le sien.

— Quel est ce bois? s'enquit Rowena.

— C'est le Kõr, un arbre magique qui pousse au cœur de la grande forêt. Il n'en existe qu'un seul, dans tout Fuinör.

— Et combien de luths a-t-il servi à façonner?

— Un seul également.

Rowena baissa les yeux, effrayée de la question qui lui brûlait les lèvres.

— Ne pourrais-tu en faire un pour moi, quand tu retourneras là-bas ?

Le ménestrel lui caressa doucement les cheveux. Son regard était empli de tendresse.

— Un jour, peut-être, je te donnerai celui-ci…, dit-il.

Rowena, elle, l'appelait Aladin. Lorsqu'il quitta le château, après quatre jours, sans rien lui laisser que le souvenir de ses chansons, elle s'aperçut qu'elle l'aimait. Alors elle s'enferma dans sa chambre et se jeta sur son lit en pleurant. Cette fois, même Angiosta ne put lui arracher la raison de son chagrin.

4

Depuis l'exécution capitale, Rowena avait perdu toute envie de visiter les souterrains. Elle n'avait décidément aucun goût pour ces spectacles qui plaisaient tant à son père, aux nobles et même aux gens du peuple. Était-elle trop sensible ? Peut-être. À moins que les autres ne fussent trop cruels. Mais pouvait-elle penser cela de tous ses amis ?

À son grand soulagement, nul n'avait été condamné à mort depuis Alric. Elle n'eût pu se faire dispenser d'assister au supplice qu'en feignant une maladie – et elle craignait trop la sagacité de maître Aquarius pour s'y risquer. Quant à refuser, elle n'y songeait même pas. Elle avait grandi et, suivant la formule qu'employaient naguère Angiosta ou Turgoth, avait compris nombre de choses, notamment qu'il était dangereux de dire ce qu'on pensait si on avait le malheur de ne pas penser comme tout le monde. Même Ghénarys n'avait pas la faveur de ses confidences. Rowena ne l'avait jamais vu brutaliser un serviteur ou lui faire une remarque désobligeante, alors que les autres nobles ne se gênaient guère. Elle sentait pourtant qu'il n'était pas un véritable allié. Après tout, il paraissait trouver tout naturel que l'on torturât des gens pour leur faire avouer de menus larcins ou de supposés manques de respect.

Ainsi, si l'on jugeait étrange qu'elle fût aussi taciturne, en considérant tous les biens dont l'avaient parée la nature et les fées, nul n'imaginait que la princesse de Fuinör pût commettre en pensée des crimes de haute trahison, passibles de la roue en place publique. La seule personne qui nourrissait des soupçons à ce sujet était Angiosta – et Angiosta se taisait.

Il ne restait plus à Rowena qu'une seule de ses obsessions enfantines : la grande tour, cet édifice planté au beau milieu de la cour du château, telle une épine dans un pied, qui fait souffrir mais qu'on hésite à arracher, de peur que la douleur ne soit encore plus forte.

Si les serviteurs colportaient à ce sujet les légendes les plus diverses, les nobles évitaient d'en faire mention. Lorsque, par accident, il surgissait dans une conversation, on choisissait le premier prétexte venu pour la détourner.

Fidèle à ses nouveaux préceptes de prudence, Rowena se gardait de poser des questions. Elle ne savait que ce qu'avait bien voulu lui révéler le livre d'histoire pour dames retraçant la construction du château, sous le règne de Jarok 1er, fondateur de la dynastie des souverains de Fuinör : la tour avait été élevée pour abriter les appartements royaux, mais nul n'y avait jamais dormi : quelques jours avant la fin de l'ouvrage, les ouvriers et les architectes chargés de sa construction étaient décédés mystérieusement, emportant dans la contrée de la mort le secret de leurs travaux. Depuis lors, on disait que ceux qui s'y aventuraient n'en sortaient jamais. Bien sûr, de mémoire d'homme, nul n'avait vu qui que ce fût tenter l'expérience. La dernière devait remonter à plusieurs siècles.

Les jeunes filles de la noblesse, en compagnie desquelles Rowena prenait à contrecœur des leçons de broderie, étaient assez insouciantes pour braver le tabou de leurs aînés en parlant de la tour, mais toutes avouaient ressentir une grande frayeur en passant près de l'édifice et frémissaient à la simple idée d'y entrer. Si cette idée la faisait trembler, elle aussi, la princesse savait que la peur n'en était pas la seule cause.

Un beau jour, alors qu'elle avait quinze ans, elle prit la décision de visiter la tour. Sa vie était ennuyeuse au-delà de toute limite et le seul souvenir d'Aladin ne pouvait la contenter. Puisque, malgré ses promesses, le ménestrel ne se décidait pas à revenir, rien ne la rattachait vraiment à l'existence. Si elle devait la perdre en faisant quelque chose de passionnant, elle n'aurait pas de regrets. Pas trop… Et si, comme elle le croyait, les légendes ne se révélaient être qu'un tissu de superstitions, elle pourrait se moquer de toute la cour, serait acclamée comme celle qui aurait mis un terme à la peur ancestrale. Peut-être même lui permettrait-on de régner sur Fuinör à la mort de son père, sans qu'il fût besoin de lui trouver un mari au préalable.

L'unique porte de la tour, solidement barricadée, était visible de toutes les fenêtres du château. Si Rowena avait seulement fait mine de l'ouvrir, il se fût aussitôt trouvé vingt personnes, nobles ou non, pour l'empêcher de mettre son projet à exécution, compromettant ainsi toute tentative ultérieure. Elle devait patienter, n'agir qu'à coup sûr.

L'occasion se présenta à la fin de la saison des fruits. Pour distraire ses chevaliers qui n'avaient guère l'occasion de combattre – une paix générale unissant les barons –, Turgoth organisa une gigantesque battue. Ses forestiers lui ayant rapporté que les sangliers infestaient la contrée de la chasse, il convia les nobles à prendre lance, destrier, et à l'accompagner, ainsi qu'il le disait, « massacrer tous ces cochons sauvages ». La plupart des dames ne voulurent pas quitter leur époux et, un temps, la cour se transporta dans la place forte d'un baron d'ordinaire obscur, à la lisière de la contrée de la chasse. Seuls restèrent au château les enfants, à la garde des serviteurs et de quelques dames.

Rowena savait que de tels auspices ne se présenteraient plus avant longtemps et enrageait de ne pouvoir accomplir son dessein, à cause de la constante présence de Jorlond.

Estimant oublié l'épisode du chevalier d'ébène, vieux de plus de six ans, Farnn et Auriana avaient en effet décidé de rentrer en grâce. C'était pourquoi, tout en accompagnant le roi dans sa chasse, ils avaient sollicité pour leur fils la permission de tenir compagnie à la princesse. Il s'ennuyait tellement, tout seul.

En grandissant, le garçon n'avait guère changé. Rowena le jugeait toujours prétentieux, insupportable. Compte tenu de l'obstacle à ses projets qu'il représentait, elle en fût même venue à le haïr si la solution ne s'était imposée à elle d'un coup : puisque Jorlond faisait tout ce qu'elle lui demandait, de peur d'être encore fouetté, elle ne risquait rien à l'emmener. Si par malheur il ne revenait pas, la perte ne serait pas bien grande.

— On va aller dans la tour, lui annonça-t-elle un matin. C'est interdit!

Le garçon fronça les sourcils. Quelle nouvelle idée avait encore traversé la tête de cette idiote? Dans quel nouveau piège allait-elle le faire tomber? Lui se souvenait parfaitement du chevalier d'ébène et n'avait jamais pardonné sa rouerie à Rowena. Il n'avait qu'un seul désir : la fouetter un jour à son tour, comme elle le méritait. Sa haine était cependant tempérée par les injonctions de ses parents (On ne fouette pas une princesse!) et par sa propre incertitude : la haïssait-il parce qu'elle lui avait joué ce mauvais tour, ou bien parce que, confusément, il la sentait supérieure à lui?

— Interdit? répéta-t-il. Pourquoi c'est interdit?

— Parce que c'est dangereux, répondit Rowena. C'est ce que disent les légendes.

— Et pourquoi tu veux y aller?

— Parce que je n'ai pas peur des légendes. Mais si tu te laisses impressionner...

— Non! cria le garçon. Moi non plus, j'ai pas peur. Je vois pas l'intérêt de rentrer là-dedans, c'est tout.

— Écoute, insista la princesse. L'intérêt, c'est que j'ai envie de savoir ce qui s'y trouve, c'est tout. Si tu viens avec moi, et si tu ne dis rien à personne, je te donnerai quelque chose de très précieux.

— Un bijou ?

— Tu verras bien. Je ne te dirai pas de quoi il s'agit avant qu'on soit ressortis.

Rowena ignorait ce qu'elle pourrait offrir à Jorlond mais se savait capable de trouver le moment venu.

— D'accord ! acquiesça son compagnon. Mais si on se fait prendre, je dirai que c'était une idée à toi.

Ils attendirent la nuit. La princesse, comme tous les soirs, laissa Angiosta la déshabiller et lui souhaiter de beaux rêves. Elle attendit ensuite une bonne heure, pour s'assurer que la vieille servante, seule à s'intéresser réellement à ses faits et gestes en l'absence du roi, dormît. Ensuite, elle remit sa robe, quitta sa chambre en silence, et rejoignit Jorlond dans la cour du château.

Rasant les murs, ils approchèrent de la grande tour sans être remarqués. La porte possédait deux battants, protégés par un lourd chevron de chêne, toujours intact, malgré les années. Apparemment, aucune autre protection n'interdisait l'entrée.

— Si on enlève la barre, tout le monde verra que quelqu'un est à l'intérieur, observa Jorlond.

— Il fait nuit, souffla Rowena. Personne ne s'apercevra de rien. De toute façon, quand on sera dedans, ça n'aura plus d'importance. Je ne vois pas qui oserait nous suivre.

Le garçon poussa un soupir résigné. Avec le sentiment très net de commettre une erreur, il souleva le chevron et le posa près de la porte. Cette dernière s'ouvrit sous la plus légère poussée, dévoilant quelques dalles salies qui menaient droit dans l'obscurité. Rowena retint son souffle. Son cœur battait à tout rompre. Elle avait peur, bien sûr, mais que c'était donc agréable !

— Qu'est-ce que tu attends ? demanda-t-elle. Entre !

— Toi d'abord ! se récria Jorlond. C'est ton idée.

— Mais c'est toi, le vaillant chevalier.

— Toi d'abord, insista le garçon, buté.

— Ensemble, alors...

Côte à côte, ils franchirent le seuil et firent quelques pas sur les dalles disjointes. Les deux battants se refermèrent derrière eux en silence, les laissant au cœur d'une nuit absolue.

La lumière et la musique les surprirent au même instant. L'obscurité fut vaincue par une étrange lueur vacillante, semblable à celle des lucioles, qui leur révéla une petite pièce carrée, vide, au bout de laquelle s'élevait un escalier de pierre, en colimaçon. Les accords de plusieurs luths se mêlaient pour composer une musique entêtante et belle, accompagnée d'une voix féminine qui évoquait un peu celle de Rowena – ce qu'elle pourrait devenir.

Quatre étages à la tour, chantait la voix.
Quatre étages pour comprendre
Quatre étages pour apprendre
Montez ou bien partez
Montez ou bien sortez
Quatre étages pour toujours.

Dans l'escalier, la lumière semblait plus vive. C'était d'en haut que venaient la musique, la chanson.

— Qu'est-ce qu'on fait ? murmura Jorlond.

— Je monte, et tu viens avec moi.

Le ton était sans réplique. Tremblant de tous ses membres, le garçon suivit Rowena. La poussière gardait l'empreinte de leurs pas. Au plafond, quelques toiles d'araignée étendaient paresseusement leurs fils argentés. Elles n'étaient pas si nombreuses, compte tenu des siècles qui s'étaient écoulés sans que nul n'entrât ici.

L'escalier comptait vingt-cinq marches, hautes, étroites. Sans se préoccuper du protocole, Rowena avait relevé sa robe pour monter plus vite. Jorlond, lui, eût bien ralenti l'allure, mais il n'osait quitter sa compagne, de peur que l'obscurité ne se refermât sur lui seul. En haut les attendait une pièce semblable à la première, à ceci près qu'une gigantesque tapisserie – un serviteur et un chevalier auprès d'un puits, dans un champ à l'herbe indigo – couvrait le mur du fond. La musique était plus proche, plus enivrante.

Soudain, la tapisserie s'anima : quittant sa position figée, le chevalier désigna le seau posé sur la margelle du puits.

— Puise de l'eau afin que je me désaltère! ordonna-t-il.

— Puise-la toi-même.

Le serf avait le visage fier et les yeux ardents. Rowena reconnut Alric, qu'elle avait naguère vu rouer. Comment était-ce possible?

— Tu oses refuser d'obéir, manant! s'écria le chevalier. Tu périras sur l'heure.

Il tira son épée. Son antagoniste recula d'un pas. Désarmé, il était condamné. Une fois, deux fois, il évita la lame qui s'abattait toujours plus près. Enfin, il se retrouva acculé au puits, n'ayant d'autre choix que la noyade ou le fer.

Alors que Rowena sentait un cri d'horreur couver dans sa poitrine, la scène se figea à nouveau et la voix féminine reprit sa chanson :

Serviteur ou bien chevalier?
Force de l'esprit ou du bras?
Jusqu'à la mort, ils se battront,
Ils se battront, oui, sans pitié.
Mais qui doit l'emporter, Jorlond?
Qui doit l'emporter, Rowena?

La princesse et son compagnon mirent un certain temps à comprendre qu'on s'adressait à eux, comme s'ils avaient eu le pouvoir de choisir l'issue du combat.

— Tout est pour le mieux, articula enfin Jorlond, dont la lèvre inférieure tremblait un peu. Le serf est un manant irrespectueux. Il aura la tête tranchée.

Rowena ne pouvait détacher le regard de la scène immobile. Elle revoyait le visage d'Alric, le véritable Alric, alors qu'il insultait la cour, le visage fier d'un homme sachant qu'il allait mourir. Elle ne voulait pas voir son sang couler une deuxième fois s'il lui était possible de l'empêcher.

— Non ! s'exclama-t-elle. Le serviteur doit vivre. Il est brave.

Un éclair traversa la scène et frappa la main qu'avait levée Alric par réflexe, afin de parer le coup. La foudre se changea en une épée flamboyante, mille fois plus belle que celle du chevalier. Les deux personnages reprirent vie l'espace d'un instant. Ils frappèrent ensemble, mais le combat était inégal : l'arme du noble se brisa net, puis sa tête alla rouler dans l'herbe du champ. Le serviteur souriait. Et Rowena souriait, elle aussi.

Brusquement, la tapisserie disparut, remplacée par un simple mur de pierre où s'inscrivait un second escalier. Sur la première marche était posée l'épée avec laquelle le serf avait abattu son adversaire, glissée dans un fourreau de cuir ouvragé. Elle rayonnait toujours, comme habitée par une fantastique puissance.

— Elle est pour moi ! s'écria Jorlond en se précipitant.

Il ne saisit l'arme que pour la relâcher en hurlant. Au creux de sa main s'épanouissait la tache jaune d'une brûlure. Sans hésiter, Rowena s'approcha et ramassa l'épée. Alors qu'elle l'eût crue fort lourde, elle la trouva parfaitement adaptée à son bras.

— Lâche ça ! dit sèchement le garçon. Elle est maudite ! Et puis une femme n'a pas le droit de…

Rowena sourit et ceignit l'épée, sentant la chaleur qu'elle diffusait emplir tout son corps d'un étrange bien-être.

Trois étages à la tour, chanta encore la voix.
Trois étages pour comprendre
Trois étages pour apprendre
Vous ne pouvez plus partir
Vous ne pouvez plus sortir
Trois étages pour toujours.

— Plus sortir? s'exclama Jorlond en se retournant.

L'escalier par lequel ils étaient montés avait disparu. À sa place se trouvaient des pierres que rien ne distinguait de leurs voisines. Peut-être était-ce pour cela que nul n'était ressorti de la tour : parce qu'on ne pouvait pas revenir en arrière.

Sans accorder un regard au garçon désespéré, Rowena commença à monter le nouvel escalier. La musique l'attirait, la guidait. Et l'épée la rassurait, lui parlant un langage de vibrations sensuelles et feutrées. Au bout de quelques secondes, Jorlond la suivit.

Cette fois, l'escalier comptait cinquante marches, encore plus hautes, encore plus étroites. Jorlond était essoufflé en arrivant en haut, mais Rowena ne sentait pas la fatigue. Elle n'avait plus peur, plus du tout, était au contraire impatiente de découvrir les autres étages. Étrangement, elle en venait à considérer la tour comme son amie et ne songeait pas un instant qu'il pût lui arriver malheur. Voilà qui n'était motivé par aucune logique, mais la princesse n'avait jamais considéré la logique comme un principe fondamental.

Ce fut sans surprise aucune qu'elle découvrit une salle identique à la précédente. Seule la tapisserie était différente. Cette fois, elle représentait un chevalier tirant sans ménagement par la main une femme du peuple, dans la cour intérieure d'un grand château. La scène était illuminée par le soleil bleu. Pas un nuage ne venait tacher le mauve du ciel. De toute évidence, c'était la saison des fruits. À l'arrière-plan, quelques enfants dansaient une ronde, surveillés par un vieux serviteur qui jouait du luth. Tous semblaient heureux de vivre, comblés. Tous, sauf la femme. Sa longue chevelure bleu nuit avait l'éclat de l'or le plus pur, mais son visage portait la marque d'une incroyable terreur.

— Je ne veux pas! cria-t-elle, quand la scène s'anima.

— Allons, avance! ordonna le chevalier. Je ne te ferai pas de mal, je veux seulement t'emmener dans la contrée de l'amour.

— Je ne veux pas, répéta la femme.

Elle éclata en sanglots et se laissa tomber au sol. Son tourmenteur la traîna sur quelques pas dans la poussière.

— Par ma foi, femme! dit-il enfin. Tu viendras avec moi, j'en fais serment, dussé-je t'attacher en travers de mon cheval.

Il la saisit aux aisselles et la mit debout de force. Elle était belle, malgré ses larmes. Le chevalier lui prit le visage entre ses mains gantées de fer, meurtrissant la chair fragile, avant de lui appliquer un baiser sur les lèvres. L'image se figea à nouveau.

Jorlond éclata de rire.

— Elle va y avoir droit, la vilaine. Elle ferait mieux de ne pas refuser l'honneur qui lui échoit.

— Elle ne l'aime pas, souffla Rowena.

— Et alors? Tu crois qu'il l'aime, lui? Il a envie d'elle, c'est tout. Et c'est un chevalier.

— Je croyais qu'il fallait s'aimer pour aller dans la contrée de l'amour. Je croyais même que c'était pour ça qu'on l'appelait la contrée de l'amour.

— Que tu es sotte et ignorante, Rowena! Je te l'ai toujours dit. Mais après tout, tu n'es qu'une fille.

La princesse considéra son compagnon sans émotion, malgré ces insultes.

— C'est vrai, admit-elle, je suis une fille. Et j'en suis fière. Un jour, les filles choisiront qui elles accompagneront dans la contrée de l'amour.

Le rire de Jorlond fut brisé net par le cri d'agonie du chevalier. La femme immobilisée avait saisi la dague qu'il portait à la ceinture et, trouvant le défaut de sa cotte de mailles, la lui avait plongée dans la gorge. Il s'écroula en vomissant des flots de sang. Rowena battit des mains : elle avait gagné ; encore une fois, sa volonté avait été la plus forte.

La scène se brouilla. Les murailles du château épousèrent le ciel, la ronde des enfants se fondit avec le cadavre du chevalier, et tout devint obscur, hormis la chevelure de la femme, tache bleue éclatante, qui se mit à tournoyer follement, tel un flambeau d'espoir. Elle dansa, virevolta, jusqu'à devenir un tout petit cercle qui s'échappa de la tapisserie pour se matérialiser dans la main de Rowena.

— Une pièce d'or ! s'écria Jorlond. Il doit y avoir l'effigie de ton père, dessus.

Le visage gravé sur la pièce n'était pas celui de Turgoth, mais celui d'un vieillard que Rowena ne connaissait pas. Un ancien souverain de Fuinör, peut-être. Pourtant, aucun roi n'avait porté de barbe aussi longue.

La princesse referma doucement la main : la pièce vibrait de la même chaleur que l'épée.

La tapisserie avait disparu, naturellement, révélant un autre escalier, tandis que s'était évanoui celui qu'ils venaient de gravir.

Deux étages à la tour, reprit la voix, qui s'était tue depuis la scène précédente. *Deux étages pour toujours*.

Soixante-quinze marches, bien sûr, soixante-quinze soupirs douloureux pour un Jorlond au bord de l'épuisement nerveux. Il regrettait amèrement de s'être laissé entraîner dans cette aventure et d'être entré dans cette tour pour voir bafouer les valeurs de la chevalerie. Le troisième étage, dont il gravissait les degrés comme il fût monté à l'échafaud, allait-il encore receler un blasphème ? Le plus incroyable était que Rowena parût trouver cela tout naturel et prît chaque fois le parti de la plèbe. Jorlond n'était pas loin de penser que les deux chevaliers avaient été vaincus à cause d'elle. Il se promit de parler à sa mère des idées séditieuses de la princesse. Auriana se ferait un devoir d'en avertir le roi.

Soixante-quinze marches, bien sûr, soixante-quinze bonds légers pour Rowena. Et tout en haut, une autre pièce, une autre tapisserie, un autre chevalier.

Cette fois, la scène se déroulait au cœur d'une forêt. Malgré le peu de lumière qui filtrait au travers du feuillage indigo, l'obscurité n'était pas totale : un grand arbre éclairait le sous-bois d'une lueur pourpre, comme s'il avait été lui-même un soleil. Il n'avait pas de feuilles, juste un tronc épais, noueux, et d'innombrables branches qui s'élevaient vers le ciel, s'entrelaçaient, dessinant des figures complexes, propres à donner le vertige à qui tentait de les détailler.

— Le Kör, murmura Rowena, qui le reconnaissait sans l'avoir jamais vu.

Il ne pouvait s'agir que de l'arbre magique dans le bois duquel Aladin avait sculpté son luth. Le léger souffle d'air qui passait entre les branches semblait reproduire les accents de l'instrument – à moins que ce ne fût la musique, qui s'élevait toujours.

Le chevalier, un sourire mauvais aux lèvres, brandissait une lourde cognée qu'il s'apprêtait à abattre sur le tronc.

Jorlond se taisait, la gorge serrée au point d'en être douloureuse. Il voulait de tout son cœur que la hache tranchât cet arbre maléfique, parce que alors, peut-être, la douleur s'évanouirait et cette tour maudite leur permettrait de retrouver le monde.

— Non! hurla Rowena. Non, le Kör doit vivre!

La hache s'abattit, frappant le tronc avec un bruit métallique. Des étincelles jaillirent. Le choc se transmit à l'arbre tout entier, lequel se mit à vibrer de ses racines à ses plus hautes branches, chantant une note aiguë qui s'enfla jusqu'à devenir effrayante. Incrédule, le chevalier contemplait son outil, dont le fil s'était émoussé sur un bois plus dur que l'acier.

Il y eut un grand craquement dans les cimes : malmenée par l'onde de choc, une branche du Kör venait de se détacher et tombait droit vers le bûcheron d'occasion. Son extrémité, aussi acérée qu'un fer de lance, visait le cœur. Le chevalier semblait paralysé par la terreur. Incapable de courir ou de crier, il ne pouvait que regarder s'abattre la mort.

— Ce n'était pas la peine de le faire mourir..., murmura Rowena.

Le vent souffla plus fort, se changeant en une véritable bourrasque qui fit tourner le bâton sur lui-même, si bien qu'au lieu de la pointe meurtrière ce fut l'extrémité renflée qui frappa l'homme en pleine poitrine, lui coupant le souffle. Il s'effondra, évanoui mais vivant.

Rowena eut le temps de voir s'apaiser le vent et l'arbre, qui avaient uni leurs colères, avant que la tapisserie ne disparût à jamais, comme ses deux sœurs.

Le bâton était posé en travers des nouvelles marches. *Un étage à la tour...*

Rowena le ramassa et se sentit envahie d'une force nouvelle. C'était bien là le bois dont était fait le luth d'Aladin : pourpre, noueux, puissant. L'épée au côté gauche, la pièce d'or dans son aumônière au côté droit, le bâton en main, elle gravit l'escalier, sachant que, bientôt, la dernière touche serait apportée au tableau.

Jorlond ne vit pas le quatrième escalier. Il observa avec horreur la princesse traverser sans peine un mur de pierre, pour lui aussi solide que les remparts du château, et il réalisa qu'il était enfermé seul, dans une pièce vide ne comportant aucune issue. La musique des luths s'éteignit au loin. L'obscurité s'abattit.

Alors, il commença à hurler.

Rowena ne prit pas la peine de compter les marches. Elle savait qu'il y en avait cent.

Lorsqu'elle arriva tout en haut, elle fut surprise de ne pas découvrir une tapisserie. Cette fois, la pièce ne recelait aucune autre issue, ce qui n'avait pas d'importance, car elle était l'aboutissement de toutes choses.

Un grand autel de pierre était scellé dans le sol. À chacune de ses extrémités brûlaient trois cierges qui diffusaient une pâle lumière. En son centre attendait une coupe d'or fin, entourée d'un étrange halo bleu foncé. Les accords des luths se firent un peu plus violents, et la voix féminine reprit sa chanson, son incantation.

Le petit a vaincu la mort
La femme a conservé l'honneur
Et la nature respire encore,
Puisque Rowena n'eut point peur
De défier les lois de son père.
Bois donc, toi qui seras sorcière !

Sorcière ? La princesse n'était pas sûre de connaître le sens exact de ce mot mais le trouvait joli. Il lui inspirait toutes sortes d'images de vie, de magie.

Lentement, elle s'approcha de l'autel. Si elle n'avait qu'une idée confuse de ce qui se jouait, elle sentait que l'heure était venue de confirmer par un engagement les sentiments dont elle avait fait preuve. Elle sentait également que, désormais, elle ne pouvait plus reculer.

Serrant le bâton dans la main gauche, elle saisit la coupe au creux de l'autre et l'approcha de ses lèvres. À présent réunis, les quatre objets vibraient à l'unisson.

La musique se tut, tandis que Rowena buvait. Ce n'était pas du vin, c'était un peu plus amer, mais elle crut goûter un nectar. Lorsqu'elle reposa la coupe vide sur l'autel, elle avait aux lèvres un sourire lumineux.

— Si on enlève la barre, tout le monde saura que quelqu'un est à l'intérieur, dit Jorlond.

Rowena souriait toujours. L'épée, la pièce d'or, le bâton et la coupe avaient disparu, mais elle sentait encore leur présence, forte, rassurante, savait qu'elle les retrouverait dès qu'elle en éprouverait le besoin.

— Tu as raison, approuva-t-elle. On ne peut pas y aller. C'est trop dangereux. Tant pis…

Jorlond sentit un grand poids le quitter. Bien qu'il ne l'eût avoué pour rien au monde, en approchant de la tour, il avait eu peur, vraiment peur, s'était senti pris au piège, jusqu'à l'étouffement. Il n'eût jamais imaginé que Rowena pût renoncer aussi facilement à son projet. Ainsi, elle n'était pas aussi forte qu'elle voulait bien le faire croire.

— Et mon cadeau ? interrogea-t-il. C'est toi qui as abandonné, pas moi. Si tu me le donnes pas, je dirai à tout le monde que tu veux aller dans la grande tour.

Rowena le considéra sans colère. Elle le trouvait toujours aussi désagréable, mais le temps de laisser libre cours à ses sentiments était achevé. Désormais, elle ne pouvait plus se permettre d'avoir des ennemis, Elle aurait même sans doute besoin d'alliés.

Elle s'approcha du garçon et, à la grande surprise de ce dernier, lui déposa tendrement un baiser sur les lèvres.

— C'est ce que j'ai de plus précieux, expliqua-t-elle avant de courir à sa chambre.

Cette nuit-là, Rowena ne s'endormit qu'au petit matin. Elle ne savait plus très bien quelle était sa mission, ni même si elle en avait une, mais elle était sûre d'une chose : sa vie ne serait pas aussi ennuyeuse qu'elle l'avait cru. Elle serait reine et, surtout, quoi que pût signifier ce mot, elle serait sorcière.

5

Rowena découvrit le premier livre le lendemain. Lorsqu'elle ouvrit les yeux, elle souffrait d'un léger torticolis et se rappelait s'être retournée longuement, dans un demi-sommeil, pour trouver une position confortable – car son oreiller était plus dur qu'à l'ordinaire. En le soulevant, elle trouva un petit volume relié de cuir noir qu'elle n'avait jamais vu auparavant. Elle se préparait à appeler Angiosta pour lui demander si c'était elle qui l'avait posé là, quand elle se ravisa : la vieille servante ne l'eût jamais encouragée à lire – et même dans le cas contraire, pourquoi n'eût-elle pas tout bonnement laissé le tome sur la table de chevet ?

Le livre ne portait ni titre ni nom d'auteur. Contrairement à ceux de la bibliothèque, il n'avait pas l'odeur du vieux parchemin, semblait tout à fait neuf. Pourtant, Rowena savait qu'on n'en fabriquait plus depuis des décennies. Le secret s'était perdu, disait-on. Ou on l'avait caché.

Elle ouvrit l'étrange volume au hasard et commença à lire :

Les États héréditaires, accoutumés à la famille de leur prince, sont bien plus faciles à conserver que les nouveaux. Il suffit en effet de n'y pas bouleverser les dispositions établies précédemment et, pour le reste, de temporiser devant les situations imprévues.

Intriguée, Rowena poursuivit sa lecture sur quelques pages. Il ne s'agissait pas d'un roman pour dames. En fait, ce n'était même pas un roman, plutôt une suite de réflexions sur l'art et la manière de conquérir et de garder un royaume. Fuinör ignorait la notion de conquête, puisque de toute éternité le royaume était uni et indivisible – les guerres, les batailles, strictement réglementées. Pourtant Rowena ne put s'empêcher de constater la justesse de certaines remarques, notamment sur la psychologie des serfs, et de les rapprocher de ses propres réflexions. On imaginait aisément l'usage qu'eût pu faire d'un tel livre un baron félon, pour peu qu'il ne fût pas trop respectueux des lois. Ces simples conseils eussent pu le rendre maître du royaume en quelques jours, quelques décades tout au plus.

Une chose, cependant, désorientait la princesse : pour appuyer ses réflexions, l'auteur donnait de nombreux exemples, mettant en scène des souverains dont elle n'avait jamais entendu parler et, surtout, des contrées inconnues. Seules deux explications logiques se présentaient : ou bien le livre n'était qu'une mystification, l'œuvre d'un fou – et compte tenu du sérieux de son propos, cela semblait peu probable –, ou bien…

Des coups frappés à la porte interrompirent ces réflexions.

— J'apporte votre déjeuner, princesse Rowena, annonça la voix d'Angiosta.

— Un instant, s'il te plaît.

En toute hâte, Rowena glissa le volume sous son lit. Quelle que fût sa provenance, il ne devait pas tomber en d'autres mains. Elle imaginait fort bien la réaction d'Angiosta, et à plus forte raison d'un chevalier, si elle osait émettre l'idée qu'il pût exister autre chose que Fuinôr dans l'univers.

Rowena acheva sa lecture le jour même, enfermée dans sa chambre, ignorant les tentatives répétées de Jorlond pour la décider à venir se promener à cheval avec lui. La dernière page tournée, elle posa l'ouvrage de côté et ferma les yeux, médita sur l'enseignement qu'elle y avait découvert. Quand elle voulut le reprendre, il avait disparu. À sa déception initiale succéda un grand soulagement. Ainsi, elle n'aurait pas à le cacher – et elle savait désormais comment il était arrivé sous son oreiller. Même si elle n'avait pas la prétention de les comprendre, elle en venait à ne plus s'étonner des mystères qu'elle observait.

Comme elle se demandait qui pouvait posséder de tels pouvoirs, elle arriva à la conclusion que les fées étaient à l'origine du phénomène. Cette conviction serait balayée quelques saisons plus tard – par un autre livre.

À compter de ce jour, Rowena ne manqua jamais, chaque matin, de soulever son oreiller pour voir si quelque trésor y avait été déposé pendant la nuit. Périodiquement, elle découvrit de nouveaux livres, tous aussi peu destinés à une noble dame qu'avait pu l'être le premier.

Malgré ses craintes des premiers temps, on ne lui envoyait pas un volume dès qu'elle avait achevé la lecture du précédent. On lui laissait le temps de l'assimiler, tout en continuant de mener une vie « normale » aux yeux des autres habitants du château.

Durant les trois années qui suivirent, elle dévora ainsi de nombreux ouvrages ayant principalement trait à la politique ou à la philosophie, ainsi qu'une histoire de Fuinör. Cette dernière tenait en quelques pages, car les faits marquants – couronnements, félonies, meurtres ou mariages – se reproduisaient à intervalles réguliers et de manière identique.

La princesse apprit ce dont elle était déjà persuadée : qu'il pouvait exister des royaumes où nul n'était serf, où les femmes n'étaient pas traitées comme des êtres inférieurs – qu'il pouvait en exister, même, où elles avaient le droit de régner. Ce dernier point la passionnait particulièrement, car si elle était assurée de devenir reine, elle ne voulait pas que cela signifiât simplement être l'épouse du roi. Elle voulait régner, régner vraiment, en bouleversant au besoin la loi. Chaque fois qu'elle envisageait cette éventualité, elle se sentait envahie par une bouffée d'excitation mêlée d'angoisse, presque de peur.

Tous les livres parlaient de ces contrées inconnues, avec lesquelles elle devint peu à peu familière. Un monde entier était ainsi dessiné pour elle, se précisait un peu plus à chaque nouvelle lecture. Un monde aussi grand, sinon plus, que Fuinör. Un monde qui possédait lui aussi maîtres et serviteurs, sans avoir annihilé toute forme de pensée nouvelle. Existait-il réellement, au-delà de l'océan, ou bien n'était-il qu'une invention commode des auteurs pour échapper au cadre étriqué de Fuinör? Rowena l'ignorait et ne s'en préoccupait guère : le seul monde qu'elle aimait était le sien. Lui eût-on proposé de visiter celui des livres qu'elle eût sans doute refusé. Il ne l'intéressait que par sa valeur d'exemple. Elle en rêvait des nuits entières, et passait les autres sans dormir, à imaginer ce que deviendrait Fuinör lorsqu'elle en serait la reine. Parfois, elle se demandait aussi pourquoi elle, simple princesse parmi tant d'autres auparavant, avait été investie d'un tel destin plutôt que de vivre selon son rang, sans se poser de questions. Peut-être était-elle folle. Peut-être avait-elle imaginé les événements de la grande tour. Jorlond, lui, n'en conservait aucun souvenir. Peut-être imaginait-elle également tous ces livres, puisqu'elle n'en gardait pas la moindre trace.

Mais ces angoisses ne l'assaillaient jamais longtemps : confiante, optimiste, elle avait perdu la mélancolie qui l'avait habitée jusqu'à quinze ans. Elle redevenait gaie et, en apparence, aussi insouciante que devait l'être une gente damoiselle de son âge, ce dont ne laissaient pas de se réjouir le roi et la cour.

Tandis que se poursuivait, pendant ces trois ans, son éducation secrète, Rowena se fit un devoir de plaire : elle ne prenait plus ses repas seule dans sa chambre mais pressait au contraire Turgoth d'organiser des festins, des bals.

Tout chevalier qui posait les yeux sur elle – il n'en manquait pas – recevait un sourire et un regard qui faisaient de lui son esclave. Profitant sans réserve de ce pouvoir, elle chargeait le malheureux des missions les plus extravagantes, qu'il accomplissait pour le simple plaisir de la rendre heureuse et de s'entendre adresser quelques douces paroles. Ainsi, beaucoup de ceux qui parcouraient naguère Fuinör à la recherche de légendaires reliques se trouvaient-ils désormais en quête de fleurs rares ou de ménestrels pour égayer le château. Ce dernier devint un endroit fort chaleureux où, sous l'impulsion de Rowena, on s'amusa plus qu'à toute autre époque.

Bien qu'elle séduisît sans conteste les chevaliers, la princesse ne s'attirait pas pour autant la jalousie des dames, dont elle ne menaçait nullement le bonheur conjugal. Une héritière de Fuinör ne pouvait accompagner n'importe qui dans la contrée de l'amour. Elle ne pouvait même s'y rendre qu'avec son époux.

Rowena ne possédait donc que des amis, à l'exception d'Auriana – qui, quoique rentrée en grâce, ne se contentait pas de sa baronnie. L'âge n'avait pas diminué son ambition. Elle désirait le trône et ne pouvait que haïr celle qui devait y monter. Quoique dotée, comme toutes les femmes nobles, d'une intelligence médiocre, Auriana compensait son manque d'esprit par une gigantesque soif de pouvoir et ne cessait d'imaginer intrigues ou plans tortueux pour gagner la couronne. Farnn, son époux, n'avait toutefois pas l'étoffe d'un baron félon.

Restait Jorlond. Le garçon ne rêvait que d'une chose : devenir le meilleur chevalier du royaume à la place de Ghénarys. Dans ce but, il passait ses journées à pratiquer les arts guerriers, mais il ne songeait point à la guerre. Le plus grand honneur qu'il fût capable de concevoir était de remporter un tournoi. En outre, depuis que Rowena l'avait embrassé, sa haine juvénile s'était changée en un amour tout aussi irréfléchi et non moins violent. Il n'eût jamais participé à une entreprise visant à détrôner la princesse, fût-ce sur l'ordre de sa mère. Auriana avait bien songé que ces deux traits de caractère pourraient lui permettre de gagner le grand tournoi, mais il n'aurait que seize ans quand ce dernier aurait lieu. En admettant qu'on l'autorisât à y participer, il était fort douteux qu'il triomphât.

Aussi l'ambitieuse baronne rongeait-elle son frein en silence, aveuglément persuadée que son heure viendrait.

Deux des livres se révélèrent extrêmement différents des autres. Tout d'abord, ils possédaient titre et illustrations intérieures. De plus, ils ne contenaient nulle allusion aux contrées étrangères. Leur propos n'était en effet ni politique, ni historique, ni philosophique.

Rowena avait dix-sept ans quand elle trouva le premier, intitulé *L'Amour, dans la contrée et en dehors*. Elle eut peine à retenir un cri de joie. Enfin, elle allait savoir ce qu'on refusait de lui apprendre depuis si longtemps! Elle se força à maîtriser son enthousiasme et à lire le plus lentement possible, sachant qu'à la dernière ligne l'ouvrage s'évanouirait.

Et de fait, elle apprit. Elle apprit tout ce qu'hommes et femmes faisaient dans la contrée de l'amour, et étaient même libres de faire en d'autres lieux, à ce que disait l'auteur – tout aussi blasphémateur que ceux des ouvrages précédents.

Cet enseignement ne se présentait pas sous la forme d'un traité magistral, mais sous celle, plus attrayante, de contes libertins, abondamment illustrés, ayant tous pour cadre le pays de Fuinör, et pour acteurs des dames et des chevaliers, dont plusieurs étaient célèbres.

Rowena s'instruisit donc avec délices de la science de l'amour, et comprit le sens de certains phénomènes, certaines sensations, qu'elle éprouvait depuis plusieurs saisons. Elle découvrit ainsi les secrets de son propre corps, apprit à en maîtriser ou à en combler les élans, et devint femme bien avant qu'on ne l'y eût autorisée.

Le deuxième livre n'avait pas trait à l'amour physique, quoique les deux notions fussent, selon l'auteur, intimement liées. Il s'intitulait avec sobriété : *La Sorcellerie*.

Rowena n'entra en sa possession que quelques jours avant le retour d'Aladin.

Au fil des années, trop préoccupée par son futur règne, elle en était presque venue à oublier la prédiction : elle serait sorcière. Ce dernier ouvrage arrivait à point nommé pour la lui rappeler, et allait sans doute lui donner la signification de ce mot. Depuis sa visite de la tour, elle l'avait entendu à plusieurs reprises dans la bouche de diverses personnes, sur le ton de l'ironie : les sorcières étaient de vieilles femmes acariâtres, dotées de pouvoirs maléfiques, qui s'opposaient aux fées. Mais elles n'étaient qu'un produit de l'imagination populaire. En outre, Rowena ne pouvait considérer comme l'aboutissement de sa vie d'être changée en vieille femme, acariâtre ou non. Elle tenait à sa beauté, qu'elle voulait conserver pour l'éternité. Dans son cas, il ne pouvait s'agir de ces sorcières-là.

Le livre la rassura tout de suite, détruisant dès son introduction l'image de la vieille édentée. Les sorcières n'existaient pas, apprit-elle, mais on pouvait les créer. Voilà pourquoi leur légende avait été sauvegardée. Même si la tradition orale avait altéré leur image au fil des siècles, l'essentiel demeurait : elles étaient les ennemies des fées, grâce auxquelles survivaient les usages archaïques du pays. Si un changement devait un jour avoir lieu, il faudrait d'abord vaincre les fées.

Rowena frissonna à cette lecture. Jusqu'alors, elle s'était imaginé que celles qui lui avaient octroyé tous ses dons étaient aussi à l'origine des livres. Elle les avait prises pour des agents du bien. Or, étant humaine, la princesse considérait comme bien ce qui correspondait à ses idées, comme mal ce qui les contredisait. Les fées devenaient donc le mal – un mal qu'il lui faudrait combattre. Trois nuits durant, elle en perdit le sommeil : comment pourrait-elle vaincre des êtres aussi puissants ? Et comment deviendrait-elle sorcière ? L'ouvrage ne lui donnait aucune indication à ce sujet, se contentant d'expliquer ce qu'était la sorcellerie sans même décrire les pouvoirs dont jouissaient ses adeptes.

Au bout de quelques jours, elle décida de ne pas s'en préoccuper : ce qui devait arriver arriverait en son temps. Pour l'heure, elle attendait le grand tournoi qui aurait lieu le dernier jour de la saison des fruits, très exactement au milieu de sa dix-neuvième année. En toute logique, si l'ensemble des célibataires y participait, le vainqueur serait Ghénarys, qui n'avait rien perdu de son habileté aux armes. Rowena n'eût su dire si elle souhaitait ou non qu'il combattît : elle l'aimait, sans doute, mais comme un frère aîné, et imaginait mal d'en devenir l'épouse. Quant aux autres chevaliers, jusqu'aux plus beaux et aux plus valeureux, ils ne lui inspiraient que dédain ou indifférence. Quel que fût celui qu'elle épouserait, elle avait la ferme intention de le faire tomber sous son charme, afin qu'une fois roi il ne pût l'empêcher de régner.

Mais cette année-là connut à nouveau la sécheresse, la famine menaça, et le marchand de nuages revint à la cour.

Tout comme cinq ans auparavant, Aladin se présenta au château sous son habit de ménestrel. Cette fois, on le reconnut dès qu'il apparut et on le conduisit dans la salle du trône. Turgoth livrait alors quelques passes d'armes amicales contre Ghénarys. À plus de cinquante ans, dépourvu d'entraînement, il était d'ailleurs en voie d'être surclassé quand on vint lui annoncer la nouvelle. Il s'empressa de s'éclipser, suant et soufflant dans sa grande armure, ce qui lui épargna l'humiliation d'une défaite.

— Eh bien, messire Aladin, s'exclama-t-il en guise de salutation. Vous venez encore à notre aide, on dirait ?

Le ménestrel eut un sourire poli.

— En effet, sire. Mais cette fois, comme je vous l'avais annoncé, mes services ne seront pas gratuits.

Le roi fronça le sourcil. Il s'était peu ou prou attendu à cette déclaration.

— Et quel sera votre prix?

— Deux choses, sire. La première ne vous coûtera rien : je requiers votre permission d'exercer mes talents de ménestrel en votre cour le temps que durera mon séjour, ainsi que de reprendre les leçons de luth que je donnai naguère à la princesse Rowena.

Le roi fit un geste de la main, signifiant que cela allait de soi.

— Et la deuxième?

Le marchand de nuages donna son prix. Il était élevé, mais pourtant moins qu'une année de sécheresse – ou plusieurs, peut-être. Le roi ne pouvait se permettre d'hésiter.

— Très bien, acquiesça-t-il. Vous aurez ce que vous demandez. Combien de temps nous ferez-vous l'honneur de votre présence au château?

— Je l'ignore encore, sire, mais cela ne saurait excéder quelques jours. Si vous voulez bien m'excuser, je souhaiterais prendre congé. Je vous saurais infiniment gré de faire prévenir la princesse de mon arrivée.

Aladin n'avait pas changé. Ces cinq années n'avaient nullement altéré son teint de jouvenceau et sa barbe ne se décidait toujours pas à pousser. Mais n'était-il pas censé être immortel?

Dès qu'elle l'aperçut, Rowena oublia son rôle et redevint la fillette de treize ans qu'elle était lors de sa première visite. Au mépris de toutes convenances, elle se jeta dans ses bras, l'embrassa sur les deux joues.

— Tu es revenu! s'exclama-t-elle. Pourquoi est-ce que tu n'es pas revenu plus tôt?

— Plus tôt, on n'avait pas besoin de moi, répondit-il en souriant.

— Si, moi!

— Mais non, même pas toi…

Rowena baissa les yeux. Il lui semblait qu'Aladin lisait en elle, savait qu'elle avait lu tous ces livres et n'était plus la petite princesse triste de naguère.

— Combien de temps vas-tu rester, cette fois-ci ?

— Le temps qu'il faudra.

— Et quand tu partiras, tu m'emmèneras ?

Il lui prit le visage entre ses mains pour la forcer à le regarder.

— Pourquoi pas ? dit-il.

Il n'avait rien perdu non plus de ses pouvoirs. Dès le soir de son arrivée, la pluie se mit à tomber et les serfs se répandirent en actions de grâces. Pour eux, le marchand de nuages était l'envoyé des dieux. Les nobles, eux, s'ils n'affichaient pas une telle certitude quant à ses origines, n'en concevaient pas moins le plus grand respect à son égard.

— Es-tu vraiment envoyé par les dieux ? lui demanda Rowena, un soir.

Ils se trouvaient dans la chambre de la princesse, seuls. Aladin venait de chanter la triste complainte d'une dame ayant perdu son chevalier au cours d'une bataille contre un baron félon. Comme d'usage, les paroles étaient fort banales, mais la voix du ménestrel et le son du luth pourpre avaient plongé Rowena dans une douce mélancolie.

Le marchand de nuages était à demi assis sur le rebord de la fenêtre, luth en main. Perdue parmi les coussins d'un grand fauteuil d'osier, bras croisés au-dessus de la tête, la princesse répéta sa question.

— Un jour, je te dirai qui je suis, répondit-il. Mais pas aujourd'hui.

— Pourquoi ?

— Parce que le moment n'est pas venu.

Rowena poussa un soupir résigné.

— Pourquoi faut-il que la seule personne au monde n'ayant pas que des banalités à dire s'obstine à parler par énigmes ?

— Je ne parle pas par énigmes. Simplement, tu me poses des questions auxquelles je ne peux pas répondre.

— Auxquelles tu ne *veux* pas répondre, corrigea-t-elle.

— C'est vrai.

Elle alla le rejoindre à la fenêtre. Le soleil se couchait sur l'horizon, parant le ciel d'un vert flamboyant. L'obscurité ne tarderait plus. Dans la cour, en contrebas, les allées et venues se faisaient plus rares. Le château s'endormait doucement. La princesse caressa le luth du bout d'un doigt.

— J'ai vu le Kör, tu sais, dit-elle. Dans une sorte de rêve. Un grand arbre, avec des branches entrelacées, mais pas la moindre feuille, et qui illumine toute la forêt.

Aladin acquiesça.

— C'est bien lui. Mais il n'illumine pas toute la forêt : juste une partie. Il y a longtemps que tu as fait ce rêve ?

— Je vais te poser une question à laquelle tu pourras répondre, enchaîna Rowena sans se préoccuper de sa demande. Est-ce que…

Sa voix se brisa. Une nouvelle fois, elle baissa la tête.

— Oui ? l'encouragea-t-il. Les dames du château t'auraient-elles pervertie au point que tu ne puisses plus regarder les gens en face quand tu leur parles ?

Elle releva la tête, la colère au fond des yeux. Elle détestait qu'il se moquât d'elle. Qu'il la contemplât avec cette expression ironique, généralement réservée aux barons.

— Est-ce que tu m'aimes ? souffla-t-elle.

Le sourire du marchand de nuages s'élargit.

— Allons, réponds ! s'enflamma Rowena. Tu m'aimes ou non ?

Il alla poser délicatement son luth sur le fauteuil qu'avait quitté la princesse. Puis, s'approchant des chandelles aux quatre coins de la pièce, il les souffla les unes après les autres. Enfin, dans la demi-obscurité naissante, il revint auprès de Rowena et la prit dans ses bras. Elle ne résista pas.

— Je t'aime, assura-t-il.

Puis il l'embrassa, un baiser délicat et fort auquel elle répondit avec passion. Depuis des mois, elle rêvait d'être embrassée ainsi.

— Nous ne sommes pas dans la contrée de l'amour, lui fit remarquer Aladin.

— Tant mieux : je n'ai pas le droit de t'y accompagner.

— Et en plus, tu blasphèmes ?

Elle ne prit pas la peine de répliquer, se contenta de nouer à nouveau les bras autour de son cou et de se laisser aller.

Rowena avait connu l'amour. Tandis qu'elle reposait sur son lit, seule, elle revivait les minutes qui l'avaient unie à Aladin. La douleur, le plaisir qu'elle avait ressentis dans sa chair, et la joie qui l'avait envahie quand il lui avait dit qu'il l'aimait, quand il le lui avait prouvé.

Il l'avait quittée aux premières heures de la matinée, pour rejoindre sa propre chambre, la laissant heureuse mais troublée. Des pensées contradictoires se bousculaient en elle. Dans les bras d'Aladin, elle avait oublié tout ce qui avait fait sa vie durant trois années, toutes ses ambitions. Elle avait oublié que, pour régner, il fallait être vierge avant de partager la couche du roi. Plus rien n'avait compté que de se donner tout entière à cet homme qu'elle aimait parce qu'il ne ressemblait à nul autre. Elle lui avait offert son corps, son âme, lui avait sacrifié son existence.

Ainsi donc, elle ne serait jamais reine de Fuinör et ne pourrait accomplir son dessein de transformer les lois, d'établir un ordre plus juste. Une partie d'elle-même se révoltait à cette idée, lui reprochait son égoïsme, sa stupidité. Mais c'était cependant la joie qui dominait, la joie d'aimer et d'être aimée. Que lui importait, après tout, le sort des autres femmes? Celui des serfs? Que lui importait Fuinör? Rowena, princesse héritière du trône, avait dix-huit ans et elle était amoureuse. Il n'existait rien de plus important dans l'univers tout entier.

Lorsqu'elle s'endormit enfin, aux premières lueurs de l'aube, elle avait pris sa décision et savait qu'elle n'en changerait pas.

Aladin n'était pas dans sa chambre. Rowena avait frappé plusieurs fois puis, n'obtenant pas de réponse, elle était entrée. La pièce était vide, le lit déjà fait par les servantes. Compte tenu de l'heure tardive, la princesse supposa le ménestrel parti en promenade, ou bien en train de soigner son cheval, à moins qu'il ne fût allé s'entretenir avec le roi, comme cela lui arrivait souvent. Rowena ignorait le sujet de leurs discussions.

Cherchant son amant à travers tout le château, elle finit par trouver son père, dans la salle du trône. Seul.

— Avez-vous vu le marchand de nuages, père? s'écria-t-elle.

— Il est parti ce matin, répondit Turgoth, indifférent. Tu dormais encore...

— Et quand revient-il?

— Je ne sais pas. À la prochaine sécheresse, je suppose.

— Comment? Il est parti définitivement, sans même me dire au revoir?

Rowena avait pâli. Des larmes perlaient à ses yeux.

— Il a affirmé qu'il était inutile de te réveiller, qu'il t'avait fait ses adieux hier soir. Laisse-moi, maintenant : j'ai du travail.

La princesse esquissa une révérence et se prépara à obéir. Pourquoi avait-il fait ça? Pourquoi s'être enfui après lui avoir déclaré qu'il l'aimait? Peut-être parce qu'il n'avait pas cru à son amour, à elle. Il avait pris sa passion pour l'élan irréfléchi d'une jouvencelle ayant trop rêvé d'aventures galantes. Ou bien, par grandeur d'âme, il n'avait pas voulu s'interposer entre elle et le trône… Il n'avait songé qu'à son bonheur à elle. Non, décidément, elle ne pouvait pas le laisser partir ainsi.

— Père! annonça-t-elle en se retournant. Je vais faire seller mon cheval et rattraper le marchand de nuages.

Turgoth eut une moue agacée.

— À ta guise. Mais il a plusieurs heures d'avance. Tu ne seras pas de retour pour souper.

— Certes non! Ni pour souper demain soir, ou le jour suivant. Jamais!

Le roi ferma les yeux un instant. Assis sur son trône, le dos légèrement voûté, il donnait l'impression de soutenir toute la misère du monde sur ses épaules.

— Quelles sont ces divagations, Rowena? demanda-t-il à voix basse.

— Je vais rester avec lui pour être sa femme. Je l'aime.

Turgoth ouvrit la bouche de surprise, tandis que ses yeux s'agrandissaient.

— C'est impossible, déclara-t-il enfin, se contraignant visiblement au calme. Tu ne peux épouser que le vainqueur du tournoi. Tu es princesse de Fuinör.

— Ça ne m'intéresse pas, père. Je renonce au trône.

Le souverain se leva d'un bloc. Son visage bouillait de colère. Dans ses mouvements désordonnés, la couronne menaçait de choir de son crâne dégarni.

— Écoute-moi, ma fille, dit-il sèchement. Je veux bien concevoir que tu sois amoureuse du marchand de nuages, mais tu ne dois pas pour autant oublier tes devoirs. Un jour, tu seras reine et…

— Mais je n'en suis plus digne! cria Rowena. Cette nuit, j'ai partagé la couche d'Aladin.

Comme assommé par la révélation, Turgoth se rassit. De jaune foncé, son visage était devenu vermillon.

— Ghénarys! hurla-t-il. Où est Ghénarys?

— Je vais le chercher, décida Rowena.

— Toi, reste ici ! Il y a suffisamment de serviteurs dans ce château. Où sont tous ces bons à rien ? Je devrais les faire fouetter.

Enfin, une servante se présenta, tremblant devant la colère du roi.

— Va trouver le chevalier Ghénarys ! ordonna Turgoth. Dis-lui de chevaucher sans délai à la suite du marchand de nuages et de le ramener au château. Ensuite, tu accompagneras la princesse Rowena dans ses appartements et tu veilleras à ce qu'elle n'en sorte pas sans mon ordre. Tu m'en réponds sur ta vie. Exécution !

Ghénarys en personne vint chercher Rowena, à la nuit tombée.

— Tu as ramené le marchand de nuages ? demanda-t-elle.

Il ne lui adressa pas la parole, ne se donna pas même la peine de sourire. Soudain, il paraissait oublier que, pendant dix-huit ans, il avait été son meilleur ami.

Le roi était debout au centre de la salle du trône, les mains derrière le dos. Sa colère ne semblait pas tombée. Près de lui se tenait Aladin.

En l'apercevant, Rowena sentit la joie revenir en elle. Puisqu'il était là, tout irait bien. Si punition il devait y avoir, du moins seraient-ils punis ensemble. Elle se jeta dans ses bras en sanglotant.

— Oh, Aladin, je suis désolée, fit-elle. Je voulais t'accompagner mais père ne le permettait pas. Alors, j'ai tout dit. Je…

Il lui saisit les poignets et la repoussa, sans violence mais avec fermeté.

— Vous m'étonnez, princesse, dit-il d'une voix froide. Je ne vous eusse pas crue capable d'inventer une telle histoire.

— Quoi ? Mais… Aladin, je…

— Il suffit, maintenant, Rowena, trancha Turgoth. Messire Aladin est tout aussi consterné que moi de ton imagination débordante et… choquante. Je me demande d'où ont bien pu te venir de telles idées. Quant à moi, je dois des excuses à notre invité pour l'avoir rappelé sans raison. J'eusse pourtant dû savoir qu'il ne se fût jamais rendu coupable de pareil forfait après m'avoir demandé un tel paiement pour ses services.

La princesse regarda le ménestrel au travers de ses larmes.

— Que… Qu'as-tu exigé ?

Ce fut encore le roi qui répondit :

— Que je lui fasse construire un château au sein des marécages qui bordent le miroir.

— Finalement, j'ai décidé de m'établir, ajouta Aladin. La région est jolie.

— T'établir ? Toi ?

Rowena laissa échapper un petit rire nerveux, qui mourut très vite.

— Très bien, père, déclara-t-elle. Faites mander maître Aquarius. Il lui sera facile de déterminer que je ne suis plus vierge, et ce depuis une date récente.

— Sans doute l'œuvre de quelque palefrenier qu'il vous faudra faire rouer en place publique, sire…, dit Aladin, imperturbable.

La princesse ne put en supporter davantage. Elle s'effondra sur le sol, enfouit son visage dans ses mains et donna libre cours à son chagrin.

Le lendemain, le roi et ses conseillers se réunirent en une assemblée extraordinaire afin de statuer sur le sort de Rowena. Comme elle l'avait prédit, l'examen médical s'était révélé positif : elle avait bien un amant, mais elle refusait d'en dévoiler l'identité, continuait à prétendre qu'il s'agissait du marchand de nuages.

Puisqu'on ne pouvait la torturer – la loi précisait que seuls les serfs disposaient d'un tel privilège –, l'auteur de l'outrage à la couronne demeurerait hélas à jamais inconnu.

Quant à Rowena… De toute évidence, elle était folle, et elle subirait le sort réservé aux fous.

Si l'idée que le marchand de nuages pût être le menteur traversa l'esprit des conseillers ou du roi lui-même, aucun n'en laissa rien paraître : une simple princesse ne pesait pas bien lourd face à l'assurance de conditions climatiques idéales pour l'éternité. Qu'était la survie d'une lignée en regard de celle du pays?

Ce fut Angiosta qui annonça à Rowena la décision de l'assemblée : on la conduirait le jour même jusqu'à la contrée de la folie, où elle serait abandonnée. La vieille servante avait la gorge serrée.

— Toi aussi, tu me crois folle? demanda la princesse.

— Je ne sais pas.

— Allons, dis la vérité. Même si je le voulais, je n'aurais plus le pouvoir de te faire fouetter.

— Je ne pense pas que vous soyez folle, murmura enfin Angiosta. Vous êtes différente. Je le sais depuis toujours. J'aurais dû prévoir que ça finirait ainsi.

— Ce n'est pas la fin!

Rowena enlaça la vieille femme et la serra contre elle. Elle avait encore les yeux cernés, et quelques traces brillantes, sur ses joues, montraient qu'elle avait pleuré, mais son expression n'était plus seulement triste.

— Écoute ce que je vais te dire, Angiosta, souffla-t-elle. Écoute bien et ne le répète à personne. Je ne sais ni quand ni comment, mais je reviendrai dans ce château. Et quand je reviendrai, ce sera pour être couronnée reine. Tu m'entends? Reine!

Angiosta acquiesça, sans pouvoir retenir les larmes qui dévalèrent ses joues parcheminées.

— Tu ne me crois pas, constata Rowena. Mais ça n'a pas d'importance. Toi, au moins, tu m'aimes vraiment. Ne m'oublie pas, Angiosta. Moi, je me souviendrai de toi.

Dans l'heure qui suivit, une escorte commandée par un Ghénarys toujours aussi méprisant conduisit Rowena jusqu'à la chaîne de collines qui constituait la frontière entre la contrée du miroir et celle de la folie. On lui avait donné des vivres et de l'eau pour deux jours.

— Vous nous quittez ici, lui annonça Ghénarys, comme s'il s'était adressé à une étrangère. Nous y demeurerons jusqu'à ce que vous ayez passé la première crête. Si vous tentez de revenir dans la contrée du miroir, tous les hommes d'armes ont ordre de vous abattre. Partez, maintenant!

Rowena lui jeta un regard de défi puis, sans dire un mot, lança son cheval en avant et disparut dans les hauteurs.

6

Rowena, rêveuse, contemplait le paysage qui s'étendait devant elle à perte de vue. Après avoir franchi les collines au galop, encore vibrante de colère, elle était arrivée dans cette vaste plaine brûlée par le soleil, au sol fait de sable et de glaise mêlés, qui n'accueillait que des arbustes rabougris. Au milieu des grands rochers s'élevant çà et là, on ne distinguait nulle trace de vie humaine, ni même animale. La princesse saisit sa gourde et avala plusieurs gorgées d'une eau encore fraîche. Ses provisions ne tarderaient pas à s'épuiser.

Au loin, une large tache indigo révélait la présence d'une forêt. Rowena éperonna son cheval. Là-bas, elle trouverait peut-être des hommes pour lui expliquer comment survivre dans un endroit pareil. À moins que ce ne fût impossible, et que tous les condamnés à la folie ne fussent morts de faim à plus ou moins long terme.

Mais elle ne mourrait pas : elle se l'était juré. La veille, elle se fût peut-être laissé emporter par le désespoir; aujourd'hui elle voulait vivre, pour retourner au château et se venger de ceux qui l'avaient chassée : Turgoth, Aladin, Ghénarys et les autres – tous ceux qui avaient été trop stupides ou trop vils pour essayer de la comprendre. Elle se vengerait de la manière la plus éclatante qui fût : en devenant leur maîtresse, en les humiliant. Un jour, ils ramperaient à ses pieds.

Un petit passereau à la gorge jaune vint se poser sur la tête du cheval. Enfant, Rowena nourrissait ceux qui s'aventuraient dans la cour du château ; certains en arrivaient même à lui picorer au creux de la main. Si la contrée de la folie était très différente de celle du miroir, au moins la première forme de vie qu'y rencontrait la princesse lui était-elle familière et sympathique : le sourire aux lèvres, elle avança la main pour caresser l'oiseau.

Avant qu'elle n'eût achevé son geste, il battit des ailes et s'envola en rugissant.

Le cheval se cabra avec violence, et Rowena faillit vider les étriers. Tirant sur les rênes, elle empêcha sa monture de s'emballer. Dans le lointain, un nouveau rugissement répondit au premier. La femelle, sans doute, pensa la proscrite avant de réaliser pleinement ce qui s'était produit. Elle étouffa un éclat de rire : si les oiseaux rugissaient, qu'allaient bien pouvoir faire les dragons ? Aboyer ? Chanter ? Déclamer des poésies ?

Le rire avorté se changea presque en crise de larmes. Rowena se rendit compte qu'elle avait eu très peur et qu'elle tremblait encore. L'oiseau avait disparu, mais comment savoir ce qu'elle allait rencontrer, à présent ? La forêt était encore loin. Le soleil lui martelait la nuque. N'avait-elle pu imaginer tout cela ? N'était-elle pas réellement folle ? Peut-être Turgoth avait-il raison, après tout : qui était-elle pour discuter son jugement ?

Un craquement gigantesque chassa ces pensées : une ligne noire venait d'apparaître sur le sol, au loin, et zigzaguait à sa rencontre. Une crevasse ! songea-t-elle avec horreur. La terre s'ouvrait pour venir la prendre, engloutissant rochers et buissons sur son passage. Rowena lança son cheval en avant et obliqua pour contourner l'obstacle. Comme douée de raison, la faille changea elle aussi de direction, venant toujours droit sur elle, créant à mesure que s'écartaient ses bords un précipice de cinq toises de large. Rowena comprit vite qu'elle ne pourrait l'éviter : elle tourna bride et, oubliant la forêt, galopa droit devant elle. La terre finirait bien par se calmer.

Quelques minutes plus tard, un coup d'œil en arrière lui apprit qu'elle avait largement distancé la crevasse. Elle poussa un soupir de soulagement et ralentit l'allure. Brusquement, elle avait très chaud. Elle n'avait pourtant pas chevauché assez longtemps pour être ainsi trempée de sueur.

La main au-dessus des yeux afin de se protéger du soleil, elle aperçut à l'horizon une large masse jaunâtre en mouvement. On eût dit une coulée de mélasse, ou bien... Rowena sentit son estomac se serrer. De la lave en fusion ! Comme celle qui s'échappait du volcan, à la pointe du pays des fées. Si les légendes lui avaient parlé de ce dernier, elle ignorait tout d'un quelconque volcan dans la contrée de la folie, et n'en voyait d'ailleurs pas trace : sans doute était-il trop loin. Le mur de lave s'étendait sur au moins une lieue et ne devait pas mesurer moins de dix toises de haut. Rien d'étonnant à ce que la température fût élevée.

Alors qu'elle allait éperonner de nouveau son cheval, Rowena aperçut les deux minuscules silhouettes qui fuyaient devant la matière en fusion. Des hommes. À pied, ils ne tarderaient pas à être rejoints et engloutis. Sans hésiter, la princesse piqua vers eux.

Elle ne tarda pas à les distinguer mieux : le premier était presque un vieillard ; ses cheveux blancs flottaient sur ses épaules tandis qu'il courait, tenant son compagnon par la main. Ce dernier, beaucoup plus jeune, petit et fluet, portait un bandeau sur les yeux et se laissait guider. Tous deux étaient vêtus comme des serfs. Non : encore moins bien que des serfs.

Quand Rowena s'arrêta à leur hauteur, la coulée de lave ne se trouvait plus qu'à cent cinquante toises derrière eux.

— Ce sont les dieux qui vous envoient ! s'écria le vieil homme. Qui êtes-vous donc ?

— Nous nous présenterons plus tard, répliqua Rowena. Pour l'instant, montez !

Elle l'aida à hisser devant elle le plus jeune qui, maladroit, se retrouva en travers du cheval, avec le pommeau de la selle dans les côtes.

— Aucune importance, lança le vieillard en sautant en croupe. De toute façon, c'est sa faute : ça lui apprendra à ouvrir les yeux.

Sans chercher à comprendre, Rowena fit volter sa monture. Elle eut peine à retenir un cri découragé : la crevasse les avait presque rejoints ; ils se trouvaient pris entre deux feux.

— Nous allons mourir, constata le vieil homme. Quel dommage qu'un être aussi brillant que moi s'éteigne ainsi.

— Il nous reste peut-être une chance, déclara la princesse. Accrochez-vous.

Elle n'attendit pas d'être obéie pour faire claquer les rênes sur le dos du cheval et galoper droit vers la pointe de la crevasse. C'était une tentative désespérée : si l'animal paniquait, fût-ce une fraction de seconde, ils seraient tous engloutis dans les entrailles de la terre.

Au dernier moment, Rowena fit un léger écart qui l'amena sur le côté du précipice. Il se remit aussitôt à progresser vers elle, mais elle ne s'en préoccupait plus. Malgré sa triple charge, la bête bondit au-dessus du vide, au point le plus étroit, et retomba de l'autre côté. Quelques secondes plus tard, ils étaient hors de danger.

Un fort bruit de succion dénonça la rencontre des deux menaces naturelles. Rowena s'autorisa un soupir de soulagement : avec un peu de chance, la crevasse allait engloutir la lave, la lave se solidifier pour boucher la crevasse. S'il n'était sans doute pas achevé, le cauchemar allait peut-être marquer une pause et lui permettre de reprendre ses esprits.

— On peut s'arrêter, maintenant, confirma le vieil homme derrière elle. Il faut reposer un peu le cheval.

Gagnant l'ombre d'un grand rocher, la princesse mit pied à terre et aida les deux hommes à l'imiter. Aussitôt, le plus jeune s'assit en tailleur sur le sol, baissa la tête et ne bougea plus. Son compagnon ne s'en inquiéta pas.

— Vous êtes arrivée juste à temps, apprécia-t-il. Je n'y croyais plus. Je m'appelle Johel. Et lui, c'est Merryn.

— Rowena, se présenta la proscrite. Je ne savais pas qu'il y avait un volcan dans les environs.

— Un volcan ? Quel volcan ?

— Il faut bien une explication à la présence de cette lave.

— Il y a une explication, approuva Johel. Nous sommes dans la contrée de la folie et mon camarade est complètement fou.

— Pas vous ?

— Moi, c'est différent : j'ai été victime d'une erreur. Mais lui, on aurait mieux fait de lui trancher la tête. Il a des hallucinations, et ici, forcément…

— Je ne comprends pas, avoua Rowena.

— C'est pourtant simple. D'où sortez-vous donc ? Je me promenais tranquillement avec lui, il y a à peine quelques minutes, quand il a éprouvé le besoin d'ôter son bandeau sous prétexte qu'il le serrait trop. Naturellement, cet imbécile n'a pas pu s'empêcher d'ouvrir les yeux et vous avez vu le résultat.

— Mais c'est totalement fou !

— C'est ce que je m'acharne à vous dire. Et encore, nous avons eu de la chance. D'ordinaire, ses obsessions sont plus subtiles. La contrée est littéralement infestée de serpents venimeux.

— Et la crevasse ? insista Rowena. Votre ami n'était pas là quand je l'ai vue pour la première fois. Ça ne peut pas être une de ses hallucinations.

Johel haussa les épaules.

— Je ne sais pas, dit-il. Vous en avez peut-être aussi. Ou alors, c'est la contrée. Elle n'a pas besoin de nous pour créer ses propres folies.

Rowena renonça à comprendre pour le moment. Il y avait plus pressé.

— Je ne suis arrivée qu'aujourd'hui, déclara-t-elle, et je ne suis pas plus folle que vous. Quand je vous ai rencontrés, je cherchais justement des gens vivant ici pour…

— Vous ne pouviez pas mieux tomber, coupa le vieillard, jovial. Je suis l'homme le plus intelligent de toute la contrée. Sans moi, les autres seraient déjà morts. N'est-ce pas, Merryn ?

Son compagnon, toujours prostré, ne manifesta pas la moindre intention de répondre. Johel poussa un soupir agacé.

— Ne faites pas attention à lui, reprit-il. Il est toujours comme ça quand il vient de provoquer une catastrophe. La honte, sans doute. Le pire est que je ne peux pas l'abandonner : je n'ose imaginer ce qu'il ferait si je n'étais pas là pour le surveiller. La petite communauté où nous vivons n'est pas très éloignée. Nous n'avons qu'à installer Merryn sur le cheval et continuer à pied. Je vous présenterai nos amis. Ils sont tous fous, bien sûr, mais pas méchants.

Rowena n'hésita qu'un instant. Elle ne retrouverait pas de sitôt pareille occasion de rencontrer des habitants de la contrée.

— Très bien, acquiesça-t-elle. Je vous suis.

Johel la guida vers la forêt. Aucun incident ne vint les troubler en chemin. Merryn n'avait pas fait de difficulté pour être installé en selle mais conservait un mutisme obstiné malgré les louables tentatives de son compagnon pour le dérider. Le vieil homme, lui, semblait intarissable. Durant leurs quelques heures de marche, il ne cessa de parler, racontant à Rowena les hallucinations de Merryn les plus marquantes, lui décrivant les personnes qu'elle allait rencontrer bientôt, et – surtout – répétant encore et encore combien il était triste que son intelligence supérieure lui eût valu la jalousie de quelques nobles et la condamnation à la folie. Il était si convaincant que, parfois, la princesse se surprit presque à le croire.

À l'orée de la forêt, Johel fit descendre Merryn de cheval et, en lui parlant avec douceur mais fermeté, le convainquit de marcher. Il le tenait toujours par la main pour le guider.

— La forêt est grande ? demanda Rowena.

— Je l'ignore, je n'en ai jamais fait le tour. Mais la clairière où nous vivons n'est plus très loin.

Un bruit de branches brisées, dans un buisson, fit sursauter la proscrite.

— Il y a beaucoup d'animaux, par ici ?

— Quelques-uns, acquiesça Johel en souriant. Mais dans le cas présent, ça n'est pas un animal. (Il éleva la voix.) Montre-toi, Halôm. Tu effraies notre nouvelle amie.

Il y eut quelques secondes de silence, puis un visage chafouin émergea du buisson.

— Salut, Johel, dit l'homme, d'une voix aiguë. Tu as vu les cavaliers dorés ?

— Non, je n'ai rencontré que cette jeune dame. Elle s'appelle Rowena. Tu devrais lui dire bonjour.

— Bonjour, madame, obéit le dénommé Halôm. N'empêche que tu aurais mieux fait de ramener les cavaliers dorés, Johel.

— J'y penserai une autre fois. À tout à l'heure, au dîner.

— Tu crois que les cavaliers dorés viendront dîner avec nous ?

— Je n'en sais rien : tu verras bien. Au revoir.

Sans laisser à l'autre le loisir de répondre, Johel reprit son chemin.

— Qui sont les cavaliers dorés ? souffla Rowena au bout de quelques pas.

— Un mythe, dit-il. Du moins, je le crois. On raconte que c'est une troupe de chevaliers composée de fous, dont l'armure a la couleur de l'or. C'est une légende, bien sûr, mais Halôm est persuadé qu'ils existent et qu'ils viendront un jour le prendre avec eux. (Il caqueta.) Même s'ils existaient, ce ne serait pas le cas : vous ne l'avez pas vu parce qu'il n'est pas sorti du buisson, mais il ne mesure pas plus de vingt pouces. Il ferait un piètre chevalier. Pourtant, il ne pense qu'à ça et passe ses journées là où nous l'avons trouvé, à guetter quiconque pénètre dans la forêt. Tenez, nous arrivons…

Ils débouchaient dans une petite clairière où s'élevaient quelques huttes rudimentaires, faites de branchages et de feuilles séchées. Toutes semblaient prêtes à s'écrouler au moindre souffle de vent et l'une n'avait même plus de toit. Rowena se demanda un instant si Johel ne lui avait pas menti pour l'attirer dans un piège : nul ne pouvait vivre en de pareils taudis ; même les plus misérables chaumières de serfs étaient en meilleur état.

— Il n'y a personne ? s'enquit-elle, soupçonneuse.

— Attendez un instant, fit le vieil homme en souriant.

Il porta deux doigts à sa bouche et émit un sifflement strident.

— Sortez ! cria-t-il. Sortez, où que vous soyez. Je ramène une amie.

Aussitôt, le sous-bois s'anima. Des branches craquèrent sous des pas, quelques murmures s'élevèrent des buissons et, enfin, trois hommes et une femme sortirent du couvert, demeurant à une distance raisonnable. Le premier homme était tout jeune, sans doute à peine plus âgé que la princesse ; ses cheveux pourpres et son regard brillant, fuyant, le rendaient un peu inquiétant. Le deuxième tenait la femme par la main. Rowena s'aperçut qu'ils se ressemblaient étrangement : même taille, mêmes cheveux verts, même nez un peu crochu, même silhouette androgyne. Le frère et la sœur, sans doute, songea-t-elle. Tous trois portaient des vêtements usés, presque en lambeaux, comme ceux de Johel et de Merryn. Le dernier personnage attira l'attention de la proscrite, car il était vêtu d'une cotte de mailles et portait un fléau d'armes au côté. C'était un homme grand et brun, impeccablement coiffé, sans doute âgé d'une quarantaine d'années, mais au port toujours altier. Un ancien chevalier, peut-être. Ce fut lui qui s'avança vers Rowena. Il mit un genou en terre et sourit.

— Je suis le chevalier Ghénarys, madame, dit-il d'une voix forte. Au nom de tous ceux qui vivent ici, je vous souhaite la bienvenue parmi nous.

Alors seulement, Rowena remarqua que sa cotte de mailles était piquetée de rouille, tout comme la chaîne de son fléau. Les cheveux qu'elle avait crus si bien coiffés étaient en fait maintenus en place par de la terre séchée. Pourtant, la princesse ne songea pas à le traiter d'imposteur. Il semblait beaucoup plus gentil que le véritable Ghénarys.

— Relevez-vous, chevalier, dit-elle, entrant dans son jeu. Je suis la princesse Rowena et je vous remercie de votre accueil. À l'occasion, je saurai m'en souvenir.

Plusieurs exclamations saluèrent ses paroles, tandis que *Ghénarys* se relevait et s'inclinait très bas, avant de retourner auprès de ses compagnons.

— Bravo, souffla Johel. Vous les avez impressionnés. Vous êtes presque aussi intelligente que moi. Je vais vous présenter les autres. (Désignant le jeune homme aux cheveux pourpres, il reprit, plus fort :) Voici Glarth. Si vous le laissez faire, il vous racontera ses aventures pendant des heures. Je vous conseille de ne pas en croire un mot : je le connais depuis son enfance et il n'a jamais bougé d'ici.

L'intéressé ricana.

— Tu mens parce que tu es jaloux, Johel. Parce que toi, tu n'as jamais parlé au roi.

— Qu'est-ce que je vous disais ? fit Johel. Il commence. Ne vous occupez pas de lui. (Il s'approcha de ceux que Rowena supposait jumeaux.) Lui, c'est Korthwo.

— Pas lui, corrigea la femme. Elle !

— Tais-toi ! intima l'homme. Bien sûr que c'est lui. N'écoutez pas cette folle, princesse. Korthwo, le seul Korthwo est un homme.

Sa compagne allait répliquer, mais Johel s'empressa de lui couper la parole.

— Korthwo n'est jamais d'accord avec lui-même, expliqua-t-il. Spécialement au sujet de son sexe. Il ne cesse de se chamailler mais il ne se quitte jamais. Vous comprenez?

Rowena acquiesça, bien qu'elle ne fût pas sûre d'avoir saisi. Deux corps, deux esprits, et cependant un seul et même personnage : voilà qui l'eût bien fait rire quelques jours plus tôt, mais à présent…

— Vous aurez le temps de lier connaissance plus tard, poursuivit Johel. Pour l'instant, nous allons dîner. J'ai vu Halôm dans la forêt, tout à l'heure, mais où est Lynna?

Glarth ricana à nouveau. Sans doute était-ce là son mode d'expression favori.

— Elle doit se terrer quelque part, déclara-t-il. Lynna a peur de tout. Je me demande ce qu'elle ferait si elle était obligée de combattre un dragon, un jour, comme moi.

Johel lui jeta un coup d'œil irrité.

— Lynna! appela-t-il, les mains en porte-voix. Viens, Lynna! Personne ne te fera de mal. Où es-tu?

— Je suis là, répondit une voix flûtée, provenant d'une des huttes. Chez moi. Et vous ne m'en ferez pas sortir.

— C'est idiot, insista Johel. Tu sais que nous sommes tes amis. Pourquoi ne viens-tu pas dire bonjour à notre invitée?

— Je ne veux pas. Elle me fera du mal : elle est trop jolie.

La voix était celle d'une toute jeune fille, qui paraissait terrorisée. Rowena sentit la compassion l'envahir.

— Qui que tu sois, je promets de ne pas te faire de mal, Lynna, dit-elle doucement.

— Je ne te crois pas. Tu veux ma mort, comme les autres.

— Il vaut mieux la laisser, intervint Johel. Elle finira par sortir quand elle aura faim. Venez! Voyons ce que Ghénarys nous a rapporté, aujourd'hui.

— Il s'appelle vraiment comme ça? demanda Rowena.

— Bien sûr que non, mais j'ignore son vrai nom. À ce qu'on m'a raconté, Ghénarys est celui du premier chevalier du royaume.

— Je sais : je l'ai quitté il y a quelques heures.

Aussitôt, la proscrite se mordit les lèvres. Elle se rendait subitement compte que son histoire, pour authentique qu'elle fût, avait peu de chances d'être acceptée, même par ses nouveaux compagnons. Qui pourrait croire qu'une pauvre folle abandonnée du monde était la princesse de Fuinör?

— Vous avez l'air sincère, admit Johel. Je pense que vous avez convaincu les autres, mais ils croiraient n'importe quoi. Cela dit, si je n'étais pas aussi intelligent, je serais presque tenté de vous croire, moi aussi.

— Pourquoi ça? interrogea Rowena, qui s'habituait à l'orgueil du vieil homme.

— Parce que vous êtes la première femme que je vois porter l'épée.

— L'épée?

La princesse porta vivement la main à sa taille et découvrit qu'en effet une épée y pendait. Elle l'identifia sans même avoir besoin de la regarder. Tout comme la première fois, la poignée vibrait au creux de sa main, y diffusant une chaleur étrange et bienfaisante.

— Depuis combien de temps est-elle là, Johel? interrogea-t-elle à voix basse.

— Depuis que nous sommes entrés dans la forêt. Il me semblait bien que vous ne vous en étiez pas aperçue. Je n'avais encore jamais observé ce type de folie.

— Ce n'est pas une folie, murmura Rowena. Du moins, je l'espère.

D'un pas rapide, elle retourna auprès de son cheval, attaché à l'entrée de la clairière. Le bâton était solidement lié à la selle; le sac de provisions semblait plus lourd qu'auparavant. La princesse n'eut pas à l'ouvrir pour savoir qu'une coupe et une pièce d'or y avaient apparu. Lorsqu'elle sentit leurs quatre forces se mêler et s'unir en elle, comme au sommet de la grande tour, elle sut qu'elle n'était pas abandonnée de tous. Sa volonté de survivre, amplifiée par l'espoir, se mua en certitude.

Ghénarys, le chevalier aux armes rouillées, avait pris trois lapins au collet et les avait fait mijoter dans un chaudron. Il attendit que tout le monde fût assis en cercle autour du feu avant d'en offrir un morceau à Rowena, au creux d'une large feuille. La princesse saisit la viande entre ses doigts et y mordit à belles dents.

— C'est délicieux, apprécia-t-elle, à la fois pour faire plaisir à *Ghénarys* et parce que c'était vrai.

— Généralement, c'est moi qu'on sert en premier, parce que je suis le chef, lui apprit Johel. Mais aujourd'hui, vous êtes privilégiée. Et puis, c'est *Ghénarys* qui assure notre survie en chassant : on peut lui accorder un caprice de temps en temps. Il n'avait encore jamais eu de princesse à servir.

— Je ne tiens pas à être servie.

— Alors, vous n'êtes pas une vraie princesse, intervint Glarth. Moi, j'en ai vu une, à la cour, et elle avait au moins deux cents serviteurs.

Rowena éclata de rire mais ne répondit pas. Les mensonges du jeune homme commençaient à l'amuser.

— J'espère que vous allez rester avec nous, dit Korthwo-lui en souriant.

Korthwo-elle qui, auparavant, souriait également, se composa aussitôt un visage boudeur et foudroya la proscrite du regard.

— Pas moi ! affirma-t-elle. J'espère que vous allez partir. Et vite !

Ils se giflèrent au même instant et eussent sans doute continué de se battre si *Ghénarys* n'avait menacé de les priver de dîner. Ils baissèrent la tête, renfrognés, et ne prirent plus part à la conversation, même quand Johel se mit à parler d'eux.

— Il faut l'excuser. Autrefois, Korthwo a eu de grands problèmes, là où il vivait. C'était une aberration de la nature, qui possédait les deux sexes à la fois. Quand on l'a envoyé dans la contrée de la folie, il s'est scindé en deux individus distincts. Depuis, il suffit que l'un dise oui pour que l'autre dise non. Korthwo n'est jamais neutre : il est toujours à la fois votre meilleur ami et votre pire ennemi. À moins que ce ne soit l'inverse, si vous voyez ce que je veux dire. Je suis le seul qui ait jamais compris son problème.

Une forme svelte s'approcha soudain du chaudron, s'empara d'un morceau de viande et courut se réfugier dans la hutte qu'elle venait de quitter. Rowena n'eut que le temps de remarquer la maigreur extrême des bras nus, la pâleur des cheveux mauves.

— Ne sois pas idiote, Lynna, reste avec nous ! s'écria Johel.

— Non. Je ne vous fais pas confiance. Vous ne réussirez pas à m'attraper.

Le vieil homme poussa un soupir résigné, puis désigna Merryn qui avait repris sa position prostrée. La honte ne l'avait toujours pas quitté.

— Il faut que j'aille le nourrir, dit Johel. Sinon, il va se laisser mourir de faim. Il en a pour plusieurs jours.

— On pourrait l'offrir en sacrifice aux cavaliers dorés, suggéra Halôm.

La nuit tomba lentement. Assise auprès du feu, Rowena écoutait Glarth lui raconter comment, armé de son seul couteau, il avait abattu un gigantesque dragon en plein cœur du pays des fées. L'histoire était invraisemblable et, même sans les avertissements de Johel, la princesse n'en eût rien cru, mais le jeune homme possédait un réel talent de conteur. Accompagné d'un luth, il eût pu devenir un merveilleux trouvère.

De temps à autre, Rowena perdait cependant le fil du récit. Son esprit errait vers d'autres sujets, plus pratiques. Qu'allait-elle faire, par exemple ? Où aller ? Elle n'envisageait pas de demeurer très longtemps ici. Les membres de la petite communauté l'avaient accueillie chaleureusement, mais elle doutait de pouvoir s'habituer à leur folie.

Korthwo, surtout, lui faisait un peu peur. Ou lui faisaient un peu peur, elle ne savait plus.

Johel assurait qu'elle ne craignait rien : nul ne l'agresserait. Cependant, était-il raisonnable de faire confiance à Johel ? Et de toute façon, sa vie était ailleurs. Elle l'avait compris depuis la réapparition de l'épée et des trois autres objets. Mais où chercher ? Elle ne possédait pas le plus petit point de départ.

— Et c'est alors que j'ai vu le géant qui... Princesse, vous ne m'écoutez plus ! reprocha Glarth.

— Excusez-moi, fit Rowena. Je suis un peu fatiguée. J'ai beaucoup chevauché aujourd'hui. Je crois que je vais aller me reposer.

Souhaitant une bonne nuit à tous, elle se dirigea vers la hutte de *Ghénarys*. Ce dernier avait insisté pour qu'elle l'occupât, tandis que lui-même dormirait à la belle étoile. L'endroit était assez sale et sentait le moisi, mais Rowena n'avait pas trouvé le courage de refuser l'offre : cela semblait lui faire tellement plaisir, à ce faux chevalier qui avait plus de cœur que les vrais en croyant les imiter, parce qu'il les connaissait mal.

Sans se déshabiller, elle s'enroula dans la couverture prise sur son cheval et ferma les yeux. Pour la première fois de sa vie, elle n'allait pas dormir dans un lit. Les irrégularités du sol lui meurtrissaient les chairs. Elle se retourna longuement à la recherche d'une position confortable avant de trouver le sommeil.

Rowena se réveilla en sursaut au milieu de la nuit. Quelque chose s'était posé sur son épaule. Retenant son souffle, elle se garda de bouger. Elle se rappelait avoir entendu dire qu'il s'agissait de la meilleure attitude face à un animal venimeux : rester immobile et attendre qu'il s'en aille.

Mais cela ne semblait pas se décider à s'en aller. Cela pressait de plus en plus fort l'épaule de la princesse au travers de sa robe.

N'y tenant plus, Rowena se retourna d'un bloc, prête à se défendre contre ce qui se présenterait. En fait d'animal venimeux, elle se trouva nez à nez avec Lynna, accroupie près d'elle, qui retira vivement sa main en poussant un cri apeuré.

— Qu'est-ce que tu fais là ?

Sans répondre, la jeune fille sauta sur ses pieds pour s'enfuir. Rowena la retint par le poignet. Elles luttèrent un instant en silence, mais la proscrite était nettement plus forte ; elle eut bientôt immobilisé son adversaire.

— Je ne te ferai pas de mal, assura-t-elle, mais je veux que tu me dises pourquoi tu me regardais dormir.

La jeune fille roulait des yeux terrorisés. Des larmes coulaient sur ses joues. Elle pouvait avoir quinze ou seize ans,

— Je voulais te prévenir, balbutia-t-elle.

— Me prévenir ? répéta Rowena, Me prévenir de quoi ?

— De rien.

— Allons, parle. Me prévenir de quoi ? Si tu me le dis, je te lâche.

Lynna plissa un instant les lèvres en une moue butée, puis se décida.

— Ils vont te livrer à l'ogre, toi aussi, expliqua-t-elle. Comme moi.

— Quel ogre ?

— Tu avais dit que tu me lâcherais…

Rowena lui permit de se redresser. La jeune fille s'accroupit à nouveau, les bras refermés autour des genoux, le cou rentré dans les épaules. Elle évoquait un peu un chat mouillé. Sa chemise sale laissait entrevoir une poitrine maigre et des membres grêles. Rowena sourit, ne put s'empêcher de lui caresser la joue, Aussitôt, Lynna vint se pelotonner contre elle et se mit à sangloter.

— J'ai peur, dit-elle. J'ai peur qu'ils me tuent.

— Personne ne te tuera tant que tu seras avec moi. Cesse de pleurer et explique-moi ce que c'est que cet ogre.

— C'est le maître de la contrée. Il dévore les pauvres filles, comme toi ou moi. Tous les ans, il vient chercher une victime, et cette année, c'est moi qu'il prendra. (Lynna parlait de plus en plus fort, entre ses sanglots.) Je suis sûre que c'est moi. Les autres m'attacheront à un arbre, en offrande, pour que l'ogre les épargne. Ils veulent me tuer. Ils l'ont toujours voulu. Et ils te tueront aussi. Ils sont…

— Oh, tais-toi ! s'exclama Rowena, incapable d'en supporter davantage.

Lynna s'écarta vivement.

— Alors, j'avais raison, siffla-t-elle entre ses dents. Tu es d'accord avec eux. Toi aussi, tu veux me tuer. Mais je ne vous laisserai pas faire…

— Excuse-moi, dit la princesse, je n'avais pas l'intention de te foire peur. Reste ! Tu es glacée…

— Non ! hurla Lynna. Tu mens !

Cette fois, Rowena ne fut pas assez rapide. La jeune fille s'enfuit en poussant un long cri d'angoisse. Sa forme blanche se découpa un instant dans l'obscurité, puis elle disparut. Sans doute allait-elle se réfugier dans sa propre hutte mais Rowena savait inutile de l'y rejoindre. Cette nuit-là au moins, elle ne pourrait plus gagner la confiance de Lynna.

Elle ne croyait pas vraiment que les autres voulussent les tuer, mais cette histoire d'ogre l'intriguait et l'inquiétait un peu, parce que c'était la première chose vraiment terrifiante dont on lui parlait depuis son arrivée, et aussi parce que Johel avait évité d'en faire mention. À moins que Lynna n'eût tout inventé. Mais la proscrite ne le croyait pas : si la jeune fille ne possédait pas tous ses esprits, ce n'était pas une menteuse.

Frissonnant un peu, la princesse tira son épée et s'endormit en la serrant entre ses bras. Ainsi, elle se savait protégée. Il ne pouvait rien lui arriver.

7

Quelques secondes lui furent nécessaires pour se rappeler où elle se trouvait quand le jour l'éveilla. Un accès de terreur la dressa sur son séant, prête à appeler Angiosta, puis les souvenirs de la veille affluèrent : elle n'avait rien à craindre, du moins dans l'immédiat. Tentant d'oublier ses courbatures, elle sortit de la hutte.

Seuls Glarth et *Ghénarys* se trouvaient dans la clairière, assis à même le sol, près des restes du feu, sans se soucier de la rosée déposée sur l'humus.

Dès qu'il aperçut Rowena, le faux chevalier vint s'incliner devant elle.

— Je vous souhaite le bonjour, princesse. Je suis allé puiser de l'eau pour vous, à la rivière.

Il désigna un seau de bois empli d'eau, qui fuyait en plusieurs endroits. Rowena sourit.

— De tous les chevaliers, vous êtes le plus noble, affirma-t-elle. Merci. Où sont donc passés vos compagnons?

— Je pense que Halôm a regagné son poste d'observation. Quant aux autres, ils sont partis cueillir des baies.

— Fort bien! Dès leur retour, je vous saurai gré de prévenir Johel que je désire m'entretenir avec lui de toute urgence. En attendant, veillez à ce qu'on ne me dérange pas.

Tandis que *Ghénarys* s'inclinait à nouveau, et que ricanait Glarth, Rowena ramassa le seau et rentra dans la pénombre de la hutte. Elle découvrit avec plaisir que l'eau de la rivière n'était ni croupie ni boueuse. Sachant que son nouveau chevalier servant empêcherait quiconque d'approcher, elle délaça sa robe pour procéder à une toilette sommaire. Le contact de l'eau glacée sur sa peau nue la fit frissonner, mais c'était agréable tout de même.

Lorsqu'elle ressortit, les autres membres de la communauté étaient revenus. Merryn semblait aller un peu mieux que la veille : il ne prenait pas part à la conversation, mais du moins n'était-il plus prostré comme pour se laisser mourir. Il engloutissait à pleines poignées de petites baies jaunes et vertes dont le jus poisseux coulait sur son menton. Seule Lynna manquait à l'appel. Elle devait être dans sa hutte. La princesse savait qu'elle ne perdrait pas un mot de tout ce qui se dirait.

— Bonjour, Rowena, la salua Johel. Vous avez bien dormi ?

— Très bien, merci, mais j'ai fait un rêve étrange.

Elle s'assit parmi eux et, sur l'invitation du vieil homme, goûta une baie un peu amère mais très juteuse, rafraîchissante.

— Quel genre de rêve ?

— Un cauchemar. J'ai rêvé qu'existait ici une puissance qui vous terrorisait tous. Un ogre qui, une fois par an, venait prendre l'un d'entre vous pour le dévorer.

— Extraordinaire ! s'exclama Glarth. Un rêve qui dit la vérité. Moi, j'en fais souvent, mais je croyais être le seul…

Johel arborait un petit sourire amusé.

— La princesse est plus subtile que toi, remarqua-t-il. Si tu avais mon intelligence, tu comprendrais qu'elle n'a pas fait le moindre rêve. N'est-ce pas, Rowena ? Lynna vous a-t-elle dit également que nous projetions de la livrer à l'ogre ?

— Oui, acquiesça Rowena, que la justesse du raisonnement étonnait. Je ne crois pas que vous lui vouliez vraiment du mal, mais j'aimerais savoir pourquoi vous ne m'avez pas parlé de cet ogre, hier.

— Je ne voulais pas vous effrayer dès votre arrivée. Je comptais vous mettre au courant d'ici quelques jours ou quelques semaines, mais puisque Lynna a jugé bon de prendre les devants, autant tout vous dire : l'ogre existe, c'est vrai, et nul ne peut lui résister. Il est aussi haut qu'une montagne, plus fort qu'un ouragan. Il se nourrit d'êtres humains comme nous de baies.

— Alors, la contrée de la folie ne doit pas être très peuplée, remarqua Rowena.

— Sachez qu'il existe très exactement quatre cents communautés comme la nôtre, une pour chaque jour de l'année. Il vient ici tous les seizièmes jours de la saison des neiges et emporte l'un d'entre nous. Non pas le plus faible car, face à lui, la force n'est rien, mais le moins bien caché, le plus malchanceux. Depuis quelques années, nous avions la chance de compter parmi nous des suicidaires mais ce temps est hélas achevé. L'un de nous sera dévoré dans un peu moins d'une saison et, quoi qu'elle en pense, il est peu probable que ce soit Lynna : quand il s'agit de se cacher, elle ne craint personne.

La princesse prit une profonde inspiration, tentant de maîtriser l'énervement ou l'excitation, elle ne savait trop, qui s'emparait d'elle.

— Il doit bien y avoir un moyen de le vaincre, protesta-t-elle.

— Le vaincre ! s'exclama Johel. Comme vous y allez. Lui échapper est déjà un miracle. Je ne l'ai jamais vu car, le jour où il vient, je m'enfouis dans un trou et j'évite même de respirer, mais j'ai entendu la terre trembler sous ses pas. On dit qu'il possède des bottes capables de lui faire traverser la contrée en dix enjambées, et une massue ayant le pouvoir d'assommer du premier coup l'être qu'elle touche, homme ou animal. Je ne songerais pas à le vaincre, si j'étais vous.

Rowena parcourut du regard la petite assemblée. Le simple fait d'évoquer l'ogre semblait glacer le sang des fous dans leurs veines. Korthwo ne songeait plus à se contredire et se serrait contre lui-même pour oublier sa peur. Derrière son bandeau, Merryn tremblait. Même Glarth ne jugeait pas opportun de vanter ses prouesses.

— C'est moi que l'ogre prendra, cette année, intervint *Ghénarys*. Je me cache depuis trop longtemps. Cette fois, je l'attendrai et je combattrai. J'ai même voulu aller le défier chez lui, après son dernier passage, mais je me suis perdu dans la forêt.

— Vous savez donc où il habite ? demanda Rowena.

— La direction seulement, dit Johel. Il occupe un grand château, vers le nord, au cœur de la forêt. Mais personne n'y est jamais allé. Les légendes disent que seule la personne qui tuera l'ogre pourra en trouver le chemin. Je crains donc que notre pauvre *Ghénarys* n'ait guère de chances.

— Les légendes disent beaucoup de choses, murmura la princesse. Elles disent même que le marchand de nuages est bon. Je ne crois plus aux légendes.

Elle se leva, mettant un terme à la conversation, au grand soulagement de ses compagnons. Sans vraiment savoir ce qu'elle faisait, elle alla droit à la hutte de Lynna. Elle crut tout d'abord que la jeune fille ne s'y trouvait pas, puis elle l'aperçut qui la fixait d'un air apeuré, recroquevillée dans le coin le plus éloigné de l'entrée.

— Bonjour, dit doucement Rowena.

— Qu'est-ce… qu'est-ce que tu veux ? balbutia Lynna.

— Te parler, voilà tout…

La proscrite s'assit au milieu de la hutte, suffisamment loin de sa compagne pour ne pas l'effrayer.

— Tu as entendu ce que nous avons dit, à propos de l'ogre ?

Lynna acquiesça.

— Ils mentent tous ! affirma-t-elle. Même *Ghénarys*, avec ses grands sentiments. Il sera le premier à m'attacher à l'arbre. Et toi, tu es comme eux. Maintenant, tu sais qu'il faut une victime. Tu n'hésiteras pas à me sacrifier. Tu…

— Ça suffit ! trancha Rowena. Tu dis n'importe quoi et, au fond de toi, je crois que tu le sais. Alors, tu vas me laisser parler un peu, d'accord ?

Lynna ouvrit la bouche pour répondre mais les mots restèrent bloqués dans sa gorge. Ses yeux s'emplirent de larmes et elle baissa la tête.

La princesse s'approcha d'elle et, tout comme pendant la nuit, la prit entre ses bras.

— Je suis ton amie, tu dois le croire, la consola-t-elle en lui caressant les cheveux. Je ne veux pas que l'ogre t'emporte. L'ogre, je vais aller le tuer.

Elles sursautèrent au même instant. Rowena était aussi étonnée de ses propres paroles que pouvait l'être Lynna.

— Tuer l'ogre ? Toi ?

— Oui, moi.

Elle se rendit compte qu'elle en avait pris la décision depuis longtemps, sans doute depuis qu'elle connaissait l'existence de la créature.

— Je ne peux pas rester ici. J'ai des choses à accomplir. Je ne sais pas encore lesquelles, mais je l'apprendrai bientôt. J'ai l'impression qu'avec l'ogre je trouverai au moins une partie des réponses que je cherche. Je me trompe peut-être, mais je n'ai nulle part où aller. Tu comprends ?

Lynna ne pleurait plus. Elle parcourait du bout des doigts le fourreau de l'épée que la princesse portait au côté.

— Tu peux y arriver, murmura-t-elle. Oui, si quelqu'un peut tuer l'ogre, c'est toi.

Rowena la serra plus fort et lui donna un baiser appuyé sur la tempe.

— En tout cas, je vais essayer, souffla-t-elle. Je te jure que je vais essayer.

Malgré les mises en garde de Johel et les suppliques de *Ghénarys*, Rowena partit immédiatement après avoir quitté Lynna. Elle sentait que le moindre retard risquait d'affaiblir sa résolution.

— Si je réussis, je reviendrai, assura-t-elle. Au revoir!

Tenant son cheval par la bride, elle adressa un dernier signe à ceux qui auraient pu devenir ses amis, puis s'enfonça dans la forêt. Elle prit la direction du nord.

Nul ne passait jamais par là, si bien qu'aucun chemin n'était tracé entre les arbres. Les membres de la petite communauté s'éloignaient rarement de leur clairière et ne s'aventuraient jamais au nord, même quand l'ogre n'était pas censé s'attaquer à eux; comment savoir si, au hasard d'une rencontre, il ne dérogerait pas à la règle pour s'offrir un repas supplémentaire?

Bizarrement, Rowena ne le croyait pas. Elle ne connaissait sans doute pas encore bien la contrée de la folie, mais il lui semblait que, comme dans tout Fuinör, on y obéissait sans réfléchir à des lois édictées par les dieux. Logiquement, rien ne devait pousser l'ogre à dévorer quelqu'un le premier jour de la saison des pluies s'il ne devait le faire que le troisième. Cela ne signifiait toutefois pas que le tuer serait aisé. Rien non plus ne l'empêcherait de se défendre s'il était attaqué.

Dès le début, l'absence de chemin posa un problème à Rowena : si elle-même parvenait assez bien à enjamber les buissons de ronces, à se faufiler entre les branches entrelacées, il n'en allait pas de même pour son cheval. Le pauvre animal ne cessait de se prendre les jambes dans les massifs épineux et devait bien souvent forcer son passage au prix de nombreuses coupures.

Au bout de quelques heures, la forêt se fit soudain plus dense, plus obscure. Les buissons gagnèrent en hauteur et en épaisseur, devinrent le centre de bruits inquiétants. Un instant saisie par le doute, Rowena se demanda s'il n'eût pas été plus sage de faire demi-tour, d'admettre sa défaite. Mais derrière elle, la végétation s'était resserrée, formait un obstacle aussi infranchissable que devant. Aucune trace ne subsistait de son passage : ni brindilles brisées, ni empreintes de pas sur l'humus.

Prisonnière, songea-t-elle. Prisonnière de la forêt... Puisque reculer paraissait aussi difficile qu'avancer, le choix était évident.

Tirant son épée, Rowena sabra à deux reprises les branches qui s'entrelaçaient devant elle.

Aussitôt, elle comprit qu'elle avait commis une erreur : quand la lame trancha le bois, un gigantesque bruissement s'éleva, comme si toutes les branches de tous les arbres s'étaient mises à vibrer de concert. Les cimes parurent se rapprocher les unes des autres, barrant au soleil le chemin du sous-bois. Perdue au cœur d'une obscurité presque totale, Rowena se sentit étouffée, écrasée par le géant qu'elle avait blessé sans imaginer qu'il pût souffrir.

Un cri de frayeur lui échappa lorsqu'elle vit le serpent sortir d'un buisson. C'était un long reptile, dont les écailles indigo se confondaient presque avec la végétation.

La princesse crut qu'il allait l'attaquer. D'instinct, elle leva son épée, ce qui fit redoubler le bruissement réprobateur. Mais l'animal entama l'ascension d'un vieux chêne, tournant lentement autour du tronc.

Rowena n'osait plus bouger, de crainte qu'au moindre de ses mouvements des milliers d'animaux ne bondissent sur elle pour la dévorer. À moins que la forêt ne se chargeât de la broyer.

Quand le serpent fut arrivé à la hauteur de son visage, il cessa sa progression, s'allongea paresseusement sur une branche et la regarda, dardant de temps à autre une langue bifide entre ses mâchoires closes. Ses yeux étaient d'un noir profond.

— Salut, dit-il. Moi, c'est Quetzalcóatl, mais les copains m'appellent Ketz. C'est comment, toi ?

Rowena écarquilla les yeux. Était-elle en train de devenir complètement folle ?

— Alors ? Tu es muette ?

Folie. C'était peut-être la réponse. Elle était dans la contrée de la folie, où les oiseaux rugissaient. Pourquoi les serpents n'eussent-ils pas parlé ?

— Rowena, articula-t-elle péniblement. Je m'appelle Rowena.

— Eh bien, Rowena, j'ai le regret de t'apprendre que tu t'es mise dans une sale situation. Tu as attaqué la forêt et elle n'aime pas ça.

— Mais je ne savais pas ! Je veux dire que j'ignorais que la forêt était vivante. On ne peut tout de même pas me condamner pour mon ignorance, n'est-ce pas, messire Quetzalcóatl ?

— Appelle-moi Ketz, siffla le serpent. Je comprends ton point de vue, tu sais, mais j'ai peur que tu n'aies déjà été condamnée. J'ai peur aussi que tu n'aies pas la moindre chance de t'en tirer, car c'est moi qui suis chargé de t'exécuter. Or il se trouve que je suis un spécimen de *Dendroaspis polylepis*, vulgairement appelé mamba, que ma morsure est indéniablement mortelle, et qu'à mon avis je suis beaucoup plus rapide que toi… Vois-tu ?

Sans l'avoir voulu, Rowena recula d'un pas pour se réfugier derrière son cheval. Tandis qu'elle discutait avec le reptile, elle avait presque oublié que sa vie était en danger. Désormais, le doute n'existait plus : la princesse de Fuinör en disgrâce allait mourir.

Soudain, alors qu'elle venait d'accepter cette idée et que, déjà, le serpent se lovait pour frapper, le bruissement des feuilles cessa, ce qui eut l'effet d'un coup de tonnerre dans le silence. La forêt relâcha sa tension et le soleil filtra à nouveau entre les cimes.

Le mamba interrompit son mouvement, tournant la tête de droite et de gauche, cherchant à comprendre.

— Je m'excuse pour le contretemps, reprit-il, mais là, quelque chose m'échappe...

Les buissons que Rowena trouvait si hauts et si épais quelques instants plus tôt n'avaient plus l'air infranchissables. Les branches paraissaient beaucoup moins enchevêtrées. Bientôt, sans que la princesse eût réellement vu bouger quoi que ce fût, un véritable chemin s'ouvrit pour elle au travers de la forêt, comme si cette dernière s'était écartée pour la laisser passer.

— Mais oui, bien sûr! s'exclama le serpent. J'ai compris! Pourquoi ne l'as-tu pas dit tout de suite, que tu avais le Kör?

— Le Kör? balbutia Rowena, qui sentait encore le sang lui battre les tempes.

Osant enfin quitter le reptile des yeux, elle s'aperçut qu'en voulant se mettre à couvert elle avait refermé la main sur le bâton, toujours attaché près de sa selle.

— Lui, c'est le grand serpent, le maître, commenta le mamba de son ton léger. Si j'avais su que tu l'avais, je ne me serais même pas permis de me montrer. Tu devrais le garder à la main. Par ici, c'est plus prudent.

Appréciant le conseil à sa juste valeur, Rowena rengaina son épée, prit le bâton et remonta en selle. Désormais, le passage était assez large pour qu'un cavalier y circulât à son aise.

— Désolé de t'avoir effrayée, dit le serpent, mais ça fait partie de mes attributions. Et puis ça t'apprendra à utiliser n'importe quoi n'importe quand. Salut, Rowena. Bon voyage.

— Merci, répondit-elle automatiquement. Au revoir, Quetzalcóatl.

— Appelle-moi Ketz, je t'ai dit.

La princesse ne put s'empêcher de sourire. Moins dangereux, il eût été charmant.

— Au revoir, Ketz !

Le bâton pourpre en travers de la selle, elle se remit en route.

Rowena avançait rapidement. Arbres et buissons s'écartaient pour lui tracer la route et se refermaient derrière elle. En eût-elle éprouvé le besoin qu'elle eût sans doute pu lancer son cheval au galop, mais elle ne voulait pas brusquer la forêt. Le Kör avait un grand pouvoir, assurément ; toutefois, si la princesse venait à le lâcher, l'étau végétal se refermerait. Elle avait eu trop peur pour prendre un tel risque.

Le soleil était très haut dans le ciel lorsqu'elle arriva à la croisée des chemins. Cette fois, il n'était plus question de magie : les trois sentiers qui partaient de la minuscule clairière où elle déboucha avaient été tracés par des hommes. Ou bien par un ogre, songea-t-elle en frémissant. Par des êtres d'une grande puissance, en tout cas, pour avoir ainsi pu mutiler la forêt sans s'attirer sa colère.

Lequel emprunter ? Celui qui continuait en droite ligne vers le nord était large et plat. Tout le désignait comme le plus fréquenté, car les ronces envahissaient les deux autres. Rowena décida de se restaurer avant de prendre une décision. Elle mit pied à terre et déballa les provisions qu'elle avait emportées : deux morceaux de viande, quelques baies et un peu du pain qu'on lui avait donnés au château. Ce fut alors qu'elle entendit le gémissement : une longue plainte aiguë s'échappait des buissons alentour.

— Qui est là ? interrogea-t-elle, sur ses gardes.

Pour toute réponse, le gémissement s'éleva à nouveau. On eût dit une lamentation de malade ou de vieillard à l'agonie. La princesse s'approcha des buissons avec prudence.

— Ah, ma fille, fit une voix chevrotante. Viens m'aider, je t'en supplie…

C'était une très vieille femme, tout de noir vêtue, allongée au milieu des ronces. Son visage ridé rappela à Rowena celui d'Angiosta. Prise de pitié, elle oublia la prudence et lui tendit la main pour l'aider à se relever.

— Merci, ma fille, merci beaucoup. Me donneras-tu à boire et à manger, maintenant ?

— Bien sûr.

Rowena considéra un instant ses maigres provisions, puis en fit deux parts égales et en tendit une à la vieille femme.

— Voilà, madame. Comment se fait-il que vous soyez ainsi perdue au cœur de la forêt ?

— Perdue ? Qui t'a dit que j'étais perdue ? J'habite cette forêt depuis toujours, mais mes vieux os ne sont pas aussi forts qu'autrefois. Il y a trois décennies, j'ai fait un faux pas et je suis tombée là où tu m'as trouvée. C'est plutôt toi qui as l'air perdue, tu sais, ma fille ? Que fais-tu donc ici ?

Rowena n'eut qu'une seconde d'hésitation. Quel mal cette ancêtre eût-elle bien pu lui faire ?

— Je cherche le château de l'ogre qui terrorise la contrée, annonça-t-elle. Je vais le tuer.

La vieille femme avait avalé en quelques bouchées le pain, la viande et les baies. Elle découvrit en un sourire les trois ou quatre dents qui lui restaient.

— Noble tâche ! approuva-t-elle. Mes vœux t'accompagnent. Tu avais dit que tu me donnerais à boire, ma fille…

Rowena décrocha sa gourde de sa selle, mais la vieille femme l'arrêta d'un geste.

— Je ne sais ce que tu as là-dedans, mais je n'en boirai pas. Je ne bois que l'eau de mon puits et je suis hélas devenue trop faible pour puiser moi-même. Puiseras-tu pour moi ?

La princesse retrouva une partie de sa méfiance. Et s'il s'était agi d'un piège? Une vieille femme qui vivait en plein cœur d'une forêt magique pouvait-elle réellement n'être qu'une vieille femme? À moins qu'elle ne fût folle, elle aussi, mais cette explication semblait soudain un peu simple. Pourtant, à présent que Rowena avait commencé de lui venir en aide, elle préférait assumer jusqu'au bout les conséquences de son choix.

— Où est ce puits? demanda-t-elle.

Sa compagne désigna le chemin étroit qui s'éloignait vers l'est.

— Tu le trouveras par là, à quelques centaines de pas seulement.

— Et comment y puiserai-je?

— Tu verras un seau sur la margelle, mais il est attaché à la chaîne et tu ne pourras l'emporter jusqu'ici. Il te faut prendre avec toi un récipient.

— Hélas, madame, je n'en possède aucun.

Le sourire de la vieille femme s'élargit. Ses petits yeux brillaient d'une lueur malicieuse.

— En es-tu bien sûre, ma fille?

La coupe! pensa Rowena. C'est de la coupe qu'elle parle. Peut-être le moment est-il venu de m'en servir. Mais comment peut-elle savoir?

— Je vais vous chercher à boire, dit-elle. Ne bougez pas.

La princesse prit la coupe au fond de son sac et, s'aidant du Kör à la manière d'un bâton de pèlerin, s'engagea sur le chemin indiqué. Elle n'eut pas à marcher très longtemps avant d'atteindre le puits : une margelle de pierre, surmontée de trois poutres qui soutenaient la poulie où venait s'enrouler une chaîne couverte de rouille. Sur le seau en bois, une petite coupe avait été gravée.

Sûre de ne pas commettre d'erreur, Rowena descendit le seau au fond du puits, avant de le remonter à l'aide d'une manivelle qui n'avait visiblement pas servi depuis des années. Elle remplit la coupe d'une eau fraîche et claire puis, abandonnant le seau où elle l'avait trouvé, reprit le chemin de la clairière.

La vieille femme était toujours là, souriante. Elle s'empara de la coupe que lui tendait Rowena et la vida en trois longues gorgées. Peut-être n'était-ce qu'une illusion, mais la princesse crut voir des couleurs revenir sur les joues ridées.

— Tu es bonne, ma fille, déclara la vieillarde. Si tu me confies ceci, je ne serai pas ingrate et te donnerai à mon tour un conseil précieux.

Rowena acquiesça.

— Je ne sais qui vous êtes, dit-elle, mais la coupe appartient au puits. Gardez-la.

— Voici donc mon conseil : le chemin de l'est, au-delà du puits, mène à ma masure. C'est là qu'il te faudra aller si tu as besoin de moi, un jour. Frappe à la porte et prononce les mots : « Esprit du bois, montre-toi ! Esprit du bois, ouvre-moi ! » Alors, je viendrai à ton aide. Si beau qu'il soit, tu ne dois pas emprunter le chemin du nord : il s'ouvrirait sous tes pas au bout d'une lieue et te jetterait dans un précipice sans fond. À l'ouest réside ce que tu cherches, mais prends garde : trouver le château de l'ogre n'est rien si on ne peut en ouvrir la porte, puis en abattre le gardien, avant de tuer le maître des lieux lui-même.

— Le gardien ?

— Je ne puis en dire plus, ma fille. Adieu.

L'instant d'après, Rowena était seule au milieu de la clairière. La vieille femme avait disparu, emportant la coupe. Pourtant, la princesse ne ressentait pas la perte de l'objet, dont la force était toujours présente. Tenant son cheval par la bride, elle marcha résolument vers l'ouest.

Quelques dizaines de minutes plus tard, le chemin s'arrêta net, de même que la forêt. À la place des chênes, des sapins et des baobabs, s'élevait désormais une épaisse barrière d'épineux, noirs, tordus, menaçants. Certaines des pointes acérées étaient aussi longues que des épées. Elles vibraient légèrement, émettant un ronronnement bas, comme un défi à peine voilé. Elles aussi étaient vivantes.

Le bâton pourpre à bout de bras, Rowena s'approcha. Le ronronnement s'amplifia, devint grondement, mais rien ne bougea. La princesse donna deux ou trois coups, au hasard. Les épines touchées reculèrent avec ce qui pouvait passer pour un cri de douleur. Contrairement aux arbres, cette végétation-là n'obéissait pas au Kör par respect mais par crainte. Rowena comprit que si elle réussissait à se frayer un chemin, elle ne pourrait en aucun cas faire passer son cheval. Elle alla prendre son sac de provisions et caressa la tête de l'animal.

— Reste ici, lui souffla-t-elle à l'oreille. Je reviendrai te chercher. Si je peux…

Lentement, pas à pas, elle s'avança au milieu des épines, frappant de droite et de gauche pour les faire reculer. Elle les entendait se resserrer derrière elle, craignait à tout moment d'être frappée dans le dos ou bien de trébucher et de lâcher le bâton. Elle eût alors été aussitôt transpercée. Peut-être même la moindre égratignure était-elle à redouter, si les pointes recelaient du poison.

À mesure qu'elle avançait, il lui sembla que le ciel devenait plus gris, comme s'il avait été en ces lieux perpétuellement nuageux.

Les épines la menaçaient, feignaient de la frapper dès qu'elle s'approchait trop du bord du chemin qu'elle traçait par la force.

Combien de pas fit-elle ainsi, le cœur battant à tout rompre ? Elle n'eût su le dire. Plusieurs milliers, sûrement. Quand elle émergea enfin du rempart d'épineux, il faisait aussi noir que si la nuit était tombée et, devant elle, se dressait le château de l'ogre.

Il n'était certes pas aussi grand que celui de Turgoth, ne pouvait même se comparer aux places fortes de la plupart des barons ; pourtant, Rowena eut un sursaut d'angoisse en le découvrant. De la pointe des tours à la base du pont-levis, il était entièrement noir – d'une noirceur qui emplissait l'air tout entier. On la respirait, la goûtait, la sentait glisser sur la peau telle une pellicule gluante.

La princesse réprima l'horreur qui la poussait à faire demi-tour.

— Et alors ? murmura-t-elle pour se rassurer, tout en se forçant à avancer. C'est le château d'un ogre, voilà tout. Tous les châteaux d'ogres sont comme ça, dans les romans, et l'ogre est toujours tué par le chevalier, à la fin. Moi, je dis que les femmes aussi ont le droit de tuer des ogres.

Elle déglutit péniblement et marcha droit vers le pont-levis relevé. Le château était entouré d'une douve large de deux toises. La franchir à la nage eût été possible, mais de peu d'utilité, puisque les murailles ne présentaient aucune aspérité susceptible de faciliter une ascension. Il fallait trouver le moyen de commander l'ouverture.

Une faible lueur perçait l'obscurité, à la limite du champ de vision de Rowena – qui baissa les yeux pour tenter d'en discerner la source. Au fond de la douve, de petits points lumineux immobiles dessinaient comme une constellation d'étoiles bleu nuit. De l'or…

Sachant désormais ce qu'elle devait faire, la princesse puisa dans son sac la pièce à l'effigie du vieillard. Après avoir prié très fort de ne pas se tromper, elle la jeta dans l'eau stagnante. La lumière qu'elle diffusait dansa un court instant avant d'atteindre le fond boueux et d'y ajouter un soleil.

Durant quelques fractions d'éternité, aucun bruit ne vint troubler le silence malsain – et Rowena craignit d'avoir gâché son unique chance, comme elle avait failli le faire dans la forêt. Cette fois, s'il le fallait, elle était décidée à plonger dans l'eau glaciale pour y reprendre son trésor, dût-elle y perdre ses dernières forces.

Par bonheur, le bruit familier d'une chaîne solide qui se déroulait vint aussitôt lui réchauffer le cœur. Porte ouvrant sur des dangers encore inconnus, le pont-levis commença à s'abaisser. Lorsqu'elle chercha à voir par l'ouverture, Rowena ne distingua qu'une herse relevée, découpée sur des ténèbres encore plus profondes qu'à l'extérieur.

Il y eut soudain un claquement métallique, puis le grondement terrible de la chaîne libérée d'un coup. La princesse n'eut que le temps de reculer d'un pas : le pont-levis tomba à ses pieds dans un choc sourd qui provoqua une avalanche de terre au fond de la douve. Ajouté à sa frayeur, le déplacement d'air la jeta au sol. Elle s'entailla le bras sur l'arête tranchante d'une pierre mais n'y prit pas garde : les joues en feu, s'attendant à être attaquée par quelque monstre horrible, elle fut sur ses pieds d'un bond.

Le silence était revenu. Le pont-levis avait dévoilé une brèche qui béait sur le noir, la mort peut-être. Rowena respira à fond pendant plusieurs secondes pour chasser l'envie de fuir qui la tenaillait. Sans cesser de se répéter qu'elle venait encore de franchir une épreuve avec succès et qu'abandonner eût été stupide, elle s'avança. Un écho lointain lui renvoya le bruit de ses pas. Au creux de sa main, le bâton pourpre palpitait, cœur vivant de toute la forêt.

Rowena avançait vers le château, chaque pas la rapprochant un peu plus de l'ombre. Et enfin, il y eut le dernier pas, et elle fut *dans* le château. Seule. Le pont-levis commença à se relever.

Le Kör irradiait une lumière pourpre qui recouvrait la princesse tout entière, à l'instar d'une aura. Rowena renvoya en arrière ses cheveux noirs et s'avança encore.

— Eh bien ? cria-t-elle. N'y a-t-il personne, ici, pour accueillir les voyageurs ?

Le pont-levis claqua sèchement contre la muraille.

— Il y a moi, déclara une voix caverneuse.

Plusieurs dizaines de torches s'allumèrent au même instant, flammes spontanées, bleues et vertes, qui illuminèrent une salle gigantesque, aux murs recouverts de panoplies et de tapisseries représentant des scènes guerrières. Sur une longue table en bois, fruits et quartiers de viande semblaient attendre un invité.

Au fond de la pièce, dont il occupait presque toute la largeur, se tenait celui qui avait parlé, calmement assis par terre. Rowena se pressa une main sur la bouche pour retenir un cri d'effroi : c'était la première fois qu'elle voyait un dragon, et si elle avait lu qu'il en existait de bien plus gros, celui-ci, d'un blanc immaculé, n'en était pas moins terrifiant.

— Je suis le gardien de ce château, reprit-il. Que voulez-vous ?

Sa langue, qui s'échappait parfois entre deux rangées de dents aiguës, était bifide comme celle d'un serpent. La princesse sentit à nouveau le bâton palpiter au creux de sa main, comme s'il avait voulu s'en échapper. Elle se rappela les paroles de Ketz : lui, c'est le grand serpent.

— Je suis venue tuer ton maître, annonça-t-elle d'une voix qu'elle eût voulue plus assurée. En attendant, reçois ceci en témoignage de ma considération.

Au même instant, elle jetait le bâton pourpre aux pieds du dragon. La lumière qu'il diffusait s'intensifia et prit bientôt forme, avant de se matérialiser. Alors, il n'y eut plus un dragon dans la pièce, mais deux, le second se jetant sur le premier pour le saisir à la gorge.

Rowena courut se réfugier dans l'angle opposé de la pièce. Elle ne se souvenait pas d'avoir un jour eu aussi peur, mais pour rien au monde elle ne fût revenue en arrière.

Le dragon pourpre et le dragon blanc étaient de taille égale. Ils luttèrent furieusement durant de longues minutes. Le blanc cherchait à brûler son adversaire de son haleine empoisonnée. Déjà, des cloques se formaient sur l'échine du défenseur de la princesse – qui, pourtant, ne lâchait pas prise : il avait refermé les mâchoires sur la gorge de son adversaire et serrait, serrait sans se soucier des brûlures ni des coups de griffes rageurs qu'il recevait. Les écailles du gardien de l'ogre se couvrirent d'un sang jaunâtre. Il comprit sans doute qu'il n'aurait pas le dessus, car il renonça à abattre le dragon pourpre et tenta de se libérer en secouant violemment la tête. Ses mouvements désordonnés ne firent que précipiter sa fin. Son corps sans vie roula sur les dalles de pierre, aux pieds de son vainqueur. Ce dernier poussa un rugissement de triomphe puis sembla perdre sa substance, redevint lumière évanescente et, doucement, se dissipa dans le néant.

Dès qu'elle eut rassemblé assez de courage pour sortir de son immobilité, Rowena s'approcha de la dépouille du dragon blanc. Le bâton pourpre avait disparu. Il me reste l'épée, songea-t-elle, l'épée et un ogre à combattre.

L'arme tirée, elle fit le tour de la pièce sur la pointe des pieds, craignant presque que le bruit de ses pas ne déchaînât sur elle une force incontrôlable. À sa grande surprise, elle constata que, hormis le pont-levis, il n'y avait aucune issue ; pas la moindre porte, pas le plus petit escalier, comme si cette grande salle avait constitué toute la réalité du château – le reste, tours et remparts, n'existant qu'à l'extérieur, pour des raisons esthétiques. À moins qu'elle ne recelât des passages secrets, mais Rowena ne se sentait pas la force de les chercher. Enfant, elle n'en avait jamais trouvé ; sans doute n'était-elle pas très douée pour cela.

L'épée à la main, elle s'assit sur un banc, devant la grande table. Elle s'empara d'un fruit et, sans en avoir vraiment envie, le goûta. Il était juteux, succulent.

La princesse ne regarda même pas la viande : elle ne savait que trop de quoi il pouvait s'agir.

Toute la fatigue de la journée s'abattit sur elle en un instant. Si l'ogre s'était trouvé dans son château, il n'eût eu qu'à tendre la main pour l'attraper. Rowena posa la tête au creux de ses bras croisés et poussa un soupir d'épuisement. Ses yeux se fermèrent d'eux-mêmes.

Quelques secondes plus tard, elle dormait. La lame de l'épée brillait de mille feux, parcourant inlassablement le spectre, dont elle arborait parfois toutes les couleurs au même instant.

Une à une, les torches s'éteignirent.

8

L'aube se levait sur le château de Turgoth. Rowena venait de s'éveiller et paressait encore, sans trouver le courage de repousser les draps pour affronter la fraîcheur matinale. Soudain, un grand cri se fit entendre dans tout l'édifice : «Le marchand de nuages! C'est le marchand de nuages qui arrive!» On commença à descendre le pont-levis. Debout au milieu de la cour intérieure, Rowena le regardait s'abaisser lentement. Elle se demanda un instant comment elle avait pu s'habiller et se transporter ici en si peu de temps, mais ne trouva pas de réponse et oublia la question. À la moitié de sa course, le pont-levis ne révélait qu'un coin de ciel nuageux. Pourtant, au-dessus du château, il faisait beau. C'était la saison des fruits. La princesse se souvenait d'ailleurs d'en avoir mangé un la veille au soir, juste avant de s'endormir. Comment pouvait-il y avoir des nuages, de l'autre côté?

Rowena sursauta. Elle se rappelait, à présent : ce n'était pas le château de son père; c'était celui de l'ogre; l'ogre qu'elle devait tuer. Sa main enserrait la poignée de l'épée magique, mais elle ne pouvait combattre ainsi, en rêve.

Le pont-levis s'abaissait toujours, dans un grincement de chaîne rouillée, et une large silhouette s'y profilait. Il fallait qu'elle se réveille, sinon l'ogre allait la dévorer, comme il en avait dévoré tant d'autres.

— Non! hurla-t-elle en secouant violemment la tête.

Elle ouvrit les yeux et se redressa d'un bloc, encore assise sur le banc où elle s'était abandonnée à la fatigue. Combien de temps avait-elle dormi ? Elle n'eût pu le dire, mais une chose était sûre : elle s'était éveillée juste à temps. Le bruit de chaîne entendu dans son rêve n'était pas une illusion : le pont-levis s'abaissait. L'ogre rentrait chez lui.

Rowena courut se dissimuler derrière le cadavre du dragon blanc, glissant son épée sous le corps sans vie pour en masquer la lueur.

Contrairement à ce qui s'était produit lors de son arrivée, le pont-levis descendait progressivement : le maître des lieux connaissait sans doute le moyen de ne pas risquer d'être écrasé chaque fois qu'il franchissait son seuil.

Des pas lourds résonnèrent dans la grande salle. La princesse s'attendait presque à ce qu'ils fissent trembler les murs. Elle se sentit prise au piège.

— Qui est entré dans mon château ? cria une voix tonitruante.

Rowena osa à peine lever les yeux pour observer l'arrivant. Johel avait un peu exagéré en le disant haut comme une montagne, mais il ne mesurait pas moins de quatorze pieds. Son ventre proéminent débordait de ses chausses en bourrelets disgracieux. Dans son visage bouffi, orné d'épaisses moustaches noires, brillaient deux petits yeux cruels.

Il portait des bottes de cuir retourné. La princesse se demanda si c'étaient là celles qui lui permettaient des enjambées gigantesques. À son côté pendait une massue, aussi grosse qu'un tronc d'arbre, faite d'un bois noir évoquant l'ébène.

— Qui a tué mon gardien ? cria-t-il, plus fort que la première fois.

Une des tapisseries pendues au mur se détacha et tomba à terre. Les mains de Rowena se mirent à trembler quand l'ogre s'avança vers la table et rugit :

— Qui a mangé de mes fruits ? Il y a quelqu'un ici. Je sens la chair fraîche !

Il fallait faire quelque chose. Vite. Sinon il allait la découvrir et l'assommer d'un coup de sa massue, magique ou non.

— Qui est là ? reprit l'ogre de plus belle. Montre-toi, vermisseau !

Rowena se redressa et recula d'un pas. Elle prit l'attitude la plus noble que lui autorisaient ses mains tremblantes.

— Je suis la princesse Rowena de Fuinör, déclara-t-elle, craignant à chaque mot que sa voix ne se brisât. Depuis trop longtemps, déjà, vous oppressez cette contrée. Je suis venue pour vous occire !

L'ogre la considéra un instant sans rien dire, comme s'il avait tenté de se persuader qu'il ne rêvait pas. Puis, tenant son ventre à deux mains pour en maîtriser les soubresauts, il éclata d'un rire gras.

— Une princesse ! haleta-t-il. Je vais manger une princesse au petit déjeuner ! (Des larmes involontaires perlèrent au coin de ses yeux, dévalèrent son visage porcin.) Et elle veut me tuer ! Mais ne sais-tu point que je suis immortel, petite princesse ? Aucune lame n'a jamais pu entailler ma peau.

— Celle-ci réussira ! cria Rowena, furieuse de ses sarcasmes.

Sans attendre, elle escalada le cadavre du dragon, l'épée tenue devant elle, à deux mains, et se précipita sur le monstre – lequel fronça les sourcils en découvrant la lumière qu'émettait l'arme. Il cessa brusquement de rire, porta la main à sa massue, mais il était déjà trop tard : la lame s'enfonça dans son ventre jusqu'à la garde, le transperçant de part en part. La princesse échappa de justesse au poing vengeur qui passa au-dessus de sa tête, et elle alla se remettre à couvert. Le visage de l'ogre était marqué par l'incompréhension. Il tenta d'arracher l'épée de son corps, mais elle semblait s'y être scellée, tel un nouvel organe qui le rongeait de l'intérieur. Il tomba à genoux.

— Je ne peux pas mourir, affirma-t-il d'une voix encore incrédule. Les dieux l'ont juré... Je ne peux pas... Les dieux...

Après un long cri d'agonie, il s'effondra sur le côté et ne bougea plus.

Alors, il y eut un grand fracas et les murs du château se mirent à trembler. Prévoyant ce qui allait arriver, Rowena courut à l'entrée et retraversa le pont-levis. Dès qu'elle prit pied de l'autre côté de la douve, la première tour commença à s'écrouler. Un vent puissant se leva pour chasser les nuages. Bientôt, l'obscurité se fit moins profonde et le soleil bleu put à nouveau prendre la place qui était sienne, au milieu du ciel.

Tout autour du château en plein effondrement, les épineux que Rowena avait eu tant de peine à traverser se racornirent, comme si la sève avait soudain refusé d'y circuler. D'un des derniers nuages, un éclair fusa pour y bouter le feu, cerclant les ruines d'un rideau flamboyant. Quelques minutes après la mort de l'ogre, il ne demeurait de sa puissance qu'un tas de pierres et des cendres fumantes.

Épuisée, Rowena se laissa tomber à terre. Elle avait réussi : Lynna et ses compagnons ne craindraient plus d'être dévorés. Elle savait qu'elle eût dû courir le leur annoncer, mais elle n'en avait plus la force. Pour l'heure, elle ne désirait qu'une chose : dormir. Dormir longtemps, trois jours et trois nuits par exemple, se réveiller pour prendre un bref repas, et puis dormir encore. Ses paupières s'alourdissaient déjà quand une voix retentit derrière elle :

— Bravo, Rowena !

La princesse se retourna, lasse. Allait-elle devoir combattre quelque nouveau monstre ? Ne lui laisserait-on pas un instant de répit ?

— N'aie pas peur, reprit celui qui avait parlé. Je ne suis pas ton ennemi. Bien au contraire.

C'était un grand vieillard à la barbe et aux cheveux blancs, vêtu d'une longue robe, elle aussi immaculée. Ses yeux, d'un noir absolu, fixaient Rowena, semblant lire en elle.

— Je vous reconnais, articula-t-elle. C'était vous, sur la pièce d'or.

— Tu vois que tu n'as aucune raison de te méfier de moi. Il y a plus de dix-huit ans que j'attends de te rencontrer.

Elle poussa un soupir de découragement.

— Je ne comprends pas, avoua-t-elle. Mais il y a tellement de choses que je ne comprends pas… Qui êtes-vous?

— Je te le dirai, assura le vieillard. Je répondrai à toutes tes questions, mais pas ici. Je vais t'emmener chez moi.

Elle secoua la tête.

— Je suis désolée, mais je ne suis pas en état de chevaucher pour le moment. Je risquerais de m'endormir sur ma selle.

— Il n'est pas question de chevaucher, Rowena. Allons : lève-toi. Tu verras que ta fatigue n'est qu'illusoire.

La main qu'il lui tendait recelait une vigueur inattendue pour un homme de son âge. Quand elle y posa la sienne, il lui sembla qu'un peu de cette vigueur passait en elle et effaçait sa lassitude, si bien qu'une fois debout elle se sentit aussi alerte qu'au sortir d'une paisible nuit de sommeil.

— Et comment nous rendrons-nous chez vous?

— Nous y sommes déjà. Regarde autour de toi.

Les ruines avaient disparu. Ils se trouvaient désormais en plein cœur de la forêt, près de l'entrée d'une grotte qu'éclairaient de nombreuses torches. Non loin de là, le cheval de Rowena festoyait paisiblement parmi des céréales sauvages.

— J'ai pensé que tu ne voudrais pas l'abandonner, reprit le vieil homme. Alors, je l'ai emmené avec nous.

La princesse courut vers l'animal, lui entoura l'encolure de ses bras et posa la joue contre le pelage brun – consciente d'agir comme une enfant, mais trop heureuse pour s'en soucier.

— Tu ne m'en veux pas de t'avoir laissé, dis ? demanda-t-elle. (Elle sourit de sa puérilité.) Excusez-moi. Je dois vous sembler un peu ridicule. Il ne peut pas me comprendre.

— Il ne le peut pas, non. Pas pour l'instant. Mais, si tu le désires, le langage des animaux fait partie des choses que je pourrai t'enseigner.

— M'enseigner ? Qui êtes-vous donc ?

— Je suis l'enchanteur de Fuinör. Et ceci est mon domaine. La grande forêt.

— L'enchanteur, murmura Rowena. Une sorte de magicien, c'est ça ?

— Si tu veux. Tu comprendras mieux plus tard. Viens !

La princesse le suivit sans hésiter dans sa caverne. Elle sentait qu'elle n'avait rien à craindre de cet homme – s'il s'agissait bien d'un homme.

La grotte était immense. Ses parois étrangement lisses ne portaient pas trace d'un outil, comme si elles avaient été le fruit d'un phénomène naturel et non du travail humain.

— Vous vivez ici ? interrogea Rowena.

— Parfois, oui. Ça te plaît ?

Il y avait en fait plusieurs salles, séparées par de larges galeries. L'une des pièces, une bibliothèque, renfermait un nombre de livres incroyable. Une autre était emplie d'or et de bijoux de toutes sortes. Une autre encore ne contenait qu'un grand lit et quelques sièges. Plusieurs étaient vides.

— Oui, dit Rowena, ça me plaît.

— C'est ici que tu vivras si tu acceptes d'être mon élève, déclara l'enchanteur. As-tu faim ?

— Non. Enfin… Pas tellement. Je voudrais surtout comprendre.

— À ta guise. Aujourd'hui, je n'ai rien à te refuser : tu as gagné le droit de questionner.

De retour dans la forêt, l'enchanteur s'assit au pied d'un grand chêne et fit signe à Rowena de l'imiter.

— Alors ? Que veux-tu savoir ?

La princesse resta muette quelques instants. Les questions se bousculaient sur ses lèvres. Elle ne savait laquelle poser en premier. L'enchanteur ne la pressa pas.

— Est-ce vous qui faisiez apparaître les livres, dans ma chambre ? demanda-t-elle enfin.

— Bien sûr. Et je sais que tu en as tiré profit. Sinon, tu ne serais pas allée aussi loin dans la contrée de la folie.

— Pourquoi avez-vous fait ça ? Pourquoi quelqu'un d'aussi puissant que vous a-t-il perdu son temps à s'occuper de moi ?

— Je n'ai pas perdu mon temps, affirma-t-il. Loin de là. J'ai de grands projets, Rowena. Des projets qui dépassent tout ce que tu peux imaginer. Un jour, peut-être, tu seras capable de les comprendre et je te les exposerai. Pour l'heure, sache simplement qu'ils sont en accord avec tes désirs les plus profonds. Te souvient-il des trois tapisseries de la grande tour ?

Elle acquiesça.

— C'était votre œuvre également ?

— Oui. Ces trois scènes étaient fictives, bien entendu, mais il en est des dizaines, semblables, qui se déroulent chaque jour. Et aucune ne trouve le dénouement heureux que, grâce à toi, celles-là ont obtenu. C'est à cela que je désire arriver : le respect de chaque homme, chaque femme, chaque animal, le respect de la nature.

— Il vous faudra créer des bouleversements, remarqua Rowena.

— C'est exact. Et pour cela, j'ai besoin de ton aide. Malgré tous mes pouvoirs, bien des choses me sont impossibles. Je ne suis pas véritablement humain, je pense que tu l'as compris.

— Vous venez d'un autre monde ? s'enquit timidement la princesse, comme ses lectures lui revenaient en mémoire.

— Non, rassure-toi. C'est Fuinör qui m'a enfanté, tout comme toi. M'aideras-tu, Rowena ?

— Pourquoi le ferais-je ? s'étonna-t-elle. Et comment ? Je ne suis qu'une proscrite, désormais. Si on me savait sortie de la contrée de la folie, on aurait déjà envoyé une troupe de chevaliers pour me tuer.

— Je sais cela, mais c'est sans importance, car tu seras sous ma protection aussi longtemps que tu le désireras. Tous les chevaliers du monde ne pourront te trouver si, moi, je l'interdis. Quant à tes deux questions, elles n'ont qu'une seule et même réponse : si tu acceptes de m'aider, je ferai de toi une sorcière. Ainsi, en travaillant à l'accomplissement de mes desseins, tu pourras te consacrer aux tiens : regagner la place dont on t'a frustrée. Tu le désires toujours, n'est-ce pas ?

— Sorcière..., murmura Rowena. Sorcière et reine... Oui, je le désire toujours.

Le visage de l'enchanteur s'assombrit un peu.

— Tu le deviendras, assura-t-il. Mais prends garde ! Réfléchis bien avant de me donner ta réponse. La sorcellerie n'est pas une science dans laquelle on s'engage à la légère. Même si son principe est d'une grande beauté, les actes qu'elle peut parfois amener à accomplir le sont beaucoup moins. Certains te sembleront même repoussants, odieux. Tu n'es pas la jeune vierge à la tête vide qu'eût voulu te voir devenir ton père, mais tu conserves intacte toute ta pureté. Si tu t'es donnée à un homme, c'est par amour. Et si aujourd'hui tu as tué, c'était pour défendre tes amis contre une destinée horrible. Tu es pure, Rowena, et une sorcière ne peut le rester très longtemps. Tu seras amenée à te donner à des hommes que tu n'aimeras pas. Peut-être devras-tu en tuer pour lesquels tu n'auras aucune haine, simplement parce qu'ils se trouveront sur ton chemin. Il sera vain, ensuite, de m'accuser : je ne ferai que mettre les outils entre tes mains, comme naguère l'épée, le bâton, la coupe et la pièce d'or. C'est toi qui choisiras le moment et la manière de les utiliser. Et ton désir de vengeance est sans doute l'arme qui te causera les plus terribles blessures. À cela, au moins, tu devrais renoncer.

Rowena baissa la tête. L'enchanteur avait raison, bien sûr. Elle se rappelait l'un des livres qu'il lui avait procurés, où il était écrit que le pardon constituait une victoire plus éclatante que la vengeance. Elle s'était grisée de cette idée, mais la mettre en pratique le moment venu était tout autre chose : le visage d'Aladin vivait au plus profond de sa mémoire, et chaque fois qu'elle le revoyait, un flot d'amour et de haine mêlés déferlait en elle, l'emplissait d'un frisson glacial. Le marchand de nuages était entré dans sa vie tel le rêve qu'elle avait toujours attendu, et il s'était changé en cauchemar. Elle devait le chasser, arracher son souvenir et le détruire à jamais.

— Je ne puis renoncer, dit-elle à voix basse. Il m'a pris tout ce en quoi je croyais, tout ce que je possédais. Si je rencontre à nouveau Aladin, ce sera pour le tuer.

— Je me suis trompé, admit l'enchanteur. Tu n'es déjà plus tout à fait pure. Dans un sens, ce sera plus facile pour toi. Au début. Tu retrouveras Aladin, je t'en donne ma parole, mais ce ne sera pas avant de longues années. Ton éducation commence. Es-tu vraiment prête à sacrifier ta vie à ce désir?

— Je l'ai déjà sacrifiée, déclara Rowena d'une voix plus ferme. Il y a longtemps que j'ai pris ma décision ; si vous êtes aussi puissant que vous semblez l'être, vous devez le savoir. Parlons plutôt de ce que moi, je ne sais pas. Qu'allez-vous m'enseigner?

— Qu'il en soit comme tu le désires, dit le vieillard. Mais auparavant, jure-moi que tu m'obéiras en tout point, quoi que je te demande de faire, même si tu crois que c'est inutile, même si tu crois que c'est mauvais, tant que je ne te libérerai pas de ce serment. Jure-le!

— Je le jure! répondit Rowena. Sur les morceaux de mon chevalier d'ébène.

— Alors, en cette minute, tu deviens mon élève et je deviens ton maître. Dorénavant, c'est ainsi que tu m'appelleras.

Le Kör était semblable au souvenir qu'en avait Rowena : un arbre pourpre et nu, dont les innombrables branches se tordaient vers le ciel comme pour un hommage, ou une supplique. Il dépassait en hauteur et en beauté tous les autres arbres de la forêt, malgré leurs feuilles et leurs fleurs, dont il était privé. Ses seuls ornements étaient sa couleur et cette lueur qu'il diffusait, soleil pourpre de Fuinör, de quelque couleur que fût son frère astral. À des dizaines de lieues à la ronde, la grande forêt luisait de cette aura, dont une infime partie avait suffi à vaincre un dragon. Le Kör était l'orgueil. Le Kör était la force. Au sein de ses plus hautes branches, comme dans une flûte naturelle, le vent soufflait une douce mélopée qui n'attendait que la tempête pour devenir hymne guerrier.

— Je ne l'imaginais pas aussi beau, constata Rowena. Que dit-il ?

— Il dit que tu es son amie, répondit l'enchanteur. Il dit que si tu l'aimes, il t'aimera, lui aussi. Je t'apprendrai à comprendre ses paroles. Je t'apprendrai à y répondre, avec des mots, des caresses et des regards. Et je t'apprendrai le langage des autres habitants de la forêt. Tu écouteras les sages discours des chênes, les longs sermons des saules, et tu riras des histoires que te conteront les châtaigniers. Je t'apprendrai à les aimer, eux et ceux qui vivent avec eux. Je t'apprendrai le chant des oiseaux, et à chanter à l'unisson. Je t'apprendrai à courir avec les lièvres, à chercher des noisettes en compagnie des écureuils. Tu chevaucheras les daims et tu t'endormiras sans crainte près du nid des serpents. Je t'apprendrai le vent et la pluie. Je t'apprendrai la foudre. Ils seront tes alliés, tes amants et tes frères…

Fascinée, Rowena écoutait le vieillard lui chanter Fuinör, la nuit et le feu.

— Mais je t'apprendrai aussi à dissimuler. Quand tu voudras passer inaperçue, tu n'auras pas à chercher un abri où te cacher. Il te suffira de le vouloir, et tu disparaîtras aux yeux de tous. Comme ça.

Aussitôt, la princesse fut seule au pied du Kör. Les pas de l'enchanteur faisaient toujours craquer les feuilles mortes.

— Maître ?

— Je suis encore là, Rowena, n'aie crainte. Simplement, je ne t'autorise pas à me voir. Beaucoup plus tard, je t'enseignerai peut-être le moyen de voir ce qui ne désire pas être vu.

Le vieil homme réapparut devant elle, mais il lui sembla qu'il avait changé : les poches, sous ses yeux, n'étaient plus aussi marquées ; ses cheveux semblaient plus fournis, moins blancs.

— Je t'apprendrai à modifier ton apparence, reprit-il, tandis que se poursuivait sa transformation. Si tu le désires, tu resteras jeune et belle toute ta vie. Tu pourras chasser les rides de ton visage, empêcher tes cheveux de perdre leur couleur, ta chair de s'affaisser. Et quand tu seras capable de paraître à ta guise superbe ou décharnée, je t'apprendrai de plus puissantes métamorphoses. Regarde !

Le beau jeune homme brun qui se tenait alors devant la princesse sembla se ramasser sur lui-même. Ses jambes s'atrophièrent, devinrent serres. Ses bras se changèrent en ailes et son visage se modifia, dessinant un bec.

— Un aigle ! s'exclama Rowena.

— Oui, acquiesça le rapace. Un jour, nous volerons ensemble au-dessus des forêts, des montagnes, au-dessus de l'océan.

— Et du pays des fées ?

— Non, pas du pays des fées. Pas tout de suite.

L'aigle se brouilla et l'enchanteur fut à nouveau un vieillard.

— N'oublie jamais que les fées sont nos ennemies, Rowena, nos plus grandes ennemies. Sans elles, le monde pourrait changer. Il aurait déjà changé. Quand nous serons prêts, il nous faudra les combattre de front, elles et leurs maîtres.

— Leurs maîtres ?

— Tu le sauras le moment venu. N'aie pas la prétention de tout comprendre avant de rien savoir et cesse de poser des questions. C'est en écoutant, en regardant et en imitant que l'on s'instruit.

Rowena baissa les yeux. L'enchanteur était le premier être qu'elle autorisait à lui parler sur ce ton sans qu'elle se mît en colère.

— Que m'enseignerez-vous encore ? demanda-t-elle avant de rougir violemment. Oh, pardon ! J'ai encore posé une question. J'ai peur d'être incorrigible.

— Celle-là, je te l'accorde, dit le vieil homme. Même si je ne suis pas sûr que la réponse te plaise. Je t'apprendrai à développer ton pouvoir de séduction pour en faire une arme. Si tu le veux, tous les êtres humains tomberont sous ton charme et deviendront tes esclaves. Tu les manipuleras, t'insinueras dans leurs vies, leurs pensées, dans leurs rêves. Tu les détruiras, même, parfois. Je t'apprendrai à maîtriser les forces qui sont en toi, à les concentrer en une sphère de puissance que tu pourras projeter à volonté. Je t'apprendrai à faire jaillir le feu du bois, de la pierre ou de la chair. Tu comprends ce que je veux te dire, Rowena ? Je t'apprendrai à tuer.

— Oui, je comprends, murmura la princesse.

— Et ça ne te fait pas peur ?

— Si, avoua-t-elle, un peu…

— J'en suis heureux. Si tu avais répondu « non », je t'aurais renvoyée dans la contrée de la folie. Tu ne dois pas prendre ces choses à la légère. Souviens-toi de cela : avant de tuer, assure-toi que tu ne possèdes aucune alternative. Mais quand le meurtre est inévitable, tue vite et sans hésiter, quelle que soit la cible. Apprends à ranger les choses selon leur importance. La vie d'un ami a souvent peu de prix en regard de l'accomplissement d'une tâche. Pour l'instant, l'idée te semble odieuse, n'est-ce pas ?

— Oui… Non… Je ne sais pas, balbutia Rowena, incapable de lever la tête pour regarder l'enchanteur.

— Bientôt, tu trouveras ça naturel, conclut-il. Souhaite que cela n'arrive pas trop vite.

— J'ai une requête à vous adresser, maître.

— Parle.

— Tant que je le puis encore, j'aimerais rendre visite aux amis qui m'ont accueillie dans la contrée de la folie, leur faire mes adieux. Demain, à l'aurore, je remettrai mon destin entre vos mains.

— Si c'est là ce que tu désires..., acquiesça l'enchanteur.

Rowena arriva dans la petite clairière au crépuscule. Au-dessus des flammes rôtissait un faisan famélique, qui ne rassasierait pas tous les convives. Comme chaque soir, ils étaient assis en cercle autour du feu, à l'exception de Lynna.

Ce fut Halôm qui aperçut le premier la princesse. Il courut vers elle de toute la vitesse de ses jambes minuscules.

— Bonjour, madame, dit-il en souriant. Vous nous avez ramené les cavaliers dorés ?

— Non, et j'en suis désolée. Je ne les ai même pas rencontrés.

Le visage du nain prit une expression malheureuse.

— Vraiment ? J'espérais...

— N'ennuie pas la princesse, Halôm ! intima *Ghénarys*, qui s'était approché.

Il s'agenouilla devant Rowena et baissa la tête.

— Mon cœur se réjouit que vous soyez vivante, dit-il. Depuis votre départ, je vis dans la honte de ne pas vous avoir accompagnée pour vous protéger. Je ne mérite pas le titre de chevalier.

— Vous le méritez plus que quiconque, affirma Rowena. Car, au-delà de la préséance, vous avez su choisir de rester là où on avait le plus besoin de vous. Cessez de vous faire des reproches et allez en paix.

Laissant un *Ghénarys* extasié, elle s'approcha du feu.

— Je vous apporte à manger, dit-elle. J'ai pensé que cela vous ferait plaisir.

Elle posa près de Johel le sac empli des fruits que l'enchanteur lui avait appris à reconnaître et à cueillir sans blesser les arbres.

— Je ne croyais pas vous revoir un jour, Rowena, avoua le vieil homme. Vous êtes décidément quelqu'un d'exceptionnel.

La princesse eut un sourire rapide, sans joie.

— Et l'ogre ? demanda Glarth, impatient. Vous avez vu l'ogre ?

— Je l'ai tué avec mon épée. Il ne viendra plus vous menacer.

Le jeune homme siffla entre ses dents, un peu dédaigneux.

— Moi, je n'ai eu besoin que d'un couteau pour tuer mon dragon.

— J'ai aussi rencontré un dragon, Glarth. Et j'en suis venue à bout avec un bâton.

Johel éclata de rire.

— Si vous n'êtes pas la plus grande menteuse que Fuinör ait jamais portée, je finirai par croire que vous avez des pouvoirs magiques ! s'exclama-t-il.

Le sourire de Rowena disparut pour de bon.

— Vous aurez la réponse à votre question le seizième jour de la saison des neiges, quand vous ne verrez pas venir l'ogre.

— Mais s'il est mort, nous n'avons plus rien à craindre, intervint Korthwo-lui. Vous allez pouvoir rester avec nous pour toujours.

— Jamais de la vie ! s'exclama Korthwo-elle. Nous étions tranquilles quand vous n'étiez pas là.

L'éternel combat allait recommencer, mais Rowena l'arrêta d'un seul geste.

— Inutile de vous quereller. Même si je le désirais, il me serait impossible de rester. Je vous quitterai demain matin.

— Vous reviendrez ? s'enquit Johel.

Elle eut un geste évasif.

— Je ne sais pas. Je l'espère. Si je le peux, je passerai vous voir de temps en temps. Quoi qu'il arrive, je ne vous oublierai jamais.

— Nous non plus, assura le vieil homme. Vous resterez notre princesse. (Il sourit.) La seule que nous ayons jamais connue.

— Pas moi ! dit Glarth.

— Vous serez toujours la bienvenue ici, ajouta Johel, sans se préoccuper de la remarque.

— Merci. Je voudrais aussi dire au revoir à Lynna.

— Elle est dans sa hutte.

La nuit était tombée. Une obscurité totale régnait dans la petite cabane quand Rowena y pénétra.

— Lynna ? Lynna, tu es là ?

Une main se plaqua sur sa bouche, la faisant sursauter.

— Tais-toi, murmura la jeune fille derrière elle. Sinon, les autres vont t'entendre. Ils ne doivent pas savoir que tu es avec moi. Ils te tueraient.

Rowena la prit par la main et l'entraîna jusqu'à la couche de feuilles séchées, où elles s'assirent toutes deux.

— Ils le savent déjà, affirma-t-elle sur le même ton. Et je t'assure que personne ne songe à me tuer. Pas plus que toi.

Lynna faisait la moue. Sans doute savait-elle que Rowena disait vrai mais répugnait-elle à admettre une vérité qu'elle avait toujours niée.

— Tu leur as dit que tu allais partir. C'est vrai ?

— Oui. Mais si tu as tout entendu, tu dois savoir que j'ai promis de revenir.

— De temps en temps, précisa la jeune fille, amère.

— Écoute ! Je pars demain pour un voyage dont je ne connais ni la durée ni la destination, mais je te promets une chose : un jour, je retournerai au château de mon père pour y devenir reine. Ce jour-là, je viendrai te chercher ici et je t'emmènerai avec moi.

— À la cour ? Moi ? Une folle…

— Pourquoi pas ? J'y serai bien, moi.

— Je t'aime, souffla Lynna. Je n'aurai plus jamais peur de toi.

Rowena sortit de la hutte un peu avant le lever du jour. Lynna dormait encore. Sur la pointe des pieds, la princesse traversa la clairière et s'enfonça dans la forêt, vers le nord. À quelques pas de là l'attendait une grande silhouette blanche.

— Es-tu prête, Rowena ? demanda l'enchanteur.

— Je le suis, maître.

9

Dix années, le soleil bleu avait brillé sur le pays de Fuinör.

Quand parut la dernière aube de la décennie, l'enchanteur arriva au seuil de la contrée du miroir.

À son côté, revêtue d'un manteau dont le capuchon dissimulait ses traits, se tenait une jeune femme qui accomplissait le pèlerinage pour la première fois. Pourtant, elle ne s'était jamais plainte durant le voyage au travers de la contrée des semailles enneigée, malgré le froid qui engourdissait ses membres et les gerçures qui meurtrissaient sa peau.

La dernière épreuve allait bientôt avoir lieu.

— N'oublie pas ce que je t'ai appris, dit l'enchanteur lorsqu'ils furent au bord du lac. Le miroir est ton ami. Tu n'as rien à craindre de lui.

Joignant le geste à la parole, il fit quelques pas sur la surface de l'eau, puis se retourna et tendit la main vers sa compagne.

— Allons, l'encouragea-t-il. Viens me rejoindre.

Mais elle hésitait toujours, contemplant le miroir avec un profond respect mêlé de crainte.

— Songe que le miroir est l'essence même de Fuinör, reprit l'enchanteur. Comme le Kör. Et songe que toi aussi, tu fais partie de cette essence. Songe que, bientôt, la nature tout entière t'obéira. Maintenant, avance, Rowena ! Ou va-t'en à jamais !

La princesse releva la tête. Un éclair de défi brilla dans ses yeux. Elle dénoua le cordon qui retenait son manteau et laissa glisser ce dernier à ses pieds. Dessous, elle ne portait qu'un léger voile couleur de soleil, couleur changeante.

Le regard plongé dans celui de son maître, elle avança d'un pas, puis d'un autre, et d'un autre encore. Sous ses pieds nus, l'eau du lac était un baume pour soigner ses blessures.

Dès qu'elle l'eut rejoint, le vieil homme reprit sa marche. Ils atteignirent ensemble le centre du miroir.

— Ta vie commence aujourd'hui, Rowena, dit l'enchanteur.

— Non, répondit-elle. Aujourd'hui, ma vie s'achève. C'est celle de la sorcière qui commence.

Dix années, le soleil indigo…

FIN DE LA PREMIÈRE ÉPOQUE

DEUXIÈME ÉPOQUE

Le Fou

My life were better ended by their hate
Than death prorogued, wanting of thy love.

William SHAKESPEARE, *Romeo and Juliet*

10

Le vent s'était levé dès l'aube, chassant du ciel pourpre quelques inoffensifs nuages. C'était la saison des fruits, dans la dixième année du soleil indigo. Au bord de l'océan, il pleuvait rarement.

Les vagues se dressaient au gré du souffle tiède, murailles grenat frangées d'écume, guerrières impuissantes, obstinées, qui voulaient conquérir la terre mais ne parvenaient qu'à s'y briser et à mourir dans un dernier sanglot sur le rivage.

Debout à la frontière du sable sec et du sable mouillé, un jeune homme brun immobile contemplait la mer. Chaque jour que faisaient les dieux, il venait ici – chaque jour, depuis qu'il avait appris à marcher. Parfois, il ne s'attardait guère, mais il pouvait tout aussi bien rester des heures, surtout si la marée montait. Et quand, plus forte que ses sœurs, une vague reculait les limites du domaine marin, il faisait un pas en arrière, voire un petit saut assez comique si, par extraordinaire, il se trouvait surpris.

Le jeune homme avait peur de la mer.

Il la considérait comme une entité, plus que comme un phénomène naturel. Souvent, dans ses rêves, elle lui apparaissait d'un vert éclatant, devenait par la grâce de son esprit troublé une infinie mare de sang dont le flux et le reflux battaient le rythme de la vie, battaient le rythme de la mort.

Jamais il ne s'y était baigné, dédaignant les incitations sans cesse renouvelées d'Ismaëlle et de Custenhin. Eux ne craignaient pas les flots, y nageaient quotidiennement en se moquant de sa peur.

Le Fou ne partageait pas non plus ses craintes, mais du moins ne se moquait-il pas. Des trois membres de la famille, c'était celui dont le jeune homme s'était toujours senti le plus proche, sans vraiment savoir pourquoi. Peut-être parce que celui-là ne lui faisait jamais de remarque quand il rentrait bredouille de la chasse ou se montrait un élève par trop déplorable au maniement de l'épée.

— Continue comme ça, et c'est un poignard de bois qu'on te donnera, disait Custenhin dans ces moments-là.

Le Fou, lui, se contentait de sourire et de serrer son propre poignard de bois entre ses doigts maigres. Peut-être était-ce pour ça… Ou bien parce que tous deux aimaient à regarder les taches indigo des étoiles au sein du ciel devenu noir. Passion de Fou ? Sans doute, mais qu'y pouvaient-ils ?

Le jeune homme étouffa un soupir. Plus jamais il ne partagerait cette vision avec son vieil ami. Plus jamais non plus, il ne viendrait se poster face à ce monstre rugissant qui l'effrayait presque autant qu'il le fascinait. En ce jour, il devait partir.

Le jeune homme n'avait pas de nom. Eût-il été de sexe féminin qu'on lui en eût attribué un dès sa naissance, mais un garçon devait attendre de fonder sa propre famille. Alors seulement, s'il recevait le titre de Héros, il gagnait un nom. Mais s'il devenait Fou, Fou il restait, et chacun le nommait ainsi.

Le jeune homme voulait être un Héros. Depuis sa naissance, ses compagnons s'adressaient à lui en l'appelant « Mon petit », « Mon gars » ou « Fiston », quand ils ne se contentaient pas d'un simple « Eh, toi ! ». Il ne le supportait pas. La simple idée de finir ses jours sans nom le faisait frémir d'horreur.

D'autres raisons, cependant, alimentaient son ardent désir d'être un Héros : présider au changement de soleil, tous les dix ans, par exemple; tirer son épée face à l'océan et attendre qu'en jaillisse le rayon qui frapperait l'astre du jour. Il avait observé Custenhin le jour où le soleil bleu était devenu indigo, se souvenait de son expression radieuse après la transformation. Un Héros redonnait vie au monde. Grâce à lui s'accomplissait le destin de Fuinör.

Pourtant, si exaltante que fût cette tâche, elle n'était pas essentielle au désir du jeune homme. Le Héros possédait un nom, bien sûr, le Héros possédait la gloire – mais surtout, le Héros possédait la Femme.

Ismaëlle avait vécu trente-huit années. Le jeune homme, qui ne l'avait jamais quittée pour plus d'une journée, ne l'avait pas vue changer. Malgré cela, en observant les rides qui commençaient de la marquer au coin des yeux, sur le front, en observant les quelques cheveux blancs qui brillaient parmi la chevelure ébène et le léger affaissement des chairs au niveau de la gorge, de la poitrine, il supposait qu'elle avait été bien plus belle. À ce qu'on disait, toutes les Femmes étaient belles, car tel était leur rôle.

Chaque fois que Custenhin rentrait de la chasse, porteur de la dépouille sanglante d'un animal, Ismaëlle l'accueillait d'un baiser prolongé. Ensuite, ils passaient de longues heures dans l'ombre de la chaumière, seuls. Le jeune homme et le Fou n'avaient pas le droit de les déranger, sous peine de se voir corrigés. En général, ils restaient donc ensemble et parlaient. Naguère de tout et de rien – puis, au fil des années, du Héros et de la Femme, de ce qu'ils pouvaient bien faire qui requît un tel mystère. Le Fou avait répondu sans difficulté aux questions de son jeune ami mais, les premières fois, ce dernier n'avait pas compris.

Un jour, n'y tenant plus, il les avait épiés. Il avait alors ressenti des émotions toutes plus nouvelles les unes que les autres, un trouble aussi moral que physique, dont il ne savait si la dominante était le plaisir ou la honte.

Depuis, ses rêves étaient hantés par la nudité d'Ismaëlle frémissant sous les caresses de Custenhin. Il lui arrivait souvent de se réveiller en sursaut, couvert de sueur, le cœur battant à tout rompre.

Posséder une Femme lui paraissait la plus grande chose à laquelle pût aspirer un homme. Et seul un Héros se la voyait offerte.

— Tu n'as jamais eu envie d'Ismaëlle? avait-il demandé un jour au Fou.

— Si, avait répondu ce dernier avec un sourire forcé. Ça m'est arrivé.

— Et alors?

— Alors quoi? avait rétorqué le Fou, agressif. Qu'est-ce que tu crois? Je n'ai jamais fait l'amour avec elle : je ne suis pas un Héros.

C'était la première fois que le jeune homme voyait son vieux compagnon perdre son sang-froid.

— Mais en ce cas, avait-il pourtant continué, tu n'as jamais…

Bien qu'il n'eût pu aller au bout de sa pensée, le Fou avait compris.

— Non, jamais. C'est le destin des Fous. Si tu n'en veux pas, débrouille-toi pour devenir un Héros.

Débrouille-toi pour devenir un Héros…

Les mots résonnaient encore dans sa tête, comme un souvenir d'orage. Il tira son épée et la brandit face aux vagues, exécutant quelques moulinets en hommage aux dieux et à Fuinör.

L'arme était lourde, encombrante. Il n'avait jamais compris comment Custenhin pouvait la manier sans peine des heures durant, alors que quelques instants suffisaient à rendre son bras douloureux.

La remettant au fourreau, il se détourna à regret du spectacle des vagues. La marée commençait à descendre.

D'où il se trouvait, il embrassait d'un seul regard la totalité de la crique minuscule : un demi-cercle de sable indigo, d'une cinquantaine de toises de rayon, abruptement limité par l'océan et entouré par l'écran violet de la grande forêt.

Au centre se trouvait la chaumière – quatre murs de bois et de terre séchée, surmontés d'un toit de feuilles entrelacées, auxquels on avait ajouté un minuscule réduit, telle une verrue sur un visage harmonieux. C'était dans ce réduit qu'il vivait, lui, depuis qu'il était en âge de subvenir à ses besoins élémentaires. Ismaëlle, Custenhin et le Fou habitaient les deux pièces de la chaumière, dont l'une servait de cuisine et de salle d'eau, l'autre de chambre à coucher. Quand il s'était enquis de la raison pour laquelle le Fou ne venait pas plutôt résider avec lui, afin d'assurer à la Femme et au Héros cette intimité qu'ils semblaient tant apprécier, le jeune homme s'était entendu répondre qu'on ne discutait pas la tradition ni la volonté des dieux.

Parfois, il se demandait comment les dieux s'y étaient pris pour faire connaître leur volonté aux mortels, mais il chassait bien vite ces pensées sacrilèges. Sûrement, sa jeunesse ne lui permettait-elle pas de comprendre tous les mystères de l'existence.

Telle était donc la crique qu'il allait quitter. Il n'en avait jamais franchi les limites, sinon en compagnie d'Ismaëlle ou de Custenhin, s'enfonçant tout juste assez loin sous les sombres feuillages pour chasser ou puiser de l'eau à la source claire qui jaillissait d'un rocher avant de se perdre dans la forêt.

À sa connaissance, aucun membre de la famille ne s'éloignait davantage. Custenhin disait que c'était interdit. Le Fou disait que c'était impossible, sauf à un jeune adulte prêt à perpétuer la tradition. La Femme ne disait rien, comme à l'ordinaire.

Tel était l'endroit qu'il allait quitter et tel serait celui où il s'établirait. Peut-être seraient-ils même très proches l'un de l'autre. Combien de criques identiques pouvaient-elles être ainsi disposées au bord de l'océan, tout autour du pays de Fuinör, rendues autonomes par la grande forêt et la décision des dieux ? Combien de Héros, combien de Femmes, combien de Fous vivaient-ils ainsi dans des chaumières ? Combien d'enfants ?

Résistant à la tentation de regarder encore la mer, il se dirigea à pas lents vers le logis commun.

De longues années, le jeune homme avait cru qu'Ismaëlle et Custenhin étaient ses parents, jusqu'à ce que le Fou lui expliquât comment une fée l'avait amené, nouveau-né, à la crique, après que le Héros eut vaincu les cavaliers dorés. Cela se passait toujours ainsi dans les familles : Femmes et Héros ne pouvaient pas avoir d'enfants.

Il avait donc grandi en ignorant tout de ses origines et sans avoir la moindre chance de jamais les connaître. Chacun des membres de la famille lui avait enseigné ce qu'il savait. Le Héros à se servir d'une épée et à chasser, armé d'un arc et de flèches ou à l'aide de collets. Dans ces deux disciplines, il s'était montré peu habile, incapable de s'y intéresser assez pour les pratiquer avec bonheur. Le Fou lui avait appris à lire et à écrire, à reconnaître les plantes, les oiseaux, à prédire le temps d'après la nuance d'indigo qui marquait les étoiles, d'après la forme de la lune. Il lui avait aussi appris à cuisiner et à se taire quand parlait Custenhin.

La Femme ne lui avait rien appris, qu'à s'étendre nu sur la plage pour s'offrir aux rayons du soleil. Durant la saison des fruits, la peau vert pâle d'Ismaëlle prenait ainsi une nuance plus profonde, proche du bleu, ce qui la rendait encore plus belle.

Le jeune homme pénétra dans la chaumière, où régnait une pénombre qui conservait une certaine fraîcheur, même aux heures les plus chaudes. Custenhin et Ismaëlle l'attendaient. Debout côte à côte, les bras le long du corps, ils le regardèrent entrer sans bouger. La Femme souriait. Elle ne lui avait jamais communiqué beaucoup d'affection mais ce sourire lui fit du bien.

— Es-tu prêt ? interrogea le Héros.

— Je le suis.

Il n'avait pas le choix. Prêt ou non, il lui fallait partir. Il en ressentait un bizarre mélange d'excitation et d'angoisse.

Custenhin s'approcha et lui posa ses deux larges mains sur les épaules. Le Héros le dépassait de plus d'une tête et, malgré l'âge qui le gagnait, possédait toujours une silhouette souple, puissante. S'il l'avait voulu, il eût pu le casser en deux d'un coup de poing.

— N'oublie pas mes conseils, fiston. Si tu veux devenir un Héros, ne te fie qu'à ton épée. Et quand tu ne sais si tu dois frapper ou non, frappe de toute façon. Si ensuite tu le regrettes, cela prouvera que tu es encore vivant. Je peux te faire confiance ?

Le jeune homme se força à sourire, à acquiescer. Il connaissait par cœur tous les conseils de ce type.

La poigne du Héros se fit un instant plus ferme sur ses épaules et il retint de justesse une grimace de douleur. Le regard de Custenhin était un mélange de dureté et d'envie. Sans doute se souvenait-il du jour où il avait quitté sa propre famille, et réalisait-il que sa vie était sur le point de s'achever. Son compagnon détourna les yeux, gêné.

Ismaëlle s'avança à son tour. Même elle était un peu plus grande que lui. Elle le prit dans ses bras et le serra contre elle, une démonstration d'affection à laquelle il n'avait jamais eu droit. Le souffle chaud de la Femme était dans son cou, et tout son être frémissait du contact étrange, nouveau, d'un corps féminin.

— Bonne chance, Héros, murmura-t-elle.

Puis les lèvres bleues d'Ismaëlle effleurèrent les siennes en un rapide et chaste baiser. Lorsqu'elle s'éloigna de lui, il dut se faire violence pour ne pas la retenir.

— Adieu, mon gars, dit encore Custenhin.

On eût aussi bien pu lui donner l'ordre de partir. Il n'avait plus rien à faire dans cette crique et savait qu'il ne pourrait jamais y revenir, même s'il le désirait.

— Adieu, répondit-il.

Le Fou l'attendait à l'orée de la forêt, un sac de peau en bandoulière et une large fourrure roulée sous l'autre bras.

— J'ai pensé que tu aurais besoin de provisions, dit-il en lui tendant le premier. Il y a des fruits et de la viande séchée. Je t'ai aussi apporté de quoi te tenir chaud la nuit.

Le jeune homme accepta les offrandes avec un sourire.

— Merci, Fou. Je ne sais pas ce que je vais devenir, à présent que tu ne seras plus là pour penser à tout.

Le Fou eut un petit rire ironique.

— Tu vas apprendre à penser tout seul, affirma-t-il. Tu verras : ce n'est pas forcément désagréable. Viens ! Je vais t'accompagner un peu.

Ils s'enfoncèrent dans le sous-bois à pas lents, comme pour reculer au maximum l'instant de la séparation.

— Tu crois que je réussirai à devenir un Héros ?

— Je n'en sais rien. On ne peut jamais savoir. Mais Custenhin l'a prédit, non ?

— Il l'a prédit, oui. Mais il n'envisage même pas que je puisse devenir un Fou. Pour lui, ce serait pire que la mort.

— Et pour toi ? demanda le Fou sans regarder son compagnon.

Ils approchaient de la source. Le bruit de la cascade allait croissant, tel celui du tonnerre quand un orage naissait à l'horizon. Le jeune homme ne répondit pas immédiatement. Pourtant, il s'était déjà posé la question.

— Je ne sais pas, avoua-t-il enfin. Pour moi aussi, je suppose.

Profitant de l'occasion, il s'éloigna un peu de son ami pour aller boire à la source qui, contrairement à l'océan, ne lui inspirait aucune peur. Souvent, il venait se placer sous la chute et y demeurait de longues minutes, aimant ce massage brutal qui le laissait brisé mais détendu. Même durant la saison des neiges, il lui arrivait de s'offrir à la cascade – bien qu'il grelottât ensuite pendant des heures.

L'eau qu'il but dans ses mains en coupe était fraîche et un peu acide, comme toujours. Il en remplit sa gourde avant de rejoindre le Fou.

— Il est une chose dont je ne t'ai pas encore parlé, déclara ce dernier. Durant ton voyage, il te sera impossible de rencontrer qui que ce soit, sinon l'homme et la Femme qui deviendront membres de ta famille. Il arrive cependant que des démons prennent forme humaine pour torturer les jeunes gens comme toi – aussi méfie-toi : si tu rencontres deux hommes, l'un des deux sera là pour te tuer.

— J'ai mon épée, répondit simplement le jeune homme.

Le Fou eut une grimace expressive signifiant qu'il s'était attendu à ce genre de réponse.

— Je ne me hasarderais pas à le dire devant Custenhin, reprit-il, mais je crois que, parfois, une épée ne sert pas à grand-chose. Utilise ta tête au moins aussi souvent et tu ne le regretteras pas. Oh... Je pense que je ne t'accompagnerai pas plus loin, mon garçon.

Le jeune homme se retourna pour voir ce qui avait tiré ces dernières paroles à son ami, resté quelques pas en arrière. Apparemment, il n'était rien arrivé d'extraordinaire, aussi supposa-t-il que le Fou avait décidé de ne pas s'aventurer plus avant dans la forêt.

Quand il voulut l'étreindre une dernière fois, pourtant, il percuta une barrière invisible qui lui communiqua une violente douleur.

— Qu'est-ce qui se passe ? s'exclama-t-il. Qu'est-ce que c'est ?

— C'est la vie, répondit son compagnon en souriant. Moi, je ne peux pas sortir, et toi, tu ne peux plus rentrer. Il ne te reste qu'à continuer.

Le jeune homme hocha lentement la tête. Quitter chacun des trois membres de la famille lui avait fait éprouver des sentiments divers, mais le Fou était le seul qui lui inspirât du chagrin.

— Merci, dit-il. Merci pour tout.

— Adieu. Et si tu ne réussis pas à devenir un Héros, ne t'en fais pas trop. Moi, il y a des moments où je n'échangerais pour rien au monde ma place avec celle de Custenhin.

Le jeune homme ne comprit pas comment la chose était possible mais il se garda de tout commentaire. Ayant adressé à son ami un dernier sourire, il tourna les talons et reprit sa marche dans la fraîcheur du sous-bois.

11

Le château était presque achevé. Il s'élevait entre roseaux et joncs, seule végétation à des lieues à la ronde. À peine plus petit que celui du roi, il en était la réplique quasi exacte, car ainsi l'avait exigé le marchand de nuages en annonçant le prix de ses services. Bien sûr, le souverain avait dû lever un impôt supplémentaire sur les paysans. Le trésor royal eût certes pu subvenir seul aux besoins de la construction, mais il était d'usage de créer un impôt chaque fois que l'on bâtissait un château. Ensuite, on oubliait généralement de le supprimer et, l'habitude prise, qui songeait à s'en plaindre ?

Cette fois, le roi était allé encore plus loin. Usant de l'argument massue : « C'est de notre survie à tous qu'il s'agit » il avait réussi à faire participer les barons. Ils avaient moins payé que les paysans, bien entendu, mais ils avaient payé : la fois suivante, ils paieraient un peu plus, et celle d'après encore plus.

Quoi qu'il en fût, ils n'avaient nullement lieu de se plaindre car, depuis le début des travaux, environ onze ans plus tôt, Fuinör n'avait pas connu la sécheresse. Le marchand de nuages avait tenu parole ; depuis cette même date, on ne l'avait pas revu. Les menteurs et les imaginatifs disaient qu'il se trouvait au pays des fées. Les autres n'en savaient rien mais supposaient qu'un être aussi puissant avait les moyens de se trouver là où il le désirait. Peut-être était-il même ici, dans la contrée du miroir, à surveiller la construction de son château après avoir emprunté la forme d'un architecte ou d'un chevalier. À moins qu'il ne fût invisible… Cette crainte mêlée de respect était si ancrée dans les esprits, y compris des plus puissants nobles, que nul ne s'autorisait le moindre commentaire désobligeant au sujet du marchand de nuages. Qu'il décidât de l'abandonner, et Fuinör eût été à la merci des catastrophes naturelles.

Aladin, comme il se faisait parfois appeler, était aussi nécessaire au pays que le soleil lui-même.

Le château ne se dressait qu'à une demi-lieue du miroir.

— Du haut de ses fenêtres, le marchand de nuages pourra assister à l'avènement du soleil violet, observa Turgoth III.

C'était désormais un homme âgé. Il avait depuis peu dépassé la soixantaine et, sans qu'il s'en trouvât physiquement changé, franchir cette frontière lui avait porté un grand choc. Il se tenait encore droit sur sa selle, drapé dans ses habits de pourpre, mais les trop longues chevauchées lui causaient à présent de violentes douleurs dans les membres et les reins. Malgré un régime sévère, son ventre s'enflait d'année en année et débordait de ses chausses. Quelque temps auparavant, il avait rasé barbe et moustache. Ses cheveux blanchis ne subsistaient qu'en une mince couronne, ce qui faisait dire aux impertinents qu'il voulait porter les attributs de la royauté même lorsqu'il était nu.

Le chevalier, à son côté, n'était pas de très loin son cadet, mais les années lui avaient été plus clémentes, car il n'avait cessé de se consacrer au métier des armes, où il s'était forgé un corps d'acier. On eût cherché en vain sur lui la plus petite trace d'empâtement, la moindre articulation rouillée. Malgré sa chevelure grise, Ghénarys conservait cette beauté qui avait fait de lui le rêve de toutes les damoiselles – et leur désespoir, puisqu'il n'avait jamais daigné leur accorder plus qu'un sourire et ne s'était jamais marié. Depuis trente ans, il se contentait d'être le meilleur chevalier du royaume, titre qu'on avait pourtant souvent tenté de lui ravir. Il avait tout d'abord vaincu des combattants plus expérimentés que lui, et en désarçonnait à présent de plus jeunes, de plus souples ou de plus forts. À cheval, la lance à la main, Ghénarys était plus qu'un homme – du moins était-ce là une opinion couramment répandue à la cour.

— Plus de dix ans, murmura-t-il en observant la fourmilière des bâtisseurs, occupée à hisser une grande pierre de taille en haut d'une tour.

Turgoth émit un grognement énervé. Il n'avait nul besoin d'explications pour savoir que le chevalier ne parlait pas du château. Nul autre n'eût osé faire allusion à ce sujet devant le roi – et l'eût-on fait, par ignorance ou inattention, qu'on eût aussitôt été banni. Ghénarys, toutefois, était le meilleur ami de Turgoth, son défenseur et son confident depuis toujours. Les interdits diplomatiques ne le concernaient pas.

— Peut-être serait-il temps de pardonner, reprit-il. D'aller la rechercher.

— Jamais! trancha le souverain.

— Vous ne la regrettez donc pas, sire?

Turgoth soupira bruyamment. Il avait trop chaud sous sa cotte de mailles et sa lourde cape. Sa respiration se faisait sifflante.

— Bien sûr que si, je la regrette, dit-il. Et tu le sais très bien. Mais je ne puis revenir sur la décision du conseil. Ma fille était folle.

— Folle?

— Et même si elle ne l'était pas! s'emporta le roi. Il n'est de toute façon rien qui puisse excuser sa conduite. Lui pardonner jetterait le scandale et le désordre dans tout le pays. Je n'en entendrai pas plus, Ghénarys. Ma patience est à bout.

— Comme il vous plaira, capitula le chevalier.

Turgoth tourna bride et éperonna son cheval pour l'amener à un trot léger, reprenant la direction de son propre château. Ghénarys revint bientôt à sa hauteur. La visière relevée de son heaume révélait un visage soucieux.

— Mais la dynastie, sire ? reprit-il, comme si la conversation n'avait pas été interrompue. Vous n'avez pas d'autre enfant.

— Le meilleur des chevaliers me succédera : toi.

— Non, sire, je ne suis pas digne de pareil honneur. Et quoi qu'il en soit, de combien d'années croyez-vous que je vous survivrai ? Vous survivrai-je seulement ? Et je n'ai pas, moi non plus, de descendance. Qui viendrait après moi ? Un de ces barons envieux qui briguent le pouvoir royal par dépit de n'en point posséder le sang ? Fuinör serait en de belles mains !

— Mais par les dieux, qu'y puis-je ? s'exclama le souverain, vert de colère. Si le destin de ma lignée est de s'éteindre, qu'elle s'éteigne !

— Vous pouvez reprendre femme, sire, et donner un nouvel héritier au royaume.

La colère de Turgoth disparut aussi vite qu'elle s'était manifestée. Il éclata d'un rire joyeux.

— Reprendre femme ? Ah, çà, te moques-tu, Ghénarys ? Me vois-tu, à mon âge, dans la contrée de l'amour, contant fleurette à quelque jeunesse ?

— Un roi n'a pas d'âge, et fût-il impotent, celle sur laquelle il lève les yeux ne saurait rester insensible à l'honneur qui lui est fait.

Le roi ne répondit pas. Tout comme sa colère, son hilarité était tombée. Seul subsistait le trouble dans lequel l'avaient plongé les paroles de son ami. Ils chevauchèrent en silence pendant plusieurs minutes.

Au-dessus du miroir volaient de grands oiseaux au plumage vert tendre qui, parfois saisis de vanité, plongeaient tels des soleils dans les eaux du grand lac pour saisir un poisson. Lorsqu'ils en ressortaient, tristes victimes d'un rêve irrationnel, ils étaient inchangés. Certains, toutefois, ne ressortaient jamais. Préjugeaient-ils de leurs forces et s'aventuraient-ils en des eaux trop profondes d'où ils ne pouvaient s'échapper – ou bien, comme le disait la légende, le miroir conduisait-il sans étape jusqu'au pays des fées?

— Je réfléchirai, Ghénarys, dit enfin le roi.

La baronne Auriana, à quarante-cinq ans, en paraissait trente. Seuls ceux qui se souvenaient de l'avoir connue rousse alors que, jouvencelle, elle cherchait un époux, devinaient en observant sa chevelure émeraude combien de décennies elle avait vues fleurir. Mais même ceux-là ne pouvaient se défendre de la trouver fort belle. Une taille si fine que les mains d'un enfant eussent presque pu l'enserrer, une poitrine altière et les courbes délicates d'un visage sans ride faisaient d'elle une des plus grandes beautés que l'on vît à la cour. Chevaliers et barons la couvraient d'attentions. Les autres femmes la détestaient, mais elle ne s'en formalisait guère. Le bruit courait qu'Auriana accompagnait dans la contrée de l'amour quiconque savait le lui demander habilement – par exemple en lui offrant une parure de diamants. Cependant, aucune preuve n'en avait jamais été apportée, et on se gardait bien de la calomnier en public, de peur de s'attirer les foudres vengeresses du baron Farnn.

Auriana aimait à songer que la vie ne lui avait apporté que trois choses : un mari, un fils et un rêve, par ordre d'importance croissante. Le rêve était le plus ancien : devenir reine.

Durant les vingt dernières années, elle s'était livrée à un lent travail d'infiltration, fait d'intrigues et de charme, qui avait abouti à son installation plus ou moins permanente à la cour.

Devant tant d'empressement et de sincère dévouement, le roi avait fini par lui confier l'entière responsabilité des réjouissances organisées au château. Dès lors, ce dernier avait retrouvé un faste et une allégresse qu'il n'avait plus connus depuis la disgrâce de la jeune Rowena.

Au fil des ans, l'indifférence qu'Auriana éprouvait pour son mari s'était changée en dédain, puis en mépris. L'amour qu'elle croyait porter à son fils avait levé son masque de pureté et révélé son vrai visage : l'ambition personnelle qu'elle voulait assouvir à travers lui. Mais le rêve était demeuré intact. Auriana voulait régner et, pour cela, elle était disposée à accepter tous les sacrifices. À commettre tous les crimes.

La salle du trône était la pièce la plus froide du château. En toute saison, même aux jours chauds, quand le soleil y pénétrait largement par les fenêtres ouvertes, sa lumière indigo ne parvenait à vaincre tout à fait la fraîcheur des dalles de marbre et des vieilles pierres. Des tentures de soie et de velours, aux couleurs passées, en constituaient le seul ornement, si l'on exceptait çà et là les portraits figés des souverains d'antan. Monument poussiéreux, le trône de Turgoth évoquait un arbre desséché aux confins d'un désert. Quand le roi y prenait place et saisissait le sceptre, symbole de son rang, il ne pouvait retenir un frisson glacial. Certains jours, il se demandait si le froid ne se trouvait pas inscrit dans sa chair plus que dans les murs.

Pourtant, il lui arrivait souvent de s'enfermer volontairement en cet inconfortable refuge, lorsqu'il voulait être seul, lorsqu'il devait réfléchir, prendre une décision.

Ce jour-là, après avoir quitté Ghénarys dans la cour du château, il s'y rendit directement, presque sans y penser, tant son esprit était encombré de raisonnements multiples, parfois contradictoires. Ce ne fut qu'assis sur le velours grenat du trône qu'il put commencer à rassembler ses idées.

— Maudits soient Ghénarys et ses conseils ! grommela-t-il entre ses dents. Qu'irais-je donc braver le ridicule en épousant une jouvencelle ? Aurais-je seulement envie de l'honorer dignement ?

Sa question suivante demeura silencieuse mais sembla pourtant emplir toute la salle. *Le pourrais-je ?*

Malgré son désir de solitude, il fut presque soulagé lorsqu'on frappa à la porte.

— Entrez! lança-t-il, d'une voix qu'il eût souhaitée plus ferme.

Un léger courant d'air fit claquer une fenêtre quand le battant pivota pour livrer passage à la mince silhouette d'Auriana. Dédaignant de se faire annoncer par les gardes, elle apportait un plateau d'argent sur lequel reposaient un flacon de vin et deux coupes.

— Vous, baronne? s'étonna Turgoth. Qu'y a-t-il donc?

L'arrivante déposa son plateau sur une table de chêne, non loin du trône, puis s'inclina devant le roi. Lorsqu'elle releva la tête, sa révérence s'agrémentait d'un sourire radieux.

— Je vous ai vu laisser votre cheval à l'écurie, sire, dit-elle. Vous sembliez soucieux. J'ai songé qu'une coupe de vin vous serait peut-être un réconfort.

— Et n'y a-t-il plus de serviteurs en ce château, que vous soyez tenue d'accomplir vous-même une telle tâche?

Le sourire d'Auriana s'élargit encore.

— J'ai voulu vous l'apporter moi-même, sire. Quand le trouble est en vous, je sais que vous n'acceptez la présence que de ceux qui vous aiment et vous sont dévoués.

Elle se redressa et remplit une coupe qu'elle apporta au souverain. Leurs doigts se frôlèrent tandis qu'il la prenait, et il sembla à Turgoth que le hasard n'en était pas seul responsable.

— Je vous remercie, baronne, dit-il, un peu plus détendu. Servez-vous donc également. Puisque vous avez pris la précaution d'apporter deux coupes, je suppose que vous aviez prévu d'être invitée à boire en ma compagnie.

Une lueur malicieuse passa dans le regard d'Auriana, qui battait innocemment des cils.

— Prévu est un bien grand mot, sire. Disons que je l'avais espéré…

Le roi l'observa tandis qu'elle emplissait la seconde coupe. Elle portait une robe de soie noire, relevée de rubans mauves, qui l'amincissait encore. Une traîne longue de plusieurs toises laissait derrière elle un sillage vaporeux et mouvant. Auriana était une des seules dames de la cour à porter encore ce genre de vêture. Si elle était consciente d'amasser peu à peu toute la poussière des couloirs, elle ne s'en inquiétait pas outre mesure, changeant de toilette trois à quatre fois par jour. Quand elle leva sa coupe pour lui rendre hommage, Turgoth remarqua que le haut de sa robe était largement délacé, par une savante inattention, laissant deviner la naissance des seins au bout d'un profond décolleté.

— Longue vie au roi! clama-t-elle avant de tremper les lèvres dans le vin.

— Vous êtes très belle, baronne, répondit le souverain sans en avoir eu l'intention.

Loin d'en être froissée, elle s'inclina à nouveau.

— Sire, je suis votre humble servante, dit-elle doucement.

Le vieux conseiller Hormund se fit annoncer dans la salle du trône peu après le départ d'Auriana. Elle avait passé environ une demi-heure en compagnie du roi, remplissant sa coupe dès qu'il buvait une gorgée, souriant sans cesse et déployant des torrents de charme, d'éloquence. Chacune de ses phrases semblait contenir un sous-entendu dont Turgoth n'osait trop saisir le sens. Il avait côtoyé cette femme pendant des années sans seulement daigner lui accorder un regard, et soudain le désir s'infiltrait en lui – aussi fort qu'aux jours de sa jeunesse. Peut-être était-ce à cause des paroles de Ghénarys.

Quand arriva Hormund, le souverain voyait encore l'image tentatrice de la baronne et échafaudait une scène onirique se déroulant dans la contrée de l'amour.

— Puis-je vous entretenir un instant, sire? demanda le conseiller en s'inclinant avec respect.

Rien ne semblait pouvoir abattre ce vieillard aux cheveux blancs et au visage crevassé de rides. Parfois, Turgoth s'étonnait de son exceptionnelle longévité : il se rappelait qu'avant sa majorité, c'était un Hormund déjà fort âgé qui avait assuré la régence. La plupart du temps, toutefois, nul n'y prenait garde. Le vieillard existait, tout simplement, comme le château ou le miroir. On n'imaginait pas la cour sans sa présence chenue, furtive, dans les couloirs.

— Qu'y a-t-il ?

— Je viens de croiser le chevalier Ghénarys, sire. Il m'a laissé entendre que vous songiez à reprendre femme.

Le roi fronça les sourcils. Ghénarys allait bien vite en besogne.

— C'est lui qui m'en a donné l'idée, affirma-t-il. Je reconnais qu'un héritier serait une bonne chose pour le royaume, mais j'hésite encore...

— N'hésitez plus ! recommanda Hormund. Il y a plusieurs années que je souhaite ardemment une telle décision sans oser vous la suggérer. Avez-vous déjà songé à quelqu'un, ou bien désirez-vous que je fasse publier l'ordre à toutes les gentes damoiselles du royaume de se présenter au château ?

— Tout doux, Hormund ! se récria Turgoth. Je ne veux point de cela. Je ne suis pas sûr qu'il me conviendrait d'épouser une jouvencelle. Elle ne rêverait que prouesses guerrières, romance, et n'aurait guère d'attirance pour moi. Par contrecoup, je ne pourrais l'aimer...

— Je ne sais s'il est vraiment question d'amour en la matière, sire. Ce dont le royaume a besoin, c'est d'une mère.

Le roi ferma les yeux un instant. L'image d'Auriana le rejoignit encore, perçant l'écran obscur de ses paupières. Auriana, son sourire, la courbe de ses épaules et sa robe à demi délacée... Hormund avait raison : il n'était guère question d'amour.

— Je suis troublé, mon vieil ami. Je crois que je préférerais pour épouse une femme plus mûre. Je ressentirais moins ma vieillesse.

— Bien entendu, sire. La baronne Auriana sort d'ici, n'est-ce pas ? Elle est fort belle.

Turgoth se sentit blêmir, furieux d'être aussi bien percé à jour.

— Ne dis pas de bêtises, intima-t-il sèchement. Elle est mariée à l'un de mes plus loyaux sujets.

Les lèvres desséchées du vieillard s'élargirent en un sourire servile.

— Un mari n'est qu'un homme, sire. À présent, permettez-moi de me retirer : nous aurons sans doute l'occasion de nous entretenir à nouveau de ce sujet.

Le souverain lui donna congé d'un geste et demeura seul avec ses pensées. Un mari n'était qu'un homme, certes, mais un roi n'était pas un assassin. Peut-être Auriana accepterait-elle de donner ce qu'elle semblait offrir sans qu'il fût besoin de supprimer Farnn. Il suffirait de l'éloigner.

Bien sûr, songea Turgoth. C'était la bonne solution. Il n'aurait toujours pas d'héritier, mais du moins contenterait-il son désir.

Son cœur battait plus vite qu'à l'accoutumée. Il lui semblait qu'il battrait ainsi tant qu'Auriana ne serait pas sienne.

12

La rivière née de la source semblait serpenter entre les arbres à l'infini. Le jeune homme la suivait déjà depuis bien des heures. Elle était le seul lien le rattachant encore à la crique de son enfance, aussi ne pouvait-il se résoudre à s'en écarter. La plupart du temps ruisseau, elle s'enflait parfois démesurément, étendait les limites de son lit sans qu'aucune raison visible l'y autorisât, comme si de l'eau s'était en ces lieux créée spontanément, pour s'évaporer quelques pas plus loin. C'était sans aucun doute de la magie. Custenhin avait toujours décrit la grande forêt comme le domaine des êtres enchantés. Sans doute le jeune homme assistait-il là à la première manifestation de leur présence, de leur puissance.

Il marcha tout le jour durant, s'attendant sans cesse à rencontrer homme, Femme, animal ou démon. Le cœur battant, il guettait les sons qui emplissaient le sous-bois, se figeait soudain sur place, tous les sens en alerte, pour s'apercevoir aussitôt qu'il n'avait sursauté qu'au bruit de ses propres pas. Quand la nuit commença à tomber, il tira son épée. L'angoisse lui mordait les entrailles. N'ayant pas songé que son voyage pût durer plus d'une journée, il n'était pas préparé à l'idée de passer les heures sombres dans la forêt. Pouvait-il se permettre de dormir?

Il le faudrait, de toute façon : épuisé, il trébuchait à chaque pas.

Quand il se laissa enfin tomber sur le sol boueux, ses yeux se fermèrent d'eux-mêmes tandis que la fatigue se déployait en lui, l'emplissait d'une boule de feu qui palpitait sous sa peau. Il tenta de maîtriser son souffle pour lui redonner un rythme régulier, puis se résigna à haleter.

Un cri lui fit soudain rouvrir les paupières. Il se rendit compte qu'il s'était assoupi. Le cœur battant à tout rompre, il se releva avec peine, comme retentissait un nouveau hurlement. Un hurlement de Femme, qui appelait à l'aide. Il n'avait pas le choix.

L'épée tenue d'une main un peu lâche, il marcha rapidement vers la voix. Quelques dizaines de pas plus loin, il déboucha dans une clairière où filtrait assez d'éclat lunaire pour qu'il distinguât ce qui se passait : au centre de la trouée, la rivière en rejoignait une autre, et toutes deux partageaient ensuite un même lit. Ainsi, cette enclave dans la forêt était-elle séparée en trois parties sensiblement égales.

La Femme faisait face au jeune homme, près du second bras du cours d'eau. Dans l'obscurité, il n'en distinguait pas les traits mais en voyait virevolter la longue chevelure bleu pâle, devinait l'opulence d'un corps que masquait à peine une courte tunique de peau, serrée à la taille par une lanière.

C'était la première Femme qu'il voyait – à l'exception d'Ismaëlle –, et il n'était pas déçu. Il n'eut cependant pas le loisir de la contempler aussi longtemps qu'il l'eût voulu, car un troisième être se trouvait dans la clairière, et celui-là n'était pas humain. Ou plutôt, il ne l'était qu'à moitié. Bien qu'anormalement velus, son visage et son torse étaient bel et bien ceux d'un homme ; le reste de son corps massif s'achevait par quatre pattes puissantes, munies de sabots, dont le martèlement furieux résonnait dans la nuit.

Le jeune homme eut un pincement au cœur : devait-il vraiment combattre ce monstre – lequel tenait à la main une épée bien plus longue que la sienne ?

La Femme cria à nouveau quand le centaure franchit d'un bond un des bras de la rivière et retomba à quelques pas d'elle. La lune se refléta sur la lame, qui siffla dangereusement au-dessus de la tête fragile.

Décidément, le jeune homme ne pouvait plus reculer. L'occasion de prouver qu'il était un Héros se trouvait là, devant lui, telle qu'il l'avait toujours rêvée : une Femme en détresse, à secourir par la force de son bras. Alors, pourquoi avait-il peur? Les Héros gagnent toujours, lui avait dit Custenhin. Les Héros sont invincibles.

Tremblant de tous ses membres, il sortit du couvert des arbres alors que le centaure saisissait sa proie par les cheveux et levait son épée.

— Arrête! cria-t-il. Je t'ordonne de laisser cette Femme en paix!

Sur le dernier mot, sa voix s'étrangla en un sanglot. Le monstre éclata de rire : lâchant sa victime, il fit face au fanfaron qui osait le défier. Le jeune homme saisit son épée à deux mains, se pencha en avant pour assurer son équilibre, et attendit la charge.

Elle vint, furieuse, les sabots arrachant de grosses mottes de terre et les projetant derrière eux. Les deux armes s'entrechoquèrent dans un éclair d'acier. Sous la violence du choc, l'assailli faillit lâcher la sienne. Presque déséquilibré, il fit un pas de côté pour éviter les sabots meurtriers, et frappa avant que son adversaire n'eût pu se retourner. Sa lame entama à peine le cuir de la croupe chevaline : pourtant, il l'avait abattue de toutes ses forces. Le rire du centaure résonna à nouveau dans la clairière.

L'assaut suivant fut encore plus rude : cette fois, l'épée du jeune homme se brisa. Quant à lui, frappé de plein fouet par une patte du monstre, il alla rouler à quelques pas de là.

Lorsqu'il releva la tête, son ennemi se préparait à une nouvelle charge. Il eut le temps de dire adieu à tous ses rêves d'héroïsme, puis de recommander son âme aux dieux – sûr d'être piétiné sans merci.

Alors, le combat prit un tour très différent.

Surgissant sans bruit des arbres alentour, une forme souple bondit sur le dos du centaure et s'y retrouva assise à califourchon. La créature se cabra, tenta de donner un coup d'épée en arrière, mais il était déjà trop tard : la lame d'un poignard lui avait tranché la gorge. Le mystérieux sauveur sauta à terre avant que n'y chût le cadavre de son adversaire, qui ajouta un flot de sang aux eaux de la rivière.

Il semblait légèrement plus âgé que le jeune homme, ce qui était peut-être dû à sa constitution bien plus solide. S'il n'avait été aussi noir de poil et si son visage n'avait été marqué d'un large sourire, on l'eût pris sans hésiter pour Custenhin. Mais Custenhin ne souriait jamais quand il venait de tuer, fût-ce une bête féroce.

— Merci, dit le guerrier malheureux en se relevant, j'ai bien cru que…

L'arrivant ne lui accorda pas un regard. Rengainant sa dague, il s'approcha de la Femme, la saisit entre ses bras et, sans mot dire, lui donna un baiser. Elle ne se déroba pas, bien au contraire, se serra contre lui dans un élan spontané. Leur étreinte sembla durer des heures.

— Je m'appelle Freïa, annonça enfin la Femme.

Son regard et sa voix étaient emplis d'adoration.

— Moi, je n'ai pas de nom, répondit le vainqueur du centaure, mais j'en aurai un bientôt, quand je serai un Héros.

Le jeune homme sentit les larmes lui monter aux yeux. Il tenta en vain de les refouler.

— Et moi ? lança-t-il soudain. Moi aussi, j'ai voulu t'aider, non ?

Freïa tourna vers lui un visage indifférent. Elle était bien aussi belle qu'il l'avait imaginé.

— Tu n'as pas réussi, déclara-t-elle. Tu ne comptes pas.

Les larmes dévalaient à présent les joues du jeune homme sans qu'il y prît garde.

— Moi, je l'ai attaqué par-devant ! cria-t-il. Je me suis conduit en Héros. Lui, il l'a tué par-derrière. C'est… c'est un lâche !

— L'important est d'avoir tué le monstre. Tu n'es qu'un fou…

Quand ces dernières paroles s'échappèrent des lèvres de la Femme, il comprit qu'elles scellaient son destin. Ses jambes se dérobèrent sous lui.

— Non, murmura-t-il, tandis que l'autre embrassait encore Freïa. Je ne peux pas…

Ils décidèrent de passer la nuit à l'endroit même où ils s'étaient rencontrés. Le jeune homme avait rangé son tronçon d'épée au fourreau, résistant à l'envie de le planter dans la poitrine de celui auquel il commençait malgré lui à accorder le titre de Héros.

Sans plus adresser la parole aux deux autres, il s'enroula dans sa fourrure et ferma les yeux. Cette fois, pourtant, il ne réussit pas à trouver le sommeil. Il revoyait le moment où Freïa avait surgi devant lui, telle la réalisation d'un vieux rêve, et ne pouvait oublier qu'elle était là, bien présente, à quelques pas de lui. Cette Femme que, pendant un instant, il avait cru pouvoir serrer contre lui, cette Femme dans le regard de laquelle il eût voulu découvrir la lueur d'amour sans bornes qu'elle avait réservée à un autre, il avait à présent la certitude qu'elle ne serait jamais sienne. Tout son corps vibrait de désir inassouvi et de colère, contre lui-même et contre ce prétendu Héros, qui tuait les gens par-derrière en leur tranchant la gorge avec un poignard.

Quelques heures plus tard, il fut sorti d'un demi-sommeil agité par des chuchotements.

— Non, disait Freïa. Je t'en prie : ne fais pas ça.

— Pourquoi ? C'est le privilège du Héros, non ?

Il n'eut pas besoin d'ouvrir les paupières pour comprendre ce qui se passait. Le croyant endormi, l'autre réclamait le prix de sa victoire. Mais la Femme semblait réticente, quoique nullement indignée. Peut-être était-ce le moment de regagner la place désirée. S'il tentait de violer Freïa, le tueur au poignard s'apercevrait qu'il n'avait pas l'exclusivité des attaques par-derrière.

Plein d'espoir, le jeune homme ouvrit les yeux pour examiner la scène – qui n'était pas à la hauteur de ses espérances. La Femme était allongée sur le dos, les bras passés autour du cou de l'homme, sa fourrure repoussée dévoilant ses épaules nues. Leurs lèvres se nouaient, se séparaient, se nouaient encore. Loin de chercher à la violer, il lui caressait doucement les cheveux, osant parfois aventurer une main sur la gorge offerte.

— Que crains-tu ? demanda-t-il entre deux baisers. Ce n'est tout de même pas ce gnome ridicule qui pourra me voler le titre de Héros.

Il eut un signe de tête en direction du jeune homme, qui ferma les yeux. L'humiliation était à son comble.

— C'est interdit, dans la forêt, soupira Freïa. Je t'aime, mais je ne pourrai pas te le prouver avant que nous n'ayons atteint la crique. Sois patient…

— Très bien. J'attendrai…

Il y eut encore quelques bruits furtifs, l'écho d'un baiser qui résonna à la manière d'une malédiction dans la tête de son témoin, puis ce dernier n'entendit plus rien. Des profondeurs de son esprit, les rapaces aux serres cruelles qui avaient nom Sommeil et Cauchemar fondirent sur lui pour le déchirer sans pitié.

Le lendemain, il fut éveillé à l'aube par un léger coup dans les côtes.

— Lève-toi, Fou ! Il faut partir.

Il fut sur ses pieds d'un bond et sauta à la gorge de l'autre. Son poing manqua le visage et s'abattit sur l'épaule.

— Ne m'appelle pas « Fou » ! cria-t-il. Je ne suis pas encore le Fou. Je suis le Héros !

Peu ému par le coup, son adversaire éclata de rire et l'envoya rouler au sol d'une gifle magistrale.

— Alors, lève-toi, Héros! railla-t-il. Il faut partir quand même.

Le rire de Freïa fut plus douloureux que la gifle et la chute. Encore une fois, leur victime sentit les larmes affluer mais parvint à les contenir, ramassa ses affaires sans un mot et suivit ses deux compagnons, longeant toujours la rivière. Puisqu'ils étaient trois, la crique ne pouvait être très loin.

Pourtant, de longues heures s'écoulèrent sans que rien n'arrivât. Freïa babillait, noyant son « Héros » de questions, de compliments. Chaque fois que son regard croisait celui du jeune homme, ce dernier lui adressait un sourire, mais il ne recevait en échange que mépris ou ironie.

Toute ma vie, songeait-il. Si je deviens le Fou, elle me méprisera toute ma vie…

Le soleil était déjà haut dans le ciel quand un nouveau bras vint s'ajouter à la rivière. Une fois de plus, la jonction se produisit au centre d'une clairière, comme si, en de tels lieux, quelque puissance occulte avait fait disparaître les arbres.

— Dépêchons-nous, commanda l'homme au poignard. Ne restons pas ici.

Freïa, qui lui tenait la main, ne fit aucune difficulté pour presser le pas, mais le jeune homme hésita. Il lui avait semblé reconnaître un soupçon d'inquiétude dans la voix de son concurrent.

— Hé! cria-t-il. Pourquoi ne pas s'arrêter un peu? L'endroit est tranquille.

— Ne discute pas, Fou! C'est moi qui donne les ordres. Je suis le Héros…

— Héros? s'exclama soudain une autre voix. Moi, je t'appelle lâche et démon!

L'homme qui venait de déboucher dans la clairière avait été guidé jusque-là par le nouveau bras de la rivière. Tout aussi robuste que celui qu'il avait insulté, il n'en partageait pas la noirceur. Sa chevelure était du même bleu que celle de Freïa. Un masque de colère fermait son visage aux traits marqués mais réguliers. Il tira lentement son épée.

— Que fais-tu avec ces deux-là, démon ? reprit-il. C'est ma place que tu voles.

Un sourire mauvais vint défigurer l'interpellé, qui lâcha Freïa et s'empara de son poignard.

— L'un de nous deux est un démon, admit-il, cela ne fait aucun doute. Mais sommes-nous forcés de nous battre pour autant ? Si nous devons être trois pour arriver à la crique, éliminons l'avorton. Ensuite, quels que soient les rôles qui nous seront attribués, nous ferons une petite entorse à la loi et partagerons la Femme.

Le troisième homme cracha sur le sol, méprisant.

— Pour oser proposer une telle lâcheté, un tel blasphème, tu ne mérites pas de vivre. Bats-toi !

L'épée à la main, il avança d'un pas mais n'eut pas le loisir d'aller plus loin. Son adversaire potentiel avait saisi Freïa par la taille et, se servant d'elle comme d'un bouclier, lui appuyait son arme sous la gorge. La Femme poussa un cri aigu quand la pointe acérée fit perler une goutte émeraude sur sa peau au vert tendre et délicat.

— N'avance pas ou je la tue ! prévint son tourmenteur. Tu as bien deviné : le démon, c'est moi, mais tu n'en es pas plus avancé. Jette ton arme, si tu ne veux pas que je lui ouvre la gorge. (Freïa, tremblante, ne cherchait pas à se dégager. La pointe s'enfonça un peu plus dans sa chair et elle cria à nouveau.) Allons, Héros, choisis ! Ta vie ou la sienne ? (Le troisième homme jeta son épée à ses pieds, les traits crispés par la haine et l'impuissance.) Maintenant, tourne-moi le dos ! Je crois que je vais t'abattre.

Sans hésiter, il obéit.

Celui-là est digne d'être un Héros, pensa le jeune homme sans le vouloir.

Lâchant Freïa, le démon s'approcha de sa future victime, poignard levé. La Femme tomba à genoux, enfouit sa tête entre ses mains et se mit à pleurer.

— Non, gémissait-elle. Mon Héros... Non...

Nul n'eût pu dire si elle se lamentait de la mort imminente du second ou de la soudaine métamorphose du premier. Tout cela était sans doute beaucoup trop compliqué pour elle.

Lorsqu'il vit le bras armé prêt à s'abattre, le jeune homme n'hésita qu'un instant. Personne ne semblait seulement se souvenir qu'il existait. Il tira son tronçon d'épée et, en deux enjambées, alla le planter dans le dos du démon avant que ce dernier n'eût pu frapper.

Un hurlement suraigu s'éleva, qui n'avait rien d'humain. L'homme au poignard lâcha son arme et s'effondra. Ses membres perdirent leur forme, rapidement absorbés par son torse qui se boursouflait. Bientôt, le cadavre ne fut plus qu'une grossière masse gélatineuse d'où s'échappaient des relents de soufre.

Le vainqueur se retourna vers Freïa, impatient de découvrir le sourire qui récompenserait son coup d'éclat. Cette fois, personne ne pourrait plus lui contester son titre de Héros.

— Tu l'as tué par-derrière ! prononça alors la voix dure de l'autre homme. Tu n'es guère meilleur que lui, mais c'est normal, pour un Fou.

— Quoi ? Remercie-moi, plutôt ! Il allait t'abattre.

— Je n'ai jamais eu assez peur de mourir pour souhaiter être sauvé par un lâche.

Sans y croire vraiment, le jeune homme vit Freïa se relever et aller se serrer contre le nouveau venu, lui offrir ses lèvres comme elle les avait offertes au démon.

— Dis-lui, Freïa, insista-t-il pourtant. Répète-lui ce que tu m'as dit hier. Que frapper dans le dos n'avait aucune importance, que ce qui comptait, c'était de tuer le monstre !

— Hier, c'était hier, répliqua la Femme. J'étais au pouvoir du démon. Je ne savais pas ce que je disais. Mais aujourd'hui comme hier, quand je te regarde, je ne vois qu'un lâche et un gringalet. Je crois que tu seras un bon Fou.

Pour la première fois de son existence, le jeune homme maudit les dieux. Puis il se maudit lui-même de ne pas avoir attendu une seconde de plus avant de frapper. Ainsi, il se fût retrouvé seul avec Freïa. Elle eût bien été obligée de l'accepter. Mais un homme et une Femme seuls pouvaient-ils fonder une famille ? Voilà qui eût été contraire à la tradition.

Il ravala sa hargne. Ce qui s'était produit avait sans doute été prévu par le destin. Peut-être n'était-il vraiment pas fait pour être un Héros. Mais serait-il un bon Fou ?

Encerclé par les bras d'un autre, le corps souple de Freïa l'aveuglait, l'empêchait de réfléchir.

Sans qu'ils s'en rendissent compte, le courant de la rivière avait abruptement changé de sens. C'était là un phénomène tout aussi invraisemblable que les brusques élargissements du cours d'eau, mais le fait demeurait. Désormais, ils ne semblaient plus s'éloigner de la source mais s'en approcher. Avaient-ils fait demi-tour sans s'en rendre compte ? Non : ils n'étaient pas repassés dans la première clairière.

Le jeune homme eut une impression de déjà-vu lorsqu'ils atteignirent la cascade. Tout comme auprès de la crique qu'il avait quittée, l'eau s'échappait d'un rocher pour donner naissance à la rivière.

— Il y avait une source identique à celle-ci, là d'où je viens, déclara Freïa, confirmant sa pensée.

— Il y en avait une près de chez moi aussi, appuya le Héros potentiel. La crique est proche.

Ils marchèrent encore quelques minutes, droit devant eux, convaincus désormais de toucher au but. Le jeune homme n'était plus si pressé, à présent. Ici, au cœur de la grande forêt, il était encore libre. Il caressa un instant l'idée de se fondre dans la nature, d'abandonner les deux autres à leurs espoirs et à leurs amours. Mourir librement sous les griffes d'une bête sauvage – ou de sa propre main. Le tronçon d'épée pouvait encore servir.

Mais c'eût été contraire à la loi, à la tradition. Les dieux m'imposent une leçon d'humilité, songea-t-il. Qui suis-je pour oser la refuser ?

Main dans la main, Freïa et son compagnon marchaient toujours.

La crique leur apparut d'un seul coup. L'instant d'avant, ils enjambaient encore des buissons touffus. Celui d'après, la forêt s'éclaircissait pour dévoiler la mer, la plage, la chaumière…

La crique ! L'endroit où ils allaient passer le restant de leurs jours.

— Viens ! cria Freïa. Courons !

Radieuse, elle entraîna son favori vers la chaumière. Le jeune homme contraignit ses jambes à le porter encore et les suivit de loin, sans se presser. Il s'en félicita lorsqu'il vit l'autre s'arrêter net, avec un cri de douleur, comme s'il avait heurté un mur. Ce devait être une de ces barrières invisibles dont il avait fait l'expérience en compagnie de son ami, le vieux Fou. Mais si barrière il y avait, elle n'affectait pas Freïa, laquelle l'avait dépassée sans mal. Se pouvait-il qu'il y eût encore une épreuve ? Encore une chance, une seule, d'échanger les rôles ?

Il sentit son cœur battre plus fort tandis qu'il rejoignait le supposé Héros.

— Tu as un problème ? demanda-t-il en souriant.

13

La panthère noire, dans la contrée de la folie, suivait la piste odorante de deux marcassins depuis une demi-douzaine d'heures. Le bois qu'elle traversait ne différait que subtilement de la grande forêt. Les arbres, identiques à première vue, ne portaient pas tout à fait les mêmes feuilles. Leurs couleurs semblaient appliquées par un peintre dément, et l'habituel feuillage violet pouvait adopter un pourpre éclatant, voire un vert profond, comme si le soleil avait été jaune. Les animaux eux-mêmes n'obéissaient plus tout à fait aux lois de leur race : on voyait parfois de paisibles lapins montrer les dents quand s'approchait un loup et se repaître ensuite de la carcasse déchirée du grand prédateur.

La panthère noire n'était pas originaire de la contrée mais elle s'y aventurait souvent. Elle adorait donner la chasse à ces créatures invraisemblables, imprévisibles. Plus d'une fois, elle avait failli laisser la vie sous les crocs d'une marmotte enragée ou d'un écureuil géant, mais cela ne l'avait pas découragée : elle aimait le risque, le frisson glacé qui lui parcourait l'échine lorsqu'elle traquait un animal et se demandait si, saisi d'une étrange révélation, il n'allait pas la prendre à revers, lui faire quitter le statut de prédateur pour celui de proie. Ici, tout pouvait arriver.

Les deux marcassins ne paraissaient cependant pas devoir la menacer. Comme elle, ils venaient de la grande forêt et n'étaient pas affectés par la contrée. Pour cela, il fallait y être né, ou bien porter la marque de la folie en y pénétrant.

La panthère se déplaçait souplement. Son corps puissant glissait presque sans bruit entre les épineux. Parfois, elle bondissait sur un arbre et sautait de branche en branche, savourant son sentiment de puissance, associé à la possibilité d'une chute. Il lui était déjà arrivé de tomber, plusieurs années auparavant, alors qu'elle ne maîtrisait pas encore cette enveloppe féline. Elle en avait retiré une patte brisée. Quelques mois de soins attentifs lui en avaient rendu l'usage intégral mais n'avaient pu effacer la cicatrice qui s'étendait du haut du membre à la base de la queue.

Elle eût bien sûr pu s'en débarrasser d'une autre manière, mais elle avait préféré la conserver, symbole de ses premiers efforts, de ses premières souffrances.

Les narines de la panthère, soudain, se dilatèrent. Ses proies étaient proches. Les marcassins commençaient à s'épuiser, alors qu'elle était à peine essoufflée. Ils avaient perdu.

Elle les découvrit au détour d'un sentier, pitoyables boules de nerfs qui suaient la peur et la résignation. Ils n'esquissèrent pas un mouvement de recul lorsqu'ils la virent surgir à dix pieds d'eux. Ils avaient fui jusqu'aux extrêmes limites de leurs forces : il ne leur restait plus qu'à mourir.

La panthère découvrit ses larges crocs en une sinistre parodie de sourire. Un grondement sourd monta dans sa gorge, et ses yeux mauves brillèrent d'un éclat plus vif, tandis qu'elle se ramassait sur elle-même pour bondir.

Puisant une dernière parcelle d'énergie au plus profond de lui, l'un des marcassins parvint à éviter l'assaut. Son frère n'eut pas cette chance. Le grand corps, lancé à pleine vitesse, le plaqua au sol. Son cou se trouva pris dans l'étau de deux mâchoires aux crocs acérés. Il lança un couinement – de peur, non de souffrance.

Le félin demeura un instant immobile, sentant palpiter sous lui le corps du petit animal, puis relâcha doucement sa pression. D'un coup de langue rapide, il lécha le pelage du marcassin, avant de le libérer. Jamais il n'avait pris une vie pour le plaisir. La chasse était un jeu, rien de plus.

Le jeune porc sauvage ne comprit pas immédiatement qu'il était libre. La panthère dut pousser un rugissement furieux pour qu'il consentît à se relever et à s'enfuir dans un buisson, à la recherche de son congénère.

Un bruissement intense retentit soudain dans la végétation alentour. Le prédateur se redressa, tous les sens en alerte. Autour de lui, des branches mortes craquaient, des formes qu'il devinait massives se faufilaient entre les arbres, émettant des cris allant du chant d'oiseau au barrissement sonore. Au travers du vacarme, il reconnut le cri d'agonie des marcassins auxquels il avait laissé la vie.

Le grondement monta à nouveau dans sa gorge : quelles que fussent les créatures qui approchaient, elles semblaient de taille à le réduire en bouillie. Et de toute façon, il n'avait pas envie de se battre. Puisqu'il semblait encerclé, il ne lui restait qu'une chose à faire.

Il se dressa sur ses pattes arrière, tandis que les contours de son corps devenaient imprécis, mouvants. Ses oreilles disparurent, son museau se métamorphosa, troquant sa gueule puissante pour un bec crochu. Ses pattes avant se replièrent le long de son corps et s'élargirent, s'aplatirent. Sa queue subit le même type de transformation, tandis que ses membres postérieurs se recourbaient pour devenir serres. Tout son corps se couvrit de plumes blanches ou brunes. Quelques secondes plus tard, il ne subsistait plus trace de la panthère. À sa place se tenait un aigle aux ailes déployées.

Le rapace prit son envol au moment même où le premier ver géant passait ce qui lui servait de tête entre deux buissons, aboyant avec frénésie. Ces vers, il les connaissait bien. Ils pondaient au creux des arbres, les larves arrivaient à l'âge adulte en quelques jours, tirant leur subsistance de la végétation, elles copulaient, pondaient à leur tour, puis vivaient quelques dizaines d'heures avant de disparaître, victimes d'une boulimie qui les entraînait à tout dévorer sur leur passage, jusqu'à l'éclatement. L'aigle s'était toujours amusé de leur capacité à adopter le langage de leur dernière victime. Celui qui venait de surgir avait récemment dévoré un chien, ou une quelconque créature de la contrée qui aboyait comme un chien. Un jour, le rapace en avait rencontré un qui, à chacune de ses reptations, s'exclamait : « Vive le roi ! », avec l'accent d'un chevalier sachant qu'il va mourir. Ce jour-là, l'oiseau avait ressenti un étrange malaise.

Rien de tel aujourd'hui. Il se félicita simplement de n'être pas demeuré félin, car l'endroit qu'il avait occupé fut bientôt envahi par une dizaine de vers géants engloutissant tout ce qui se dressait devant eux, abattant les arbres et poussant des cris de joie. L'un d'eux couinait à la manière d'un marcassin.

Sans plus leur accorder d'attention, l'aigle gagna les hauteurs, étudia un instant la région, puis partit comme une flèche en direction du sud. Cet incident, finalement, allait lui faire gagner du temps.

Il vola pendant une heure au-dessus de la forêt, jusqu'à arriver à proximité d'une petite clairière où se dressaient plusieurs huttes délabrées. Les restes d'un feu de bois fumaient encore sous un chaudron vide. Plusieurs hommes en haillons allaient et venaient dans la trouée entre les arbres.

Si l'aigle avait pu sourire, nul doute qu'il l'eût fait. Cet endroit lui rappelait tant de souvenirs ! Il en fit deux ou trois fois le tour, scrutant le sous-bois d'un œil inquisiteur. Ayant repéré ce qu'il cherchait, il replia les ailes et plongea. Il atterrit souplement près d'un petit tas de pierres blanches, à cinquante toises de la clairière. Aucun bruit ne venait troubler le silence, sinon le frémissement des feuilles agitées par le vent. Lorsqu'il fut bien sûr de ne pas être observé, l'oiseau entama une nouvelle transformation – moins rapide que la précédente, car il n'y avait là aucun monstre auquel échapper. En outre, il savourait toujours l'instant où il reprenait sa forme naturelle.

Tout comme le rapace avait remplacé le félin, il fut à son tour éclipsé par le corps nu d'une jeune femme brune.

Elle possédait une silhouette harmonieuse, à laquelle on eût vainement cherché un défaut. Des courbes régulières du visage jusqu'au galbe des jambes, en passant par la masse ondulante des cheveux noirs qui s'écoulaient sur les épaules et la poitrine, il se dégageait d'elle une impression de perfection que même la cicatrice traversant sa hanche ne pouvait démentir. Mais quoi de plus normal pour celle dont une fée avait dit au jour de son baptême : « Nulle femme ne pourra jamais l'égaler » ?

Elle repoussa vivement les pierres et creusa la terre meuble qu'elles recouvraient pour mettre au jour un grand sac de cuir, lequel renfermait une longue robe de soie verte, laissant nus les épaules et le haut de la gorge, dont elle s'enveloppa. Elle se frotta les mains pour en chasser les dernières traces de terre. Le doux contact du tissu sur sa peau la transportait plusieurs années en arrière, quand elle n'était pas encore sorcière.

Le cœur emballé, la princesse Rowena s'avança vers la clairière. L'humus ne gardait pas la trace de ses pieds nus.

Ce fut le vieil homme qui l'aperçut le premier. Johel n'était plus très solide sur ses jambes, mais il conservait une vue perçante et restait attentif à tout ce qui se passait alentour.

— Rowena…, murmura-t-il, tandis qu'un sourire se formait sur ses lèvres.

Il s'avança vers elle les bras ouverts, comme pour accueillir une parente, une amie très chère.

— Rowena ! répéta-t-il plus fort. Eh, vous autres ! Regardez qui est là !

La princesse lui rendit son sourire et le laissa la presser contre son cœur.

— Bonjour, Johel, le salua-t-elle. Comment vous portez-vous ?

— Le corps commence à se rouiller, avoua tristement le vieil homme, mais l'esprit est là. Je suis toujours un des êtres vivants les plus intelligents de Fuinör.

Rowena eut peine à ne pas éclater de rire. L'orgueil maladif qui avait valu à Johel d'être envoyé dans la contrée de la folie demeurait intact. Et tous ceux qui vivaient avec lui étaient fous également. Malgré cela, elle les aimait sincèrement. Ils avaient été les seuls à lui témoigner spontanément de l'amitié, sans rien lui demander en échange.

Tous étaient rassemblés autour d'elle, à présent, se disputaient l'honneur de l'embrasser pour l'accueillir – sauf *Ghénarys*, bien entendu. Lui s'agenouilla avec respect devant la princesse et baissa la tête. Il y avait beau temps que sa cotte de mailles rongée par la rouille était tombée en lambeaux et que le « chevalier » n'était plus vêtu que de haillons, comme ses camarades, mais cela n'avait en rien entamé sa conviction.

Rowena l'autorisa à se lever et lui donna sa main à baiser, sachant que cela lui ferait plus plaisir que l'accolade fraternelle accordée aux autres.

— Vous avez vu les cavaliers dorés ? interrogea Halôm, le nain, quand elle se pencha pour lui déposer un baiser sur le front.

Lui non plus, son obsession ne l'avait pas quitté. La sorcière, elle, avait appris.

— Pas récemment, Halôm, dit-elle. Pas depuis plusieurs saisons…

Le nain eût sans doute continué de la harceler de questions si Johel ne lui avait imposé silence d'une taloche amicale. Vexé, il alla s'asseoir dans un coin et ne bougea plus.

— Désolé de ne pouvoir vous voir, Rowena, déclara Merryn, qui portait sur les yeux son éternel bandeau.

— Je sais trop ce qui arrive quand vous voyez, répondit la princesse. Aucune catastrophe depuis ma dernière visite?

— Non, intervint Johel. Combien cela fait-il? Un an? Un peu plus, je crois. En fait, Merryn n'a pas ouvert les yeux depuis votre arrivée dans la contrée. D'ailleurs, nous n'avons eu aucun problème depuis que vous avez tué l'ogre. Il n'y a que Lynna pour avoir peur, maintenant.

— C'est faux! coupa brusquement Glarth. Ils avaient encore tous peur il n'y a pas si longtemps, quand le frère de l'ogre est venu. Il a fallu que j'aille le tuer moi-même…

Cette fois, Rowena ne put retenir son rire.

— Toujours aussi menteur, à ce que je vois!

Le rouquin se renfrogna à la manière d'un enfant brimé.

— Alors, vous non plus, vous ne me croyez pas? se plaignit-il.

— En effet, admit-elle. Mais ça ne te dispensera pas de me raconter comment tu as tué le frère de l'ogre. J'adore tes histoires.

Glarth exécuta un petit salut de comédien. Il aimait voir son talent reconnu.

Seul, Korthwo n'avait pas encore salué la princesse.

— Eh bien? reprit Rowena. Vous ne me dites pas bonjour?

— Si, dit l'homme.

— Non, objecta aussitôt la femme.

Mais ils arboraient le même sourire et s'avancèrent l'un après l'autre pour embrasser la visiteuse, aucun n'osant avouer qu'il était heureux de la revoir, de peur de forcer l'autre à soutenir le contraire. Rowena était seule à pouvoir réconcilier parfois ces deux faces d'une même pièce.

Mais Rowena n'était pas une femme ordinaire. C'était une sorcière.

— Et Lynna? s'enquit-elle. Elle est dans sa hutte?

— Non, répondit Johel. Depuis quelque temps, elle a peur que nous la brûlions vive. Alors, elle dort à la belle étoile. Les animaux sauvages l'effraient moins que nous.

C'est idiot, bien sûr, mais vous la connaissez... En ce moment, elle doit être à la rivière. Elle aime regarder l'eau.

Lynna était assise sur la rive. Elle avait ramené les genoux contre la poitrine et refermé les bras autour des jambes. Le temps n'avait pas altéré son physique d'adolescente. Sa courte tunique, ajourée par de multiples déchirures, révélait un corps maigre aux os saillants. Ses hanches étaient aussi étroites que celles d'un garçon et ses seins ne tendaient qu'à peine l'étoffe grossière, comme si un enchantement avait un jour stoppé sa croissance. Pourtant, avec son visage de jeune animal craintif, ses yeux toujours prêts à s'embuer et ses cheveux d'une pâle nuance rosée, elle possédait une sorte de grâce fragile qui ne pouvait laisser indifférent. On aimait Lynna ou on la méprisait. Rowena l'aimait de tout son cœur.

Elle s'approcha doucement, par-derrière. La jeune femme ne l'entendit pas. Elle regardait fixement la rivière courir vers sa destination inconnue, emportant sa part d'êtres vivants, de terre et de roches. La rivière n'avait peur de rien. Peut-être était-ce pour cela que Lynna en recherchait la proximité.

— Lynna ? murmura Rowena en lui posant la main sur l'épaule.

L'interpellée se détendit comme un serpent. L'instant d'après, à quatre pattes, elle faisait face à la princesse, les yeux exorbités.

— C'est... c'est toi ? balbutia-t-elle, reconnaissant enfin son amie.

— Bien sûr, c'est moi. Tu croyais que je t'avais oubliée ?

Lynna acquiesça, puis secoua la tête comme pour chasser une telle pensée, et vint se blottir dans les bras de sa compagne. De grosses larmes dévalaient déjà ses joues.

— Non, fit-elle entre deux sanglots. Je savais que tu reviendrais. Tu es toujours revenue. Mais j'avais peur que tu arrives trop tard. À cause des autres. Ils veulent me tuer et ils réussiront, d'une façon ou d'une autre, tu verras !

— Calme-toi, dit Rowena en lui caressant les cheveux, sachant que le seul moyen de discuter calmement avec elle était d'entrer dans son jeu. Je les empêcherai de te faire du mal. J'en ai le pouvoir. (Elle se releva et recula de quelques pas.) Regarde bien ! Je leur ai montré ça et ils n'oseront pas braver ma colère !

Elle leva les bras vers le ciel. Ses mains ouvertes se mirent à luire et, comme elle prononçait quelques mots en une langue inconnue, des flammes aux reflets bleus jaillirent de ses paumes, créant deux colonnes sinueuses qui dansaient, se croisaient, s'entrelaçaient, tels les acteurs d'une folle parade nuptiale.

Cela dura plusieurs minutes, au cours desquelles Lynna cessa progressivement de trembler et finit par arborer un sourire insouciant d'enfant émerveillée. Elle battit des mains quand Rowena forma un cercle de feu et s'en entoura le front comme d'une couronne, avant de le faire monter vers le soleil. Les flammes moururent et la princesse sourit.

— Comme tu es belle ! s'exclama son amie. Tu es bien une princesse. Moi, je… (La tristesse habituelle se peignit sur son visage tandis qu'elle désignait le coin de ses yeux, la naissance de sa gorge, où se formait un pli disgracieux.) Je me fane. Et toi, tu ne changes pas.

— Je triche, Lynna. Je suis une sorcière.

— Ne dis pas ça ! se récria vivement la jeune femme. Les sorcières sont vieilles et laides !

— C'est une légende, affirma Rowena. Mais je peux être vieille et laide, si je veux. Regarde !

Brusquement, ses traits se creusèrent, des rides envahirent son visage, ses cheveux si noirs se mirent à blanchir, son dos se voûta et ses membres se tordirent.

— Arrête, murmura Lynna, ce n'est pas drôle.

Mais sa compagne ne l'entendit pas. La vieillarde qu'elle était devenue éclata d'un rire de fausset, ce rire dément et maléfique qu'on prête aux sorcières des contes.

— Arrête ! hurla la jeune femme, enfouissant son visage dans ses mains. Je t'en supplie : arrête !

Constatant enfin l'effet que produisait sa comédie, Rowena se hâta de retrouver sa jeunesse et de courir auprès de son amie.

— Tu me fais peur, pleurnichait Lynna. Chaque fois que tu viens, tu me fais peur. Pourquoi ?

— Pardon, souffla la princesse en la prenant dans ses bras. Je ne voulais pas. C'est fini, maintenant...

Elle lui saisit le visage entre ses mains et l'embrassa sur les deux joues, puis effleura ses lèvres tremblantes.

— Ne pleure plus, intima-t-elle. Si tu veux, je vais t'enlever tes rides...

Les larmes de Lynna séchèrent peu à peu. Un pâle sourire lui revint.

— C'est mieux, approuva Rowena. Ne bouge plus...

Du bout des doigts, elle suivit le tracé des quelques rides qui marquaient la peau de la jeune femme. Sous le toucher délicat, elles disparaissaient aussitôt. Une caresse sur la gorge de Lynna effaça l'amorce de double menton.

— Un jour, tu m'as dit que tu n'aurais plus jamais peur de moi, rappela Rowena. Tu n'as plus peur, n'est-ce pas ?

— Si, j'ai encore peur. Mais je t'aime...

Rowena, reviens immédiatement, où que tu sois !

La princesse s'éveilla en sursaut quand la voix résonna dans sa tête. Elle s'était assoupie près de Lynna, au bord de la rivière, en regardant le soleil décliner, puis disparaître derrière le faîte des arbres. Ses yeux s'étaient fermés sans même qu'elle s'en rendît compte.

À présent, la nuit était tombée. Lynna dormait toujours. Sa compagne n'eut pas le cœur de la réveiller avant de partir. Car il lui fallait partir sans attendre. Pour la rappeler ainsi, l'enchanteur devait avoir besoin d'elle de toute urgence. Peut-être avait-il retrouvé la trace du marchand de nuages. Un instant, une vague d'espoir la submergea :

si tel était le cas, elle allait enfin pouvoir accomplir la vengeance pour laquelle elle vivait depuis dix ans.

Ne rêve pas, Rowena, reprit la voix, en elle. *Contente-toi de venir !*

Elle ne se donna pas la peine de répondre. Son maître pouvait à loisir lire en elle, savoir ce qu'elle pensait, ce qu'elle faisait, où elle se trouvait.

Adressant un dernier regard à la forme allongée de Lynna, elle rejoignit l'endroit où, un peu plus tôt, elle avait déterré sa robe. Elle dépouilla à nouveau le vêtement, le remit au fond du sac de cuir et plaça autour de ce dernier le sortilège qui le protégerait des attaques de la nature jusqu'à sa prochaine visite.

Sans attendre, elle se changea en faucon et prit son envol en direction de la grande forêt.

L'enchanteur l'accueillit devant sa caverne. Lui n'avait pas changé du tout depuis qu'elle le connaissait. Il disait vivre depuis la création du monde et tout semblait indiquer qu'il était immortel. Apparaître sous les traits d'un vieillard n'était que simple question d'esthétique, de tradition.

Il leva le poing. D'un léger coup d'aile, le faucon vint s'y poser.

— Tu as fait vite, Rowena, approuva-t-il en lissant de la main les plumes vert sombre. C'est bien. Mais ta vengeance n'est pas encore pour aujourd'hui.

L'animal posa sur lui un regard ne trahissant rien des passions qui l'habitaient.

— Tu te demandes pourquoi je t'ai fait venir, n'est-ce pas ? reprit le vieil homme. C'est simple. Voici onze ans que tu es mon élève. Je t'ai enseigné une partie de mon savoir et n'ai encore rien exigé en échange. Pourtant, souviens-toi : ce n'est pas un cadeau que je te fais. Le moment de me servir est arrivé, Rowena. Ta mission va commencer.

Le faucon battit des ailes et plana jusqu'au sol, pour se métamorphoser à nouveau.

— Tu seras parfaite, apprécia l'enchanteur en contemplant sans passion la nudité de la sorcière, qui s'inclina.

— Je suis à vos ordres, maître, dit-elle.

14

Quand elle s'aperçut qu'elle courait seule vers la chaumière, Freïa se retourna et vit ses deux compagnons immobiles, à dix pas de là.

— Qu'est-ce que tu fais ? cria-t-elle. Viens !

— Je ne peux pas passer, répondit celui qu'elle avait déjà élu comme Héros. Il y a un mur invisible.

La Femme revint vers les deux hommes, incrédule. Lorsqu'elle tenta de les rejoindre, elle poussa un petit cri aigu. Elle aussi venait de goûter à la douleur de la barrière.

— Mais alors nous sommes séparés ! s'exclama-t-elle, épouvantée. Comment fonder la famille sans nous rejoindre ? Tu ne peux pas briser ce mur avec ton épée ?

— Ça ne sert à rien d'essayer, intervint le jeune homme. Il doit y avoir un moyen de passer sans force brutale. Il faut le trouver, c'est tout !

— Eh bien, trouve-le, puisque tu es si malin ! s'emporta l'autre. Je suis né pour me battre, pas pour réfléchir.

Custenhin avait été coutumier de ce genre de déclarations. À cet instant, le jeune homme crut comprendre ce qu'avait voulu dire le Fou en avouant préférer parfois sa place à celle du Héros.

— Hé ! Qu'est-ce que c'est que ça ? s'écria-t-il soudain.

Oubliant la barrière, qui lui communiqua une nouvelle décharge quand il tendit le bras, il désigna un gros objet se déplaçant à quelques toises au-dessus des vagues.

À mesure que cela se rapprochait, ils virent qu'il s'agissait d'un volume géométrique étrange découpé dans un matériau translucide – quelque chose comme un cube qu'une épée gigantesque eût tranché d'une arête à son opposé, et dont on n'eût conservé que la moitié.

Mû par une force inconnue, l'objet arriva à la plage et se stabilisa au-dessus de la chaumière. Que la gravité décidât de faire valoir ses droits et le frêle édifice eût été écrasé.

Freïa tomba à genoux, joignit les mains et se mit à prier. Le jeune homme la trouva pitoyable.

— Relève-toi ! ordonna-t-il sèchement. Nous ne sommes pas encore destinés à mourir.

— Qu'est-ce que tu en sais ? interrogea son compagnon.

— Regarde ! Le Fou de ma famille m'a parlé de ce phénomène. Tu vas comprendre…

Comme pour confirmer ces paroles, un puissant rayon s'échappa du soleil pour frapper l'arrière du prisme. Freïa poussa un cri de terreur pure.

Ce ne fut pas un mais sept rayons qui jaillirent de l'objet par sa plus grande face, sept rayons de couleurs différentes qui filèrent jusqu'à la barrière invisible et y matérialisèrent des taches de taille humaine.

L'instant d'après, le prisme avait disparu mais les taches, elles, subsistaient : verte, bleue, indigo, violette, pourpre orangée, jaune…

— Et voilà nos portes, conclut le jeune homme. Maintenant, il ne nous reste plus qu'à choisir la bonne…

— Pourquoi veux-tu qu'il y en ait de mauvaises ? interrogea l'autre, méprisant.

— Parce que sinon, ça ne serait pas une épreuve.

— Ne l'écoute pas ! implora Freïa, que sa peur avait quittée aussi vite qu'elle lui était venue. Viens me rejoindre !

— J'arrive…

Celui qui se proclamait déjà Héros marcha d'un pas décidé vers la « porte » la plus proche. La jaune.

— Je ne pense pas que ce soit la bonne, le prévint son compagnon. À mon avis, il faut passer par l'indigo.

— Pourquoi ?

— Parce que c'est le soleil qui nous a ouvert les portes, et c'est le soleil qui nous donne la vie. Il serait logique que sa couleur actuelle nous guide vers le bon chemin. Je suis tellement sûr de moi que je vais miser ma vie là-dessus sans attendre.

Joignant le geste à la parole, il courut jusqu'à la « porte » indigo et la franchit d'un bond.

Sa conviction était nettement moins forte qu'il ne voulait bien l'assurer. Pendant une fraction de seconde, il s'attendit à être volatilisé. Toutefois, il ne s'était pas trompé : ce fut indemne qu'il rejoignit Freïa. Cette dernière eut un instinctif mouvement de recul quand il voulut lui saisir le bras. Haussant les épaules, il abandonna l'idée de lui plaire et se tourna vers son concurrent, qui n'avait toujours pas traversé la barrière.

— Tu vois : j'avais raison. Fais comme moi et tout se passera bien.

— Ce qui est bon pour un Fou ne l'est pas pour un Héros, s'entendit-il répondre. Je passerai par là où j'ai décidé de passer !

— Ne fais pas l'imbécile !

Mais il était trop tard : l'autre avait déjà franchi la « porte » jaune, un sourire de défi aux lèvres.

— Eh bien, Fou ? triomphait-il. Où sont tes belles paroles, maintenant ?

Freïa poussa soudain un nouveau cri d'angoisse. Tel semblait être le lot des Femmes : hurler au moindre danger, pour le simple plaisir de voir les Héros courir à la rescousse. Cette fois, pourtant, le jeune homme sentit lui aussi son sang se glacer dans ses veines. À l'instar du prisme qui leur avait donné naissance, les « portes » venaient de disparaître. Au même instant, comme pour rétablir une sorte d'équilibre, un gigantesque saurien était apparu face à l'homme qui, trop vite, avait rangé son épée. C'était un lézard aux larges écailles vert foncé. Du bout de la queue à la corne ornant son nez, il ne devait pas mesurer moins de dix pieds. Ses yeux globuleux, dépourvus de paupières, étaient d'un mauve fluorescent qui attirait le regard.

— Je m'en occupe! cria le supposé Héros en tirant à nouveau son arme. Cachez-vous!

Bravement, il s'avança au-devant du monstre et lui porta un coup qui ne fit que le frôler. Le lézard bondit de côté avant d'attaquer à son tour. Les redoutables mâchoires claquèrent à deux doigts du bras qui tenait l'épée. Le combat se poursuivit ainsi plusieurs minutes, durant lesquelles le saurien força son adversaire à reculer, sans lui laisser une seule chance de le blesser. Finalement, l'homme dut bondir en arrière pour éviter la patte griffue qui allait l'éventrer et il perdit l'équilibre. Le sable amortit sa chute, laquelle n'en fut pas moins douloureuse moralement : c'était la première fois qu'un animal le mettait en échec. Il se sentait bafoué. Déshonoré.

— Qu'est-ce que tu attends? cria-t-il au lézard. Vas-y : achève-moi!

Son regard croisa alors celui des yeux mauves, qui luisaient tels deux joyaux échappés d'un trésor fabuleux, et ne parvint plus à s'en détacher. Tout à sa contemplation, il ne remarqua pas l'effet qu'ils avaient sur lui. Doucement, son corps s'engourdissait. Les extrémités, tout d'abord : les doigts, puis les mains, les bras et les jambes. Comprenant enfin ce qui lui arrivait, il voulut fermer les paupières; elles refusèrent de lui obéir. Il voulut appeler à l'aide; sa langue était gelée, collée à son palais. Il voulut tourner la tête, voir une dernière fois Freïa; il ne voyait plus que les yeux du lézard, ces yeux qui grandissaient, grandissaient. Son corps tout entier était paralysé. L'univers devenait une grande lumière mauve dans laquelle il était lentement attiré, aspiré, dans laquelle il allait s'engloutir. Il songea que le saurien allait le dévorer, puis il lui sembla perdre connaissance.

Un bref éclair indigo éclata au sein du brouillard mauve, tandis que retentissait un cri :

— Tue-le ! Dépêche-toi ! Je ne pourrai pas le tenir très longtemps.

Secouant la tête d'instinct pour s'extraire du rêve éveillé où il s'enfonçait, il s'aperçut qu'il pouvait bouger. Le monstre, cabré, lui présentait son ventre blanc et se livrait à de furieux soubresauts pour désarçonner la frêle silhouette qui, juchée sur son dos, avait plaqué les mains sur ses yeux proéminents, rompant l'enchantement.

C'est le Fou, pensa-t-il. Comment ose-t-il intervenir ?

Pourtant, son bras fut plus prompt que son esprit. Il se jeta sur le lézard avec un cri rageur et lui planta son épée dans le corps, jusqu'à la garde. Le saurien n'eut pas le temps de hurler : tué net, il s'abattit sur le côté, éjectant son cavalier d'occasion qui roula à terre.

Le jeune homme se releva péniblement. Il avait gagné de belles contusions dans sa chute, mais le foyer de douleur le plus intense résidait au creux de ses mains. L'éclat des yeux mauves les avait brûlées sans pitié, comme si elles avaient serré deux charbons ardents.

— Qu'est-ce qui t'a pris, Fou ? lança l'autre homme. T'ai-je demandé de me sauver ?

Dès la fin du combat, Freïa était venue se blottir contre lui, couvrir de baisers son visage et son torse. Le jeune homme eut un geste dégoûté et ne répondit pas. Il lui semblait qu'au moindre mot sa gorge allait se serrer ou se rompre. Cette fois, il avait compris : rien de ce qu'ils pourraient faire tous les trois ne changerait la destinée…

Alors vint la fée.

Nul ne put se vanter de l'avoir vue apparaître ; il y eut un moment où elle fut là, tout simplement.

C'était une grande et belle jeune femme aux cheveux d'or, vêtue d'une longue robe pourpre. Au sommet de son crâne, n'y demeurant sans doute que par magie, était posé un chapeau conique, dont la pointe se prolongeait par un voile vaporeux qui tombait jusqu'à terre. Le rayonnement indigo que diffusait sa baguette magique la nimbait tout entière. Dans le lointain, tel l'écho d'une fête, flûtes et tambourins jouaient une lente mélopée. Quand le jeune homme tenta de reconnaître cette dernière, elle cessa de lui parvenir, et il se demanda s'il n'avait pas été le jouet d'une illusion.

La fée, en tout cas, était bien réelle. Elle ouvrit les bras comme pour les inviter à s'y réfugier, et sourit.

— Je suis fière de vous, mes enfants, dit-elle. Vous avez triomphé de la forêt et des démons. Vous avez passé la dernière épreuve, tué le basilic, et vous restez tous trois vivants – deux hommes et une femme. L'histoire se répète encore une fois. Le moment est venu de vous attribuer les rôles qui seront vôtres pour le restant de vos jours. Avance, toi qui es désormais Femme !

Freïa lâcha le bras de son compagnon. Tremblante, elle fit un pas vers la fée.

— Fais-tu vœu d'être fidèle aux traditions ? interrogea l'être enchanté. D'aimer le chef de la famille, quel qu'il soit, de te donner à lui corps et âme, de lui obéir et de mépriser le Fou ?

— J'en fais serment, murmura Freïa, les yeux baissés.

— C'est bien, ma fille. À présent, que les hommes s'approchent !

Lorsqu'ils eurent obéi, la fée leur enjoignit de mettre un genou en terre.

— Il me faut décider duquel de vous deux je dois faire un Héros. Toi, parle ! Quelles ont été tes actions d'éclat ?

Le jeune homme releva la tête pour répondre, et s'aperçut alors qu'on ne s'était pas adressé à lui.

— J'ai vaincu le démon, disait déjà l'autre. J'ai franchi la barrière et tué le basilic.

— Voilà qui est fort bien et digne d'un Héros, mon fils…

— C'est faux! cria son compagnon, indigné. Ce n'est pas lui qui a…

Le regard de la fée se durcit.

— Il ne me souvient pas de t'avoir donné la parole, remarqua-t-elle. Oserais-tu t'exprimer en ma présence sans y être invité?

Le ton restait bienveillant mais la menace contenue dans les mots fut plus efficace que des imprécations. Le jeune homme sentit le sang lui monter au visage. Il serra les poings, sans se soucier de ses brûlures, et se tut.

— C'est mieux, apprécia la fée. À présent, voici ma décision : celui-ci, qui a osé tourner le dos au démon pour sauver la Femme, celui-ci, qui ne s'est pas soucié de passer la bonne porte, celui-ci, enfin, qui a tué le basilic, celui-ci est un Héros et sera désormais acclamé comme tel. Je te baptise Giselher. Puisses-tu fièrement porter ce nom et toujours lui faire honneur!

Elle donna un léger coup de baguette magique sur chaque épaule du Héros nouvellement sacré, l'auréolant un instant de la fabuleuse lueur.

— Quant à l'autre! reprit-elle. L'autre qui n'a pas hésité à frapper un adversaire dans le dos, l'autre qui, par lâcheté, a refusé le combat offert et passé la porte indigo, l'autre, enfin, qui s'est porté au secours d'un être qu'il ne pouvait que détester, celui-là est un Fou.

— Ce n'est pas lui que je voulais sauver, soupira tristement le jeune homme. Je me suis battu pour elle.

— Encore une fois, tu parles sans y être autorisé, Fou. Cela mérite punition. J'avais décidé de guérir tes blessures : il te faudra attendre qu'elles cicatrisent. Sache que ton intention lors de cette bataille n'a aucune importance :

te battre pour la Femme était folie plus grande encore, car elle ne t'aime pas et ne t'aimera jamais. Comment pourrait-elle aimer un Fou ?

Il ne fit pas même l'effort de cacher ses larmes. Pleurer n'était pas déshonorant, pour un Fou.

Ainsi qu'elle avait procédé avec le Héros, la fée l'adouba de sa baguette magique. Cette fois, quand se dissipa la lumière indigo, quelque chose avait changé : à la place du tronçon d'épée qui lui avait permis de tuer le démon, pendait un simple poignard sans fourreau, symbole de sa charge.

Un poignard de bois.

— Héros, Femme et Fou, vous serez à jamais ! reprit l'être enchanté. Le Héros est le chef de la famille et chacun devra lui obéir. Il aura sinon le droit et le devoir d'appliquer les sanctions qu'il jugera bonnes. Vous vivrez dans cette crique, et il vous sera interdit d'en sortir, sauf pour chasser ou puiser de l'eau à la source. Un gibier abondant prospère à l'orée de la forêt : vous n'aurez nul besoin de vous éloigner pour le trouver. Telle est la volonté des dieux de Fuinör. Que le Héros se lève !

Giselher obéit, respectueux, soumis.

— Ton courage et ton ardeur au combat ne font aucun doute, mon fils, continua la fée. Pourtant, ils subiront une nouvelle épreuve, car telle est la loi. Il ne m'appartient pas de te dire précisément quand cela se produira, mais un jour, dans les cinq prochaines années, un jour comme les autres, les cavaliers dorés viendront ici comme ils viennent dans toutes les criques, et ils te lanceront un défi. Ce défi, tu devras le relever.

— Je le relèverai.

— Tu devras vaincre, car sinon, votre sort à tous sera terrible. Ce sera la mort pour toi, et le déshonneur pour cette Femme, qui est tienne.

— Et le Fou ? intervint Freïa. On ne le tuera pas, lui ?

— Non. Le Fou deviendra l'un d'entre eux, car les cavaliers dorés sont tous des Fous venus de familles où les Héros succombèrent.

Le jeune homme eut un petit sourire sans joie. Lui, cavalier doré ? La belle consolation si Freïa ne devait jamais lui appartenir !

— Si tu triomphes, ajouta la fée, je reviendrai porteuse de l'enfant qu'il vous appartiendra d'élever jusqu'à l'âge adulte, pour qu'à son tour il parte à la recherche de sa crique. Ainsi sera perpétuée la plus grande tradition de notre monde. Gloire en soit rendue aux dieux !

— Gloire aux dieux ! répondirent en chœur Freïa et Giselher.

— Je n'ai plus qu'un dernier commandement à vous transmettre, mes enfants. Il pourra vous sembler étrange, mais sachez qu'il trouve sa raison d'être dans l'équilibre des forces qui président à la destinée de Fuinör. Chaque jour du nouveau soleil, tous les dix ans, depuis l'instant de la transformation jusqu'au premier coucher de l'astre de vie, le Fou deviendra le chef de la famille. Durant ces quelques heures, le Héros et la Femme devront lui obéir… À présent, mes enfants, au revoir. Que les dieux veillent sur vous et puissiez-vous vivre heureux.

L'éclat de la baguette magique s'intensifia l'espace d'un instant puis disparut d'un coup, entraînant avec lui la cruelle beauté de sa maîtresse.

Le Fou se releva lentement. Ses larmes avaient cessé de couler mais ses yeux restaient humides.

— De quoi te plains-tu ? s'exclama Giselher. Toi aussi, tu pourras être le chef… pendant dix heures, tous les dix ans…

Il éclata d'un rire moqueur, bientôt imité par Freïa, qui s'était de nouveau pendue à son cou.

— Viens ! dit-elle quand leur hilarité fut passée. Allons visiter notre logis !

Se tenant par la taille, ils se dirigèrent vers la chaumière. Le Fou resta immobile quelques instants, caressant sans y penser la lame de son poignard de bois. Puis il eut un sourire, remit le jouet à sa ceinture et suivit ses compagnons d'un pas décidé.

La chaumière était identique à celle où il avait passé son enfance, à l'exception du réduit qu'il avait occupé, lequel ne serait bâti que plus tard, quand la fée apporterait l'enfant.

À l'intérieur, il faisait frais. La petite taille des fenêtres ne laissait filtrer qu'une très faible clarté. La Femme et le Héros n'avaient pas besoin de lumière, et qui s'inquiétait de savoir si le Fou s'abîmait les yeux en lisant ?

Lorsqu'il arriva dans la première pièce, ils s'y trouvaient déjà, enlacés, s'embrassant avec passion. Les mains du Héros s'égaraient encore timidement sur le corps de sa compagne, qu'elles osaient à peine toucher.

Freïa vit entrer le Fou. Elle s'arracha à l'étreinte de Giselher et désigna la deuxième pièce : la chambre.

— Qu'est-ce que ça peut faire qu'il soit là ? demanda le Héros. Il nous verra, de toute façon : c'est aussi sa chambre.

— Je ne veux pas, souffla-t-elle. La fée a dit que tu étais le chef : ordonne-lui de dormir ailleurs.

Giselher secoua la tête.

— C'est impossible. Je suis le chef, mais je ne peux pas aller contre la loi. Nous devons dormir tous les trois ici.

Tout en feignant d'examiner la vaisselle de grès grossier qui reposait sur des étagères, les meubles en chêne, les quelques livres de légendes que recelait une minuscule bibliothèque, le Fou ne perdait pas un mot de la discussion.

— Je vais me donner à toi pour la première fois, insista Freïa. Maintenant. Et je ne veux pas qu'il regarde. Juste pour cette fois, tu comprends ?

— Comme tu voudras, capitula Giselher en souriant.

Sans attendre, il la souleva de terre et la porta dans la chambre.

Le Fou feuilletait un ouvrage rapportant de hauts faits d'armes, accomplis au sein de la lointaine contrée de la guerre, mais il ne comprenait pas ce qu'il lisait. Une angoisse sourde palpitait au creux de son estomac. Imaginer Freïa entre les bras du Héros lui donnait envie de vomir.

Il referma le livre avec violence. La poussière accumulée voleta sur la vieille reliure de cuir. Il ne pouvait pas rester là. Sa raison lui criait de courir hors de la chaumière, d'attendre à l'extérieur le bon vouloir de ses compagnons. Malgré lui, pourtant, ses jambes le portèrent à l'entrée de la chambre, d'où ne s'échappaient plus que de rapides froissements, quelques baisers étouffés, l'amorce d'un rire joyeux retenu au fond d'une gorge.

Une goutte de sueur prit naissance sur sa nuque et courut le long de son dos. Il sentit son cœur frapper contre ses côtes. Une seconde, il ferma les yeux pour tenter de reprendre son souffle, devenu halètement.

Puis il n'y tint plus : malgré sa crainte d'être surpris, il passa la tête dans l'embrasure de la porte. La chambre comprenait deux lits, le plus petit lui étant réservé. Ses compagnons s'étaient allongés sur l'autre. Le Héros avait dénoué la ceinture qui fermait la tunique de son amante, la révélant aussi nue qu'Ismaëlle quand le Fou l'avait surprise avec Custenhin, mais tellement plus belle ! Et lui n'avait plus quinze ans.

Il observa la bouche de Giselher glisser des lèvres de la Femme à son cou, embrasser les épaules qu'un rayon de soleil échappé d'une lucarne parait de reflets verts. Sa gorge se serra quand la main du Héros suivit la courbe d'un sein puis le retint captif, le pressa tendrement.

— Je t'aime…, murmura Freïa.

Le Fou crut hurler, mais le cri ne résonna qu'au tréfonds de son être.

Tournant les talons, il s'enfuit hors de la chaumière et courut droit devant lui, aveuglé par ce désir qu'il ne pourrait assouvir. Il ne reprit ses esprits que lorsqu'une sensation de fraîcheur lui fit baisser les yeux. Il avait de l'eau jusqu'à mi-cuisse.

La mer…

Pour la première fois de sa vie, il était entré dans la mer. La peur panique qui s'empara de lui se mêla à son désespoir et le fit tomber à genoux dans les flots grenat. La morsure de l'eau salée raviva la douleur de ses mains et, enfin, il cria. Son hurlement de haine et de rage monta vers le ciel pourpre pour se dissiper dans l'air.

15

Les deux chevaliers se faisaient face au milieu du champ clos. Revêtus de leur grande armure, munis l'un d'une épée, l'autre d'un fléau d'armes, ils semblaient disputer quelque jugement de Dieu. Toutefois, aucun archer ne se tenait prêt à abattre celui des combattants qui commettrait une lâcheté, et un seul spectateur observait la scène. Lui portait un habit d'apparat sur une cotte de mailles légère. C'était un homme d'une cinquantaine d'années, à la constitution solide qui laissait deviner le valeureux combattant de naguère, mais dont les traits placides révélaient l'homme tranquille, n'aspirant plus qu'au repos. La vie de cour, trop trépidante, ne convenait guère au baron Farnn. Sans l'insistance de sa femme, il fût volontiers retourné sur ses terres, à la lisière de la contrée du miroir. Il songeait parfois à le faire malgré tout, dût-il s'exiler seul. Ainsi, Auriana pourrait-elle le tromper tout à son aise, sans qu'il lui fût nécessaire de fermer les yeux. Il y avait beau temps que la fidélité de la baronne ne lui laissait plus d'illusions. Qu'elle s'amuse ! songeait-il souvent. Pour lui, l'amour et la guerre avaient perdu leurs charmes. Seuls ses chiens de chasse lui apportaient encore quelque plaisir, ainsi que les prouesses du jeune chevalier qu'était devenu Jorlond, son fils. Il manquait rarement de venir le voir s'entraîner.

Aujourd'hui, pourtant, Farnn craignait que l'issue de la rencontre ne fût décidée d'avance. Le guerrier à l'épée qui affrontait Jorlond n'était autre que Ghénarys. Ce n'était pas la première fois qu'ils se rencontraient et, bien que le jeune homme fît des progrès réguliers, il n'avait jamais vaincu son aîné.

Ce dernier ressentait une telle sympathie à son endroit que, lors d'un tournoi réunissant tous les seigneurs de la contrée, il avait feint une maladie pour ne pas combattre. Ce jour-là, Jorlond avait gagné, et on lui reconnaissait désormais le titre de deuxième chevalier du royaume. Mais vaincre Ghénarys…

De fait, ce nouvel affrontement ne dura guère plus de deux minutes. Au bout d'une dizaine de passes inefficaces, le vieux chevalier prit le dessus et força dès lors Jorlond à reculer en assenant coup après coup sur son écu. Pas une seule fois, les pointes du fléau d'armes ne vinrent érafler la cuirasse de Ghénarys. Un assaut plus puissant que les autres déséquilibra Jorlond. Emporté par son armure, ce dernier tomba en arrière et atterrit sur le dos dans un grand fracas métallique.

Farnn se leva, craignant un instant que son fils ne fût blessé, mais l'éclat de rire du jeune homme le rassura promptement. Ghénarys tendit la main à son adversaire pour l'aider à se relever.

— Décidément, chevalier, vous devez être ensorcelé ! s'exclama Jorlond en ôtant son heaume.

Son visage franc, souriant, était encadré de longs cheveux émeraude, le seul don que lui eût jamais fait sa mère. Après avoir été un gamin prétentieux, méchant, puis un adolescent plutôt niais, c'était devenu un homme plein de charme et de dignité. La raison de cette métamorphose, une seule personne, en dehors de lui-même, la connaissait, et elle avait été bannie onze ans auparavant. Sans doute était-elle morte.

— Vous défaites le fils après avoir défait le père, remarqua Farnn en s'approchant.

Ghénarys releva la visière de son heaume et salua son vieux compagnon d'armes.

— La différence, c'est que votre fils me battra un jour, dit-il. Il est jeune et mon temps touche à sa fin.

— Puissiez-vous encore rester le premier pendant de longues années! s'exclama Jorlond. Être vaincu par vous est un honneur.

Ghénarys serra vivement la main du jeune homme, le regardant comme s'il eût été son propre fils. Un instant, le silence régna entre les trois hommes, puis le vieux chevalier retrouva son sourire.

— Il y a bal au château, ce soir, déclara-t-il. Et je crois savoir que la dernière cuvée de vin est arrivée hier. Si nous allions le goûter, messieurs?

— Par les dieux, voilà une idée qui me plaît! approuva Farnn. Si nous sommes ivres, on ne nous forcera peut-être pas à danser…

La chambre d'Auriana était l'une des plus vastes et des plus richement meublées du château. Insatisfaite de la sévère décoration qu'elle y avait trouvée quand elle en avait pris possession, la baronne s'était assuré les services des plus grands orfèvres, ébénistes et tisserands du royaume pour plusieurs saisons, puisant à son aise dans la cassette royale afin de les rétribuer. Elle en avait le pouvoir : n'était-elle pas maîtresse de cérémonie à la cour?

Assise à sa coiffeuse, elle achevait de se maquiller en prévision du bal qui commencerait moins d'une heure plus tard. Elle n'avait jamais laissé à une servante le soin de sa beauté et, ce soir entre tous, elle avait besoin d'être parfaite. Ce soir, elle allait livrer sa première grande bataille pour la couronne.

Souriant à son reflet, elle enduisit ses lèvres d'un vernis de même couleur que sa chevelure sombre; l'éclat de ses yeux mauves n'en devint que plus fort au sein de son visage vert pâle.

— Miroir, miroir, dis-moi qui est la plus belle dame du royaume, murmura-t-elle par jeu.

Bien entendu, le miroir ne répondit pas, mais l'eût-il pu qu'Auriana n'eût peut-être pas apprécié sa réponse. Sans doute était-ce le lot de sa famille, sur le pré comme dans les alcôves, de n'engendrer que d'éternels seconds. Cette pensée, toutefois, ne la traversa pas un instant. Ayant apposé une dernière touche à la vivante œuvre d'art qu'elle avait faite d'elle-même, elle appela ses suivantes pour qu'elles vinssent l'habiller.

Quelques heures avant le coucher du soleil, il n'y avait déjà plus une stalle libre dans les écuries du château : Auriana avait lancé des invitations à tous les chevaliers, tous les barons de la contrée du miroir, et si tous n'avaient pu venir, la plupart étaient là : on connaissait le faste des réceptions données à la cour.

Quand Turgoth y pénétra, la salle de bal était envahie par seigneurs et gentes dames dont la conversation, sous l'aiguillon du vin coulant à flots, abandonnait de plus en plus les jeux de la guerre pour se tourner vers les aventures galantes.

— Le roi ! annonça un garde en faisant claquer sa hallebarde sur les dalles brillantes.

Le brouhaha s'interrompit d'un coup et l'on s'empressa de saluer le souverain – qui esquissa un vague sourire protocolaire. Il n'avait jamais été friand de telles réjouissances et s'y sentait peu à son aise. La période ayant suivi le départ de sa fille et précédé l'avènement d'Auriana avait été une des plus austères qu'eût connues le château.

Turgoth se dirigea vers le trône installé au fond de la salle. Il y prit place avec la ferme intention de ne plus en bouger de toute la soirée.

À l'autre bout de la pièce, sur une estrade, porteurs de luths, de harpes et de flûtes, des troubadours semblaient attendre une autorisation pour commencer à jouer. Le roi chercha des yeux le conseiller Hormund et, l'ayant trouvé, lui fit signe de le rejoindre.

— Sire ? s'informa le vieil homme en s'inclinant.

— Que font donc les ménestrels ? Tous mes loyaux sujets, qui restent plantés comme des piquets et ne cessent de m'observer, semblent se le demander aussi.

— Nous attendons la baronne Auriana, sire, répondit Hormund. Elle a tout organisé. C'est elle qui ouvrira le bal avec le chevalier de son choix. Elle ne saurait tarder.

— Le chevalier de son choix ? Que ne danse-t-elle avec son époux ?

Le vieillard eut un sourire malicieux. Il désigna discrètement ledit époux, fort occupé à vider coupe sur coupe en compagnie de Ghénarys et de quelques autres.

— Farnn n'a guère le pied léger, déclara-t-il. Voilà bien longtemps qu'il ne lève plus que le coude. Oh ! Je crois que voici notre belle baronne, sire…

Suivie par deux dames de compagnie qui portaient sa traîne, Auriana venait de faire son entrée. Un murmure admiratif passa dans l'assistance, notamment parmi les hommes. La baronne avait revêtu une robe d'un pourpre éclatant qui, largement décolletée, ne cachait les richesses dont l'avaient pourvue les dieux que dans les limites extrêmes de la décence.

Le désir importun ressenti quelques jours plus tôt s'empara à nouveau de Turgoth. Cette femme était d'une impudeur totale, mais par les dieux ! quelle importance ?

Un sourire triomphant aux lèvres, Auriana s'avança jusqu'au trône et s'inclina très bas.

— Sire, dit-elle, j'espère que ce bal aura l'heur de vous plaire.

— Relevez-vous. Je suis sûr que vous avez tout préparé à la perfection, comme à l'ordinaire. Je ne vous saurai jamais assez gré de ce que vous accomplissez dans ce château.

Auriana baissa les yeux, faussement gênée.

— Ma foi, sire… si j'osais, je vous demanderais une faveur.

— Parlez ! l'encouragea Turgoth. Elle vous est accordée d'avance.

La baronne releva la tête et plongea son regard dans celui du roi. Comédienne accomplie, elle avait longuement travaillé ses œillades. Celle dont elle usait à cet instant ne l'avait encore jamais déçue.

— Faites-moi l'honneur d'ouvrir le bal avec moi, sire.

Un silence total salua cette requête. Turgoth sentit le sang lui monter au visage. Il n'allait tout de même pas verdir comme un jouvenceau.

— Mais… vous n'y songez pas, balbutia-t-il. Savez-vous bien que je n'ai pas dansé depuis plus de vingt ans?

Auriana força un air déçu sur son sourire enjôleur. Le moment était venu de prendre des risques.

— Mais, sire… vous m'aviez accordé d'avance cette faveur, n'est-ce pas? Ne peut-on plus se fier à la parole du roi?

Le silence s'appesantit encore. Cette fois, songea la baronne, soit je suis bannie à tout jamais, soit je le tiens…

Turgoth se leva d'un seul bloc, souhaitant que son trouble pût passer pour de la colère rentrée.

— Fort bien, dit-il. C'est vous qui l'aurez voulu.

Saisissant la main délicate qui se tendait vers lui, il alla se placer au centre de la salle de bal. Auriana fit signe aux troubadours et la musique s'éleva.

Debout près du trône, le conseiller Hormund surveillait la scène. De nombreux couples avaient suivi l'exemple du roi et d'Auriana, si bien qu'il avait peine à voir ces derniers, mais le peu qu'il voyait le satisfaisait : Turgoth souriait, rayonnait, pour la première fois depuis des temps immémoriaux. Malgré ses gestes un peu gauches, il retrouvait une partie de la grâce du jeune homme qu'il était lors de son mariage avec la mère de Rowena.

Alors qu'il explorait la salle des yeux pour guetter les réactions de la cour, Hormund avisa une vieille servante, porteuse d'un plateau. Il lui fit signe de s'approcher et la délesta d'une coupe.

— Eh bien, Angiosta ? interrogea-t-il à voix basse. Que penses-tu de tout ça ?

— Auriana veut la couronne et je suppose qu'elle l'aura, répondit-elle en haussant les épaules. Ça a l'air de te faire plaisir...

Le conseiller ne s'offusqua pas du tutoiement. Quiconque les eût entendus n'eût pas manqué de s'étonner de cette familiarité entre un des principaux dignitaires du royaume et une simple domestique.

— Ça me fait plaisir, oui. Ça nous sert. Fuinör aura son héritier.

— Et la baronne mourra. Tu sais ce qui arrive aux reines de Fuinör quand elles enfantent.

— Ça ne sera peut-être pas nécessaire, objecta le vieil homme. Le jeune Jorlond, s'il est adopté, sera un héritier parfait. Il est honnête. Nous en ferons ce que nous voudrons...

Angiosta grimaça.

— Je commence à en avoir assez de manipuler, dit-elle. Les dieux nous demandent beaucoup.

— C'est ta faute, déclara sèchement Hormund. Si la princesse ne t'avait pas filé entre les doigts, nous n'en serions pas là.

La servante se renfrogna.

— Ce n'est pas moi qui lui ai présenté le marchand de nuages, bougonna-t-elle, avant de s'éloigner pour continuer sa besogne.

Ironie du sort ? La première personne à laquelle elle offrit du vin fut le baron Farnn. La coupe du condamné, songea-t-elle en lui tendant humblement son plateau.

Si les danses jouées par les troubadours n'induisaient pas un contact rapproché entre les partenaires, leur lenteur les rendait en revanche propices à la conversation. Auriana refusa obstinément de lâcher la main du roi avant la troisième.

— Vous vous sous-estimez, sire, assura-t-elle. Vous dansez à merveille.

— Grâce à vous, baronne, répondit Turgoth, flatté. Votre beauté me rend mes vingt ans.

Le sourire d'Auriana s'élargit mais elle se tut. Le souverain avait peine à détacher les yeux de la gorge provocante. Il eût donné beaucoup pour se trouver dans la contrée de l'amour et achever le travail que la robe avait si bien commencé.

— Dites-moi, baronne, murmura-t-il. À présent que j'ai accédé à votre requête, m'accorderez-vous une faveur à votre tour?

Auriana lutta pour ne pas laisser sa respiration s'emballer. Enfin, il se décidait! Désormais, la couronne était à portée de main.

— Une faveur, sire? répéta-t-elle. Ou bien mes faveurs?

Turgoth déglutit avec peine, gêné.

— La faveur de vos faveurs, souffla-t-il.

Auriana eut un petit rire discret.

— Comme c'est joliment dit, sire! J'ignorais que vous possédiez un tel talent pour le madrigal. Hélas, on a dû vous induire en erreur. Je suis mariée et, en dépit des méchantes rumeurs qui courent à mon sujet, fidèle à mon époux...

Le roi sentit un frisson glacial le parcourir. L'attitude d'Auriana n'avait-elle été que la manifestation d'une nature expansive?

— Je... je vous prie de m'excuser, baronne, balbutia-t-il. Je...

— Je n'ai jamais accompagné dans la contrée de l'amour d'homme qui ne fût mon mari, le coupa-t-elle. Et je n'ai nulle intention de changer de conduite. Bien sûr, si...

Elle laissa échapper un soupir déçu parfaitement contrôlé, puis baissa les yeux et se tut.

— Si? Parlez, je vous en prie! s'exclama Turgoth.

— L'oserai-je, sire? Oserai-je vous dire que si mon mari n'existait et si le roi se trouvait être mon mari à sa place, je lui serais dévouée corps et âme?

Le souverain serra plus fort la main qu'il tenait.

— De sorte que si Farnn venait à disparaître..., commença-t-il.

— Les dieux l'en préservent ! coupa-t-elle aussitôt. Mais que leur volonté soit faite. J'espère que vous me comprenez, sire.

Turgoth surprit une lueur complice dans le regard mauve de sa compagne. Il ne s'était pas trompé, finalement.

— Je crois que nous nous comprenons tout à fait, Auriana, dit-il, employant son prénom pour la première fois.

Elle ne fit même pas mine de s'en offusquer.

Au sortir de la salle de bal, Angiosta se trouva face à face avec Jorlond, qu'elle salua en souriant. Si elle n'avait que mépris pour la mère, le fils était un brave garçon. Hormund avait raison : sans doute ferait-il un bon roi.

— Bonsoir, Angiosta, dit le jeune chevalier. La fête se déroule-t-elle bien ?

— Aussi bien que possible, messire. Madame votre mère y a veillé.

— Oh, pour ça, je lui fais confiance. Pourrais-je te parler un instant ?

— Que pourrais-je bien vous apprendre ? s'étonna la servante.

— Beaucoup de choses, peut-être, répondit-il en l'entraînant à l'écart. Mais d'abord, promets-moi de garder le secret sur cette conversation.

— Je vous le promets, obéit Angiosta, qui se demandait où il voulait en venir.

Il semblait préoccupé, mélancolique.

— Tu étais chargée de l'éducation de la princesse Rowena, n'est-ce pas ?

— Messire ! s'exclama la vieille femme sur un ton apeuré. Vous savez qu'il n'est guère bien vu de prononcer ce nom à la cour.

— Voilà pourquoi je t'ai fait jurer le secret. Elle t'aimait beaucoup. N'aurais-tu point de ses nouvelles depuis onze ans qu'elle nous a quittés ?

Angiosta secoua tristement la tête. Au contraire de sa peur, cette tristesse n'était pas feinte.

— Non, messire, aucune, hélas. Vous la regrettez donc, vous aussi ?

— Je ne pense qu'à elle, Angiosta ! Jour et nuit ! Crois-tu qu'elle soit morte ?

La servante resta silencieuse un long moment avant de répondre.

— Je ne le crois pas, non. Je ne comprenais pas bien la princesse, mais je l'ai toujours vue réussir ce qu'elle entreprenait, et, le jour de son départ, elle m'a dit qu'elle reviendrait. J'ignore quand ou comment, mais je suis sûre que nous la reverrons.

— Tu me combles de joie ! affirma le jeune homme. Si tu la vois…

— Si je la vois, je lui dirai qu'elle possède au moins deux amis à la cour. Vous et moi, messire. Je vous en fais serment. À présent, je vous prie de m'excuser : mes devoirs m'appellent.

Elle s'éloigna dans un froufroutement de jupes, abandonnant un Jorlond dont la mélancolie s'était dissipée pour le laisser au bord de l'extase.

Le lendemain du bal, Turgoth fit venir Hormund dans ses appartements pour un entretien secret. S'il se doutait du sujet qui serait abordé, le vieil homme n'en laissa rien paraître. Il n'était pas bon que le souverain s'aperçût qu'il était le dernier averti de ses propres décisions.

— Hormund, tu avais raison ! commença le roi. Un mari n'est qu'un homme !

— Je ne comprends pas, sire.

— Ne fais pas l'innocent. Je ne suis pas d'humeur à tolérer tes hypocrisies et tes flatteries.

Il saisit le vieux conseiller par le col de sa robe. Son visage était crispé, presque congestionné.

— Il me la faut, tu m'entends? Il me faut cette femme! Si je ne l'ai pas, je vais devenir fou. Et stupidement, il s'avère qu'elle est fidèle. Qui l'eût cru? La baronne Auriana, fidèle! (Intérieurement, Hormund sourit. Auriana avait bien manœuvré.) J'ignore si c'est exact, mais elle se refusera à moi tant que je ne l'aurai pas épousée.

— Épousez-la! conclut le vieillard. Cela vous fera du bien, et au royaume aussi.

— Je le ferai. Mais auparavant il faut nous débarrasser de Farnn. Et vite! Je ne puis plus attendre.

— Je vais m'entretenir avec le bourreau, sire…

— Es-tu fou? s'exclama le roi. La chose doit être accomplie discrètement, pas sur la place publique!

Le visage chafouin du conseiller se para à nouveau d'un sourire plein de malice.

— L'idée d'une exécution publique ne m'avait pas effleuré, sire, rassurez-vous, mais le bourreau de la cour m'est tout dévoué, et il assassinerait père et mère pour une bourse emplie d'or.

— Donne à ce coquin autant d'or qu'il en désirera, et promets-lui le double si la mort de Farnn a l'air d'un accident. Crois-tu qu'il pourra tromper maître Aquarius?

— Notre médecin est certes fort savant, répondit Hormund, mais je puis vous garantir que son rapport aura tout lieu de vous agréer. Le bourreau est un artiste qui maîtrise les finesses de son art…

Le roi se laissa tomber sur une chaise. Il suait abondamment. Auriana avait instillé en lui un poison subtil. Le vieux conseiller souhaita que cela ne le tue pas avant la pleine réalisation de ses projets.

— J'espère que tu dis vrai, souffla Turgoth. Hâte-toi, à présent, et avertis-moi quand la besogne sera accomplie.

16

Le Fou s'éveilla dès les premières lueurs. Il s'habilla rapidement et sortit sur la pointe des pieds. Giselher et Freïa dormaient encore, enlacés.

La fraîcheur du matin le surprit et le fit frissonner. Cela faisait quatre jours qu'il se levait à l'aube, quatre jours qu'ils étaient arrivés dans la crique, et il ne s'était pas encore habitué à la température. Le soleil rétablissait une chaleur torride en quelques dizaines de minutes mais les nuits étaient froides. Chaque matin, il affrontait ce qu'il en subsistait, fantôme persistant d'un monstre abattu.

Le Fou croisa les bras, les mains sur les épaules, tentant d'oublier le froid. Un vent puissant balayait la crique et soulevait le sable en des centaines de petits nuages bleus mouvants, changeants, imprévisibles. La plupart lui cinglaient les jambes, mais certains, plus hardis, s'enflaient jusqu'à son visage et tentaient de pénétrer son nez, sa bouche, le forçaient parfois à fermer les yeux. Un instant, il se demanda si le sable n'était pas vivant, intelligent, si ces attaques répétées ne faisaient pas partie des vexations que devait subir un Fou. Chaque fois que Giselher ou Freïa sortaient de la chaumière, le vent se calmait, le sable redevenait cette substance inerte sur laquelle la Femme s'allongeait nue pour laisser le soleil lui brûler la peau, et les vagues cessaient de se déchaîner.

Le cœur battant, le Fou s'avança jusqu'à la mer. Il se débarrassa de ses vêtements et fit quelques pas dans l'eau.

Depuis que, par accident, il avait rompu avec son obsession, il était chaque jour entré dans les flots et avait marché – jusqu'à ce que la peur fût trop forte et le fît tourner les talons, courir se réfugier dans la chaumière. La première fois, il avait fui dès qu'une vague s'était brisée sur lui, gelant sa chair et ses os comme pour mieux les briser ensuite. Le lendemain, il était allé un peu plus loin, le jour suivant encore plus loin.

Bientôt, il eut de l'eau jusqu'à la taille. Il cessa d'avancer. Quand elles arrivaient à lui, les vagues commençaient déjà à mourir et ne menaçaient pas de l'engloutir. La marée montait. Il sentait la force des flots le pousser vers la plage, mais il n'avait pas envie d'y retourner, de voir Freïa sans pouvoir la toucher. Presque inconsciemment, il se remit en marche. L'eau affleura sa poitrine, puis ses épaules, et enfin, seule sa tête demeura à la surface. Il hésita. Qui s'inquiéterait s'il ne revenait jamais? Sûrement pas les deux autres. La fée, peut-être... D'après la tradition, on ne pouvait se passer d'un Fou, et la fée personnifiait la tradition. Mais elle trouverait bien un autre pauvre garçon pour le remplacer...

Il n'avait qu'à se laisser aller, plier les genoux, plonger la tête sous l'eau et se répéter qu'il pouvait respirer comme un poisson. Ensuite, il serait débarrassé de tous ses problèmes. Il n'aimerait plus, ne désirerait plus, ne souffrirait plus. Son âme irait se perdre en quelque cache obscure, au creux de la contrée de la mort, et il connaîtrait la paix.

Il n'avait qu'à plier les genoux.

La mer ramènerait son corps en guise de message d'adieu. Et eux, alors, comprendraient qu'ils l'avaient tué.

Cette pensée lui fit hausser les épaules. Ils ne comprendraient rien du tout. Ils se diraient qu'il était mort comme un Fou, creuseraient un trou dans le sable pour l'y enfouir et retourneraient faire l'amour. Mourir n'était pas une bonne idée, et c'était une lâcheté. Peut-être un jour réussirait-il à prouver qu'il était un Héros, que les cartes avaient été mal distribuées – mais pour cela, il devait vivre. Et supporter.

Fort de cette conclusion, il allait se retourner vers la crique quand la mer, vexée d'être dédaignée, faillit choisir son destin pour lui. Une vague gigantesque se dressa, le nargua un instant, puis s'abattit dans un monstrueux déferlement d'écume. Il voulut hurler mais n'en eut pas le temps. Telle la gueule d'un dragon, la mer le recouvrit et le déséquilibra, le roula de droite et de gauche, à la manière d'un tourbillon. L'eau salée emplissait sa bouche d'un goût affreux. Une inspiration instinctive força des fers portés au jaune dans son crâne, étendit un voile sombre devant ses yeux. Puis, par réflexe ou par chance, il étendit les bras et se sentit remonter. Sa tête ne refit surface qu'une fraction de seconde avant d'être à nouveau recouverte, mais il eut le temps de ramener un peu d'air dans ses poumons incandescents. Et surtout, quelque chose se débloqua en lui. Il se rappela les mouvements que Custenhin lui avait enseignés, en disant qu'il suffisait de les reproduire à l'infini pour nager. Il avait toujours refusé de les pratiquer dans l'élément liquide, ce qui lui avait souvent valu d'être battu, mais la théorie était là. L'instinct de conservation se chargea de lui donner la vivacité nécessaire à son application. Encore gauche, incertain, il parvint à se maintenir à la surface et même à avancer, comprit comment utiliser la force de l'eau pour progresser plus vite, se laisser porter par les vagues plutôt que lutter contre elles. Le rivage ne lui semblait plus si loin, à présent. Comme si la mer avait admis sa défaite, le vent tomba d'un coup, les flots cessèrent d'être une menace pour devenir presque caressants. Dans la crique, le sable restait sagement au sol. Sans doute Giselher venait-il de partir pour sa chasse quotidienne, dans la forêt…

Le Fou nagea lentement jusqu'au rivage. Sa peur avait disparu. Seul subsistait un sentiment de triomphe qu'il n'eût pas espéré connaître un jour. Cette fois, il avait affronté le monstre et il l'avait vaincu. Nul n'en conviendrait, chacun décrierait son exploit, trouverait mille et une raisons d'en rabaisser la gloire, mais les autres ne comptaient plus. À la minute présente, seule l'opinion qu'il avait de lui-même signifiait vraiment quelque chose – et de son propre point de vue, il était un Héros.

Il n'avait plus aucune envie de mourir.

Il resta allongé plusieurs minutes sur le sable humide, à demi assommé par sa lutte contre les flots. La conscience lui revint peu à peu, par bribes. Il ne se décida à bouger que lorsque la marée montante vint le taquiner de sa langue glacée. Cherchant ses vêtements, il s'aperçut qu'ils avaient été emportés par la mer. Il lui fallut un long moment pour les retrouver. Le cuir mouillé, sur sa peau, était irritant, presque douloureux, mais il n'y prit pas garde. Le soleil ne tarderait pas à le sécher.

S'attendant à une pluie de reproches pour n'avoir pas préparé le brouet matinal, il se glissa furtivement dans la chaumière. Comme il l'avait pensé, Giselher était absent. Freïa dormait encore, ou paressait. Le Fou alluma un petit feu dans l'âtre et déposa au-dessus un broc empli d'une eau dans laquelle il avait fait tremper des feuilles de toko, un buisson odorant très répandu dans la forêt. La décoction était un peu amère mais possédait d'indéniables propriétés stimulantes.

Dans la chambre, la Femme avait les yeux fermés, un léger sourire aux lèvres. À la voir ainsi, l'indigo de ses cheveux dessinant une large auréole autour d'elle, on eût dit un ange de bonté. Le Fou se prit à rêver qu'elle soulevait les paupières, le voyait et l'accueillait comme un ami, un amant, qu'elle lui ouvrait les bras. Il avança la main pour lui caresser les cheveux mais, au dernier moment, suspendit son geste. Il n'était pas assez inconscient pour croire à ses rêves.

Oubliant l'eau qui commençait à bouillir, il sortit de la chaumière et partit en quête de Giselher.

Le Héros était introuvable. Pourtant, la part de forêt où ils avaient le droit d'évoluer n'était pas si vaste. Si Giselher chassait, le Fou eût dû l'entendre. À moins qu'un autre facteur n'entrât en jeu : la chasse était l'occupation privilégiée du Héros et de lui seul. La fée n'en avait rien dit, mais peut-être la tradition voulait-elle que nul ne le vît l'exercer. Ainsi, ils avaient pu se croiser sans se remarquer, comme s'ils n'avaient pas existé. Tout était possible.

Découragé, le Fou cessa ses recherches. Il s'adossa à un arbre et ferma les yeux. Pourquoi cherchait-il, d'ailleurs? S'il avait trouvé, il n'eût reçu que moqueries et insultes.

Mais la morgue du Héros n'avait pas d'importance : il pouvait la comprendre. Giselher le méprisait parce qu'il était moins fort que lui, moins beau que lui, plus intelligent que lui. Freïa, elle, le méprisait parce qu'elle en avait reçu l'ordre, parce que c'était la loi.

Il crispa les paupières, faisant jaillir un millier d'éclats multicolores dans l'obscurité, autant de particules informes qui se mouvaient au hasard, formant des traînées lumineuses, parfois des motifs étranges, presque géométriques. C'était là un jeu auquel il se livrait souvent, un jeu de Fou. Il aimait observer les particules se livrer pour lui à ce ballet fantasmagorique. Il les savait simples illusions créées par sa rétine captive, mais prenait plaisir à les imaginer douées d'une vie propre, d'une personnalité. C'était tout un peuple qui vivait ainsi pour lui seul, un peuple qu'il choisissait de laisser libre ou de contrôler à sa guise, s'imaginant l'égal des dieux.

Les particules tournoyaient, s'élançaient dans le néant, se poursuivaient quelque temps, puis abandonnaient leur chasse pour courir dans une autre direction. Un instant, elles s'immobilisèrent, puis elles se regroupèrent, se fondirent les unes dans les autres pour n'en plus former qu'une, d'une blancheur totale. Le Fou tenta de les disperser à nouveau mais il n'y parvint pas. Voilà qui ne lui était encore jamais arrivé. La masse résultante commença à se dilater rythmiquement. Les contours en étaient flous, à la manière de ceux d'une vague à la surface de la mer.

— Alors, c'est toi qui dis être Fou ? interrogea-t-elle.

Sa voix était douce, chantante, féminine. Le Fou l'observa encore quelques secondes avant de comprendre qu'elle s'adressait à lui. Au même instant, il réalisa que les mots n'avaient pas résonné dans sa tête, qu'il les avait bel et bien entendus. Quand il ouvrit les yeux, le charme se rompit.

Il n'eut que le temps d'apercevoir les courbes sensuelles d'un visage de femme avant que ce dernier ne se détournât dans un tourbillon de cheveux noirs. Sans réfléchir, il plongea en avant, afin de rattraper la forme fine qui s'enfuyait, auréolée d'un voile immaculé. Il crut la saisir à la taille mais ses bras n'emprisonnèrent que le vêtement, si bien qu'il tomba rudement au sol, s'écorchant les mains et le visage sur les aiguilles de pin. Dieux merci, Giselher n'avait pas assisté à la scène.

Le Fou se releva avec peine, serrant contre lui le voile translucide, seule preuve qu'il n'avait pas rêvé des événements que sa raison se refusait à admettre. Une femme s'était trouvée là, une femme douée de grands pouvoirs – peut-être une fée. Mais pourquoi une fée eût-elle agi ainsi ?

Ne sachant que penser, il reprit le chemin de la chaumière à pas lents.

— Tu me rendras mon voile, Fou, fit la voix, derrière lui.

Il pivota vivement mais scruta en vain le sous-bois désert. Était-il en train de devenir fou ? Cette pensée le fit sourire. Comment désignait-on un Fou fou ? Était-ce considéré comme une qualité ? Secouant doucement la tête, il se remit en marche.

— Cette nuit…, dit encore la voix.

Cette fois, il ne se retourna pas. Il savait que c'était inutile.

— Où étais-tu ? questionna Giselher dès qu'il entra dans la chaumière. Il y a du travail pour toi, ici. Je devrais te corriger.

Le Fou ne répondit pas. À quoi bon raconter ce qui lui était arrivé ? On l'eût accusé de mentir, et si, pour se défendre, il avait montré le voile, on le lui eût pris, on l'eût détruit peut-être. En outre, il lui plaisait de garder le secret : savoir des choses qu'ignorait le Héros lui procurait une étrange jouissance. C'était sans doute là une piètre satisfaction, un présent qu'il s'octroyait pour se consoler de n'être que ce qu'il était, mais il lui semblait que cela pourrait l'aider à vivre.

Giselher désigna le lièvre gisant sur la table. De la gorge ouverte coulait encore du sang qui venait tacher le pelage brun.

— Dépèce-le ! ordonna le Héros. Et arrange-toi pour que le repas soit prêt à temps !

Le Fou acquiesça. Il parlait le moins possible, comme si le seul son de sa voix avait pu déchaîner les foudres de ses compagnons. S'emparant d'un couteau de cuisine, il commença à préparer l'animal. Le sang vert sombre qui formait une flaque poisseuse sur la table coula sur le sol, sur ses mains, imprégna ses vêtements. Sans doute en garderait-il sur lui l'odeur âcre, mais il n'y prit pas garde : après tout, il n'avait personne à qui plaire.

Freïa sortit de la chambre en serrant autour d'elle les pans de sa tunique. Ses yeux portaient encore la trace d'un sommeil agréable. Le Fou ne put s'empêcher de contempler la silhouette élancée, aux courbes pleines, que le vêtement mettait en valeur plus qu'il ne la masquait. La pudeur qui avait saisi la Femme à son endroit, le premier jour, avait maintenant disparu – comme si la perte de sa virginité avait sonné pour elle le glas de toute inhibition. Il en venait à le regretter : s'il ne l'avait pas vue aussi souvent nue, peut-être eût-il mieux réussi à cacher le désir qu'elle lui inspirait. Elle-même ne s'en rendait pas compte, mais Giselher l'avait deviné dès le début, ce qui semblait d'ailleurs plus l'amuser que le mettre en colère. Un Héros pouvait-il vraiment être jaloux d'un Fou ?

— N'oublie pas les épices, Fou ! dit Freïa. Ta cuisine est toujours trop fade !

Une fois de plus, il ne répondit pas. Ainsi, il conservait une chance de ne pas hurler.

La journée s'écoula lentement, comme toutes les autres – des heures et des heures à ne rien faire, ou si peu. Freïa restait le plus souvent étendue sur la plage, offrant au soleil une peau qui commençait à s'assombrir. Giselher s'entraînait au maniement de l'épée à l'aide d'un mannequin qu'il avait fabriqué. Un Héros ne devait pas succomber à la paresse, sous peine de le regretter amèrement quand venaient les cavaliers dorés.

Le Fou, lui, marchait, parcourait toute la crique et la portion autorisée de la forêt, jusqu'à la source. Il marchait jusqu'à ce que ses pieds lui fissent assez mal pour lui interdire un pas de plus. Alors, il se laissait tomber à terre et restait immobile. S'il avait de la chance, il s'endormait. Et quand il ne s'éveillait pas à temps pour préparer le dîner, Giselher le sortait du sommeil avec un coup de pied dans les côtes.

Ce jour-là, ce ne fut pas nécessaire : il était trop obsédé par ce qui lui était arrivé pour espérer dormir. Il servit le repas à l'heure, puis, lorsqu'ils furent restaurés, suivit ses deux compagnons dans la chambre pour leur lire la suite de l'histoire commencée la veille. L'aventure d'un chevalier vivant dans la contrée du miroir, dont la doulce fiancée était enlevée par un baron félon. Le roi lui donnait alors le commandement de ses armées et une grande bataille avait lieu dans la contrée de la guerre.

Giselher goûtait énormément ce genre de contes. Héros était la plus haute dignité à laquelle il pût prétendre, mais devenir chevalier…

Le Fou s'amusait de cette frustration. Il n'était donc pas seul à caresser un rêve irréalisable. Ni l'un ni l'autre ne verraient jamais ces contrées fabuleuses dont parlaient les livres. Existaient-elles seulement ? Fuinör n'était-il pas qu'une infinie forêt ?

— « Alors, le roi Turgoth Ier fit venir son conseiller et lui parla en ces termes, lut le Fou. "Hormund, mon vieil ami, va-t'en quérir sur-le-champ le médecin de la cour, maître Aquarius, et prie-le de faire diligence car ce brave chevalier est durement touché. Tu… »

Il s'interrompit en constatant qu'on ne l'écoutait plus, Allongés l'un contre l'autre, Giselher et Freïa s'embrassaient tendrement. Il poussa un soupir que la Femme n'entendit pas. Le Héros, en revanche, lui adressa un sourire chargé d'une complicité feinte. Lentement, comme pour lui offrir un spectacle, il fit glisser la tunique de sa compagne. Sa main caressa l'épaisse chevelure de Freïa, lui massa un instant la nuque, puis descendit le long de son dos, s'attarda au creux de ses reins avant de contourner sa hanche. La Femme gémit quand les caresses se firent plus précises, et Giselher sourit à nouveau. Tu vois, semblait-il dire, elle est à moi !

Laissant tomber son livre, le Fou se précipita hors de la chambre. S'il avait dû en voir plus, il lui semblait qu'il fût mort de rage. Son corps lui faisait mal. Chaque soir, la même scène se rejouait. Elle se jouerait ainsi jusqu'à la fin de ses jours. Même à présent, sur la plage où la lumière déclinait, tandis qu'à l'horizon se couchait le soleil, dotant le ciel sombre de flamboyants reflets verts, il la revoyait, en imaginait la suite… Il se demanda s'il ne prenait pas plaisir à se torturer, et un frisson de dégoût le saisit.

— Viens, Fou, murmura la voix. Je t'attends…

Il hésita un instant avant de pénétrer dans le sous-bois obscur. Cette femme n'était-elle pas un monstre ayant pris forme humaine ?

Si elle avait voulu le tuer, toutefois, elle eût pu le faire le matin même, alors qu'il fermait les yeux. Et de toute façon, qu'avait-il à perdre ? Quand il s'aperçut qu'il n'avait pas peur, il avait déjà fait quelques pas dans la forêt.

— Mon voile, Fou. Rends-moi mon voile !

La voix ne semblait pas venir d'un endroit précis. Elle existait, tout simplement, comme le vent. Le Fou sortit de sa tunique la pièce de tissu translucide qu'il avait presque oubliée.

— Ferme les yeux et tends le bras ! ordonna la voix,

Il obéit sans poser de questions, sentit qu'on lui ôtait le vêtement des mains. Il y eut un rapide froissement d'étoffe, puis des pas légers sur l'humus.

— Tu peux regarder, maintenant, Fou. Ou bien tu peux t'en aller. Choisis.

Ce n'était pas un véritable choix. Il ouvrit les yeux.

Quand il avait vu Freïa pour la première fois, il avait songé que nulle femme ne pouvait être plus belle. Il s'était trompé. Celle qui se tenait là la surpassait en tout point. Elle était aussi grande que lui, et le voile impudique qu'il venait de lui rendre révélait un corps parfait. Tout en elle était harmonie. De sa chevelure noire à ses pieds menus, pas une erreur de la nature, même la plus minime, qui rompît l'équilibre. Pourtant, le Fou sut immédiatement qu'il préférait Freïa. Parce qu'elle avait été la première, peut-être, mais aussi parce que celle qu'il contemplait à présent ne semblait pas réellement vivante. Sa peau était très pâle, comme si elle ne s'était jamais exposée au soleil. Et malgré son sourire, elle ne paraissait pas vraiment amicale. Elle était froide. Superbe, parfaite, mais glaciale.

— Qui êtes-vous ? murmura-t-il.

— Je suis une sorcière, Fou. N'est-ce pas évident ?

Il secoua la tête.

— Vous… vous ne ressemblez pas à…

— À la vieille femme édentée que tu as vue dans les livres, au-dessus du mot « sorcière » ? coupa-t-elle, le voyant incapable de poursuivre. C'est bien ça ? On me l'a encore dit il n'y a pas si longtemps. Mais pourquoi serions-nous condamnées à être laides ? Tu trouverais ça juste ?

— Il y a tellement de choses qui ne le sont pas..., commença-t-il, avant de baisser la tête.

La sorcière éclata de rire.

— Ne crains rien ! Je ne suis pas une fée. À moi, tu peux dire la vérité. Tu n'es pas heureux ?

— Je n'ai pas à l'être. Je suis un Fou.

— Belle réponse, approuva-t-elle. Mais y crois-tu vraiment ?

Comme il ne répondait pas, elle rit à nouveau. Son rire n'avait rien de commun avec le caquetage qu'étaient censées affectionner ses semblables. C'était un glissando joyeux, qui s'élevait haut et clair dans le sous-bois.

— Je crois que je t'aime bien, Fou, reprit-elle. Je veux t'accorder une faveur. Dis-moi ce qui te ferait plaisir !

Le Fou se tendit. La seule chose qui lui eût réellement fait plaisir, il n'eût jamais osé en parler.

Ce ne fut pas nécessaire : la sorcière semblait lire en lui comme lui dans ses livres de légendes.

— Je sais ce que tu désires : Freïa, la compagne du Héros. Non, ne proteste pas : c'est la vérité. Ce souhait n'est guère conforme à la tradition mais, ma foi, je n'ai jamais aimé les traditions. Cette Femme, tu l'auras, je te le promets.

— Comment ?

— Je suis une sorcière, Fou ! Cela devrait te suffire...

— Cessez de m'appeler « Fou » ! s'emporta-t-il brusquement.

— Fort bien. Ne te fâche pas. Comment dois-je t'appeler, alors ?

Il baissa une nouvelle fois la tête, gêné.

— Je ne sais pas, avoua-t-il. Je n'ai jamais eu de nom. Mais je ne veux plus être traité de « Fou » !

Elle s'approcha de lui jusqu'à le toucher. Il se rendit compte qu'il tremblait.

— Très bien, homme sans nom, souffla-t-elle. Il en sera comme tu le désires.

Ses lèvres entrouvertes se posèrent sur celles du Fou en un bref baiser, semblable à celui que lui avait accordé Ismaëlle pour lui dire adieu.

— Une sorcière ne donne jamais rien pour rien, déclara-t-elle.

Le voile tomba à terre, révélant tout à fait ce qu'il n'avait dissimulé qu'à moitié.

— Non, fit-il, un Fou ne doit pas…

— Je t'ai déjà dit que je me moque de la tradition. Et si tu ne veux plus que je t'appelle « Fou », cesse d'agir comme tel !

Elle lui saisit la main et la posa sur sa propre poitrine, qu'il caressa maladroitement. La peau de la jeune femme était douce mais froide sous ses doigts.

— Un jour, un homme qui vendait de la pluie m'a volé toute ma chaleur, expliqua-t-elle, suivant ses pensées. Je la lui reprendrai, et tu m'aideras peut-être, mais pour l'instant, essaie d'oublier. Ferme les yeux et imagine que je suis Freïa. Tu as besoin d'apaisement…

À nouveau, elle l'embrassa. Ses lèvres avaient un goût étrange, de sucre et d'amertume mêlés. Quand elle se serra contre lui, il suivit son conseil et pensa à Freïa. Aussitôt, son désir revint.

Ils s'allongèrent sur le sol et, pour la première fois dans l'histoire de Fuinör, un Fou fit l'amour. À même l'humus, avec une femme qu'il n'aimait pas.

Quelques heures plus tard, lorsqu'elle retourna à la caverne de l'enchanteur, Rowena ne chercha pas à retenir ses larmes.

17

Le bourreau sortait rarement du réduit qu'il occupait, dans un angle de la cour intérieure. Lorsqu'il le faisait, on savait qu'un paysan traître à son roi allait être torturé pour qu'il avoue ses crimes. On savait aussi qu'aurait lieu bientôt une exécution en place publique – avec toutes les réjouissances que cela comportait.

Le bourreau était en permanence vêtu de son uniforme : un simple pantalon de toile pourpre rentré dans de fortes bottes de cuir, et une cagoule noire qui masquait ses traits. Nul ne pouvait se vanter d'avoir vu son visage ou de connaître son nom. Rares étaient ceux qui lui adressaient la parole, mais ses supérieurs eux-mêmes l'appelaient simplement « bourreau ». Il n'avait ni femme ni enfants, quoique sa charge fût supposée héréditaire. Autant qu'on pût en juger malgré sa cagoule, toutefois, il était encore jeune : son torse et ses bras puissants ne montraient aucun signe d'empâtement. Quand il tranchait une tête, il ne frappait qu'une fois. Les exécutions capitales étaient néanmoins rarement aussi miséricordieuses – les quelques jours de torture obligatoires étant en général suivis par le supplice de la roue.

Cette nuit-là, le bourreau quitta son réduit plusieurs heures après le coucher du soleil. À sa ceinture était passée une longue dague, sans fourreau, qui constituait sa seule arme. Il marqua un temps d'arrêt pour s'assurer que nul ne l'observait, puis, rasant les murs, se glissa jusqu'au château. Parader était hors de question : sa mission n'avait rien d'officiel. Pour lui, la différence n'était pas bien grande. Son métier était de tuer. Automate, mécanique stupide, il accomplissait sa tâche sans poser de questions. Seuls lui importaient le nom de sa victime et la manière dont il convenait de l'occire. Motivations, conséquences ou scrupules n'étaient que perte de temps.

Le bourreau traversa en silence le long hall d'entrée et parvint à l'escalier, qu'il gravit jusqu'au premier étage. Malgré son poids, il était d'une agilité exceptionnelle, passait devant les chambres closes sans faire plus de bruit qu'un insecte. Enfin, il parvint à sa destination : une porte ouvragée, parée de gravures à l'or fin.

La serrure ne résista pas à ses mains expertes. Le battant, toutefois, refusa de s'ouvrir : un verrou avait été poussé de l'intérieur.

Le bourreau jura à voix basse. S'il frappait, on viendrait lui ouvrir, mais quel prétexte invoquer pour entrer? Et s'il y avait lutte, les occupants des chambres voisines risquaient fort de s'éveiller, ce qui serait encore plus grave que l'échec de sa mission.

Il se préparait à renoncer et à aller faire son rapport au conseiller Hormund, quand son instinct l'avertit qu'il n'était plus seul. Il se retourna en cherchant une explication convaincante à sa présence en ces lieux, à une telle heure, et découvrit la fine silhouette de la baronne Auriana, vêtue d'un déshabillé visiblement enfilé à la hâte par-dessus une chemise vaporeuse.

— Bonsoir, murmura-t-elle, tout sourires. Vous vouliez voir mon époux?

Le bourreau songea à nier. Constatant toutefois que l'arrivante ne semblait nullement surprise de le voir, il résolut de se fier à elle. S'il se trompait, il en serait quitte pour une double exécution.

— Oui, acquiesça-t-il, mais le verrou est mis.

— Je vais vous faire ouvrir, assura la baronne en s'avançant vers la porte.

Il fut saisi par le doute. Se rendait-elle vraiment compte de la raison pour laquelle il voulait voir Farnn ? Il arrêta son geste alors qu'elle allait frapper. Ses doigts massifs s'imprimèrent fortement dans la chair d'Auriana, qui réprima une grimace de douleur, puis leva les yeux vers lui, cherchant un regard humain derrière la cagoule.

— Laissez-moi dix secondes avant d'entrer, souffla-t-elle. Il vous tournera le dos...

Elle se dégagea prestement et frappa. Il y eut un instant de silence, puis l'écho d'une voix ensommeillée.

— Qui est là ?

— C'est moi, dit Auriana. Il faut absolument que je vous parle.

— À pareille heure ? s'étonna Farnn. Est-ce donc si important que cela ne puisse attendre demain matin ?

— Il s'agit de notre fils ! Je vous en prie : ouvrez !

La baronne avait touché la corde sensible : il n'y eut plus de questions mais un bruit de draps rejetés, des pas précipités, et enfin la porte s'ouvrit. D'instinct, le bourreau se plaqua contre le mur, tandis qu'Auriana se glissait dans la chambre. Elle ne l'avait pas trompé : le verrou ne fut pas repoussé. La voie était libre.

Il attendit les quelques secondes requises avant de franchir le seuil à son tour. La pièce n'était illuminée que par une bougie brûlant dans un chandelier d'argent. Sa lumière bleu-vert créait des reflets mouvants sur la chemise de toile grossière que portait le baron Farnn. Auriana avait enlacé son époux et, comme elle l'avait dit, s'était arrangée pour qu'il tournât le dos à la porte.

— Que vous arrive-t-il, ma mie ? interrogea Farnn. Il y a beau temps que je ne vous ai connue aussi affectueuse...

— C'est un cadeau d'adieu, répondit-elle au moment où la lame effilée s'enfonçait entre les épaules de celui qu'elle embrassait.

Le bourreau ne commettait pas d'erreur. Farnn s'écroula sans un cri aux pieds de sa femme, la trop brève douleur qu'il avait ressentie n'ayant pas suffi à lui ôter son dernier sourire.

— Mon mari ? Mort ? fit mine de s'étonner la baronne. Dieux, que cet accident me navre ! Il était si bon avec moi... (Elle désigna la dague sanglante que le meurtrier tenait encore en main.) Rangez donc cet objet, monsieur, et courez avertir le roi du malheur qui me frappe. Peut-être vaudrait-il mieux mander également le médecin de la cour... Cela suffira pour cette nuit : inutile de troubler le sommeil de tous ces braves gens.

Le bourreau s'inclina très bas devant elle.

— J'exécuterai les ordres de Madame la baronne, assura-t-il, servile.

Remettant son arme à sa ceinture, il sortit de la chambre et se rendit tout droit chez Hormund.

Auriana, demeurée seule, s'agenouilla près du cadavre et lui joignit les mains comme pour une prière.

— Tu devrais être heureux, lui dit-elle d'un ton léger. Ta femme va bientôt être reine.

La mort du baron fut annoncée officiellement le lendemain matin. Le diagnostic que délivra maître Aquarius devant la cour assemblée fit verser des larmes à ceux qui n'avaient pas bien connu le défunt et découvraient soudain une grandeur d'âme étonnante chez celui qu'ils considéraient comme un ivrogne, un chevalier vieilli, quelque peu ridicule. Ceux qui l'aimaient, eux, n'avaient nul besoin de cela pour le pleurer.

Ainsi donc, mordu par un serpent venimeux, Farnn s'était-il retiré dans sa chambre sans souffler mot de son mal. Sans doute avait-il été poussé par le sens de l'honneur qu'on lui connaissait, le souci de n'infliger à personne le spectacle de son agonie. Chacun put d'ailleurs constater, en venant s'incliner devant lui pour lui rendre un dernier hommage, que ses traits reflétaient une grande sérénité, comme si les dieux lui avaient accordé une mort paisible en récompense de sa droiture. Auriana versa sans doute plus de larmes que quiconque. Elle savait depuis longtemps les faire surgir à volonté et ne s'en priva pas. Vêtue d'une robe noire qu'on ne lui avait encore jamais vue, si bien qu'on l'eût crue spécialement taillée pour l'occasion, elle était peut-être encore plus belle dans la douleur que dans la joie. Seul le conseiller Hormund remarqua que ses lèvres crispées réussissaient mal à cacher son sourire.

Après la cérémonie en hommage au disparu qui prit place dans la chapelle du château, le cercueil fut cloué, puis poussé au fond d'un chariot. Farnn avait souhaité qu'on l'enterrât sur ses terres. On ne discutait pas les dernières volontés d'un baron.

— Je voudrais t'accompagner, déclara Auriana à Jorlond, au moment du départ, mais j'ai tant de travail, ici. Rends hommage à ton père et souviens-toi toujours qu'il était le plus valeureux des chevaliers.

— Je m'en souviendrai, mère, répondit le jeune baron.

— Tu peux rester là-bas quelque temps, si tu veux, murmura-t-elle encore, tandis qu'il l'embrassait. Je sais que tu n'aimes guère la vie de cour.

— Mais vous? Ne serez-vous pas trop seule?

— Ne t'inquiète pas, assura Auriana. Dans une pareille épreuve, nos amis ne m'abandonneront pas. Va, maintenant, et que les dieux soient avec toi!

Le cœur douloureux, Jorlond prit la tête de l'équipage mortuaire. Après un dernier sourire à sa mère, il se mit en route pour un endroit où il ne gênerait en rien les projets de celle qui se voyait déjà souveraine.

Trois jours durant, Turgoth n'osa ni rendre visite à Auriana ni la faire appeler. Il ne craignait certes pas de la choquer, sachant quelle part elle avait prise à l'assassinat, mais s'inquiétait des réactions de la cour. Si la baronne semblait n'avoir rien de plus pressé que folâtrer dans les appartements royaux, certains esprits chagrins pourraient bien s'étonner de la coïncidence. Il rongea donc son frein en silence, passant les heures claires à faire les cent pas dans la salle du trône, se retournant en vain pour trouver le sommeil dans un lit dévasté dès que venait la nuit. Puisqu'il ne dormait ni ne mangeait plus, il arborait un visage creusé, des yeux cernés, au point que Ghénarys lui demanda s'il n'était pas malade. Le vieux chevalier ne soupçonnait pas quelle intrigue avait abouti à la mort de Farnn. Il avait accepté la version officielle sans poser de questions. Ce n'était pas son rôle.

De son côté, Auriana ne s'inquiétait pas. Le deuil lui donnait l'occasion de porter en permanence le noir qui la mettait si bien en valeur – en attendant la pourpre. Désormais, elle n'en était plus à quelques jours près, et laissait les choses suivre leur cours. Plus Turgoth retarderait l'explosion de son désir, plus il serait aisé à manipuler. La seule véritable préoccupation de la baronne était de se composer une mine abattue chaque fois qu'elle recevait la visite d'une bonne âme, porteuse de condoléances ou de réconfort.

Enfin, le roi n'y tint plus. Chargeant Hormund d'une invitation en bonne et due forme, il fit mander Auriana et lui fournit même une escorte de ses appartements à la salle du trône.

Elle se présenta devant lui les yeux baissés, le visage couvert d'un voile noir, parfaite expression de la dignité dans le malheur. Turgoth congédia l'escorte d'un geste pour rester seul avec celle qu'il désirait.

— Eh bien ? Reprendrons-nous la discussion que nous eûmes lors du dernier bal ?

— Je suis aux ordres du roi..., répondit-elle simplement.

Il s'approcha d'elle et releva son voile, dont il comprit aussitôt la raison d'être : le maquillage d'Auriana n'était pas celui d'une veuve éplorée. Presque timide, il lui caressa la joue, charmé de constater qu'elle ne se dérobait pas.

— Je puis faire atteler, dit-il. Dès ce soir, si vous le désirez, nous serons dans la contrée de l'amour.

— Sire ! se récria-t-elle, faussement choquée. Je ne puis songer à pareille chose si tôt après le drame qui me frappe.

— Allons, baronne, cessez de jouer ! Vous et moi savons bien que votre chagrin, pour démonstratif qu'il soit, n'en est pas moins imaginaire.

Lui prenant délicatement le menton, il se pencha pour l'embrasser, mais elle détourna la tête.

— Et quand cela serait, sire ! reprit-elle. Je n'en suis pas moins une honnête femme. Le roi lui-même, s'il n'est mon mari, ne saurait être mon amant.

Turgoth sentit le sang lui monter au visage. Cette comédie de badinage qu'elle lui imposait le rendait fou. Il la saisit aux épaules, déchirant sans s'en rendre compte le fin tissu de la robe.

— Mais je te veux, Auriana ! s'écria-t-il, se moquant bien, alors, de savoir qui pourrait l'entendre. Je veux que tu sois à moi tout entière !

Elle se contenta de sourire. Durant quelques secondes, il affronta son regard tranquille, presque candide, puis il poussa un soupir découragé et relâcha sa pression.

— Très bien, baronne, capitula-t-il. Voici ce que je vous propose : acceptez l'hommage que je vous offre. Ensuite, à la fin de votre deuil, je vous prendrai pour femme et votre fils Jorlond deviendra l'héritier du trône. Je ne puis faire plus…

Auriana se rajusta calmement. Bien qu'elle n'en laissât rien paraître, son cœur battait à tout rompre : il lui restait un pas à franchir, un seul. Le plus important.

— Je suis très honorée, sire, assura-t-elle, mais je ne puis consentir. Imaginez qu'avant la date prévue vous changiez d'avis. Que subitement vous vous désintéressiez de moi, ou que la politique vous force à choisir une autre épouse.

Pouvez-vous concevoir ce que sera alors ma vie, la vie d'une femme rongée par le remords d'avoir appartenu à un homme qui ne sera jamais son époux ? La mort deviendrait mon seul refuge…

— N'avez-vous pas confiance en la parole du roi, baronne ?

— J'ai pleine confiance, sire, fit-elle, ingénue, mais vous savez cette expression des gens du peuple ? Les paroles s'envolent…

Turgoth demeura un instant immobile, la fixant d'un regard brûlant. Elle se demandait s'il n'allait pas l'étrangler séance tenante quand il alla d'un pas décidé ouvrir la porte de la salle du trône.

— Un parchemin, de l'encre et une plume ! ordonna-t-il. Vite !

Puis il revint vers Auriana et la prit d'autorité dans ses bras.

— M'accorderez-vous un baiser, maintenant, baronne ? haleta-t-il.

— Un seul, mais…

Elle ne put finir. Il l'embrassa sauvagement, mordant avec force ses lèvres peintes.

« Nous, Turgoth III, souverain de Fuinör, affirmons par la présente :

« Avoir fait exécuter le baron Farnn, sans autre motif que celui de lui voler sa femme, la baronne Auriana, et avoir promis à icelle de la prendre pour épouse dès la fin de son deuil, afin qu'elle daignât nous accompagner dans la contrée de l'amour.

« Que la malédiction des dieux et des hommes s'abatte sur nous si nous sommes infidèle à cet engagement !

« Fait en notre château de la contrée du miroir, le soixante-huitième jour de la saison des fruits, dans la décennie du soleil indigo. »

Une fois en possession du parchemin, Auriana courut l'enfermer dans un de ses coffres, celui qu'elle avait commandé au plus grand serrurier du royaume. Contre un bon prix, le digne homme avait accepté de munir la serrure d'une aiguille empoisonnée qui s'enfoncerait dans la chair de toute personne tentant d'ouvrir le coffre sans sa clef. Cette clef, Auriana fit vœu de toujours la porter à son cou.

Le soir même, comme l'avait promis le roi, un équipage partit pour la contrée de l'amour. Les gardes qui en assuraient l'escorte avaient été choisis par Hormund : aucun ne savait écrire et tous avaient eu la langue tranchée à la naissance. Ces hommes pouvaient tout voir, tout entendre…

Les fenêtres du carrosse où voyageaient Auriana et Turgoth étaient munies de rideaux fins mais opaques. Une fois tirés, ils masquèrent les futurs amants aux regards indiscrets, les laissant au sein d'une semi-obscurité.

Le souverain croyait sentir son cœur cesser de battre à chaque seconde. Auriana était en face de lui, soumise, telle qu'il l'avait rêvée, mais il allait encore lui falloir patienter plusieurs heures avant de pouvoir la toucher.

S'il s'en désolait, la baronne en était ravie : guère impatiente de simuler la jouissance entre les bras de ce vieillard pour qui elle n'éprouvait que mépris, elle se morigénait de n'avoir pas mené plus tôt son combat pour le trône. Mais les dés étaient jetés.

La frontière de la contrée de l'amour, comme celle des six autres contrées entourant celle du miroir, était constituée par une chaîne de collines basses. Au-delà, on s'accordait à reconnaître que s'étendait un paradis. Chacun pouvait y rechercher le plaisir à la manière qui lui agréait, à la condition que tous les partenaires fussent consentants. Il existait une seule exception à cette règle : un endroit bien particulier où ne venaient que nobles et chevaliers ayant jeté les yeux sur une femme de la plèbe. Là, elle subissait les traitements que sa beauté avait eu l'insolence d'inspirer. Bien souvent, elle ne retournait pas dans sa famille : son corps épuisé, brisé, lacéré parfois, finissait sans sépulture au fond d'une fosse où elle rejoignait ses sœurs, victimes comme elle de l'hommage des puissants.

Le reste de la contrée, en dehors de l'enclave dévolue à la reproduction des serfs, était réservé aux jeux réunissant des personnes de bonne condition. On y pouvait venir en couple ou bien seul – compter sur le hasard pour former une union imprévue. Si d'aventure on y croisait une connaissance, quels que fussent les liens pouvant se créer dans l'instant, il était d'usage de n'y point faire allusion une fois sorti de la contrée. Et si les beaux jouvenceaux, les gentes damoiselles venaient ici livrer leurs premières joutes, on ne leur en épargnait pas moins à la cour le récit d'exploits susceptibles de choquer des oreilles dont nul n'eût osé mettre en doute l'innocence.

Le roi pouvait choisir de partager les plaisirs de ses féaux, mais il lui était également possible de se retirer en un lieu que nul autre, qu'il n'eût choisi, n'avait le droit de fouler. C'était là que se rendait l'équipage nocturne emportant Auriana et Turgoth, car malgré l'interdiction tacite, il se fût sans le moindre doute trouvé quelque impudent pour railler la conduite d'une femme dont l'époux était encore chaud au fond de son tombeau.

Le carrosse s'arrêta enfin. Deux gardes aidèrent le roi et la baronne à en descendre. Ils se trouvaient près d'un vaste édifice de bois, un palais de l'amour où Turgoth n'était pas venu depuis plus de vingt ans. Alentour, l'obscurité laissait deviner une végétation abondante, arbres séculaires et innombrables massifs de fleurs.

— Vous verrez, assura le souverain. Au jour, le spectacle est le plus merveilleux qui soit.

— Vraiment, sire ? minauda Auriana. Resterons-nous donc ici jusqu'au jour ?

— Nous y resterons aussi longtemps que vous le désirerez, baronne…

— Mais les affaires du royaume ? La cour ?

— Rien ne saurait être aussi important que vous aimer.

Il tenta de l'enlacer, mais elle se dégagea souplement et se précipita dans le bâtiment, riant telle une jouvencelle. Turgoth éclata de rire à son tour et la suivit.

À l'intérieur, les gardes avaient allumé un feu de cheminée avant de se retirer. Les flammes illuminaient une pièce gigantesque, dont les murs de rondins soutenaient les larges poutres de la charpente. Au fond, un lit bas, couvert de fourrures, semblait n'attendre que cet instant depuis l'éternité.

Devant le roi se tenait Auriana, debout, immobile, les bras le long du corps. Elle ne souriait plus. Peut-être même tremblait-elle un peu.

Il la contempla un instant en silence puis s'élança vers elle, lui arracha plus qu'il ne lui enleva sa robe de deuil, et la renversa en arrière.

Durant la nuit, la baronne dut faire appel à tous ses talents de comédienne pour répondre aux ardeurs du souverain sans hurler son dégoût.

18

La saison des fruits dura cent jours. Le cent unième, une pluie fine et chaude vint laver le sable de la crique, surprenant Freïa lors de son bain de soleil. La veille au soir, le Fou l'avait prévenue qu'il pleuvrait, mais elle ne l'avait pas écouté : comment croire à un changement aussi brutal ? Elle n'avait pas compté les jours, bien sûr, pas plus que Giselher. Tous deux se contentaient de l'instant présent. Mais la saison des pluies avait commencé et elle durerait cent jours, pendant lesquels l'eau venue du ciel serait de plus en plus abondante, de plus en plus froide. Le cent unième, il neigerait. Ainsi se succédaient les saisons, immuables.

Le Fou, lui, comptait. Il avait tranché un petit arbre à sa base, l'avait débarrassé de branches et écorce pour ne conserver que le bois nu du tronc, dans lequel il inscrivait, encoche après encoche, la mémoire du temps qui passait.

C'était à lui que revenait ce rôle : s'assurer avant les pluies que le toit de la chaumière ne recelait pas de fuite, s'assurer avant les neiges que le Héros avait tué assez d'animaux à fourrure. La plus grande partie de la saison des pluies correspondrait pour lui au tannage des peaux – travail ingrat dont, il le savait, nul n'accepterait de le soulager. Un Héros ne jugeait pas déshonorant de porter une fourrure mais il ne pouvait s'abaisser à la préparer. C'était l'une des raisons d'être du Fou…

Tous les jours, il allait nager. Il sortait de la chaumière au petit matin et affrontait stoïquement les attaques naturelles en marchant jusqu'à la mer. La plage ne l'effrayait plus. Même depuis que les pluies rendaient le sable plus lourd, plus douloureux, ce dernier ne lui apparaissait plus que comme un pantin sans âme, animé de mouvements désorganisés. Il pouvait être dangereux par accident, pas par intention, retrouvant ainsi sa place dans la somme du hasard.

La mer conservait son statut d'être vivant. Comment eût-il pu en être autrement, alors que chaque vague, chaque bouillonnement d'écume paraissaient tracer des figures étranges, sans cesse renouvelées ? Parfois, le Fou se prenait à observer celles qui se créaient autour de son corps, ou au contraire à l'horizon, là où l'élément liquide se mêlait aux nuages. Il y voyait des scènes fantastiques, d'amour ou de combat, parfois d'amour *et* de combat. Il oubliait qui il était et nageait sans peur vers le large, tâtant périodiquement le fond, sentant un frisson d'excitation l'envahir lorsqu'il perdait pied. La mer apprenait à le connaître, devenait son amie, son amante. Et même durant ses grandes colères, si elle semblait vouloir lui briser les os un à un ou l'engloutir à jamais, elle ne le repoussait pas. Pour elle, il n'y avait ni Héros ni Fou. Quand elle se déchaînait, il n'y avait plus que des héros et des fous.

Le Fou nageait la plupart du temps jusqu'à approcher la limite extrême de ses forces, jusqu'à ce que la chaumière ne soit plus en vue. Sans y croire, il espérait qu'en allant assez loin, il apercevrait une autre crique et pourrait s'en approcher par la mer, puisque c'était impossible par la forêt. Il rêvait parfois de réunir assez de Fous, comme lui, pour construire un bateau et naviguer de crique en crique tout autour de Fuinör, briser le système instauré par les fées ou les dieux, et vivre au milieu d'eux, sans titre, sans préséance. Mais il n'avait jamais rien vu qui indiquât la présence d'autres familles. Il n'y avait que la mer et la forêt. Ou bien les familles étaient là et il ne les voyait pas. Il était enclin à ne pas faire une confiance illimitée à ses sens.

Quand il n'avait plus le courage d'avancer, il se retournait sur le dos et se laissait ballotter au gré des flots. Au début, le soleil l'avait brûlé cruellement, filtré par la mince pellicule d'eau qui s'attachait à son corps, mais la saison des pluies douchait les ardeurs de l'astre du jour. Il apparaissait plus tard à l'horizon et, le matin, avait peine à percer l'épaisse couche de nuages qui crevaient pour libérer leur caresse tiède et saccadée.

En général, le Fou tombait dans une demi-léthargie, qui ne cessait que lorsque les vagues le déposaient sur le rivage et le léchaient une dernière fois, à l'instar d'un chien fidèle, avant de retourner se perdre au large. Ensuite, il restait longuement étendu sur la plage, même lorsque la pluie tombait si fort qu'elle lui faisait mal. Il rêvait de Freïa, de son corps, de ses yeux, et de son rire quand elle aimait.

Mais le rêve prenait de temps à autre un tour différent. La femme qu'il voyait était toujours Freïa, bien entendu, puisque c'était ainsi qu'il la nommait, mais ses cheveux devenaient noirs, son visage adoptait d'autres traits et des flammes s'échappaient de ses mains, en arabesques, pour venir frapper le toit de la chaumière, consumer jusqu'à la plus petite parcelle du fragile édifice.

C'était toujours elle qui l'appelait. Sa voix résonnait en lui et il courait la rejoindre. Ses visites étaient irrégulières mais il s'écoulait rarement plus de trois jours sans qu'elle vînt. Curieusement, elle ne se montrait pas quand il désirait être seul, apparaissait comme par miracle dès qu'il avait envie de parler, de se confier. Il n'avait jamais mentionné son existence à Freïa et Giselher – quoiqu'elle ne lui eût pas demandé de la taire.

— Pour eux, lui dit-elle un jour, rencontrer quelqu'un d'autre est tellement impossible que, s'ils me voyaient, ils croiraient avoir rêvé. Et s'ils avaient la preuve du contraire, ils me prendraient pour une fée venue les éprouver, ou bien deviendraient fous…

— Et moi ?

— Toi, tu as de l'imagination, assez pour admettre que ta vie puisse changer. C'est plus qu'ils n'en auront jamais…

— Quand ? demanda le Fou.

La sorcière n'eut pas besoin de lire dans ses pensées pour savoir de quoi il parlait. Elle se serra contre lui et l'embrassa longuement. La nuit venait de tomber. Ils étaient allongés au pied d'un grand frêne, dont la silhouette noire leur creusait une caverne dans l'obscurité.

— Tu es pressé, hein ? dit-elle, moqueuse. Si je ne savais pas exactement ce qu'il y a dans ta tête, je pourrais me vexer de te voir désirer une autre femme alors que je suis dans tes bras…

Elle eut un petit rire qui se voulait léger, amusé, mais qui sonnait un peu faux, puis elle redevint sérieuse. Sa bouche murmurait à l'oreille du Fou, tandis qu'elle lui caressait la poitrine sous sa tunique.

— Patience. Je sais très exactement quel jour tu réaliseras ton vœu, mais je ne puis encore te le dire. Attends la venue des neiges. Laisse-leur le temps de tout recouvrir, de durcir. Quand tu auras l'impression que rien ne pourra les chasser, pas même le nouveau soleil, alors je te révélerai tout. En attendant, aime-moi !

Le Fou se força à sourire. La sorcière était la seule personne à le considérer comme un être humain à part entière. Avec elle, il pouvait parler des livres qu'il lisait, des légendes, il pouvait regarder les étoiles. Les moments qu'ils passaient ensemble le comblaient de bien des manières, mais ne l'apaisaient guère. Sans doute, ensuite, son corps faisait-il moins violemment connaître ses exigences ; toutefois, sa soif n'était pas étanchée. C'était toujours aux lèvres de Freïa qu'il voulait boire, pas à celles d'une statue animée.

Pourtant, docile, il repoussa l'éternel voile dont elle se couvrait et embrassa sa peau gelée.

— Parfois, moi aussi, j'ai l'impression que tu es une fée, dit-il. Et que tu joues avec moi.

Elle éclata à nouveau de ce rire sans joie qu'il connaissait bien.

— Je joue avec toi, c'est vrai. Mais je ne suis pas une fée.

Dans le ciel noir, les nuages s'assemblaient comme pour une grande fête. Les étoiles étaient presque invisibles.

— Il y aura un orage demain, dit la sorcière. Ce sera le dernier de la saison.

Le premier coup de tonnerre retentit alors que le Fou se laissait lentement ramener par les vagues. Le ciel couvert s'illumina un instant d'un éclair bleu, puis la pluie commença à tomber en grosses gouttes serrées. Déjà, l'eau n'était plus si chaude. Encore quelques jours et elle serait glacée. Un deuxième éclair jaillit, suivi presque aussitôt d'une nouvelle détonation. L'orage était tout proche.

Le Fou nagea jusqu'au rivage. Freïa avait peur du tonnerre. Seule dans la chaumière, le Héros étant à la chasse, elle devait être terrorisée.

Lorsqu'il y arriva, il ne la vit pas tout de suite. Dans la chambre, il retourna en vain les deux couches en espérant la découvrir. Ce ne fut que quand il repassa dans la cuisine, découragé, qu'il l'aperçut : accroupie sous la table, accrochée à un des pieds massifs. Les larmes roulaient sur ses joues, mais elle ne faisait rien pour les essuyer. Peut-être ne se rendait-elle même pas compte qu'elle pleurait.

Toute la chaumière fut illuminée par un nouvel éclair. Freïa poussa un gémissement désespéré. Son corps mince était animé de tremblements qui faisaient naître un millier de petites boursouflures sous sa peau. Ainsi vaincue, totalement sans défense, elle était plus belle et plus désirable que jamais. Elle ne semblait pas voir le Fou, et lui, parce qu'il l'aimait, eût pu rester ainsi des heures à la contempler. Mais parce qu'il l'aimait, il délaissa son plaisir égoïste pour lui apporter un peu de réconfort.

— Freïa, murmura-t-il en s'approchant. Ne pleure pas…

Réagissant plus au son de sa voix qu'aux paroles prononcées, elle leva sur lui un regard embué, qu'il crut suppliant. Il s'accroupit auprès d'elle.

— Ne t'en fais pas, reprit-il en lui pressant l'épaule. Ça va s'arrêter. Et puis il n'y a pas de danger. Tu…

— Laisse-moi, Fou! cria-t-elle d'une voix sur aiguë, avant d'écarter sa main comme s'il s'était agi d'un insecte venimeux.

Ce contact imprévu l'avait sortie de son apathie. Elle fut debout d'un bond, bousculant le Fou, et se précipita hors de la chaumière en appelant Giselher.

— Freïa, attends!

Il voulut lui hurler que, dehors, les éclairs semblaient toujours devoir frapper à l'endroit où l'on se trouvait, que leur éclat brûlait les yeux et que le tonnerre battait un prélude à la fin du monde. Il voulut lui hurler que, dehors, elle allait devenir folle, mais il n'en eut pas le temps : elle avait déjà disparu dans l'obscurité de l'orage.

Sans hésiter, il se jeta à sa poursuite. Qu'elle le désirât ou non, elle devait rentrer dans la chaumière.

La pluie le frappa de plein fouet, en un million de projectiles acérés qui voulurent le jeter à terre. Il les ignora. Tournant la tête en tous sens, il finit par apercevoir la tunique claire de la Femme, qui s'enfuyait vers la forêt.

— Giselher, j'ai peur! criait-elle.

Comme pour saluer son arrivée, la foudre tomba au beau milieu du sous-bois : de hautes flammes s'élevèrent pendant quelques secondes avant d'être noyées par la pluie. Courant, luttant contre le vent, le Fou ne se trouvait plus qu'à quelques pas de Freïa quand surgit le dernier éclair. Étrangement, il ne vint pas du ciel, sembla au contraire prendre naissance à cinquante pieds de hauteur, puis lacérer l'air humide en une courbe étrange, avant de frapper la base de l'arbre le plus proche de la Femme. De cela, le Fou ne s'étonna que bien plus tard, tout comme il ne réalisa pas tout de suite qu'à la place du bleu habituel cet éclair-là avait adopté une couleur proche du pourpre. Et encore devait-il souvent se demander si son imagination ne lui avait pas fait inventer ces détails.

Quoi qu'il en fût, sur le moment, il ne vit que le danger, comprit bien avant d'entendre les craquements que l'arbre touché allait s'abattre. Freïa, elle, avait poussé un grand cri quand l'éclair avait jailli, puis s'était figée, regardant sans le voir le châtaignier qui s'inclinait.

Dans un dernier effort, le Fou bondit jusqu'à elle et la saisit aux épaules pour la tirer en arrière. Ils perdirent l'équilibre et s'abattirent ensemble sur le sable détrempé.

— Il faut…, commença le Fou – trop tard.

Emportant avec lui plusieurs de ses congénères moins robustes, l'arbre, tranché net, acheva sa chute dans un vacarme infernal. Freïa hurla de douleur quand sa jambe se trouva prise sous le tronc épais. Puis, miséricorde des dieux, elle perdit connaissance.

Le Fou se maudit de ne pas être arrivé à temps : si elle mourait ou restait infirme, il ne se le pardonnerait jamais. Il tenta de soulever le châtaignier, mais, n'y parvenant pas, choisit de dégager la captive en creusant le sable autour de sa jambe. Lorsqu'il put enfin l'observer de près, il constata que le membre était brisé juste au-dessous du genou.

Réunissant toutes ses forces, il souleva Freïa entre ses bras et reprit le chemin de la chaumière. Il n'osait presser le pas, de peur de lâcher son trop fragile fardeau. Cette fois, il se battait réellement pour elle.

Il parvint à destination, épuisé, et allongea la Femme sur son lit. Sans s'accorder une seconde de repos, il ressortit pour aller ramasser du bois. Avec quatre morceaux, il confectionna une attelle de fortune qui maintiendrait la jambe en place pour peu que Freïa ne tentât pas de se lever. Avec les autres, il alluma un feu dans la cheminée, pestant contre l'humidité des branches.

Quand les flammes s'élevèrent enfin, le Fou alla s'asseoir au bord du lit. Il tendit les mains vers l'âtre en un geste instinctif pour chercher la chaleur, et tenta de se persuader qu'il ne toucherait pas Freïa, qu'il ne la regarderait même pas.

La tentation, pourtant, était trop forte : bientôt, son regard glissa sur les jambes que le soleil intense avait rendues presque bleues. Sa main caressa un instant le genou valide puis, osant à peine effleurer la peau, remonta jusqu'en haut de la cuisse, où elle s'immobilisa, incertaine. Le Fou retenait son souffle. Un vieux réflexe lui murmurait que ce qu'il faisait était contraire à la loi, mais ce n'était pas cela qui le retenait : c'était la pensée que Freïa pouvait reprendre connaissance et le voir…

Il n'eut pas le temps de s'interroger davantage : une poigne de fer le mit debout de force et, avant même qu'il n'eût réalisé ce qui lui arrivait, Giselher lui administra une gifle qui l'envoya rouler jusque dans la cuisine. Il vit venir le deuxième coup, une attaque du pied qui visait son ventre, mais ne put rien faire pour l'éviter. Le souffle coupé, il se renversa en arrière, tandis que les horions continuaient de pleuvoir. Au bout d'un moment, il ne sentit plus rien.

Sa convalescence fut plus rapide que celle de Freïa : il n'avait récolté dans l'aventure que quelques contusions et une côte fêlée, qui se remit facilement. Il dut toutefois se soigner lui-même. Giselher refusa de seulement l'aider à nouer un bandage autour de son torse. C'était là, disait-il, le châtiment qu'il devait subir pour avoir osé toucher la Femme. S'il recommençait, il mourrait.

— Je t'étranglerai de mes propres mains! assurait le Héros.

Freïa fut la proie de la fièvre et du délire pendant six jours avant de revenir à la vie. Plusieurs saisons s'écouleraient avant qu'elle ne remarchât normalement.

Dès qu'elle fut en état de comprendre ce qui lui était arrivé, Giselher se fit un plaisir de l'informer du sacrilège qu'avait commis leur compagnon, lequel reçut une nouvelle part d'insultes et de menaces. De toute évidence, le fait qu'il eût sauvé la vie de Freïa n'entrait pas en ligne de compte, mais il n'en fit même pas la remarque : toute autre attitude l'eût étonné. Il se soigna donc en silence, gardant en lui comme un trésor le souvenir du moment où sa main s'était trouvée entre les jambes de celle qu'il aimait, et le revivant à volonté chaque fois qu'il fermait les yeux.

Bien avant d'être guéri, il commença à tanner les fourrures que Giselher lui apportait, encore gluantes de sang. Quand ne subsista plus la moindre douleur dans sa poitrine, la saison des neiges avait commencé.

La neige recouvrait toute la crique. Elle était tombée sans interruption durant les dix premiers jours de la saison et formait une couche durcie de plusieurs pouces, qui faisait ployer le toit de la chaumière. La grande forêt elle-même ne montrait plus que de rares taches violettes au sein de l'étendue blanche. Seule la mer conservait ses droits, avec les quelques toises de plage qu'elle recouvrait à marée montante.

Dès qu'il fut remis, le Fou recommença à nager. Pour lui, la neige était plutôt une bénédiction, car elle maintenait le sable en place. Entrer dans l'eau ne posait pas non plus un grand problème : par rapport à l'air ambiant, elle paraissait presque chaude. Ce qui limitait la durée de ses baignades était la simple impossibilité de se reposer. Si d'aventure il tentait de faire la planche, les gouttes qui couvraient la partie émergée de son corps ne tardaient pas à cristalliser, et le froid lui mordait la peau.

Pour les mêmes raisons, il ne s'attardait plus sur la plage après être sorti de l'eau, mais se ruait au contraire dans la chaumière afin d'enfiler ses fourrures et de se réchauffer au coin de la cheminée.

Il continuait cependant à sortir, ce qui n'était le cas ni de Freïa, dont l'os n'était pas encore ressoudé, ni même de Giselher. Tous les cinq ou six jours, le Héros consentait à s'enfoncer dans la forêt pour en rapporter la dépouille d'un gros animal – dont ils rationnaient la chair. Entre-temps, il restait auprès de la Femme. Tous deux se faisaient servir leurs repas au lit, occupaient leurs journées à manger et à faire l'amour.

Quand le Fou signala à Giselher qu'il négligeait son entraînement, il s'entendit répondre qu'un Héros n'avait pas besoin de conseils. L'entraînement reprendrait dès la fonte des neiges, quand viendrait la saison des fleurs.

Eh bien, homme sans nom, m'aurais-tu oubliée ?

Quand la voix retentit dans sa tête, le Fou ressentit un étrange mélange de frustration et d'angoisse. Il n'avait certes pas oublié la sorcière mais avait parfois songé que l'inverse était vrai. Elle ne s'était pas manifestée une seule fois depuis l'orage. Il n'avait jamais réussi à savoir s'il le regrettait ou non.

Allons, reprit-elle, *viens, je t'attends*...

La nuit était tombée. Freïa et Giselher dormaient. Le Fou rejeta ses couvertures et passa une tunique de fourrure, des bottes épaisses, ainsi que le plus gros manteau qu'il eût cousu. Malgré le capuchon rabattu devant ses yeux, il grelotta en sortant de la chaumière. Quelques flocons flottaient çà et là, au gré du vent. Leur petit nombre ne les empêchait pas de se loger aux endroits les plus désagréables : dans le cou, à l'intérieur des bottes.

Le Fou se courba pour offrir moins de prise au vent et marcha jusqu'à la forêt. Le sous-bois était plus sombre que la crique, mais il y faisait moins froid. Les flocons ne pouvaient traverser la neige qui couvrait les arbres.

La sorcière l'attendait là où ils avaient l'habitude de se retrouver. En dépit de la température, elle n'était toujours vêtue que de ce voile translucide qui semblait être son unique parure.

— Comment fais-tu ? demanda-t-il en désignant ses pieds nus. Tu n'as pas froid ?

— C'est de la magie, dit-elle. Ça peut marcher pour toi aussi.

Elle s'approcha de lui et, en quelques gestes rapides, fit choir ses vêtements au sol. Il fut bientôt aussi nu qu'elle et, au lieu de la terrible douleur qu'il s'attendait à ressentir, seul un léger frisson le parcourut. Il attira la sorcière contre lui et l'embrassa avec violence. Dans la neige, sa froideur se remarquait moins. Cette fois, peut-être n'aurait-il même pas besoin de fermer les yeux pour l'aimer.

— Le jour est proche, souffla-t-elle à son oreille.

— Dis-moi !

— Pas tout de suite, minauda-t-elle.

Elle se laissa tomber au sol et l'entraîna à sa suite. Le contact de la neige sur son corps, sans atteindre son intensité normale, se révélait pourtant douloureux, à la longue.

— J'ai un peu froid, se plaignit-il.

— Moi aussi, répondit sa compagne. C'est agréable, non ?

La question n'appelait pas de réponse car elle lui ferma aussitôt la bouche d'un baiser. Ils firent l'amour lentement, et le Fou oublia sa douleur. Pour la première fois, il n'avait pas l'impression de tenir dans ses bras un simple réceptacle à ses désirs inassouvis. Cette nuit-là, la sorcière lui apparut presque comme une femme…

Au pied du grand frêne, la neige avait un peu fondu, mêlée aux gouttes luisantes de leur sueur.

— Dans quelques jours, je tiendrai ma promesse, annonça la sorcière. Freïa sera à toi.

— Je ne comprends toujours pas comment.

— Le soleil va devenir violet. Souviens-toi de la loi : de la transformation jusqu'au crépuscule, tu seras le chef de la famille. La Femme devra se soumettre à tes désirs.

Le Fou secoua la tête.

— J'y ai déjà pensé, admit-il, mais je ne pourrai pas le faire. Si je… si je force Freïa à m'aimer, Giselher fera de moi un mort en sursis dès le coucher du soleil. Je ne crois pas qu'il ait le droit de me tuer, mais il n'aura pas besoin de ça pour me briser.

La sorcière sourit et lui piqua un rapide baiser au coin des lèvres.

— Tu es naïf. Giselher n'en saura rien, parce que moi, je m'arrangerai pour qu'il soit occupé ailleurs. Tu comprends ? Dès que le soleil violet sera sorti du miroir, je créerai l'illusion des cavaliers dorés. Tant que ton Héros s'acharnera à combattre des ombres, il ne se préoccupera pas de ce qui se passera dans la chaumière.

— Freïa le lui dira, après.

— Mais non ! Quand tu seras le chef, il te suffira de lui ordonner le silence. Elle respectera cet ordre, même après le coucher du soleil. Elle est trop fidèle à la loi pour qu'il en soit autrement. Tu vois : il n'y a aucun obstacle.

Le Fou acquiesça. Ce qu'il avait désiré plus que tout pendant si longtemps paraissait enfin à portée de sa main. Pourtant, il n'arrivait pas à s'en réjouir tout à fait. Peut-être était-ce d'avoir à forcer Freïa, ou bien autre chose… Il chassa d'un revers de main les flocons égarés sur les seins de la sorcière.

— Tu reviendras ? demanda-t-il doucement.

— Non.

— Alors, je ne te reverrai plus ?

Elle hésita avant de répondre.

— Qui sait ? dit-elle enfin. Tout est possible…

Puis elle disparut. Tout comme la première fois, elle laissait son voile en unique souvenir. Le Fou savait qu'elle ne chercherait pas à le reprendre, car avec elle s'était enfuie sa magie. Nu dans la neige, au-delà de la douleur, il sentit son corps s'engourdir peu à peu. Il fut tenté de se laisser glisser vers la mort : cela n'eût pas pris bien longtemps.

Mais Freïa ? L'image de la Femme suffit à lui redonner

envie de vivre. S'il laissait passer sa chance par lâcheté, il méritérait d'être un Fou. Il se rhabilla vivement et courut se réfugier dans la chaumière, sous ses fourrures. De là, il leva les yeux vers le morceau de bois qui lui servait de calendrier. C'était le troisième qu'il accrochait au mur – celui de la saison des neiges.

Il portait quatre-vingt-quinze encoches.

19

Rowena réapparut dans la grande caverne qui abritait l'existence d'ermite de l'enchanteur.

— Voilà, maître, déclara-t-elle sèchement. Je le lui ai dit.

Le vieil homme ne leva pas les yeux du grimoire qu'il consultait. À peine fronça-t-il le sourcil en entendant la voix de la sorcière.

— Il est inutile de t'énerver, Rowena. Tu as accompli un travail remarquable. Je ne suis pas responsable de tes scrupules. Il me semble que je t'avais prévenue.

— C'est vrai, reconnut-elle, maussade.

— Alors, tu n'as rien à demander, et surtout, rien à regretter. Tout ce que tu as fait sur mon ordre est partie du grand œuvre.

— Le grand œuvre ! siffla Rowena. Quel est-il ? Et pour quand ? Moi, je suis plus modeste : je ne veux que la vengeance.

— Patience, conseilla l'enchanteur sans relever le ton dont elle usait. Il te reste moins à attendre que tu n'as déjà attendu. C'est tout ce que je puis te dire pour l'instant. (Il referma son livre et alla le ranger sur une étagère.) Ce soir, je commencerai le pèlerinage. Il me reste tout juste le temps. Je déplore que tu ne puisses m'accompagner, mais ta présence est encore nécessaire dans la crique.

— Afin de porter le coup de grâce ?

— Afin d'achever le travail commencé, corrigea le vieil homme. Je saluerai le miroir en ton nom. Pour l'heure, tu devrais te reposer. Profite de ces quelques jours : va voir tes amis!

La sorcière acquiesça. De quoi se plaignait-elle? Elle avait des amis. Ce n'était pas le cas de tout le monde, surtout pas d'un certain Fou, là-bas, au milieu d'une crique enneigée.

L'enchanteur partit au coucher du soleil, les pieds nus, vêtu d'une simple robe de bure, un bâton à la main.

Rowena se rappelait ce qu'elle avait éprouvé, dix ans plus tôt, quand elle avait accompli le pèlerinage avec lui. Elle se rappelait l'impression de puissance et de sérénité ressentie lorsque, marchant sur les eaux, elle avait été plongée dans la lumière de l'astre moribond, avant que ne jaillît du miroir celle de l'astre nouveau-né. Pendant quelques secondes, elle s'était trouvée en accord parfait avec Fuinör et avec elle-même. Pareille chose ne lui était jamais arrivée depuis. Dix ans, elle avait attendu de retourner au miroir, de revivre ce moment. Et à présent qu'il était arrivé, on le lui refusait.

Mais l'enchanteur avait raison : en devenant son élève, elle s'était engagée à lui obéir en tout, même si les ordres ne lui plaisaient pas, si elle ne les comprenait pas.

Il y aurait d'autres changements, après tout, et ceux-là se dérouleraient peut-être sous de meilleurs auspices. Peut-être le grand œuvre aurait-il été accompli.

Ravalant ses regrets, elle assista au départ de son maître, puis se métamorphosa en hibou et prit son envol au-dessus des cimes, en direction de la contrée de la folie.

Dès qu'elle arriva en vue de la petite clairière, elle comprit qu'il se passait quelque chose d'anormal. La nuit était déjà bien avancée. D'ordinaire, à cette heure-là, les fous dormaient. Pourtant, un grand feu brûlait entre les arbres. Plusieurs silhouettes étaient assises, immobiles, autour du brasier.

Rowena reprit forme humaine, passa rapidement la robe laissée dans le sac enterré, et se hâta vers le foyer.

Ils étaient tous réunis. Pour une fois, Lynna ne faisait pas bande à part. Accroupie en retrait, entre Halôm et *Ghénarys*, elle fixait les flammes d'un regard vide. Les traînées brillantes qui marquaient ses joues prouvaient qu'elle pleurait.

Quand elle aperçut la princesse, elle se leva d'un bond, courut à elle et se jeta dans ses bras.

— Ils l'ont tué, sanglota-t-elle. Ils l'ont tué.

Rowena la serra contre elle, sentant les os saillants à travers la robe élimée. Elle l'embrassa sur le front, lissa ses cheveux emmêlés.

— Qui ça, « ils » ? Et qui est mort ?

Mais Lynna était incapable de s'exprimer avec cohérence. Ses yeux étaient deux fontaines aux iris bleu pâle, son visage un masque de douleur.

— Ils l'ont tué, balbutia-t-elle encore. Et la prochaine fois, c'est moi qu'ils tueront, tu verras. Quand tu reviendras, je serai...

— Johel est mort, princesse, coupa *Ghénarys*, qui s'était avancé.

Si le « chevalier » parlait calmement, sa voix était profondément troublée. Tenant Lynna par la main, Rowena s'approcha du feu et salua d'un signe de tête les autres fous, plongés dans une totale apathie.

Près du brasier était allongé le cadavre de Johel. Le vieil homme avait les yeux fermés : un profond désespoir marquait ses traits. Il avait dû mourir en déplorant, pour le monde, la perte d'une intelligence aussi aiguë que la sienne.

— Cette nuit, nous le veillons, reprit *Ghénarys*. Toute la nuit. Au lever du soleil, nous le brûlerons sur le bûcher.

— Pourquoi ? demanda Rowena à voix basse. Pourquoi pas une tombe ?

— Son âme resterait prisonnière dans la contrée de la folie. Pour libérer l'un des nôtres, pour qu'il trouve le chemin de la contrée de la mort, il faut brûler son corps. Vous l'ignoriez, princesse ?

Elle acquiesça. L'enchanteur ne lui en avait jamais parlé. C'était sans doute une légende, née de l'imagination des premiers fous, mais à quoi bon le leur dire ? Si ce fantasme pouvait leur apporter un peu de réconfort, il ne ferait pas de mal à Johel.

— Comment est-ce arrivé ? interrogea-t-elle.

Ghénarys eut un geste d'ignorance.

— Il est tombé, dit-il. Ce matin, il ramassait du bois mort, à l'orée de la clairière, et je l'ai vu s'effondrer dans un buisson. J'ai cru qu'un animal l'attaquait, mais il n'y avait rien. Quand j'ai voulu l'aider à se relever, je me suis aperçu qu'il était mort. Johel avait vécu de longues années…

— Tu pourrais le ressusciter, souffla Lynna. Tu en as le pouvoir.

Rowena secoua la tête.

— Non. Je ne suis pas aussi puissante que tu le crois. Tout ce que je puis faire, c'est me joindre à vous pour le veiller et pour le pleurer.

Elle se détourna du cadavre et alla s'asseoir à l'endroit qu'avait quitté Lynna un peu plus tôt. La jeune femme ne tarda pas à venir se blottir contre elle.

Les flammes s'élevaient toujours, brûlant leur peau, leurs yeux, leur esprit.

— Tu sais, murmura Lynna, ce n'est pas vrai, ce que j'ai dit tout à l'heure. Ils ne l'ont pas tué.

— Je sais, acquiesça Rowena avec un sourire triste. Je sais que tu l'aimais, toi aussi…

La nuit s'assombrit quand la lune disparut derrière un nuage. La tête nichée au creux de l'épaule de son amie, Lynna s'endormit.

Ils s'endormirent tous, un par un, de Glarth à *Ghénarys*, le dernier. Rowena ne dormit pas. Les heures noires s'écoulèrent sans qu'elle détournât le regard de Johel, sur lequel se tordait le reflet des flammes. Elle caressait parfois les cheveux de Lynna, qu'elle berçait comme une enfant, mais elle ne quittait pas le cadavre des yeux.

Elle avait tout oublié. Qu'elle était princesse, qu'elle était sorcière, qu'elle était femme, même. Plus d'incantations, plus de désir de vengeance. Plus rien sinon la mort, les paupières closes d'un ami et le vide, et le noir.

Le lever du soleil lui rendit ses esprits. Le feu était presque éteint. Seules quelques flammes vacillantes s'échappaient encore du gigantesque tas de braises, dont la lumière verte palpitait au ralenti, tel un cœur fatigué. Rowena éveilla Lynna d'une légère pression sur l'épaule. Le sourire nocturne de la jeune femme s'étira en bâillement, puis elle porta la main à sa bouche, gamine réalisant sa bévue.

— J'ai dormi longtemps ?

— Quelques minutes, mentit la princesse. Comme les autres. Tu veux les réveiller ?

— Non. Ils vont le brûler. Je ne veux pas voir ça.

— Moi non plus, dit Rowena. Viens ! Allons ailleurs !

Elles prirent la direction de la rivière. Au moment de quitter la clairière, la sorcière s'immobilisa. Elle concentra ses pensées sur *Ghénarys* et lui transmit une violente impulsion mentale. Le « chevalier » se redressa sur son séant, réveillé en sursaut. Ainsi, la cérémonie du bûcher funéraire pourrait-elle avoir lieu rapidement et serait-elle achevée quand les deux femmes reviendraient.

Elles arrivèrent bientôt devant le cours d'eau à la surface gelée.

— Il faut casser la glace tous les matins pour boire, expliqua Lynna.

Rowena se demanda soudain comment son amie, si fragile, supportait de marcher ainsi pieds nus dans la neige, seulement vêtue de sa robe en lambeaux. Elle n'avait pourtant pas de pouvoirs magiques, elle. Quand elle lui posa la question, Lynna répondit qu'elle n'avait jamais froid.

— Je n'ai pas peur de la neige, remarqua-t-elle. C'est peut-être pour ça...

Elles demeurèrent un long moment silencieuses, écoutant le rugissement des oiseaux qui saluaient l'arrivée d'un jour nouveau.

— Je ne t'ai jamais vue aussi triste, reprit enfin Lynna. C'est à cause de Johel ?

— Oui. Enfin... pas seulement.

— Tu n'es pas heureuse ?

— Heureuse ? s'exclama la sorcière avec un rire forcé. Non, Lynna, je ne suis pas heureuse. Si je dois l'être un jour, ce sera après avoir regagné mon trône. Et ce n'est pas ça qui me rend triste. Ça, j'y suis habituée. Mais, jusqu'à présent, je n'avais jamais fait le malheur de quelqu'un.

— Je ne comprends pas...

En quelques phrases, sans entrer dans des détails que son amie n'eût pu comprendre, Rowena lui expliqua comment elle avait joué avec le Fou durant les saisons précédentes, pourquoi le cadeau qu'elle lui faisait était empoisonné.

— Tu l'aimes ? demanda Lynna.

— Je l'aime bien. Comme j'aimais bien Johel. Je crois que j'ai surtout pitié de lui.

— C'est de toi que tu as pitié, déclara-t-elle. Ce qui te rend triste, ce n'est pas le malheur du Fou, c'est d'en être responsable.

Rowena lui lança un regard étonné. Jamais encore, elle ne l'avait entendue tenir un raisonnement aussi complexe et aussi juste. Elle pleurait sur elle-même, bien sûr, mais le savoir ne changeait rien...

— Emmène-moi avec toi, souffla Lynna. Tu m'avais dit que tu m'emmènerais.

— Je le ferai. Mais pas tout de suite. Mon maître ne le permettrait pas. Je viendrai te chercher quand je serai reine de Fuinör, pas avant. C'est ce que j'ai toujours dit, non ?

La jeune femme baissa la tête, redevenue l'adolescente aux airs de martyre que son amie connaissait bien. Plus aucune trace de l'adulte qui s'était exprimée l'instant d'avant.

— Surtout, ne pleure pas! intima la sorcière en l'embrassant. Je ne veux pas te voir pleurer. Tu n'attendras plus beaucoup, maintenant. Le temps est proche. Aie confiance!

Lynna se força à sourire.

— J'attendrai, dit-elle. J'ai l'habitude.

Une épaisse fumée noire s'éleva soudain, porteuse d'une odeur un peu écœurante.

— Ils brûlent Johel, souffla Rowena. C'est la folie qui s'en va en fumée.

Elle quitta la clairière quelques heures plus tard, troublée par l'attitude étrange de Lynna, qu'elle croyait pourtant bien connaître. Il lui restait apparemment des choses à découvrir. Que deviendrait son amie, hors de la contrée? Ses peurs seraient-elles toujours aussi intenses? Pourrait-elle vivre à la cour, après plus de dix ans passés dans une minuscule clairière, en compagnie d'autres fous? Une chose était sûre : elle méritait d'essayer.

L'esprit encombré de questions sans réponses, Rowena se préparait à entamer une nouvelle transformation pour rentrer à la caverne, quand un vacarme épouvantable s'éleva dans les fourrés alentour. Par-dessus des craquements de branches brisées et des cris étranges, s'éleva une voix coléreuse.

— Trois contre un? C'est du délire!

Ketz! pensa la sorcière en se dirigeant vers le chahut. Entre deux buissons, elle finit par découvrir une scène qui eût été parfaitement anodine si elle ne s'était déroulée dans la contrée de la folie : trois mangoustes avaient surpris un serpent engourdi par le froid, et l'avaient acculé au large tronc d'un vieux baobab. Contraint de faire face, le grand reptile violet s'était lové et attendait l'assaut.

— Je commence à perdre mon sens de l'humour, prévint-il en dardant une langue bifide. Je vous le dis tout net : la première qui s'approche, je lui mords sauvagement l'oreille gauche.

Ses adversaires ne semblaient pas le comprendre, ce dont il était sans doute conscient. Il ne parlait que pour se donner du courage.

Une des mangoustes fit mine d'avancer. Aussitôt, le serpent frappa. Rowena eut à peine le temps de suivre sa manœuvre, tant elle fut rapide. Contrairement à ce qu'il avait annoncé, il n'attaqua pas l'animal le plus proche, mais exécuta au contraire un complet retournement sur lui-même pour enfoncer ses crochets à venin dans la chair du plus éloigné. Totalement pris au dépourvu, ce dernier, mordu à trois reprises, roula sur le côté, foudroyé, avant que ses congénères n'eussent pu réagir.

N'ayant aucune chance de s'échapper, le reptile se retourna à nouveau, frappa sans attendre. L'effet de surprise, toutefois, avait disparu. La mangouste évita l'attaque de justesse, mais elle l'évita.

— Adieu, monde cruel ! s'exclama le serpent quand sa troisième ennemie atterrit sur son dos et que des dents aiguës se refermèrent derrière sa tête.

Rowena entra en action : deux étincelles jaillirent de son index pointé et frappèrent les mangoustes survivantes, qui furent projetées en l'air sous l'impact. Elles retombèrent dans la neige, mortes. Une puissante odeur de chair carbonisée s'éleva.

Leur adversaire releva la tête, incrédule.

— N'allez surtout pas croire que je me plains, siffla-t-il, mais j'aimerais bien comprendre pourquoi je ne suis pas mort.

— Salut, Ketz ! lança Rowena en sortant du couvert.

— Salut ! répondit-il. On se connaît ?

La sorcière acquiesça.

— On s'est vus il y a un peu plus de dix ans, pas très loin d'ici. Tu voulais me tuer, à l'époque.

— Pas possible ? s'écria le serpent en se redressant de toute sa hauteur, avant de retomber comme une masse, incapable de conserver son équilibre.

Rowena éclata de rire quand il jura vertement.

— J'aurais tellement aimé être un cobra ! ronchonna-t-il, tandis qu'il retrouvait une position plus digne. Mamba, ça présente des avantages, mais on n'a pas la même prestance.

— Moi, je te trouve très joli comme ça. Tu me reconnais, maintenant ?

— Rowena, c'est bien ça ? Je me suis souvent demandé ce que tu étais devenue. *A priori*, tu as appris une ou deux choses, hein ? Pourquoi m'as-tu sauvé ?

La sorcière haussa les épaules.

— On s'était quittés en bons termes, non ? Et puis le combat n'était pas égal.

— Toujours aussi innocente, à ce que je vois, ricana Ketz. Héroïne au cœur pur, et tout ça…

Rowena baissa la tête.

— Pas vraiment, soupira-t-elle. Je te raconterai peut-être ma vie, à l'occasion, si on se revoit.

— Tu passes quand tu veux, approuva le mamba. Je traîne toujours dans le coin. T'as qu'à siffler. Et si un jour tu as besoin de moi, n'hésite pas : je te dois un service.

Et Quetzalcóatl, dit Ketz, grand exécuteur de la nature au sein de la contrée de la folie, exécuta une pirouette assez comique avant de disparaître dans un fourré.

Rowena demeura un instant immobile, un sourire amusé aux lèvres, à se demander quel genre de service il pourrait bien lui rendre. Puis elle eut peur de trouver la réponse.

Quelques secondes plus tard, majestueux, un condor prenait son essor.

20

L'ultime journée de la décennie arriva. Le soleil indigo vivait ses dernières heures.

Ce matin-là, le Fou n'alla pas nager. Malgré l'heure tardive à laquelle il s'était volontairement couché, il n'avait pas dormi de la nuit. La douleur au creux de son estomac, le sang qui lui battait les tempes et les images qui défilaient dans sa tête l'en avaient empêché. Cent fois, il avait imaginé ce qu'il ferait quand Giselher sortirait combattre les faux cavaliers dorés. Cent fois, il s'était répété les mots qu'il prononcerait. Cent fois, l'issue de la scène avait été différente. La réalité aurait peut-être, le moment venu, l'originalité d'une cent unième.

Dès qu'il fut debout, avant l'aube, le Fou saisit un nouveau bâton-calendrier et y grava la première encoche. Puis il alla éveiller Giselher.

— C'est aujourd'hui, déclara-t-il simplement.

— Le changement ? s'exclama le Héros, qui bondit hors du lit. Pourquoi ne l'as-tu pas dit plus tôt ?

— C'était une surprise. Une sorte de cadeau, si tu veux…

Tout à sa joie, Giselher ne remarqua pas que la voix du Fou tremblait un peu.

— Fais chauffer de l'eau ! ordonna-t-il. Il faut être prêt à temps.

Sans attendre de voir si on lui obéissait, il commença à fourbir son épée, pour la première fois depuis la venue des neiges.

Le Fou sortit chercher de l'eau à la cascade. C'était le dernier ordre qu'il recevrait avant la tombée de la nuit : il ne voulait pas risquer d'être battu juste avant de devenir le chef de la famille.

Quand il revint à la chaumière, Freïa s'était levée également : elle passait et ôtait successivement toutes ses tuniques, paradait devant le Héros pour en recueillir l'avis. À l'occasion du nouveau soleil, elle voulait être au mieux de sa beauté. Sa jambe n'était pas encore tout à fait remise, mais elle marchait en s'aidant d'une béquille qu'avait fabriquée le Fou. Il l'avait taillée dans l'arbre même qui avait failli tuer la Femme, estimant logique de lui faire ainsi payer sa dette.

Le choix de Freïa finit par se porter sur une longue tunique de fourrure brun orangé, qui laissait nus ses bras et ses épaules. Après le changement, quand sa peau serait devenue d'un bleu très clair et ses cheveux indigo, le vêtement l'auréolerait de jaune. Elle serait merveilleuse.

Le Fou se demanda s'il oserait la toucher.

Fuinör, île circulaire, perdue au sein d'une mer sans limites. Au matin, le soleil surgissait des eaux, et le soir, le soleil s'enfonçait dans les eaux. Cinq heures après son lever, cinq heures avant son coucher, il brillait à la verticale du miroir. C'était à cet instant précis que, le jour du changement, les milliers de Héros, vêtus de leurs plus beaux atours, sortaient de leur chaumière et venaient se poster face à la mer, le dos tourné à l'astre. Ils ne verraient pas la transformation, seulement son résultat. On disait que si un Héros observait le phénomène, il devenait aveugle…

Giselher ne portait qu'un simple pantalon de cuir. Il avait enduit tout son corps de graisse. Sa peau luisait comme si elle avait elle-même été un soleil miniature.

Le Héros tira son arme et la brandit devant les vagues, étendard de sa force, de son rang. Le Fou et Freïa demeuraient devant la chaumière, retenant leur souffle. Ils attendaient.

Giselher tressaillit quand le fin rayon lumineux fusa de la pointe de l'épée et courut jusqu'au cœur du soleil. Ce ne fut pas un rayon qui frappa l'astre, mais des milliers, un par épée tirée, un par Héros – si nombreux qu'un instant éclipsé, le ciel pourpre se couvrit d'un voile indigo.

Giselher regardait la mer. Freïa regardait Giselher. Et le Fou regardait le soleil, au risque de se brûler les yeux.

Les rayons s'engloutirent au cœur de l'astre, d'où ils ressortirent à la verticale, réunis en un unique faisceau. Le soleil plongeait au fond du miroir, abandonnait sa vie dans ce sacrifice rituel pour le salut de Fuinör et se préparait à en recevoir une nouvelle.

Ce qui rejaillit ne fut pas un rayon mais une nappe de lumière violette qui s'éleva jusqu'au zénith, puis déploya ses ailes et s'étendit sur le monde, dont elle transforma le visage – depuis le miroir éternel jusqu'à la ligne d'horizon où se rejoignaient firmament orangé et vagues vermillon. Les embruns retombaient en pluie fine sur les sables violets. Des oiseaux invisibles, perdus dans la forêt aux arbres pourpres, chantaient leur joie de vivre.

Et Freïa ! Freïa au corps d'azur et aux cheveux de feu, Freïa au sourire de nuages, Freïa qui voulait courir vers le Héros transfiguré mais ne pouvait que clopiner, Freïa que Giselher rejoignait, attirait dans ses bras et couvrait de baisers ! Freïa la Femme !

— Giselher !

Le Héros se figea, lâcha sa compagne. Tous deux regardèrent le Fou comme s'ils le voyaient pour la première fois. L'euphorie du changement s'était envolée. Seule restait la réalité : jusqu'au crépuscule, le nabot, l'incapable, l'objet de dérision, le Fou était le chef. Qu'allait-il exiger en paiement des humiliations subies ? Avec quelle cruauté allait-il se venger? Une lueur d'angoisse passa dans le regard de Freïa et de Giselher. Le Fou leur faisait face et il allait dicter sa volonté.

— Vous devriez rentrer, dit-il. Le déjeuner est prêt.

Ils mangèrent en silence. Le Fou avait préparé le repas comme si, même en ce jour, il n'avait pu se défaire de son rôle d'esclave. Étonnamment, il souriait, demandait à ses deux compagnons si la nourriture leur convenait, complimentait Freïa sur son apparence nouvelle, félicitait Giselher d'avoir si bien tiré l'épée. Eux gardaient les yeux baissés sur leur assiette, sauf pour de brefs regards qu'ils échangeaient, furtifs, quand il se levait pour les servir. N'avait-il vraiment pas l'intention d'user de son pouvoir? Espérait-il gagner ainsi une amélioration de son sort à venir?

Le repas s'acheva sans qu'aucune réponse fût trouvée. Très vite, incapables de comprendre que les deux choses étaient liées, Freïa et Giselher eurent un autre sujet de préoccupation. Ayant achevé son fruit, le Fou alla porter son assiette de grès dans le seau où il lavait la vaisselle. Au passage, il jeta un coup d'œil par la fenêtre. Un sourire un peu cruel, un peu désabusé, apparut sur ses lèvres.

— Tu devrais sortir, Giselher, remarqua-t-il. Il y a du travail pour toi, dehors.

Les cavaliers dorés étaient arrivés.

Aucun des occupants de la chaumière ne les avait entendus venir. Leurs chevaux d'un blanc de neige, quand ils n'usaient pas de leurs ailes pour se déplacer sous le vent, n'en étaient pas moins silencieux, comme si leurs sabots n'avaient pas touché le sol. On les disait venus du pays des fées. D'aucuns racontaient qu'ils étaient un cadeau des dieux eux-mêmes aux cavaliers dorés, et qui eût osé prétendre le contraire?

Les cavaliers étaient au nombre de dix, dix silhouettes revêtues d'une cotte de mailles et d'un casque léger en or massif. Ou en un métal ayant cette couleur étrange qui, perdue entre le violet et l'indigo, serait pendant dix ans celle de l'or.

Chacun d'eux disposait d'une lance et d'une épée, à l'exception de celui qui les menait, qu'aucune lance n'encombrait. Lui ne portait pas de casque. Son visage aux traits marqués était impassible. Il ne semblait pas remarquer le vent qui balayait en tous sens ses longs cheveux blancs. La main sur le pommeau de sa selle, immobile, il attendait que le Héros se décidât à sortir et à prouver sa valeur en combattant.

Comment admettre, en les voyant ainsi, que les cavaliers dorés n'étaient que d'anciens Fous ayant assisté à la défaite de leur Héros, et perpétuant ce souvenir en affrontant ses semblables ?

Giselher n'était pas un lâche. Le Fou dut en convenir quand il le vit ceindre son épée, cueillir un encouragement sur les lèvres de Freïa et ouvrir la porte de la chaumière pour relever le défi des arrivants. Bien sûr, ces derniers étaient une simple illusion envoyée par la sorcière, mais il croyait devoir les combattre pour de bon. Un instant, le Fou l'admira.

Le Héros lui adressa un sourire rapide, qu'on eût presque pu croire amical, puis il sortit sur la plage. Un grand souffle de vent referma la porte derrière lui.

Sa béquille coincée sous l'aisselle, Freïa alla se poster à la fenêtre : la loi interdisait de se trouver dehors pendant la rencontre, pas d'observer. Elle poussa un petit cri d'angoisse quand retentit le premier choc de l'acier contre l'acier. Les illusions étaient très réalistes : Giselher aurait vraiment le sentiment de livrer un combat à mort.

Debout au milieu de la pièce, le Fou contemplait Freïa. Le corps de la Femme, penché en avant, tendait la fourrure de la tunique, mince obstacle aux désirs de son compagnon, qu'il ne tenait plus qu'à lui d'effacer. Il sentit son souffle s'accélérer. Au fond de son esprit, une voix lui répétait encore que ce qu'il se préparait à faire était mal, mais il ne put se résoudre à l'écouter. Freïa était là, toute proche, belle, tentatrice. Pour qu'elle fût à lui, il n'avait qu'un geste à faire, qu'un mot à dire. L'occasion offerte par la sorcière ne se reproduirait jamais…

Dehors, le combat se poursuivait, sans cris, sans autre bruit que le choc des armes. À chaque impact, Freïa sursautait violemment, comme si elle avait elle-même reçu le coup.

Le Fou s'avança derrière elle et lui posa la main sur l'épaule. Elle tenta de le repousser, comme on chasse un insecte, mais il raffermit sa pression, caressant la peau au grain délicat, faisant glisser la bretelle de la tunique.

La Femme se retourna d'un bloc, une lueur écarlate au fond des yeux.

— Lâche-moi, Fou ! ordonna-t-elle. Immédiatement.

Il n'obéit pas. Il fut tenté de le faire : tout eût été tellement plus simple s'il s'était excusé en prétextant un instant d'égarement. Son cœur eût cessé de battre la chamade, son corps de lui faire mal, et ce que, faute de mieux, il appelait des scrupules eût disparu en fumée. Pourtant, il n'obéit pas.

Sa main se perdit dans la lourde chevelure, massa la nuque étroite, et descendit enfin vers le sein qu'avait dévoilé la tunique. Ce fut Freïa qui frissonna quand il en effleura la pointe. Dans ses yeux, la colère fit place à la compréhension.

— J'appartiens à Giselher, souffla-t-elle. C'est la loi.

— Et aujourd'hui, je suis le chef. Ça aussi, c'est la loi.

Il l'attira à lui avec une telle violence qu'elle lâcha sa béquille. Vacillant sur sa jambe mal ressoudée, elle voulut la ramasser, mais il l'en empêcha.

— Tu n'en as pas besoin, dit-il. Tu peux t'appuyer sur moi.

Puis il l'embrassa, et eut la surprise de la sentir répondre à son baiser aussi ardemment qu'il l'avait rêvé. La sorcière ne s'était pas trompée : Freïa respectait la loi. Un bras passé autour de sa taille, il l'aida à marcher jusqu'à la chambre. Là, il l'allongea sur le lit qu'elle partageait d'ordinaire avec le Héros et entreprit de découvrir du bout des doigts, du bout des lèvres, ce corps qu'il désirait depuis si longtemps. Il eût pu la caresser éternellement si elle n'avait pris l'initiative. Quand ils s'unirent enfin, le Fou sut qu'il ne pourrait jamais plus accepter les ordres de ses compagnons, ni leur mépris. Désormais, la Femme lui appartenait. Le Héros, c'était lui…

Au même instant, sur la plage, Giselher baissa un instant une garde malhabile, et la pointe acérée d'une épée pénétra dans sa chair, juste au-dessous du cœur.

Les lèvres de la Femme couvraient encore son torse de baisers. Le Fou regardait fixement le plafond, en se demandant pourquoi, une fois réalisé, le plus cher de ses vœux ne lui laissait qu'une impression de vide et de solitude. Freïa était toujours aussi belle, mais en dépit de ses efforts, il ne la désirait plus. Ce n'était sans doute que passager : le désir reviendrait, et avec lui la frustration. Mais pourquoi le visage qui le hantait maintenant n'était-il pas celui de la femme qu'il venait d'aimer? Pourquoi était-ce celui de la femme qu'il n'avait jamais réellement désirée?

La réponse résidait peut-être en ces mots : amour et désir. Il désirait Freïa, mais il ne l'aimait pas. Comment aimer ce pantin animé, programmé par les dieux pour obéir aux lois? Comment le respecter?

L'autre, la sorcière, qu'il ne reverrait jamais, il la respectait, l'admirait, et il ne savait même pas son nom. Il ne gardait d'elle qu'une image et le souvenir d'un corps dont la froideur s'effaçait peu à peu derrière la nuit d'un amour enneigé.

La porte de la chaumière s'ouvrit à la volée. Courbé, ensanglanté, Giselher fit trois pas à l'intérieur, puis s'effondra et ne bougea plus.

Le Fou et Freïa se redressèrent d'un même élan. Tous les deux, pour leurs propres raisons, avaient tenu pour acquise la victoire du Héros.

Sans couvrir sa nudité, la Femme clopina jusqu'au corps allongé. Le Fou la rejoignit quelques instants plus tard. Il ignorait ce qui allait se passer mais pressentait qu'il lui faudrait être habillé.

Giselher se redressa sur un coude. Un peu de sang coulait de sa bouche. Une blessure béante marquait son torse.

— C'est toi qui avais raison, Fou, souffla-t-il. Je n'aurais pas dû négliger l'entraînement.

Il eut un sourire amer, tenta d'ajouter quelque chose, mais le sang remplaça les paroles. Son corps se tendit dans un dernier effort pour retenir la vie qui s'en échappait, puis il retomba.

Freïa se jeta sur le cadavre en sanglotant. Le Fou n'eût su dire si elle pleurait la mort de son amant ou celle de son existence paisible dans la crique. Désormais, les dieux seuls savaient ce qui allait lui arriver.

Il se détourna du corps inerte et s'approcha de la fenêtre. Les cavaliers dorés étaient toujours alignés devant la chaumière. Aucun ne semblait touché : Giselher avait été vaincu aisément. Et comme des illusions ne pouvaient causer pareille blessure, il n'y avait qu'une explication : la sorcière avait menti. Les hommes qui se trouvaient là étaient les véritables cavaliers dorés, et lui, le Fou, allait devenir l'un d'entre eux…

Mais le désirait-il ?

Il tira son poignard de bois, le jeta près du corps de Giselher, et saisit l'épée qu'avait lâchée le Héros. Il la soupesa, sabra l'air à deux reprises, retrouvant l'enseignement de Custenhin.

— Qu'est-ce que tu fais ? interrogea Freïa entre ses larmes.

— Je vais combattre les cavaliers dorés. Je les empêcherai de te faire du mal.

— Tu es fou! s'exclama la Femme. Que crois-tu pouvoir faire si lui a échoué?

— Les rôles ont été mal distribués au départ, expliqua-t-il. Le Fou, c'était lui, puisqu'il est mort. Les Héros ne peuvent pas mourir.

Sans attendre de réponse, il passa la porte. Déjà, la neige commençait à fondre sous l'effet du nouveau soleil. La saison des fleurs était là.

L'épée à la main, le Fou apostropha le chef des cavaliers dorés.

— Battez-vous, si vous n'êtes pas des lâches!

Un instant, un silence total régna dans la crique, puis l'homme aux cheveux blancs éclata d'un grand rire moqueur, vite imité par ses compagnons.

— Taisez-vous! hurla le Fou. Battez-vous! Je suis un Héros! Je suis…

Sa voix s'étrangla dans un sanglot, tandis que ses yeux s'embuaient. Furieux, il se jeta en avant, l'épée levée. Le chef des cavaliers ne se donna même pas la peine de tirer la sienne. Sans cesser de rire, il saisit le poignet de son assaillant, et, d'une légère torsion, le força à lâcher la lame qu'il n'avait jamais su manier.

— Toi, un Héros? railla-t-il en le repoussant. En ce cas, moi, je suis le roi!

Il adressa un signe à ses camarades qui descendirent de cheval et se précipitèrent dans la chaumière. Quand retentit le premier hurlement de Freïa, le Fou se rappela que, en cas de défaite du Héros, la Femme était déshonorée. Que devenait-elle ensuite, si elle survivait? Il se rendit compte qu'il s'en moquait. Un autre éclat de rire venait de retentir, dans sa tête celui-là, un rire de femme, ou de sorcière… C'était bien sa voix, mais jamais il ne l'avait entendue rire ainsi : cascade de notes suraiguës, cruelles, triomphantes. Et dire qu'il l'avait crue, qu'il lui avait fait confiance!

Sans se préoccuper des cavaliers ni des cris de Freïa, il avança en automate jusqu'à la mer.

Quand il entra dans les flots vermillon, il constata que la marée descendait : elle ne le ramènerait pas vers le rivage.

Il marcha jusqu'à ce que l'eau affleurât sa poitrine, puis se mit à nager. Les vagues qui s'abattaient sur lui brisaient un à un les fils le rattachant à la vie. Il sentit ses bras s'engourdir, essaya de tâter le fond et s'aperçut qu'il n'avait plus pied. Sans un regard en arrière, il continua à avancer vers le large, vers la mort, la liberté.

Ses forces ne tardèrent pas à le déserter. Il coula. Une vague gigantesque s'éleva, à l'instar d'un dernier rire moqueur, puis la mer se referma sur lui.

21

Avec le changement du soleil prenaient fin tous les deuils officiels. Auriana abandonna ses habits noirs, enchantée de pouvoir à nouveau se vêtir comme elle l'entendait. Le soleil violet lui conférait une beauté farouche : une chevelure bleu nuit qui rehaussait un visage plus pâle où s'inscrivaient deux yeux aux iris pourpres. Lorsqu'il la vit ainsi pour la première fois, juste après la transformation, Turgoth crut contempler la mort.

Dès lors, il ne la toucha plus. Plusieurs fois, il voulut l'emmener dans la contrée de l'amour et recula au dernier moment, saisi d'une crainte irréfléchie. Il lui semblait qu'entre ses bras une telle femme le consumerait sans pitié.

Si elle était vexée de cette attitude, la baronne n'en laissait rien paraître. Elle était redevenue aussi active et aguichante qu'avant la mort de son mari, et la cour lui prêtait déjà une douzaine d'amants quand fut publiée l'annonce de son mariage avec Turgoth.

Hormis quelques privilégiés, nul ne s'y attendait. Le secret avait été bien gardé, au point que plusieurs serviteurs trop curieux avaient perdu leur tête.

La chose fut présentée comme une affaire politique et non de cœur : conscient de son âge, de la nécessité pour le royaume d'avoir un héritier, Turgoth allait prendre pour épouse la veuve d'un des plus grands chevaliers de l'histoire, dont le fils deviendrait son successeur.

Auriana elle-même eut soin, lors de ses apparitions à la cour, de mettre en avant son devoir envers le royaume, pour lequel elle se sacrifiait. S'il se trouva des esprits chagrins pour douter de sa sincérité quand elle affirmait que, sans la proposition du roi, elle se fût consacrée sa vie entière au souvenir de son époux, nul n'éleva la voix : on pouvait jaser sur le compte d'une baronne; calomnier la future reine était un crime de lèse-majesté.

Le plus surpris de cette union fut sans doute Jorlond. Tout préoccupé qu'il était du jeu et des armes, il ne prêtait guère l'oreille aux ragots. La réputation de sa mère était pour lui sans tache. Eût-on osé prétendre le contraire en sa présence qu'on se fût sur l'heure trouvé souffleté, défié et, à court terme, tué en combat singulier.

Perdu dans ses terres, occupé à chasser en rêvant à la princesse Rowena, Jorlond n'eut pas l'occasion de s'entretenir avec Auriana avant la proclamation officielle et apprit au même moment son adoption par le souverain.

Il galopa jusqu'à la cour, persuadé que le messager avait fait erreur. Dès son arrivée, il comprit qu'on ne s'était pas joué de lui : chacun le saluait avec la plus grande déférence, même ceux qui, naguère, ricanaient sur son passage et le traitaient par-derrière de nobliau sans cervelle.

Il se rendit aussitôt auprès de sa mère. Il ne l'avait pas revue depuis le changement de soleil, et se trouva fort impressionné par sa nouvelle apparence, d'autant que la baronne ne dédaignait pas d'accentuer son aspect inquiétant par un maquillage efficace.

Quand il entra dans ses appartements, Auriana sortait du bain et n'était vêtue que d'un peignoir de soie qui lui faisait comme une seconde peau, mettant en valeur la finesse de sa silhouette.

Tout cela fit qu'il ne la reconnut pas. Il crut d'abord s'être trompé de chambre. Constatant que tel n'était pas le cas, il se demanda quelle était la magnifique jeune femme qui occupait celle de sa mère. Quand elle s'avança pour l'embrasser et qu'enfin il réalisa son erreur, il se sentit troublé. Habitué aux relations froides et polies qu'elle avait entretenues pendant des années avec son époux, il ne l'avait jamais vraiment considérée comme une femme. L'idée qu'elle pût se remarier ne l'avait pas effleuré. À la faveur de cet incident, il découvrait que non contente d'être encore belle, elle l'était bien plus que nombre de jouvencelles. Il savait désormais pourquoi le roi avait levé les yeux sur elle.

— Eh bien, mère, il paraît que vous allez être reine…, dit-il d'un ton neutre.

— Et toi, tu seras roi, Jorlond, à la mort de Turgoth. Quel effet cela te fait-il ?

Il baissa les yeux.

— Je ne sais encore. Il me faut m'habituer à cette idée. Je me demande ce qu'en aurait pensé mon père.

— Ton père est mort, observa Auriana, légère. Et le temps du deuil est achevé.

— Cela signifie-t-il que l'on doive l'oublier, madame ? rétorqua Jorlond. Auriez-vous rangé votre chagrin sur la même étagère que votre voile noir ?

— Jorlond ! s'exclama la baronne. Est-ce que tu serais en train de me faire la morale, par hasard ?

Elle éclata d'un rire joyeux, esquissa un petit pas de danse rapide, et se laissa tomber dans un fauteuil. Lorsqu'elle croisa les jambes, son peignoir s'entrouvrit, mais elle ne fit rien pour le refermer.

— Je vais être reine, reprit-elle. Est-ce que cela ne vaut pas d'avoir la mémoire courte ? Ton père était un brave homme mais il n'était que cela, et je ne pourrais sans hypocrisie le pleurer ma vie entière. Tu comprends ?

Le sang était monté au visage du jeune homme. Il posait sur elle un regard hésitant entre l'adoration et l'horreur.

— Vous… vous êtes indécente, madame ! balbutia-t-il, sans trop savoir à quoi il faisait allusion.

Il tourna les talons et sortit en claquant la porte. Quelques minutes plus tard, il chevauchait vers ses terres. Dût-il prétexter une maladie pour sauvegarder les apparences, il n'assisterait pas au mariage. Quant à l'adoption... Nul ne s'était donné la peine de le consulter pour en prendre la décision ; il supposait qu'elle pourrait fort bien se faire sans lui.

Auriana ne se formalisa pas de cette violente sortie. Elle fixa un instant la porte par laquelle son fils venait de disparaître, puis haussa les épaules. La colère de Jorlond l'arrangeait plutôt : moins il serait à la cour, plus elle aurait de liberté. Et il était probable qu'il ne revînt pas avant longtemps. La baronne nota dans un coin de son esprit qu'il lui faudrait songer à faire la paix avec lui quand l'état de santé de Turgoth s'aggraverait, si elle ne voulait pas être chassée du trône par le nouveau roi. Mais elle avait tout le temps...

Le mariage fut célébré le quinzième jour de la saison des fleurs. Toute de blanc vêtue, Auriana n'avait pas hésité à endosser la tenue virginale des épousées royales. Son visage était voilé de dentelles qui cachèrent sa joie sauvage quand Turgoth prononça les mots la faisant reine de Fuinör. Elle avait gagné.

Le jour même, il y eut un grand tournoi, dont le vainqueur serait nommé chevalier servant de la souveraine. La veille, Jorlond avait envoyé au château une lettre de félicitations, accompagnée de ses regrets de ne pouvoir assister à la cérémonie, suite à un petit accident de chasse. Tous ceux qui craignaient de l'affronter au cours du tournoi en furent grandement soulagés, jusqu'au moment où la lance de Ghénarys les projeta hors de leur selle. Le vieux chevalier se montra aussi invincible qu'à l'accoutumée : après avoir été le protecteur de la première femme de Turgoth et de la princesse Rowena, il devenait celui d'Auriana. Pour la première fois depuis des années, il rayonnait : enfin, il retrouvait le rôle pour lequel il était fait !

Le sourire que lui adressa la reine passa inaperçu de son époux mais n'échappa pas au conseiller Hormund – lequel posa un regard appuyé sur sa nouvelle souveraine avant de quitter le champ clos pour regagner le château.

Angiosta arriva bonne dernière à la réunion qu'avait ordonnée Hormund dans ses appartements, au crépuscule. Elle frappa à la manière convenue, et le vieux conseiller vint lui ouvrir.

— Te voilà enfin ! Nous t'attendons depuis une heure !

— J'ai été retenue à l'office, répondit-elle sans plus d'explications.

Son retard n'était pas dû qu'à la fatigue de ses vieilles jambes : elle avait tout bonnement oublié l'heure. De plus en plus sujette à ces troubles de mémoire, elle en venait parfois presque à délaisser sa véritable identité pour s'identifier à son rôle. Des quatre immortels, elle était la seule dont les fonctions comportaient assez peu de responsabilités pour l'autoriser à se fondre dans le décor. Lorsqu'on lui avait attribué sa tâche, ce détail avait été prévu, comme les autres. Il lui fallait gagner la confiance des enfants destinés à monter sur le trône. Qui eût été plus digne de confiance qu'une vieille servante au visage ridé, à la tendresse sans limites ? Angiosta s'était ainsi chargée d'éduquer tous les héritiers de Fuinör depuis l'aube du monde. Vieille elle avait été créée, vieille elle restait et resterait. Malgré cela, elle se surprenait souvent à redouter la mort, une mort qui ne pouvait venir la prendre et qu'elle sentait pourtant chaque jour plus proche. Si son corps était celui d'une immortelle, son esprit glissait lentement sur la pente de l'humanité. Pour cette raison, son comportement n'était pas toujours celui qu'on attendait d'elle. Elle en avait conscience mais ne parvenait pas à le regretter, même si elle redoutait qu'Hormund ne finît par décider de se passer d'elle. Qu'arriverait-il, alors ? Il lui faudrait sans doute quitter Fuinör, ce qu'elle considérait comme le comble de l'horreur.

Elle salua de la tête les deux derniers immortels, installés dans de moelleux fauteuils. Maître Aquarius, revêtu de la longue robe verte et du chapeau pointu, insignes de sa charge, semblait somnoler. Face à lui, le bourreau croisait et décroisait nerveusement les mains. Même ici, il ne quittait pas sa cagoule.

Quand il eut obtenu l'attention générale, Hormund prit la parole.

— J'ai voulu nous réunir ce soir tous les quatre parce qu'il est temps de faire le point sur la situation du royaume, commença-t-il. Vous savez quelle part nous avons prise dans l'accession au trône de la baronne Auriana. Il était important que le roi reprît femme, et puisque celle-là l'agréait, pourquoi ne l'eût-il pas eue ? Mais désormais, Fuinör a un héritier…

— Que suggères-tu ? intervint le bourreau. Qu'Auriana ait le même genre d'accident que son mari ?

— Je ne suggère rien : je me contente d'énoncer des faits, assura le conseiller. Et le seul fait indéniable, en ce qui concerne notre reine, est que sa beauté attire tous les regards masculins, regards qu'elle ne fait rien pour détourner. La question que je me pose est la suivante : est-il souhaitable que la reine de Fuinör passe son temps dans la contrée de l'amour, sans le roi ?

— Ça n'a pas grande importance, affirma Aquarius. Quand elle veut quelque chose, Auriana devient très habile, elle l'a prouvé. Puisqu'elle veut garder la couronne, elle évitera le scandale. En revanche, il faut veiller à ce que Turgoth ignore tout de ses infidélités. Je pense qu'une félonie lui serait un bon dérivatif. Il y a beau temps que nous ne sommes pas allés dans la contrée de la guerre. Mais je ne sais quel baron serait susceptible de se révolter…

— Moi non plus, admit Hormund. Nous en reparlerons : je retiens l'idée. Angiosta ! Ton opinion sur la reine.

L'interpellée sembla sortir d'un rêve éveillé, comme si la conversation n'avait eu pour elle aucun intérêt.

— Faites ce que bon vous semble, soupira-t-elle. Je ne suis plus qu'une simple servante depuis trop longtemps. La politique a cessé de m'intéresser.

— Tu es encore une immortelle, objecta le conseiller. Cela signifie que les dieux comptent sur toi. Nous sommes leurs serviteurs directs, Angiosta. Nous et les fées sommes les gardiens de leur loi et de leurs traditions. Tu ne peux refuser la mission qu'ils t'ont assignée.

— Qu'ils me donnent un enfant à élever, et je les servirai ! trancha Angiosta.

Hormund eut un sourire.

— Cela viendra. Notre bon roi n'est pas éternel, et le jeune Jorlond, fougueux comme il l'est, prendra femme rapidement. Tu auras ton enfant dans quelques saisons, quelques années tout au plus ! Maintenant, ton avis sur ma question, s'il te plaît ?

— Il ne servirait à rien de tuer Auriana, déclara la servante, lasse. Une autre prendrait sa place, qui ne vaudrait pas mieux qu'elle. Arrangeons-nous juste pour la contrôler, afin d'éviter qu'elle ne commette des erreurs.

— Bourreau ?

— Je suis d'accord, répondit l'homme masqué. La tuer est inutile…

— Fort bien, conclut Hormund. Puisque nous voilà tous d'accord, nous pouvons nous séparer pour ce soir. Je souhaite que les dieux me visitent bientôt, car leur approbation me serait un grand réconfort. Dès que j'aurai connaissance de leur jugement, je vous en ferai part.

Un à un, les quatre immortels se levèrent. Plus que le roi, plus que les prêtres falots qui adoraient les dieux sans leur avoir jamais parlé, ils gouvernaient Fuinör.

L'enchanteur sortit du château comme il y était entré : sous forme astrale. La réunion à laquelle il venait d'assister ne lui avait rien appris mais l'avait conforté dans son opinion : pour que le monde pût changer, ces quatre-là devraient être éliminés.

22

Lorsque le Fou arriva devant le mur, Giselher s'y trouvait déjà. Le corps du Héros ne portait plus la trace du combat qui lui avait coûté la vie. Le Fou se rappelait encore ses dernières sensations : l'eau qui pénétrait dans sa bouche, dans son nez, l'eau qui lui coupait le souffle, lui faisait croire que sa tête allait exploser, l'eau qui l'écrasait, le broyait, le roulait d'avant en arrière, l'eau qui finissait par le déposer au sein accueillant d'un grand trou noir. Il se souvenait d'avoir songé qu'il mourait, et voilà que, sans transition, il se retrouvait ici.

Le mur n'avait pas de limites : fait d'une matière inconnue, parfaitement noire, il s'étendait à perte de vue vers la gauche, vers la droite et vers le ciel. Avant le mur, il n'y avait rien, sinon deux hommes qui se croyaient morts et qui marchaient sur un sol invisible, greffé dans l'obscurité d'un univers inconnu.

Dans le mur s'inscrivait une large porte en ivoire, à deux battants, blanche jusqu'à l'éblouissement. Un millier de dessins étranges y étaient sculptés, écritures magiques ou monstres improbables.

Comment se trouvaient-ils en cet endroit, puisqu'ils n'y étaient pas venus ? Qui les y avait transportés ?

Le Fou n'avait pas encore été vu par Giselher, car il était apparu dans son dos. Il voulut lui tapoter l'épaule pour signaler sa présence, mais sa main passa au travers du Héros sans le moindre contact physique.

— C'est toi, Fou ? demanda son compagnon sans se retourner. Je sens ta présence.

— C'est moi, oui. Où sommes-nous ?

Il haussa ses épaules intangibles.

— Aux portes de la contrée de la mort, je suppose. Les cavaliers dorés t'ont tué, toi aussi ?

— Non : la mer…

Giselher hocha la tête. Le Fou eut le sentiment qu'il comprenait, que tout était changé. De la morgue du Héros, de son assurance, il ne restait plus rien. Ils étaient égaux, désormais.

— Tu crois qu'il y a quelque chose, après la porte ?

— Je ne sais pas, dit le Fou. Allons voir.

Côte à côte, ils s'avancèrent vers la porte blanche. Quand ils tendirent la main pour la pousser, ils s'aperçurent qu'ils pouvaient la traverser. Ils échangèrent un sourire rapide et franchirent ensemble le seuil de la contrée de la mort.

Giselher se sentit soulevé du sol comme si son poids avait été annihilé. Incapable de contrôler ses mouvements, il tournait et tournait sur lui-même, fragile flocon de neige au cœur d'un tourbillon. Tout était noir autour de lui, aussi noir que de l'autre côté du mur. Mais, cette fois, il n'y avait plus de porte.

— Fou ? cria-t-il. Tu es là ?

— Il n'est pas là, dit une voix. À compter de cet instant, vos destins ne sont plus liés.

— Qui êtes-vous ?

— Moi ? Je suis Dieu, bien sûr…

— Moi aussi, intervint une deuxième voix. Nous sommes les dieux de Fuinör. Nous sommes ici pour te juger.

— Mais qu'ai-je fait ? s'exclama Giselher.

— Tu as perdu…

— Alors, nous allons t'arracher les ailes. Adieu, moucheron…

La rotation qui animait le Héros se modifia, devenant plus rapide à mesure que son amplitude augmentait. Giselher voulut hurler mais se rendit compte qu'il ne le pouvait plus. Un peu plus tard, toute sensation disparut, et ne demeura plus qu'un esprit torturé, perdu au beau milieu du vide, attendant sans y croire que son mouvement devînt assez rapide pour l'empêcher de penser.

De penser qu'il resterait là sans rien voir, rien entendre, rien sentir, qu'il resterait là pour l'éternité, Héros déchu aux ailes arrachées.

Le Fou se sentit soulevé du sol comme si son poids avait été annihilé. Incapable de contrôler ses mouvements, il tournait et tournait sur lui-même, fragile flocon de neige au cœur d'un tourbillon. Tout était blanc autour de lui, un océan de blancheur aussi infini que l'obscurité, de l'autre côté du mur. Giselher avait disparu.

— Où suis-je ? cria-t-il.

— Dans l'antichambre de la mort, dit une voix.

Il chercha en vain à apercevoir l'être auquel elle appartenait : il n'y avait que le néant.

— Qui êtes-vous ?

— Moi ? Je suis Dieu, bien sûr.

— Moi aussi, intervint une deuxième voix. Nous sommes les dieux de Fuinör. Nous sommes ici pour te juger.

— Mais qu'ai-je fait ? s'exclama le Fou.

— Tu as triché. Tu ne devais pas mourir.

— Alors nous allons te rendre la vie. Adieu, cavalier doré...

La rotation animant le Fou se modifia, devenant plus rapide à mesure que son amplitude augmentait. L'âme en peine voulut hurler – qu'elle n'accepterait pas cette vie qu'on lui offrait, que s'il fallait vraiment un nouveau cavalier doré, Giselher en ferait un bien meilleur qu'elle, parce que, après tout, elle n'appartenait qu'à un Fou. Mais elle se rendit compte qu'elle ne le pouvait plus.

Juste avant de perdre connaissance, le Fou se demanda s'il reverrait la sorcière.

La forme astrale de l'enchanteur réintégra l'enveloppe charnelle abandonnée dans la caverne, allongée sur sa couche de méditation. Le vieillard battit des paupières et se redressa sur son séant.

Rowena était debout au pied du lit. Les cernes bleus qui soulignaient ses yeux montraient qu'elle avait pleuré, mais elle s'était recomposé un visage impassible.

— Il y a des jours que j'attends votre retour, maître, dit-elle. Si vous étiez arrivé plus tôt…

— Que se passe-t-il donc de si important ?

— Quelque chose ne s'est pas déroulé comme vous l'aviez prévu. Les cavaliers dorés sont venus et ont vaincu le Héros, mais le Fou ne sera jamais l'un d'entre eux.

— Qu'en sais-tu, Rowena ?

— Il est mort, expliqua la sorcière. Quand il a compris que je l'avais trompé, il est allé se noyer au large.

— Pourquoi ne l'en as-tu pas empêché ? demanda l'enchanteur, qui ne paraissait nullement inquiet.

Rowena baissa la tête.

— Punissez-moi si vous le désirez, mais je ne l'ai pas voulu. C'était son premier acte volontaire, le seul que personne ne l'ait forcé à accomplir. Ça n'aurait pas été juste…

Loin de se mettre en colère, le vieil homme sourit.

— Rassure-toi, dit-il. Tout s'est déroulé comme je l'avais prévu, au contraire. Les dieux nous ont aidés sans le savoir. À l'heure qu'il est, le Fou fait déjà partie des cavaliers dorés.

— Mais…

— Je t'expliquerai en temps et en heure. Sache que tu m'as bien servi, Rowena. Je suis fier de mon élève, même si elle n'est pas fière d'elle-même. À présent, je vais te poser une question. Réfléchis bien avant de me donner ta réponse, car elle déterminera le cours de ta vie. (La sorcière leva les yeux vers son maître, surprise, mais elle ne l'interrompit pas.) Acceptes-tu de renoncer à ta vengeance ? Si c'est non, je puis te dire où se trouve le marchand de nuages.

Rowena sentit l'émotion gonfler sa poitrine. Le moment était arrivé.

— Je n'ai nul besoin de réfléchir, affirma-t-elle. Je ne renonce pas. Je ne renoncerai jamais. C'est tout ce qui me fait vivre.

— Très bien, soupira l'enchanteur. En ce cas… celui que tu appelles Aladin vient de prendre possession du château que lui a fait construire le roi, près du miroir. Il te suffit de t'y rendre…

Les yeux de la sorcière étincelaient d'une joie cruelle. Elle serrait les dents pour ne pas crier.

— La haine te rend laide, Rowena, continua le vieil homme. Prends garde qu'elle ne te détruise !

— Si c'est là le prix à payer, je l'accepte, conclut-elle. Mais Aladin mourra !

Lorsqu'elle sortit de la caverne, le soleil se couchait. La nuit envahissait lentement la forêt pourpre.

— J'arrive, Aladin, murmura Rowena.

FIN DE LA DEUXIÈME ÉPOQUE

TROISIÈME ÉPOQUE

Les cavaliers dorés

But howsoever thou pursu'st this act
Taint not thy mind, nor let thy soul contrive
Against thy mother aught ; leave her to heaven
And to those thorns that in her bosom lodge
To prick and sting her.

William SHAKESPEARE, *Hamlet*

23

Angiosta se dirigeait vers les appartements royaux en se demandant ce qu'on pouvait bien encore lui vouloir. La servante se souvenait d'une époque où la vie n'était pas aussi trépidante, où elle trouvait le temps de reposer ses articulations rouillées. Depuis que la baronne Auriana était devenue reine, toutefois, les serviteurs vivaient un perpétuel enfer. Capricieuse, exigeante, hypocrite, elle les menait à la baguette et les faisait fouetter quand ils n'obéissaient pas assez vite, agissant comme si de tout temps elle avait été de sang royal.

— Elle oublie à qui elle doit son trône, marmonna Angiosta entre ses dents.

Malgré le soleil radieux qui régnait à l'extérieur et pénétrait par fenêtres et vitraux, les vieux murs abritaient une fraîcheur et une humidité constantes. Le château vieillissait. Angiosta songeait souvent à l'époque où le roi Turgoth était encore un jeune homme, la princesse Rowena une enfant...

Elle frappa sèchement à la porte des appartements royaux, puis entra sans attendre de réponse. Allongée sur le grand lit à baldaquin qu'elle partageait avec le roi, Auriana devait simplement somnoler, car le claquement de l'huis lui fit aussitôt ouvrir les paupières. La servante réprima une moue méprisante. L'heure du déjeuner était presque arrivée : à la cour, nul ne dormait plus tard que la reine.

Angiosta s'avança et fit une courte révérence.

— Madame? interrogea-t-elle sans émotion.

Au réveil, Auriana était moins impressionnante qu'à l'ordinaire. Le maquillage outrancier qu'elle affectionnait ajoutait beaucoup à son apparence. Dénuée de tout fard, elle apparaissait plus comme ce qu'elle était : une femme vieillissante, dont les traits commençaient à s'empâter. Bien sûr, elle ne faisait pas son âge, possédait encore la silhouette ferme et opulente de ses trente ans, mais les premiers signes, les premières rides étaient là. La décrépitude serait sans doute rapide.

Elle posa sur Angiosta un regard ironique.

— Comme tu sembles heureuse de me servir! remarqua-t-elle.

Chaque fois que glissaient vers elle les yeux aux iris pourpres, la vieille femme ne pouvait s'empêcher de frissonner. On racontait que le roi lui-même craignait son épouse. Ce qui était sûr, en revanche, c'était que leurs voyages dans la contrée de l'amour se raréfiaient.

— Je fais mon devoir, répondit Angiosta.

— Alors, habille-moi! ordonna Auriana en repoussant les draps. Je dois être la plus belle dame de la cour, aujourd'hui.

— Vous l'êtes toujours, assura la servante. Dès qu'une autre s'avise de vous égaler, vous la faites renvoyer dans ses foyers.

Une lueur de colère passa dans les yeux de la reine.

— Si tu n'étais pas aussi habile à la tâche, je pourrais bien te faire fouetter à mort, déclara-t-elle d'un ton calme. Prends garde que je ne me lasse de ton impertinence.

Angiosta se raidit sous la menace. Elle lâcha la robe qu'elle venait de prendre au fond d'une armoire.

— Madame, j'ai élevé plusieurs générations de souverains de Fuinör. J'ai connu votre père, Mortys, le baron félon. Je vous ai connue, vous, alors que vous n'étiez qu'une petite jouvencelle à la recherche d'un titre. Je vous ai connue vierge, baronne, catin, meurtrière, et désormais vous voilà reine. Le changement n'est pas bien grand. De votre part, ni promesses ni menaces ne peuvent m'impressionner. Je serai encore là quand vous ne serez plus qu'un petit tas de chair pourrie au fond d'un trou. Ma condition m'oblige à vous servir, mais rien ne peut me forcer à vous respecter.

La bouche d'Auriana s'était ouverte de stupéfaction devant ce discours. Nul n'avait jamais osé lui parler ainsi. Si elle avait vaguement enregistré le mot « catin », qui ne la blessait plus depuis longtemps, elle avait en revanche sursauté en s'entendant traiter de meurtrière.

— Que sais-tu, exactement ? interrogea-t-elle, blême.

— Ce que je sais, répondit Angiosta. Passerons-nous cette robe, à présent, madame ?

— Je m'habillerai seule. Va-t'en !

— À votre guise...

Angiosta esquissa une seconde révérence, encore plus courte que la précédente, et quitta la chambre, laissant sa maîtresse en proie aux pensées les plus effrayantes. Elle se morigéna un peu de n'avoir su tenir sa langue, mais en son for intérieur elle était heureuse. Il était bien temps de ramener les sabliers à niveau.

J'ai aidé à te faire, songea-t-elle. C'est toi qui devrais prendre garde. Rien n'est plus versatile qu'une couronne.

Peu après le déjeuner, le chevalier Danveld et son frère Huygg arrivèrent au château. Dans la charrette qui les accompagnait, conduite par leurs écuyers, les carcasses de deux beaux sangliers prouvaient que la chasse avait été fructueuse. C'était Danveld qui les avait abattus tous les deux, forçant l'un avec son épieu, fauchant l'autre d'un habile trait d'arbalète. Grand et vigoureux, il surpassait de très loin son frère, plus lourd, aux jeux de la chasse et de la guerre – bien qu'il fût son cadet de trois années. Huygg se consolait de sa mauvaise fortune en répétant que ses succès à lui se jouaient dans la contrée de l'amour, ce qui était pure vérité : Danveld n'avait encore les joues couvertes que d'un léger duvet et, trop occupé de chevreuils et sangliers, il n'avait jamais songé à courtiser la moindre jouvencelle. Quand son frère lui assurait que ce n'était pas faute d'attirer leur regard, il haussait les épaules et déclarait qu'il songerait aux femmes quand il n'aurait plus la force de courir le gibier.

Danveld et Huygg mirent pied à terre dans l'écurie et ordonnèrent aux palefreniers de prendre soin des chevaux. Ils allaient se diriger vers les cuisines pour y glaner de quoi contenter leurs estomacs affamés par un long voyage quand ils remarquèrent un chevalier occupé à lisser le pelage d'un superbe destrier blanc. L'homme ne portait pas d'armure, et ses vêtements laissaient deviner une musculature puissante. Pourtant, ses longs cheveux gris trahissaient un âge avancé.

— Qui est-ce ? demanda Danveld à voix basse.

Arrivé depuis peu à la cour, il n'en connaissait pas encore toutes les figures.

— C'est Ghénarys, répondit Huygg. Premier chevalier du royaume et protecteur de la reine.

Danveld ne put retenir une exclamation étonnée.

— Lui, le premier chevalier du royaume ? Il est plus vieux que Père ! Avec un protecteur pareil, la reine ne doit pas se sentir en sécurité.

— Ne t'y fie pas. Tu n'étais pas là lors du dernier tournoi. Je l'ai vu désarçonner des chevaliers bien plus jeunes que lui. Il m'aurait battu, moi aussi, si je n'avais vidé les étriers bien avant de le rencontrer.

Danveld eut un petit sourire. Son frère n'avait jamais été un grand cavalier. Trop épris des plaisirs de la chère et de la chair, il avait le souffle court, la main mal assurée.

— Il ne me désarçonnerait pas, moi…

— Je gage dix pièces d'or qu'il te romprait les os, mon frère. Attends de l'avoir vu combattre avant de le provoquer !

Danveld contempla longuement le visage bleu foncé de Huygg, qui ne semblait pas plaisanter.

— J'accepte ton pari, dit-il, mais de quoi aurais-je l'air en provoquant ce vieillard ?

— D'un jeune blanc-bec pressé de se faire étriller. Cela dit, il ne se battrait pas contre toi. Il ne s'est jamais battu en duel, et il ne participe aux tournois que sur l'ordre du roi. Il te faudrait l'insulter gravement ou faire quelque outrage à la reine pour qu'il consente à tirer l'épée.

— Ah, c'est ainsi ? fit Danveld, déçu. Ma foi, l'occasion de me mesurer à lui viendra sans doute un jour, mais je devrai recourir aux insultes. Si j'ai bien compris ce que tu m'as raconté ce matin, la reine ne craint guère les outrages.

Huygg lui posa sur la bouche une main empressée.

— Tais-toi, imbécile, chuchota-t-il. Ce que je dis quand nul ne peut nous entendre ne doit pas nécessairement être répété à la cour. Si la reine a la cuisse légère, elle reste la reine. Un seul mot devant lui à ce sujet, et Ghénarys ne se contentera pas de t'étriller.

Le vieux chevalier achevait la toilette de sa monture. Il n'avait jamais laissé un palefrenier s'en charger à sa place. Apercevant les deux frères, il les salua d'un signe de tête. Huygg répondit de même, mais Danveld resta immobile. Il observait Ghénarys, forcé d'admettre que ce visage ridé était encore empli de beauté et de puissance. Il se demanda un instant si les paroles de son frère ne renfermaient pas quelque vérité.

— J'y songerai, conclut-il en caressant ses joues imberbes d'un geste machinal.

Auriana pénétra dans la salle du trône sans prendre la peine de frapper ou de se faire annoncer. Elle détestait cette grande pièce froide. Elle s'y était prosternée trop souvent pour y être à l'aise, mais surtout, c'était l'endroit où se trouvait presque en permanence Turgoth, quand il ne dormait pas. La nouvelle reine n'avait jamais aimé le roi, et la façon dont il avait rampé devant elle pour qu'elle acceptât de l'accompagner dans la contrée de l'amour avait effacé le respect qu'elle eût pu éprouver à son endroit. Désormais, elle le méprisait et ne supportait son contact qu'avec peine. Heureusement, depuis quelque temps, il ne songeait plus à l'honorer. Turgoth était âgé, et les années ne lui avaient guère été clémentes : il prenait du poids ; son corps était fatigué, flasque. Il ne tarderait pas à rejoindre ses ancêtres dans les galeries de portraits du château.

Le souverain sursauta en entendant sa femme entrer. Il s'était assoupi, vautré sur un trône où il ne pouvait plus se tenir droit que par un grand effort de volonté. Une ironie cruelle voulait que le sommeil, qui lui était si souvent refusé la nuit, s'abattît sur lui en pleine journée. Il lui était arrivé de s'endormir durant un conseil, voire à cheval – et il n'avait dû qu'à Ghénarys de ne pas tomber lourdement à terre. Turgoth ne se faisait aucune illusion : il se savait proche de la mort et cela ne l'effrayait guère. Sa seule crainte était d'avoir à répondre du crime qui pesait sur sa conscience. Sans cela, il eût accepté le trépas d'un cœur joyeux.

— Que vous amène, madame ? demanda-t-il d'un ton las.

Le visage d'Auriana flambait de colère. Le roi s'était déjà rendu compte de quelque chose, au déjeuner, car elle n'avait pas desserré les dents, alors qu'elle perdait rarement une occasion d'exercer sa puissance en humiliant les grands et en faisant châtier les petits.

— J'ai des nouvelles graves, sire, dit-elle. J'ai peur qu'il ne faille au plus tôt faire rouler quelques têtes sur le billot. Une, à tout le moins.

Turgoth se rembrunit.

— Quelque servante qui aura renversé du vin sur votre nouvelle robe, madame ? fit-il, s'apercevant que ces faciles railleries ne lui apportaient plus qu'une piètre satisfaction.

— Il s'agit bien de cela ! s'exclama Auriana. Je vous parle d'une chose qui nous concerne tous les deux au plus haut point. Une servante est en cause, cela dit : cette vieille sorcière d'Angiosta semble savoir que c'est sur votre ordre que mon défunt mari est passé dans la contrée de la mort.

— Baissez le ton, madame, je vous en prie! Si vous en parlez ainsi, il ne serait guère étonnant que toute la cour fût au fait de la chose.

Auriana savait sentir le vent. Comprenant que le roi n'était pas d'humeur à se laisser dominer, elle se radoucit.

— Pardonnez-moi, sire, mais comprenez le choc que m'a causé cette nouvelle. Angiosta m'a littéralement craché au visage que j'étais une meurtrière. J'en tremble encore... (Domptant son orgueil, elle alla s'agenouiller au pied du trône et posa la main sur le genou de Turgoth, le sentit frissonner.) Si elle sait tout, elle peut nous accuser publiquement. Qui nous dit qu'elle n'a pas déjà glosé auprès des serviteurs? Il faut la faire exécuter, sire, et au plus vite. Je ne dormirai pas tranquille tant qu'elle sera en vie.

Le roi caressa l'épaule de sa femme, découverte par une robe au profond décolleté. Un long moment, des pensées n'ayant aucun rapport avec la sécurité du trône traversèrent son esprit. Quand elles le firent frissonner d'horreur, il retira sa main.

— Je connais bien Angiosta, déclara-t-il enfin. Si elle n'a guère d'affection pour vous, elle respecte ma couronne et ma personne. C'est elle qui m'a élevé. Elle ne fera rien contre moi. En outre, elle est âgée et soucieuse des traditions. Pour elle, votre nouveau mariage, si proche du terme forcé du premier, constitue peut-être un crime : vous avez assassiné la mémoire de Farnn. Il faut se garder des conclusions hâtives.

Auriana frémit.

— Vous êtes trop confiant, sire. J'ai peur que votre faiblesse ne nous fasse courir un bien grand risque à tous deux.

— J'en parlerai à Hormund. Si son opinion rejoint la vôtre, je ferai exécuter Angiosta.

La reine se préparait à protester quand on frappa à la porte. Elle se leva vivement, de crainte d'être surprise au pied du trône.

— Entrez! dit sèchement Turgoth.

Un valet ouvrit et annonça que le conseiller Hormund demandait audience.

— Voilà qui tombe à point, sire, souffla Auriana. Nous allons pouvoir écouter ensemble ce qu'a à dire un homme d'une aussi grande sagesse.

— Qu'il entre ! ordonna le souverain.

Depuis sa création, aux premiers jours de Fuinör, le conseiller Hormund était un vieillard mince, aux épaules voûtées et au visage crevassé de rides. Son rôle officiel était double : tout d'abord, comme l'indiquait son titre, il prodiguait son avis éclairé aux souverains de Fuinör. D'autre part, chaque fois que mourait un roi avant que son héritier ne fût en âge d'accéder au trône, il assurait la régence. Il avait ainsi régné bien plus longtemps que tous les hommes qui s'étaient succédé à la tête de Fuinör, mais la puissance des dieux faisait que nul ne s'étonnait de son exceptionnelle longévité. Il existait, voilà tout.

Hormund sentait lui aussi que la fin de Turgoth était proche. Il ne s'en inquiétait pas, car le royaume avait désormais un héritier. Jorlond, dénué de caractère, n'en serait que plus facile à manœuvrer. Son règne serait doux au regard des dieux.

Quand le valet l'introduisit dans la salle du trône, le conseiller fronça les sourcils. La présence d'Auriana laissait présager des complications. Une confrontation avec la reine se fût de toute façon révélée nécessaire, mais il eût préféré, dans un premier temps, voir Turgoth en particulier.

— Tu arrives bien, Hormund, dit le roi, tandis que le vieillard s'inclinait. Nous avions justement besoin de ton avis sur une question délicate.

— Je suis à votre service, sire, mais je pense savoir de quoi il s'agit.

— Comment cela ?

— Angiosta m'a raconté son entrevue avec la reine, ce matin. (Se tournant vers Auriana, il ajouta :) Je vous prie de pardonner ses paroles un peu rudes, madame. Elles ont à l'évidence dépassé sa pensée.

La reine tapa du pied sur le sol dallé, furieuse. Son visage avait viré au bleu foncé.

— Le problème n'est pas là, Hormund, et vous le savez très bien. Je n'ai cure des insultes d'une souillon. Ce qui m'inquiète… Ce qui nous inquiète, le roi et moi, c'est ce qu'elle sait de la mort de mon premier mari !

La voix d'Auriana, qui s'était élevée dans un registre très aigu, résonnait à travers la salle du trône.

— Encore une fois, madame, baissez le ton ! ordonna Turgoth. Vous n'avez décidément pas plus d'esprit qu'une oiselle !

La reine se tut, bouche bée. Jamais le souverain n'avait osé lui parler ainsi. Ravalant les insultes qui bouillonnaient en elle, elle redressa fièrement la tête puis marcha d'un pas décidé vers la porte, sans accorder le moindre regard aux deux hommes.

— Attendez, la rappela le roi, d'une voix changée. Je vous prie de m'excuser, je…

Ses suppliques furent vaines. Auriana sortit et claqua violemment le battant derrière elle, faisant vibrer les panoplies pendues aux murs. Turgoth poussa un long soupir découragé.

— La peste soit de mon emportement ! ragea-t-il. Elle ne me pardonnera jamais cette insulte.

— Elle vous la pardonnera, sire, assura Hormund en souriant. Dès qu'elle aura quelque chose à vous demander, soyez sûr qu'elle arborera son plus beau sourire. Quoi qu'il en soit, son départ me sert, car il est des choses dont je ne désire parler qu'à vous seul.

Le roi releva les yeux.

— Eh bien, parle ! Angiosta sait-elle tout ?

— Oui, sire, bien entendu. C'est l'une des plus fidèles servantes de la maison royale. Sa condition n'enlève rien à la confiance que vous pouvez avoir en elle. Elle ne dira rien.

Ses malheureuses paroles de ce matin n'étaient qu'une réponse au mépris de la reine. Le royaume a besoin d'Angiosta. J'espère que vous ne songez point à la faire exécuter, car ce serait non seulement superflu mais, je vous l'assure, nuisible.

— Auriana y songeait, pas moi, dit Turgoth. J'ai seulement peur qu'elle n'oublie pas de si tôt cet affront.

— Nous pouvons mettre un peu de baume sur ses blessures en infligeant une punition à Angiosta. Il vous appartiendra ensuite de convaincre la reine que votre vieille nourrice ne sait rien de la mort du baron Farnn.

Le roi, pensif, caressa son menton à la peau distendue.

— C'est sans doute une bonne idée, mais quel genre de punition envisages-tu ? La pauvre vieille ne survivrait pas si je la faisais fouetter.

Le visage du conseiller s'éclaira d'un sourire rusé.

— Je songeais à quelque chose de plus symbolique, sire. Puisque Angiosta est à l'heure actuelle la femme de chambre personnelle de la reine, retirons-lui cet honneur et confinons-la un temps aux cuisines, en proclamant très haut sa dégradation. Elle sait déjà que sa langue trop bien pendue mérite châtiment et ne s'offusquera pas d'être humiliée pour sauvegarder les apparences. Votre épouse, elle, y trouvera son compte.

À mesure que parlait Hormund, le roi avait perdu son expression désespérée.

— Tu as raison ! s'exclama-t-il. Ainsi, tout rentrera dans l'ordre. Ah, mon vieux compagnon, je ne sais ce que je deviendrais sans toi !

Rien, songea le conseiller. Sans moi, tu ne serais rien. Pourtant, servile, il s'inclina aussi bas que le lui permettait son corps rouillé.

— Je suis l'humble serviteur du trône, sire.

Auriana n'avait jamais connu rage aussi folle. Elle s'éloigna de la salle du trône en marmonnant injures et malédictions à l'adresse de ceux qui l'avaient insultée. À quoi lui servait-il donc d'être reine si chacun pouvait encore la traiter comme lorsqu'elle n'était que baronne ? Elle leur ferait payer leur morgue à tous, même au roi. Ils apprendraient à la connaître – et la première serait cette vieille insolente que Turgoth, elle en était à présent persuadée, ne condamnerait même pas aux verges. Elle irait trouver le bourreau. Celui-là lui devait une faveur depuis la mort de Farnn. Il ne refuserait pas d'acquitter sa dette en étranglant Angiosta.

Forte de cette décision, elle se dirigea vers l'escalier qui menait à la cour intérieure du château. Ses pas furieux résonnaient dans les couloirs, tandis que la traîne incroyablement longue de sa robe balayait la poussière. Elle s'engageait sur les premières marches quand des voix masculines enjouées montèrent vers elle. Encore quelques chevaliers ivres qui n'allaient pas manquer de la saluer avec un sourire en coin, voire de la traiter d'imbécile ou de catin, puisque la chose semblait dans l'air du temps.

Désireuse d'éviter toute rencontre, elle résolut de remettre à plus tard sa visite au bourreau et fit demi-tour. Dans son empressement, elle oublia de ramener sa traîne derrière elle et comprit enfin combien pouvaient se révéler peu pratiques les robes extravagantes qu'elle affectionnait. Elle se prit les pieds dans les lourds plis d'étoffe, perdit l'équilibre, battit inutilement des bras, et n'eut que le temps de se retourner à nouveau avant de plonger, la tête la première, dans la cage d'escalier.

Danveld et Huygg s'étaient amplement restaurés, arrosant volailles et venaison de force pichets. C'était d'une humeur joyeuse qu'ils remontaient dans leurs appartements pour poser armes et cuirasses, avant de prendre un repos bien gagné. Huygg vantait les charmes de la damoiselle qu'il comptait entraîner prochainement dans la contrée de l'amour, trouvant en son frère un auditeur pour une fois attentif, lorsque retentit juste au-dessus d'eux un cri aigu.

Aussitôt dégrisé, Danveld se jeta en avant et grimpa les marches quatre à quatre. Voyant la fine silhouette féminine qui tombait vers lui, il ouvrit les bras d'instinct, ce qui brisa la chute d'Auriana. Cette dernière, la respiration oppressée, encore surprise de ne pas s'être rompu le cou, s'accrocha avec force au jeune chevalier. Il éclata de rire.

— Eh bien, jouvencelle ! s'exclama-t-il. Avez-vous bu ou votre pied est-il trop léger ?

— C'est la reine, imbécile, souffla Huygg, qui avait rejoint son frère.

Danveld sentit son cœur faire un bond dans sa poitrine. Il lui sembla que le tranchant glacé d'une hache se posait sur son cou. Ayant aidé Auriana à retrouver l'équilibre, il s'agenouilla devant elle, tête basse.

— Pardonnez-moi, madame, implora-t-il. Je ne vous avais pas reconnue et n'avais nulle intention de vous faire injure.

Il est bien le seul..., songea Auriana, avant de l'observer de plus près. Avec la chute, sa colère s'était enfuie. Elle fut séduite par le port noble et l'évidente fraîcheur de son sauveur. Interprétant son silence comme une accusation, Huygg se jeta lui aussi à genoux.

— Je vous en supplie, madame, n'accablez pas mon frère ! Il est fort jeune et arrivé de fraîche date à la cour. Ses manières sont encore un peu rudes.

— Pourquoi l'accablerais-je ? s'étonna Auriana. Ne vient-il pas de me sauver la vie ? Relevez-vous, messieurs, je vous prie !

Quand Danveld osa enfin poser les yeux sur elle, il découvrit le regard et le sourire qui avaient fait succomber bien des hommes. Le roi lui-même. Si la colère la rendait effrayante, la souveraine savait être plus belle qu'aucune autre lorsque cela servait ses desseins.

— Quel est votre nom ? interrogea-t-elle.

Le chevalier était encore trop ému pour parler. Ce fut son frère qui répondit.

— Il s'appelle Danveld, et moi Huygg. Nous sommes les fils du baron Flawian.

— Eh bien, Danveld, sachez que je vous suis très reconnaissante, reprit Auriana. Que vous m'ayez prise pour une jouvencelle, bien loin de me vexer, me flatte. Je songerai à la manière de récompenser votre conduite chevaleresque.

Elle tendit sa main au jeune homme, qui la baisa avec empressement.

— Nous nous reverrons, acheva-t-elle d'une voix suave, avant de tourner les talons et de remonter l'escalier, prenant cette fois garde à ne pas trébucher.

— Dieux, qu'elle est belle ! souffla Danveld dès qu'elle eut disparu. Et elle m'a souri. Tu as vu ?

Huygg lui assena une bourrade affectueuse.

— Tu as gagné sa faveur, soit. Mais ne te monte pas trop la tête et prends garde qu'elle ne te sourie de trop près. Tu connais le sort des traîtres.

Tout comme lorsqu'on l'avait averti de ne pas provoquer Ghénarys, son frère se contenta de se caresser les joues d'une main distraite.

— J'y songerai…, répéta-t-il.

Auriana entra d'excellente humeur dans les appartements royaux. Le souvenir de ses humiliations était certes toujours vivace, mais un nouvel élément en atténuait la douleur. Elle n'avait plus besoin de convaincre le bourreau, désormais. Un plan bien plus sûr commençait à germer, qui joindrait l'utile à l'agréable.

Assise devant son miroir, elle entreprit de parfaire son maquillage.

24

Le Fou rêvait. Emporté par les vagues, emporté par la mort, par le temps, il nageait dans l'oubli, seul au cœur d'un monde désert, obscur. Sa peau brûlante était endolorie par des milliers de piqûres, comme hérissée d'épingles. Il ne voyait pas. Ses yeux étaient fermés, ou bien aveugles. Le Fou tourbillonnait, tentait en vain de reprendre le contrôle de ses mouvements. Ses membres ne lui obéissaient plus.

C'est normal, songea-t-il. Je suis mort.

Mais au fond de lui, il savait que c'était faux.

Une silhouette lumineuse apparut au milieu des ténèbres. Il la regarda grandir, ou se diriger vers lui. C'était une femme aux cheveux indigo. Ses lèvres remuaient mais aucun son n'en sortait, ni aucune larme de ses yeux tristes.

Freïa…, voulut-il dire.

Il n'en eut pas le temps : les cheveux de la femme devinrent noirs, ses traits se modifièrent et le regard éploré fut chassé par un sourire éclatant.

— Va-t'en, sorcière ! cria-t-il, surpris d'entendre sa propre voix. Tout est de ta faute !

L'apparition éclata de rire avant de tendre la main vers lui. Un éclair fusa de ses doigts et vint le frapper au côté. Il se tordit de douleur. Satisfaite, la sorcière disparut.

— Alors, tu vas te réveiller, oui ? cria une voix d'homme.

Le Fou sentait le sable sur sa peau nue. Il pouvait bouger, à présent, mais n'osait pas encore ouvrir les yeux. Un second coup de pied dans les côtes acheva de le tirer de l'inconscience. Poussant un cri étouffé, il se redressa sur son séant et cligna des yeux sous l'assaut du soleil violet.

— Ça y est ! clama une voix sarcastique. Il est de retour parmi nous.

Il y eut quelques éclats de rire un peu gras. Enfin habitué à la lumière, le Fou découvrit les hommes qui l'encerclaient. Ils étaient dix, l'épée au côté, vêtus de cottes de mailles dorées. L'un d'eux, le seul à ne pas porter de casque, se tenait juste au-dessus de lui. Celui qui l'avait frappé, certainement.

— Ça fait quel effet de se retrouver chez les vivants, Bébé-sans-nom ? railla-t-il.

Ses longs cheveux blancs et ses traits creusés le faisaient paraître assez vieux, sans doute plus qu'il ne l'était. Son bras était encore robuste. Le Fou se souvenait de la facilité avec laquelle cet homme l'avait désarmé quand il avait commis l'erreur de se prendre pour un Héros. Un nouveau coup vola vers lui. Il ne parvint qu'à amortir le choc en reculant maladroitement. La botte le frappa à l'aine, lui rappelant qu'il était nu, et il ne put retenir un cri.

— Eh bien ! s'exclama l'autre. On dirait qu'il va falloir du temps pour faire de toi un cavalier doré !

— Je ne veux pas devenir un cavalier doré.

— On ne te demande pas ton avis. Tu dois obéir à la loi. Qu'on lui apporte ses vêtements !

L'un des hommes s'éloigna du groupe. Le Fou tenta de le suivre des yeux mais il n'y parvint pas : autour de lui, le cercle s'était resserré.

— Lève-toi !

Les muscles encore douloureux des coups reçus, il obéit. Ses futurs compagnons d'armes l'observaient avec attention. Il n'y avait aucune pitié dans leur regard – tout juste du mépris, et un peu d'amusement.

— Hé ! fit l'un d'eux en lui donnant une légère tape sur l'épaule. Comment tu t'appelles ?

— Je suis un Fou. Je n'ai pas de nom.

— Tu n'es plus un Fou, corrigea un second, qui le frappa sur l'autre épaule. Il te faut un nom.

— Je n'en ai pas besoin.

— Choisis-toi un nom ! insista une voix, derrière lui, tandis qu'il recevait une bourrade peu amicale.

Il fit volte-face mais ne put identifier son agresseur. Les coups continuèrent de pleuvoir, rarement assez forts pour lui faire mal, mais toujours en des endroits sensibles – et jamais de face. Il tournait sur lui-même, dans le vain espoir de les voir venir et de les éviter, surtout soucieux de ne pas se mettre à pleurer. Chaque tape était accompagnée d'une petite phrase moqueuse : « Tu as choisi ton nom ? », « Comment t'appelles-tu ? », « Ton nom, camarade, ton nom ! »

— Assez ! cria soudain l'homme aux cheveux blancs.

Les cavaliers dorés s'immobilisèrent. Leur chef jeta des vêtements aux pieds de l'infortuné : une chemise de drap, une cotte de mailles, des bottes et un casque léger, ne protégeant que le sommet du crâne et le nez.

— Habille-toi ! Que tu le veuilles ou non, désormais, tu es un cavalier doré. Je m'appelle Sharris. Je commande.

Le Fou se baissa pour ramasser sa chemise.

— Tu commandes ? Pourquoi ?

Le poing de Sharris l'atteignit juste au-dessous de l'œil droit et lui fit éclater la pommette. Le Fou partit en arrière sous les rires. Au travers d'un voile bleuté, il distingua son assaillant, les mains sur les hanches.

— Parce que je suis le plus fort. D'autres questions ?

Il secoua la tête. Le sang coulait sur sa joue en larges rigoles bleu nuit. Il l'essuya d'un revers de main. Pourquoi ne l'avait-on pas laissé mourir ?

En s'habillant, le Fou s'aperçut qu'il était encore dans la crique, entre la chaumière où reposait le cadavre de Giselher et les flots vermillon dans lesquels il avait voulu se noyer.

Et Freïa ? se demanda-t-il soudain. Avait-elle survécu ?

Il posa le casque sur sa tête. Ses compagnons se désintéressaient de lui pour s'occuper de leurs chevaux. On allait lui en donner un, à lui aussi, un cheval ailé à la robe blanche. Il lui faudrait apprendre à monter, à se battre. Il secoua tristement la tête : naguère, on avait voulu faire de lui un Héros, mais son esprit n'était pas tourné vers les armes; son corps paraissait trop chétif pour les porter. Et rien n'avait changé : malgré sa résurrection, il était toujours le même.

Profitant de la distraction des cavaliers dorés, il marcha jusqu'à la chaumière. Le corps de Giselher s'y trouvait toujours, la poitrine ouverte. Des sanglots légers montaient de la chambre. Le Fou voulut s'avancer, mais une poigne solide se referma sur son bras, le retint.

— Laisse-la, ordonna Sharris. On s'est occupés d'elle et elle n'est pas dans un bel état. Ne t'inquiète pas. Tu en verras d'autres, des Femmes, maintenant. Tu pourras t'amuser. C'est l'aspect le plus agréable de la tradition.

Le Fou eut envie de le frapper. Il eut envie de crier que cette Femme, il l'avait tenue entre ses bras, et qu'il ne s'agissait pas d'un viol. Ou si peu... Il conserva sa rancœur inutile au fond de lui.

— Qu'est-ce qu'elle va devenir?

— Une fée viendra la chercher. Si elle ne meurt pas avant, on l'emmènera dans la contrée de la folie.

— La contrée de la folie..., répéta le Fou. Alors, elle existe?

— Bien sûr. Celle-là et toutes les autres, toutes celles dont parlent les livres. Mais tu ne les verras jamais. On ne sort de la grande forêt que pour écumer les criques. Dépêche-toi, maintenant. On est prêts à partir.

Sharris l'entraîna hors de la chaumière. Les sanglots de Freïa disparurent dans le néant.

— Pour aujourd'hui, tu vas monter en croupe derrière moi, reprit le chef des cavaliers dorés. Si tu tombes, tu seras fouetté. Il est temps que tu apprennes notre discipline. Monte! Et choisis-toi un nom!

Aidé par Sharris, le Fou se hissa avec peine sur le cheval, dont les ailes se dépliaient déjà.

— Accroche-toi à la selle, Bébé-sans-nom! claironna l'homme aux cheveux blancs, avant d'enfoncer les talons dans les flancs de l'animal.

Ce dernier se cabra, poussa un hennissement sonore et partit au galop sur la plage. Ses sabots frappaient le sol dans un silence absolu. Il battit follement des ailes, et s'envola juste avant d'atteindre l'océan. Surpris, le Fou faillit être désarçonné et ne se raccrocha que de justesse à la taille de Sharris.

— Lâche-moi ou je te jette moi-même en bas!

Il observa la mer. Il pouvait recommencer, se noyer à nouveau. Mais était-il sûr de ne pas ressusciter encore? Autant continuer à vivre : il mourrait à son heure.

Il relâcha lentement le chef des cavaliers dorés et empoigna la selle avec fermeté. Le cheval volait à l'horizontale, à présent. Rester sur son dos devenait plus facile. Le Fou risqua un coup d'œil en arrière : les neuf autres cavaliers les suivaient de près. Bientôt, il serait l'un d'entre eux. Il se demanda comment des êtres aussi cruels avaient pu connaître la même histoire que lui. Il se demanda s'il deviendrait cruel.

Les dix chevaux opérèrent un virage au-dessus de l'océan puis, formés en V, volèrent en direction de la grande forêt. Quelques heures plus tard, ils arrivèrent à l'endroit où le Fou allait passer plusieurs saisons. Là, on lui donna une tente, une paillasse, et on le laissa dormir après l'avoir prévenu que son entraînement commencerait le lendemain matin.

Le camp des cavaliers dorés était situé au cœur de la grande forêt, à égale distance de la contrée de la guerre et de celle de l'amour. C'était une immense clairière dont l'accès, tout comme celui des criques, était impossible à quiconque n'ayant pas le droit d'y entrer. Seules les fées venaient parfois visiter les cavaliers, leur donner des instructions. Ce fut du moins ce que le Fou apprit lors des jours qui suivirent son arrivée. Un faible espace était réservé à des tentes coniques, en peau – une centaine. Les cavaliers dorés n'étaient jamais plus nombreux, car leur taux de mortalité était important, tout juste contrebalancé par le nombre des Héros vaincus. Le reste du camp était réservé à l'entraînement. Un champ clos permettait des joutes à la lance. Un autre accueillait les combattants à l'épée…

À l'aube du premier jour, le Fou fut tiré sans ménagement du sommeil par deux de ses nouveaux compagnons.

— Dépêche-toi ! Ton entraînement t'attend !

Et Sharris l'attendait, lui aussi, debout devant la tente, les bras croisés.

— Quel est ton nom ? interrogea-t-il.

— Je suis un Fou. Je n'ai pas besoin de nom.

Un sourire méchant apparut sur le visage de l'homme aux cheveux blancs.

— Tenez-le ! ordonna-t-il.

Les deux cavaliers qui avaient éveillé le Fou l'empoignèrent par les bras et l'immobilisèrent. Sharris s'approcha lentement.

— Tu dois te choisir un nom ! scanda-t-il en détachant bien les syllabes, enfonçant à chacune son poing dans le ventre du nouveau venu.

Ce dernier fût tombé s'il n'avait été soutenu. La douleur se répandit dans tout son corps, et ses jambes se dérobèrent sous lui. Son estomac se souleva, mais il n'avait rien à vomir.

— Tous les matins, je te demanderai ton nom, reprit Sharris. Si tu refuses de le choisir, tu sais ce qui arrivera. Lâchez-le !

Brusquement privé d'appui, le Fou tomba à genoux, les bras croisés sur l'abdomen. Il n'avait pas desserré les dents, mais les larmes perlaient au coin de ses yeux.

— Cesse de pleurer, Bébé-sans-nom ! Debout, et suis-moi ! Je vais m'occuper personnellement de ton entraînement. J'ai toujours aimé les esprits forts.

Il releva la tête. Ses lèvres étaient retroussées en une grimace de douleur et de colère. Au-dessus de lui, Sharris souriait.

Il est pire que Giselher, songea le Fou. Il sait ce qu'il fait, lui, aucune loi ne le pousse à être cruel.

Il se redressa avec peine, sans cesser de regarder le chef des cavaliers dans les yeux. Au risque d'être encore battu, il avait décidé de ne plus se laisser humilier.

— Ton cheval est dans l'enclos, reprit Sharris. Il y est apparu pendant la nuit. Les fées savent que tu es parmi nous.

— Les… fées ?

— Les chevaux ailés sont le présent qu'elles offrent aux nouveaux cavaliers dorés. Je me demande pourquoi elles ont pris la peine de t'en apporter un, à toi. Tu seras mort avant de l'avoir dressé. (Le Fou écarquilla les yeux. Il n'avait pas songé à cela.) Qu'est-ce qu'il y a ? Tu ne crois pas qu'elles perdent leur temps à dresser des chevaux ? Il est sauvage, bien sûr. Et je connais beaucoup d'apprentis cavaliers qui se sont fait piétiner par des chevaux ailés sauvages. Beaucoup… Tu le monteras tous les jours, jusqu'à ce qu'il te désarçonne. Ensuite, si tes os sont encore en un seul morceau, je t'apprendrai à te servir d'une arme. Viens ! C'est l'heure de ta première leçon.

Il n'eut aucun mal à reconnaître son cheval, qui occupait seul un bon quart de l'enclos, tandis que les autres se pressaient loin de lui. Une chaîne passée autour de son cou et reliée à un piquet l'empêchait de s'envoler, mais il n'en battait pas moins des ailes, tentait de déloger la selle sanglée sur son dos.

— Il a fallu dix hommes pour la lui mettre, commenta Sharris. Un d'entre eux y a laissé quelques côtes. Tout ça pour que tu puisses le monter. Tu sais ce qu'il te reste à faire ?

Le Fou acquiesça. Son ventre était encore douloureux, mais le mal s'effaçait devant la peur. Le voyant indécis, l'homme aux cheveux blancs le poussa brutalement en avant.

— Allez! Il ne va pas venir te chercher!

Le futur cavalier doré se contraignit à avancer. Il se glissa entre les cordes tendues qui délimitaient l'enclos, en se répétant que tous les autres avaient dû passer par là. Que, la veille encore, ils n'étaient que des Fous, et sans doute pas plus robustes que lui. Ils avaient survécu. Toutefois, ce raisonnement ne le convainquit qu'à moitié.

Il s'approcha lentement du cheval ailé. Un attroupement s'était formé alentour. Nul ne voulait manquer le spectacle. Le Fou ne s'attendait pas à recevoir des encouragements : on était là pour rire de lui et, si possible, le voir piétiner par l'animal.

Ce dernier recula en le voyant. Sa croupe était à présent collée aux cordes : l'approcher par-derrière serait impossible. Il suivit des yeux la progression de l'homme, qui changeait de direction pour arriver sur le côté, là où il serait le moins exposé aux coups de sabot. C'étaient des yeux très noirs, brillants. De peur, sans doute, pensait le Fou. Le cheval avait aussi peur que lui, mais de perdre sa liberté, alors que lui ne pouvait jouer que sa vie, puisque c'était tout ce qu'il possédait.

Il ne se trouvait plus qu'à trois pas de l'animal, qui trépignait. La magie des fées rendait les sabots silencieux, mais il n'était nul besoin de les entendre : la poussière qu'ils soulevaient témoignait de leur puissance. Le Fou approcha encore, à pas lents, puis plongea en avant pour saisir la bête par l'encolure. Elle se cabra et battit follement des ailes, s'élevant de deux pieds. L'apprenti cavalier ne referma la main que sur la crinière, avant de se sentir soulevé du sol. Il heurta avec violence le flanc du cheval, qui ne se laissa retomber à terre que pour se dresser sur ses pattes arrière, en hennissant follement. Secouant la tête de droite et de gauche, il tentait de décrocher le parasite qu'on lui imposait. Mais le Fou tint bon : il parvint à saisir la crinière à deux mains et, profitant de ce que sa monture posait les quatre sabots, se hissa sur son dos d'un vigoureux coup de reins.

Dès qu'il fut à califourchon, tout devint beaucoup plus simple pour l'animal. Une ruade bien appliquée désarçonna le maladroit et l'envoya en vol plané à cinq pas de là. Le Fou tenta d'amortir sa chute, de rouler sur lui-même, mais il ne parvint qu'à se tordre le poignet. Son atterrissage fut rude, dépourvu de grâce. Il se remit pourtant sur ses pieds d'un bond, ignorant ses meurtrissures, et courut se réfugier hors de l'enclos, sous les rires des cavaliers dorés. Il se rendit compte alors que ses craintes étaient injustifiées : retenu par sa chaîne, l'animal ne l'avait pas poursuivi.

— Première leçon terminée, Bébé-sans-nom ! clama Sharris. Le plus difficile n'est pas de monter en selle mais d'y rester. Tu pourras réessayer demain : nous allons passer au maniement de l'épée.

— Je me suis tordu le poignet, protesta le Fou en levant la main gauche, pour montrer la chair qui commençait à enfler.

— Il te reste un bras, non ? Donc tu peux tenir une arme. Exécution !

On ne lui laissa pas le temps de bander son poignet où palpitait une douleur sourde : Sharris lui lança une épée de bois, en prit une autre, et se planta face à lui au milieu du champ clos. Les cavaliers dorés qui s'entraînaient cessèrent leurs passes d'armes pour observer la scène. Le Fou leur jeta un regard agressif.

— Attaque-moi, Bébé-sans-nom ! Montre ce que tu sais faire !

— Ne m'appelle pas comme ça !

— Très bien. Quel est ton nom ?

— Je suis un Fou. Je n'ai pas besoin de nom.

Sharris eut un sourire.

— Attaque-moi, Bébé-sans-nom ! répéta-t-il.

Le Fou soupesa l'épée d'entraînement. Moins lourde qu'une vraie, elle serait peut-être plus facile à manier. Il tenta de se rappeler les leçons de Custenhin et avança d'un pas. Sharris l'attendait sans bouger, sans même daigner se mettre en garde. L'épée de l'assaillant vola mollement vers le crâne chenu. Au dernier moment, le chef des cavaliers se baissa et évita la lame de bois. Il répondit par un coup d'estoc qui atteignit le plexus solaire. Le souffle coupé, son adversaire se plia en deux avant de s'effondrer.

— Décidément, tu n'es pas doué, Bébé-sans-nom ! railla Sharris. Avec une véritable épée, tu serais mort.

Le Fou puisa dans ses dernières forces pour relever la tête.

— Oui, acquiesça-t-il. Dommage…

Puis il perdit connaissance.

Ce fut un seau d'eau en plein visage qui le réveilla. Il n'était resté inconscient que quelques secondes, mais il lui sembla sortir en sursaut d'une longue séquence onirique. La voix de Sharris lui assura qu'il n'avait pas rêvé.

— Tu ne vas pas t'en tirer comme ça. Debout ! L'entraînement continue.

Le Fou secoua la tête, la main serrée sur son poignet douloureux. À coup sûr, il s'agissait d'une entorse. Il chercha à déterminer quelles portions de son corps ne le faisaient pas souffrir et en fut incapable.

— Lève-toi ! Attaque-moi encore !

— Non.

Il sentit son estomac se serrer au moment où le mot franchit ses lèvres. Le visage du vieux cavalier doré devint bleu foncé de rage.

— Je t'ai dit de te lever et de m'attaquer, vociféra-t-il.

— Et je t'ai dit non. Je ne peux pas être plus clair.

À présent qu'il avait passé le point du refus, les paroles lui venaient plus facilement. Il savait qu'il n'échapperait pas à une punition : autant conserver un peu de panache. Sharris s'approcha jusqu'à le toucher et leva son épée. Ses longs cheveux en désordre rayaient de blanc son visage marqué.

— Je n'ai pas l'habitude qu'on me résiste, grinça-t-il. Obéis, ou je te tue !

— Tu me rendrais service…

Le chef des cavaliers poussa un grondement de bête féroce et frappa à deux reprises du plat de l'épée. Le Fou crut que ses côtes explosaient, sa vue s'obscurcit, mais cette fois il resta conscient, assez pour entendre la voix de son ennemi.

— Attachez-le en plein soleil pour le restant de la journée. Après ça, on verra s'il fait encore le fier.

Le Fou sentit qu'on le traînait, qu'on lui ôtait sa cotte de mailles, sa chemise, et qu'on lui écartait bras et jambes avant de nouer des cordes autour de ses poignets, de ses chevilles. Il entendit le bruit des piquets qu'on enfonçait. Un coup de pied le toucha à la cuisse, un autre à la base du cou. Il fit la grimace, mais ne cria ni n'ouvrit les yeux. Il savait avoir marqué un point en refusant d'obéir. À présent, il fallait tenir jusqu'au soir, tenir pendant les jours suivants, tenir jusqu'à la mort.

Il sombra dans un étrange demi-sommeil. Le soleil lui brûlait la peau. Une sphère gonflée s'était installée dans sa gorge, l'empêchant presque de déglutir. L'écran de ses paupières closes était d'un bleu très vif : s'il les ouvrait, il savait qu'il aurait les yeux carbonisés.

Des milliers de pensées le traversaient, sans qu'il fût capable de distinguer celles qui naissaient des rêves, du délire. Il lui semblait parfois balbutier des mots sans suite. « Quel est ton nom ? » demanda une voix. « Je suis un Fou. Je n'ai pas besoin de nom », voulut-il répondre. Il ne sut jamais s'il avait réussi, car une autre idée prit bientôt possession de ses facultés : pourquoi tenait-il donc à conserver ce titre de Fou, dont il avait tant souffert ? Pourquoi s'y accrochait-il, alors qu'on lui proposait enfin de devenir un individu à part entière ?

— Freïa, murmura-t-il. Elle pleure. Elle a mal. Et c'est à cause de moi.

— Tu l'aimes encore, imbécile! dit une voix dans sa tête.

Il laissa échapper ce qui ressemblait à un éclat de rire entre ses lèvres desséchées.

— L'aimer, elle? Bien sûr que non. Je ne l'ai jamais aimée. Mais elle a mal à cause de moi... Je suis un Fou. À cause de moi... J'ai soif! Je n'ai pas besoin de nom. J'ai soif. Donne-moi à boire, sorcière! Allonge-toi encore dans la neige! J'ai soif! Dieux, que j'ai soif!

Le Fou ouvrit les yeux, parfaitement conscient. Il n'était plus attaché mais allongé sur sa paillasse, dans sa tente. La faible luminosité qui pénétrait par l'ouverture lui apprit que le soleil se couchait. Sa poitrine, son visage et ses jambes le brûlaient comme si on y avait appliqué une torche. Un regard lui montra les effets du soleil sur sa peau, bleu foncé, couverte de cloques. Il se posa un doigt sur le torse et le retira aussitôt : le moindre contact lui donnait envie de hurler.

— J'ai soif, dit-il à haute voix, comme pour s'assurer qu'il pouvait encore parler.

Sa gorge était toujours serrée – et tellement sèche. Une odeur de nourriture s'infiltra jusqu'à ses narines. Il se rendit compte qu'il avait faim. Mais allait-on le laisser manger? Allait-on seulement le laisser boire? Il se redressa sur un coude, ignorant les protestations de sa chair endolorie. Non loin de sa couche se trouvaient ses vêtements. Il dédaigna la cotte de mailles, qu'il doutait de pouvoir enfiler, et passa sa chemise. Le frottement de l'étoffe grossière sur sa peau faillit lui arracher des hurlements. Il prit plusieurs longues inspirations et tenta de se concentrer sur cette unique pensée : se lever.

Il venait d'y parvenir quand un cavalier doré passa la tête par l'ouverture. Ce n'était pas Sharris. Le Fou eut un mouvement de recul, mais son visiteur ne paraissait pas hostile.

— Réveillé ? fit-il en souriant. Viens ! Tu as droit à un repas. Si tu meurs de faim, Sharris ne sera pas content.

— Il préférerait me tuer lui-même, c'est ça ?

— Non, il veut te mater, c'est tout. Et crois-moi, il y arrivera. Il y arrive toujours. Allez, viens !

Le Fou suivit l'autre à pas mesurés. À l'extérieur régnait une ambiance assez chaleureuse : réunis autour de feux de camp par groupes de quatre ou cinq, les cavaliers dorés dévoraient à belles dents les viandes qu'ils faisaient rôtir, tout en buvant à la régalade. Les conversations étaient animées, si bien que nul ne remarqua l'arrivant. Celui qui était venu le chercher le guida jusqu'au feu le plus proche, où se restauraient déjà trois hommes.

— Assieds-toi, l'invita-t-il. N'aie pas peur. Je m'appelle Hoker...

C'était un homme de taille moyenne, assez jeune, aux cheveux d'un mauve très pâle. Son sourire sympathique était le premier qu'eût rencontré le Fou depuis sa résurrection.

— Merci... J'ai soif.

Hoker lui donna une timbale emplie de vin. Il s'en empara avec avidité et avala deux gorgées, avant de comprendre que cela ne lui faisait aucun bien. Sa gorge ne l'en brûlait que davantage. C'était d'eau qu'il avait besoin, mais il n'osa pas en demander, de crainte de fâcher ses compagnons. Il ne voulait pas mettre fin à cette période de calme qu'on lui offrait. Le lendemain, peut-être...

— Tu as eu tort de tenir tête à Sharris, reprit Hoker. Maintenant, il ne te laissera pas un instant de répit, tant qu'il ne t'aura pas fait craquer. (Les trois autres cavaliers approuvèrent du chef, sans interrompre leur repas.) Il vaut mieux plier. Moi non plus, je n'aimais pas ça, au début. Aucun d'entre nous. Mais on s'y fait. Et puis, il y a des avantages à être cavalier doré. Plus qu'à être Fou, en tout cas. Tu as faim ?

Comme le Fou acquiesçait, son compagnon lui donna une écuelle emplie de viande grillée. La nourriture passait mieux que le vin. Il mordit avec délectation dans la chair tendre.

— Quels avantages? demanda-t-il entre deux bouchées.

— On est tous égaux. Il n'y a plus de Héros pour nous dicter notre conduite.

— Il y a Sharris...

— Sharris est le chef, c'est différent. Il commande parce que c'est lui qui a le plus d'expérience. Et tu verras : ce n'est pas un mauvais bougre. Il suffit de savoir le prendre.

— Moi, je n'ai pas su, remarqua le Fou, ironique. Quels avantages, encore?

— On s'amuse, mon gars! intervint un des trois autres, déjà assez âgé. Ne me dis pas que tu n'as jamais eu envie de tuer ton Héros ou de faire subir deux ou trois choses à ta Femme. Moi, je les détestais tous les deux. J'ai hurlé de joie quand il est mort et quand je l'ai entendue supplier, elle. Depuis, j'ai tué trois Héros et participé au viol de dix-neuf Femmes, y compris la tienne, avant-hier. La loi est bien faite, ami : les Fous sont les meilleurs cavaliers dorés qu'on puisse souhaiter, au moins, ils ont des raisons.

Le Fou s'étonna de ne pas réagir, de ne pas sauter à la gorge de ce soudard qui avouait sans ambages avoir violé Freïa. Soudain, il se sentait différent. La lumière indigo des flammes faisait rayonner les cottes de mailles dorées. Lui était en chemise, tache blanche entre les étoiles.

— Je n'ai pas envie de me venger, dit-il calmement. Moi, je sais que les Héros et les Fous sont égaux aux portes de la contrée de la mort. Plutôt que de torturer les bourreaux, il vaudrait mieux soulager les victimes.

— Tu parles bien, pour un Bébé-sans-nom! déclara la voix éraillée de Sharris, derrière lui. Ton bain de soleil t'a remis les idées en place?

Le Fou détendit lentement son corps brûlé et se leva pour faire face au vieux cavalier.

— Peut-être, admit-il. Je serai l'un d'entre vous. Je suppose que toute communauté doit avoir sa brebis galeuse.

Sharris n'entendit ou ne comprit pas cette dernière phrase. Son visage s'éclaira d'un sourire triomphant : il n'avait pas fallu bien longtemps…

— Alors, tu t'es choisi un nom, je suppose ?

Le Fou resta muet un instant puis haussa les épaules.

— Oui, admit-il, je suppose qu'il me faut un nom…

Sa décision avait été si rapide, si inattendue, qu'il n'avait pas réfléchi à celui qu'il aimerait porter. Il chercha l'inspiration autour de lui. Ses yeux s'arrêtèrent sur la barre de fer qui servait de tisonnier, plongée au cœur des braises. Il se baissa pour la ramasser. L'extrémité en était portée au bleu. Il en sentit la chaleur intense lorsqu'il l'approcha de son visage.

— Voici mon nom, Sharris, murmura-t-il. Retiens-le bien !

Sans hésiter, il appliqua le métal brûlant sur son front, entre les yeux. La chair grésilla, et une odeur désagréable s'éleva dans l'air. Le Fou serra les dents pour ne pas hurler. Il tomba à genoux.

— Je m'appelle Douleur, râla-t-il encore, avant de s'effondrer sur le côté.

Sharris le considérait avec étonnement. Pourquoi cette brûlure volontaire si c'était celle du soleil qui l'avait brisé ? Il haussa les épaules.

— Portez-le dans sa tente et soignez-le, ordonna-t-il. Demain, il reprend l'entraînement.

25

Pour la seconde fois de son existence, Rowena contemplait le miroir. Le grand lac lui renvoyait l'image d'une biche au pied léger. La sorcière avait adopté cette apparence dès qu'elle était sortie de la grande forêt. Bien sûr, elle eût pu venir plus vite, en volant, mais cette idée ne l'avait même pas effleurée : en elle, l'impatience et la crainte se mêlaient étroitement à l'idée qu'elle allait accomplir sa vengeance. Revoir Aladin. Tandis qu'elle courait dans la contrée des semailles, elle avait pesé les dernières paroles de l'enchanteur. Renoncer? Impossible. Si Aladin n'avait fait que briser sa vie, elle lui eût peut-être pardonné, mais il lui avait pris son innocence, sa candeur. Cela, elle ne pouvait l'oublier.

Dès les abords de la contrée du miroir, la biche avait mesuré ses pas. Elle ne craignait pas les chasseurs, les nobles n'exerçant leurs talents que dans la contrée de la chasse, mais il arrivait aux serfs de braconner, au risque de finir sur la roue. Rowena eût détesté devoir tuer un homme du peuple pour peu qu'elle se prît à son piège. Par bonheur, il n'était rien arrivé.

Elle leva les yeux vers le soleil. Il y avait dix jours qu'elle avait quitté l'enchanteur, dix jours que le soleil violet brillait sur Fuinör. Le pays vivait la fin d'un cycle. Encore dix ans, et le soleil pourpre en entamerait un nouveau.

La sorcière résista à la tentation d'étancher sa soif dans les eaux du miroir. Son maître ne lui avait pas décrit les propriétés magiques du grand lac et elle ne tenait pas à les découvrir à ses dépens. Elle s'en éloigna, et courut vers son but perdu au cœur des marécages, à une demi-lieue de là – soudain pressée de l'atteindre. Il n'existait qu'un seul chemin sûr pour y parvenir, tortueux, délimité par de vagues repères, mais la biche n'en avait cure. Depuis son arrivée devant le miroir, ses sabots n'avaient plus touché le sol. Elle courait sur l'air, sans bruit, sans laisser de traces.

Rowena sentit son souffle s'accélérer quand elle aperçut le château, réplique presque parfaite de celui du roi Turgoth, où elle avait passé son enfance. Pourquoi Aladin avait-il exigé qu'il en fût ainsi ? Pour s'élever au même rang que le souverain, sans doute – orgueil mesquin.

La sorcière arriva devant l'enceinte, d'où ne montait aucun bruit. D'après l'enchanteur, malgré l'insistance du roi, Aladin avait refusé qu'on lui fît don de serviteurs et d'hommes d'armes. Il préférait la solitude. Elle s'en réjouit : au moins, aucun innocent ne serait-il mis en danger.

Les oreilles dressées de la biche se rétractèrent, tandis que son museau s'aplatissait. Ses pattes et son corps devinrent moins massifs. Son pelage, d'un violet très sombre, s'effaça devant une peau bleu pâle. En l'espace de quelques secondes, Rowena avait retrouvé son apparence originelle, celle de la plus belle femme ayant jamais foulé le sol de Fuinör. Elle se redressa, heureuse de marcher à nouveau sur deux jambes. Sa nudité ne la gênait pas : elle savait depuis beau temps que les plus grands secrets d'un être demeurent cachés lorsqu'il est tout entier dévoilé. En outre, il lui semblait juste de se présenter ainsi devant Aladin, l'homme grâce à qui, pour la première et unique fois, elle avait connu l'amour. Même si elle venait pour le tuer.

Elle s'éleva au sommet de l'enceinte, la franchit, et se laissa redescendre. Tout comme lorsqu'elle était biche, ses pieds ne touchaient pas le sol. Traversant la cour intérieure, elle arriva bientôt devant la porte à deux battants, l'entrée officielle, réservée aux gens de haute naissance.

Rowena sourit : le piège, bien dissimulé, eût échappé à un œil moins exercé, mais elle le vit instantanément. Aladin n'avait guère d'imagination, ou bien possédait beaucoup d'ironie.

Elle fit un geste rapide de la main, et la porte s'ouvrit. Aussitôt, à l'endroit où elle se tenait, le sol se déroba, révélant un profond fossé hérissé de pointes. Toujours portée par l'air, la sorcière n'avait pas bougé. Elle haussa les épaules et pénétra dans le grand hall. L'intérieur même du château imitait celui du roi. Elle reconnut le colossal escalier de marbre qui menait tout droit à la salle de bal. Les tapisseries couvrant les murs dépeignaient les mêmes scènes de chasse ou de guerre. C'était un peu comme un retour au berceau, songea-t-elle, comme un voyage dans le temps.

Un gigantesque dragon à cinq têtes et aux écailles multicolores se matérialisa sur les marches. Rowena poussa un soupir agacé. Elle tendit les mains vers le monstre, et prononça quelques mots en un langage connu d'elle seule – et de l'enchanteur. Une boule de feu apparut autour du dragon, l'immolant dans un halo violet où se perdirent ses hurlements d'agonie.

Quelques secondes plus tard, il ne restait que des cendres sur le marbre.

— Je tuais déjà des dragons avant d'être sorcière, Aladin, dit Rowena à haute voix. Épargne-moi tes laquais et montre-toi !

Des applaudissements retentirent en haut de l'escalier.

— Bravo, déclara la voix du marchand de nuages. Je constate que tu as fait des études…

Les contours d'une fine silhouette se dessinèrent sur la dernière marche, devenant de plus en plus précis. Vêtu de son éternel justaucorps bariolé et de ses poulaines, Aladin descendit l'escalier. Il n'avait pas changé le moins du monde, mais on le disait immortel. Le luth façonné dans le bois du Kör, celui dont il avait naguère usé pour fasciner Rowena, reposait entre ses mains.

La sorcière sentit une boule étrange se former au creux de son estomac. Un sourire instinctif naquit sur ses lèvres, comme naguère.

Puis elle se souvint de ce qu'il lui avait fait. Le sourire se changea en grimace. Comme face au dragon, elle tendit les bras. La boule de feu se matérialisa alors qu'Aladin se trouvait au milieu de l'escalier. Quand elle se dissipa, il souriait encore.

— Toujours aussi impulsive, remarqua-t-il. Je sais que tu es venue pour me tuer. En conséquence, tu ne peux pas réussir.

Un frisson parcourut Rowena. Elle ne songea pas un instant qu'il pût mentir. Il était plus fort qu'elle, voilà tout. Pourtant, l'enchanteur lui avait assuré qu'elle était l'être le plus puissant de Fuinör, à l'exception de lui-même et des fées. Il s'était trompé, ou il avait menti.

Ou bien…

Rowena observa presque sans surprise la transformation du marchand de nuages.

— Tu as deviné, dit l'enchanteur. N'aurait-il pas mieux valu que tu ne saches jamais ?

La sorcière sentit ses yeux s'emplir de larmes. Son maître était l'unique personne en qui elle avait eu toute confiance.

— Pourquoi ? s'écria-t-elle. Qu'avais-je fait pour que vous vous empariez de ma vie ?

Il descendit les dernières marches, fit deux pas vers son élève, et s'immobilisa. Il ne souriait plus.

— Tu n'avais rien fait. C'est moi qui ai toujours tout fait. Les fées te voulaient stupide et réservée : je t'ai rendue intelligente, curieuse. Ensuite, je t'ai envoyé des livres, pour t'éduquer, te pousser à réfléchir. Je t'ai enseigné l'amour et la trahison. Et enfin, je t'ai changée en sorcière. Tu n'as rien fait, mais tu as décidé. C'est ton courage qui t'a amenée jusqu'à moi, dans la contrée de la folie. Et quand tu t'es éprise du marchand de nuages, ma magie n'y était pour rien.

— Mais enfin, pourquoi ?

Rowena avait hurlé. Les larmes roulaient sur ses joues et sur sa gorge nue. Sa bouche resta un instant ouverte sur ce cri de colère, d'incompréhension, puis ses lèvres furent agitées d'un tremblement nerveux. Elle renifla bruyamment.

— Vous n'aviez pas le droit, souffla-t-elle en secouant la tête.

— J'ai tous les droits, répliqua sèchement l'enchanteur. Mon dessein est plus important que n'importe quelle vie humaine. Je veux changer ce monde, Rowena. C'est pour ça que j'avais et que j'ai toujours besoin de toi. Souviens-toi de la grande tour : comme tu battais des mains, à quinze ans, quand le serf maltraité, la femme violentée prenaient leur revanche sur les chevaliers, quand la nature résistait à la hache du bûcheron. Je suis cette nature, ma fille. Tu comprends ce que je veux te dire ? Je ne suis pas un homme. Je suis le Kör. Je suis les vagues, les rochers, le sable et la forêt. Je suis le miroir et je suis le soleil. Je suis Fuinör. Paraître humain n'est qu'une coquetterie. (La sorcière avait baissé les yeux, croisé les bras sur sa poitrine. Elle pleurait en silence, parfois secouée d'un bref sanglot.) Tu ne dois pas m'en vouloir. Tu participes au changement que tu désirais. Tu as déjà fait beaucoup, et c'est normal : tu es très douée. Tu apprendras encore. Le monde tel que l'ont voulu les dieux ne tardera pas à disparaître. Alors, je me fondrai à nouveau en moi-même, en Fuinör. Et vous, les hommes, les femmes, vous pourrez enfin être heureux.

Rowena esquissa un sourire triste.

— Être heureux, répéta-t-elle. Voilà un bel argument ! Pourquoi m'avoir tout dit ? Pourquoi ne pas m'avoir fait attendre encore ? Ou m'avoir laissé croire que j'avais tué Aladin ?

— Je vois que douze années de mon enseignement ne t'ont pas fait perdre l'habitude de poser des questions. Je t'ai tout dit parce que le moment était venu. Quand le monde changera, tu ne devras ressentir aucune haine, sous peine de le bouleverser encore. Il te faudra du temps pour vaincre ton amertume, mais ce temps, je te le donne. Quant à te tromper... on ne bâtit pas un grand œuvre sur un mensonge. Lève la tête! Regarde-moi! Tu ne désires plus que le monde change?

— Si, dit-elle, je le désire...

L'enchanteur tira quelques notes de son luth, qui émettait des sons à nuls autres pareils.

— Il y a bien des années, je t'ai promis de te l'offrir un jour. Ce jour est arrivé : il est à toi.

Rowena tendit les bras pour recevoir l'instrument qui volait vers elle. Elle en caressa la caisse du bout des doigts. Le bois était doux, tiède, élastique – comme vivant. Elle pinça légèrement les cordes et commença à jouer une vieille ballade, la première que lui avait enseignée le marchand de nuages. Puis elle se souvint que le texte était inepte.

— Mais m'aimiez-vous, au moins? demanda-t-elle. Quand vous m'avez abandonnée, avez-vous au moins souffert de me voir souffrir? Sans le grand œuvre de l'enchanteur, la princesse Rowena aurait-elle pu être heureuse avec le marchand de nuages?

Le vieillard ne cilla pas.

— Non, dit-il froidement. Je sais qu'un « oui » te ferait du bien, mais j'ai décidé de ne plus te mentir. Je suis la nature, ni le bien ni le mal. Il m'est impossible d'éprouver le moindre sentiment. L'amour pas plus qu'un autre.

Rowena serra les dents, ferma les paupières. Sa poitrine tressautait sur un rythme irrégulier.

— Tu dois tuer le marchand de nuages, comme tu le voulais, continuait l'enchanteur. Tu dois le tuer en toi : il n'existe pas.

— Non! Je ne l'oublierai jamais, et je ne veux pas de vos cadeaux! (Le luth pourpre fut projeté au travers de la pièce, suivi d'un jet de flammes qui s'y attacha et le consuma en quelques secondes. Les cordes émirent des sons discordants en se rompant.) Je ne veux plus rien de vous! Ou plutôt si : Je veux votre échec! Je ne suis plus votre élève, désormais. Je désire que le monde change, oui, mais s'il faut cela pour vous frustrer du but de votre vie, alors je l'aiderai à demeurer inaltérable. Vous comprendrez peut-être ce qu'est la frustration!

— Ne deviens pas mon ennemie, lui reprocha-t-il doucement. Tu n'es pas sensée.

— Je ne l'ai jamais été! répliqua Rowena d'un ton sec. Et je m'en flatte. Je pars, mais je ne vous dis pas adieu : nous nous reverrons bientôt. Sur un champ de bataille.

Elle tourna les talons, marcha jusqu'à la porte du château, puis se changea en lionne et s'éloigna en bondissant sur la terre marécageuse.

L'enchanteur la regarda disparaître derrière un bouquet d'ajoncs. Il claqua des doigts. Les cendres du luth se rassemblèrent, et l'instrument reconstitué apparut entre ses mains.

— Ainsi soit-il, Rowena..., dit-il à voix basse.

26

Ainsi que l'avait prévu Hormund, Auriana ne resta pas longtemps fâchée contre le roi. Le soir même de leur altercation, elle vint le trouver dans la salle du trône, prête à faire des excuses. Elle n'en eut pas besoin : ce fut lui qui en présenta.

— Ma mie, je vous assure que mes paroles ont dépassé ma pensée. Je vous supplie de ne pas m'en tenir rigueur.

La reine changea aussitôt de tactique.

— Vous m'avez insultée devant témoins, sire. À l'heure qu'il est, toute la cour doit savoir…

— Certes non, assura Turgoth. Hormund n'est pas homme à répandre des commérages. Dites-moi que vous me pardonnez, et je vous accorderai la faveur qu'il vous plaira d'exiger.

Auriana masqua son sourire par une moue boudeuse.

— Je vous ai déjà pardonné, sire. Vous savez que je ne puis rester longtemps fâchée contre vous. Mais la blessure reste douloureuse. Je croyais à votre amour.

Le souverain se leva et prit tendrement son épouse entre ses bras. Elle se laissa aller contre lui.

— Je vous aime, ma mie, souffla-t-il.

— Alors, prouvez-le! À toute la cour. Organisez un bal et dansez avec moi! Que chacun constate que vous ne m'avez pas retiré votre faveur.

— Il en sera comme vous le désirez, acquiesça Turgoth. Votre bal aura lieu dans une semaine. Mais je ne veux plus vous voir fâchée. Promettez !

— Je promets, sire.

Danveld et Huygg étaient un peu ivres lorsqu'ils arrivèrent dans la salle de bal. Huygg buvait pour chasser un dépit amoureux. Son frère l'accompagnait par solidarité et par goût : chez leur père, il leur avait toujours été interdit de boire, car un bon chevalier se devait d'être sobre. Depuis leur arrivée à la cour, ils avaient constaté qu'aucun ne l'était – ou si peu. Chacun semblant considérer comme un devoir de s'enivrer pendant les réjouissances, les deux frères ne s'en privaient pas.

Le roi, après avoir ouvert le bal avec Auriana, avait regagné le trône d'où il présidait la fête, les yeux à demi clos. Debout près de lui, un valet l'observait en permanence.

— On dirait qu'il surveille la couronne, souffla Huygg. Il est vrai qu'elle a tendance à glisser. J'ai l'impression que nous ne tarderons pas à avoir un souverain plus jeune.

— Je me demande comment elle fait, remarqua Danveld, songeur.

— Qui ?

— La reine. Pour supporter d'appartenir à ce vieillard.

— Elle compte son trésor tous les matins, je suppose.

Le cadet couva son frère d'un œil noir. Pourquoi prenait-il donc un malin plaisir à dénigrer la reine ? Il la chercha des yeux. Perdue parmi les chevaliers et gentes dames qui dansaient au rythme lent imposé par les ménestrels, elle se mouvait avec aisance sur le sol dallé, une main sur celle de son cavalier, l'autre soulevant sa robe, révélant une fine cheville gainée de soie. Sur ses lèvres, un charmant sourire saluait qui voulait l'être. Sans aucun doute, Auriana était la plus belle dame de la cour.

— Aucune jouvencelle ne l'égale, soupira Danveld. J'aimerais tant lui parler à nouveau.

— Ne te fais pas d'illusions : elle t'a sans doute déjà oublié… Viens, j'aperçois un serviteur qui porte des coupes : tu vas pouvoir noyer ton chagrin.

Le jeune chevalier soupira. Parfois, la désinvolture de son frère l'irritait.

Les danseurs se séparèrent après une révérence. Comme les ménestrels attaquaient une gavotte, Danveld vit la reine s'approcher du trône, souriant de plus belle. Peut-être aimait-elle son mari, après tout.

— Allons, sire ! dit Auriana d'un ton enjoué. Ne vous faites pas prier ! Accordez-moi cette danse.

— Je suis épuisé, ma mie, répondit le roi. Ces choses ne sont plus de mon âge. Trouvez donc quelque jouvenceau qui sera honoré de vous complaire.

Ayant prévu cette réponse, elle adopta aussitôt l'expression déçue qu'elle avait répétée devant son miroir.

— Vous aviez dit que vous danseriez avec moi, sire…

— Je l'ai fait, ce me semble.

— Une misérable danse, comme on accomplit un devoir pénible. Si vous m'aimiez, vous oublieriez votre fatigue. Vous montriez plus d'empressement lorsque je ne vous appartenais pas encore.

Elle plissa les lèvres, baissa la tête. Turgoth, pas entièrement dupe de sa comédie, ouvrit la bouche pour le lui dire, mais les mots ne purent franchir ses lèvres : il savait qu'ils l'exposeraient à une nouvelle colère.

— Fort bien, ma mie, soupira-t-il. Dansons, puisque vous l'exigez. Mais vous finirez par me tuer.

Auriana retrouva son sourire. Le tuer ainsi ? Elle n'y avait pas songé mais l'idée était plaisante.

Ce fut totalement vidé de ses forces que le roi retrouva son trône. La sueur qui perlait sur son crâne chauve dégoulinait le long de ses joues. Il lui semblait que l'air lui brûlait les poumons, que son cœur allait exploser.

— À boire… souffla-t-il. Que l'on m'apporte à boire.

Le valet qu'avaient plus tôt remarqué Danveld et Huygg se hâta d'aller quérir une coupe, sous le regard ironique de la reine. Turgoth était au bord de l'évanouissement, incapable de voir ce qui se jouerait sous ses yeux. Auriana chercha dans la salle de bal le jeune chevalier qui l'avait rattrapée dans l'escalier. Elle avait oublié son nom mais pas son visage juvénile. Un tel enfant serait aisé à manœuvrer, malgré l'ampleur des crimes qu'elle allait exiger de lui.

Elle ne tarda pas à le trouver, réfugié en solitaire dans un angle, une coupe à la main. Aussi discrète que possible, elle se dirigea vers lui à pas lents, adressant un mot agréable à tous ceux qu'elle croisait, allant jusqu'à complimenter Ghénarys sur sa prestance.

— Eh bien ? lança-t-elle lorsqu'elle arriva enfin devant Danveld. Vous ne semblez guère joyeux pour un homme qui a sauvé sa reine. Le regretteriez-vous ?

Le jeune chevalier leva les yeux et bleuit légèrement, surpris.

— Le regretter ? balbutia-t-il. Oh, non, madame, non. Comment le pourrais-je ?

— Alors pourquoi cette triste figure ?

Danveld chercha une explication, n'en trouva aucune et se rendit compte qu'il ne voulait pas mentir.

— Je ne puis le dire, murmura-t-il.

Auriana fut soudain frappée par une idée fort déplaisante. Elle n'en continua pas moins à sourire.

— J'y suis ! s'exclama-t-elle. Vous êtes amoureux, c'est bien cela ? (Danveld acquiesça, gêné.) Et quelle est l'heureuse jouvencelle qui a obtenu la chance de votre faveur ?

Elle imaginait déjà un plan pour se débarrasser de l'impertinente.

— Encore une fois, je ne puis le dire, madame. Je vous supplie de me pardonner, mais comprenez-moi : il ne s'agit pas d'une jouvencelle.

— Oh, oh, une femme mariée ? Quelle ardeur, messire ! Je comprends que vous désiriez vous taire, car on pourrait nous entendre, mais j'ai toujours aimé les histoires d'amour et je veux connaître le fin mot de la vôtre.

— M'ordonnez-vous de parler ? interrogea Danveld, tremblant.

Auriana secoua la tête.

— Disons que je vous le demande instamment. Mais ni ici ni maintenant. J'aime à veiller, à lire quelques pages avant de m'endormir. Pourquoi ne pas me visiter dans la bibliothèque, vers la minuit ?

Les joues du jeune homme étaient devenues d'un bleu ardent.

— J'en serai ravi ! Je veux dire que… je suis aux ordres de Votre Majesté…

— Pardonnez ma mémoire défaillante et rappelez-moi votre nom.

— Danveld.

— C'est cela. Eh bien, à ce soir, donc, Danveld, conclut Auriana avant de s'éloigner.

Ses craintes s'étaient évanouies : elle n'avait pas de rivale.

— N'y va pas, dit sèchement Huygg quand ils se furent tous deux retirés dans leurs appartements.

Son visage aux traits mous était marqué d'une inquiétude certaine.

— Et pourquoi ? demanda Danveld. C'est un ordre royal.

— Ne fais pas semblant de ne pas comprendre ! s'emporta son frère. Voilà un ordre auquel nul ne saurait te reprocher de ne pas obéir. La reine t'a fixé un rendez-vous galant. T'y rendre serait un crime de haute trahison. Qu'Auriana soit une catin, ça la regarde, mais je ne te laisserai pas te…

Le poing de Danveld le cueillit au menton. Pris par surprise, il partit en arrière et se retrouva assis sur son lit.

— Ne dis plus jamais ça, fulmina l'agresseur, les yeux fous. Ne la traite plus jamais de catin. Compris ?

Huygg massa doucement son menton endolori. Le regard qu'il portait sur son frère était empli de pitié.

— Je ne peux plus rien pour toi, soupira-t-il. Au moins, je t'aurai averti.

Le roi s'était endormi comme une pierre. Les danses imposées par son épouse avaient réveillé ses douleurs, et, sitôt couché, il avait sombré dans un sommeil lourd sans attendre Auriana.

Le bal s'était achevé un peu avant la minuit. La reine avait prétexté des ordres à donner pour ne pas regagner ses appartements en même temps que Turgoth. Lorsqu'elle le fit, quelques minutes plus tard, elle ne fut accueillie que par des ronflements sonores. Elle quitta donc la chambre pour se rendre à la bibliothèque, laquelle était plongée dans une pénombre rassurante, seulement contrariée par les braises bleues de l'âtre.

Auriana entra d'un pas décidé, ne voulant pas donner à un éventuel observateur l'impression qu'elle se cachait. Elle n'en sursauta pas moins en découvrant la silhouette debout dans un coin obscur. Fidèle à son personnage, elle simula un petit cri de surprise.

— N'ayez aucune crainte, madame, la rassura Danveld. C'est moi. J'avais peur que vous ne veniez pas.

— Pourquoi donc ? N'avez-vous pas confiance dans la parole de la reine ?

Comme il s'empêtrait dans une réponse protocolaire, Auriana s'avança jusqu'à lui. La pénombre cachait fort à propos le trouble évident du chevalier. La reine sourit.

— Eh bien ? Me direz-vous à présent le nom de cette dame qui occupe vos pensées ? Je fais serment de ne point le répéter, pas même au roi.

Les traits de Danveld se crispèrent. Il tomba à genoux.

— Madame, souffla-t-il, je vous supplie de ne pas vous mettre en colère. N'attribuez ce que je vais vous révéler qu'à mon impétuosité et non à quelque désir malveillant.

Auriana retint un haussement d'épaules. Ce jeune coq allait-il se décider ?

— Parlez, je vous en prie, dit-elle doucement.

— Plaignez-moi, madame, moi qui ai eu l'impudence de lever les yeux vers la reine de Fuinör et d'en concevoir un sentiment que je n'ose nommer, car d'autres y verraient un crime.

— Était-ce donc si difficile à avouer, Danveld ? demanda-t-elle d'une voix suave.

Le chevalier releva la tête, tentant de déchiffrer l'expression d'Auriana.

— Vous saviez, madame ?

— J'avais deviné. Vous êtes si jeune que vos sentiments se lisent sur votre visage.

— Et vous n'êtes pas fâchée ?

Elle secoua la tête.

— Non. Sans doute parce que votre hardiesse et votre fougue m'ont séduite, moi aussi.

N'osant croire à ce qu'il entendait, Danveld enserra de ses bras les jambes de la reine et enfouit le visage dans les plis de ses jupes.

— Allons, relevez-vous, commanda-t-elle. Ce n'est pas ma robe que je désire vous voir embrasser.

Danveld se redressa. Elle lui posa les mains sur la nuque, se serra contre lui et, prenant les devants, lui baisa doucement les lèvres. Malgré son inexpérience, le jeune homme sentit qu'il lui fallait répondre. Ce corps de femme pressé contre le sien faisait naître en lui une sensation qu'il n'avait eu le loisir de connaître qu'en rêve. Leur second baiser fut long et passionné. Auriana savait profiter des bons moments, surtout quand ils devaient être éphémères.

— Je vous aime, madame.

— Moi aussi, chevalier, et je brûle de vous le prouver. Mais cela est impossible, hélas !

— Pourquoi donc ?

— Parce que je suis la reine et ne puis me rendre dans la contrée de l'amour en compagnie d'un homme qui ne soit mon époux. Si on nous surprenait, nous serions tous les deux exécutés.

Danveld baissa la tête, accablé. Auriana s'efforça de ne pas rire et se décida à abattre son premier atout. S'il accepte ça, songea-t-elle, j'en ferai ce que je voudrai.

— Il y aurait bien une solution, pourtant, murmura-t-elle, mais tellement osée que j'ai scrupule à l'évoquer.

— Je vous en prie, madame, dites!

— Il faudrait... braver la colère des dieux. Enfreindre la loi et la tradition!

— La loi interdit déjà de soupirer pour la reine, et je braverais tous les dangers pour vous aimer. Mais vous? N'avez-vous donc aucune crainte?

— Certes si, mais pour l'amour de vous, je ferai taire ma terreur. Je connais certaine petite chambre, dans l'autre aile du château. Nul ne s'y rend jamais. Nous y serions à l'aise.

— Montrez-moi le chemin, madame! s'exclama Danveld.

— Tout doux, chevalier! Nous ne pouvons nous promener ensemble nuitamment. Si l'on nous voyait, notre stratagème deviendrait inutile. Je vais me rendre jusqu'à cette chambre. Vous me suivrez, mais pas à moins de trente pas. Ouvrez les yeux et les oreilles. Si vous êtes surpris, oubliez-moi pour ce soir et rentrez vous coucher. Il me déplairait de voir votre tête rouler sur le billot.

Danveld saisit les mains d'Auriana et les baisa fiévreusement avant de s'incliner.

— Je vous suis, madame, affirma-t-il.

Durant les heures qui suivirent, la reine s'efforça de faire connaître à son jeune amant des instants inoubliables, utilisant tout le savoir de sa vie aventureuse. Lorsque, enfin, il reposa auprès d'elle, subjugué, elle entreprit de jouer le dernier acte de sa tragédie. Éclatant en sanglots, elle lui raconta à quel point elle était seule. Tous les nobles la haïssaient depuis qu'elle était devenue reine. Le roi lui-même, malgré l'affection qu'elle conservait pour lui, n'était qu'un vieillard incapable de satisfaire une femme encore jeune. Les serviteurs la respectaient à peine.

Danveld buvait ses paroles comme le lait d'une mère, essuyait ses larmes de baisers et promettait, jurait de toujours l'aimer, de tuer quiconque lui manquerait de respect.

— Tu ferais vraiment cela pour moi ? demanda-t-elle d'une voix cassée.

— Sur mon honneur !

Elle lui dédia son sourire le plus chaleureux, feignit de retenir d'autres larmes.

— Je t'en sais gré, car ma vie est devenue un enfer. Il y a peu, une servante a même osé m'insulter.

— N'a-t-elle été punie ?

— Je voulais la condamner aux verges mais le roi me l'a interdit. C'est Angiosta, vois-tu ? Il paraît que l'affection de Turgoth pour son ancienne nourrice est plus forte que celle qu'il me doit. Tous les serviteurs savent sans doute comment ils ont le droit de me traiter, désormais. Le moindre valet pourra bientôt me gifler impunément.

— Non ! s'exclama Danveld. Tant que je vivrai, cela ne sera pas. Donnez-m'en seulement l'ordre et je ferai taire cette servante à jamais !

Auriana se blottit contre lui, lui posa les lèvres sur l'épaule.

— Prends garde, souffla-t-elle. Nul ne devra savoir que c'est toi…

27

La saison des fruits touchait à sa fin. Déjà, l'air était plus frais, annonciateur des pluies diluviennes qui s'abattraient bientôt sur le pays. La nuit, le nombre des fourrures augmentait sur les paillasses des cavaliers dorés.

Sharris devenait de plus en plus irascible, intransigeant – sans doute parce que son âge était celui des douleurs liées au froid. Peu de jours s'écoulaient sans qu'un cavalier fût puni, parfois pour une peccadille. Les plus vieux, habitués, prônaient la conciliation. Les jeunes faisaient mine de s'indigner mais se taisaient dès que leur chef arrivait à portée de voix.

Douleur comprit qu'ils n'avaient pas d'amour pour Sharris : leur fidélité naissait de la crainte. Lui ne craignait pas leur chef. À la surprise générale, il était devenu très docile, et obéissait sans rechigner même aux ordres les plus ridicules, subissant avec stoïcisme vexations et injures. Quoique Sharris ne manquât pas une occasion de le provoquer, il n'avait plus jamais été puni – et l'entraînement commençait à porter ses fruits : s'il n'était pas encore un maître d'armes, il n'en savait pas moins enfin manier l'épée. Pour devenir un véritable cavalier doré, toutefois, il lui restait à dresser son cheval ailé. Chaque jour, depuis son arrivée au camp, il l'avait monté. Chaque jour, il avait été désarçonné.

Ce matin-là, il s'éveilla juste avant le lever du soleil : un réflexe acquis peu à peu, pour éviter le coup de pied qui, sinon, lui tenait lieu de chant du coq. Il passa sa cotte de mailles, se coiffa de son casque et ceignit son épée. Le firmament commençait à s'éclaircir, signe que l'aube était là. Plusieurs cavaliers accomplissaient déjà des mouvements d'assouplissement devant leur tente. Rien ne les y forçait – Sharris n'imposait que l'entraînement guerrier –, mais la plupart en étaient venus à aimer leur existence et ne perdaient pas une occasion d'entretenir leur condition physique.

Douleur n'en faisait ni plus ni moins qu'on lui en demandait. Un jour, au cours d'un combat amical, il avait blessé son adversaire par accident : quand le sang avait jailli, il s'était rendu compte que cette vue le dégoûtait toujours autant.

Parmi les cavaliers matinaux, il reconnut Hoker, dont les cheveux mauves étaient un excellent point de repère : dans le camp, nul n'en possédait de semblables. Douleur attendit que le jeune homme eût achevé une série de flexions pour s'approcher de lui.

— Bonjour, le salua-t-il. C'est aujourd'hui que tu pars?

— Oui, répondit l'autre, un peu essoufflé. Depuis le temps que j'attends! Il y a presque deux saisons que je n'avais pas été choisi.

Tous les dix jours, une dizaine de cavaliers partaient attaquer une crique. Sharris se joignait à eux quand il s'en sentait l'envie, mais, la plupart du temps, ils étaient commandés par un autre vétéran. Lorsqu'ils revenaient, l'un d'entre eux manquait souvent à l'appel. Parfois, ils ramenaient un Fou.

— C'est ma troisième attaque, continua Hoker. Cette fois, j'espère qu'on me laissera combattre.

Douleur eut un sourire rapide : quoique peu belliqueux de nature, son compagnon ressentait comme les autres une étrange excitation à l'idée de tuer un Héros.

— Moi, j'espère que tu reviendras, déclara-t-il. Sharris part avec vous, cette fois-ci?

— Toujours pas. On dirait qu'il veut te surveiller en permanence. Il doit attendre le jour où ton cheval te piétinera. Je me demande pourquoi il t'en veut à ce point.

Douleur souleva son casque et désigna la trace de la brûlure, sur son front.

— Moi, je le sais. Il ne me comprend pas.

— Tais-toi ! souffla soudain Hoker. Le voilà !

Le chef des cavaliers dorés traversait le camp à grands pas.

— Debout, bande de bons à rien ! criait-il. Que ceux qui doivent partir soient prêts dans un quart d'heure. Les retardataires seront fouettés et remplacés.

Hoker s'éclipsa pour aller seller son cheval. Douleur ne remarqua même pas son départ. Il ne quittait pas des yeux Sharris, qui arriva à sa hauteur.

— Alors ? Déjà prêt à mordre la poussière ?

— Je suis toujours prêt... à tout.

— Cesse de parler par énigmes, Douleur. Tu vas finir par lasser ma patience. Je me demande si tu seras aussi fort en actes qu'en paroles, aujourd'hui. Dès que la patrouille sera partie, je viendrai te voir désarçonner. C'est mon grand plaisir du matin.

Douleur s'inclina en souriant mais ne répondit pas.

Dès qu'il le vit approcher, le cheval battit des ailes. Il avait appris à le reconnaître, savait ce qui allait arriver. Sharris était presque seul autour de l'enclos. Les autres avaient peu à peu perdu tout intérêt pour ce dressage interminable. Comme ne manquait pas de le faire remarquer leur chef, nul n'avait jamais mis autant de jours à dompter une bête. Même les moins doués s'étaient acquittés de la tâche en une saison, au plus.

Douleur se glissa dans l'enclos et s'approcha du cheval. Ce dernier s'était élevé aussi haut que le lui permettait sa chaîne, qu'on avait progressivement allongée. Ce jour-là, un homme de taille moyenne eût pu passer sous son ventre sans même se baisser.

— Eh bien ! Qu'attends-tu pour monter en selle ?

L'ancien Fou posa sur Sharris un regard sans passion. Il décida soudain que le vieux cavalier avait ri de lui pour la dernière fois.

— Aujourd'hui, je ne serai pas désarçonné, affirma-t-il.

L'autre éclata d'un rire gras et lança quelques commentaires que Douleur n'entendit même pas, trop occupé à affronter le cheval du regard. Deux grands yeux noirs qui semblaient le défier, dépourvus de crainte. Au fil des jours, l'animal avait cessé de redouter l'homme, et ce sentiment était réciproque. Ce n'était plus désormais que l'affrontement de deux volontés.

Le cheval finit par se poser. Voler sur place le fatiguait. Douleur s'approcha lentement, la main tendue. Quand il la posa sur l'encolure blanche, il sentit le destrier frémir, reculer pour rompre le contact, sans toutefois déployer à nouveau les ailes.

Évitant tout geste brusque, l'ancien Fou empoigna les rênes, mit le pied à l'étrier et se hissa en selle. Aussitôt, la bête hennit avec fureur et se cabra. Malgré les chocs violents qui le ballottaient d'avant en arrière, Douleur tint bon. Sa monture battait des ailes, à présent, plus par réflexe que dans une réelle tentative d'envol, car ses sabots ne quittaient pas le sol qu'ils martelaient en silence.

— Du calme, souffla le cavalier.

Il lâcha les rênes d'une main pour caresser à nouveau l'encolure. Fit-il cette fois un geste trop brusque ? Manqua-t-il de prudence ? Toujours fut-il qu'une ruade vigoureuse amena sa main près du museau de l'animal, qui le mordit. Il sentit les mâchoires puissantes se refermer sur ses doigts pour les broyer. Malgré son gantelet de métal, la douleur fut atroce, comme si les dieux s'étaient ri du nom qu'il avait choisi. Il poussa un hurlement et desserra l'étreinte de ses genoux. Une nouvelle ruade le projeta hors de la selle. Il atterrit quatre pas plus loin, en un superbe roulé-boulé : accoutumé à vider les étriers, il avait appris à tomber. L'instant d'après, il était sur ses pieds.

— Tu n'y arriveras jamais, Bébé ! s'exclama Sharris entre deux éclats de rire.

Douleur avait le visage convulsé par la colère et la souffrance. Ignorant les élancements qui torturaient sa main gauche, il marcha d'un pas décidé jusqu'à l'animal – redevenu calme, convaincu d'en avoir terminé pour la journée avec son cavalier.

Levant le poing, il le lui abattit de toutes ses forces sur le crâne, à deux reprises. Le destrier hennit, se cabra, et tenta d'écraser son tourmenteur sous ses sabots. L'attaque fut évitée aisément par un bond en arrière.

— Hé ! s'exclama Sharris. Tu n'as pas le droit de le frapper : c'est une créature sacrée !

— Viens m'en empêcher !

Douleur tira son épée et, en trois coups rapides, trancha à la base le piquet qui maintenait la chaîne du cheval, lequel mit un certain temps à comprendre qu'il était libre – assez pour permettre à son cavalier de remonter en selle. Sharris ne bougea pas : sans doute ne tenait-il pas à entrer dans l'enclos d'un animal sauvage furieux. Comme la première fois, l'ancien Fou lâcha les rênes d'une main, mais ce fut pour frapper à nouveau sa monture sur le sommet du crâne. Les ruades cessèrent. Trop préoccupé de sa souffrance pour songer à s'envoler, le cheval partit au triple galop. Les autres destriers ailés se bousculèrent pour lui laisser le passage.

— Calme-le, imbécile ! cria Sharris. Il va…

La bête ne s'arrêta pas aux limites de l'enclos : elle les franchit d'un bond léger et continua sa folle course à travers le camp. Douleur avait besoin de toute son attention pour rester en selle, et ne se risquait plus à lâcher les rênes. Il ne pouvait se permettre de vider les étriers, faute de quoi l'animal serait vraiment libre. Tôt ou tard, il penserait à s'envoler et regagnerait le pays des fées, ou bien se perdrait au-dessus de l'océan. Sans sa monture, un cavalier doré n'était rien : s'il la perdait, il était sans nul doute mis à mort.

Chaque fois que le destrier faisait mine de ralentir, Douleur lui enfonçait les talons dans les flancs pour le faire repartir de plus belle. Ils traversèrent ainsi le camp au hasard, y compris les champs clos, dont ils sautaient allégrement les barrières. Plusieurs hommes s'écartèrent de justesse sur leur passage. Un autre s'empara de la chaîne qui balayait le sol, en une futile tentative pour stopper la course folle : traîné dans la poussière, il finit par lâcher prise et ne bougea plus. Douleur souhaita qu'il ne fût pas mort mais chassa toute culpabilité : après tout, il n'avait pas demandé à venir ici.

Quand le cheval refusa enfin de forcer l'allure, malgré des coups de talon répétés, son cavalier comprit qu'il avait gagné. L'animal revint progressivement à un trot léger, puis se mit au pas et, enfin, s'arrêta lorsque son maître tira sur les rênes. Tous deux haletaient. L'ancien Fou ne voulut pas en rester là : d'une légère impulsion des genoux, il força sa monture à se remettre en marche, la mena jusqu'à Sharris et mit pied à terre. Elle ne fit même pas mine de s'éloigner.

— Tu l'as frappé ! vociféra le vieil homme. Tu as profané le cadeau des fées !

— Je l'ai dompté, c'est tout. Et c'est toi qui m'as enseigné la méthode. À force de frapper sur un être vivant, on finit toujours par le briser, n'est-ce pas ?

— Je devrais te tuer, grinça Sharris.

Douleur esquissa un sourire. Dans l'état de fatigue où il se trouvait, ça n'aurait pas été bien difficile.

— Je te répète que ça me rendrait service.

En le disant, il se demanda s'il le pensait toujours. Le simple fait de se poser la question lui donna la réponse : non. Pour une raison qu'il ne s'expliquait pas, il voulait vivre. Mais l'important était que le chef des cavaliers crût le contraire.

— Ramène ton cheval dans l'enclos, et rejoins tes camarades à l'entraînement. Demain, nous verrons si ton cheval est vraiment dompté : ta première joute t'attend.

Fidèle à sa nouvelle ligne de conduite, Douleur s'inclina et obéit.

Peu après la tombée de la nuit, la patrouille revint au camp. Hoker avait obtenu ce qu'il désirait : le droit de combattre le Héros – lequel s'était montré en tout point digne de son titre. Le corps pourfendu du jeune cavalier doré reposait en travers de son cheval. Lorsqu'on l'en descendit, l'animal fut libéré : il prit son envol et disparut audessus des arbres pour rejoindre ses anciennes maîtresses.

Douleur se demanda s'il lui faudrait bientôt participer à l'attaque d'une crique.

Le lendemain, tandis que le cadavre de Hoker était jeté dans une fosse, à la lisière du camp, Douleur dut faire face à deux adversaires au cours de l'entraînement. Il en assomma un d'un coup du plat de l'épée sur le casque et força le second à reculer jusqu'à ce qu'il s'avoue vaincu. Deux autres les remplacèrent, et furent vaincus de même. L'ancien Fou se battait sans rage ni plaisir. Il parait les coups qu'on lui assenait, en portait d'autres, mais il ne raillait jamais un adversaire, ne provoquait jamais un combat.

C'était toujours Sharris qui choisissait les hommes s'opposant à lui, parmi les plus forts et les plus expérimentés. Depuis cinq jours, Douleur n'avait pas connu de défaite.

Le cheval ailé était devenu tout à fait docile. Quand Douleur le monta pour se rendre au champ clos, l'animal ne tenta même pas de se cabrer. L'ancien Fou se sentait un peu triste : il lui déplaisait de voir une telle volonté matée – surtout à cause de lui.

Sharris lui-même se plaça à l'autre extrémité du champ clos, lance en main. Douleur soupesa la sienne et fit la grimace : elle était bien trop lourde pour son bras ; il lui faudrait de longues journées pour maîtriser cette nouvelle arme. Il haussa les épaules. Sachant ce qui allait arriver, il éperonna sa monture. La lance d'entraînement de son adversaire le toucha en pleine poitrine et le projeta hors de sa selle.

— Relève-toi, Bébé, et retourne à ta place !

Par trois fois, ce jour-là, il mordit la poussière. Lorsqu'il lui fut permis de se reposer, il croisa le regard triomphant de Sharris, à qui cette facile victoire semblait faire plaisir. Le vieux cavalier ne rompit plus de lances avec son élève, laissant la place aux autres anciens.

Une quinzaine de jours plus tard, une pluie torrentielle vint laver le camp, Douleur remporta sa première joute, et il fut choisi le soir même pour la patrouille du lendemain.

Quand Sharris en prit la tête, l'ancien Fou comprit les raisons de sa désignation : on lui réservait le sort de Hoker. Il remarqua que les autres membres du groupe faisaient partie des plus dévoués à leur chef, et se demanda si son élimination pure et simple n'était pas à l'ordre du jour. Puis il chassa cette idée : un tel acte eût été contraire à la loi, et Sharris n'eût pas enfreint la loi.

La crique qu'ils devaient attaquer se trouvait assez près du camp, à peine à trois heures de vol – qui, pour Douleur, furent une véritable révélation. Monter les chevaux lorsqu'ils volaient n'avait rien de commun avec une chevauchée classique : il n'y avait pas de secousses, pas de cahots, seulement la caresse de l'air humide sur la peau, le battement lent et régulier des ailes blanches. Survoler la grande forêt aux arbres pourpres procurait une impression factice de liberté. Douleur comprenait mieux, à présent, pourquoi tant de cavaliers dorés s'en contentaient.

Le soleil violet était à son zénith quand ils arrivèrent à la crique. Ils exécutèrent un large demi-tour au-dessus de l'océan et commencèrent à descendre vers la plage. Un jeune homme aux cheveux verts était étendu sur le sable.

Dès qu'il aperçut les chevaux, sa bouche s'arrondit sur une exclamation de surprise ; il se leva d'un bond et courut en hurlant vers la chaumière.

Sharris se posa à bonne distance de cette dernière. Les autres se rangèrent à ses côtés, cinq à gauche, quatre à droite, Douleur parmi ces derniers. La crique était silencieuse : le Héros faisait ses adieux à la Femme, pour le cas où il serait vaincu. Un sourire mauvais aux lèvres, le chef des cavaliers se retourna vers le novice.

— Le moment est venu de te prouver digne de l'armure que tu portes, déclara-t-il. C'est toi qui combattras. Si tu triomphes, je fais serment de ne plus jamais t'appeler « Bébé ».

— C'est trop d'honneur, ironisa Douleur.

— Descends de cheval et tire ton épée. Ton adversaire ne va plus tarder.

Comme l'ancien Fou obéissait, la porte de la chaumière s'ouvrit, livrant le passage à un homme vigoureux, vêtu d'une tunique de fourrure. Il portait longs des cheveux violets encadrant un visage volontaire. Un Héros, comme l'avait été Giselher. Lorsqu'il leva son épée pour saluer les cavaliers dorés, Douleur remarqua que la peau de sa gorge était un peu affaissée, que son ventre tendait son vêtement.

— Que le combat commence ! s'exclama Sharris. Pour la gloire des dieux et de Fuinör.

Douleur se mit en garde et attendit l'assaut. Il ne frappait jamais le premier. Le Héros hésita une fraction de seconde, puis se jeta en avant, l'arme haute. L'ancien Fou para ce premier coup, et sentit l'onde de choc se propager le long de son bras quand les deux aciers se rencontrèrent. Emporté par son élan, l'assaillant faillit perdre l'équilibre ; un instant, sa poitrine fut découverte. Son adversaire n'avait qu'à relever sa lame pour mettre fin au combat. Il ne le fit pas.

Un murmure désapprobateur parcourut les cavaliers dorés. Le Héros lui-même eut un regard étonné, avant d'attaquer à nouveau. Il était lent, très lent. Ses coups prévisibles ne pouvaient inquiéter Douleur, qui les parait un à un mais ne frappait toujours pas. Au contraire, il commença à reculer – un pas, puis un autre, sous le regard hostile de ses camarades. Il eût déjà pu abattre son homme dix fois, tous le savaient, même Sharris, dont la mine dépitée trahissait assez les sentiments. Pourquoi feignait-il donc de devoir perdre ?

Lorsqu'il avait été pris en charge par les cavaliers dorés, Douleur s'était dit que, lors de son premier duel, il lui suffirait de se laisser tuer pour ne pas avoir à tuer. Depuis que son amour de la vie lui était revenu, il avait songé à une autre solution.

Seul dupe de la scène, le Héros multipliait les assauts, à peine troublé de ne pas réussir à porter le moindre coup dangereux. Son adversaire reculait : il était donc virtuellement battu.

Le combat se poursuivait depuis plusieurs minutes quand l'ancien Fou décida d'y mettre fin. Alors qu'il venait de parer une botte brutale, il feignit de trébucher et de partir en arrière. Comme il l'avait prévu, le Héros brandit son arme pour lui fendre le crâne. Retrouvant aussitôt son assise, Douleur frappa de toutes ses forces. Sa lame rencontra l'autre à deux doigts de la garde de l'épée, laquelle se brisa net. Un bleu vif envahit le visage de l'homme qui ne tenait plus qu'une poignée inutile : il sut qu'il avait perdu, qu'il allait mourir.

— Bravo ! s'exclama Sharris. Maintenant, achève-le, et tu seras vraiment des nôtres !

Douleur remit son épée au fourreau.

— Pourquoi le tuer ? demanda-t-il. De toute façon, sa vie est finie…

— Et la tradition, tu l'oublies ?

Il eut un geste de désintérêt. Dans les yeux du vaincu se mêlaient tristesse et incompréhension. L'ancien Fou le trouva pathétique, un peu ridicule. Sans plus lui accorder d'attention, il se dirigea vers son cheval.

Une lueur mauvaise passa dans l'œil de Sharris. Tirant son épée, le vieil homme poussa sa monture en avant. Il ne frappa qu'une fois, mettant un terme rapide à la vie du Héros qui lui tournait le dos.

— Et maintenant, tu crois que tu n'es pas responsable de sa mort ? questionna-t-il en grimaçant. Je parie que tu hésiteras moins à respecter la deuxième partie de la tradition. Pied à terre, tout le monde !

Comme les cavaliers dorés obéissaient, la porte de la chaumière se rouvrit. Le jeune homme aux cheveux verts la franchit et courut vers le cadavre.

— Vous l'avez tué ! s'exclama-t-il. Enfin, vous l'avez tué ! (Une joie malsaine naquit sur ses traits, tandis qu'il bourrait de coups de pied le corps de son ancien maître.) Quel effet ça fait, d'être mort, hein ? Tu es moins fier, maintenant. Et moi, le Fou, je suis toujours vivant.

— Arrête ! ordonna Sharris. Ça suffit !

— Je vais devenir cavalier doré pendant que toi, tu pourriras sur la plage ! continua le Fou sans entendre.

Son pied fit éclater l'arcade sourcilière du Héros. Le chef des cavaliers l'empoigna par un bras et lui assena une gifle retentissante qui l'envoya rouler au sol.

— Si tu veux devenir des nôtres, tu dois d'abord apprendre à obéir, dit-il sèchement. Compris ?

La Fou acquiesça en massant sa joue endolorie. Des larmes roulaient sur ses joues. Douleur se demanda s'il devait le plaindre ou le mépriser.

— À présent, réponds ! continua Sharris. La Femme est à l'intérieur ?

— Oui. Je peux m'en occuper ? S'il vous plaît ?

— Non. Tu n'es encore qu'un Fou, souviens-t'en. Va la chercher, c'est tout ! Et commence à réfléchir au nom que tu vas porter. Si tu ne le choisis pas avant demain, il t'en cuira. Exécution !

Le jeune homme se releva et courut jusqu'à la chaumière. Il en ressortit au bout de quelques instants, traînant derrière lui une Femme terrorisée. Douleur sentit son souffle s'accélérer. Elle était grande, au moins autant que lui. Son corps mince n'était masqué que par une courte tunique qui laissait nus ses bras et ses épaules bleu pâle. Elle avait de longs cheveux indigo, comme Freïa.

— Avance ! éructa le Fou. Tu vas enfin être payée de tout ce que tu m'as fait subir. Tu les vois ? Compte-les bien. Tu sais ce qu'ils vont te faire, n'est-ce pas ?

Elle ne l'écoutait pas. Dès qu'elle aperçut le corps du Héros, elle fondit en larmes et s'agenouilla auprès de lui. Elle embrassa doucement les lèvres exsangues.

— Cesse de pleurer et relève-toi ! lui enjoignit Sharris.

En voyant l'épée ensanglantée qu'il tenait toujours, elle écarquilla les yeux et obéit sans tarder. Elle secouait la tête de droite et de gauche, comme si elle n'avait pu croire à ce qu'elle vivait.

Le vieil homme lui arracha sa tunique. Parmi les cavaliers, il y eut quelques exclamations. Elle était fort belle, comme toutes les Femmes.

— Tu t'es bien battu, Douleur, reprit Sharris. Tu mérites de passer le premier.

Le Fou, qui avait reculé de quelques pas, observait la scène en ricanant. L'humiliation de celle qu'il détestait lui procurait un plaisir évident. Douleur s'était demandé ce qu'il ferait si les choses en arrivaient là : à cet instant précis, il n'avait toujours pas trouvé de réponse.

— Qu'attends-tu ? reprit son chef. Elle n'est pas assez belle pour toi ?

L'interpellé s'avança vers la Femme immobile. Il s'aperçut qu'elle tremblait. Soutenant son regard, il leva la main et la lui fit glisser sur la joue, jusqu'à la gorge. Elle frémit au froid contact du gantelet.

— Enlève au moins ta cotte de mailles, railla Sharris, sinon il ne restera plus rien pour les autres.

Douleur sourit. Sa décision était prise. Refuser de tuer le Héros n'avait servi à rien. Un nouveau refus serait tout aussi inutile. Il ramassa la tunique en lambeaux et la rendit à sa propriétaire.

— Rentre dans la chaumière, souffla-t-il. Personne ne te fera de mal.

— Quoi ? s'exclamèrent ensemble Sharris et le Fou.

La Femme arborait une expression de totale incompréhension.

— Je dois être violée, dit-elle. C'est la loi.

— Je crache sur la loi et sur ceux qui l'ont édictée.

Un hurlement de triomphe jaillit de la bouche du vieux cavalier.

— Voilà ce que je voulais entendre ! exulta-t-il. À présent, nul ne m'en voudra de te trancher la tête. (Il poussa la Femme de côté.) Toi, ne te fais aucun souci : la loi sera respectée. Mais avant, je vais m'occuper de ce fanfaron.

Les deux adversaires tirèrent l'épée au même instant. Leurs compagnons retenaient leur souffle : pareille chose ne s'était encore jamais produite. La Femme fit trois pas en arrière, en poussant un cri apeuré.

Même elle est contre moi, pensa l'ancien Fou. C'est normal : je suis un traître.

Les premiers coups le surprirent par leur vitesse et leur brutalité. Il n'affrontait plus un Héros empâté mais le maître d'armes des cavaliers dorés. Très vite, il comprit que, malgré ses progrès phénoménaux des deux dernières saisons, il n'était pas de taille. Et Sharris le détestait. Douleur lisait dans ses yeux une rage de tuer qui suffisait presque à le faire frissonner.

Trois coups de taille successifs eurent raison de lui. Son épée lui échappa pour aller se planter dans le sable. Son adversaire éclata de rire.

— Même avec un nom, tu ne seras jamais autre chose qu'un bébé, ricana-t-il.

Il s'apprêta à porter l'estocade. Douleur ferma les yeux.

Le coup ne vint pas. Le rire de Sharris s'était interrompu. Plus un bruit ne troublait le silence de la crique, pas même celui des vagues.

Douleur rouvrit les paupières et découvrit une scène immobile, digne d'une tapisserie. À l'exception de lui-même, tout était figé en plein mouvement : les cavaliers dorés, l'épée de Sharris arrêtée à quelques pouces de son torse, le Fou qui observait avec envie la nudité de la Femme… Sur l'océan, des vagues s'étaient dressées, et ne retombaient pas.

— Écarte-toi, Douleur, dit une voix derrière lui. Je ne peux pas arrêter le temps indéfiniment.

L'enchanteur sortit de la grande forêt et s'avança vers lui.

28

Dans la petite clairière, un feu de bois venait remplacer le soleil couchant. Les formes délabrées des huttes se profilaient contre les arbres que la nuit rendait sombres. Au loin, un rossignol poussait à intervalles réguliers des aboiements agressifs. *Ghénarys* enfilait sur un épieu les deux lièvres qu'il s'apprêtait à faire rôtir. Glarth, dont les cheveux blonds descendaient à présent jusqu'à la taille, était assis en tailleur près du feu. Il s'employait à presser des baies pour en extraire un jus pourpre qui, mélangé à de l'eau de source, composerait une boisson au goût détestable mais désaltérante – la seule que sussent fabriquer des fous perdus dans la contrée de la folie.

La clairière ne tarda pas à s'animer. Korthwo, le premier, sortit du sous-bois, main dans la main.

— Qu'est-ce qu'on mange ? demanda l'homme.

— Du lièvre, répondit Glarth, sans cesser d'écraser ses baies. J'avais tué un cerf, mais *Ghénarys* a refusé de m'aider à le rapporter.

— C'est vrai, *Ghénarys* ?

L'interpellé acheva de fixer les lièvres sur la broche avant de répondre :

— Tu crois encore ce que raconte Glarth, Korthwo ?

— Mais je n'ai rien dit ! s'indigna la femme.

— Ce n'est pas à toi que je parlais.

— Korthwo, c'est moi ! reprit-elle.

— Non, c'est moi ! s'exclama son compagnon.

Comme ils allaient entamer une de leurs éternelles disputes, une nouvelle voix s'éleva, qui parut leur ôter l'usage de la parole.

— Allons ! Vous aviez promis de ne plus vous quereller.

Les deux antagonistes baissèrent la tête en voyant Rowena entrer dans la clairière, suivie par une Lynna à la chevelure orangée. Glarth se leva en souriant tandis que *Ghénarys* mettait un genou en terre.

La sorcière s'approcha de Korthwo et l'embrassa sur les quatre joues. Elle seule était capable de calmer la rivalité régnant entre ces deux aspects d'une même personnalité, séparés par la contrée de la folie. Peut-être parce que, depuis la mort de Johel, elle était aussi seule à les comprendre. Les visages de Korthwo perdirent leur expression boudeuse et s'illuminèrent d'un même sourire.

— Asseyons-nous autour du feu, décida Rowena. Il faut en profiter pendant qu'il ne pleut pas.

Elle donna sa main à baiser à *Ghénarys*, puis une fraternelle accolade à Glarth, avant de s'asseoir près de lui, devant les flammes. Lynna demeurait à son côté. Elle posait sur les autres un regard méfiant.

— Cesse de trembler, dit la sorcière. Tu vois bien qu'ils ne te veulent pas de mal.

Elle vivait avec ses amis depuis qu'elle avait quitté l'enchanteur, près de trois saisons auparavant. Sans le vouloir, elle était alors devenue leur chef. Son titre n'avait rien d'officiel, mais tous reconnaissaient son autorité et prenaient son conseil.

Ghénarys, qui tournait lentement la broche, faisait rôtir le gibier avec l'habileté née d'une longue expérience. Son seul vêtement était un composé de diverses fourrures noué sur ses hanches, qui préservait tant bien que mal sa dignité de faux chevalier. Quand leurs habits étaient tombés en lambeaux, Korthwo et Glarth avaient eu recours au même procédé. Quant à Lynna, Rowena avait tressé pour elle une robe de feuilles pourpres, parsemée de fleurs, qui adhérait étroitement à son corps mince.

Le regard perdu dans les flammes, la sorcière se demandait comment elle allait leur annoncer son départ. Elle avait toujours su qu'elle ne resterait pas éternellement. Elle était venue pour mettre un peu d'ordre en elle-même, pour réfléchir, mais elle ne pouvait être heureuse en ces lieux, malgré Lynna. Rowena avait un peu plus de trente ans. Le moment était arrivé pour elle de retourner dans la contrée du miroir, s'y faire couronner reine. Son père, vieillissant, ne pourrait régner encore longtemps, et elle en était l'unique héritière légitime. Une fois sur le trône, il lui serait aisé de contrarier les desseins de l'enchanteur.

Elle se rendit compte qu'elle pouvait évoquer Aladin sans se trouver aussitôt au bord des larmes. Le chagrin avait presque disparu. Mais la colère demeurait, froide et réfléchie.

— Je vous quitterai demain matin, annonça-t-elle.

Elle sentit la main de Lynna se crisper sur la sienne. La tristesse envahit le visage creusé de *Ghénarys*. Korthwo et Glarth baissaient les yeux, muets.

— Je ne veux pas que vous soyez tristes, reprit Rowena. Je vous avais dit qu'un jour il me faudrait reconquérir mon trône. Ce jour est arrivé. Mais je ne vous abandonne pas : vous êtes mes seuls amis. Dans tout Fuinör, il n'est personne que j'aime plus que vous. La prochaine fois que je viendrai ici, ce sera pour vous emmener avec moi, à la cour.

— Et si tu ne reviens pas ? murmura Lynna.

— Je reviendrai, je te le promets. Je vous le promets à tous.

Un bruit de pas, dans les fourrés, leur fit lever la tête. *Ghénarys* empoigna d'instinct le manche de son fléau d'armes rouillé, mais il n'eut pas à s'en servir. Tous éclatèrent de rire quand retentit une petite voix joyeuse.

— J'ai vu les cavaliers dorés ! J'ai vu les cavaliers dorés !

Bondissant hors du sous-bois, le nain Halôm courait vers le feu. Il entraînait à sa suite Merryn qui, les yeux bandés, ne le suivait qu'à grand-peine.

— Qu'est-ce que tu racontes ? ricana Glarth.

— Je les ai vus ! Dix cavaliers à l'armure dorée, montés sur des chevaux ailés. Ils sont passés juste au-dessus de moi. J'ai même eu toutes les peines du monde à empêcher Merryn d'enlever son bandeau pour regarder.

— J'ai entendu le battement des ailes, expliqua son compagnon, honteux. Pendant un instant, j'ai presque oublié mes hallucinations.

— Quel menteur, ce Halôm ! s'exclama Glarth, faisant preuve d'un fier toupet.

— Il ne ment pas, intervint Rowena. C'est bien ainsi que se déplacent les cavaliers dorés.

— Vous les connaissez, madame ? interrogea le nain, enjoué.

Avoir enfin vu ceux qui l'obsédaient tant devait lui prouver que sa vie avait un sens.

— J'en connais un, répondit la sorcière. J'espère qu'il est heureux. Il le mérite.

Ghénarys retourna s'occuper de la broche, et dans la clairière, le silence retomba, comme chaque soir. Quelques heures plus tard, en rentrant dans la hutte qu'elle partageait avec Lynna, Rowena eut un petit pincement au cœur à l'idée de devoir encore faire souffrir un innocent pour des raisons qui le dépassaient.

Jorlond congédia le serviteur l'ayant aidé à se mettre en chemise et s'allongea sur son lit, les mains sous la nuque. Il fixa un instant le baldaquin de drap doré puis ferma les yeux. Une nouvelle journée s'achevait, aussi ennuyeuse que les précédentes. Il y avait trop longtemps qu'il était seul en son château, à l'exception d'une myriade de domestiques aussi inactifs que lui – depuis qu'Auriana était devenue reine. La chasse n'amusait plus le jeune baron, qui dédaignait en outre de se rendre aux bals où l'invitaient ses pairs. Quoique son isolement le rendît presque enragé, il n'éprouvait nulle envie de s'amuser et ne voulait surtout pas aller à la cour. Là-bas, il y aurait trop de gens pour lui rappeler qu'il succéderait à Turgoth. Là-bas, il reverrait sa mère. Il se souvenait de ce qu'il avait ressenti lors de leur dernière rencontre, en apprenant qu'elle avait épousé le roi dès la fin de son deuil officiel. Jorlond n'avait jamais jugé passionnées les relations unissant ses parents mais avait cependant cru qu'ils s'aimaient. Il apparaissait qu'Auriana, au moins, n'avait porté qu'une affection toute relative à son mari. Voilà pourquoi il ne voulait pas la revoir : parce qu'il ne se sentait pas de taille à affronter l'explication qui s'imposerait. Il esquissa un sourire. La situation était amusante, en vérité : lui que chacun considérait comme le second chevalier du royaume, il avait peur d'une femme.

Il me faudrait une bonne félonie, songea-t-il. Si je me battais, j'oublierais le reste.

Une autre femme le tourmentait : Rowena, qui le hantait depuis plus de dix années. Il revoyait leurs relations d'enfance, orageuses à cause de lui, jusqu'au jour où elle l'avait embrassé. Depuis, il n'avait pu l'oublier. L'image de la princesse le visitait presque chaque nuit, et il lui arrivait souvent de songer à elle tout éveillé, de rêver d'impossibles retrouvailles, au point qu'il en avait oublié de jeter les yeux sur les jouvencelles bien réelles, lorsqu'il en rencontrait encore, avant de se retirer sur ses terres – près de la contrée de la guerre.

Les yeux fermés, il revit une fois de plus la jeune fille à la noire chevelure, vêtue d'une robe couleur de soleil, souriant de ce sourire charmant, à nul autre pareil. L'image qu'il faisait naître s'approchait de lui à pas lents.

— Bonjour, Jorlond, dit Rowena.

Le chevalier sentit son souffle s'accélérer. Avait-il imaginé cette voix ? L'image disparut, engloutie dans le désordre de ses pensées.

— Ouvre les yeux. Je suis là.

Il sursauta. Cette fois, le doute n'était plus permis. Mais comment cela se pouvait-il ? Comment eût-elle pu franchir le pont-levis sans qu'il entendît ce dernier s'abaisser ? Ce fut en tremblant un peu qu'il ouvrit les paupières.

— Tu vois : tu ne rêves pas !

C'était bien elle. Debout devant le lit à baldaquin, vêtue de cette même robe dont il se souvenait – ou d'une autre, identique. Et elle souriait, conforme en cela aussi à son souvenir. Il faillit sauter à terre, courir la serrer entre ses bras pour lui souhaiter la bienvenue, puis il se souvint des raisons de sa longue absence.

— Tu es folle d'être venue ici ! s'exclama-t-il. Si on te voit, tu seras arrêtée, exécutée. Ton père n'a pas levé la sentence.

— Personne ne m'a vue à part toi, le rassura-t-elle. Tu comptes me dénoncer ?

— Moi ? Plutôt mourir ! Tu peux rester aussi longtemps que tu le désires. J'ai toujours pensé que tu avais été condamnée à tort.

Il se leva enfin, plus calme, et s'inclina devant sa visiteuse pour lui baiser la main.

— Je te remercie, dit-elle. Il est agréable de pouvoir compter sur quelqu'un. Mais sache que, désormais, je suis libre d'aller où je veux, quoi qu'en disent mon père ou la loi. Et sache aussi, avant de me faire des serments que tu pourrais regretter, que je n'ai pas été condamnée à tort.

— Tu veux dire que…

— Que le marchand de nuages était mon amant, bien qu'il ait prétendu le contraire. Je me suis donnée à lui parce que je l'aimais, parce que je croyais qu'il m'aimait. J'ai contrevenu à la loi et je ne le regrette pas. Voilà la vérité, Jorlond : tu héberges une criminelle.

— Qui est aussi la femme que j'aime, laissa échapper le chevalier sans le vouloir.

Rowena eut un sursaut. Elle avait bien pensé le gagner à sa cause, mais d'une manière qui n'avait pas grand rapport avec l'amour. Décidément, il n'était plus l'adolescent déplaisant qu'elle avait connu. Elle ne savait si elle devait s'en réjouir : le mépriser eût sans doute adouci ses scrupules.

— C'est… une déclaration subite, dit-elle, feignant la confusion. Je ne sais que répondre.

Jorlond, qui s'était attendu à de la colère, s'enhardit et lui prit la main.

— Ne m'en tiens pas rigueur, s'il te plaît. Il y a si longtemps que je pense à toi. Je crois que je t'aime depuis le jour où tu as voulu m'emmener visiter la grande tour du château de ton père. Je ne te demande rien, mais je suis heureux que tu le saches. (Soudain, sa première question lui revint en mémoire.) Comment es-tu entrée ? Pourquoi les serviteurs ne t'ont-ils pas annoncée ?

— Permets-moi de m'asseoir et je te le dirai, répondit Rowena en souriant. Je crois que nous avons bien des choses à nous raconter.

Le chevalier fit la moue.

— J'ai peur de n'avoir aucune chaise à t'offrir, s'excusa-t-il. Assieds-toi sur le lit. Je resterai debout.

— Pas question, trancha-t-elle. Assieds-toi près de moi. Oublie un instant qui je suis et considère-moi comme un compagnon d'armes – ce que nous serons peut-être bientôt.

— Que veux-tu dire ?

— Il vaut mieux que je t'explique tout depuis le début. Quand j'ai été bannie, j'ai rencontré un être très puissant qui s'est plus tard révélé mon ennemi mais ne m'en a pas moins transmis nombre de ses pouvoirs. Je suis une sorcière, à présent, Jorlond. Tu comprends comment j'ai pu venir ici sans alerter personne, pourquoi je vais où je veux en toute liberté ? Il me suffit de le vouloir.

Son compagnon avait peine à assimiler ce qu'il entendait.

— Mais alors… tu serais capable de reprendre la couronne, dit-il d'une voix faible.

— C'est bien mon intention, approuva Rowena. Depuis toujours. Il me déplaît de voir le titre de reine porté par une femme qui n'en est pas digne.

— C'est de ma mère que tu parles ! s'exclama Jorlond.

Elle acquiesça sans sourciller.

— Je le sais, dit-elle. C'est même pour cela que je suis venue à toi. Il me déplaît aussi de songer qu'elle t'a trompé, comme Farnn avant toi. Même si ça te fait du mal, je te supplie de m'écouter jusqu'au bout. Tu dois savoir comment est mort ton père.

— Mon père ? Il a été mordu par un serpent venimeux ! Maître Aquarius l'a assuré.

Rowena eut un sourire rapide et caressa affectueusement les cheveux du jeune baron.

— Comme tu es naïf, encore ! soupira-t-elle. Maître Aquarius est un fidèle serviteur du roi : il ne saurait rendre un diagnostic lui déplaisant. Le serpent qui a tué ton père n'existe que dans l'imagination de ses assassins.

— Tu prétends qu'il a été assassiné ? Prends garde, Rowena ! Si tu dis vrai, et si tu me révèles les noms des misérables qui ont osé, je fais vœu de les provoquer un à un en combat singulier.

— Calme-toi ! Je dis vrai, mais tu ne pourras pas te venger aussi facilement. Ne m'interromps plus et écoute mon histoire : il était une fois un roi qui n'avait pas connu de femme depuis de longues années et que la beauté d'une baronne vint à émouvoir. Il alla jusqu'à lui avouer son désir, mais elle le repoussa, s'affirmant fidèle à son époux. Ce dernier constituait un obstacle que le roi décida d'abattre. C'est aussi simple que ça.

— Le roi ? murmura Jorlond, accablé. C'est le roi qui a assassiné mon père ?

— Le bras qui a frappé n'est pas le sien, bien sûr : c'est celui du bourreau. Mais que Turgoth ait donné l'ordre ne fait aucun doute.

— D'où sais-tu tout cela ?

— Je suis une sorcière, Jorlond. Je lis dans l'esprit des gens. J'apprends l'histoire par leurs souvenirs.

— Et que lis-tu dans le mien ?

— Que tu me crois, répondit Rowena, mais que tu as peur de ce que cela implique. J'y lis aussi que tu m'aimes. Et j'y vois se profiler une question que tu cherches à te cacher...

— Ma mère ! s'écria aussitôt le chevalier. Au moins, dis-moi que ma mère est irréprochable.

— J'aimerais le pouvoir, je te l'assure.

Le chevalier avait les traits crispés, les yeux humides.

— Je ne te crois pas, affirma-t-il. Tu cherches à me dresser contre elle et contre le roi parce que tu veux te servir de moi pour retrouver ta couronne.

— C'est vraiment ce que tu penses ? demanda la sorcière sans baisser les yeux.

Il hésita un instant puis secoua doucement la tête.

— Je n'en sais rien, balbutia-t-il. C'est tellement incroyable.

— Regarde, intima-t-elle. Je vais te montrer ce qui s'est passé, ce soir-là. Mais ne dis pas un mot, ou tu briseras le sortilège.

Elle tendit les mains vers un mur nu et décrivit des doigts d'étranges symboles. Jorlond, sur le point de poser une question, se ravisa et se tut.

Une tache lumineuse apparut sur la paroi, d'abord minuscule puis de plus en plus grande, jusqu'à joindre sol et plafond sur toute la largeur de la pièce.

— Regarde, souffla Rowena. Ne dis rien et regarde.

Une silhouette humaine se dessina sur le mur, tandis qu'un décor s'y esquissait, puis s'y précisait : un couloir, dans un château. Un homme tentait d'ouvrir une porte. Une cagoule noire masquait ses traits, mais bien visible était la dague qu'il portait au côté.

Une autre personne s'approcha, une femme : Auriana. Jorlond la vit converser avec le bourreau, l'entendit proposer de lui faire ouvrir afin qu'il pût accomplir sa besogne. Elle frappa, donna le prétexte qui ne pouvait laisser son mari indifférent : « Il s'agit de notre fils ! » L'huis s'ouvrit, et la baronne se glissa dans la chambre, suivie quelques instants plus tard par l'assassin.

Jorlond vit son père enlacer sa mère, sans remarquer le bourreau, qui leva son arme et l'abaissa d'un coup sec. Farnn s'effondra.

— Non ! hurla le chevalier, incapable d'en supporter plus.

Il eut le temps d'apercevoir le sourire triomphant d'Auriana, avant que les images ne disparussent.

— Elle s'est servie de l'amour qu'il avait pour moi, sanglota-t-il. Le bourreau, le roi et la reine… ma mère. Voilà quels sont mes ennemis. Pourquoi, Rowena ? Pourquoi ?

— Je n'en sais rien. Je sais seulement que tes ennemis sont aussi les miens. Le bourreau, la reine et le roi… mon père. Nous devons nous unir, Jorlond. Nous avons tous deux une vengeance à accomplir. Ensemble, nous le pouvons.

— Je les tuerai ! ragea le jeune baron. Je les tuerai tous les trois de mes propres mains !

Rowena lui posa doucement un doigt sur les lèvres.

— Ne dis pas ça. Tue le bourreau si tu veux, et même le roi, si ton courroux l'exige. Mais ne touche pas à un cheveu de ta mère. Tu t'en voudrais toute ta vie.

— Tu ne la détestes donc pas ?

— Je n'ai pas dit qu'elle vivrait. Je te demande juste de ne pas chercher à la tuer. Promets-le-moi !

Jorlond eut un regard étrange. Il retrouvait enfin celle pour qui il soupirait depuis plus d'une décennie, et cela ne lui apportait pas le bonheur escompté. Au contraire, son univers basculait. Pourtant, elle était là, auprès de lui, si près qu'il eût pu la toucher.

— Je te le promets, dit-il. De toute façon, j'ai autre chose à faire que m'occuper de ma mère. Puisqu'il m'est impossible de provoquer le roi en duel, je vais rassembler une armée et me déclarer baron félon, à l'image de mon grand-père Mortys. On m'a toujours tracé de lui un portrait peu honorable, mais je commence à me demander s'il n'avait pas des raisons de se rebeller.

Rowena lui prit doucement la main, la serra entre les siennes.

— Je t'aiderai de toutes mes forces, assura-t-elle.

— C'est étrange, remarqua le chevalier avec un sourire triste. Avant ton arrivée, je me plaignais de m'encroûter. Je souhaitais une félonie à mater. Je ne pensais pas me retrouver un jour du mauvais côté. Demain, je partirai pour la cour. J'irai déclarer ma félonie au roi, et lui en expliquerai les raisons. Nous fixerons une date pour une bataille. Et une fois dans la contrée de la guerre...

— Si tu as un peu de bon sens, tu n'iras pas dans la contrée de la guerre, le coupa la sorcière. Tu sais très bien que tous les barons loyaux joignent leurs forces à celles du souverain en cas de félonie. Quand tu auras levé ton armée, attaque le château sans prévenir. Là, tu n'auras aucun mal à vaincre les gardes royaux.

Jorlond la saisit aux épaules, la serrant à lui faire mal.

— Te rends-tu compte de ce que tu dis? explosa-t-il. Que fais-tu de la loi? Aucune bataille ne peut avoir lieu hors de la contrée de la guerre. Jamais un baron félon n'a failli à cette tradition.

— Et jamais un seul n'a été vainqueur. J'ai étudié l'histoire de Fuinör. Aucun de nos rois n'a jamais perdu son trône aux mains d'un rival. Tous les félons ont été écrasés, exécutés. Tiens-tu vraiment à inscrire ton nom au bas de la liste?

— Je pourrais être le premier à vaincre, insista le chevalier. Après tout, tu es à mes côtés. Tu te dis bien sorcière?

— Je n'ai pas le pouvoir de multiplier les hommes. Je t'assure que si tu persistes dans cette voie, tu seras vaincu.

— Mais je ne peux pas faire autrement. Je vais trahir mon roi, trahir ma mère. Toi et moi savons pourquoi, mais les autres le croiront-ils? Si, non content de trahir, je transgresse la loi de l'honneur, je perds toute chance d'être un jour considéré autrement que comme un misérable matricide. Au risque de tout perdre, je dois faire les choses dans les règles. Tu comprends ?

Rowena acquiesça, déçue. Ils allaient gaspiller un temps précieux. Toutefois, elle ne voulait pas s'opposer à Jorlond, de crainte qu'il ne lui retirât sa confiance.

— Je respecte ton point de vue, affirma-t-elle. Je ne suis pas d'accord avec toi, c'est tout. Et je n'aimerais pas que tu sois tué au cours de la bataille.

— Tu m'aimes donc un peu ? interrogea-t-il, le visage soudain illuminé.

— À quoi bon en parler ? La contrée de l'amour est bien éloignée, et nous avons peu de temps. Puisque tu refuses de transgresser la loi…

— C'est vrai, souffla Jorlond en baissant les yeux. Pardonne-moi : je sais que mon amour est sans espoir.

Rowena se leva pour lui faire face.

— N'en sois pas si sûr, objecta-t-elle. Si je deviens reine, il me faudra un époux. Un tournoi sera organisé. J'ai ouï dire que tu étais un chevalier exceptionnel, Jorlond. Je sais que tu pourras vaincre les autres. (Elle lui sourit encore.) Repose-toi pour cette nuit, tu vas en avoir besoin. Je viendrai t'éveiller à l'aube et nous reparlerons de tout cela.

Puis elle disparut, laissant derrière elle un nuage de fumée noire dont les particules, une fois déposées sur le sol, esquissèrent la forme d'un cœur percé par une épée.

— Rowena, murmura Jorlond. La princesse Rowena…

Puis il se laissa tomber en arrière et sombra aussitôt dans un sommeil lourd. Cette nuit-là, il ne rêva pas de Rowena, mais de sa mère. Il la vit nue, entre les bras de nombreux amants, dont il tenta plus tard de se convaincre qu'il ne faisait pas partie. Le regard pourpre d'Auriana était comme un appel à tous les vices, comme un appel au meurtre.

29

Douleur ignorait ce qu'il était advenu de la Femme. Sans doute avait-elle été violée par les cavaliers dorés. Ça n'avait plus autant d'importance, à présent : s'il fallait qu'elle souffrît afin que des milliers d'autres, à l'avenir, fussent délivrées, il y avait là, pour lui, une certaine justice. L'enchanteur, après l'avoir transporté jusqu'à sa caverne, lui avait ouvert un univers dont il ne connaissait pas encore l'étendue, mais qu'il imaginait avec délices. Il serait l'instrument du changement, l'homme qui briserait la loi.

— Je ne te force pas, reprit le vieillard, qui venait d'exposer ses buts. Si tu décides de devenir mon élève, il faut que ce soit en toute connaissance de cause. Ta tâche sera difficile, dangereuse, mais je te crois capable de la mener à bien. Malgré tout ce que tu as vécu, il ne reste en toi aucune haine pour les êtres, seulement pour les institutions qui les manipulent. Réponds à une question : à ce jour, quels sont tes regrets ? Réfléchis bien.

Douleur se retira dans un coin de la caverne pour méditer sur ce qu'il avait fait depuis qu'il avait quitté la crique de ses « parents ». Il revit les vexations que lui avaient fait subir le Héros et la Femme, l'injustice du jugement rendu par la fée. Il se souvint de la sorcière et du tour qu'elle lui avait joué : comment elle avait mis du baume sur ses blessures pour mieux le tromper. Il revit l'amour avec Freïa, la mort avec Giselher, et sa résurrection, seul. Il revit son passé récent, chez les cavaliers dorés.

— Tout ce que j'ai vécu fait partie de moi, dit-il lorsqu'il se sentit prêt. Je ne regrette rien.

— J'en suis heureux, sourit l'enchanteur. Cela signifie que tu peux rester ici et qu'il m'est possible de te dire la vérité. Une fois, j'ai cru bien faire en la dissimulant et le résultat s'est révélé désastreux. Tu n'es pas mon premier élève, vois-tu...

— La sorcière..., murmura Douleur.

— Oui. Elle s'appelle Rowena. C'est sur mon ordre qu'elle a agi. C'est à cause de moi que tu as tant souffert. C'est moi qui t'ai trompé pour que tu deviennes ce que tu es aujourd'hui.

— Pourquoi moi?

— Pourquoi un autre?

Douleur acquiesça. Il avait été choisi au hasard. À présent, il lui appartenait d'accepter ou de refuser ce qu'on lui offrait.

— Je comprends, dit-il. Je ne vous reproche rien – et à elle non plus. La reverrai-je?

— Certainement, mais pas ici : elle m'a quitté. Je l'ai manipulée, elle aussi, pour la conduire à la connaissance. Ni plus ni moins durement que toi. Mais malgré tout ce que je lui ai appris, elle se laisse encore guider par ses sentiments. Pour elle, l'avenir du monde n'est rien en comparaison d'une haine ou d'un amour humains. Quand elle a appris la vérité, elle a juré de s'opposer à moi. J'aurais voulu vous faire agir de concert : je me vois forcé de vous dresser l'un contre l'autre.

Douleur réfléchit longuement avant de parler. La perspective de combattre la sorcière ne lui apportait aucune joie. Au contraire, il en ressentait une étrange amertume.

— Je serai votre élève, acquiesça-t-il enfin. Pour les Fous, les Femmes et les Héros...

— Pas seulement pour eux, corrigea l'enchanteur. Tu vas découvrir un Fuinör que tu ne connais pas encore, et où les injustices sont aussi vivaces que dans les criques. Ton enseignement commence dès à présent : tu as beaucoup à apprendre et nous avons peu de temps. Jusqu'à présent, mes principales ennemies étaient les fées, qui ignorent mon existence. Il m'aurait été facile de les berner jusqu'au dernier moment. Depuis que Rowena s'est dressée contre moi, les choses ne sont plus aussi simples. Pour l'heure, elle cherche simplement à voir clair en elle-même, au sein de cette forêt, mais je la connais bien : elle ne tardera pas à agir.

Douleur s'inclina très bas devant le vieillard.

— Je remets mon destin entre vos mains, dit-il.

— Alors, écoute !

Durant les jours suivants, Douleur apprit comment était constitué Fuinör. Il possédait déjà quelques connaissances, grâce aux livres lus dans la crique, mais l'enchanteur lui révéla avec précision comment étaient traités les serfs par les nobles, les femmes par les hommes…

— Les bourreaux ne sont pas plus responsables que les victimes, affirma-t-il. Les responsables, ce sont les dieux et leurs esclaves, les fées. Toutefois, j'ai peur que bien des hommes ne soient condamnés à mourir pour que nous changions le sort de leurs semblables. Dans tous les mondes, les révolutions ont donné lieu à des effusions de sang. C'est pourquoi il faut que je fasse de toi un guerrier. *Le* guerrier. Tu dois être le bras de Fuinör, et pour le devenir tu ne disposes que d'à peine une saison. Malgré mes pouvoirs, tu ne seras peut-être pas prêt quand tu devras partir au combat. Un homme n'est qu'un homme.

— J'accepte les risques, maître.

L'enchanteur conduisit Douleur dans une petite clairière proche de la caverne. Il portait un arc et un carquois empli de flèches. D'un geste, il fit s'assembler bois mort et feuilles séchées pour fabriquer une cible qui demeura suspendue dans l'air, immobile.

— Puisque nous manquons de temps, je ne t'enseignerai que deux disciplines : l'arc et la lance. Toutes deux sont idéales pour former aussi bien l'esprit que le corps. Quant à l'épée, tu la manies déjà correctement. À présent, prends ceci.

L'ancien Fou observa l'arc qu'on lui tendait : long d'une toise, fait d'un étrange bois pourpre. Quoique dépourvu de ciselures, il était superbe.

— Bande-le ! ordonna l'enchanteur.

Douleur tendit l'arme devant lui. De la main droite, il tira sur la corde. Toute sa force parvint à peine à faire ployer l'arc.

— Il faudrait être un colosse, remarqua-t-il en abandonnant ses efforts.

— La force ne fait rien à l'affaire, corrigea l'enchanteur. C'est la première chose que tu dois comprendre. Regarde-moi !

Il reprit l'arc, y encocha une flèche, et le leva au-dessus de sa tête. Ses mains s'écartèrent alors d'un mouvement régulier qui ne trahissait aucune peine. Quand l'arme fut tendue, elles se trouvaient à la hauteur de ses yeux. Douleur entendit le bruit sec de la flèche qui se plantait dans la cible avant de comprendre que le trait avait été lâché.

— Ce sont les mains qui travaillent, commenta son maître. Tu dois apprendre à tes bras et à tes épaules à se décontracter. Essaie encore.

L'ancien Fou tenta à plusieurs reprises d'imiter le vieillard, mais n'y parvint qu'imparfaitement. Relâcher tout à fait ses muscles lui était impossible. L'effort que lui coûtait la tension de la corde le laissait crispé. Ses doigts se mettaient rapidement à trembler. Quand il se rendit compte qu'il grimaçait, il renonça.

— Ne te décourage pas. Tu n'y arrives pas parce que, en dépit de ce que tu crois, tu ne sais pas respirer. Respire comme respire la nature, comme respire Fuinör. Lentement. Profondément. Exerce-toi même quand tu ne tires pas à l'arc. Il faut que cela te devienne naturel.

Obéissant, Douleur déposa l'arme pour consacrer le reste de la journée à des exercices respiratoires. Il eût voulu dire que cela leur faisait perdre beaucoup de temps, mais il avait résolu de ne rien critiquer, de ne poser aucune question. Il n'était qu'un élève : ce que faisait son maître devait être bon – même si lui n'était pas encore en mesure de le comprendre.

Les jours suivants, lorsqu'il tira en utilisant ce nouveau mode de respiration, il constata des améliorations notables : ses muscles n'étaient pas aussi tendus, son visage ne se crispait plus, et il parvenait à tenir l'arme bandée pendant de longues secondes avant de relâcher la corde.

Son ultime problème avait justement trait à ce dernier geste. Le choc brutal se propageait dans tout son corps, au point qu'il ne pouvait espérer une flèche bien ajustée. Une subtilité devait lui échapper, mais l'enchanteur se contentait de l'observer en silence, aussi poursuivait-il ses tentatives infructueuses. Son souffle devint bientôt aussi profond et régulier que le souhaitait son maître, et ce sans qu'il eût besoin de se concentrer. Encouragé, il ne s'en désespérait pas moins de ne savoir décocher un trait correct.

— Je ne suis pas aussi doué que vous le pensez, déclara-t-il un jour, alors que, déjà, une demi-saison s'était écoulée. Lancer la flèche me devient extrêmement pénible. Si vous en avez encore le temps, peut-être devriez-vous enseigner votre art à un meilleur guerrier.

— La déception te fait dire des sottises, Douleur. Tu n'as mal que parce que tu t'attends à avoir mal. Tu lâches la corde : il faut attendre qu'elle se détende spontanément.

— Je ne comprends pas.

— Tu ne dois pas rester enfermé en toi-même, continua l'enchanteur. Cela t'évitera d'anticiper un échec, dès lors inéluctable. Lorsque tu tires, dis-toi que l'arc, la flèche, la cible même, font partie de Fuinör, tout comme toi. Fonds-toi en eux, en Fuinör. Quand tu communieras avec les feuilles, les branches, les pierres, les animaux et la pluie, alors ta corde se détendra d'elle-même, au bon moment, et ta flèche trouvera sa cible.

Résistant à la tentation de poser des questions, Douleur médita longuement les paroles du vieillard. Il ne comprenait pas comment on pouvait se fondre en des choses telles que les arbres ou les rochers, aussi continua-t-il à s'entraîner sans succès. L'échec, cependant, le blessait moins qu'auparavant. Si l'enchanteur refusait de l'aider davantage, il en subirait les conséquences quand il aurait besoin de lui et que son habileté ferait défaut.

Dans le même temps, l'ancien Fou alliait un nouvel esprit à ce que lui avait appris Sharris du maniement de la lance. Son maître avait fabriqué un mannequin à forme humaine, aux bras écartés. Le cavalier devait frapper l'un de ces derniers avec la pointe de sa lance et faire preuve d'assez d'habileté pour éviter le second quand l'ensemble pivotait sur son axe. La première fois qu'on lui montra ce dispositif, il s'étonna.

— Comment pourrais-je m'entraîner? Je n'ai pas de monture.

— Regarde, dit l'enchanteur en souriant.

Sous les yeux de Douleur, un cheval blanc ailé sortit du sous-bois. Il s'avança jusqu'à lui et inclina la tête.

— C'est le tien, précisa le vieil homme. Celui que tu as dompté. Je l'ai transporté avec toi et j'ai brisé l'influence qu'avaient sur lui les fées : j'espère qu'elles ne s'en apercevront pas. Quoi qu'il en soit, ce cheval est véritablement à toi, aujourd'hui.

— Merci, souffla Douleur en caressant l'encolure de l'animal.

— Remercie-moi en t'entraînant.

Il ne lui fallut que quelques essais pour comprendre comment se baisser afin d'éviter le bras de la quintaine. Y parvenir fut moins aisé. Il découvrit bientôt tout l'intérêt de cet exercice : travailler à une parfaite maîtrise de sa monture.

— Que ta lance devienne ton bras, disait l'enchanteur. Que ton cheval devienne tes jambes. Quand vous serez unis, tous les trois, tu ne tomberas plus.

Peu à peu, Douleur apprit à guider l'animal grâce à de simples mouvements du genou, à lui transmettre ainsi sa moindre volonté. Plus léger le mouvement, plus rapide son exécution. La bête finit par accomplir ce que désirait son cavalier presque au moment où ce dernier songeait à lui en donner l'ordre. De même, l'ancien Fou contraignit son bras à porter la lance afin qu'elle en fût le prolongement, et non un objet étranger.

Et le temps passait toujours. De plus en plus vite, songeait-il. Les pluies se faisaient froides, annonçant avec éloquence la saison des neiges.

Un jour, le quatre-vingt-unième de la saison des pluies, une des flèches de Douleur se ficha au centre de la cible. Seule sa main droite avait bougé.

— Bravo, apprécia l'enchanteur. Tu as enfin compris. Cette fois, tu n'as pas considéré la cible comme le but à atteindre. Tu étais détaché de toi-même et de toute intention. C'est ainsi que le trait est parti au bon moment. Demain, nous reculerons la cible, mais tu sais l'essentiel.

Dès lors, l'ancien Fou connut des succès réguliers. La plupart du temps, il continuait à lâcher la corde consciemment, mais parfois, sans qu'il sût comment, le mouvement correct s'accomplissait. Il ressentait alors une joie intense, une parfaite sérénité, sachant que pour un court instant il venait de se fondre en Fuinör. Dès lors, sa foi ne pouvait que le faire progresser de plus en plus vite.

— C'est bien, approuvait son maître. C'est quand on ne cherche pas avant tout à atteindre sa cible qu'on devient incapable de la manquer.

Une dizaine de jours plus tard, au matin, quand Douleur sortit de la caverne pour seller son cheval, il constata que le mannequin avait disparu. Depuis beau temps, il n'en avait pas reçu un seul coup.

— Tu n'en as plus besoin, siffla un merle, posé sur la tête du cheval. Aujourd'hui, ton adversaire sera aussi mobile que toi.

L'oiseau battit des ailes et voleta joyeusement jusqu'aux pieds de l'ancien Fou, où il commença à se métamorphoser.

— Prépare-toi, continua l'enchanteur en déployant ce corps usé qu'il affectionnait. La phase finale de tes études est arrivée. Il te restera nombre de choses à apprendre, mais du moins en sauras-tu assez pour mener à bien la première partie de ta tâche.

Tandis que Douleur sellait son cheval, le vieillard leva la main. La forêt s'écarta avec respect sans qu'on vît un arbre bouger, un buisson frémir, tant leur mouvement fut naturel, harmonieux. Les oiseaux juchés dans les branches ne cessèrent pas de chanter, ni les feuilles de vibrer au gré du vent. Au bout de quelques secondes, un espace rectangulaire de cinquante toises sur dix était dégagé. Une barrière d'épineux s'y dressa, le partageant par moitiés dans le sens de la longueur.

Levant les bras au ciel, l'enchanteur prononça quelques mots que son élève ne comprit pas. Des rayons multicolores jaillirent comme d'un prisme de ses doigts tendus et allèrent frapper le sol à l'autre extrémité du champ clos. Là, une flamme vacilla un instant puis laissa la place à une épaisse fumée blanche qui s'éleva, gonfla, prit lentement la forme d'un cavalier.

Douleur monta en selle. Face à lui, totalement solidifié, se tenait à présent un chevalier en armure, sur un autre cheval blanc – dépourvu d'ailes, celui-là. La visière de son heaume était baissée. L'ancien Fou, lui, avait conservé sa cotte de mailles et son casque de cavalier doré.

— L'être sans âme que je viens de créer est la réplique parfaite de Ghénarys, le premier chevalier du royaume, lui apprit son maître. Où que tu ailles, tu ne saurais rencontrer d'adversaire plus puissant. Si tu parviens à le vaincre, tu mériteras de porter son titre. Affronte-le. Il est le symbole de la loi, le garant de l'autorité du roi et des dieux. Souviens-toi que toi, tu es Fuinör.

Douleur observait son adversaire avec attention, remarquant la force qui en émanait, le calme avec lequel il attendait le combat. Un petit sourire aux lèvres, l'ancien Fou poussa sa monture en avant. En face de lui, le double de Ghénarys l'imita. Ils abaissèrent leur lance progressivement, tandis qu'ils galopaient l'un vers l'autre. Au moment de l'impact, Douleur se souleva dans ses étriers pour accroître la force du coup. Guidée par un bras qui ne tremblait pas, sa lance toucha l'ennemi en pleine poitrine. Au même instant, un coup terrible le projeta hors de sa selle. Le souffle coupé, il atterrit lourdement, et plusieurs secondes lui furent nécessaires pour se relever. De l'autre côté du champ clos, le chevalier caracolait toujours.

Un moustique voletait près de l'oreille du vaincu.

— Ton cheval n'est pas tombé, bourdonna-t-il. Si tu n'avais vraiment fait qu'un avec lui, tu ne serais pas tombé non plus. Ghénarys, lorsqu'il monte, n'est plus un homme : c'est un centaure. Voilà l'objectif à atteindre.

— En aurai-je le temps ? interrogea Douleur.

— Cela dépend de toi, répondit l'enchanteur.

30

La nuit était tombée sur le château, où régnait un calme absolu. Depuis trois saisons, aucun bal n'y avait été donné. Auriana ne semblait plus prendre autant de plaisir à ces réjouissances, dont on la savait pourtant friande. Son caractère s'était amélioré, et, tout comme le roi, les domestiques respiraient.

Elle n'a pourtant pas d'amant, songea la vieille servante qui achevait d'étouffer les chandelles dans la salle d'armes. Elle ne pourrait se cacher indéfiniment des habitués de la contrée de l'amour.

Angiosta venait d'être relevée de l'obligation de servir aux cuisines et réintégrée dans ses fonctions primitives, à la tête des serviteurs. Elle se réhabituait à ses tâches quotidiennes, telles que celle-ci : souffler les flammes qui brûlaient pour rien quand le château dormait.

Elle éteignit la dernière chandelle de la salle d'armes et se prépara à sortir. La silhouette d'un chevalier lui barrait le passage.

— Pas encore couchée, Angiosta ? interrogea une voix jeune.

— Non, messire, et mon service me réclame. Si vous voulez bien me laisser passer…

— Je crains qu'il n'en soit pas question, répliqua l'homme en tirant une dague de sa ceinture.

Angiosta poussa un petit cri de surprise et tourna les talons pour s'enfuir. L'autre fut sur elle en deux enjambées. La dague s'enfonça entre les épaules de la servante, qui sentit ses jambes se dérober sous elle. Son crâne heurta le sol dallé lorsqu'elle s'effondra.

— Voilà pour t'apprendre à respecter ta reine ! entendit-elle avant d'être emportée dans un profond trou noir.

Satisfait, Danveld rengaina et se hâta de rejoindre Auriana dans la chambre où ils se retrouvaient chaque fois qu'ils le pouvaient. Il n'avait pas oublié la promesse faite le premier soir de leur aventure blasphématoire, mais il n'avait pu abattre Angiosta tant que cette dernière était bannie aux cuisines, jamais seule. Il avait donc attendu, guettant chaque jour le retour de la vieille femme dans les couloirs. Dès qu'il l'avait vue, il s'était attaché à ses pas en fin limier. Il avait noté ses horaires, ses habitudes, et les ayant trouvés fort réguliers au bout de trois jours, s'était embusqué pour agir le quatrième.

Il frappa à la porte de la chambre sur un rythme convenu, et la reine lui ouvrit.

— C'est fait, souffla-t-il en se glissant dans la pièce. Angiosta est morte.

Une joie intense traversa le regard d'Auriana, enfin libérée du poids qui l'obsédait. Elle noua les bras autour du cou de Danveld et l'embrassa tendrement. Les mains du chevalier se posèrent sur ses hanches.

— Personne ne t'a vu ? questionna-t-elle.

— Personne. Nul ne saura à qui appartenait la dague qui l'a frappée.

— C'est bien. Si par malheur tu te trompais et étais accusé tout de même, je ferais mon possible pour te défendre, bien entendu ; après tout, ce n'était qu'une servante. Mais je ne pourrais peut-être pas t'éviter le bannissement.

— Être séparé de vous ? J'en mourrais.

Elle éclata d'un rire savamment contrôlé.

— Mais non ! Tu serais triste, c'est tout. On ne meurt pas d'amour.

Auriana sentit que le jeune homme la serrait plus fort, l'entraînait vers le lit. Elle songea qu'il lui déplairait, à elle aussi, de le voir banni. Depuis qu'il était son amant, elle pouvait enfin oublier contre un corps jeune les étreintes grossières que lui avait imposées le roi. Un bien beau jouet. Et tellement docile !

Ce fut la fraîcheur des dalles qui rendit sa connaissance à Angiosta. La servante ouvrit les yeux en se demandant où elle se trouvait. Que pouvait-elle bien faire ainsi allongée par terre ? Quand elle prit appui sur les coudes pour se relever, une douleur fulgurante traversa son dos, lui rendant ses souvenirs : on l'avait poignardée. Elle revoyait la silhouette de son agresseur, ainsi que ses traits, fugitivement aperçus – ceux d'un homme jeune, dont la voix ne lui était pas inconnue.

À défaut de se relever, Angiosta tenta de ramper vers la porte. Elle se rendit alors compte que la moitié inférieure de son corps était paralysée. Le moindre mouvement lui causait d'intolérables souffrances. Si elle s'obstinait, elle serait morte avant d'avoir pu sortir de la salle d'armes.

Danveld ! C'était ainsi qu'il se nommait, elle s'en souvenait, à présent. Et s'il avait tenté de la tuer, une seule personne pouvait l'y avoir poussé : la reine. Les autres immortels devaient être avertis.

Angiosta ferma les yeux. Cela faisait des décennies qu'elle n'avait utilisé le pouvoir transmis par les dieux. Elle n'en avait pas eu besoin. Aujourd'hui qu'il se révélait nécessaire, elle espérait qu'il ne s'était pas émoussé. Tentant d'oublier sa douleur, la vieille femme rassembla toute sa puissance et la concentra sur un seul but : entrer en contact avec Hormund ou Aquarius.

Elle laissa son esprit quitter son corps aux limites étriquées pour s'étendre de plus en plus loin. Bientôt, elle fut consciente du moindre grain de poussière présent dans la salle d'armes, puis son omniscience engloba toute une aile du château, et enfin, la totalité de ce dernier. Angiosta fut soudain distraite de son dessein lorsqu'elle surprit la reine en compagnie de Danveld, dans une posture non équivoque.

Ils font l'amour dans la contrée du miroir! songea-t-elle, choquée.

Un voile d'horreur occulta ses perceptions, puis elle se reprit : elle devait vivre pour venger cette insulte à la loi. Retrouvant toute sa conscience, elle découvrit enfin maître Aquarius. Le médecin préparait une potion dans son laboratoire, assis devant une table encombrée de fioles et de cornues.

— Aquarius! appela-t-elle sans ouvrir les lèvres.

L'interpellé se figea.

— Que se passe-t-il?

Ses lèvres à lui n'avaient pas remué non plus. Ses yeux reflétaient son inquiétude : depuis la création de Fuinör, bien peu de situations avaient exigé l'usage du pouvoir.

— Je suis dans la salle d'armes, gravement blessée. On a tenté de m'assassiner. Si tu ne viens pas rapidement, je vais mourir, et je sais à présent des choses ayant trait à la sûreté du royaume.

— Détends-toi : je viens.

Aquarius quitta le laboratoire à la hâte. L'esprit d'Angiosta réintégra son corps dès que la vieille femme sut imminente l'arrivée des secours. Cet effort l'avait épuisée. Elle sentait la vie s'échapper d'elle inexorablement. Une immortelle pouvait tout de même être tuée : c'était une chose à laquelle elle n'avait jamais songé.

— Je suis là, dit le médecin, près d'elle. Tout va bien...

Il passa une main rapide sur la blessure, qui se referma instantanément, après que se furent guéries les lésions internes.

Massant les épaules squelettiques, il rendit à Angiosta le sang et les forces qui l'avaient quittée. Elle se rendit compte qu'elle pouvait de nouveau bouger les jambes.

— Lève-toi et marche, intima Aquarius. Tu es guérie.

Réunis dans le cabinet de travail du conseiller Hormund, les quatre immortels de Fuinör sentaient qu'un danger atroce menaçait la puissance des dieux. Angiosta venait de raconter sa mésaventure et de décrire la scène odieuse qu'elle avait surprise.

— Il faut châtier Auriana et ce jeune impudent, décréta Hormund. Même la reine se doit de respecter la loi. Ce sera la mort, pour tous les deux. (Le bourreau opina : voilà qui lui donnerait l'occasion d'exercer son art.) Angiosta ! Demain, tu te présenteras devant le roi, et tu accuseras publiquement Danveld. Nous verrons bien ce que dira sa maîtresse. Si elle se trahit, nous la confondrons en même temps que lui.

Auriana rayonnait. La mort d'Angiosta lui procurait un plaisir sauvage. Dès le matin, elle fit fouetter deux servantes, dont le seul tort était de ne pas l'avoir éveillée à une heure où, d'ordinaire, elle ne tolérait pas qu'on l'éveillât. Elle était reine, et on allait s'en souvenir ! Après avoir donné en personne des directives pour la préparation du déjeuner, en se promettant de revenir châtier ceux qui ne les respecteraient pas à la lettre, elle visita tous les lieux hantés par les serviteurs, afin d'exorciser un dernier doute. Non : Angiosta était introuvable. Bel et bien morte.

Ce fut d'un cœur joyeux, vêtue de ses plus beaux atours, que la reine accompagna son époux à la grande table en U où attendaient déjà pour s'asseoir tous les chevaliers et dames de la cour. Ghénarys siégeait à la droite d'Auriana, Hormund à la gauche du souverain. Danveld et son frère occupaient des places bien éloignées des couverts royaux.

Huygg était devenu taciturne : au fait des rendez-vous nocturnes de son cadet, il craignait que le malheur ne s'abattît bientôt sur leur famille – et se sentait d'autant plus désespéré qu'il ne pouvait rien y faire, Danveld refusant toute remarque à ce sujet.

Turgoth et Auriana se mirent à table, et le dîner put commencer. Dès le premier plat, la reine remarqua un détail non conforme à ses exigences. Elle s'en réjouit, songeant que quelque dos allait encore tâter du fouet. Quand maître Aquarius fit son apparition dans la salle à manger et se dirigea droit vers le roi, elle ne sourcilla même pas.

Alors que l'arrivant s'agenouillait, cependant, elle sentit une boule d'angoisse envahir son ventre : une silhouette maigre venait d'entrer à la suite d'Aquarius, soutenue par deux serviteurs. La vieille femme paraissait épuisée, certes, à deux doigts de la mort. Mais à deux doigts seulement…

La reine se rendit compte que Danveld la fixait. Elle détourna vivement le regard : ce jeune imbécile allait tout faire comprendre au roi !

— Sire, commença le médecin, j'implore votre pardon pour le trouble que je jette sur ce repas, mais en vertu du droit que détient chaque être de porter devant vous ses doléances, je sollicite la faveur de parler pour Angiosta. La malheureuse est hélas fort abattue et ne s'exprime qu'à grand-peine.

— Par les dieux, elle semble à l'agonie ! s'exclama Turgoth en découvrant sa vieille nourrice. Que t'arrive-t-il donc, ma pauvre Angiosta ?

— On l'a poignardée dans le dos, reprit Aquarius. J'ai fait mon possible pour la soigner, et j'ai bon espoir qu'elle survive, mais le coupable n'en doit pas moins être châtié.

Le visage du souverain était devenu bleu vif de colère.

— Qui a osé commettre une telle lâcheté ? gronda-t-il. S'il est serf, il sera roué. S'il est noble, le bourreau lui décollera la tête.

— Il est noble, sire, mais je pense qu'Angiosta elle-même va vous révéler son nom…

La vieille servante s'avança et inclina la tête devant le couple royal. Auriana demeurait assise sans frémir, en s'efforçant d'imiter l'indignation de son époux. Hormund et Aquarius ne la quittaient pas des yeux.

— C'est le chevalier Danveld, murmura Angiosta d'une voix tremblante. Il m'a attaquée dans la salle d'armes, à la tombée de la nuit.

Il y eut des exclamations de surprise. Tous les regards se tournèrent vers celui qu'on venait d'accuser.

Huygg avait fermé les yeux, serré les poings. Ses traits mous paraissaient encore plus affaissés qu'à l'ordinaire. Son frère demeurait coi. Il fulminait d'avoir péché par imprudence en ne s'assurant pas de la mort d'Angiosta, mais le mal était fait. Désormais, il lui restait à espérer que la reine fût écoutée quand elle parlerait pour lui.

— Danveld ? répéta Turgoth, interloqué. Qui est ce Danveld ?

— Un des fils du baron…, commença Hormund.

— C'est moi ! s'exclama le jeune homme en se levant.

Un silence total s'abattit sur la pièce. Les serviteurs qui portaient les plats n'osaient plus faire un geste, de crainte de déchaîner la colère de leurs maîtres.

— Approchez, chevalier, ordonna le roi.

Il y avait des années qu'on ne lui avait connu un ton aussi sec. Danveld obéit sans trembler. Il ne regrettait pas ce qu'il avait fait par amour : peu lui importait l'opinion qu'on avait de lui.

— Tu maintiens que c'est ce jouvenceau qui a tenté de te tuer, Angiosta ? demanda le souverain.

— Je le maintiens, sire.

— Qu'avez-vous à répondre, chevalier ?

— Elle dit la vérité, déclara Danveld, très calme.

— Pourquoi avoir agi ainsi ? interrogea Hormund. Cette servante vous aurait-elle causé du tort ? Un tort que la justice royale vous paraissait incapable de punir ?

Le jeune homme baissa les yeux.

— À moi, elle n'avait causé aucun tort, non…

— Alors pourquoi l'assassiner? s'emporta le roi. Tueriez-vous par plaisir?

Danveld releva la tête, furieux. Son regard croisa celui d'Auriana : il lui sembla qu'elle souriait. Sans doute voulait-elle l'encourager, lui faire comprendre qu'elle parlerait à son époux en tête à tête.

— Oui, se contraignit-il à répondre. Je tue par plaisir.

— C'est monstrueux! s'exclama soudain la reine. Vous êtes pire qu'une bête. Un être tel que vous ne devrait pas avoir le droit de vivre.

Hormund, Aquarius et Angiosta sursautèrent : voilà une réaction qu'ils n'avaient pas prévue! L'accusé écarquilla les yeux. Ses mains se tendirent.

— Mais, madame… balbutia-t-il. Votre Majesté sait bien que…

— Je ne sais rien du tout! trancha Auriana. À moins que le roi ne se montre plus faible que je ne l'imagine, votre tête roulera bientôt sous la hache du bourreau. Vous déshonorez cette cour, votre famille et le titre que vous portez.

Au bout de la table, Huygg renversa sa coupe de vin et s'effondra, le visage dans son assiette, secoué d'un fou rire nerveux. Des larmes perlaient aux yeux de son frère.

— Je comprends, madame, dit-il. J'eusse supporté mille fois de mourir, mais me savoir trahi de la plus ignoble manière m'est trop pénible.

— Que signifie? l'encouragea Hormund. Parlez! Cela ne pourra que vous servir!

— Sommes-nous forcés d'entendre cet assassin sur l'heure? demanda Auriana au roi. Ne pouvez-vous différer son jugement à un moment plus approprié?

Turgoth secoua la tête.

— Ce qui s'est produit est trop grave, ma mie. Je veux connaître la vérité au plus vite. Et je vois bien que, vous aussi, vous prenez cette affaire à cœur.

Danveld s'essuya les yeux d'un geste rapide. Ses traits étaient à présent emplis de détermination. Une haine froide brillait dans son regard.

— Je m'accuse de mensonge, sire, déclara-t-il d'une voix forte. J'avais une raison de tuer cette servante : elle avait gravement insulté la dame dont je suis l'amant. Elle avait insulté la reine!

Auriana éclata d'un rire innocent, ce qui augmenta la fureur du jeune homme.

Un coup de poing claqua sur la table. Ghénarys, bleu de colère, se leva en repoussant violemment sa chaise.

— C'est là une infâme calomnie! tonna-t-il. En tant que protecteur de la reine, je saurai vous faire rendre gorge.

Turgoth avait froncé les sourcils. Sa couronne s'inclinait dangereusement sur le côté de son crâne.

— C'est insensé, soupira Auriana. Ce paltoquet a toutes les audaces.

— Pouvez-vous apporter la preuve de ce que vous avancez? demanda froidement le souverain à Danveld.

Le chevalier s'apprêtait à répondre par la négative quand son regard s'éclaira.

— Mon frère Huygg était au courant. Il peut témoigner...

En entendant son nom, Huygg quitta sa position prostrée et se leva gauchement. Un peu de sauce maculait son menton et ses lèvres. À l'évidence, il était ivre.

— Parlez! lui intima le roi. Qu'avez-vous à dire?

— Mon... mon frère était bien l'amant de la reine, confirma-t-il. J'avais tenté de...

— Cela ne constitue nullement une preuve! coupa Ghénarys. Les avez-vous jamais vus ensemble? Avez-vous connaissance de la chose par une autre source que la parole de votre frère?

Huygg secoua tristement la tête et se rassit.

— Chevalier Danveld! reprit Turgoth. Force nous est de constater que vous calomniez ignominieusement votre reine. Pour ce crime et pour tentative d'assassinat, vous aurez la tête tranchée.

— Je jure que je ne mens pas! se récria le condamné.

— Qu'on le jette au cachot! ordonna le roi. Ce traître n'est plus digne de siéger à la table royale.

Trois gardes postés à l'entrée de la salle s'avancèrent pour entourer Danveld.

— Veuillez nous rendre vos armes, demanda l'un d'eux.

Le jeune homme porta la main à son épée. Un instant, on put croire qu'il allait la tirer pour combattre les soldats, mais il se contenta de se retourner vers le souverain.

— Je prouverai ma bonne foi, sire, affirma-t-il. Je réclame le jugement des dieux! J'accepte d'être exécuté pour mon crime mais je refuse que l'on me croie parjure!

— En a-t-il le droit? souffla Auriana à son époux.

— Tout chevalier a le droit de demander le jugement des dieux. Puisque le litige vous concerne, madame, il vous appartient de choisir votre champion.

— Choisissez-moi, madame! intervint Ghénarys. Je suis votre protecteur en titre. J'ai le droit et le devoir de combattre pour vous.

Danveld retint de justesse un cri de joie. L'instant était enfin venu de prouver que ce vieillard ne pourrait lui tenir tête. Avant de mourir, il obtiendrait au moins une satisfaction.

La reine considéra Ghénarys en souriant. Elle éprouva un infime regret des nuits passées avec Danveld puis haussa légèrement les épaules.

— Chevalier Ghénarys, je vous agrée comme champion, déclara-t-elle d'une voix forte. Que votre épée fasse triompher le bon droit et la vertu!

Le conseiller Hormund serrait les dents. Cette insistance à prouver l'infidélité d'Auriana le desservait : une simple exécution eût à tout le moins jeté le doute dans les esprits, alors que l'issue du jugement des dieux était assurée d'avance. Ghénarys, en tant que premier chevalier du royaume, ne pouvait être vaincu. Auriana serait lavée de tout soupçon.

— Le jugement des dieux aura lieu demain matin, à l'aube, décida Turgoth. La présence de tous y est requise.

Ce soir-là, Auriana tremblait légèrement lorsqu'elle se retira dans les appartements royaux, où se trouvait déjà son époux. Turgoth n'était pas stupide : si un seul être, à la cour, soupçonnait une once de vérité dans les paroles de Danveld, ce devait être lui. Elle savait qu'il ne la ferait pas exécuter, mais résisterait-il à l'envie de la battre ? Fou furieux, il risquait même de la tuer…

— Eh bien, madame, permettez-moi de vous féliciter pour votre calme, commença-t-il dès qu'elle apparut. On ne dirait guère que les pires accusations pèsent sur vous.

— Je m'efforce de ne pas accorder d'attention aux propos d'un vil calomniateur.

— De bien viles calomnies, en effet ! Je me demande quel intérêt ce jeune homme possède à vous accuser ainsi. On le jurerait sincère.

— Et s'il l'était, sire ? demanda Auriana sans trop s'avancer.

— Votre tête roulerait sur le billot immédiatement après la sienne, répondit durement Turgoth.

— Permettez-moi d'en douter. Si vous décidiez de me faire exécuter, un mien serviteur ouvrirait le coffre où se trouve certain parchemin que vous me confiâtes naguère. Il y est question, je crois, d'un autre meurtre. Réussi, celui-là.

La reine vit les traits de Turgoth se décomposer.

— Misérable ! grinça-t-il entre ses dents. Alors, c'est vrai ? Vous étiez la maîtresse de ce jeune innocent ? C'est vous qui lui avez demandé de tuer Angiosta ?

Auriana sourit. Il lui fallait à présent porter le coup décisif, afin que l'abattement fût plus fort que la colère.

— Et nous faisions l'amour ici même, minauda-t-elle. En ce château. À quoi bon sortir de cette contrée, alors qu'on y est si à l'aise ?

— La… la loi, madame ! s'étrangla le souverain.

— La loi des dieux ? Que vaut-elle, puisque dès demain vous la verrez bafouée ? Ghénarys ne fera qu'une bouchée de ce pauvre Danveld – qui dit pourtant la vérité. Les dieux sont partiaux, sire. Les dieux sont injustes, mais ce sont les dieux – et vous n'êtes que le roi. Couchez-vous, maintenant : souvenez-vous que votre cœur n'est plus en état de supporter les émotions fortes.

Turgoth ouvrit la bouche pour répliquer puis s'aperçut qu'elle avait raison. Il n'était qu'un vieillard impuissant et il ne lui servait à rien d'être le roi. Avec un soupir las, il se déshabilla et se glissa entre les draps. Il prit bien garde de demeurer au bord du lit pour ne pas risquer d'entrer en contact avec Auriana pendant la nuit.

Le héraut, debout, occupait sa tribune réservée, au bord du champ clos, et les gradins étaient noirs de monde – comme au jour d'un tournoi. Toutefois, une différence de taille existait : des arbalétriers encerclaient les lieux.

— Si l'un de vous commet une lâcheté, je le déclarerai félon ! annonçait le héraut aux combattants. Au cri de « Mort au félon ! », les arbalétriers abattront celui qui aura manqué à l'honneur. Préparez-vous ! Le jugement des dieux va commencer.

Danveld et Ghénarys abaissèrent la visière de leur heaume après avoir salué la tribune royale, d'où les observaient avec attention Auriana et Turgoth. Sur un geste du roi, les buccins sonnèrent le début du combat.

Les deux adversaires maniaient l'épée, leur arme de prédilection commune. Danveld attaqua sans attendre. Sûr de sa victoire, il ne ménagea pas ses forces dans ce premier coup, qui visait la tête de Ghénarys – et qui fut bloqué net par la lame de ce dernier, lequel ne daigna pas même reculer.

Le jeune chevalier frappa encore, à trois reprises, mais chaque fois son épée fut arrêtée avant d'atteindre son but.

Il commença à comprendre que la réputation de celui qu'il affrontait n'était nullement usurpée. Que, malgré sa fougue, il ne pourrait jamais l'égaler.

— Avouez que vous avez menti, l'exhorta le champion d'Auriana. Ne m'obligez pas à vous occire. Qu'après votre exécution, on ne se souvienne que du meurtrier, non du traître!

— Jamais! cria Danveld. Je ne mens pas. La reine est une catin!

Il éclata d'un rire nerveux en se rendant compte qu'il venait de prononcer les paroles pour lesquelles il avait un jour menacé de tuer son frère. Elles parurent galvaniser Ghénarys, qui se mit enfin en branle. Son premier coup brisa le bouclier de son adversaire. Un second en fendit l'armure, entaillant profondément l'épaule gauche. Le jeune chevalier n'était pas un lâche : il abandonna les débris de son écu et continua d'attaquer. Mais que pouvait-il contre une telle puissance? Le protecteur de la reine para avec aisance les coups maladroits qu'on lui décochait, attendant une ouverture. Danveld comprit qu'il allait mourir.

— La reine est une catin! hurla-t-il avant de lever le bras pour assener un dernier coup, qu'il savait déjà inutile.

La lame de Ghénarys pénétra tout droit dans sa poitrine et lui transperça le cœur. Il eut un pâle sourire avant d'expirer : à tout le moins, il n'avait pas flanché...

Le vainqueur rengaina son épée et retira son heaume.

— Les dieux ont parlé! claironna-t-il. La reine est innocente et le traître a payé! Puisqu'il a persisté dans son mensonge, la contrée de la mort refusera son âme : son châtiment sera l'éternelle errance.

Une acclamation générale salua ce discours. Seuls, le roi et les immortels n'affichaient pas ouvertement leur joie. Le sourire étirant les lèvres d'Auriana témoignait avec éloquence de son triomphe. Angiosta n'était pas morte, mais du moins la reine restait-elle la reine. Après une démonstration aussi éclatante, nul n'oserait plus lui manquer de respect. Par contrecoup, elle risquait de ne pas trouver aisément un nouvel amant, mais elle ne s'en inquiétait guère : tout serait plus facile à la mort de Turgoth – une question de saisons, de jours peut-être.

Alors qu'elle se préparait à louer son champion d'avoir si bien défendu sa cause, le bruit d'un galop retentit. Tous les regards se tournèrent vers le cavalier qui se hâtait en direction du champ clos, soulevant derrière lui un immense nuage de poussière.

Il y eut une exclamation de surprise lorsqu'il franchit les barrières d'un bond et s'immobilisa devant la tribune royale. Les arbalétriers relevèrent leurs armes, mais le souverain les arrêta d'un geste.

— Que signifie cette intrusion ? interrogea-t-il.

L'arrivant, un chevalier en armure légère, retira son gantelet et le jeta au sol.

— Je viens te déclarer ma félonie, roi Turgoth ! clama-t-il.

Auriana eut un hoquet en reconnaissant le blason et la voix de son fils.

31

Malgré les instances de Rowena, Jorlond était demeuré inflexible : il n'attaquerait pas le château du roi. Sa colère n'eût su se contenter d'une victoire obtenue par traîtrise.

— Ce n'est pas une traîtrise, avait insisté la sorcière. C'est une simple question de bon sens. Je comprends tes scrupules, mais si tu veux avoir une chance de gagner, tu dois oublier la loi !

Il s'était contenté de secouer la tête, refusant de l'entendre. Rowena avait fini par capituler.

Jorlond avait alors chargé ses capitaines de rassembler tous les hommes de sa baronnie en état de porter les armes, puis il était parti pour la cour, lancer son défi.

Quand il remarqua l'assemblée autour du champ clos, il poussa un cri joyeux : ainsi, il n'aurait pas à franchir les épaisses murailles – non qu'il craignît d'y être retenu de force, la loi interdisant de porter la main sur un baron félon hors de la contrée de la guerre, mais il ne voulait pas risquer un tête-à-tête avec sa mère.

Il força son cheval pour arriver au grand galop devant la tribune royale, sans accorder la moindre attention au chevalier qui gisait devant Ghénarys. Son regard ne quittait pas le roi et la reine, passait de l'un à l'autre, les étudiant comme s'il les avait vus pour la première fois. Un étrange sentiment l'envahissait, à mi-chemin entre l'amour et la haine. Lorsqu'il prit la parole pour déclarer sa félonie, il lui sembla qu'il accomplissait le premier acte volontaire de toute son existence.

Le souverain, en l'entendant, s'affaissa un peu plus sur son siège, la tête rentrée dans les épaules. Jorlond le trouva exagérément vieilli. Le remords, peut-être…

Auriana, passé la surprise initiale, ne semblait pas choquée de voir son fils endosser une armure de baron félon. En tout état de cause, elle ne conservait plus pour lui qu'une vague affection et se moquait de son sort. Depuis qu'elle était reine, elle se moquait de Fuinör tout entier.

— Messire, articula le roi, vous portez les armoiries de Jorlond, héritier de la reine et du trône. Êtes-vous bien celui que vous prétendez ?

Le chevalier ôta son heaume et le posa devant lui, sur sa selle.

— Je suis Jorlond, admit-il.

— Puis-je alors vous demander, mon fils, ce que signifient les paroles que…

— Elles signifient ce qu'elles signifient. Je te déclare la guerre, roi sans honneur ! Au nom de mon père, assassiné par toi, avec la complicité de ma mère, je déclare que tu n'as plus le droit de régner sur Fuinör !

Le regard de Turgoth se figea. Une exclamation de surprise monta des gradins. Jamais encore, on n'avait osé insulter ainsi un souverain. Auriana sentit un frisson la parcourir : Jorlond savait. Comment il avait appris la chose était sans importance : il savait. Elle se composa un visage grave.

— Tu sais tout l'amour que je te porte, lui dit-elle. Comment oses-tu briser ainsi le cœur de ta mère et trahir la confiance du roi en proférant pareille accusation ? Je t'adjure de te rétracter. Dénonce le traître qui t'a mis ces idées en tête et je suis sûre que mon époux te pardonnera. N'est-ce pas, sire ?

Turgoth acquiesça machinalement. Perdu au fond d'un puits obscur, il ne voyait ni n'entendait plus qu'à travers un voile. Le monde tourbillonnait autour de lui. Désormais, il ne pouvait se raccrocher à personne.

Jorlond observa avec attention sa mère, toujours étonné de sa beauté persistante. Elle n'était sans doute pas parfaite, à l'image de Rowena, mais ses défauts eux-mêmes faisaient une part de son charme : les rides aux coins de ses yeux rehaussaient son regard ; un minuscule affaissement de la peau, sous le menton, témoignait de son âge et ne rendait que plus remarquables la minceur et la fermeté de sa silhouette. Jorlond chassa le trouble qui le saisissait. Il détestait cette femme, voilà tout !

— L'amour que vous me portez, madame, j'en connais la valeur, rétorqua-t-il. Vous vous en servîtes pour faire assassiner votre premier mari. Je vous renie comme mère et je renie comme roi votre complice. Vous êtes tous les deux des meurtriers, indignes de…

— Assez ! s'écria Auriana. Nous n'en souffrirons pas plus. Si tu désires la guerre, tu l'auras, pour avoir osé insulter tes souverains. Décidément, tu seras toujours un benêt, Jorlond.

Le chevalier demeura silencieux pendant de longues secondes, puis, le visage fermé, il remit son heaume.

— Je pense que ceci a assez duré, déclara-t-il. Fixez vous-même le jour et l'heure de notre rencontre, je vous prie !

Tous les regards se tournèrent vers Turgoth, qui avait fermé les yeux.

— Que décidez-vous, sire ? interrogea Auriana, en le poussant légèrement du coude.

Le roi ouvrit faiblement les paupières.

— Je ne souhaite pas me battre contre vous, mon fils, articula-t-il, mais si vous ne l'entendez pas autrement, que ce soit au lever du soleil, dans dix jours, au sein de la contrée de la guerre. Je crains, si nous différons, de ne plus être en état de vous affronter.

Sans un mot, Jorlond fit volter son cheval et s'éloigna. Son regard croisa celui de Ghénarys, son vieux maître, où se lisaient la tristesse et la déception, puis il planta ses talons dans les flancs de l'animal, qui s'élança.

Neuf jours passèrent, durant lesquels Rowena vint chaque matin visiter Jorlond. Lorsqu'il s'éveillait, qu'il fît jour ou nuit, il la trouvait debout au pied de son lit. Parfois, elle restait plusieurs heures en sa compagnie, parlant de ce qu'elle avait vécu durant son bannissement, évoquant un avenir où ils seraient roi et reine de Fuinör, discutant longuement de la bataille à venir. Parfois aussi, elle s'en allait au bout de quelques minutes, excédée du peu d'intérêt qu'il accordait à ses conseils. Le chevalier savait pourtant qu'elle avait raison : son armée ne dépasserait pas un millier d'hommes, alors que le roi pouvait en aligner vingt fois plus. Dans une bataille rangée, il eût fallu un grand prodige pour qu'il fût vainqueur. L'idée de transgresser la loi, toutefois, lui répugnait encore plus que celle de mourir au combat.

— Tu es un mouton ! lui déclara un jour la sorcière. Un mouton stupide qui va se faire tondre volontairement. Quand on veut se venger, il faut être prêt à tout !

— Comme tu es belle, Rowena, répondit-il avant qu'elle ne disparût.

Pas une seule fois il n'osa l'embrasser. Pas une seule fois, elle ne fit mine de désirer sa tendresse. Il se demandait ce qui arriverait s'ils devenaient réellement mari et femme.

Le neuvième jour débuta la saison des neiges. Alors que les flocons commençaient à s'abattre sur Fuinör, le chevalier prit la tête de neuf cent cinquante-trois hommes et partit pour la contrée de la guerre.

Tous les soldats savaient qu'ils allaient mourir, et tous savaient que cela était juste.

Au château de Jorlond, Rowena maudissait les dieux.

La contrée de la guerre tout entière était une vaste étendue désertique et plane. Pas un arbre, pas une colline pour offrir un abri aux combattants. Aucun défilé qui se prêtât à une embuscade. Le lieu idéal pour la seule manière de guerroyer qu'on connût à Fuinör : se placer face à face, courir l'un à l'autre et s'étriper.

Quand Jorlond et sa troupe passèrent la frontière rocheuse des deux contrées, l'armée du roi n'était pas encore arrivée.

— Avançons encore un peu, ordonna le chevalier à ses capitaines. Il est plus courtois de laisser le chemin de la retraite au dernier arrivant.

Il possédait une centaine de cavaliers seulement. Les autres soldats, des serfs enrôlés, allaient à pied et maniaient le sarcloir ou la fourche. Bien peu disposaient d'armes véritables. Lorsque ces fantassins avançaient, leurs pieds enfonçaient dans la neige, qui atteignait à présent leurs chevilles. Ceux dont les chaussures étaient trouées, ceux qui n'en avaient pas traînaient déjà la jambe. Quelques-uns étaient même portés par leurs camarades, tant la station debout leur était pénible. Ainsi allait, archétype, l'armée du tout dernier baron félon.

Le roi se mit en route aux environs de midi. Il avait fixé rendez-vous à ses barons au crépuscule, près de la contrée de la guerre. Ses troupes personnelles ne se montaient qu'à deux cents chevaliers et quelque mille fantassins, mais au moins dix de ses vassaux lui en apporteraient presque autant. Les autres viendraient grossir les rangs dans la mesure de leurs moyens.

Turgoth avait endossé une armure et ceint une épée pour la première fois depuis de longues saisons. Ainsi harnaché, il avait peine à déplacer son corps usé, mais il ressentait une certaine excitation à l'idée de se battre à nouveau. Il regrettait simplement que ce fût contre Jorlond et pour une mauvaise cause : il tenait le chevalier pour un brave garçon, qui n'eût certes pas déshonoré la couronne.

Auriana ne lui fit pas plus ses adieux qu'elle ne lui souhaita bonne chance. Enfermée dans les appartements royaux, elle devait mûrir quelque nouveau plan machiavélique, dans les dieux savaient quel but. Turgoth étouffa un sourire avant de monter en selle, aidé par un serviteur. Peut-être était-ce là la véritable raison de son enthousiasme : s'il mourait, il serait enfin débarrassé d'elle. Il avait tant voulu cette femme qu'il ne parvenait pas tout à fait à la haïr, mais elle ne lui inspirait plus qu'une répulsion mêlée de peur.

Le conseiller Hormund s'approcha de lui alors qu'il abaissait la visière de son heaume.

— Je vous en conjure encore une fois, sire : ne prenez pas part à la bataille. Votre âge ne vous autorise plus de pareils jeux. Il ne fait aucun doute que le jeune Jorlond sera tué demain : si vous l'étiez aussi, le royaume serait sans monarque et sans héritier.

— Que ma femme se remarie, en ce cas, répondit Turgoth en souriant. Elle en a l'habitude. Qu'on organise un tournoi, et que le vainqueur l'épouse, lui fasse un enfant. Entre-temps, mon ami, tu assureras la régence.

Hormund baissa la tête. Depuis peu, son univers semblait se dégrader à plaisir. Le royaume sombrait dans un chaos dont il ignorait la cause, ce qui l'effrayait d'autant plus.

— Une dernière chose, ajouta le souverain. Si tournoi il y a, empêche Ghénarys d'y participer : il n'a certes pas mérité Auriana. Adieu.

L'armée du roi, une fois réunie, comptait près de deux mille chevaliers et huit fois plus de fantassins. Ces derniers n'étaient pas mieux équipés que les paysans de Jorlond, mais la certitude de vaincre leur donnait de l'assurance. Puisqu'ils se savaient à vingt contre un, même les moins familiers avec le métier des armes ne s'estimaient pas en réel danger. Les chevaliers, eux, avaient fière allure. Partant en guerre comme on part en chasse, ils passèrent leur veillée d'armes à boire et à manger, en chantant d'éternelles chansons de corps de garde. Armures lustrées, heaumes ou boucliers incrustés de joyaux et gonfanons brodés de fils précieux scintillaient à la lueur violette du feu de camp.

Malgré les flocons qui tombaient toujours, les soldats n'eurent aucun mal à trouver le sommeil. Au matin, ils chassèrent la neige déposée sur leurs manteaux, avalèrent vivement une pinte de vin chaud et passèrent la frontière. L'infanterie marchait devant, en un triangle pointé vers l'ennemi – un coin gigantesque, prêt à pénétrer les troupes de Jorlond pour les écarteler. Le soleil n'était levé que depuis quelques minutes quand les deux armées se trouvèrent face à face.

Dès qu'il aperçut les troupes du roi, milliers de points noirs sur un tapis immaculé, Jorlond éprouva un sentiment d'impuissance. Que pouvait-il espérer, sinon mourir héroïquement en sachant que son nom serait à jamais marqué du sceau de l'infamie ? Il n'en fit pas moins s'ébranler sa troupe, plaçant lui aussi la cavalerie derrière le rempart des hommes à pied. Formés en rangs serrés, ces derniers voyaient avancer vers eux une ligne large d'un quart de lieue, bardée de fer.

— Souvenez-vous de notre tactique, recommanda Jorlond à ses capitaines. Puisque nous ne sommes pas assez forts pour les enfoncer, nous devrons attendre qu'ils nous attaquent et leur causer le plus de dommages possible avant de… (Il s'arrêta net, avala péniblement sa salive, puis reprit d'une voix plus forte :) Avant de vaincre ! Et rappelez-vous : je ne veux pas que l'on touche au roi. Si le hasard du combat nous met en présence, je veux trancher moi-même sa tête chauve.

Quand les deux armées ne furent plus qu'à une demi-lieue l'une de l'autre, elles s'arrêtèrent au même instant. Jorlond vit plusieurs cavaliers contourner les troupes du roi, distribuant ordres et encouragements, puis tout s'immobilisa.

— Qu'attendent-ils ? se demanda le chevalier. Ils n'ont tout de même pas peur de nous !

Alors résonnèrent buccins et trompettes annonçant le début de la bataille.

Quelques instants auparavant, Rowena faisait son apparition au château de Jorlond. Elle se rendit immédiatement dans la cour intérieure, désormais peu soucieuse d'être ou non aperçue. Seules restaient là les servantes, surtout préoccupées de pleurer le départ de leurs maris et de leurs fils. Si on la remarqua, nul ne vint l'ennuyer.

Elle s'approcha de la fontaine sculptée, grande vasque de pierre où trois gargouilles crachaient en permanence l'eau d'une source, à laquelle s'ajoutaient ce jour-là les flocons qui tourbillonnaient avant de se fondre en leur sœur stagnante.

La sorcière effleura du bout des doigts la surface liquide. La clairvoyance était une des premières choses que lui avait enseignées l'enchanteur, une des plus simples. L'eau se brouilla, envahie de masses blanchâtres à l'aspect de nuages. Rowena concentra ses pensées sur Jorlond, créa en elle-même une parfaite image de lui, laquelle apparut bientôt au sein du brouillard. Ce dernier ne tarda pas à se disperser pour révéler un champ de bataille. Les traits du chevalier étaient invisibles sous son heaume, mais l'observatrice les savait tendus, résolus. Quand le combat commença, elle eut une pensée émue pour tous ceux qui allaient mourir afin d'assurer ou d'empêcher la reconquête d'un trône ne leur appartenant pas.

— Je ferai ce que je pourrai, Jorlond, murmura-t-elle.

Tel un monstre colossal, l'infanterie de Turgoth se mit en branle : plus de quinze mille loqueteux ignorant tout des jeux de la guerre, armés de l'outil le plus meurtrier qu'ils avaient trouvé dans leur remise. Certains, ceux qui en possédaient un, étaient coiffés d'un pot de fer en guise de casque. Tous marchaient d'un pas régulier, ignorant la neige qui tombait en bourrasques, méprisant les brûlures de leurs pieds mal chaussés, tentant d'oublier qu'ils avaient laissé derrière eux femmes et enfants – condamnés à la disette s'ils ne revenaient pas.

Ceux qui allaient devant et sur les flancs s'inquiétaient de subir les assauts de la cavalerie ennemie. Perdus au sein de cette masse humaine, ceux qui en formaient le cœur étaient oppressés, étouffés, contraints d'avancer sous peine d'être écrasés. Car si, d'aventure, une des cellules du monstre s'arrêtait, elle était immédiatement dépassée, piétinée, enfoncée dans la neige par des milliers de pieds. Bien des hommes moururent ainsi avant de rencontrer l'armée du baron félon, mais la formation ne parut pas s'affaiblir, comme si le monstre s'était nourri de lui-même.

— S'ils nous atteignent, nous serons séparés en petits groupes, réalisa soudain Jorlond. Leurs cavaliers n'auront plus qu'à nous achever. Il faut les prendre de vitesse et briser la pointe de cette lance.

Il donna l'ordre à sa propre infanterie de former une muraille compacte et immobile, l'arme plantée au sol, dans l'attente d'une charge, muraille derrière laquelle ses cavaliers pourraient s'abriter après chaque sortie. S'il y avait plusieurs sorties. Une fois la piétaille en position, le baron félon donna le signal de l'attaque.

Une centaine d'hommes se lancèrent à la rencontre du monstre. Les chevaliers du roi ne réagirent pas, observant la tactique de l'adversaire, sachant que ce premier coup ne les priverait à tout prendre que de deux à trois cents paysans.

Jorlond arriva le premier sur la pointe de l'infanterie royale. Il vit le visage terrifié du serf qui reçut son assaut. Oubliant son sarcloir, l'homme hurla et voulut s'enfuir. Un coup d'épée mit fin à ses cris. Il s'effondra aux pieds de ses camarades. Levant à nouveau son arme, le jeune baron frappa encore et encore, tranchant chaque fois une tête ou un membre, supprimant chaque fois une vie. Ses compagnons tailladaient, hachaient à son image, si bien que le sol fut bientôt jonché de cadavres sanglants qui marquaient la neige de flots bleu nuit. La cavalerie ennemie ne bougeait toujours pas. La pointe des piétons fut facilement brisée, puis repoussée par l'irrésistible avance des chevaliers. Sachant avoir peu de chances de percer les armures, les paysans s'attachaient à frapper les chevaux, dont le caparaçon possédait quelques failles.

Sans cesser de se battre, de massacrer, Jorlond jeta un regard autour de lui. Ils s'étaient enfoncés si profondément dans les rangs ennemis que la piétaille risquait de se refermer derrière eux, les coupant de leurs troupes.

— En arrière! cria-t-il. Battons en retraite!

L'un des capitaines, à son côté, fit volter son cheval et passa l'ordre à la cantonade, forcé de hurler pour se faire entendre au travers des cris, des hennissements et du fracas des armes. Quelques instants plus tard, les chevaliers se retiraient. Quand le capitaine voulut s'élancer à son tour, un outil perça le poitrail de sa monture, qui boula. Projeté hors de sa selle, il se retrouva allongé dans la neige. Jorlond tenta de lui porter secours, mais il était déjà trop tard : des dizaines de mains lui arrachaient son armure, des dagues avides de sang et de vengeance cherchaient sa gorge. Avec un juron furieux, le jeune homme piqua des deux et se dégagea de l'étau humain qui se resserrait autour de lui.

Comme s'il n'avait subi aucune perte, le monstre se referma, reprenant sa forme initiale, et continua d'avancer, fer de lance que l'on pouvait émousser mais qui s'affûtait de lui-même.

— Nous n'y arriverons jamais! s'exclama le deuxième capitaine quand tous les nobles se furent repliés. Ils sont trop nombreux.

Jorlond acquiesça. Il revoyait l'homme désarmé, déchiré, enfoui… C'était là une mort peu glorieuse, à laquelle il les condamnerait tous, s'il s'obstinait.

— Je crains qu'il ne nous reste qu'une solution pour sauver notre honneur, messeigneurs ! cria-t-il. Attendre la première charge de la cavalerie ennemie et galoper sus.

Un chevalier acquiesça.

— Battons-nous entre gens bien nés ! approuva-t-il. Je détesterais me faire égorger par un serf.

Rowena serrait les dents. Elle avait observé la charge avec dégoût. Ce n'était plus de la guerre, c'était une boucherie, et le pire restait à venir : le massacre systématique des serfs composant l'infanterie de Jorlond dès que leurs chefs seraient défaits. Les dieux savaient qu'elle n'avait pas voulu cela : lors d'une attaque dans la contrée du miroir, la plèbe n'eût pas souffert. Pourtant, la sorcière se sentait coupable.

Elle fit taire ses remords et contempla à nouveau la fontaine, où se jouait le dernier morceau de bravoure de cette dérisoire bataille. Rowena concentra son attention sur Jorlond et se prépara à intervenir. De lui, elle avait encore besoin. Puisque devenir reine la contraindrait à prendre un époux, il était le seul homme qu'elle accepterait sans trop de répugnance. Il y avait quelque chose de touchant dans sa colère de fils outragé, dans l'éternel amour adolescent qu'il lui portait, dans son respect de la loi, même. C'était un innocent, lui aussi.

De deux mille poitrines jaillit le même cri : « Pour le roi ! » Deux mille épées quittèrent leur fourreau. Deux mille chevaux se mirent en branle. Menée par le souverain en personne, que suivait de près Ghénarys, la cavalerie de Turgoth contourna les piétons derrière lesquels elle s'abritait.

Serré dans son armure, frigorifié, le souverain eût voulu être mort. Il ne savait plus si ses doigts gourds tenaient encore les rênes du cheval – restait conscient pourtant de ne pouvoir se relever en cas de chute. Il poussa sa monture au galop. Dans sa tête résonnaient les sabots de tous les destriers chargeant auprès du sien. Il n'avait nul besoin de se retourner pour savoir que les gonfanons volaient fièrement, que toutes les armes étaient tirées, toutes les volontés bandées dans le seul but de le servir. Ils étaient là : ses barons, ses chevaliers.

Se réjouissant à l'idée de mourir bientôt, Turgoth poussa un cri sauvage auquel répondit l'écho de la bourrasque.

Dans l'armée de Jorlond, il restait moins de cent cavaliers, qui s'habituaient doucement à l'idée d'un départ pour la contrée de la mort. Ils ne lancèrent pas de cri joyeux en tirant leurs armes, mais ils s'élancèrent. Leurs porteurs de gonfanons étaient morts dès la première charge, aucune bannière ne flottait au vent, mais ils forcèrent leurs chevaux. Ils ne voyaient plus rien, que la neige, le ciel obscur, et les taches brillantes, innombrables, de leurs ennemis, mais ils galopèrent, acceptant la mort et courant vers elle, parce que des dieux leur avaient donné le sens de l'honneur ; pour obéir à une loi ancestrale stipulant que deux et deux ne pourraient jamais faire trois.

À mi-chemin, les deux armées se rencontrèrent.

Jorlond et Turgoth avaient galopé l'un vers l'autre depuis qu'ils s'étaient aperçus. Ils frappèrent au même instant.

La main du souverain le trahit : l'épée glissa de ses doigts gelés. La chute de l'arme fut la dernière vision qu'il emporta du monde.

Jorlond, lui, ne tremblait pas : sa lame trancha la tête du roi, qui décrivit une longue courbe avant de rouler au sol. Le cheval de Turgoth s'emballa, volta et partit au grand galop à travers les troupes royales, toujours chargé d'un corps décapité dont le sang ruisselait sur la neige. Il y eut une hésitation parmi les chevaliers du roi. Nombre de sentiments se bousculaient en eux : stupeur, tristesse, et finalement colère, haine, désir de tuer. Ils se jetèrent d'un seul mouvement dans la mêlée.

Détaché de ses compagnons, Ghénarys frappait une fois à droite, une fois à gauche, sans arrêter sa monture, et chacun de ses coups tuait un homme. La visière de son heaume masquait les larmes qui roulaient sur ses joues. Pour lui, le roi avait d'abord été un ami, depuis toujours.

Les chevaliers qui n'égalaient pas sa puissance adoptaient une technique différente : sept ou huit d'entre eux entouraient le même adversaire et le frappaient jusqu'à ce qu'il tombât. Le massacre commençait.

Jorlond faisait face à cinq hommes et sentait la présence de ceux qui n'allaient pas tarder à l'attaquer dans le dos. Un fléau d'armes fit sauter son bouclier. Il rendait coup pour coup mais son bras se faisait de plus en plus lourd.

Il se volatilisa sans se rendre compte que tous ses compagnons étaient morts.

— Pourquoi m'avoir sauvé? demanda-t-il plus tard à Rowena. J'aurais voulu mourir avec eux. C'est moi qui les ai entraînés là-bas. Il est injuste que je vive.

— Cesse de parler de justice et d'injustice, coupa sèchement la sorcière. Tu ne sais pas ce que c'est et tu dis n'importe quoi. Je t'ai sauvé parce que deux des assassins de ton père sont encore vivants et que tu as juré de les abattre. Je t'aide à respecter ton vœu pour que tu m'aides à respecter le mien. (Comme il acquiesçait tristement, elle ajouta :) Mais à partir de maintenant, nous allons jouer selon mes règles. La loi a été respectée : tous tes hommes sont morts. Je ne veux plus entendre parler de loi ! C'est bien compris?

Une nouvelle fois, Jorlond hocha la tête. Il ne se sentait plus le courage de résister.

32

Chaque baron reprit la tête de ses propres hommes et rentra chez lui. Malgré leur victoire éclatante, les soldats étaient d'humeur sombre. La disparition de Jorlond les avait décontenancés, et, surtout, la mort de Turgoth les laissait tristes, amers. Le royaume n'avait plus de souverain.

Ghénarys serrait contre lui la couverture sanglante dans laquelle il avait enveloppé la tête du roi. Le corps était allongé en travers du cheval qui le portait à l'instant de sa mort.

Le premier chevalier de Fuinör n'avait pas retiré son heaume ni adressé la parole à quiconque depuis le départ de la contrée de la guerre. S'il se tenait toujours très droit sur sa selle, chacun savait que le décès de son ami constituait pour lui une blessure plus grave que toutes celles reçues au combat. Il avait à lui seul abattu une trentaine d'ennemis montés, mais enrageait de n'avoir pu atteindre Jorlond – ou bien il s'en félicitait, il ne savait plus trop. Le fils d'Auriana avait toujours été un garçon charmant et respectueux, auquel il conservait une grande affection. Pourquoi s'était-il soudain changé en félon ? Ghénarys avait solennellement juré sur son épée de châtier celui ou ceux qui lui avaient mis en tête des idées sacrilèges.

Aucune trompette ne salua le retour au château. Les guetteurs avaient vu l'étendard noir flotter au vent. Quand les chevaliers franchirent le pont-levis, Auriana et Hormund étaient seuls pour les accueillir.

Ghénarys, qui menait la troupe, arrêta son destrier devant eux et mit pied à terre. Alors seulement, il enleva son heaume, révélant un visage crispé. Des cernes bleus, autour de ses yeux, révélaient qu'il avait pleuré. Il s'agenouilla devant la reine et déposa à ses pieds son macabre fardeau.

— J'ai la profonde douleur de vous apprendre que le roi a été abattu par le félon tandis qu'il menait notre armée au combat, madame, dit-il.

Sa voix était ferme mais un peu enrouée. N'ayant aucune envie de feindre le chagrin, Auriana joua la dignité.

— S'il est mort héroïquement, je suis sûre qu'il n'a aucun regret, déclara-t-elle. Son âme trouvera une place de choix dans la contrée de la mort. Relevez-vous, bon chevalier. Je sais votre tourment, et croyez que je le partage. Allez prendre quelque repos. Cette nuit, nous veillerons mon époux, et, aux premières lueurs de l'aube, il sera inhumé dans la chapelle. En attendant, souffrez que je me retire. Je préfère être seule pour pleurer.

Hormund ne put s'empêcher d'admirer ses talents de comédienne.

— J'aimerais avoir un entretien avec Votre Majesté, intervint-il.

— Demain, implora la reine. Je ne sais si je pourrais, aujourd'hui, m'exprimer de manière cohérente.

Le conseiller s'inclina avec humilité. Auriana ramassa la couverture enveloppant la tête du roi et la rendit à Ghénarys.

— Veillez sur cette précieuse relique, enjoignit-elle. Soyez jusqu'au bout l'ami de Turgoth.

Comme elle s'éloignait, Hormund se tourna vers le chevalier.

— Et Jorlond ?

— Il a disparu. Les nôtres l'entouraient pour le mettre à mal quand il s'est évanoui sous nos yeux.

Le visage du vieillard se fit plus grave.

— Êtes-vous sûr qu'il n'a pas tout simplement pris la fuite?

— Oui, affirma Ghénarys. Il n'eût pu nous échapper, surtout en abandonnant son cheval. Il s'est évanoui telle une fée.

— Je vous remercie, dit sombrement le conseiller.

Un mauvais pressentiment l'animait : que Jorlond connût les circonstances ayant présidé à la mort de son père n'avait plus rien d'étonnant s'il était l'allié d'un être aux pouvoirs magiques, mais de quel être pouvait-il bien s'agir? Il se passait d'étranges choses, au royaume de Fuinör. Hormund se demanda s'il n'allait pas se révéler nécessaire d'implorer le conseil des dieux, voire leur aide.

Après une veillée qui dura toute la nuit, et à laquelle Auriana se fit un devoir de participer, les restes de Turgoth furent inhumés dans le caveau où reposait sa première épouse – la mère de Rowena. La reine, dont le voile masquait fort heureusement les traits, drapée dans les vêtements de deuil qu'elle n'avait quittés que quelques saisons plus tôt, versa quelques larmes de bon aloi.

Après la cérémonie, Hormund sollicita de nouveau un entretien et l'obtint. Auriana et lui se retrouvèrent en tête à tête dans la salle du trône. La veuve frissonna en y pénétrant.

— Je n'ai jamais aimé cette pièce, avoua-t-elle. À présent qu'elle est vide, elle paraît encore plus glaciale.

— C'est justement du trône que je désirais entretenir Votre Majesté, dit le conseiller. Il ne saurait rester inoccupé. Or votre fils…

— Il n'est plus mon fils! coupa-t-elle sèchement.

— Jorlond, donc, convaincu de félonie, ne peut plus prétendre à s'y asseoir. Avant de partir en guerre, le roi m'a chargé d'organiser un tournoi afin de désigner celui qui deviendrait votre nouvel époux s'il ne devait pas revenir.

Je tenais à vous en informer. Bien entendu, ledit tournoi ne saurait avoir lieu avant la fin de votre deuil. En attendant, j'assurerai la régence…

— Il n'y aura pas de tournoi, affirma Auriana, très calme. Pensez-vous qu'après avoir été l'épouse d'un Turgoth, une femme pourrait lever les yeux sur un autre homme ?

Hormund ravala ses sarcasmes.

— Il s'agit du royaume, madame. Je conçois votre répugnance mais vous êtes seule à pouvoir mettre au monde un roi ou une reine.

— Je ne l'ignore pas, mais je n'aurai pour cela nul besoin d'un mari. Vous semblez oublier combien notre regretté souverain demeurait ardent, malgré son âge. Voilà une demi-saison que je porte l'héritier du trône.

Le conseiller se figea. Il était de notoriété publique que le couple royal n'avait plus, depuis beau temps, visité la contrée de l'amour. Auriana, pourtant, n'eût pu se permettre un mensonge aussi aisément vérifiable. L'enfant était celui de Danveld.

Un être conçu au mépris de la loi pourrait-il régner sur Fuinör ? À ce sujet aussi, il faudrait consulter les dieux.

— Cette nouvelle me comble de bonheur, madame, assura Hormund, servile.

D'une certaine façon, il ne mentait pas. Quel que fût le destin de l'enfant, Auriana allait le mettre au monde. Et elle était reine de Fuinör : dans un peu plus de deux saisons, le royaume serait débarrassé de sa plus grande intrigante.

Le vieillard quitta la pièce en se frottant les mains et se rendit au laboratoire de maître Aquarius. La préparation de certaine poudre allait s'imposer.

Rowena plongea la main dans la fontaine, chassant l'image de la salle du trône. Il lui fallait agir plus vite qu'elle ne l'eût souhaité : laisser naître l'enfant d'Auriana, qui lui serait un rival légitime, était hors de question.

Toutefois, il lui restait une chose à faire avant de se rendre à la cour.

Rowena avait fini par aimer la contrée de la folie, où tout pouvait arriver et où vivaient ses seuls amis. Ce jour-là, pourtant, elle évita la petite clairière. Celui qu'elle cherchait était tout autre.

— Ketz ? appela-t-elle à mi-voix en s'avançant sans peur dans les fourrés. Tu es là ? C'est Rowena.

Il ne lui fallut que quelques minutes pour attirer l'attention du serpent. Sous le soleil violet, ce dernier possédait une peau d'un pourpre éclatant, qui le rendait encore plus impressionnant. Il sortit d'un buisson et rampa jusqu'au premier arbre. En un éclair, il se retrouva posté sur une branche basse. Quetzalcóatl était l'animal le plus rapide de la création.

— Salut ! lança-t-il, jovial. Ça baigne ?

La sorcière sourit.

— Ça va, répondit-elle. Sauf que je vais bientôt entreprendre une tâche très dangereuse. Tu te souviens de notre dernière rencontre ?

— Tu parles ! Je suis pas près d'oublier ça. Je sais que je te dois un service. Qu'est-ce qui te ferait plaisir ?

— Que tu m'accompagnes pour quelques jours dans la contrée du miroir. Il est certaine personne dont l'existence m'embarrasse, et, pour des raisons diverses, je ne puis me permettre de l'occire moi-même.

— C'est dans mes cordes, admit Ketz, moins enthousiaste. Tu as changé, ma pitchoune…

Rowena baissa les yeux, presque honteuse, puis se reprit.

— Tu m'aideras ?

— Je n'ai qu'une parole, déclara le mamba. On y va comment ?

— Nul ne doit savoir que tu es avec moi. Tu vas te glisser sous ma robe et t'enrouler autour de ma taille.

— Hein ?

Surpris, le serpent se dressa légèrement, sans songer qu'il avait omis de se lover. La plus grande partie de son corps se retrouva suspendue au-dessus du vide, et il perdit l'équilibre pour atterrir au pied de l'arbre, sur un tapis de neige durcie.

— Mille tonnerres! s'exclama-t-il en retrouvant une position plus noble. T'as de ces idées! Y a des fois, je regrette presque de ne pas avoir des pulsions humaines, tiens!

Rowena éclata de rire. Elle laissa glisser sa robe au sol pour que le mamba pût ramper le long de sa jambe.

— Et pas de réflexe idiot, l'avertit-elle. Tu sais que ton venin ne pardonne pas.

— Ça va, répliqua Ketz. Je connais mon métier.

33

Le champ clos naturel était recouvert d'un épais tapis blanc mais la neige avait cessé de tomber. Insensible au froid, figée depuis l'aube sur son destrier, la réplique de Ghénarys attendait son adversaire.

Douleur quitta la grotte en frissonnant. Sa cotte de mailles dorée le gardait bien mal du froid. L'enchanteur n'était pas en vue. Depuis le début de la saison des neiges, il passait de moins en moins de temps ici, comme s'il s'était désintéressé d'un élève trop peu doué. Ce dernier en était blessé mais, fidèle à sa ligne de conduite, évitait de questionner.

L'ancien Fou harnacha son cheval, monta en selle et alla se poster face au chevalier recréé. Il l'observa avec attention, cherchant en vain une once d'humanité dans la silhouette immobile. Le véritable Ghénarys pouvait-il être aussi monstrueux ?

Douleur chassa ces pensées et s'élança en abaissant sa lance. Il lui semblait que son adversaire éperonnait sa bête exactement au même moment que lui, comme s'il avait lu son intention dans ses pensées.

Arrivé à quelques pas du faux chevalier, moins d'une seconde avant le choc, il sut ce qui allait arriver. Son arme ne tremblait pas, mais il lui manquait cependant la tranquille assurance de la réplique, cette certitude de vaincre qui la rendait incapable de perdre. Il ne faisait pas encore qu'un avec sa monture. Les deux lances frappèrent ensemble les deux poitrines, comme cela s'était si souvent produit au cours des jours précédents.

Seul, Douleur vida les étriers. Jamais encore il n'avait remporté une joute.

Découragé, il se releva, rattrapa son cheval et le guida vers la grotte où l'enchanteur venait d'apparaître, sous la forme d'un tigre à dents de sabre.

— L'instant est venu, rugit-il. Rowena est déjà passée à l'action.

— Je ne suis pas prêt, maître. Vous l'avez bien vu : je ne tiens pas en selle.

Le tigre se dressa sur ses pattes arrière et redevint le vieil homme aux traits plus familiers.

— Tu exagères, répondit-il. Il est vrai que ton entraînement n'est pas terminé mais je suis persuadé que tu mèneras à bien ta tâche. N'oublie jamais que tu te bats pour Fuinör et tu triompheras.

Douleur hocha la tête. Il sentait encore le choc de la lance dans sa poitrine, et toutes les paroles de l'enchanteur n'y pourraient rien changer. Pourtant, il savait que son destin était tracé.

— Que devrai-je faire ? demanda-t-il.

Le vieillard regarda Douleur et son destrier s'éloigner à tire-d'aile et disparaître au-dessus des arbres. Il avait menti, une fois de plus : son élève n'était pas capable de vaincre les périls qui se dresseraient devant lui – pas à coup sûr. Mais il était trop précieux pour qu'on le laissât périr en route. Si cela se révélait nécessaire, la magie serait là pour donner un coup de pouce à l'habileté.

Le camp des cavaliers dorés n'avait pas changé. Lorsque Douleur arriva en vue de la grande clairière, il hésita. Son maître lui avait donné des instructions précises, mais il ne se sentait guère enclin à renouer avec cette partie de son existence dont il gardait encore plus de mauvais souvenirs que de la précédente – quand il n'était qu'un simple Fou.

Flattant l'encolure de son cheval, il lui enjoignit de perdre de l'altitude. Docile, l'animal obéit.

Dès qu'on l'aperçut, en bas, il se créa une agitation inhabituelle : des doigts se tendirent vers lui, des exclamations fusèrent, et plusieurs hommes traversèrent le camp en courant, sans doute afin d'avertir Sharris. Il se trouvait encore trop haut pour qu'on l'eût reconnu, mais la seule vision d'un cavalier solitaire était assez contraire aux usages pour justifier un branle-bas général.

Le cheval se posa au milieu de la clairière, replia les ailes et s'immobilisa. Aussitôt, il fut entouré par une vingtaine d'individus curieux, prudents, mais pas vraiment agressifs. Douleur en reconnut quelques-uns, avec lesquels il avait échangé paroles ou coups d'épée.

Il fit avancer sa monture au pas vers la tente de Sharris. Les cavaliers dorés hésitaient. Deux ou trois portèrent la main à leur épée mais, en fin de compte, tous le laissèrent passer. Ils savaient qui il était, à présent, et se rappelaient la manière dont il avait disparu.

L'ancien Fou entendit des murmures sur son passage : son nom, accolé à des superlatifs ou à des adjectifs malsonnants. Il n'y prit pas garde. Sharris venait d'apparaître, le cheveu en bataille, achevant de ceindre son épée. Lorsqu'il découvrit l'arrivant, il se figea, la bouche ouverte sur une exclamation muette. Sa stupeur ne dura qu'un instant mais Douleur sourit tout de même : il avait marqué un point. Le vieil homme écarta d'un geste brusque les cheveux blancs qui s'égaraient devant ses yeux.

— Où étais-tu ? interrogea-t-il. Et qu'est-ce que c'est que cet attirail ?

L'interpellé mit un certain temps à comprendre que son ancien chef parlait de l'arc et du carquois aux flèches empennées, lesquels n'avaient jamais fait partie de l'équipement d'un cavalier doré.

— J'étais dans la forêt, répondit-il simplement. J'étudiais.

— Pourquoi es-tu revenu ? Qu'est-ce qui te fait croire que je ne te tuerai pas ?

— J'ai besoin des cavaliers dorés, dit-il, dédaignant la deuxième question. Je suis venu les chercher.

Sharris l'observa quelques secondes sans réagir, puis son regard s'éclaira et il éclata d'un rire strident. Douleur resta silencieux, immobile. L'hilarité de son antagoniste cessa d'un coup, remplacée par un rictus mauvais.

— Si je comprends bien, tu veux prendre ma place ?

— Oui. Mais tu connais ces hommes bien mieux que moi. Si tu acceptes de m'obéir, tu peux être mon second.

Sharris faillit s'étrangler de fureur.

— Ton second, en vérité ? Pour qui te prends-tu, Bébé ? Tu ne crois quand même pas que je vais avoir peur de quelqu'un à qui j'ai appris tout ce qu'il sait ?

— Tu ne m'as pas appris tout ce que je sais. Loin de là.

L'autre l'observa avec attention, remarqua l'aisance avec laquelle il se tenait à cheval, la lourde lance de combat fixée sur le côté de la selle. L'arc et les flèches, surtout, l'intriguaient : ils prouvaient que, depuis sa disparition, Douleur avait rencontré un autre maître d'armes.

— Je ne peux pas te laisser faire, dit le vieux cavalier d'une voix changée, comme à regret. Tu sais que je ne peux pas.

— Je sais, acquiesça l'ancien Fou. Faisons donc les choses dans les règles. (Il éleva la voix afin que tous puissent l'entendre.) Sharris, chef des cavaliers dorés, je déclare qu'aujourd'hui ta charge devient mienne jusqu'à ce que j'en décide autrement. En conséquence, je te défie au combat, à pied ou à cheval, à l'épée ou à la lance, jusqu'au premier sang ou jusqu'à la mort – selon ton agrément.

— J'ai une meilleure idée, répondit Sharris en souriant. Attaquez-le, vous autres ! Mettez-le en pièces !

Les cinq hommes les plus proches de Douleur n'attendaient que cet ordre pour intervenir et se jetèrent sur lui, l'arme brandie. Il ne daigna pas même faire bouger son cheval : tirant l'épée, il frappa de droite et de gauche, chacun de ses coups désarmant un adversaire. Le dernier hurla en voyant son poignet tranché, d'où s'échappait un flot de sang. Un mouvement de recul anima l'ensemble des cavaliers.

— Attaquez-le, bande de lâches ! cria Sharris. Que voulez-vous qu'il fasse contre vous tous ?

Ses hommes ne bougèrent pas. Hésitant entre deux chefs, ils prendraient indifféremment parti pour l'un ou l'autre dès qu'on leur aurait jeté une tête. Le blessé s'était effondré dans la neige et se vidait de son sang sans que nul songeât à lui porter assistance.

— Qu'on le soigne ! ordonna Douleur, pris de remords.

Deux ou trois cavaliers se précipitèrent, acceptant déjà son autorité et la renforçant auprès des autres. Sharris bouillait.

— Lâches…, répéta-t-il.

— Accuses-tu les autres de lâcheté pour ne pas t'avouer que tu as peur de moi ? interrogea l'ancien Fou.

— Peur ? éructa le vieux cavalier. Tu l'auras voulu : j'accepte ton défi !

— Alors, choisis ton arme !

Sharris n'hésita qu'un instant. Il venait de voir son adversaire se servir d'une épée.

— Nous nous battrons à cheval, décida-t-il. À la lance. Et bien entendu jusqu'à la mort !

— Sur-le-champ ?

— Sur-le-champ. Ton existence même est une insulte aux dieux !

Douleur retint un sourire, fit volter sa monture et tourna le dos à son ennemi pour gagner le champ clos. Il se posta à une extrémité, la lance dans une main, l'écu dans l'autre, et il attendit. Comme toujours, entre deux tempêtes de neige, le ciel était dégagé, immense toile d'un pâle orangé où s'inscrivait le disque aveuglant du soleil violet.

Sharris alla chercher son cheval dans l'enclos, le sella, et prit position face à Douleur, après s'être emparé de la lance et du bouclier qu'on lui tendait. Les deux hommes s'observèrent un instant, puis le vieux cavalier éperonna son animal. L'ancien Fou fit partir le sien d'une légère impulsion du genou. Bientôt, ils galopèrent l'un vers l'autre, abaissant progressivement leurs armes. Sous le soleil, la pointe des lances irradiait une fatalité inhumaine que Douleur n'avait encore jamais ressentie. Là, tout se jouait en un coup, en une fraction de seconde.

À l'évidence, Sharris visait la tête, car il gardait l'arme haute. Au dernier moment, son adversaire leva son écu. Il sentit à peine la pointe acérée glisser, inoffensive, sur la surface métallique. Le regard haineux du chef des cavaliers dorés se mua en expression torturée quand la lance de Douleur perça sa cotte de mailles et le traversa de part en part. Arraché à sa selle, il tomba comme une masse, les mains serrées sur la hampe meurtrière qui l'épingla au sol tel un vulgaire insecte. L'ancien Fou fit tourner bride à son cheval et mit pied à terre près d'un Sharris au visage convulsé, dont le corps se tendit sous l'effet d'une souffrance terrible, demeura un instant arqué, puis retomba lourdement.

Les autres cavaliers s'approchèrent des deux hommes. Ils virent Douleur fermer les yeux de leur chef avant de se relever.

— Il avait accepté mon défi, déclara-t-il d'une voix calme. Désormais, je suis en droit de commander à chacun de vous, mais je ne veux pas être obligé de vous surveiller sans cesse. Ceux qui ne veulent pas de moi à leur tête peuvent prendre leur cheval, leurs armes, et aller se faire rouer ailleurs. Les autres s'engagent à m'obéir en tout. Est-ce clair ? À présent, que ceux qui sont décidés à me suivre tirent leur épée !

Les hommes s'entre-regardèrent un instant, hésitants, puis la plupart haussèrent les épaules : leur vie était dans cette clairière et dans les criques. Sans chef pour les guider, ils n'eussent su que faire de leur liberté.

Une à une, les épées quittèrent le fourreau et se pointèrent vers le ciel. Douleur sourit.

Autour de Sharris, une mare de neige fondue aux reflets bleus s'élargissait rapidement.

34

Avant la bataille, Rowena s'était demandé quel effet produirait sur elle la mort de son père. La réponse était : aucun. Le vieillard qu'elle avait vu décapiter ne lui inspirait plus qu'un peu de pitié. Elle ne l'avait pas même appelé « père » depuis trop longtemps pour se souvenir de l'époque où il n'était que « papa ».

— Rappelle-toi ta promesse, recommanda-t-elle ce matin-là. Ne tente rien contre ta mère. Si elle ne nous y force pas, nous n'aurons pas besoin de la tuer.

— Et son crime demeurera impuni ? demanda Jorlond, qui hésitait entre indignation et soulagement.

— Elle a fait assassiner ton père pour devenir reine. Si nous la frustrons de son trône et la condamnons à mener une existence de servante, elle sera bien assez punie, crois-moi !

— Tu as peut-être raison, acquiesça le chevalier. Quand partons-nous ?

— Tout de suite.

— Je vais faire préparer un attelage.

— C'est inutile, dit Rowena en souriant. Et de toute façon tu n'as plus de serviteurs. Donne-moi la main, ce sera suffisant.

Il saisit avec empressement la main qu'elle lui tendait et sentit son cœur battre plus vite, comme chaque fois qu'il la touchait. Quand elle lui enjoignit de fermer les paupières, il obéit. Elle prononça des paroles qu'il ne comprit pas, puis il sentit un brusque souffle d'air glisser sur sa peau.

— Tu peux ouvrir les yeux, maintenant.

Jorlond poussa une exclamation de surprise. Ils ne se trouvaient plus dans sa chambre mais sur un large chemin couvert de neige. À cent toises de là se dressait le château du roi. Le jeune baron regarda sa compagne avec admiration.

— Tu es aussi puissante que les fées, déclara-t-il, mais pourquoi ne pas nous avoir transportés directement dans l'enceinte des murailles ?

— Je tiens à ce que tous nous voient entrer, déclara Rowena. Viens !

Ils marchèrent rapidement jusqu'à la place forte. Sur les remparts, des gardes pointaient vers eux arcs et arbalètes. Depuis la mort du roi, Auriana et Hormund imposaient une discipline de fer. La sorcière avait revêtu une robe pourpre brodée d'or, qui laissait nus ses épaules et ses bras bleu pâle. Jorlond portait sa cotte de mailles de cérémonie, arborait fièrement son blason, et n'avait pour arme qu'une épée au côté.

Un carreau d'arbalète se ficha entre les pieds du chevalier, qui se figea.

— Le baron Jorlond et moi venons en paix, dit Rowena. Je suis la fille du roi Turgoth, qui vient de mourir.

— Tu mens, femme ! lança un des gardes. La princesse est en exil dans la contrée de la folie. Et même si tu disais vrai, tu devrais être exécutée pour avoir osé revenir ici. C'est ce qui t'arrivera de toute manière si tu persistes à fréquenter les félons.

La sorcière ne se départit pas de son sourire.

— Abaissez le pont-levis, si vous ne voulez pas que je l'enfonce ! ordonna-t-elle.

Seul un rire vulgaire lui répondit, ce à quoi elle s'était attendue. Elle tendit les mains vers le pont-levis et décrivit deux figures rapides, en prononçant une incantation. Il y eut des cris de surprise et d'horreur quand les épais madriers ployèrent. Un craquement gigantesque annonça leur rupture. Sous les yeux écarquillés des soldats et de Jorlond, la lourde porte fut projetée en mille morceaux dans la cour intérieure. Certains éclats frappèrent les hommes qui n'avaient pas pris la menace au sérieux. L'un reçut en pleine poitrine un morceau de bois effilé qui le tua net.

— Viens, dit Rowena à son compagnon. Entrons.

Lorsqu'ils y pénétrèrent, la cour était en pleine effervescence. Les gardes, décontenancés, couraient s'abriter dans le château ou les écuries. Quelques-uns, trop frappés de stupeur, demeuraient paralysés. Ils observèrent sans réagir la sorcière et le chevalier s'avancer vers la grand-porte.

— Qu'est-ce qui se passe, ici ? cria une voix aiguë.

Levant les yeux, Rowena vit Auriana postée à une fenêtre, dans l'aile gauche. Elle sentit le mouvement instinctif de Jorlond et lui posa la main sur le bras pour l'apaiser.

— Rowena ? s'exclama la reine, incrédule. Ainsi, c'est toi qui as introduit l'essence de la rébellion dans l'esprit de mon fils ?

— C'est moi, en effet, admit la sorcière. Mais je n'ai dit que la vérité.

— Pourquoi es-tu revenue ? Dois-je te rappeler que tu as été bannie ?

Alertés par le brouhaha, plusieurs chevaliers sortirent à la hâte. Parmi eux se trouvait Ghénarys, qui s'immobilisa en reconnaissant son ancienne protégée. Lui aussi comprenait enfin qui avait poussé Jorlond à la félonie. Pourquoi fallait-il que ce fût justement elle, qu'il avait fait sauter sur ses genoux quand elle était enfant ?

Le conseiller Hormund apparut auprès d'Auriana. Son visage devint bleu foncé quand il découvrit la scène.

— Je suis la fille du défunt roi ! répéta Rowena. La plupart d'entre vous peuvent en témoigner. En tant qu'unique héritière du trône, je viens réclamer mon dû. Jorlond, que voici, sera mon champion dans le tournoi qui désignera mon époux.

— Une folle de retour d'exil et un baron félon! railla la reine. Que voilà un beau couple pour régner sur Fuinör!

— Nous n'en sommes pas moins dignes qu'une meurtrière et un vieillard sénile, madame! répliqua son fils.

— Abattez-les! cria soudain Hormund. Soldats! À vos arbalètes!

Les gardes qui n'avaient pas eu la présence d'esprit de s'éclipser se virent contraints de saisir leurs armes et de les bander. Jorlond porta la main à son épée. D'une légère pression sur le bras, Rowena arrêta son geste.

Les cordes de quinze arbalètes se détendirent, mais les carreaux ne trouvèrent pas leur cible. Stoppés net par une force invisible, à trois pas de la sorcière et du jeune baron, ils tombèrent au sol, inoffensifs.

— Peut-être me suis-je mal exprimée, reprit Rowena. Je ne suis pas venue demander la couronne : je suis venue la prendre.

— Quant à moi, je ne désire que venger la mort de mon père, compléta Jorlond, mais son meurtrier semble bien lâche, puisqu'il se cache!

— Tu trouveras le bourreau là-bas, lui apprit sa compagne.

Elle désignait un réduit, dans un angle de la cour, dont la porte fut soudain ouverte comme par un gigantesque courant d'air. Une silhouette puissante s'y profila. Torse nu, le visage couvert de son capuchon, l'exécuteur des hautes œuvres s'avança à pas lents. Il n'était pas armé.

— Qu'on lui donne une épée! ordonna Jorlond à la cantonade, les yeux brûlants de haine. Moi, je ne suis pas un meurtrier.

Auriana eut un hoquet d'indignation simulé. Le vieux conseiller semblait au bord de l'apoplexie : l'immortel masqué était un assassin sans pareil mais ses talents de guerrier restaient limités. Contre Jorlond, il n'avait aucune chance.

— En tant que régent de Fuinör, je m'oppose à ce combat! clama Hormund. Le bourreau de la cour ne peut être tenu responsable des actes ordonnés par…

Il s'interrompit au beau milieu de sa phrase, en se rendant compte de ce qu'il s'apprêtait à dire.

— Par le roi, n'est-ce pas? termina Rowena, triomphante. Je crois que voilà un aveu en bonne et due forme. Tu n'as plus aucun pouvoir, régent, puisque la reine est là. Que le combat commence!

Jorlond s'avança vers le bourreau, à qui on venait de lancer une épée. Le colosse encapuchonné se mit en garde, maladroit, et attendit la mort. Elle vint très vite : le premier coup du chevalier écarta l'arme de son adversaire, le second lui perça la poitrine.

— Démasque-le! ordonna la sorcière.

— Non! cria Hormund, angoissé. Accordez-lui au moins de reposer dans la dignité.

Mais déjà le vainqueur se penchait pour arracher la cagoule. Une exclamation de stupeur générale fusa quand le visage du mort fut révélé – ou plutôt son absence de visage. Là où eussent dû se trouver des yeux, un nez, une bouche, on ne voyait qu'une peau bleutée, totalement lisse. Auriana elle-même fixait avec horreur cet être qui, à l'évidence, n'était pas humain. Le conseiller Hormund avait disparu.

Rowena fut la première à retrouver ses esprits.

— Baronne Auriana, je désire avec vous un entretien particulier, déclara-t-elle, en insistant bien sur le titre. Retrouvez-moi sur-le-champ dans la salle du trône.

— Rowena!

La voix de Ghénarys avait claqué sèchement. L'interpellée se tourna vers lui et affronta sans ciller son regard haineux.

— Je te tuerai ! promit-il. J'ignore quels sont tes pouvoirs et je m'en moque : un jour, je te tuerai. Je tenais à ce que tu le saches.

La sorcière acquiesça brièvement, puis fit signe à Jorlond de la suivre et entra dans le château.

— Attends-moi ici ! ordonna-t-elle au chevalier, au seuil de la salle du trône.

— Qu'est-ce que tu vas faire ?

— Lui parler. Mais si je suis obligée d'aller plus loin, je ne veux pas que tu la voies mourir. Tu comprends ?

Jorlond hésita, hocha la tête et finit par détourner les yeux. Malgré son désir de vengeance, il se sentait coupable.

La sorcière entra et referma la porte. Auriana l'attendait, debout au centre de la pièce. Visiblement, elle avait versé des larmes de dépit, car son maquillage avait coulé, laissant sur ses joues d'inesthétiques traînées qui lui enlevaient un peu de sa superbe.

— Parlons net ! attaqua Rowena à brûle-pourpoint. Si vous quittez le château et la contrée dans l'heure, j'oublierai ce que vous avez fait au père de Jorlond et au mien.

— Sinon ?

Elle se contenta de sourire sans répondre. Sous sa robe, elle sentait remuer légèrement le mamba, qui ne perdait pas un mot de la conversation.

— Pourrai-je au moins conserver ma baronnie ?

— Non ! Elle appartient à Jorlond.

— Je m'en doutais.

Auriana porta vivement une main à sa nuque, et la ramena armée d'une dague, qui vola vers le torse de sa rivale. Bien équilibrée, bien lancée, l'arme eût pu tuer net si elle avait atteint sa cible. Comme les carreaux d'arbalète, un peu plus tôt, elle chut mollement à terre.

— Vous êtes stupide, constata la sorcière. Croyez-vous vraiment que je vous eusse fait confiance ? Ketz ! À toi !

— On y va, répondit le serpent en se laissant glisser le long de sa jambe.

Lorsqu'il sortit de sous la robe pourpre, Auriana recula d'un pas.

— Votre mari a été tué par un serpent venimeux, n'est-ce pas? Que pensez-vous de mon sens de la justice?

— Retenez-le! s'exclama la baronne, terrorisée, qui continuait à reculer. Je vous en conjure, retenez-le!

— Non, trancha froidement Rowena.

En un éclair, Ketz rampa jusqu'à la condamnée, réfugiée dans un angle de la pièce.

— Madame, déclara-t-il d'un ton neutre, je vous supplie de ne pas considérer l'acte que je vais accomplir comme une marque d'antipathie personnelle. Si cela peut vous soulager, sachez que mon venin est extrêmement virulent. Vous aurez à peine le temps de souffrir...

Puis il frappa à trois reprises, mordant Auriana à la jambe, à la hanche – et enfin au cou, lorsqu'elle s'effondra. Rowena s'émerveilla une nouvelle fois de la rapidité de l'animal, dont les mouvements étaient à peine perceptibles. Sa victime ouvrit la bouche pour hurler, mais aucun son ne franchit ses lèvres. Elle mourut en songeant au malaise qu'elle avait toujours éprouvé dans la salle du trône. Peut-être avait-il été prémonitoire.

— Mission accomplie, annonça Ketz en revenant vers la sorcière. Et maintenant?

— Je vais te renvoyer dans la contrée de la folie. Adieu, Ketz. Je ne sais pas si nous nous reverrons un jour.

— Salut, ma pitchoune! J'espère que tu t'en sortiras.

Rowena prononça l'incantation qui lui avait servi à transporter Jorlond hors de la contrée de la guerre. Après une dernière pirouette, le mamba disparut.

Celle qui venait d'ordonner l'exécution en contempla un instant la victime, que sa bouche ouverte et ses yeux exorbités rendaient hideuse, puis elle sortit de la salle du trône.

— Que l'on mande maître Aquarius, ordonna-t-elle calmement. La baronne Auriana vient d'être mordue par un serpent venimeux.

Jorlond lui jeta un regard un peu triste et éclata d'un rire nerveux.

Dès qu'il eut constaté la mort du bourreau, Hormund courut au laboratoire de maître Aquarius, où ce dernier se trouvait en permanence lorsqu'il n'était pas au chevet d'un patient. En chemin, le conseiller lança des impulsions mentales vers Angiosta pour lui enjoindre de venir les retrouver. Quelques minutes plus tard, les trois immortels étaient réunis. Hormund exposa brièvement la situation, ajoutant qu'à son avis Auriana était déjà éliminée.

— Je ne dirai pas que je la regrette. Toutefois, cela n'enlève rien au problème. Nous savions que des forces magiques s'opposaient à nous, mais je n'imaginais pas que Rowena en fût détentrice. Vous comprenez ce que cela signifie ? Ses pouvoirs ne lui viennent pas du hasard. Quelqu'un se sert d'elle pour désorganiser Fuinör.

— Rowena..., murmura Angiosta. Elle m'avait dit qu'elle reviendrait.

— Quoi ? s'exclamèrent ensemble Hormund et Aquarius.

— Je n'y avais pas cru, expliqua la vieille servante. Ce n'était qu'une enfant.

— Tu aurais tout de même dû nous en parler, lui reprocha le conseiller. À présent, le mal est fait.

— Qu'y pouvons-nous ?

— Envoyer immédiatement un message aux fées, puis invoquer les dieux. J'ai peur qu'eux seuls aient le pouvoir de remettre les choses en ordre. En attendant, il nous faut jouer le jeu et accepter cette usurpatrice comme reine, puisqu'elle l'exige...

Un serviteur frappa à la porte du laboratoire. Il venait quérir maître Aquarius afin qu'il constatât le décès accidentel de la souveraine.

— Vas-y, approuva Hormund. Je me charge de discuter avec Rowena. Quant à toi, Angiosta, écris le message et envoie quelqu'un le porter au pays des fées!

— Qui?

— N'importe quel imbécile assez courageux pour plonger dans le miroir. Si tu ne trouves personne, vas-y toi-même. Les fées se chargeront de te ramener.

— J'irai, dit la vieille servante, c'est plus sûr. Tu crois qu'il faudra la tuer?

Hormund ne l'écoutait déjà plus. Angiosta poussa un long soupir. Pour la première fois, elle regrettait réellement sa véritable nature. Ravalant ses scrupules trop humains, elle se prépara à faire son devoir.

Elle quitta le château une heure plus tard, alors que Rowena et Jorlond s'entretenaient avec Hormund. La sorcière expliqua que son but n'était pas d'aller contre la loi. Elle n'avait agi ainsi que pour reprendre un trône qui était sien de droit, mais ne désirait en aucun cas briser les institutions de Fuinör. Dès qu'un tournoi lui aurait désigné un époux, le royaume serait administré comme il l'avait toujours été, et chacun oublierait cette brève période de trouble. Hormund approuva tout ce qu'elle disait et proposa d'organiser le tournoi dans les plus brefs délais. Aucun des deux partis ne fut dupe des mensonges de l'autre, mais ce statu quo provisoire était assez satisfaisant pour sembler viable.

Angiosta demeura absente deux jours sans que quiconque s'en aperçût, chacun étant bien trop occupé pour se soucier d'elle. Les fées, rapporta-t-elle, s'étaient montrées préoccupées de la situation, mais elles préféraient l'étudier et constater son évolution prochaine avant d'intervenir, afin d'avoir toutes les données en main. Elles approuvaient sans réserve l'intention des immortels de faire appel aux dieux.

— En clair, elles sont dépassées par les événements, commenta la vieille servante. Il ne faut pas trop compter sur elles…

Ce fut Hormund qui se chargea de communiquer aux chevaliers la date du tournoi. Il rédigea son message de telle manière que tous comprirent la même chose : leur présence n'était en rien sollicitée. Quand leurs réponses parvinrent au château, il sembla qu'une épidémie de grippe, d'accidents de chasse et de chutes de cheval s'était abattue sur Fuinör. Ceux qui résidaient à la cour furent eux-mêmes forcés de la quitter pour aller visiter des parents dans un état grave. Rowena suspecta bien entendu le conseiller de quelque ruse, mais l'absence de concurrents servait ses desseins : elle accepta sans sourciller les excuses les moins crédibles.

Seul Ghénarys ne se désista pas.

— Ce sera un combat à mort, annonça la sorcière à Jorlond, la veille du tournoi. Nous ne pouvons laisser vivre quelqu'un qui a juré de me tuer. Son acte aurait la bénédiction de tous. Il faudra du temps pour que les nobles commencent à m'aimer.

— Et si c'est lui qui me tue ?

— Il ne te tuera pas. J'userai de mes pouvoirs pour guider ta lance et dévier la sienne.

Le chevalier baissa la tête.

— Je n'aime pas ça, dit-il. Ghénarys est toujours mon ami, même si les circonstances nous opposent. Je veux bien me battre contre lui, mais comme ça, c'est un assassinat.

— Tu préfères que nous mourions tous les deux ? renvoya durement Rowena. Je croyais que tu tenais à moi.

— Je le ferai ! La question n'est pas là : pour toi, je le ferai. Je n'aime pas ça, c'est tout.

Elle s'approcha de lui, le força à relever la tête et l'embrassa légèrement sur les lèvres.

— Après la cérémonie du couronnement, nous irons dans la contrée de l'amour et je t'appartiendrai, promit-elle.

— Non…, soupira Jorlond. Tu n'appartiendras jamais à personne. C'est pour ça que je t'aime.

Les gradins du champ clos étaient déserts. Ce tournoi, peut-être le plus important de l'histoire de Fuinör, était aussi celui qui attirait le moins de spectateurs. Seuls Rowena et Hormund étaient là, dans la tribune royale. Angoissés par les remarques du conseiller, les nobles n'avaient osé se présenter. Quant à la plèbe, nul ne l'avait conviée.

Il faisait beau, malgré l'air glacial.

Un héraut annonça l'arrivée des concurrents. Jorlond montait un cheval bai, Ghénarys son éternel destrier blanc. Les pointes dénudées de leurs lances étaient comme deux soleils miniatures, prêts à s'enfoncer dans la chair pour y exploser en un millier d'étoiles de souffrance.

Le jeune chevalier vint incliner sa lance devant Rowena, qui lui sourit. Son adversaire, pour la première fois de son existence, manqua au protocole et alla directement prendre sa place.

Quand les chevaux s'élancèrent, la sorcière entama une incantation.

— Que dites-vous, madame ? s'enquit Hormund.

— Je prie !

Jorlond abaissa son arme et visa la poitrine de Ghénarys. Un étau douloureux lui serrait le cœur. Cet homme lui avait appris à se battre, lui avait enseigné le sens de l'honneur ; et à présent il allait le tuer par traîtrise, méritant son titre de baron félon.

Et je ne peux pas faire autrement, songea-t-il lorsque les lances se croisèrent.

Rowena acheva son incantation juste à temps. Le sort jaillit du plus profond d'elle-même et, telle une main habile, maintint la lance de son champion en droite ligne ; tel un grappin, s'empara de celle de Ghénarys pour l'éloigner de son but.

Jorlond ne sentit pas l'acier s'enfoncer dans son cœur. Il ne vit que l'écu de son adversaire, sur lequel son arme se brisa, et comprit qu'il allait mourir. Un voile bleu sombre passa devant ses yeux.

— C'est impossible ! cria la sorcière en bondissant sur ses pieds. Je…

Elle s'interrompit. Le conseiller Hormund souriait.

— La magie est impuissante contre la volonté des dieux, constata-t-il. Ghénarys est le premier chevalier du royaume : il ne saurait être vaincu.

Rowena retenait des larmes de colère. Elle avait péché par excès de confiance. L'image du cadavre de Jorlond, tombé dans la poussière, lui rappellerait à jamais son erreur. Il lui faudrait redoubler de prudence : Ghénarys n'était pas homme à oublier un serment.

Le vainqueur du tournoi s'avança devant la tribune royale et ôta son heaume. Aucune joie ne marquait ses traits.

— Je serai donc roi à ton côté, Rowena, dit-il, dédaignant de donner son titre à la sorcière. À présent, le plus habile triomphera.

— Votre Majesté doit proclamer la victoire de Ghénarys, ajouta Hormund, radieux.

Rowena hocha la tête, triste et furieuse à la fois. Elle venait de perdre à un jeu dont elle avait elle-même édicté les règles.

Ce fut alors que les cavaliers dorés apparurent dans le ciel orangé, volant à tire-d'aile vers le champ clos.

La contrée du miroir, enfin ! Et le château du roi ! Douleur aperçut de loin les deux chevaliers se précipiter l'un vers l'autre. Il vit le corps transpercé s'effondrer, le vainqueur s'approcher de la tribune. Ils arrivaient juste à temps – lui et la centaine de cavaliers dorés qui le suivaient parce qu'ils n'avaient rien de mieux à faire.

Ils exécutèrent un tour complet du champ clos, à basse altitude, puis se posèrent à quelque distance de là.

— Attendez-moi ici, ordonna Douleur. Si je suis tué, faites ce que bon vous semblera.

Il lança son cheval en avant et galopa en silence vers le lieu où se jouait l'histoire. D'un œil distrait, il remarqua l'identité du vainqueur : ce maintien, cette stature, il les connaissait bien. Toutefois, ce fut la femme aux habits de reine qui retint toute son attention : s'il se savait appelé à la revoir un jour, il se demandait encore comment elle réagirait – comment lui-même réagirait, après ce qu'ils avaient vécu quand ils n'étaient encore que Fou et sorcière.

Le regard de Rowena s'éclaira lorsqu'il s'avança : elle le reconnaissait. Plein de courtoisie, il inclina sa lance devant elle.

— Je réclame le droit de combattre à mon tour pour le prix de ce tournoi, madame, déclara-t-il d'une voix forte.

— Que signifie? intervint Hormund. Qui êtes-vous?

— Je me nomme Douleur. Depuis une date récente, je suis le chef des cavaliers dorés.

Rowena eut un sourire admiratif. Le vieux conseiller paraissait décontenancé.

— Que font les cavaliers dorés dans la contrée du miroir? interrogea-t-il. Les fées sont-elles au courant de votre escapade?

— Je suis venu pour être couronné roi, répliqua Douleur. Mes hommes m'accompagnent. Quant à votre deuxième question, la réponse est non. J'obéis à celui qui est plus puissant que les fées.

— Très bien! trancha la sorcière, coupant court à toute nouvelle protestation. Chevalier Douleur, je vous accorde le droit de combattre. Sachez simplement que votre unique adversaire sera le chevalier Ghénarys, ici présent, et qu'un seul de vous deux devra survivre.

Douleur s'inclina.

— Pour devenir votre époux, madame, j'affronterais dix mille Ghénarys!

Rowena sourit à nouveau. Sans aucun doute, c'était l'enchanteur qui lui envoyait l'ancien Fou, mais tout valait mieux qu'épouser le premier vainqueur du tournoi. Une seule question demeurait : Douleur serait-il de taille? La grimace satisfaite d'Hormund n'était pas pour la rassurer.

Les deux concurrents se mirent en place pour la joute. Le destrier de Douleur battit légèrement des ailes puis les replia sur ses flancs, au commandement de son cavalier. Ce dernier n'avait pas peur de mourir. Il craignait simplement d'échouer dans sa mission, ce qui compromettrait le grand œuvre de son maître. Quand le héraut sonna le début du combat, pourtant, il se sentit envahi d'une confiance nouvelle, d'une certitude de vaincre qu'il n'avait jamais connue face à la réplique de Ghénarys. Moins artificiel, l'original était aussi, tout compte fait, moins effrayant.

L'enchanteur observait la scène dans une goutte de rosée déposée sur une large feuille de chêne. Il avait assisté à la défaite de Jorlond, malgré l'intervention de Rowena. Mais, comparés aux siens, les pouvoirs de la sorcière n'étaient rien. N'ayant nul besoin d'incantation, il froissa un peu de gui entre ses doigts et déposa la poudre obtenue sur l'image de Douleur, au sein de la rosée. Pour la première fois, Fuinör allait s'opposer directement à ses créateurs. Le grand combat commençait enfin!

Les deux fers de lance frappèrent les deux boucliers au même instant, avec une force égale. Aucun cavalier ne fut désarçonné, mais l'arme de Ghénarys se brisa net, tandis que son écu se fendait pour laisser passer la mort. Traversant l'acier et les chairs, la lance de Douleur mit un terme rapide à l'existence de celui qui, pendant des décennies, avait été le premier chevalier du royaume. Quand son corps tomba à terre, un gigantesque éclair jaillit du ciel sans nuages pour creuser un petit cratère devant la tribune royale. Hormund poussa un cri de terreur. Rowena se contenta de hocher la tête et se leva. Elle acceptait le défi.

— Je déclare vainqueur le chevalier Douleur! annonça-t-elle. Notre mariage sera célébré demain et la cérémonie du couronnement aura lieu dans trois jours. Conseiller Hormund, je vous charge de tous les préparatifs.

Le vieillard avait déjà disparu. La sorcière et Douleur demeuraient seuls, face à face.

— Tu as fait du chemin, pour un Fou, apprécia Rowena.

— Oui, acquiesça-t-il. C'est un peu grâce à toi. Mais je n'en demandais pas tant.

— Tu sais que nous sommes ennemis ?

— Je sais. C'est dommage. Mais ça ne nous empêchera peut-être pas d'être amis…

Elle détourna les yeux et ne répondit pas.

Hormund, Angiosta et Aquarius étaient assis dans le laboratoire du médecin, en un cercle au centre duquel brûlait un feu ardent, aux senteurs douceâtres. Périodiquement, le médecin y jetait un peu d'une poudre blanche qu'il détenait depuis la création de Fuinör mais n'avait jamais utilisée.

— Dieux de Fuinör ! psalmodiait Hormund. Ô vous, nos créateurs, voyez la détresse de vos fidèles ! Vos lois sont bafouées. Des êtres qui n'en sont pas dignes usurpent un trône que nous ne pouvons leur enlever. Une force surnaturelle se dresse contre nous. Aidez-nous, dieux de Fuinör ! Envoyez-nous un signe pour nous assurer que vous ne nous abandonnez pas !

— Envoyez-nous un signe ! reprirent en chœur Angiosta et Aquarius.

Il y eut une petite explosion au sein du feu ; trois braises en jaillirent et vinrent tout droit se poser au creux de la main gauche des immortels. Ils n'en sentirent pas la chaleur.

— Merci, dieux de Fuinör ! clama Hormund. Nous savons à présent que vous nous protégerez, et nous attendons votre venue !

— Nous attendons votre venue ! répétèrent le médecin et la servante, tandis que sur le monde le soleil se couchait.

35

Les neiges recouvraient Fuinör. Dans la contrée des semailles, de flocon en flocon, de gelée en gelée, le sol s'était vêtu d'une couche de glace interdisant tout travail de la terre. Serrés autour d'une cheminée où se consumaient quelques maigres tisons, les serfs attendaient au sein de leur chaumière le début de la saison des fleurs. Pour eux, cette période de cent jours où rien ne poussait était la pire. Leurs maigres réserves de grain, ce qu'avaient bien voulu leur laisser les nobles, permettaient à peine de cuire un pain quotidien. Les haillons n'adhéraient à leur peau que pour mieux les serrer dans un étau glacé. Bien sûr, ils ne s'épuisaient pas au travail, mais il se trouvait parfois un chevalier pour venir le leur reprocher et, fort de ce prétexte, distribuer horions et coups d'épée. La plupart frappaient du plat de l'arme, se contentant de meurtrir ou de briser un membre. Certains tuaient. Les serfs, naturellement, savaient que cela était juste, car telle était la loi. Ils acceptaient leur sort sans implorer ni insulter les dieux. Les miracles n'étaient pas faits pour la plèbe.

En fin de matinée, juste avant que le soleil violet ne parvînt au zénith, trois chevaliers pénétrèrent dans la contrée des semailles. Ils chevauchaient lentement, le froid qui gelait leur corps suffisant à peine à chasser leur ennui. Deux d'entre eux avançaient côte à côte, suivis à quelques pas par le troisième. Celui-là, tête baissée, portait les armes du baron Flawian dont il était désormais le seul héritier. Huygg sentait qu'en dépit de leur sourire ses compagnons le considéraient avec un mépris sous-jacent : la conduite de Danveld avait à jamais entaché l'honneur de sa famille. Pour cette raison, il chevauchait en arrière. Pour cela, et aussi parce qu'en faisant mourir son cadet les dieux avaient permis une injustice. Son monde et sa foi s'écroulaient.

Perdu dans ses pensées, il n'entendait qu'à peine deviser les deux autres. Le jeune Löwe, membre de la maison d'Arnold, se disait l'un des meilleurs chevaliers du royaume. Provoquant en tournoi tous ceux qu'il savait plus faibles que lui, il n'avait jamais été vaincu, aussi jouissait-il d'une bonne réputation parmi ses pairs.

— Alors, Malvy ? demanda-t-il. Toi qui étais hier au château du roi, qu'as-tu à raconter ?

Son voisin eut un haussement d'épaules. Il émit un petit sifflement de mépris.

— Tu sais comme moi le résultat du tournoi. Nous allons être gouvernés par une sorcière et par un serf, mon ami.

Löwe éclata d'un rire strident et désigna une chaumière perdue au milieu des champs enneigés.

— Allons donc rosser quelques manants pendant que la loi nous y autorise encore ! s'exclama-t-il, jovial, en forçant sa monture.

Malvy piqua des deux à sa suite : il avait besoin de se défouler. Un serf constituerait l'exutoire idéal à sa colère.

Huygg releva la tête au galop des chevaux. Sans comprendre, il vit ses compagnons s'élancer vers la chaumière – simple construction de bois et de terre séchée, quatre murs branlants et un toit incliné. Un filet de fumée grisâtre s'échappait de la cheminée.

— Hé, attendez ! cria Huygg.

On ne l'entendait déjà plus. En désespoir de cause, il éperonna lui aussi son destrier et s'élança à la suite de Löwe et de Malvy. Lorsqu'il les rejoignit, ils avaient déjà mis pied à terre devant la chaumière.

— Que comptez-vous faire céans, messeigneurs ? s'enquit-il, haletant.

Löwe ôta son heaume, révélant des traits harmonieux qu'assombrissait un sourire cruel.

— Nous amuser un peu aux dépens des faquins qui occupent ce taudis. Joins-toi à nous ! Toi aussi, tu as besoin d'un dérivatif, non ?

L'allusion était claire, mais Huygg s'abstint de s'en offusquer. Il savait que Löwe le provoquait dans l'espoir de se voir défié en combat singulier, et se savait également incapable de vaincre.

— Alors, vous venez ? lança Malvy.

Lui aussi avait enlevé son heaume. Aussi laid que Löwe était beau, il portait sur son visage épais tous les signes dénonçant la brute. Huygg soupira et descendit de cheval. À cet instant, la porte de la chaumière s'entrebâilla pour se refermer aussitôt, comme s'élevait un cri apeuré. Les trois chevaliers avaient eu le temps d'apercevoir une silhouette féminine. Löwe s'avança jusqu'au battant et tenta de le repousser, mais il semblait barricadé de l'intérieur.

— Ouvre, femme ! cria-t-il. Au nom du roi, ouvre cette porte si tu ne veux pas que je l'enfonce !

Un sourire mauvais déforma les traits de Malvy, qui referma la main sur la poignée de son épée. Faute de recevoir une réponse, Löwe donna un violent coup de pied dans la porte. Deux planches craquèrent. Il ne fallut pas longtemps au chevalier pour achever l'ouvrage. Sans hésiter, il entra. Lorsqu'il ressortit, il poussait devant lui une jeune femme terrorisée, aux cheveux violets et aux pieds nus que le froid rendait presque jaunes.

— Je vous en prie, ne me faites pas de mal ! gémit-elle.

Elle n'avait pas plus de vingt ans. Sa robe usée laissait deviner un corps aux formes délicates. Son tourmenteur la projeta à terre d'une seule poussée.

— Tu vis seule ici ? interrogea-t-il.

Tremblant de peur et de froid, elle secoua vivement la tête.

— Non, seigneur. Mon homme est parti ramasser du bois mort pour le feu.

— Son homme ! railla Malvy. La grossièreté de la plèbe est chose proverbiale mais elle me surprend encore.

— Es-tu une fidèle servante du roi ? demanda Löwe, ignorant son compagnon.

— Bien sûr, messire…

Effondrée dans la neige, la paysanne devait souffrir le martyre, mais elle ne fit pas mine de se relever.

— Que ne la laissez-vous en paix ? intervint Huygg. Voyez comme elle grelotte ! Elle risque une fièvre, ou bien…

— Que t'importe, frère de traître ? cracha Malvy entre ses dents.

Huygg vit bleu mais maîtrisa la boule de colère qui gonflait dans sa gorge.

— Je n'aime guère voir la beauté gaspillée, voilà tout.

— Il est vrai que la fille est jolie, apprécia Löwe, toujours calme. Enlève ces hardes, manante, qu'on te voie mieux !

— À tout le moins, laissez-la rentrer dans la chaumière, insista Huygg. Vous semblez caresser le projet de l'emmener dans la contrée de l'amour : morte, elle ne vous servirait à rien.

— Je ne caresse aucun projet, moi, dit Malvy, et mon épée a soif depuis trop longtemps.

Löwe saisit la jeune femme sous les aisselles et la força à se relever. Il avançait la main vers le col de sa robe quand une flèche empennée de pourpre lui traversa la gorge de part en part. Ses yeux s'écarquillèrent, il demeura immobile un instant, puis il s'effondra. Son sang tacha la neige de bleu.

Ses deux compagnons ne restèrent interloqués qu'une seconde. Tous deux réagirent en entendant le galop d'un cheval, derrière eux. Malvy se retourna, l'épée tirée, prêt à combattre. Huygg se précipita vers la paysanne. Sans chercher à savoir ce qui arrivait, il la poussa dans la chaumière, avant de faire à son tour volte-face – pour voir l'autre chevalier s'écrouler, la gorge percée d'une deuxième flèche pourpre.

Il resta bouche bée en apercevant l'archer. Monté sur un cheval noir, c'était un homme de haute taille, vêtu d'un habit écarlate peu en rapport avec la saison. Une toque de même couleur couvrait sa tête. Délaissant son arc, il s'approcha lentement, l'épée au clair. Huygg constata qu'il portait cheveux longs, barbiche et fine moustache.

— Devrai-je te tuer aussi ou laisseras-tu cette femme en paix ? demanda l'inconnu.

Le jeune chevalier se rendit compte qu'il n'éprouvait aucun effroi. Il était étrangement heureux que les choses se fussent déroulées ainsi.

— Elle n'a rien à craindre de moi, affirma-t-il. Qui es-tu donc ?

L'autre eut un petit sourire. Son regard brillait d'une lueur amusée.

— Mon nom est Locksley, répondit-il, mais bientôt on m'appellera « le justicier » ! Je te laisse la vie afin que tu rapportes mes paroles à tes semblables. Les exactions des nobles doivent cesser. Le peuple en a assez, et désormais il possède un défenseur. Tous ceux qui refuseront d'entendre cet avertissement mourront comme ces deux-là !

Huygg faillit éclater de rire : un homme seul défiant toute la noblesse de Fuinör ! Pourtant, il se retint. Il lui sembla que le dénommé Locksley savait ce qu'il disait. Que son audace n'était pas pure fanfaronnade.

Un gémissement s'échappa de la chaumière. La jeune femme, transie, était prostrée devant la cheminée, où ne brûlaient que quelques feuilles mortes à peine embrasées. Huygg s'empara des couvertures accrochées sur les chevaux des défunts et alla les lui poser sur les épaules.

— Si d'autres gens du roi viennent ici, cache-les bien, ordonna-t-il. On pourrait t'accuser de les avoir volées.

Elle ne répondit pas, les yeux fixés sur les braises violettes. Visiblement, elle n'avait pas encore réalisé ce qui lui était arrivé. Ressorti, Huygg entreprit de hisser les cadavres sur leurs montures. Locksley le regarda faire en silence.

— Je porterai ton message, dit le chevalier lorsqu'il eut terminé. Le nouveau roi enverra certainement une troupe à ta recherche.

— Elle ne me trouvera pas, affirma Locksley en souriant. Adieu. Et la prochaine fois, choisis mieux tes compagnons de route.

Il fit volter son cheval et s'éloigna au triple galop. Huygg s'apprêtait à l'imiter quand il jeta un dernier regard à la chaumière. La porte avait réintégré ses gonds, intacte, plus solide qu'auparavant. Pourtant, Löwe l'avait mise en morceaux. Le chevalier regarda disparaître à l'horizon celui qui se disait défenseur du peuple. Il se demanda de qui il pouvait bien s'agir, puis renonça à comprendre. Éperonnant son cheval, il reprit le chemin de la contrée du miroir.

Le même jour avaient lieu au château les épousailles de Douleur et de Rowena. Toute la cour était conviée à la cérémonie, mais rares furent ceux qui passèrent les portes de la chapelle. Comme Huygg, Löwe et Malvy, la plupart des chevaliers avaient quitté les lieux. Les nobles dames firent dire par leurs servantes qu'elles étaient malades et devaient garder la chambre. Ainsi donc, le mariage fut-il célébré dans une intimité forcée et, comme pour en minimiser encore l'importance, à la tombée de la nuit. Outre les futurs époux, se trouvaient présents le conseiller Hormund, maître Aquarius – et Angiosta, pour servir l'office. Deux ou trois dames âgées prirent possession d'un banc éloigné du chœur et se mirent à chuchoter ; elles ne cessèrent pas de toute la célébration. Le prêtre était un de ces quasi-demeurés que les dieux choisissaient pour chiens sans rien leur dévoiler de leur puissance. Ils ignoraient tout, feignaient de tout savoir, et accomplissaient avec empressement les tâches qu'on leur confiait : bénédictions, offices et prêches occasionnels. On ne les aimait ni ne les détestait. C'était à peine si on les voyait.

Rowena portait la traditionnelle robe blanche des épousées royales. Un peu plus tôt, maître Aquarius s'était proposé de lui faire subir le non moins traditionnel examen visant à constater sa virginité. Elle avait refusé. Lorsqu'il s'était permis d'insister, assurant que, sans cela, le mariage n'eût su avoir lieu, elle lui avait rappelé sèchement qu'elle était désormais seule à décider de ce qui était possible ou impossible, autorisé ou interdit. Aquarius avait cédé. L'examen ne lui eût de toute façon rien appris qu'il ne sût déjà. Après avoir essuyé cette rebuffade prévisible, il avait rapporté à Hormund le résultat de l'entretien.

— Il est inutile de nous obstiner, avait dit le vieux conseiller. Nous ne pouvons rien contre elle. Il faut attendre que les dieux se manifestent.

— Ils ont promis de venir, c'est vrai, mais quand ? avait interrogé le médecin.

Malgré l'attitude maussade des immortels et les bavardages au fond de la chapelle, la cérémonie se déroula sans heurt. Les deux époux échangèrent leurs serments, leurs anneaux, mais pas un regard. Quand on les déclara mari et femme, ils omirent de sceller leur union par le baiser rituel.

Voûté, servile, Hormund s'approcha alors de Rowena.

— Le carrosse vous attend, princesse, vous et votre époux.

— Je n'ai demandé aucun carrosse.

Le vieillard se composa un visage étonné.

— C'est votre nuit de noces. Il est de coutume que le couple royal gagne la contrée de l'amour immédiatement après la cérémonie.

— Pourquoi aller si loin ? intervint Douleur. La chambre dans laquelle j'ai dormi hier soir me paraît très confortable.

— Par les dieux ! s'emporta Hormund. Quand un homme que, dans deux jours, je devrai appeler « sire » prononce de tels blasphèmes, je…

— Et quand le futur roi ou moi aurons besoin de vos conseils, nous vous manderons, coupa Rowena. Jusque-là, bonne nuit !

Fulminant d'une colère rentrée, le vieillard inclina la tête et se retira sans rien ajouter. Pour la première fois, ce jour-là, le regard de Rowena rencontra celui de Douleur.

— Nuit de noces…, murmura ce dernier. Ferons-nous encore l'amour, Rowena ?

— Nous nous accouplerons, corrigea-t-elle. J'ai de l'amitié pour toi, mais tu sais qu'il ne peut être question d'amour entre nous. Pourtant, je dois donner un héritier au trône, il me faut donc être fécondée. Je préfère que ce soit par toi. Ce soir, les conditions sont favorables. Oui, nous allons nous accoupler, mais ce soir seulement. Dès que j'aurai conçu, tu ne devras plus chercher à me toucher. Il va sans dire que si tu prends des maîtresses, je ne m'en offusquerai pas. À condition que tu ne t'affiches pas avec elles en public.

— Je comprends, acquiesça Douleur. Mais faut-il vraiment aller aussi loin ? Il y a quelques saisons, tu n'étais pas si respectueuse de la loi.

La sorcière se retourna, croisa les bras et baissa la tête.

— Je me moque de la loi. Mais je vais la faire appliquer, si stupide soit-elle. Sous mon règne, le pays de Fuinör demeurera inaltérable. Et ni toi ni personne ne pourra l'empêcher.

— Pourquoi agir ainsi ? Par vengeance ? L'enchanteur m'a dit qu'autrefois tu voulais changer le monde, toi aussi.

Elle ne répondit pas.

— J'ai souffert au moins autant que toi, reprit Douleur. Ma vie a été altérée par la faute du même être. Moi, j'ai compris ses raisons.

— Moi aussi, j'ai compris ! répliqua sèchement Rowena. Je ne suis pas idiote.

— Et j'ai pardonné. Je lui suis même profondément reconnaissant.

— Eh bien, moi, je ne pardonne pas! explosa-t-elle en lui faisant face, les yeux brûlants. Je n'admets pas qu'on se serve de moi comme d'un pantin. À partir de maintenant, plus personne ne décidera de ma vie pour moi. Je vais être reine de Fuinör.

— Et je serai roi, continua Douleur. Selon cette loi que tu défends, c'est moi qui posséderai le pouvoir. Il me suffira d'un mot en public pour annuler tes décisions privées. C'est pour ça que l'enchanteur m'a permis d'arriver jusqu'ici.

— Même si tu es roi, c'est moi qui gouvernerai, Douleur. Je te briserai.

— J'ai déjà entendu ça, soupira-t-il en secouant la tête.

Rowena se tut, comprenant que sa colère la rendait vulnérable face au calme de l'ancien Fou. Elle se força à retrouver son empire sur elle-même.

— Nous verrons bien, dit-elle enfin. En attendant…

— Le carrosse? demanda Douleur en souriant.

— Nul besoin de carrosse. Je peux nous transporter là-bas instantanément. Donne-moi la main!

Il sentit des doigts glacés se refermer sur les siens. En cela, elle n'avait pas changé. Un instant perdu dans ses souvenirs, il ne vit pas le décor se métamorphoser autour de lui. La chapelle obscure s'était évanouie, cédant la place à une grande chambre aux murs de bois. Une cheminée en granit bleu pâle s'inscrivait au milieu des rondins. Y brûlait un feu ardent qui réchauffait la pièce plus que ne l'exigeait le simple confort. Ici, les vêtements n'étaient pas de mise.

— Où sommes-nous? demanda Douleur à Rowena, qui venait de lui lâcher la main.

— Là où ont été conçus tous les souverains de Fuinör. Où tous les couples royaux légitimes sont venus consommer leur mariage. La plupart des rois n'osent pas y emmener leurs favorites, mais d'aucuns n'ont pas eu de tels scrupules. C'est dans ce lit que mon père a vendu son âme à Auriana alors qu'elle n'était encore que baronne.

Le lit dont elle parlait était à l'image de la chambre : gigantesque, conçu pour que trois personnes au moins y dormissent à l'aise. Certains souverains ne pouvaient se contenter d'une maîtresse. Douleur s'approcha de l'unique fenêtre. Essuyant une vitre couverte de givre, il regarda dehors. Une végétation abondante se profilait dans l'ombre.

— Ça a l'air magnifique, remarqua-t-il. Dommage qu'il fasse nuit.

— Tu pourras revenir quand tu voudras. Pour l'instant, je te rappelle que tu as un devoir à accomplir.

Il constata en se retournant que Rowena commençait à ôter sa robe de mariée. Quand il voulut l'aider, elle le repoussa sèchement. Comme elle l'avait dit, il n'était pas question d'amour entre eux, encore moins de tendresse. Il l'observa sans passion dévoiler le corps parfait qu'il connaissait trop bien, sourit en voyant paraître la petite cicatrice qu'elle portait sur la hanche. Rowena avait plus de trente ans mais en paraissait toujours dix-huit : la sorcellerie était plus forte que le temps.

Une fois nue, elle s'allongea sur les fourrures qui recouvraient le lit et lui jeta un regard impatient.

— Qu'attendez-vous, mon époux? railla-t-elle. Devrai-je vous forcer?

Douleur haussa les épaules. Il se débarrassa de ses vêtements et alla s'allonger près d'elle, frissonnant à son contact. Lorsqu'il voulut la caresser, elle l'arrêta.

— Pas d'enfantillages! trancha-t-elle. Quoi que tu fasses, tu ne pourras pas me donner de plaisir. C'est d'un enfant que j'ai besoin, pas d'un amant.

— Je crois que tu fais ton propre malheur, soupira-t-il. C'est ton entêtement qui te perdra.

Puis il eut un geste résigné et s'allongea sur elle pour lui obéir. Ce qui se passa ensuite fut bref et un peu vain. Mais Rowena était satisfaite : elle aurait son enfant.

Pour la seconde cérémonie, Rowena et Douleur convinrent que leur anonymat forcé avait assez duré. Chaque noble du royaume reçut un message l'invitant au couronnement, avec sa famille. La missive précisait en termes courtois que les excuses seraient contrôlées et les maladies diplomatiques sanctionnées par un bannissement de durée indéterminée dans la contrée de la folie. Tous se le tinrent pour dit et vinrent.

Seul, Huygg quitta le château deux heures après avoir rapporté à Hormund les paroles du mystérieux Locksley. Il saisit l'unique prétexte à sa disposition en pareilles circonstances : une quête. La tradition voulait que les chevaliers allassent à la recherche d'objets fabuleux, lorsqu'une crise mystique les saisissait. Nul, y compris le roi, n'avait le pouvoir de les en empêcher. Huygg se choisit un but et partit. Dans un sens, il ne mentait pas, puisqu'il s'en allait chercher désespérément la paix. Voire la mort.

Hormund sollicita deux audiences successives, la première de Rowena, la seconde de Douleur – puisqu'ils ne partageaient pas les mêmes appartements. Il leur fit part des nouvelles alarmantes qu'il venait de recevoir et s'enquit des ordres à donner pour tuer dans l'œuf ce qui pouvait se transformer en révolte. Malgré ses manières courtoises, le conseiller était troublé : depuis la création, nul manant n'avait jamais abattu un chevalier, ni même tenté de le faire hors de la contrée de la guerre, sur l'ordre de son suzerain. Rowena ordonna que vingt hommes d'armes fussent dépêchés dans la contrée des semailles, afin de trouver et châtier le meurtrier. Douleur entérina cette décision, précisant qu'aucun serf innocent ne devrait être molesté. Il se rendit ensuite chez son épouse, qui le reçut froidement.

— Alors, tu es content ? interrogea-t-elle. La guerre vient de commencer.

— Je craignais que tu ne l'aies pas compris. Pourquoi avoir envoyé des troupes ? Au mieux, elles ne trouveront rien. Au pire, elles se feront tailler en pièces.

— Je sais!

Les mains derrière le dos, Rowena se mit à arpenter le plancher ciré de son antichambre. L'inquiétude et la colère se lisaient sur son visage.

— C'est l'enchanteur qui manipule ce Locksley, reprit-elle. Il s'agit peut-être même d'une de ses incarnations. Nous le savons tous les deux mais les autres l'ignorent. Si nous ne faisons rien, pas même une tentative vouée à l'échec, ils ne comprendront pas. Le seul moyen de contrer mon ancien maître serait d'avertir les fées, mais il faudrait passer par Hormund et je m'y refuse. Il profitera de mon moindre signe de faiblesse. Si je suis obligée de me reposer sur lui, il gouvernera, et mon règne ne sera qu'illusoire. Tout ce que j'ai fait aura été inutile. Et de toute façon, si je faisais appel aux fées, tu te chargerais de prévenir l'enchanteur.

Douleur acquiesça, bien qu'il doutât que son maître eût besoin d'un tel avertissement. Rien de ce qui se déroulait sur Fuinör ne lui échappait.

— Comment peux-tu espérer réussir, Rowena? Tu n'as pas un seul allié. L'enchanteur lutte pour un changement que tu as toujours désiré, mais tu le combats par orgueil. Les fées luttent pour l'immobilisme, et c'est la haine qui te dresse contre elles. Tu es prise entre les mâchoires d'un étau.

— Et je résisterai, trancha-t-elle. Je gagnerai, parce que j'en ai décidé ainsi.

Chez toute autre, une telle déclaration eût été pure vantardise, mais Douleur comprit que la sorcière croyait ce qu'elle disait. Un instant subjugué, il se demanda si elle n'était pas capable de vaincre, malgré tout...

La cérémonie du couronnement fut presque aussi courte que celle du mariage. Deux couronnes furent déposées sur deux têtes, quelques paroles rituelles prononcées, et des « Vive le roi! », « Vive la reine! » retentirent – froids, forcés. Chaque baron vint ensuite rendre hommage aux souverains. Rowena redécouvrit l'un après l'autre ses sujets, tandis que Douleur faisait leur connaissance. Face à cette reine hautaine et à ce roi mal à l'aise – on n'oubliait pas sa basse extraction –, la plupart ne cherchèrent pas à dissimuler leur mépris derrière leurs serments d'allégeance. Les choses eussent pu en rester là si la sorcière n'avait ordonné qu'un grand banquet s'ensuivît. Tous les nobles du royaume ne pouvant être reçus dans la salle à manger du château, ce fut en plein air qu'on les installa. Malgré la saison, nul ne se plaignit du froid : une température mystérieusement clémente régnait autour de l'assemblée. Si d'aventure quelque convive quittait la table, pourtant, il se trouvait saisi par l'air glacial. Tous comprirent qu'ils assistaient à la manifestation des pouvoirs de la nouvelle reine et, sur les visages, la peur remplaça le mépris.

Chevaliers et gentes dames mangèrent en silence. De mémoire d'homme, nul n'avait connu banquet aussi triste, malgré la présence de bateleurs et de trouvères. Vers la fin du repas, lassé des regards furtifs posés sur lui, Douleur comprit qu'il lui fallait faire une déclaration, quelle qu'elle fût, afin de prouver qu'il était bien le roi et non un manant que le hasard avait revêtu de la pourpre. Il se leva à la surprise générale, y compris celle de Rowena.

— Messeigneurs et gentes dames! s'exclama-t-il en tentant de ne pas chevroter. Mon prédécesseur, le roi Turgoth III, père de la reine Rowena, a créé voici quelques années un impôt frappant aussi bien les nobles que les serfs, et destiné à payer la construction d'un château, aujourd'hui achevée. L'habitude étant prise, il eût été tentant de maintenir cet impôt, mais moi, Douleur Ier, en ce jour de mon couronnement, j'ai décidé de le supprimer.

Une ovation générale salua ces paroles. Il sourit, satisfait d'avoir visé juste.

— Je croyais que tu étais pour la justice, et tu flattes les nobles? persifla Rowena.

— Ai-je dit que l'impôt ne serait pas également supprimé pour les serfs?

— Non, mais moi, je le dis. Abolir la taille est contraire à la loi.

Douleur retint un mouvement d'humeur. Les « vivats » avaient cessé. On attendait qu'il poursuivît.

— Les souverains précédents avaient coutume de choisir les plus vaillants d'entre vous pour constituer leur garde personnelle, ce qui provoquait parfois des rivalités. Dans le but d'éviter les jalousies et de maintenir l'unité du royaume, je déclare que cette garde sera désormais constituée par les cavaliers dorés !

La réaction fut cette fois moins enthousiaste mais il ne s'en soucia pas. Dans son esprit, un roi devait bâtonner aussi bien que caresser. Que l'on acceptât ses décisions, même en murmurant, lui suffisait.

— Je vous remercie, messeigneurs ! acheva-t-il. Ne délaissez pas plus longtemps les plaisirs de la table.

— Un instant !

Rowena se leva à son tour, et cette fois un silence complet s'installa. Vêtue d'une robe couleur de soleil assortie à ses yeux, la tête haute, elle rayonnait d'une aura de beauté et de mystère qui serra le cœur des plus braves.

— Puisque l'heure semble être aux proclamations, reprit-elle, souffrez, fidèles sujets, que je vous présente ceux qui seront désormais les conseillers royaux.

Alors, un par un, les fous firent leur apparition auprès de la reine.

36

Le premier à se matérialiser fut *Ghénarys*, revêtu d'une armure resplendissante, dont le poids le faisait vaciller. Son heaume sous le bras, l'épée au côté, il considérait d'un œil inquiet l'assemblée des barons et des chevaliers, qui contemplaient son visage miné par les ans, la maladie, et sa mince couronne de cheveux bruns.

Ensuite vint Merryn, un bandeau de velours sur les yeux, en compagnie de Glarth. Ce dernier, regard alerte et longs cheveux d'un bleu éclatant, portait un costume de la plus haute extravagance : un justaucorps fait de bandes de tissu inégales, aux couleurs criardes, que complétait un long bonnet orné de clochettes. Quelques rires retentirent parmi les invités.

La plupart ne remarquèrent pas l'arrivée de Halôm, dont la tête ne dépassait pas le bord de la table. Korthwo fit en revanche une entrée fracassante. Sa silhouette androgyne, moulée par un pourpoint doré et des bas, eût pu passer pour masculine sans le renflement de la poitrine. Ses yeux indigo s'inscrivaient dans un visage aux traits acérés, dont nul n'eût su dire s'il appartenait à un homme ou à une femme. Les exclamations qui saluèrent son apparition ne furent pourtant rien comparées à celles que provoqua Lynna. La jeune femme avait conservé son allure d'adolescente. Ses cheveux d'un pâle orangé retombaient en épaisses volutes sur ses épaules. Le décolleté de sa robe jaune, brodée d'or, dévoilait à demi une gorge maigre et des seins menus. En apercevant tous ces gens qui ne la quittaient pas des yeux, elle poussa un petit cri apeuré et se blottit contre Rowena. La reine l'entoura d'un bras protecteur.

— C'est tout ? s'étonna Glarth à haute voix. La dernière fois que je suis venu à la cour, il y avait plus de beau monde.

Un chevalier corpulent, entre deux âges, éclata d'un rire gras.

— Ah çà ! Comment un bouffon tel que toi eût-il pu venir à la cour ?

Rowena ouvrait la bouche pour défendre son ami quand ce dernier la devança.

— Mais de la même manière que vous, messire, dit-il calmement. À cheval.

Un éclat de rire général s'empara des convives, tandis que l'autre se renfrognait. Si la scène ne s'était déroulée en présence des souverains, nul doute qu'il eût tiré son épée. Quant à Glarth, ravi de l'effet obtenu, il exécuta une révérence assez comique.

— Faites silence, je vous prie ! commanda Rowena, qui attendit le retour du calme avant de continuer : Voici donc mes nouveaux conseillers. Les seigneurs Glarth, Korthwo, Merryn et Halôm, le chevalier Ghénarys et les damoiselles Korthwo et Lynna.

Encore une fois, des exclamations fusèrent. Certains, découvrant le nain qui venait de monter sur une chaise, firent un commentaire spirituel. D'autres s'étonnèrent que Korthwo fût cité deux fois. La plupart, toutefois, protestèrent en entendant le nom de Ghénarys. Les cris d'*imposture* et de *profanation* retentirent avec violence. La reine apaisa les passions d'un geste.

— Si incroyable que cela paraisse, c'est le véritable Ghénarys que vous voyez devant vous aujourd'hui, affirma-t-elle. Celui que vous connaissiez était un vil imposteur dont il vous faut cesser de pleurer le trépas mérité.

— Je me souviens de cet homme, déclara soudain un baron servi à la table royale. Il m'a fallu du temps pour le reconnaître, car la chose remonte à bien des années. Il était membre de ma garde. Un simple soldat, qu'on a envoyé dans la contrée de la folie parce qu'il prétendait être Ghénarys.

— N'est-ce pas la meilleure preuve ? répondit Rowena sans frémir. Messeigneurs, gentes dames, je vous déclare qu'afin de réparer l'injustice qui lui a été faite, le chevalier est dès aujourd'hui promu à la dignité qu'occupa de tout temps celui qui nous a abusés : protecteur de la reine.

Plus ému que jamais, Ghénarys s'agenouilla et saisit la main de la souveraine pour la baiser. Nul n'osa protester à haute voix mais les murmures se multiplièrent. Lynna se serra plus fort contre son amie.

Douleur lui sourit. Les yeux fixés sur elle depuis son apparition, le nouveau roi avait à peine entendu les déclarations de son épouse, remarqué le mécontentement général. La beauté de Lynna, sa fragilité – et jusqu'à ses craintes, qui lui rappelaient si bien les siennes de naguère –, le séduisaient. Loin de répondre à son sourire, toutefois, elle enfouit le visage au creux de l'épaule de la reine et se mit à sangloter. Rowena lui caressa les cheveux en murmurant quelques paroles apaisantes.

— Il suffit, messeigneurs, s'exclama soudain Douleur, qui obtint un silence immédiat. Je ne souffrirai pas que les décisions royales soient sujettes à contestation. Si l'un d'entre vous a des doléances à exprimer, qu'il me demande audience : je le recevrai.

— Et toc ! ajouta Glarth qui, cette fois, ne fit rire personne.

Vexé, il chercha un moyen d'attirer l'attention. Il hésita à sauter sur la table, puis se contenta de défaire le bandeau de Merryn, qui roula autour de lui de grands yeux étonnés.

— Puis-je savoir quelle sera ma position parmi ces nouveaux conseillers ? interrogea soudain Hormund, visiblement plus furieux que quiconque.

— Vous conserverez bien entendu la pension, les appartements et les privilèges qui s'attachaient à vos fonctions, répondit Rowena. Fonctions dont vous êtes à l'instant relevé.

Son interlocuteur faillit s'étrangler de rage. Il se leva et demanda la permission de se retirer.

— Je vois un serpent ! déclara alors Merryn d'une voix rauque. Un serpent qui s'enroule autour du cou du vieillard pour l'étrangler. Attention ! Il va...

Aidé de Korthwo, Ghénarys réussit à arracher le bandeau des mains d'un Glarth hilare et à le reposer sur les yeux de leur camarade, qui se tut instantanément.

— Le seigneur Merryn est un visionnaire, expliqua la reine. Le serpent qu'il a vu sur l'ex-conseiller Hormund est sans doute un symbole. (La menace qui planait dans ces paroles mit un terme aux récriminations.) Mes conseillers et moi-même devons maintenant nous retirer. Je souhaite que cette fin de repas vous soit agréable.

Puis elle disparut, en même temps que les six fous, laissant derrière elle une cour interloquée et un Douleur subjugué.

Lynna s'observait dans le grand miroir de Rowena, sans parvenir à croire que l'image de cette belle jeune femme richement vêtue était la sienne. Trop longtemps, elle n'avait porté que des haillons, ne s'était lavée qu'à la rivière. Elle souleva à deux mains les plis de sa robe, et les laissa retomber dans un froissement d'étoffe, comme pour s'assurer qu'elle n'était pas le jouet d'une illusion. Le vêtement la serrait un peu à la taille, lui comprimait la poitrine au point de gêner sa respiration, mais elle se refusait à l'ôter. La damoiselle Lynna ! Un petit rire d'enfant naquit sur ses lèvres. La damoiselle Lynna...

— Qu'est-ce qui te fait rire ?

Elle sursauta. Rowena était entrée dans la chambre sans qu'elle s'en aperçût. Peut-être la reine s'y était-elle transportée par magie, tout comme elle avait fait sortir ses amis de la contrée de la folie pour les emmener au château. Lynna se retourna en frissonnant. Soudain, elle avait la chair de poule.

— Rien, dit-elle. Tu m'as fait peur.

Sa compagne s'approcha d'elle et lui déposa un baiser sur le front.

— Tu n'as plus à avoir peur, murmura-t-elle. Ici, tu n'auras plus jamais faim ni froid. Il n'y aura pas d'animaux sauvages pour t'effrayer. Pas de serpents. Rien.

— Mais il y a des gens. Je n'avais encore jamais vu autant de gens. Tu ne me forceras pas à les revoir, hein ? Jure-le-moi !

Rowena sourit, attira la jeune femme contre elle et la tint serrée, la berçant avec tendresse.

— Je ne te forcerai à rien du tout. Je t'ai emmenée à la cour parce que je te l'avais promis. Pour que nous soyons ensemble le plus souvent possible. Ça ne te fait pas plaisir ?

Lynna hocha la tête. Ses mains se crispèrent sur les épaules de la reine.

— Si, dit-elle, mais j'ai peur. J'ai toujours peur... Ce vieillard que tu as chassé, j'ai l'impression qu'il me veut du mal.

— C'est à moi qu'il veut du mal, et je ne le laisserai pas parvenir à ses fins. Pourquoi n'imites-tu pas Glarth et les autres ? Ils sont ravis. Ils s'amusent... (Rowena se dégagea de l'étreinte de Lynna et la força à la regarder.) Écoute-moi bien : il ne t'arrivera rien si tu ne fais confiance qu'à moi, au roi et à tes amis.

— Tu es ma seule amie, corrigea la jeune femme. Et je n'oserai jamais sortir de cette chambre.

— Tu en sortiras avec moi. Je te montrerai la contrée du miroir. C'est beau, tu verras. En attendant, tu peux rester ici. Nous dormirons ensemble : comme ça, tu ne feras pas de cauchemars. Repose-toi, à présent. Je reviendrai à la tombée de la nuit.

— Ne me laisse pas! Je t'en prie : juste pour aujourd'hui. Ne me laisse pas.

Rowena la regarda avec tendresse. C'était la seule personne à lui inspirer encore un sentiment qui ressemblait à de l'amour. À cause de sa fragilité, peut-être. Parce que Lynna dépendait entièrement d'elle. Même une sorcière vouée à la destruction avait besoin de protéger, de chérir.

— Très bien, chuchota-t-elle. Ceux qui m'ont demandé audience attendront demain.

Elle sentit sa compagne se détendre et elle sourit, lui caressa les cheveux, puis le visage, la gorge, sentant une trop rare chaleur l'envahir. En compagnie de Lynna, elle permettait parfois à son corps de se dégeler, de redevenir humain. Elle se pencha pour lui baiser les lèvres.

En fin d'après-midi, alors que Rowena demeurait en ses appartements avec celle que, malgré la proclamation, on considérait déjà plus comme une dame de compagnie que comme une conseillère, la plupart des nobles quittèrent le château pour regagner leurs terres. Ceux qui restaient se réunirent dans la salle à manger, où une collation froide leur fut servie. Le roi n'était pas parmi eux : sur la requête empressée de Halôm, il avait accepté de le présenter à ces cavaliers dorés dont le nain avait tant rêvé. Plus libres, les nobles ne se privèrent pas de commentaires perfides. Certains barons, échauffés par le vin, parlèrent même de déclarer sur-le-champ leur félonie, mais ils se souvinrent vite que la loi n'autorisait qu'un seul félon à la fois. Aucun d'entre eux ne semblait anxieux d'être le premier. La dernière félonie était trop récente pour que fût oublié le carnage orchestré par les troupes royales. Les dames, quant à elles, avaient des conversations de dames : la robe de la reine était fort belle ; le nouveau chevalier Ghénarys avait encore fière allure, malgré son âge ; la jeune dame de compagnie allait faire des ravages parmi les jouvenceaux...

Le brouhaha s'interrompit net quand un bruit de clochettes annonça l'arrivée du conseiller aux allures de bouffon. Glarth était accompagné de Merryn, les yeux toujours bandés, et de Korthwo, lequel paraissait mal à l'aise. Il lui fallait reprendre l'habitude de n'avoir qu'un seul corps et un esprit troublé. Dès sa sortie de la contrée de la folie, il avait retrouvé sa forme première, ni homme ni femme, mais homme et femme à la fois. Les deux sexes l'attiraient pareillement et, il s'en souvenait enfin, le rejetaient avec un même dégoût. Rien n'avait changé : il ne le lisait que trop dans les regards.

Les arrivants s'approchèrent en silence du buffet et se servirent copieusement. Guère gêné par la réaction des nobles, Glarth louait à haute voix les bontés de la reine et la magnificence de la cour. Il se dirigeait vers une table inoccupée, quand un homme lui barra le passage – celui auquel il avait répondu au cours du banquet.

— J'aurais deux mots à vous dire, messire conseiller!

Glarth se retourna comme s'il avait douté qu'on s'adressât à lui, puis un large sourire s'épanouit sur ses lèvres.

— Je vous écoute, sire chevalier, assura-t-il en faisant virevolter son bonnet, tinter ses clochettes.

— Tantôt, vous avez cru bon de m'humilier en public. Je ne suis point homme à oublier une insulte. C'est donc en public que je vous défie, moi, Réginald, en combat singulier, à pied ou à cheval, avec l'arme de votre choix, jusqu'à ce que mort s'ensuive.

Un murmure animé parcourut l'assemblée. Défier un protégé de la reine était une chose que bien peu eussent osé faire, mais le gros Réginald avait toutes les audaces, surtout lorsqu'il avait bu plus que de coutume. On guetta la réaction du jeune insolent. Maigre comme il l'était, l'issue du combat ne faisait aucun doute. Curieusement, il ne se départit pas de son sourire.

— Sire chevalier, mes seules armes sont ma langue et mon esprit, répliqua-t-il. Sur ce terrain, je vous ai déjà vaincu une fois. Je vous autorise donc à reprendre le gant que vous n'avez d'ailleurs pas daigné me jeter, car il me serait douloureux de vous humilier plus encore.

Le visage bleu foncé, Réginald porta la main à son épée. Deux de ses voisins lui saisirent aussitôt les bras pour l'immobiliser.

— Ne sois pas sot, lui souffla l'un. La reine te ferait exécuter.

Le gros chevalier grommela une insulte, puis se détendit un peu. Pas assez fou pour insister à outrance, Glarth salua sans rien ajouter et rejoignit ses compagnons à leur table. Libéré, Réginald tourna les talons et quitta la pièce d'un pas rageur.

— Tu devrais être prudent, recommanda Korthwo à mi-voix. Si tu les pousses à bout, Rowena ne pourra peut-être rien pour toi.

— N'aie crainte : tu parles à quelqu'un qui a tué un dragon avec un couteau.

L'hermaphrodite haussa les épaules.

— Où est Ghénarys? demanda-t-il pour changer de sujet.

— Aucune idée. Il doit fourbir ses nouvelles armes. Ou bien il monte la garde devant les appartements de Rowena. Il prend très au sérieux son rôle de protecteur de la reine. Eh, regarde! Nous avons de la visite.

Deux damoiselles s'approchaient d'eux, sous l'œil réprobateur de leurs aînées. L'une avait les cheveux d'un bleu éclatant, l'autre d'un mauve très pâle. Toutes deux étaient fort belles, comme il seyait à de nobles dames. Glarth dut se faire violence pour masquer sa convoitise. Il avait passé près de vingt ans dans la contrée de la folie, et n'y avait connu aucune femme. Lynna et Rowena, pour des raisons différentes, ne comptaient pas.

— Pardonnez notre impudence, messeigneurs, commença la jeune blonde. Mon amie et moi aimerions vous poser une question.

— Parlez, gentes damoiselles, répondit Glarth en souriant.

— Deux questions, en fait. Je me demande personnellement si le seigneur Merryn accepterait de me dévoiler les visions d'avenir que lui inspirerait ma personne.

— Mais je..., commença Merryn, avant d'être réduit au silence par un discret coup de pied sous la table.

— La chose est d'importance, déclara Glarth en faisant tinter ses clochettes. Le seigneur Merryn est parfois sujet à des visions si impressionnantes qu'elles le plongent en transe. Vous comprendrez qu'il ne désire guère se livrer à pareille exhibition en public. S'il vous était possible de nous présenter votre requête dans l'intimité, nous pourrions y réfléchir et fixer un prix raisonnable.

— Hélas, je ne suis guère riche! se désola la jeune femme. Mes parents ne me baillent l'or qu'avec modicité.

— Je suis sûr que nous trouverons un prix vous convenant, assura Glarth, avant de se tourner vers la damoiselle aux cheveux bleus. Et vous, quelle est votre question?

L'intéressée se contenta de baisser la tête, gênée.

— Mon amie est timide, expliqua la première. Elle désirerait savoir, sans vouloir aucunement l'offenser, si le seigneur Korthwo est un homme ou une femme.

— Pour cela, il n'existe qu'un moyen, répliqua Glarth avant que l'hermaphrodite n'eût pu ouvrir la bouche. L'accompagner dans la contrée de l'amour.

Les deux jouvencelles blêmirent et pouffèrent stupidement. Lorsqu'elles s'éloignèrent, Korthwo surprit dans le regard de celle qui était restée muette une lueur n'ayant rien à voir avec du dégoût. Une curiosité mêlée de fascination, plutôt. Il se demanda si sa nouvelle vie ne lui réservait pas quelques surprises.

— Voilà une existence qui me plaît, mes amis! s'exclama Glarth. Buvons à la santé de Rowena!

Au matin, la reine fut éveillée par des coups légers frappés à sa porte. Elle se dégagea de l'étreinte de Lynna, encore endormie, passa un peignoir de soie et alla entrebâiller l'huis.

— Bonjour, madame, la salua Angiosta.

Rowena sourit en découvrant le visage ridé de la vieille servante. Depuis son retour au château, par manque de temps, elle n'avait fait que l'entrevoir. Un doigt sur les lèvres, elle la rejoignit dans l'antichambre dont elle referma la porte. Au mépris du protocole, elle arrêta alors la révérence d'Angiosta et embrassa cette dernière sur les deux joues, comme elle avait coutume de le faire, enfant.

— Je suis heureuse de te revoir, dit-elle. Tu n'as pas changé.

— Vous non plus, répondit son ancienne nourrice, inconsciente des larmes qui coulaient sur ses joues parcheminées. Et je suis heureuse de vous voir, moi aussi. J'aurais seulement préféré que votre retour ne s'accompagnât pas d'une telle violence.

— Sans violence, je n'aurais jamais retrouvé ce qui m'appartient de droit, répliqua la reine. Et ne te fais aucun souci. Dans ce château, nul n'a le pouvoir de me nuire. Pas même Hormund ni Aquarius. Ni toi... L'immortalité ne protège pas du feu ni du fil de l'épée.

Angiosta sentit le souffle la quitter.

— Vous savez..., souffla-t-elle.

— Depuis des années. Mais je sais aussi que ta fidélité à vos maîtres est moins aveugle que celle des deux autres. Je sais que toi, tu m'aimes. Et si tu ne te dresses pas contre moi, je ne ferai rien pour te nuire, parce que je t'aime aussi.

La servante sourit. Elle oublia un instant son véritable rôle et s'absorba dans celui qu'elle jouait depuis l'éternité. Savoir qu'elle n'avait pas perdu l'affection de Rowena l'emplissait d'une joie intense. Elle baisa les mains de celle qu'elle s'obstinait à considérer comme sa petite princesse, puis elle se ressaisit, partagée entre amour et devoir.

— J'ai apporté votre petit déjeuner, madame, déclara-t-elle d'une voix plus fraîche. Dois-je le laisser ici ou le servir dans la chambre ?

— Lynna dort encore, lui apprit la reine. Je servirai le plateau moi-même.

Angiosta secoua doucement la tête et ne put s'empêcher de sourire à nouveau.

— Vous êtes bien restée la même. Mes leçons n'ont servi à rien. Vous n'êtes toujours pas consciente de votre position. (Elle se prépara à quitter les appartements royaux.) Une dernière chose, madame : en tant que fidèle servante du trône, je dois vous avertir que vos nouveaux conseillers font jaser les courtisans. Notamment le seigneur Glarth, et son insolence.

— Qu'on jase ! lança Rowena avec un geste de désintérêt. J'y mettrai un terme quand ça ne m'amusera plus. Je compte sur toi pour me rapporter tout ce qui se dit parmi les serviteurs, Angiosta. Quand j'étais petite, grâce à eux, j'apprenais beaucoup des choses bien avant que le roi n'en soit informé. Feras-tu cela pour moi ?

— Je suis aux ordres de Votre Majesté, répondit Angiosta, formelle, avant de sortir.

La reine eut un sourire satisfait. Sa vieille nourrice ne la trahirait pas. Elle porta le plateau garni de café et de pâtisseries dans la chambre, puis retourna se blottir contre Lynna, qu'elle éveilla d'un baiser.

Hormund faisait les cent pas dans la salle du trône, posant de temps à autre un regard contrit sur le siège royal inoccupé. Depuis la mort de Turgoth, il venait souvent dans cette pièce où, de tout temps, il avait soufflé aux souverains de Fuinör les décisions qu'ils croyaient ensuite avoir prises seuls. Il lui avait parfois été nécessaire de batailler, d'user de toute son astuce, toute sa persuasion, pour faire entendre son point de vue, et en une ou deux occasions il avait échoué. Mais du moins ne lui avait-on jamais dénié le droit de s'exprimer.

— Si je n'étais qu'un homme, la chose serait de peu d'importance, dit-il à haute voix, s'adressant autant aux dieux qu'à lui-même. Mais je suis une institution. Me relever de mes fonctions défie la tradition.

À cet instant, un rayon lumineux traversa un haut vitrail et vint illuminer le sol, à quelques pas du vieillard. Le son mélancolique d'une flûte et d'un tambourin s'éleva, feutré, comme s'il avait retenti dans le lointain. Sous les yeux agrandis d'Hormund, une fée apparut : une grande et belle jeune femme aux cheveux d'or, vêtue d'une longue robe orangée et d'un chapeau conique de même couleur, auquel s'accrochait un voile translucide dont les plis tombaient jusqu'au sol.

L'ancien conseiller s'inclina avec humilité. La fée agita une baguette magique d'où s'échappaient d'incessantes étincelles. Un sourire empli de bonté naquit sur ses lèvres.

— Nous avons entendu ta plainte, Hormund, déclara-t-elle. Nous partageons ton courroux mais nullement ton inquiétude. Les dieux ne t'ont-ils pas annoncé leur venue ? (Ses paroles se greffaient sur la musique tels les textes d'une ballade. Le vieillard voulut répondre, mais elle lui imposa silence.) Rassure-toi : nous savons ta foi sans tache. C'est la raison pour laquelle j'ai été dépêchée en ce lieu. Les dieux nous ont parlé, à nous aussi, et plus longuement qu'à toi. L'instant de leur intervention est proche. Tu dois donc supporter avec stoïcisme les épreuves qui te sont imposées, feindre d'ignorer les manquements à la loi. Les criminels seront punis, je t'en donne l'assurance, mais leur châtiment ne t'appartient pas.

À cet instant, la porte de la salle du trône s'ouvrit en silence et le roi entra. La fée disparut instantanément. Sa musique s'attarda l'espace d'un battement de cœur, comme un écho, puis s'éteignit.

Hormund se tourna vers Douleur, et remarqua qu'il ne portait pas sa couronne. C'était là conduite indigne d'un souverain mais, fidèle aux recommandations de la fée, le vieillard se garda d'en faire la remarque. Il salua, feignant le respect.

Surpris de le trouver en ces lieux qu'il croyait déserts, l'arrivant parut sur le point de s'excuser puis se ressaisit. Hormund n'eût pu dire s'il avait remarqué ou non la présence de la fée.

— Vous avez quelque chose à me demander?

— Non, sire, absolument rien.

— Alors, puis-je m'enquérir, mon ami, de ce que vous faites en cet endroit où nul ne devrait se trouver hors la présence du roi?

L'ancien conseiller se mordit les lèvres. Il ravala sa colère quand Douleur alla s'installer sur le trône. Un manant présidant au destin de Fuinör. Profanation!

— Je vous prie de m'excuser, sire. Pareille chose ne se reproduira pas. Je ferai donner des ordres pour que...

— Les ordres sont déjà donnés, coupa sèchement le souverain. Veuillez vous retirer.

Hormund s'inclina à nouveau et quitta la pièce. Il alla tout droit s'enfermer dans ses appartements qu'il ne devait plus quitter pendant près de dix années.

Douleur demeura assis quelques minutes, perplexe. Il n'avait fait qu'entrevoir la fée, mais cela lui avait suffi pour l'identifier comme telle. Et il eût de toute façon reconnu la musique entendue naguère. Sur la plage.

Le nouveau roi haïssait les fées comme il n'avait jamais haï aucun être humain. Savoir qu'elles conspiraient avec un immortel lui inspirait plusieurs questions, et surtout celle-ci : devait-il en informer Rowena? Bien qu'elle lui fût opposée par la force des choses, la sorcière ne lui inspirait aucune crainte. Il ne parvenait pas même à la considérer comme une ennemie.

Le jour n'était levé que depuis deux heures : elle se trouvait sans doute dans ses appartements. Ayant pris sa décision, Douleur s'y rendit aussi rapidement que le lui permettait sa dignité.

Être roi le dispensait de frapper aux portes, mais il ne pouvait se résoudre à profiter de privilèges qu'il méprisait. Sous l'œil étonné d'un garde, il usa donc du petit marteau en forme de sceptre. Nul ne répondit. Il frappa à nouveau, plus fort, puis, devant un résultat identique, se décida à entrer. Il refermait le battant quand retentit un petit cri d'angoisse. Vêtue de la même robe que la veille, Lynna venait de sortir de la chambre.

— Mille pardons si je vous ai effrayée, damoiselle, s'excusa Douleur. J'ignorais que vous fussiez là. À la vérité, je venais m'enquérir de la reine. Se trouve-t-elle céans?

Il était lui-même surpris de la facilité avec laquelle il adoptait le langage ampoulé qu'on employait au château. S'il jugeait cela un peu ridicule, s'exprimer ainsi l'amusait.

Les joues de Lynna perdirent leurs couleurs. Elle ouvrit la bouche pour parler, mais les mots ne purent franchir ses lèvres, et elle se contenta de secouer la tête.

— Qu'avez-vous, damoiselle? interrogea Douleur en s'avançant. Est-ce ma présence qui vous cause un tel émoi?

Lynna ne put en supporter davantage. Jamais elle ne s'était trouvée dans un endroit clos en compagnie d'un autre être humain, à l'exception de Rowena. Quand le roi s'approcha, elle eut la vision des tortures sanglantes qu'il allait lui faire subir, et elle suffoqua. Ses genoux se dérobèrent sous elle. Douleur n'eut que le temps de se précipiter pour la recevoir entre ses bras. Affolé, il la souleva de terre, entra dans la chambre et la déposa sur le lit défait. Rowena n'était pas là. Maudissant sa maladresse sans la comprendre, il prit le pouls de la jeune femme, dont le cœur battait la chamade et qui avait peine à respirer. Ignorant ce qu'il convenait de faire en pareilles circonstances, il se fia à son instinct et délaça la robe qui comprimait le thorax. Puis il avisa une cruche sur un meuble : du vin. Il en remplit une coupe qu'il approcha des lèvres de Lynna, dont il releva la tête. Elle toussa, recracha une partie du breuvage et revint à elle. Dès qu'elle vit le roi, elle se recroquevilla, portant une main à sa bouche pour étouffer un cri.

— Allons, damoiselle, calmez-vous. Je ne vous veux aucun mal. Vous pouvez vous vanter de m'avoir fait peur.

Un profond étonnement s'inscrivit sur les traits de Lynna.

— Moi, je vous ai fait peur? balbutia-t-elle.

— Je vous ai crue morte. Réagissez-vous toujours ainsi lorsque quelqu'un vous surprend?

— Oui, acquiesça-t-elle. Parce que tout le monde veut me tuer.

— Allons donc!

— Si, insista-t-elle. Ils veulent tous me tuer. Je le lis dans leurs yeux.

Comme au cours du banquet, Douleur était frappé par la fragile beauté de la jeune femme.

— Regardez-moi, demanda-t-il. Que lisez-vous dans mes yeux?

Lynna dut se faire violence pour obéir. Elle leva enfin la tête et observa longuement le souverain, remarqua son sourire, son air franc, engageant. Elle hésita, partagée entre l'évidence et ses craintes.

— Je ne sais pas, souffla-t-elle.

— Me reconnaissez-vous, au moins? demanda Douleur. Je suis l'époux de votre maîtresse.

— Je sais. Mais Rowena n'est pas ma maîtresse. C'est mon amie. (Elle baissa soudain les yeux.) Je vous demande pardon, sire. Je suppose qu'une simple folle… qu'une simple damoiselle ne peut pas être l'amie d'une reine.

— Pourquoi pas?

Douleur posa une main sur le poignet de la jeune femme, ému. Elle tenta de s'écarter, mais il la retint avec douceur et fermeté à la fois. Elle renonça.

— Rowena vous a-t-elle dit de me craindre?

— Non, elle a dit que je pouvais vous faire confiance, mais c'est plus fort que moi. J'ai peur. En ce moment, j'ai envie de hurler.

Il la sentit trembler, comprit qu'elle était au bord de la crise de nerfs.

— Je vais vous laisser, assura-t-il, calmez-vous. Mais je veux que vous sachiez une chose : désormais, vous avez un autre ami dans ce château. Vous étiez déjà protégée de la reine, vous voici protégée du roi. Nul ne saurait vous nuire. J'aimerais que vous soyez mon amie, vous aussi. Qu'en pensez-vous? Me permettrez-vous de revenir vous voir?

— Je ne sais pas, répéta Lynna sans le regarder.

Il la lâcha et s'approcha de la porte.

— Je reviendrai, ajouta-t-il avant de sortir. Si vous ne désirez pas me recevoir, il vous suffira de le dire : je ne vous importunerai pas. Au revoir, Lynna.

Lorsqu'il fut parti, la jeune femme se renversa en arrière et se mit à pleurer en silence. Elle n'était pas triste. C'était une réaction purement physique à la terreur qu'elle avait ressentie. De cette dernière, une part subsistait, mais la plus grande s'était éteinte. Un instant, elle souhaita presque que le roi revînt, puis ses lèvres formèrent le nom de Rowena.

Troublé par cet entretien, Douleur renonça à chercher la reine. Il revêtit son armure dorée, ceignit son épée, prit son arc et se rendit aux écuries, où il retrouva sa monture ailée. Martelant le sol de ses sabots sans produire le moindre son, le cheval piaffait d'impatience. Il souffrait de l'inaction. Le roi refusa toute escorte, annonça qu'il serait de retour avant le coucher du soleil, et prit son envol. Chevaucher cet animal lui procurait un plaisir inégalable. Rapide comme le vent, il ne faisait qu'un avec son destrier pour survoler les merveilles de Fuinör. Il oubliait les injustices et les absurdités, communiait avec la nature, se fondait en elle. Chaque fois, il sentait ses doutes s'envoler : la cause de l'enchanteur était juste et méritait que l'on se battît pour elle.

Grâce à la vitesse étonnante du cheval ailé, il ne lui fallut que quelques heures pour arriver à la caverne où, le plus souvent, méditait son maître. Percée au flanc d'un rocher, elle semblait ouverte à qui voulait y pénétrer, mais Douleur savait que quiconque n'en avait pas le droit ne parviendrait jamais à la découvrir, fût-ce au prix d'une battue dans la grande forêt. Telle était la puissance de l'enchanteur, qui ne s'inclinait devant aucune autre. Celle des fées n'en était que l'égale.

Le roi mit pied à terre, flatta l'encolure de sa monture et se prépara à entrer dans la caverne. Une course effrénée parmi les broussailles le fit se retourner. La forme svelte d'un chevreuil surgit entre deux fourrés et s'approcha de lui, les naseaux palpitants. Il sourit.

— Bonjour, maître, dit-il.

— Bonjour, Douleur, répondit le chevreuil. Es-tu venu chercher des félicitations ? Si c'est le cas, tu les mérites. Tu as accompli à la perfection les tâches que je t'avais confiées.

L'ancien Fou secoua lentement la tête.

— Je vous remercie, mais tel n'est pas le but de ma visite. Je viens vous demander conseil. Quand je vous ai quitté pour aller chercher les cavaliers dorés, je n'imaginais pas encore la situation. J'en sais désormais plus et je m'inquiète.

Tandis qu'il parlait, l'enchanteur s'était transformé, changeant ses pattes grêles en membres humains, son museau en visage, reprenant la station debout.

— À cause de la fée ? demanda-t-il, redevenu vieillard.

Douleur acquiesça sans surprise. Il eût été vain de vouloir cacher quoi que ce fût à un être capable de parler aux animaux et aux plantes, de lire dans les esprits.

— Tu n'as rien à craindre à ce sujet, reprit son maître. Pour que Fuinör change, une intervention des dieux est nécessaire : eux seuls peuvent autoriser un changement. C'est normal : ce sont les dieux. Pour cela, je devais les appeler. Mon premier but est atteint : créer un manquement à la loi qu'aucune puissance née de Fuinör ne saurait enrayer. Mettre un roturier sur le trône. Désormais, les dieux doivent venir. Mais nous sommes encore loin d'avoir gagné. Lorsqu'ils seront là, il faudra les convaincre ou les affronter. Peut-être les deux.

— Comment peut-on vaincre des dieux ?

L'enchanteur eut un sourire apaisant.

— Je sais des choses que tu ignores. Mais je ne juge pas utile de t'en dire plus pour le moment. Contente-toi d'être roi, jusqu'à ce que je t'appelle.

— Je ferai mon possible pour soulager les faibles, dit Douleur. Éviter exécutions et tortures, et puis…

— Garde-t'en bien ! coupa son maître, sévère.

— Je ne comprends pas.

— Pour que le changement se produise, il faut certes convaincre les dieux de sa nécessité, mais il faut aussi convaincre les hommes. Alors, ne cherche surtout pas à ménager le peuple. Opprime-le, au contraire. Sois cruel, injuste. De mon côté, je me charge de faire comprendre aux serfs que la loi est mauvaise, qu'ils doivent se révolter.

— Locksley, murmura Douleur.

— Je vois que tu as compris. Même si cela te répugne, nous devons organiser un bain de sang. Pour qu'ensuite il n'y en ait plus jamais.

— Ne peut-on faire quelque chose pour les familles des criques ? Pour les Fous ?

— Non, répondit l'enchanteur. Les criques sont une aberration née des fantasmes de dieux irresponsables – et je n'emploie pas ce terme à la légère. Puisque les cavaliers dorés ne sont plus là, la mécanique est enrayée. Les Héros ne peuvent plus prouver leur valeur : les fées n'amèneront plus d'enfants. Les criques vont s'éteindre d'elles-mêmes. Une fois de plus, ce sacrifice est nécessaire.

— Mais le soleil ! s'exclama Douleur, se souvenant de la part que prenaient les Héros à la transformation, tous les dix ans.

— Le soleil changera quand même, assura le vieillard. Notre monde n'a nul besoin de Héros ! Va, maintenant. Ton royaume t'attend.

Le souverain se dirigea vers son cheval. Au moment de monter en selle, il s'immobilisa.

— Puis-je encore vous poser une question ? (Son maître acquiesça, bienveillant.) Rowena ?

L'enchanteur demeura silencieux un long moment, comme s'il avait médité sa réponse.

— Il n'y a rien à faire pour l'instant, dit-il enfin. Laisse-la jouir de sa couronne. Plus tard, quand nous en arriverons à la dernière confrontation, il sera peut-être nécessaire de l'éliminer. Si c'est le cas, je m'en chargerai : seul, je pourrai le faire sans passion, sans haine et sans remords. Mais je ne désespère pas de la voir revenir à nos côtés. Tu la connais assez pour savoir qu'elle ne croit pas en ce qu'elle défend. Est-ce tout ?

Douleur hocha la tête. Il salua son maître et se hissa sur son cheval. Sans attendre, l'homme et l'animal reprirent la direction du château. Le roi se rendit compte qu'il avait oublié de mentionner son attirance pour Lynna. Il haussa les épaules : l'enchanteur ne pouvait pas l'ignorer, et si cela avait menacé de compromettre son grand œuvre, il n'eût pas manqué de le signaler.

37

Trois saisons s'étaient écoulées, et le mécontentement des nobles s'apaisait. Puisque nul privilège n'était aboli, nulle faveur accordée au peuple, quel motif eussent-ils eu de se plaindre ? Passé le premier choc, les conseillers de la reine n'étaient plus si détestables. Le nain et la dame de compagnie, quasi inexistants, passaient leurs journées l'un aux écuries, l'autre dans les appartements royaux. Merryn était devenu une sorte d'oracle que chacun venait consulter avant de prendre une décision. Toutes plus délirantes les unes que les autres, ses hallucinations étaient interprétées avec le plus grand sérieux par un Glarth à l'air docte, qui savait les accorder aux vœux des consultants. Chevaliers et dames d'âge mûr payaient ces services en bon or – dont les fous n'avaient que faire mais qu'il les amusait d'accumuler. Seules les jouvencelles bénéficiaient de consultations gratuites, pour peu qu'elles ne fussent pas trop avares de leurs faveurs. Merryn n'étant guère porté sur les aventures galantes, c'était souvent Glarth qui bénéficiait de ces largesses. Il passait ainsi un bon tiers de son temps dans la contrée de l'amour. Curieusement, au château, son absence était presque regrettée. On avait fini par s'habituer à ses piques incessantes, qui frappaient au moment le plus inattendu, sans distinction de rang, d'âge ni de sexe. Il était véritablement devenu le « fou de la reine », autorisé à railler en toute impunité, et dont les paroles amusaient plus qu'elles ne vexaient. Certains nobles allaient jusqu'à lui jeter leur bourse pour le récompenser d'un bon mot.

Le seul dont on se défiait encore, c'était Korthwo, qui choquait autant qu'il fascinait. Certaines damoiselles ayant osé l'accompagner dans la contrée de l'amour étaient revenues avec une histoire assez fantastique pour alimenter durant de longues saisons le babillage des salons. On murmurait que plusieurs chevaliers avaient eux aussi goûté aux charmes de l'hermaphrodite, mais ce n'était là qu'une rumeur, car aucun ne s'en vantait. En outre, Korthwo, contrairement à Glarth, n'avait pas coutume d'étaler ses conquêtes au grand jour. Malgré ses succès récents, il conservait sa morosité, sentant que le dégoût n'avait pas disparu, même s'il se teintait à présent de désir et de curiosité malsaine. Korthwo rêvait d'un amour à deux visages qu'il désespérait de rencontrer un jour.

Ainsi donc, la cour était-elle en paix. Seule ombre au tableau : le retour de la patrouille envoyée dans la contrée des semailles. En dépit d'une exploration en règle, les hommes d'armes n'avaient rien trouvé. Locksley n'ayant toutefois plus fait parler de lui, on le supposait trop couard pour mettre ses menaces à exécution. Seuls Rowena et Douleur savaient qu'il n'en était rien, mais si le roi souhaitait que l'enchanteur agît vite, son épouse n'avait guère le temps de s'en préoccuper. Comme elle l'avait prévu, la semence déposée en elle au cours de sa nuit de noces avait porté fruit. Dès qu'elle avait constaté sa grossesse, la reine s'était faite plus rare en public. Négligeant les prescriptions de maître Aquarius, elle avait utilisé ses propres connaissances pour choisir son alimentation. Elle voulait que son enfant vécût pour lui succéder sur le trône, mais avant cela, elle lui enseignerait la sorcellerie, lui transmettrait tout son savoir. Lorsqu'il serait aussi puissant qu'elle, peut-être pourraient-ils vaincre l'enchanteur et les fées.

Plus rien ni personne ne s'opposerait alors à leur suprématie sur Fuinör.

Le milieu de la saison des pluies la trouva donc anxieuse, impatiente et presque à terme.

Quand elle fut prise des premières douleurs, elle se trouvait dans son antichambre en compagnie de Lynna – qui lisait à haute voix un ouvrage romanesque, butant parfois sur une syllabe, demandant souvent à son amie le sens d'un mot qu'elle ignorait. Analphabète à son départ de la contrée de la folie, la jeune femme avait prouvé son intelligence par d'énormes progrès durant les trois saisons écoulées. À présent, elle savait lire, commençait à écrire.

— Et, banni dans la contrée de l'or, le manant fut condamné à l'ex… à l'ext…

— À l'extraction, compléta Rowena, avant de pousser un cri involontaire.

Elle porta la main à son ventre gonflé. Malgré la douleur, un sourire se dessina sur ses lèvres.

— Je suis sur le point d'enfanter, Lynna, dit-elle calmement. Aide-moi à m'allonger.

Un peu effrayée, sa compagne obéit. Tandis qu'elle s'empressait au côté de la reine, cette dernière serra les dents pour retenir un nouveau cri.

— Tu as mal ?

Rowena acquiesça mais ne répondit pas. S'appuyant sur Lynna, elle marcha jusqu'à la chambre et s'étendit sur le lit.

— Dis… au garde… d'aller chercher maître Aquarius ! haleta-t-elle.

— Je ne veux pas te quitter, protesta Lynna. Tu as trop mal.

La souffrance de son amie l'emplissait d'une terreur pour une fois rationnelle. Ses lèvres tremblaient sans qu'elle en eût conscience.

— Fais ce que je te dis et tout ira bien.

Elle acquiesça à regret. Courant à la porte des appartements royaux, elle la déverrouilla et sortit pour faire face au garde en faction. Elle eut un sursaut apeuré en découvrant la lame nue de la hallebarde, mais elle se força à demeurer en place, à reprendre son souffle.

— On a attaqué la reine ? s'inquiéta le soldat, qui fit mine d'entrer.

Lynna lui barra le passage et secoua violemment la tête.

— Qu'on aille quérir le médecin ! s'écria-t-elle. La reine va enfanter !

— J'y cours, s'exclama l'homme.

Il s'élança, tandis que la jeune femme se barricadait à nouveau. Elle resta un long moment immobile, le dos collé à la porte.

— Tout va bien ? interrogea Rowena d'une voix faible.

— Oui, parvint à articuler sa compagne, avant de tomber à genoux, secouée par des sanglots nerveux.

Elle sursauta violemment lorsqu'on frappa – trois coups brefs.

— Qui est là ? souffla-t-elle.

— Le roi, dit Douleur. Ouvrez !

Lynna se hâta de débloquer la porte pour le laisser entrer. À peine avait-il fait un pas dans la pièce qu'elle se serrait contre lui, posait la tête contre sa poitrine. Il sentit des bras frêles presser les siens jusqu'à lui faire mal. Se souvenant d'avoir vu Rowena agir ainsi, il caressa les cheveux de la jeune femme.

— Je suis heureuse que vous soyez là, chuchota-t-elle. J'ai cru qu'il me faudrait recevoir le médecin moi-même. Mais vous n'allez pas nous laisser, n'est-ce pas ?

— Qui est-ce ? interrogea Rowena avant que Douleur n'eût pu répondre.

— C'est moi, lança-t-il. J'ai croisé le garde qui allait chercher maître Aquarius, et je suis venu aussitôt. (Entraînant Lynna, il passa dans la chambre.) Comment te sens-tu ?

— Comme une femme qui va accoucher, répondit la reine avec un sourire forcé. Réjouis-toi d'être un homme. Ça fait déjà très mal et c'est loin d'être terminé.

Lynna quitta le bras du roi pour se précipiter au chevet de son amie. Elle n'était plus terrorisée, seulement inquiète. Douleur se souvint de la manière dont il avait gagné sa confiance au fil des saisons. Après quelques visites infructueuses, il l'avait convaincue de le recevoir et s'était mis en devoir de la rassurer, usant de douceur et de psychologie, avant d'engager le dialogue. Leurs rencontres, longues de quelques minutes au tout début, duraient à présent plusieurs heures. Avoir tous deux derrière eux une existence de folie les rapprochait, même si un Fou et une folle n'avaient rien en commun. Ils s'étaient racontés, avaient pansé mutuellement leurs blessures. Jusqu'à ce jour, pourtant, le roi n'avait pas osé toucher Lynna, fût-ce pour un simple baisemain. Pourtant, il la désirait de plus en plus, croyait enfin sentir en lui l'amorce d'un sentiment qu'il n'avait jamais vraiment connu. Parfois, il brûlait de la prendre entre ses bras, mais elle était si instable qu'il craignait de la voir s'effrayer. Qu'elle se fût aujourd'hui tournée vers lui dans son désarroi signifiait qu'il avait réussi. Elle le considérait désormais comme un allié, presque au même titre que Rowena.

La reine ignorait tout de ces rencontres. Lors des premières, elle avait été absente sans que nul y fût pour rien. Plus tard, Douleur s'était arrangé pour venir lorsqu'elle était sortie. Converser avec une dame de compagnie ne constituait certes pas un crime de lèse-majesté, surtout pour un roi, mais être seul avec elle lui semblait indispensable pour conquérir son amitié. Si Rowena lui avait posé la question, il lui eût cependant dit la vérité, du moins jusqu'à ce que Lynna lui eût demandé de n'en rien faire. Elle paraissait convaincue que la reine en prendrait ombrage. Douleur estimait cette crainte sans fondement mais il avait néanmoins promis de se taire.

— J'espère que ce sera une fille, déclara-t-il. Si elle est aussi belle que…

Il fut interrompu par l'arrivée de maître Aquarius, d'Angiosta et de quatre serviteurs portant une civière.

— Qu'est-ce que c'est que ça ? interrogea le roi.

— Il faut transporter la reine dans la salle d'accouchement, répondit Aquarius. C'est l'affaire de quelques minutes.

— Ne soyez pas stupide ! intervint sèchement Rowena. Je suis sur le point d'enfanter, je le sens. Si vous me transportez maintenant, je risque de…

Elle serra les dents sous l'effet d'une nouvelle contraction.

— La tradition exige que l'héritier du trône voie le jour dans la salle d'accouchement, reprit le médecin. Il ne saurait en être autrement. Allongez la reine sur la civière, vous autres.

La colère brûla dans les yeux de Rowena quand les serviteurs se portèrent à ses côtés, mais elle ne pouvait ouvrir la bouche, sous peine de hurler.

— Assez ! ordonna Douleur. Cette mascarade n'a que trop duré. (Il se tourna vers les quatre hommes.) Vous, sortez, et retournez à votre ouvrage.

— Mais, sire, je ne…, balbutia Aquarius.

— Quant à vous, vous allez procéder à l'accouchement ici même et sur-le-champ, faute de quoi je vous fais bannir ! Est-ce clair ?

— Parfaitement clair, répondit le médecin, glacial. Angiosta ! De l'eau chaude et des linges ! Dépêche-toi !

— Merci…, articula Rowena.

Son époux lui sourit. Il entraîna Lynna dans l'antichambre, tandis qu'Angiosta courait chercher ce qu'on lui avait demandé.

— Je veux rester avec elle protesta la dame de compagnie.

— Elle préférera que vous ne la voyiez pas souffrir, affirma Douleur. Nous reviendrons quand ce sera terminé.

— Je comprends, acquiesça Lynna. Mais j'ai peur. Je suis sûre que cet homme veut la tuer.

Le roi lui passa un bras protecteur autour des épaules. Elle ne se déroba pas.

Aquarius releva les manches de son ample robe verte avant de dénuder le ventre gonflé de la reine. Près de la cheminée, Angiosta surveillait l'ébullition d'un chaudron d'eau. Depuis son arrivée, elle n'avait pas accordé un seul regard à Rowena, laquelle s'en était aperçue mais souffrait trop pour réfléchir.

Le médecin ne faisait rien pour aider sa patiente. Ni conseils ni auscultations. Il attendait que l'enfant se présentât, purement et simplement.

Angiosta se sentait sale. Ne rien faire pour empêcher un meurtre quand on sait qu'il va s'accomplir! Elle avait certes assisté à tous les accouchements royaux, en avait été la complice passive, mais la victime ne lui avait jamais été aussi chère. Cette fois, c'était Rowena, sa petite princesse… Un instant, elle souhaita presque la mort en couches, ce qui lui eût enlevé sa culpabilité. Mais c'était là un vœu égoïste, elle s'en rendait compte.

Lorsqu'elle entendit les cris de l'enfant déchirer un silence que la reine n'avait rompu d'aucune plainte, elle sursauta. L'instant approchait.

— Apporte l'eau, Angiosta! ordonna Aquarius. (Elle s'exécuta en silence.) C'est un garçon, madame. Le portrait exact du roi…

— Regardez! s'exclama-t-elle. Il y en a un autre qui vient!

Le médecin posa le bébé sur une tablette, fit signe à la servante de l'emmailloter, et revint près de la parturiente. Quand le deuxième nouveau-né fut sorti, Aquarius sectionna le cordon ombilical et se redressa. Une fille! La reine venait d'avoir des jumeaux. Dans toute l'histoire de Fuinör, il n'était jamais né qu'un héritier. La tradition, en ce jour, serait bafouée jusqu'au bout.

Angiosta lava et emmaillota le bébé comme elle l'avait fait de son frère, puis elle reprit le chaudron pour l'emporter.

— Donnez-moi mes enfants, ordonna Rowena quand Aquarius eut rabattu sa chemise sur ses jambes et remonté les draps.

Le médecin tira de sa poche une petite boîte dorée, qu'il ouvrit. À l'intérieur se trouvait une poudre végétale préparée quelques jours auparavant. Il en prit une pincée entre le pouce et l'index.

— Un remède apaisant, dit-il d'une voix douce. Ensuite, je vous donnerai les enfants.

Angiosta poussa un petit cri et lâcha le chaudron, qui chut avec fracas, inondant la chambre. Surpris, Aquarius eut un geste maladroit, et renversa sur le lit le contenu de sa boîte. Le parfum de la poudre emplit l'air, un parfum âcre que Rowena reconnut aussitôt. Elle écarta les doigts du médecin qui s'approchaient de ses lèvres et, les yeux agrandis par la colère, pointa l'index vers lui. Trois étincelles successives en jaillirent pour frapper l'immortel, qui recula sous l'impact. Il ouvrit la bouche pour parler, chancela.

— Adieu, maître Aquarius, railla la reine lorsqu'il s'écroula. (Devant le regard affolé de la vieille servante, elle eut un sourire cruel.) Rassure-toi, ce n'est pas ta faute. J'aurais de toute façon reconnu cette herbe avant qu'il ne me la fasse avaler. J'ai eu un excellent… professeur de botanique.

— Que se passe-t-il ? interrogea Douleur, qui pénétrait en courant dans la chambre, Lynna sur les talons.

Ils s'immobilisèrent en découvrant le cadavre du médecin.

— Un attentat contre ma personne vient d'échouer, leur apprit Rowena, très calme. J'ai d'autre part mis au monde un prince et une princesse. Je désirerais les voir.

Douleur s'empressa de lui apporter les deux bébés, enjambant le corps d'Aquarius.

— Fais-nous débarrasser de cette charogne, reprit son épouse. Ensuite, qu'on me laisse ! Je veux être seule avec mes enfants.

Il ne tenta pas de faire remarquer qu'ils étaient aussi les siens. Ce détail ne semblait avoir aucun intérêt.

En début de soirée, on frappa à sa porte. Douleur occupait ce qui n'était naguère qu'une chambre d'hôtes, richement aménagée dès le couronnement. Malgré les murmures, il s'était volontairement exilé, laissant à Rowena les appartements royaux. Qu'un roi et une reine ne partageassent pas le même lit eût suffi à plonger la cour dans la perplexité. Que la reine fût la mieux logée touchait au scandale, mais comme à tout le reste, on s'y était habitué. Puisque Hormund ne se chargeait plus de répandre la subversion, on avait même fini par y voir un certain ordre des choses.

Les nerfs éprouvés, Douleur s'apprêtait à se coucher quand les coups retentirent, faibles mais insistants. Il passa un peignoir et alla ouvrir, non sans vérifier que son épée était bien à portée de main : quiconque désirerait venger maître Aquarius le trouverait prêt.

Lynna se jeta dans ses bras en sanglotant, le visage dévoré par l'angoisse. Il referma la porte du bout du pied et laissa pleurer la jeune femme, se contentant de la serrer contre lui, sans parler, jusqu'à ce que les larmes se tarissent d'elles-mêmes.

— Qu'y a-t-il ? s'enquit-il alors d'une voix douce.

— Elle m'a chassée. Elle a dit que je ne pouvais pas dormir avec elle, cette nuit, que je dérangerais les bébés, que…

Douleur posa un doigt sur les lèvres de la visiteuse, avant qu'emportée par le chagrin elle ne devînt hystérique.

— Tais-toi, souffla-t-il. Ça ne veut pas dire qu'elle ne t'aime plus. Je suppose qu'une mère ne veut pas être séparée de ses enfants, même par un être cher, quand ils viennent de naître. Demain, ou d'ici quelques jours, tout sera comme avant, tu verras.

Pour la première fois, il la vit faire un effort de volonté, tenter de se contrôler. Elle prit plusieurs longues inspirations, encore secouée de sanglots irréguliers, et cessa peu à peu de trembler.

— Tu peux dormir ici cette nuit, si tu veux, proposa-t-il.

Lynna acquiesça avec empressement mais ne fit pas mine de le lâcher. Elle le serrait avec force, comme s'il avait été le seul fil la raccrochant à la réalité. Il l'embrassa sans y penser. Le contact des lèvres douces sur les siennes lui fit prendre conscience de ce qu'il faisait, mais quand il voulut s'écarter, ce fut elle qui le retint. Elle lui rendit son baiser avec une ardeur qui le surprit.

— Rowena aussi m'embrasse comme ça, chuchota-t-elle. Avec toi, c'est différent. C'est... (Elle chercha ses mots.) Je ne sais pas, mais c'est différent.

Elle recula d'un pas, commença à délacer sa robe. Son compagnon bleuit.

— Je ne veux pas que tu te sentes obligée, articula-t-il, gêné. Je peux aller...

— Tu ne vas pas me laisser, toi aussi ? s'écria Lynna, de nouveau au bord des larmes. Reste avec moi, je t'en prie ! Toute seule, j'aurais trop peur.

Elle acheva d'ôter sa robe puis laissa glisser sa chemise à terre. En la voyant se diriger vers le lit, Douleur sentit sa culpabilité s'enfuir. Lynna ignorait tout autant que l'hypocrisie les règles de morale traditionnelles. Lorsqu'elle tendit la main vers lui, pour l'inviter à la rejoindre, son sourire n'exprimait que la confiance et l'amitié. Caresser, être caressée par celui ou celle qui chassait la terreur n'était ni une contrainte ni une récompense. Cela faisait tout naturellement partie de l'exorcisme. Le roi n'hésita qu'un instant avant d'enlever son peignoir et de s'allonger près d'elle. Ils s'enlacèrent et échangèrent un long baiser. À la manière dont la jeune femme s'étonna en le découvrant, il se demanda si elle avait déjà connu un homme. Lorsqu'elle lui demanda ingénument ce qu'il convenait de faire, il n'eut plus aucun doute. Ce fut avec une tendresse absolue qu'il la guida, lui enseigna le peu qu'il savait. Tous deux avaient eu le même professeur, la même maîtresse. Leurs corps se reconnurent, s'apprivoisèrent d'instinct, se nouèrent. Lynna pinça les lèvres quand son amant lui ravit sa virginité. Elle ressentit un mal intense mais ne cria pas, se cambra au contraire pour l'attirer encore plus en elle. La souffrance ne lui faisait pas peur : elle pouvait s'y raccrocher. Et peu à peu la souffrance disparut, faisant place à un bien-être qu'elle reconnut comme les prémices du plaisir.

En un sens, Douleur était vierge, lui aussi. Il n'avait de toute son existence connu que deux femmes : Rowena, qui s'était donnée à lui pour mieux le tromper, et Freïa, qui obéissait à la loi. Aucune n'avait fait preuve d'amour, de passion. On l'accueillait enfin pour lui-même, sans que l'acte eût d'autre intention que de prouver un sentiment vrai.

Leur jouissance fut rapide, brève, mais ni l'un ni l'autre ne le regretta. Ils restèrent un long moment enlacés, incapables de dire un mot, d'esquisser un geste.

— Je crois que je t'aime, Lynna, murmura enfin Douleur en caressant les cheveux de la jeune femme.

Elle ne répondit pas : les yeux fermés, paisible, elle s'était endormie.

Jon travaillait dans la contrée de l'or, tout comme son père l'avait fait, et le père de son père avant lui. Comme le ferait bientôt son fils, qui n'avait encore que quatre ans. Les serfs chargés d'extraire le minerai étaient les plus misérables de tous. Pour eux, il y avait du travail en toute saison et, contrairement à leurs camarades des semailles, ils ne pouvaient l'organiser à leur guise : jour après jour, douze heures durant, ils maniaient un pic qui devenait peu à peu une extension de leur corps. La vigilance de leurs gardiens ne se relâchait jamais, et si la cadence faiblissait tant soit peu, les fouets ne tardaient pas à cingler les dos.

Ce matin-là, comme toujours, sa femme réveilla Jon. Ils se saluèrent d'un signe de tête. Depuis beau temps, le courage de parler ne leur revenait qu'en cas d'absolue nécessité. Le serf était doté d'une solide constitution. Sa force et sa taille peu communes lui valaient une certaine réputation parmi ses pairs qui, par dérision, le surnommaient Petit Jon. Il faisait preuve de la même docilité qu'eux, mais les gardiens se défiaient pourtant de lui – à tort. Jamais l'intention, ni même l'idée de se révolter ne lui étaient venues.

Il se leva et s'habilla rapidement. Sa femme saisit une cruche et sortit puiser de l'eau. Jon s'approcha de la table en bois grossier. Il s'empara du croûton de pain, seul reste de leur ration de la veille, et en prit une bouchée, commença à mâcher bruyamment. Son regard absent reposait sur le pic, posé près de la porte, à deux pas du petit lit où dormait l'enfant. La veille, le serf avait été fouetté pour inattention, et son dos portait encore la trace des coups. Peu soucieux de subir cette épreuve deux jours de suite, il se promettait de se concentrer sur son travail quand il entendit un cri, suivi du bruit de la cruche qui se brisait.

Il fut à la porte en deux enjambées, juste à temps pour voir sa femme jetée à terre par la gifle que venait de lui assener un officier de la garde, au milieu de la petite place du village.

— Par les dieux, je vais t'apprendre à bousculer tes supérieurs ! s'exclama l'homme. Tu as choisi le mauvais jour pour me chercher querelle.

Stupéfié, Jon contempla son épouse qui joignait les mains, priait qu'on lui pardonnât sa maladresse, mais l'autre semblait d'une humeur noire. Il tira son épée, comme si tuer cette manante avait pu le calmer.

— Non ! cria Jon, trop tard.

L'épée s'abattit, meurtrière. Les yeux embués de larmes, le serf s'élança. Il n'ignorait pas la peine encourue par quiconque frappait un gardien, mais il n'y songea pas. Son chagrin et son désir de vengeance étaient tels qu'il croyait pouvoir vaincre à mains nues son adversaire armé.

— À moi, la garde ! hurla l'officier en faisant face au forcené qui chargeait.

Son appel s'acheva par un gargouillis répugnant. Deux flèches empennées de pourpre vinrent quasi simultanément se ficher dans son dos. Il s'effondra aux pieds de Jon, comme les autres soldats s'immobilisaient, cherchant du regard leurs nouveaux agresseurs.

Un homme se tenait à cinquante pas de là, seul, un homme qu'ils n'avaient jamais vu, mais dont la rumeur leur avait parlé. Ce ne pouvait être là que le fameux Locksley, qui avait osé tuer deux chevaliers. Quand il le vit ainsi isolé, le capitaine de la garde crut pouvoir se faire à bon prix une réputation de héros – être invité à la cour, peut-être. Il ordonna la capture de l'archer. Nul ne put suivre les mouvements de ce dernier. En une fraction de seconde, trois soldats s'écroulèrent alors même qu'ils s'élançaient.

— Attrapez-le ! cria leur chef. Courez ! Il ne vous aura pas tous.

En cela, il avait parfaitement raison. Malgré sa rapidité, Locksley ne disposait pas même d'assez de flèches pour abattre tous ses ennemis. Bientôt, il serait submergé. Sans cesser de tirer, toutefois, faisant mouche à chaque coup, il se mit à haranguer les serfs que le tumulte avait attirés hors de leurs masures.

— Aidez-moi ! Vous que ces porcs maltraitent et tuent comme du bétail, pour s'amuser. Révoltez-vous ! Prenez vos pics et tuez vos maîtres !

Jon, qui s'était agenouillé auprès de sa femme, releva la tête. La haine flamboyait dans ses yeux.

— Il a raison ! tonna-t-il. Tuons ces porcs !

Sans attendre le résultat de ses paroles, il bondit sur le gardien le plus proche et profita de sa surprise pour lui enserrer la gorge d'un bras. Lorsqu'il accentua la pression, les os craquèrent, et sa victime cessa de se débattre. Enflammés par l'exemple, plusieurs serfs se dressèrent eux aussi contre les soldats. En quelques secondes, la place du village devint le théâtre d'une bataille générale, pics contre épées. Malgré leur entraînement guerrier, les hommes d'armes ne purent lutter à un contre dix – d'autant que Locksley avait tiré une fine lame et faisait plus de ravages que cinq serfs réunis. Le combat prit fin lorsqu'un pic s'abattit sur la tête du capitaine, traversant casque et boîte crânienne. Tous les gardiens étaient morts.

Les mineurs s'entre-regardèrent. Ils commençaient seulement à comprendre ce qu'ils avaient fait, songeaient avec horreur aux représailles qu'allait attirer sur eux cet acte. À trois lieues de là, il y avait un autre village, une autre mine. On découvrirait vite leur révolte. Des regards mauvais se posèrent sur Jon et sur Locksley. Un nouveau combat se fût peut-être alors engagé si l'archer n'avait pris la parole.

— Je suis Locksley, le protecteur des serfs ! Je suis venu vous demander de vous joindre à moi. Ensemble, nous délivrerons tous nos frères du joug qui les oppresse. Nous renverserons les tyrans. (Certains voulurent intervenir, mais, curieusement, ne purent se contraindre à l'interrompre.) Les soldats sont mortels, vous venez de le constater. Nous avons tué ceux-là, nous pouvons en tuer d'autres. Joignez-vous à moi. Comment te nomme-t-on, mon ami ?

Jon comprit qu'on s'adressait à lui. Mû par un sursaut de fierté, il redressa la tête.

— Jon.

— Petit Jon, ajouta quelqu'un.

— Eh bien, Petit Jon, toi qui, le premier, as eu le courage de te révolter, tu seras mon lieutenant. (Locksley eut un grand geste pour désigner les serfs assemblés.) Ici, vous creusiez la roche pour le plaisir de vos maîtres. Moi, je vous ferai creuser les fondations d'un monde nouveau.

Fasciné, Jon leva le bras vers le ciel.

— Vive Locksley ! s'exclama-t-il. Mort aux tyrans !

Une centaine de pics se levèrent, tandis que le cri « Vive Locksley ! » était repris par autant de voix enthousiastes, charmées.

L'enchanteur sourit. Peu à peu, son grand œuvre prenait forme.

FIN DE LA TROISIÈME ÉPOQUE

Quatrième époque

L'enchanteur

Hung be the heavens with black, yield day to night!

William SHAKESPEARE, *King Henry the Sixth*

38

— Maman ? Qu'est-ce qu'il y a dans la contrée de l'amour ? demanda la petite fille.

Rowena sourit et se souvint de l'époque où elle avait elle aussi posé cette question. À elle, on n'avait pas voulu répondre, on avait répété durant des années qu'elle le saurait lorsque le temps viendrait. Elle s'était juré de ne pas soumettre ses enfants à la même censure. Si Dana était en âge de poser une question, elle devait aussi en comprendre la réponse. Mais comment expliquer la sexualité à une fillette de huit ans ? La reine détourna les yeux en entendant pouffer Lynna, qui avait coutume d'assister aux leçons des futurs souverains. Assise à l'écart, elle brodait en silence, généralement sans se manifester. Cette fois, pourtant, elle avait relevé la tête et regardait son amie d'un air malicieux, attendait la réponse avec impatience.

Assise en tailleur devant sa mère, Dana attendait, elle aussi, mais il n'y avait aucune malice sur son visage – seulement une sincère soif de connaissance. Elle était le portrait exact de Rowena à son âge, mêmes yeux couleur de soleil, mêmes traits réguliers, qu'elle partageait aussi avec son frère puisqu'ils étaient jumeaux. Mais contrairement à Dana, aussi noire de chevelure que la reine, Finn avait les cheveux blancs. Non pas d'un jaune très pâle, mais totalement blancs. Ils avaient poussé ainsi, et ainsi étaient-ils demeurés, faisant de lui l'image en négatif de sa sœur.

Pour l'heure, le petit garçon semblait peu intéressé par la leçon. Allongé à même le sol, il dessinait ce qui représentait pour lui un chevalier monté sur son fier destrier, mais qui n'était pour tout autre qu'un gribouillis assez peu harmonieux. Finn posait moins de questions que sa sœur, préférant à l'étude le jeu et l'exercice. Rowena veillait cependant à ce que ses deux enfants reçussent une éducation identique.

— Je vous ai déjà expliqué ce qu'est l'amour, dit-elle enfin. Bien sûr, c'est difficile à comprendre, puisqu'il s'agit d'un sentiment : on ne peut vraiment le connaître qu'après l'avoir éprouvé. Quoi qu'il en soit, quand deux êtres s'aiment, ils s'estiment unis l'un à l'autre en esprit. Pour concrétiser cette union, il en existe une autre : celle des corps. Et c'est dans la contrée de l'amour qu'on se rend pour y procéder.

— Jamais ailleurs ? demanda Dana.

— Jamais. C'est la loi.

— Mais, maman, tu nous as dit que la loi était inutile, protesta la petite fille.

— Je n'ai jamais dit ça, corrigea Rowena. J'ai dit qu'elle était stupide, ce qui n'est pas la même chose. La loi sert à organiser la vie des gens du peuple et de la noblesse. Grâce à elle, ils n'ont aucune question à se poser. C'est ce qui nous permet, à nous, les souverains, de demeurer sur le trône. Qu'importe que les autres obéissent à des principes stupides dès l'instant qu'ils obéissent. Il faut simplement prendre garde à ne pas leur ressembler. Tu comprends, Dana ?

— Oui, je crois.

— Très bien. Continuons, en ce cas. Finn ?

Le garçon sursauta. Son visage vira à l'indigo foncé. Sa mère ne le punissait jamais, excepté quand il ne faisait pas l'effort d'apprendre ses leçons.

— Je vais te poser une question simple. De quelle couleur sont tes yeux et ceux de ta sœur ?

— Violets! répondit-il sans hésiter.

— Vraiment? Regarde mieux.

Interloqué, il observa Dana, qui écarquilla les yeux de manière assez comique. Deux iris pourpres y flamboyaient. Finn baissa la tête.

— Excuse-moi, maman, j'avais oublié.

— Pourquoi vos yeux ne sont-ils plus violets? interrogea Rowena.

— Parce que, hier, le soleil est devenu pourpre. (Il adopta un ton récitatif.) La décennie du soleil pourpre marque le début du nouveau cycle, sur Fuinör. Il y a sept décennies par cycle. La prochaine sera celle du soleil orangé.

— C'est bien, approuva la reine, soudain rêveuse.

La veille, le soleil avait changé, oui. La veille, venu à pied de la grande forêt jusqu'au miroir, en traversant la contrée des semailles enneigée, l'enchanteur avait achevé le pèlerinage. Rowena le savait sans l'avoir vu, car elle avait dû se faire violence pour ne pas le rejoindre, fouler en sa compagnie les eaux du grand lac, se laisser baigner par la lumière de l'astre changeant. Une fois seulement, elle avait connu cet instant, vingt années plus tôt. Savoir qu'il lui serait impossible de le revivre tant qu'existerait son ancien maître ne faisait qu'attiser sa haine.

Son regard durci erra jusqu'à la fenêtre ouverte de l'antichambre. La plante posée sur le rebord était en boutons. Les dernières neiges avaient fondu pendant la nuit : une nouvelle saison des fleurs commençait. Rowena, reine de Fuinör, venait d'avoir quarante ans.

Elle fut tirée de sa rêverie par des coups légers frappés à la porte.

— Entre, Angiosta, dit-elle.

La vieille servante était la seule occupante du château à ne pas utiliser le heurtoir des appartements royaux. Elle entra à pas mesurés et fit une courte révérence.

— Si Votre Majesté le permet, j'aurais des requêtes à lui transmettre, annonça-t-elle. (Rowena lui fit signe de poursuivre.) Tout d'abord, le seigneur Hormund demande la grâce d'assister à l'exécution capitale de demain.

— Accordée, acquiesça la reine. Le château tout entier y est convié. Pourquoi pas lui ?

— Ensuite, la baronne Béthany désirerait obtenir une audience.

— Lui en as-tu demandé la raison ?

— Non, mais je pense savoir de quoi il s'agit. Béthany est la femme du baron Oswald. Si vous me pardonnez ce jugement, c'est un faible et un incapable. Son domaine serait déjà tombé en ruine s'il ne possédait d'excellents conseillers pour l'administrer. Oswald ne demande probablement rien, mais la baronne est ambitieuse. Il est de notoriété publique qu'elle désirerait pour son époux un poste important à la cour. Si je suis bien renseignée, le roi a donné un accord de principe, vous réservant la décision finale.

— Et Béthany veut me parler pour essayer de me convaincre ?

— Je le crois, madame.

— Eh bien, voilà ce que tu vas lui répondre : je ne lui accorderai pas d'audience. Si Oswald veut quelque chose, qu'il vienne me le demander lui-même, et j'examinerai sa requête. Quant à Béthany, rappelle-lui que le rôle d'une femme de la noblesse est d'être belle et de se taire. Si elle persiste à se mêler de politique, il se pourrait qu'elle ne reste pas longtemps en faveur à la cour.

— Dois-je employer vos termes exacts ?

— Emploie ceux qui te paraîtront appropriés, pourvu qu'elle comprenne. (Rowena sourit.) Je te remercie, Angiosta, tu fais bien ton travail. (La servante s'inclina.) Tu viendras chercher les enfants à la tombée de la nuit, comme d'habitude.

— Oh, non, maman ! s'exclama Finn. On ne pourrait pas rester avec toi ?

Les jumeaux se précipitèrent vers leur mère en roulant des yeux implorants.

— Vous êtes trop grands, protesta-t-elle sans conviction.

Bientôt, leurs cajoleries emportèrent sa décision, et elle annula l'ordre donné à Angiosta. Lynna ne cessa pas de broder. Être chassée des appartements royaux ne lui causait plus le même chagrin qu'autrefois : cette nuit-là, elle dormirait auprès du roi.

— Dis, maman, demanda Dana quand la vieille servante fut sortie. Pourquoi les femmes ne doivent pas s'occuper de politique ?

— Parce que toutes les femmes nobles sont stupides. C'est dans l'ordre des choses.

— Moi aussi, je suis stupide ? murmura-t-elle en baissant la tête.

— Toi, c'est différent. Tu es ma fille. Autrefois, quand naissait l'héritier du trône, les fées venaient se pencher sur son berceau pour lui accorder leurs dons. Aux filles, elles conféraient entre autres choses une tête de linotte. Quand je suis née, des forces différentes sont venues contrarier leurs desseins. Je vous dirai lesquelles un jour. Vous, bien sûr, les fées ne vous ont pas vus : elles avaient bien trop peur de moi pour se montrer.

Ces derniers mots ne reflétaient pas l'exacte vérité, mais Rowena voulait convaincre ses enfants de sa supériorité sur celles qu'il leur faudrait combattre un jour.

Dana s'apprêtait à poser une autre question lorsque de nouveaux coups retentirent à la porte. Le heurtoir, cette fois, et avec insistance. Douleur entra sans y être autorisé. Les enfants levèrent les yeux un instant, puis se désintéressèrent de lui. Ils n'eurent pas une parole pour accueillir leur père.

— Il faut que je te parle seul à seul, Rowena, dit le roi d'une voix blanche.

— Qu'est-ce qui se passe ? interrogea son épouse, ironique. Tu as vu le fantôme d'Aquarius rôder dans les couloirs ?

— Seul à seul, insista-t-il.

Devançant la demande de Rowena, Lynna emmena les enfants dans la chambre. Elle referma la porte, isolant les deux souverains. Le rire joyeux des jumeaux ne tarda pas à résonner.

— Lynna s'entend bien avec Dana et Finn, remarqua la reine, souriante. Au début, je crois qu'elle était un peu jalouse, mais elle a décidé d'être leur amie plutôt que leur rivale. Ça me fait plaisir.

— À moi aussi, mais je ne suis pas là pour ça. Je viens d'apprendre que tu as ordonné l'exécution de Burlyn pour demain.

— Et alors ?

— Je suis censé être le roi, soupira Douleur. Que le pouvoir t'appartienne, soit, mais j'aimerais bien ne pas toujours être le dernier averti de tes décisions. Si je n'avais pas entendu par hasard une discussion entre serviteurs, je ne serais pas encore au fait de la chose.

— J'ai oublié de t'en parler, voilà tout.

— Tu n'as pas voulu m'en parler, corrigea-t-il.

— Et c'est ça qui te met dans tous tes états ? Il y a presque dix ans que je me passe de tes conseils. Tu devrais être habitué.

Douleur laissa retomber les bras le long du corps en signe de capitulation. Lorsqu'il reprit la parole, ce fut d'une voix beaucoup plus calme.

— Je crois que tu vas provoquer une catastrophe inutile.

— Ce Burlyn est un ennemi du royaume. On l'a capturé pendant qu'il tentait de…

— Je sais très bien ce qui s'est passé. Ton « ennemi du royaume » est un homme de Locksley.

— Justement. C'est le premier que nous réussissons à prendre. Il est temps de faire un exemple.

— Un exemple de quoi ? Tu vas rouer un hors-la-loi pour faire croire que nous sommes capables d'empêcher toute la bande de nuire ? Burlyn est un simple d'esprit, sans quoi nous n'aurions jamais réussi à le prendre. Tu crois que ça va impressionner les autres ? Tu crois que l'enchanteur va te laisser faire ?

— Non, mais je ne peux pas agir autrement. (La voix de Rowena était dépourvue de colère, malgré la discussion. Douleur crut y déceler un peu d'abattement.) Personne ne comprendrait que je le relâche, et le garder en prison ne servirait à rien. Je dois le faire exécuter.

— À ta guise. (Le roi se dirigea vers la porte.) Je n'aimerais pas être à ta place, Rowena.

Une fois seule, elle demeura un long moment immobile, sentant d'amères larmes de dépit lui monter aux yeux. Elle les refoula. Pleurer était indigne d'elle. Même si elle n'avait aucune chance de réussir, elle devait se battre. L'enchanteur pourrait bien s'acharner, il ne la briserait pas. Personne ne la briserait.

À la nuit tombée, Angiosta se rendit dans les appartements d'Hormund.

— Eh bien ? demanda-t-il sèchement. Qu'a répondu ta reine chérie ?

La servante ne s'étonna pas du ton employé. Au cours des années de claustration qu'il s'était imposées, le vieillard s'était de plus en plus aigri.

— Ta requête est accordée : tu peux assister à l'exécution. Je me demande pourquoi tu y tiens tant.

— C'est le premier acte conforme à la loi qui a lieu dans ce royaume depuis l'arrivée sur le trône de Rowena, ou peu s'en faut. Je veux y être associé d'une manière ou d'une autre. Et j'ai décidé de sortir de l'oubli.

Angiosta sursauta. Hormund semblait avoir regagné un peu de sa vigueur. Il devait préparer quelque chose.

— Il faut agir, reprit l'ancien conseiller. Nous ne sommes plus que deux, mais nous devons faire quelque chose.

— Mais les dieux…

— J'ai perdu l'espoir de les voir venir. Pourquoi attendraient-ils si longtemps ? Non : leur promesse était destinée à nous éprouver, et nous ne pouvons plus rester inactifs. Les dieux aident ceux qui s'aident eux-mêmes. Il nous appartient de redresser le monde, Angiosta, de restaurer la loi. À nous deux. J'ai déjà conçu les bases d'un plan. Lorsqu'il sera prêt, je te dirai quoi faire. En attendant, tu peux...

— Je ne t'aiderai pas, déclara la vieille servante, monocorde.

— Quoi ?

— Si tu veux agir, tu agiras seul, continua-t-elle. Moi, j'en ai assez. J'ai perdu la foi. Je suis lasse des intrigues et des batailles. Et j'aime trop Rowena pour me dresser contre elle.

— C'est de la trahison, grommela Hormund entre ses dents.

— Non. Je n'oublie pas ce que je suis, et en vertu de cela je ne te dénoncerai pas, mais tu n'as aucune aide à attendre de moi. Ce n'est pas de la trahison : tout au plus de la désertion.

— Les dieux te puniront.

Angiosta eut un petit rire dénué de joie, et haussa les épaules.

— Ils m'ont déjà punie par une vieillesse éternelle. Que peuvent-ils faire de plus ? Me détruire ? Qu'ils le fassent. J'aurai enfin la paix.

Sur ces mots, elle abandonna l'ancien conseiller à sa colère et à son ressentiment. Telle une morte vivante, elle traversa les dernières salles éclairées du château pour souffler les chandelles. Elle n'avait pas menti : plus rien ne la touchait. Les manquements réguliers à la loi, qui l'eussent autrefois scandalisée, ne la choquaient même plus. Un jour, elle avait surpris Lynna dans les bras de Douleur, à leur insu. Bien loin de l'offusquer, les voir ainsi hors de la contrée de l'amour lui avait fait plaisir. Ces deux-là étaient sans doute les êtres les plus gentils, les plus innocents, qu'elle eût jamais rencontrés. Ils méritaient de connaître un peu de bonheur. À l'instant même, ils étaient sans doute en train de faire l'amour, comme chaque fois que Rowena dormait avec ses enfants.

Le sourire d'Angiosta se changea en grimace : songer à la reine lui faisait mal.

L'exécution devait avoir lieu un peu après midi. Durant les jours précédents, nombre de serfs avaient été attelés à la tâche d'ériger des gradins en rectangle dans la cour intérieure du château. L'un des côtés les plus longs, réservé aux nobles, accueillait en son centre la tribune royale. Les trois autres, dépourvus du velours et des coussins qui tapissaient le premier, recevraient la plèbe. Assister à l'exécution était obligatoire, sous peine de suivre le condamné, aussi les bancs se peuplèrent-ils rapidement.

Douleur et Rowena s'installèrent côte à côte, revêtus de leurs plus beaux atours. Se souvenant de l'exécution dont elle avait été témoin, enfant, la reine avait ordonné à Dana et Finn de demeurer dans leur chambre, en compagnie de Lynna. Quoique moins craintive qu'à son arrivée à la cour, cette dernière refusait encore d'apparaître en public. Rowena ne lui eût de toute façon jamais autorisé le spectacle de la roue, de crainte qu'il ne lui ôtât tout à fait une raison déjà fragile.

Les autres fous étaient là, en revanche, juste derrière le couple royal. Ils ne cessaient de bavarder, créant un sourd brouhaha, parfois entrecoupé de bruyants éclats de rire. Seul Ghénarys demeurait d'un calme absolu : debout, la main sur le pommeau de son épée, prêt à s'interposer si quiconque menaçait Rowena. Jamais encore il n'avait eu à exercer ses fonctions de protecteur de la reine. En outre, sur l'ordre de cette dernière, il ne prenait pas part aux tournois, si bien que son habileté aux armes restait inconnue. Le savoir aussi inoffensif qu'un enfant de quatre ans eût sans doute grandement perturbé les autres chevaliers, mais dans l'état actuel des choses, nul ne lui cherchait querelle.

Aucun siège n'avait été réservé pour le vieil Hormund. Perdu dans la foule des courtisans, il rongeait son frein en silence, conscient des regards étonnés que provoquait sa présence. Il se demanda s'il représentait encore quelque chose pour les nobles, si malgré sa disgrâce il possédait encore un quelconque pouvoir. Avant d'agir, il lui faudrait savoir sur qui compter. L'occasion de l'apprendre apparaîtrait peut-être durant l'exécution.

Un cordon d'hommes d'armes auxquels se mêlait la garde royale bordait les gradins. On comptait environ un cavalier doré pour quatre soldats réguliers. Tous tenaient une arbalète bandée : aucune manifestation populaire ne serait tolérée.

La roue, un peu surélevée, attendait sa victime. Au pied de l'échafaud, barre de fer en main, se tenait un personnage que nul ne s'attendait à voir : un colosse torse nu, à la tête recouverte d'une cagoule noire. Bien sûr, qui dit exécution dit bourreau, mais on se souvenait du trépas de celui qui avait rempli cette fonction pendant des décennies. Qu'il eût été remplacé provoqua la surprise générale, y compris celle de Douleur. Rowena lui révéla que son nouvel exécuteur des hautes œuvres était un serf des semailles, une brute sourde et muette qui prenait plaisir à rosser ses congénères. Une pièce d'or et un bon repas avaient assuré sa soumission, même s'il eût sans nul doute accepté de procéder au supplice pour la simple joie de torturer. Douleur haussa les épaules : tout individu devait trouver sur Fuinör la place qui lui convenait, si méprisable fût-elle. Il se demanda s'il aurait le courage d'assister au spectacle jusqu'au bout. Il avait bien songé à ne pas venir, mais les ordres de l'enchanteur ne le lui permettaient pas. Cette exécution devait paraître ordonnée par le roi. Il lui faudrait même feindre la satisfaction en voyant les os du serf se briser un à un. Une vague de dégoût s'empara de lui.

Lorsqu'il ne resta plus une place inoccupée dans les gradins, Rowena adressa un signe aux joueurs de buccin assemblés au bas de la tribune royale. La sonnerie qui s'ensuivit obtint un silence général. La reine se leva. Ses yeux pourpres parcoururent l'assistance, puis se posèrent sur l'échafaud encore nu.

— Seigneurs et gentes dames! commença-t-elle d'une voix forte. Peuple de Fuinör! Avant que nous n'exécutions le condamné pour ses crimes, je tiens à vous adresser la parole. Le nom de Locksley vous est, j'en suis sûre, familier. Cet homme, dont nul ne connaît les origines, s'est donné pour mission de braver la loi et le trône. Cela ne serait rien, s'il n'avait réussi à gagner des partisans. Inconscients de se battre pour une mauvaise cause, nombre de serfs se sont rangés à ses côtés après avoir lâchement assassiné leurs maîtres, tant dans la contrée des semailles que dans celle de l'or. La contrée du miroir a jusqu'ici été épargnée, mais nous ne pouvons plus fermer les yeux. Les hors-la-loi de Locksley sont une insulte aux dieux et au bon droit. Dénués d'intelligence, ils sont cependant dotés d'une ruse qui leur avait jusqu'à ce jour permis d'échapper aux recherches. Ils apparaissaient toujours là où on ne les attendait pas, frappaient, et s'évanouissaient comme par enchantement au sein de la grande forêt. Ce temps vient de s'achever. (Elle marqua une pause pour laisser à ses auditeurs le temps d'assimiler ses paroles.) Locksley a commis sa première erreur. Sa maladresse nous a permis de capturer un de ses principaux lieutenants, lequel a révélé sous la torture tout ce qu'il savait. Désormais, les jours des hors-la-loi sont comptés.

Douleur eut peine à réprimer un sourire. L'aplomb de Rowena le surprenait toujours. S'il avait bien été tourmenté, Burlyn n'avait livré aucune information utile. Un attardé mental restait un attardé mental, même sous les tenailles. Ses divagations devenaient un peu plus véhémentes, voilà tout.

— Je n'ignore pas qu'il se trouve parmi vous des informateurs à la solde de Locksley, continuait la reine en scrutant les rangs de la plèbe. Je comprends que ses promesses mensongères vous aient poussés à la trahison, mais au fond de vous, je vous sais fidèles. C'est pourquoi le roi et moi-même avons décidé d'être magnanimes. Tout hors-la-loi qui se livrera et fera amende honorable aura la vie sauve. S'il apporte des renseignements susceptibles de faciliter la capture de son chef, il recevra en outre trente pièces d'or. Les autres subiront le sort réservé aux traîtres, celui que va à présent subir sous vos yeux le serf renégat Burlyn. Qu'on amène le prisonnier!

Aucune réaction notable ne salua ces propos. Ce fut dans un silence de mort que deux soldats traînèrent vers la roue un homme couvert de blessures sanglantes. Torturé durant deux jours et deux nuits, Burlyn était incapable de marcher. Son visage rond exprimait une souffrance sans nom. Des onomatopées quasi inaudibles s'échappaient par moments de ses lèvres molles. Douleur sentit son estomac se nouer. Pour la première fois, il se demanda si on avait le droit de faire autant souffrir un individu au nom d'une cause, si juste fût-elle.

Burlyn fut garrotté sur la roue, bras et jambes écartés. Le bourreau gravit solennellement les marches de l'échafaud, puis se raidit en attendant l'ordre royal.

— J'espère que chacun de vous comprendra qu'on ne brave pas impunément la justice de Fuinör, dit encore Rowena, avant de se rasseoir. Bourreau! Fais ton office!

L'exécuteur des hautes œuvres s'inclina, puis empoigna à pleines mains son outil. Il examina le corps sanglant du condamné, semblant se demander où porter le premier coup. La barre de fer s'éleva lentement. L'instant d'après, elle s'échappait de ses mains et percutait avec fracas le bord de l'échafaud pour s'abattre enfin sur le sol, inutile.

Il fallut quelques secondes aux spectateurs pour remarquer la flèche qui transperçait de part en part le torse du colosse, au niveau du cœur. Ghénarys poussa un juron et voulut tirer son épée, mais Glarth et Korthwo le saisirent chacun par un bras pour l'en empêcher. Se rendant compte qu'il n'y avait pas de danger immédiat, le chevalier se calma.

Douleur respira, soulagé. L'enchanteur savait ménager ses effets, mais du moins était-il venu : ce qui allait se produire à présent ne saurait être pire que le supplice prévu.

Le bruit mat du bourreau s'effondrant au pied de l'échafaud rompit la stupeur de l'assistance. Des exclamations fusèrent de toutes parts, tandis qu'on cherchait des yeux le mystérieux archer. Les soldats avaient relevé leurs arbalètes, mais ils ne trouvèrent aucune cible sur laquelle décocher leurs carreaux.

— Et maintenant? demanda Douleur à Rowena.

La reine avait fermé les paupières en voyant la flèche empennée d'orangé. Elle attendit que les battements de son cœur redevinssent réguliers avant de se lever, les mains écartées, dressées vers le ciel, ce qui mit un terme immédiat au tumulte.

— Où es-tu, Locksley? cria-t-elle. Je te somme de te montrer.

Un rire joyeux retentit en provenance de l'échafaud, tandis qu'un homme se matérialisait à l'endroit qu'avait occupé le bourreau. Entièrement vêtu d'orangé, il tenait un arc en main et osait porter l'épée, comme s'il avait été noble.

— Me voici! dit-il. Mais ne crois pas que je me plie à ta volonté, sorcière. Je viens parce que j'ai à te parler.

Rowena demeura muette un instant. Locksley était presque aussi séduisant que l'avait été Aladin. L'enchanteur choisissait ses incarnations avec goût. Elle se préparait à répondre quand s'éleva une voix chevrotante, coléreuse.

— Qu'attend Votre Majesté? Qu'elle le fasse abattre!

Son vieux corps redressé par le courroux, Hormund désignait l'archer d'un doigt accusateur.

— Pas encore, répliqua Rowena. Je veux savoir ce qu'il a à dire.

— Mais c'est Locksley ! insista l'ancien conseiller. Qu'importent ses paroles ? Mort, il ne pourra plus nuire, et ses hors-la-loi se disperseront.

— Taisez-vous donc, soupira-t-elle, excédée. Si vous continuez, c'est vous que je fais abattre.

— Vous... vous osez me menacer ? Moi ? balbutia le vieil homme, indigné. (Locksley observait la scène d'un œil narquois. Hormund adopta soudain un ton d'orateur.) Messeigneurs ! Vous me connaissez : j'étais le conseiller de votre roi avant que cette usurpatrice n'arrive au pouvoir. Je représente la loi ! Allez-vous permettre que l'on me traite comme un chien ? Je dis que le roi et la reine actuels ne sont que des pantins auxquels nul n'est tenu d'obéir. Soldats ! Prouvez que vous êtes fidèles à la tradition et abattez ce hors-la-loi ! Tirez !

Les cordes de deux ou trois arbalètes se détendirent. Les carreaux volèrent vers Locksley, qui n'eut pas un mouvement de recul. À quelques pas de lui, les projectiles, stoppés net par une barrière invisible, tombèrent au sol.

— Que la garde royale arrête les hommes qui ont tiré ! ordonna Douleur, intervenant pour la première fois. Et que chacun reste calme. Au moindre signe de rébellion, j'ordonne la charge !

La menace était bien inutile : choqués par ce qui venait de se produire, nobles et serfs ne songeaient pas à bouger. La plupart n'osaient pas même parler, si bien qu'un silence peu naturel dominait la scène.

Les cavaliers dorés obéirent au roi, tandis que Rowena se tournait vers Hormund.

— Monsieur, déclara-t-elle, eu égard à votre grand âge, vous ne serez pas exécuté ni condamné à travailler dans les mines. Puisque vous ne possédez à l'évidence plus tous vos esprits, vous serez conduit dès demain à la lisière de la contrée de la folie. (Elle eut un sourire cruel.) Vous verrez : c'est un endroit charmant. En attendant, je vous prie de vous retirer.

Hormund chercha autour de lui des visages amis, ou à tout le moins compatissants, et n'en trouva aucun. La tradition voulait aussi, il s'en souvint, que les nobles fussent toujours du côté du plus fort. Accablé, voûté, il descendit lentement des gradins et se dirigea vers le château. Les regards se reportèrent sur Locksley, qui souriait toujours.

— Que veux-tu ? interrogea Rowena. Parle !

— Deux choses, répondit le hors-la-loi. Tout d'abord, libérer cet homme que tu comptais supplicier. Sur ce point, je n'attends pas de réponse : tu n'as pas les moyens de m'en empêcher.

Il fit un geste en direction de Burlyn, dont les liens se dénouèrent aussitôt. Miraculeusement guéri de ses blessures, le serf se redressa sur son séant. Un murmure d'admiration parcourut la foule.

— Et ensuite ? interrogea la reine.

— Tu le sais. Je veux que tu abroges la loi qui fait de certains les esclaves des autres. Je veux que tu déposes cette couronne, qui n'a aucune raison d'être. Je veux des droits et des devoirs égaux pour tous, hommes et femmes. Je veux la liberté, la paix et l'harmonie…

Ses paroles se perdirent dans le vacarme croissant qui montait des gradins. Nobles outragés et serfs enthousiastes se déchaînaient enfin, hurlant, gesticulant, allant jusqu'à s'insulter.

— Ils vont se battre, remarqua Douleur. Il faut faire quelque chose.

Rowena acquiesça. Elle murmura quelques paroles étranges et leva les bras. Un éclair violet jaillit d'un ciel pourtant dégagé, et vint frapper le sol au pied de l'échafaud, où il creusa un large cratère noirâtre. Le calme revint d'un coup.

— Le prochain éclair tombera sur le premier qui ouvrira encore la bouche, déclara Rowena, assez fort pour que chacun l'entendît. Noble ou pas !

— Bravo ! railla Locksley. C'est un premier pas vers l'égalité.

— Quant à toi, sache que nous ne sommes pas impressionnés. Reprends ton séide si cela t'agrée, mais la loi de Fuinör a été instaurée par les dieux. Elle est sacrée.

Le rire du hors-la-loi retentit à nouveau.

— Tant pis pour toi, conclut-il. La révolution est en marche. Le sang qui coulera durant les jours prochains pèsera sur ta conscience, Rowena. Mais peut-être as-tu déjà oublié le sens de ce mot…

Puis, sans laisser à quiconque le loisir de répliquer, il disparut, emmenant avec lui un Burlyn aux yeux agrandis par l'adoration. L'écho de ses paroles résonnait dans l'esprit des spectateurs. Il s'écoula plusieurs minutes avant que le premier n'osât se lever pour quitter les gradins.

39

La grand-porte du château claqua derrière Hormund, étouffant les éclats de voix qui montaient des gradins. À pas lents, traînants, le vieil homme traversa le hall. Tête baissée, il remarqua à peine les deux gardes en faction au pied de l'escalier.

— Ô dieux! murmura-t-il en gravissant les degrés. Qu'ai-je fait pour mériter pareille indignité? Ne vous ai-je pas toujours servis avec dévotion? Pourquoi m'avoir abandonné alors que j'implorais votre aide pour sauver le monde?

Seul le silence des vieux murs lui répondit. Hormund serait donc exilé, tel un criminel ou un fou, lui qui présidait au destin de Fuinör depuis la nuit des temps.

— Non, gronda-t-il. C'est impossible. Ça ne peut pas finir ainsi.

Soudain, alors qu'il posait le pied sur la dernière marche, il se rappela ses propres paroles : les dieux aident ceux qui s'aident eux-mêmes. Il n'avait plus aucun allié – jusqu'à Angiosta qui l'avait trahi –, mais ce n'était pas une raison pour céder au désespoir. Il accomplirait seul ce qui devait être accompli, et son mérite, sa récompense, n'en seraient que plus grands.

L'ancien conseiller pressa le pas. Il ne lui restait guère de temps. Bientôt, d'une manière ou d'une autre, l'exécution prendrait fin. Il monta quatre à quatre l'escalier suivant, ignorant la douleur de ses articulations rouillées.

Arrivé à proximité de son but, il s'immobilisa, reprit son souffle, et observa à la dérobée le soldat posté devant la chambre des enfants.

Le vieillard ferma les yeux pour faire appel à un pouvoir presque oublié. Il sentit la force conférée par les dieux affluer, se concentrer en lui, prête à être relâchée. Lorsqu'il se sut incapable de la retenir plus longtemps, il s'avança.

— Le prince et la princesse sont bien ici? interrogea-t-il.

— Oui, mais...

Hormund frappa sans attendre. Telles des vagues de sang indigo, sa force mentale déferla sur l'esprit du garde. Ce dernier chancela. Pris au dépourvu, il ne tenta pas même de résister à un assaut qu'il n'eût pu contenir. Il perdit instantanément toute maîtrise de lui-même, toute personnalité. Son regard se figea, vide.

— Tu vas m'obéir, intima le vieillard.

— Je vais obéir, répéta le garde, atone.

— Ouvre cette porte et escorte-moi.

Le soldat pivota et tourna la poignée, en vain. Hormund jura entre ses dents.

— Frappe! ordonna-t-il.

Son involontaire serviteur obéit. Il y eut quelques secondes de silence, puis la voix ensommeillée de Lynna s'éleva, inquiète.

— Qui est là?

— J'apporte un message de la reine, déclara Hormund. Ouvrez, je vous prie.

Il entendit des pas précipités, puis le bruit d'un verrou qu'on tirait. La porte s'entrebâilla, et le visage craintif de la dame de compagnie apparut.

— Tue-la! lâcha l'ancien conseiller.

Le garde se jeta de tout son poids sur le battant, repoussant aisément Lynna, qui se mit à hurler. Ses clameurs furent vite étouffées par la gifle que lui assena une main gantée de fer. Elle s'écroula. Derrière elle, dans de petits lits jumeaux, les enfants s'éveillaient de leur sieste. Finn ne s'était pas encore redressé. Dana se frottait les yeux. Hormund courut au garçon et, d'un crochet retenu à la pointe du menton, le plongea dans l'inconscience. Quand il se retourna vers elle, la fillette poussa un cri perçant et sauta à terre, courut vers la porte.

— Arrête-la ! s'exclama le vieillard.

Le garde délaissa la gorge de Lynna, qu'il serrait, pour s'interposer sur le passage de Dana. Sans cesser de hurler, elle lui martela la poitrine de ses petits poings serrés. Hormund, arrivant derrière elle, lui fit subir le même sort qu'à son frère.

— Prends-les et suis-moi, dit-il.

Le soldat était robuste. Il empoigna les enfants l'un après l'autre, et les cala sur ses épaules. L'ancien conseiller jeta un coup d'œil dans le couloir. Tout était calme. Il disposait peut-être encore des minutes dont il avait besoin. Suivi de son serviteur, il quitta la chambre. Lynna, inerte, semblait avoir cessé de respirer. Des marques de strangulation bleuâtres apparaissaient sur sa gorge.

Tout en marchant, Hormund rassemblait ce qui restait de son pouvoir. Il n'aurait pas la force de contrôler un autre homme, mais peut-être pourrait-il dégager le chemin. Par les couloirs les moins empruntés, il descendit au plus bas du château et parvint sans encombre à l'entrée des souterrains. Comme il le craignait, un soldat était en faction devant l'escalier qui plongeait dans les ténèbres.

— Tu le connais ? interrogea-t-il à voix basse, caché derrière un pan de mur.

— Oui, répondit son serviteur.

— Alors, appelle-le ! Dis-lui d'approcher.

Le garde obtempéra. Son compagnon d'armes se tourna vers les deux hommes dissimulés, intrigué mais nullement inquiet.

— Qu'est-ce qu'il y a ?

— Ordre du roi ! On a besoin de nous.

Il accourut sans hésiter, un tel ordre étant l'unique motif valable pour abandonner une faction. Dès qu'il fut assez près, Hormund relâcha la puissance qui lui restait. Moins subtil que le précédent, ce coup frappa de plein fouet l'oreille interne du soldat, qui trébucha, perdit l'équilibre et tomba sur les dalles humides.

— Vite! ordonna le vieil homme. En avant!

Sa victime ne se relèverait pas assez tôt pour constituer une menace. L'ancien conseiller n'avait plus qu'à prier les dieux de ne pas placer d'autres obstacles sur son passage. Il délesta un porte-torche de sa charge et commença à descendre l'escalier, à la lueur de flammes pourpres et violettes. Les pas de son serviteur résonnaient derrière lui.

La salle de torture était déserte. Il y régnait une forte odeur de sang séché et d'excréments. Sur la table où avait été torturé Burlyn reposaient pêle-mêle couteaux, tenailles et tisonniers. Des braises indigo s'éteignaient au fond de l'âtre. Enjambant les brodequins qui avaient broyé les pieds du serf, Hormund s'approcha de la paroi du fond. Sa main empressée erra sur les pierres, à gauche de la vierge de fer, et ne tarda pas à découvrir le mécanisme. Un bruit sourd de roc frottant sur du roc retentit lorsqu'un pan de mur pivota, entraînant l'instrument de torture, pour révéler un tunnel grossièrement taillé, jonché de mousses et de champignons. Un courant d'air frais et humide s'en échappait, chargé de relents de pourriture.

— Entre!

Le soldat pénétra dans la galerie avec les enfants inconscients. Hormund l'y suivit et referma le passage de l'intérieur. Il sourit. Ce tunnel n'avait servi que deux fois dans l'histoire de Fuinör. Même Angiosta en ignorait l'existence. Désormais, on ne les retrouverait plus.

Le vieillard se hâta de rejoindre son serviteur. Avant qu'on ne découvre leur trace, ils seraient au pays des fées.

De là, il pourrait forcer la reine à abdiquer – à moins qu'elle ne préférât sacrifier sa progéniture.

Rowena et Douleur arrivèrent ensemble dans la chambre des enfants, près d'une demi-heure après l'enlèvement. Ils sortaient d'une discussion orageuse au sujet de l'enchanteur. Chacun étant demeuré sur ses positions, tous deux brûlaient d'une colère rentrée et ne s'adressaient plus la parole.

Dès qu'elle vit la porte ouverte, devant laquelle nul ne montait la garde, Rowena comprit qu'il se passait quelque chose. Elle retint une exclamation angoissée et se précipita dans la pièce, où elle remarqua en un instant les lits défaits, Lynna toujours inanimée. Luttant contre la panique, elle s'agenouilla près de la jeune femme et lui prit le pouls.

Douleur blêmit lorsqu'il découvrit le spectacle.

— Elle est morte ? interrogea-t-il d'une voix blanche.

— Non, mais il s'en faut de peu. Je me charge d'elle. Fais fouiller le château et envoie des patrouilles aux alentours. Je veux qu'on retrouve mes enfants !

— Qui a fait ça ?

La reine posa les mains sur la gorge de sa dame de compagnie et ferma les yeux.

— Hormund, dit-elle. Qui d'autre ? Dépêche-toi, maintenant.

Douleur jeta un dernier regard à Lynna, puis sortit de la chambre et appela à la garde. Massant avec délicatesse les chairs meurtries, Rowena effaça les ecchymoses, reforma la trachée enfoncée, stimula les battements de cœur de son amie. La jeune femme gémit, s'agita comme au cœur d'un cauchemar, puis ouvrit les yeux. Le sourire qui se dessina sur ses lèvres lorsqu'elle aperçut Rowena fit vite place à une expression affolée.

— Le vieillard ! s'écria-t-elle. Il est venu ici ! J'ai voulu l'empêcher d'entrer, mais…

— Calme-toi, murmura la reine. Tout ira bien. Il a pris les enfants ?

— Je ne sais pas, je… (Lynna posa des yeux égarés sur les lits jumeaux, porta la main à sa bouche.) J'ai cru qu'il allait me tuer. Le garde qui était avec lui. Rattrape-les, je t'en supplie. Empêche-les de leur faire du mal.

Refrénant sa hâte, Rowena l'aida à s'allonger. Elle l'embrassa au coin des lèvres.

— Repose-toi, conseilla-t-elle. Je vais revenir.

Elle posa une main sur le front de la jeune femme, devant les yeux de laquelle elle dessina de l'autre une figure rapide. Lynna s'endormit aussitôt, paisible. La reine alla droit à ses appartements. Là, elle vida dans une cuvette le contenu d'un broc, attendit que la surface liquide fût immobile et l'effleura du bout des doigts. Un brouillard blanchâtre naquit au sein du récipient. Sans le quitter du regard, Rowena forma en elle l'image de ses enfants. Bientôt, ils lui apparurent, les yeux fermés. Elle identifia l'homme qui les portait dans un souterrain inconnu et devant qui marchait Hormund, une torche à la main. Quel était donc cet endroit? Décidée à dépêcher une petite armée sur la piste des ravisseurs dès qu'elle saurait où les trouver, Rowena continua d'observer. Dana et Finn paraissaient indemnes, mais cela n'excusait rien. Cette fois, l'ancien conseiller était allé trop loin.

Au bout de quelques minutes, les fugitifs débouchèrent à l'air libre, franchissant un rideau de joncs et de roseaux. Leur arrivée fit s'envoler une nuée d'oiseaux aux couleurs vives. Le soleil pourpre dardait ses rayons sur les eaux paisibles d'un grand lac.

La reine reconnut aussitôt le miroir, et comprit ce que souhaitait faire Hormund. De tout temps, la légende avait voulu qu'au fond du lac se trouvât un passage menant droit au pays des fées. Aucun cavalier ne saurait arriver à temps.

Rowena se redressa, luttant contre la haine qui gonflait en elle. Toute l'essence de la sorcellerie était là : les incantations les plus puissantes devaient être prononcées avec une neutralité, une sérénité absolues. Respirant lentement, profondément, elle se replia sur elle-même et oublia un instant pour quelle raison elle voulait agir. Ainsi, ses lèvres formèrent-elles seules les mots nécessaires.

Quand Douleur revint, quelques secondes plus tard, il ne trouva dans la chambre des enfants qu'une Lynna endormie.

Le soldat qui portait Finn et Dana haletait. Il avait marché d'un pas rapide sur plus d'une lieue et son fardeau lui pesait. Dominé par Hormund, il ne songeait cependant pas à se plaindre.

— Dépêche-toi, ordonna sèchement le vieil homme, ce qui le força à allonger encore le pas.

Ils arrivèrent au bord du miroir. La rive en était imprécise, noyée dans la végétation. Lorsqu'il sentit l'eau s'infiltrer dans ses chausses, l'ancien conseiller s'immobilisa.

— Dépose les enfants et reprends ton souffle, dit-il. (Comme le soldat obéissait, il continua :) Écoute-moi bien : voilà ce que tu vas faire.

— Il ne fera rien du tout, lâcha la voix de Rowena.

Hormund se tourna d'un bloc, incrédule. La reine était bien là, debout sur les eaux tranquilles, qui la portaient comme une amie.

— Tu vas mourir, reprit-elle sans passion.

— Attaque-la ! hurla le vieillard, désespéré. Tue-la.

Le garde tira son épée et courut vers celle qu'on lui désignait, gêné par une eau qui ne tarda pas à lui arriver aux genoux. Il ne fit guère que quatre pas. Sur un geste de la sorcière, la végétation s'anima. Roseaux et hautes herbes s'enroulèrent autour des jambes de l'homme, stoppant sa course. Emporté par son élan, il tomba en avant. Aussitôt, d'autres liens végétaux l'emprisonnèrent, lui ôtèrent tout espoir de se redresser. Dans un dernier sursaut, il tourna la tête afin de conserver la bouche hors de l'eau. Une large feuille de nénuphar vint s'y coller, scellant un cri d'horreur.

Ses forces le désertèrent rapidement. Il cessa de lutter et disparut sous la surface pour se noyer dans vingt pouces d'eau.

Rowena le plaignit. Il n'était pas coupable, lui. Lorsqu'elle voulut se charger du vieillard, elle constata qu'il s'était déplacé.

Dès qu'il avait vu les roseaux se courber sous la volonté de la reine, Hormund avait compris la vanité de ses espoirs. Déterminé à ne pas se laisser abattre comme un lièvre, il s'était jeté dans le miroir, empressé de nager vers des eaux plus profondes où nulle végétation ne l'entraverait. Arrivé au centre du lac, il prit une profonde inspiration et plongea.

Rowena le regarda disparaître, impuissante. Le miroir était un des seuls endroits qu'elle n'eût osé profaner en y faisant naître des flammes enchantées. Malgré son ardent désir d'abattre le fuyard, elle renonça.

Dana et Finn, qui gisaient toujours sur le sol humide, revenaient à eux. Elle courut à leur côté et effaça d'un geste l'effet des coups d'Hormund.

— Oh, maman, j'ai eu peur! s'exclama la fillette en se blottissant dans les bras de sa mère.

— Moi aussi, ajouta son frère. Mais… où on est?

— Il n'y a plus rien à craindre, leur assura Rowena en les serrant contre elle. Le méchant homme est parti. Nous sommes au bord du miroir. Vous y êtes déjà venus…

Ses paroles s'étranglèrent dans sa gorge. Elle réalisait enfin à quel point elle avait eu peur, elle aussi, malgré son calme forcé. À quel point elle avait encore peur pour eux : Hormund vivait toujours. Sans doute se trouvait-il déjà en sécurité chez ses alliées, les fées. De là-bas, il tenterait à nouveau de l'atteindre à travers ses enfants.

L'heure d'un affrontement de grande envergure avait sonné. Prise entre les deux feux de Locksley et des fées, la reine ne pourrait protéger Dana et Finn en permanence. Il fallait les mettre en sécurité pour un temps. Mais comment? Et où?

— Je veux rentrer au château, pleurnicha le garçon. Je suis fatigué.

Non, le château était le dernier endroit où aller. Si on avait charmé un soldat, il serait possible d'en charmer d'autres. Les jumeaux ne seraient pas en sûreté tant que demeurerait incertain le sort de Fuinör. Il fallait les envoyer en un endroit où ils seraient protégés par quelqu'un en qui Rowena aurait toute confiance, et où nul ne songerait à les chercher.

— Ne pleurez pas, dit-elle d'une voix un peu rauque. Je vais vous emmener en voyage.

— Où ça ? s'exclamèrent-ils ensemble, cette perspective leur faisant soudain oublier la fatigue et la peur.

— Chez une amie. Une très vieille amie. Nous y serons avant la tombée de la nuit.

Les bois n'avaient pas changé. Rowena se rappelait quelle frayeur elle y avait ressentie lorsqu'elle les avait traversés pour la première fois, plus de vingt ans auparavant. Excroissance de la grande forêt entourant Fuinör, celle-là abritait le même type de végétation : chênes et châtaigniers voisinaient avec pins et baobabs.

La reine s'était transportée par magie en plein cœur de la contrée de la folie, avec ses enfants, non loin de la clairière où elle avait connu Lynna et les autres. Le reste du chemin devait être parcouru à pied, par respect pour la forêt. Désormais, les arbres étaient ses amis. Ils s'écartaient devant elle, entraînant avec eux les buissons qui l'eussent fait trébucher. Parfois, un chêne s'enhardissait jusqu'à la caresser de ses feuilles. La brise qui s'infiltrait entre les branches murmurait un bruissant accueil.

Dana et Finn, fascinés de voir leur mère évoluer ainsi dans un environnement qui les eût terrifiés, y fussent-ils venus seuls, demeurèrent dans son sillage sans tenter d'exploration hasardeuse. Alors que le soleil déclinait, ternissant l'orangé chlorophyllien, ils parvinrent tous trois en une petite clairière d'où s'échappaient trois chemins.

Celui de l'est était le plus étroit : escarpé, envahi par les ronces, il sinuait dans un sous-bois obscur. Ce fut pourtant vers celui-là que se dirigea sans hésiter Rowena. Ses enfants la suivirent en échangeant un regard perplexe, un peu inquiet. Pourtant, comme auparavant, la végétation s'écarta sur leur passage. Après quelques minutes de marche, la pente s'adoucit, et une nouvelle clairière apparut – au centre de laquelle se dressait une masure toute de branches entrelacées. Deux palmiers s'inclinaient au-dessus de la demeure et mêlaient leurs larges feuilles pour façonner un toit. On eût dit que la construction elle-même n'était qu'une gigantesque plante ayant adopté cette forme par la volonté de ses occupants.

Rowena s'approcha de la porte en bois sombre, presque noir, et frappa deux coups légers.

— Esprit du bois, montre-toi, psalmodia-t-elle. Esprit du bois, ouvre-moi !

Le battant pivota sur ses gonds de bambou, révélant une pièce unique où, là encore, tout était végétal. Une table et des tabourets s'enracinaient au sol de terre humide. Dans un angle, des céréales sauvages, étroitement tissées, formaient une couche.

Dana et Finn poussèrent un cri apeuré en découvrant la maîtresse des lieux, et ils cherchèrent refuge derrière leur mère – qui sourit : la vieille femme était restée aussi inaltérable que la forêt, vêtue de ses éternels haillons noirs. Son corps voûté n'avait plus d'âge, ni son visage crevassé de rides où s'inscrivaient de petits yeux perçants et un sourire édenté.

— Bonjour, la salua Rowena. Il y a bien longtemps, tu as promis de me rendre un service lorsque j'en aurais besoin. Je suis venue te rappeler cette promesse.

— Bonjour, ma fille, répondit la vieille femme. Je me souviens de toi. Notre dernière rencontre n'est pas si éloignée.

— J'imagine que pour un être éternel, le temps s'écoule moins vite. M'aideras-tu ?

— Ordonne, et j'obéirai. Mais prends garde : je n'accomplirai pour toi qu'une seule tâche.

— Ce sera suffisant. Je veux que tu accueilles chez toi ces deux enfants, que tu les protèges et veilles sur eux, jusqu'à ce que je revienne les chercher.

— Tu vas nous laisser, maman ? gémit Dana.

— Ramène-nous avec toi ! implora son frère. Je... j'aurai peur, ici.

Rowena leur sourit et les attira à elle en une étreinte affectueuse.

— Ici, vous n'aurez rien à craindre, au contraire. Et ce n'est que pour quelques jours.

— Es-tu bien sûre de ce que tu désires ? intervint l'esprit du bois. Ces enfants-là n'ont nul besoin de protection.

— Que veux-tu dire ? Seront-ils en sécurité ici, oui ou non ?

— Ils le seront.

— Alors, j'en sais assez, conclut la reine.

— Ne dis jamais cela, ma fille. Il est bien des choses que tu ignores. Va, maintenant. Je tiendrai ma parole.

Rowena embrassa une dernière fois Dana et Finn, ignorant leurs larmes, puis quitta la masure. Juste avant que la porte ne s'en refermât, elle crut déceler une pointe de frayeur dans le regard que posait la vieille femme sur les jumeaux, mais c'était sans doute là le fruit de son imagination.

La nuit était presque tombée. Sans un regard en arrière, la sorcière se dévêtit, se changea en hirondelle et prit son envol pour la contrée du miroir. Il ne lui faudrait que quelques heures pour atteindre le château.

L'enchanteur, lui, n'eut pas à frapper. L'esprit du bois l'attendait devant le seuil, tandis que les enfants goûtaient un sommeil magique sur la couche végétale.

Ils s'observèrent un long moment en silence, fils et fille de la nature, de Fuinör.

— Il faut que tu me les confies, dit enfin le vieillard.

Son interlocutrice secoua la tête.

— Je ne peux pas. J'ai promis de les garder.

— Je me moque de ta promesse. Le destin de Fuinör est en jeu. Tu sais ce que tu risques en leur donnant asile ?

— La destruction. L'anéantissement. Mais tout ça ne compte pas.

— Alors, je les prendrai sans ton consentement, trancha l'enchanteur en faisant mine d'avancer vers la masure.

— Tu sais très bien que c'est impossible. Je fais partie de toi : mes promesses sont aussi les tiennes. Je suis liée à celle qui m'a fait boire l'eau du puits. C'est la loi.

— La loi ? (Il s'immobilisa, baissa la tête.) Maudits soient les dieux d'avoir su créer des lois que moi-même, je ne puis transgresser. Tu comprends ce que ça signifie ? Je vais devoir combattre nos ennemis sur leur propre terrain. Les chances de victoire sont réduites de moitié.

— Tu vaincras, prédit l'esprit du bois. Même si tu échoues cette fois-ci et s'il te faut attendre des décennies avant que les conditions soient réunies à nouveau, tu vaincras. On ne peut pas terrasser la nature.

L'enchanteur acquiesça. Il tendit la main vers un vieux chêne et préleva un peu de gui, qu'il froissa entre ses doigts. L'instant d'après, il avait disparu.

— Je suis avec toi, tout comme tu es avec moi, murmura la vieille femme.

Puis elle rentra à pas lents dans sa demeure, pour y attendre sans crainte l'enfer qui ne tarderait plus à se déchaîner.

40

Hormund n'avait pas eu conscience de s'évanouir. Il avait atteint sans peine le fond du miroir, poussé par la fureur de Rowena. Ses mains s'étaient enfoncées dans une boue un peu gluante, et…

Quand il s'éveilla, au bord d'une fontaine, il ne put se rappeler autre chose. La transition s'était effectuée sans qu'il s'en rendît compte, le privant de connaissance pendant quelques secondes ou quelques heures. Il ouvrit les yeux sous l'effet de deux stimulations distinctes : le clapotis de l'eau et le parfum des pommes. Le soleil couchant parait le ciel de reflets indigo. L'océan était calme. De petites vagues jaune orangé, frangées d'écume, léchaient les berges de la pommeraie.

Le vieillard retint avec peine un cri de triomphe : il était au pays des fées. Une fois déjà, il y était venu, au commencement des temps, et les sept jeunes femmes l'avaient reçu en ce même lieu, parmi les grands arbres fruitiers entourant la fontaine de marbre. Unique source d'eau douce de l'île, cette dernière était constituée d'un petit bassin dans lequel crachaient quatre poissons sculptés.

Hormund se releva à la hâte, se voulant empreint de toute sa dignité quand les fées se manifesteraient. Ses vêtements, encore humides, irritaient sa peau sensible, mais il n'y prit pas garde. Malgré son échec, il vibrait d'excitation à l'idée de servir les dieux en leurs représentantes directes – qui ne paraissaient cependant guère pressées de l'accueillir. Il s'éloigna de la fontaine, marcha jusqu'à l'océan et suivit la côte pour contourner la pommeraie.

L'île qu'on appelait le pays des fées était minuscule : une lieue de long sur à peine cinquante toises en ses points les plus larges : ses deux extrémités. L'une, hexagone irrégulier, formant creux et saillies, abritait la pommeraie. À la pointe ultime de l'autre, en fer de lance, un volcan crachait lave en fusion et cendres ardentes – symbole du temps qui passait : la lave en jaillissait d'un pourpre éclatant, quelle que fût la couleur du soleil, puis adoptait une à une les autres teintes du spectre, à mesure qu'elle refroidissait. Lorsqu'elle s'immobilisait enfin, solidifiée, après avoir dévalé les flancs de la montagne, elle changeait son violet en un pourpre identique à celui de sa naissance – éternel recommencement, éternel enchaînement des décennies.

Entre la pommeraie et le volcan s'étendait une longue bande de terre, au centre de laquelle les dieux eux-mêmes avaient bâti leur temple. Antre des fées, berceau de la loi, il occupait le point le plus élevé de l'île, comme pour atteindre le soleil. On y accédait de part et d'autre par un escalier de marbre titanesque, dont les marches étaient, disait-on, aussi nombreuses que les arbres de la grande forêt.

Quand Hormund arriva au pied de celui qui faisait face à la pommeraie, il leva les yeux, frappé par la majesté des lieux. Tout en haut, le temple paraissait minuscule, écharde de diamant dressée dans le ciel jaune pour mieux communier avec ses maîtres.

Le vieil homme résista à la tentation d'appeler. On ne hélait pas les fées. Eussent-elles voulu lui faciliter la tâche qu'elles se fussent déjà montrées. Il comprit qu'il lui faudrait gravir les degrés. Sans doute lui imposait-on cette épreuve comme ultime démonstration d'humilité, avant de lui accorder sa récompense. S'efforçant d'ignorer son épuisement, il dit une prière ardente et amorça une ascension qui devait durer plusieurs heures.

Deux mille marches. Le vieillard les avait comptées. Lever la jambe, plier le genou, poser le pied, se hisser, lever l'autre jambe, avancer, avancer… Plus d'une fois, il s'était cru incapable de continuer. Ses muscles le faisaient souffrir. Ses articulations, ses os. Et ses dents, serrées pour retenir d'inutiles plaintes, semblaient sur le point de se broyer mutuellement. Plus d'une fois, le feu qui torturait ses reins avait failli le jeter sur le marbre glacé, le faire renoncer à tout et dormir, rêver peut-être, puis mourir enfin. Mais la mort lui était interdite. Hormund savait qu'en succombant il ne pourrait que gésir jusqu'à ce que ses forces lui revinssent, perdant un peu plus la faveur des dieux à chaque seconde qui passerait. Sa foi l'avait aidé à vaincre la douleur et à monter, monter encore vers le ciel, vers les fées, les dieux. Sa foi lui avait donné le sentiment d'être un martyr, un élu. Elle l'avait porté jusqu'au sommet.

Il tomba à genoux et se répandit en actions de grâces. Son but ne se trouvait plus qu'à quelques pas de lui. Le soleil étant couché depuis longtemps déjà, il ne distinguait de l'édifice que sa façade sculptée, où s'inscrivait entre deux piliers une porte translucide. Le temple tout entier était fait de diamant. S'en fût-il trouvé un assez fou pour l'abattre, qu'un joaillier en eût tiré suffisamment de bijoux pour combler toutes les dames du royaume jusqu'à la fin des temps.

Toujours à genoux, Hormund s'avança, le front incliné en signe de déférence.

— Maîtresses ! appela-t-il. Votre serviteur est là.

Alors, la porte s'ouvrit sur une obscurité plus épaisse encore que celle de la nuit. Bien qu'il tentât de la percer, le vieillard n'y put distinguer rien ni personne. La voix qui s'en échappa soudain prouvait cependant qu'on l'avait entendu. Un timbre féminin, doux et profond. Celui d'une fée.

— Tu as choisi l'attitude qui convient pour pénétrer en ce lieu. Approche !

Hormund obéit. Transfiguré par l'expérience mystique, il ne ressentait plus aucune douleur. Ses genoux à la peau éclatée, aux os presque nus, laissèrent une traînée sanglante sur les dalles de marbre lorsqu'il franchit le seuil de l'édifice. Il continua d'avancer, englouti par les ténèbres, jusqu'à ce que la voix lui ordonnât de s'immobiliser.

— Qui es-tu ? interrogea-t-elle.

— Vous le savez : je suis Hormund, votre serviteur et celui des dieux.

— Que viens-tu chercher en ce sanctuaire ?

— Votre protection. Et aussi vengeance contre les criminels et les blasphémateurs.

— Tu l'obtiendras. Te repens-tu de tes fautes ?

Il releva la tête, ébahi.

— Mes fautes ? (Il étendit les mains en signe d'incompréhension.) Maîtresses, je...

— Refrène ton audace, le coupa-t-on. Il ne t'appartient pas d'interroger. Tu as demandé vengeance contre les blasphémateurs : tu seras donc châtié. Nous te donnons cependant la chance de sauver ton âme en te repentant.

— Mais j'ai toujours été... (Le vieillard s'interrompit, baissa le ton.) J'ai toujours cru être fidèle aux commandements des dieux.

— Le blasphème est souvent fruit de l'ignorance. Nous savons que tu as cru bien agir, mais comprendre ne signifie pas excuser. En es-tu conscient ?

— Oui, souffla Hormund.

Son exaltation avait disparu. Une punition l'attendait en lieu et place de la récompense espérée, et il ne pouvait s'agir d'une épreuve de plus. Une accusation de blasphème ne se lançait pas à la légère.

— Mais qu'ai-je fait ? ne put-il s'empêcher de murmurer.

— Tu vas le savoir.

Une à une, les fées apparurent autour de lui, chacune donnant naissance à une couleur, du pourpre au violet. Le temple s'illumina. Il n'était constitué que d'une seule salle aux proportions écrasantes. Les innombrables facettes des parois taillées créaient en reflétant la lumière un formidable kaléidoscope que l'œil ne pouvait contempler sans chavirer. Le toit voûté était soutenu par deux rangées de piliers translucides. La porte que venait de passer Hormund s'était refermée sans bruit. Également close, à l'autre bout de l'édifice, sa jumelle diffusait le flamboiement du volcan qu'elle surveillait de son œil vitreux.

Quatre séries de marches, orientées selon les points cardinaux, menaient à un autel de pierre, au centre exact du temple.

Le vieillard fixa tour à tour les sept fées, ne trouvant dans leur visage fermé nul encouragement, nulle explication. En silence, elles désignèrent l'autel, tandis qu'une pluie d'étoiles jaillissait de leurs baguettes magiques. Les lèvres animées d'un tremblement incontrôlable, Hormund vit la coupe et le poignard d'or posés sur la pierre. Alors seulement, il remarqua les deux statues qui flanquaient l'autel – et il comprit.

Ses paupières se fermèrent d'elles-mêmes, comme s'abattait sur lui la honte. De taille égale, les statues représentaient deux enfants aux traits identiques. La fillette avait des cheveux d'ébène, le garçon de craie.

— Tu as osé porter la main sur les dieux alors qu'ils s'étaient incarnés pour sauver le monde, entendit-il. Tu as commis le plus grand des blasphèmes, la plus grave des profanations. Tu dois expier !

Une seule voix s'élevait, mais le vieil homme savait qu'elle émanait des sept fées réunies. Aucune ne le défendrait, et lui-même ne chercherait pas à se justifier. Conscient de sa faute, il se laissa tomber en avant. Son front heurta durement le sol, mais il ne perdit pas connaissance.

— Tu mourras à la minuit, dirent les fées. Il te reste deux heures pour prier.

Plusieurs centaines d'hommes étaient réunis sous les arbres. Rassemblés par petits groupes, autour de feux de camp où grésillait un bois encore gonflé de sève, ils attendaient, parlant peu, palpant parfois d'un geste machinal l'arme qu'ils portaient au côté. C'était là pour eux une sensation nouvelle. Après toute une vie de souffrance, d'impuissance, ils détenaient soudain le pouvoir de donner la mort, au même titre que les chevaliers. Certains ne parvenaient pas encore à l'admettre ; nerveux, craintifs, ils ne dormaient qu'à grand-peine, s'attendant à voir s'évanouir le rêve pour révéler les verges ou l'échafaud. D'autres songeaient à la vengeance, voulaient rendre le sang pour le sang, la mort pour la mort. Ceux-là brûlaient de recevoir le signal. Bien peu comprenaient les véritables buts de Locksley. Aucun, peut-être.

Jon brisa sur son genou la branche qu'il venait de couper et livra les deux tronçons à des flammes déclinantes. Les bois alentour souffraient à des degrés divers de la présence humaine : fleurs cueillies, puis mutilées, branches arrachées, troncs blessés par les flèches d'archers amateurs, feuilles étouffées par la fumée. Jamais la grande forêt n'avait été ainsi torturée. Mais les arbres se tenaient cois. Ils manifestaient parfois leur douleur d'un bref bruissement puis laissaient s'écouler la sève de leurs blessures béantes. Ils savaient que ces hommes allaient se sacrifier pour le grand œuvre, et que leur propre tourment était nécessaire, indispensable. En un sens, ils avaient plus de conscience que les serfs révoltés : eux comprenaient les motivations de l'enchanteur, puisqu'ils étaient lui et qu'il était eux.

Comme tous ses compagnons, Jon avait revêtu l'habit orangé fourni par Locksley. L'épée qu'il portait était celle de l'assassin de sa femme. Depuis le meurtre, la lame s'était couverte de bien d'autres sangs, mais la blessure qu'elle avait ouverte en Jon n'était toujours pas cicatrisée. Il s'était très vite aperçu que prendre des vies de tueurs ne lui faisait aucun bien, ne remplaçait pas celle de l'être aimé.

Près de lui, son fils construisait un château de brindilles. Absorbé par sa tâche, il paraissait inconscient du monde extérieur. Will avait à présent douze ans, ce n'était plus un petit garçon : ayant hérité de la constitution de son père, il était déjà plus grand et plus vigoureux que bien des adultes. Très jeune – trop, au goût de Jon –, il avait appris à manier l'arc et l'épée. On ne lui avait à ce jour, en dépit de ses protestations, permis de participer à aucun combat. Pendant le grand soulèvement, toutefois, chaque bras armé compterait. Il se battrait, mourrait peut-être. Le premier lieutenant de Locksley refusait d'envisager cette éventualité : son fils n'avait jamais connu la servitude. Il devait vivre pour être le premier représentant d'un monde nouveau.

Comme les autres, Jon espérait pour bientôt l'ordre de frapper, mais ce n'était pas pour le plaisir de tuer, de prendre une revanche inutile. C'était pour voir le cauchemar s'achever enfin.

— Par les dieux, l'attente me pèse ! jura celui qui se tenait face à lui, de l'autre côté du feu ranimé. Locksley avait pourtant assuré qu'elle serait courte !

— Tu es si pressé de te faire abattre, Tuck ? demanda Jon avec une ironie macabre.

L'autre éclata d'un rire gras. C'était un homme d'une corpulence certaine, presque aussi massif que le père de Will, mais là où ce dernier possédait des muscles aguerris, Tuck débordait de graisse – ce qui ne l'empêchait pas de manier un impressionnant gourdin. Rallié à la cause durant une des premières opérations des hors-la-loi dans la contrée de l'or, il était vite devenu le meilleur ami de

Jon, quoique l'un fût aussi joyeux et bon vivant que l'autre pouvait être sombre.

— Nous ne mourrons pas! s'exclama-t-il. Et même si nous mourons, nous n'aurons rien à regretter. Locksley nous a délivrés de l'esclavage. Il nous appartient d'achever le travail. Par les dieux! J'aimerais mille fois mieux recevoir deux pieds d'acier entre les côtes que finir mes jours dans cette damnée forêt.

— Je ne comprendrai jamais pourquoi tu jures par ces créatures qui ont fait de nous des serfs. C'est prêtre que tu aurais dû être, pas hors-la-loi. (Jon eut un de ses rares sourires.) Frère Tuck! Voilà qui sonnerait à merveille. (Le rire tonitruant de son ami couvrit sa voix et lui rendit aussitôt sa morosité.) J'ai tout de même peur que nous ne soyons pas assez nombreux.

— Nous ne sommes pas les seuls, répondit Tuck, soudain sérieux, lui aussi. Locksley a dit que chaque château serait pris d'assaut par un groupe semblable au nôtre. Par les dieux! Tu sais aussi bien que moi que la moitié des serfs des semailles se sont ralliés à la cause. Et la contrée de l'or est presque déserte. Quand nous attaquerons, les autres nous rejoindront, même ceux de la contrée du miroir. Ils abaisseront eux-mêmes les ponts-levis de leurs maîtres. Nous vaincrons, Jon. N'as-tu plus foi en Locksley? (Il désigna la foule des hors-la-loi.) Tous ces hommes comptent sur toi pour les mener au combat. Tu n'as pas le droit d'avoir des doutes, encore moins de les exprimer.

— Je sais, dit Jon, tête baissée. Excuse-moi. Le moment venu, je ne flancherai pas.

— Bien parlé, Petit Jon! déclara une voix derrière lui. Et aucun de nous ne doit flancher, car le moment, comme tu dis, est venu.

— Locksley! s'exclama Will, qui délaissa aussitôt son jeu et se leva d'un bond.

Le garçon éprouvait depuis toujours pour le chef des hors-la-loi un respect frôlant l'adoration. Jon savait son fils impatient de faire ses preuves, d'impressionner Locksley – et il en voulait parfois un peu à ce dernier.

— Bonjour, Will, lança l'archer. Bonjour, Petit Jon, Tuck, et vous tous.

Nul ne l'avait vu ni entendu arriver, mais il était coutumier de ce genre d'apparitions. La plupart de ses hommes le pensaient avec raison doté de pouvoirs magiques.

— Approchez-vous, continua-t-il en élevant la voix. Tous doivent entendre ce que j'ai à dire. (Quand ses troupes se furent massées autour de lui, il reprit :) Demain sera le jour que vous attendez. Nous attaquerons à l'aube. (D'un geste, il interrompit les protestations qui s'élevaient.) Vous croyez la contrée du miroir trop éloignée pour être atteinte en une nuit : vous vous trompez. À la lisière de la forêt vous attendent des chevaux qui vous porteront aussi vite que le vent. Ceux d'entre vous qui ne savent pas monter n'auront rien à craindre de ces animaux-là : ils m'obéissent, et n'ont nul besoin de cavalier pour diriger leur course. Plusieurs groupes sont déjà en chemin. D'autres partiront un peu plus tard. J'ai choisi le vôtre pour une tâche exceptionnelle : vous n'aurez pas à affronter la garde d'un quelconque baron. Demain, mes amis, vous donnerez l'assaut au château du roi.

Une clameur unanime monta de la poitrine des hors-la-loi, faite d'enthousiasme et de terreur étroitement mêlés.

— Et tu nous mèneras, Locksley ! clama Will, rayonnant.

Ce n'était même pas une question, mais l'archer secoua lentement la tête, un sourire triste sous sa fine moustache.

— C'est Petit Jon qui vous mènera, corrigea-t-il. Moi, je dois livrer un autre combat, en d'autres lieux, un combat dont, tout autant que du vôtre, dépendra notre réussite. Mais quand arrivera l'heure de célébrer la victoire, je serai à vos côtés. Partez, maintenant, mes amis, et puissiez-vous vous montrer dignes de votre tâche !

— Vive Locksley ! crièrent en chœur les révoltés, l'arme brandie.

Vive Fuinör, corrigea l'enchanteur pour lui-même, avant de laisser ses compagnons à leur destin.

Il lui restait nombre de groupes à dépêcher vers la contrée du miroir. Savoir la plupart de ces hommes condamnés ne lui inspirait aucun remords, aucun chagrin. Le grand œuvre entrait dans sa phase ultime.

Hormund était allongé sur l'autel, immobile, les bras le long du corps. Les yeux hermétiquement clos, il priait encore, impatient de mourir. Autour de lui jouaient les flûtes et les tambourins invisibles qui accompagnaient toujours les fées. La mélodie était un peu plus rapide qu'à l'accoutumée, sa sonorité un peu plus agressive, mais c'était bien la même. Sous son corps dénudé, le vieillard sentait la rugosité et la froideur de l'autel, tirait de ce cilice glacé une jouissance masochiste. Pénitence, expiation, mortification.

— Ouvre les yeux, Hormund ! Tu dois voir la mort en face.

Les fées se tenaient autour de lui, baguette en main, impassibles. Un courant d'air frais animait les plis de leurs robes, qu'il mêlait en un arc-en-ciel d'étoffe. Vert, jaune, orangé sur la gauche. Violet, indigo, bleu, sur la droite. Et pourpre droit devant, poignard sacrificiel serré à deux mains contre la poitrine. Au-delà des sept jeunes femmes, le temple avait retrouvé son obscurité.

— Moronoe, dit la fée pourpre en levant les yeux vers le ciel. Gliten, Glitona, Gliton, Tyronoe, Thiten, Thiton ! Par ces noms que vous nous avez donnés, nous vous invoquons, ô dieux de Fuinör. Voyez le sacrifice que nous vous offrons et daignez l'accepter. Qu'il libère votre esprit de son enveloppe charnelle afin que s'étende sur le monde la puissance de votre bonté et de votre colère. Que périssent les blasphémateurs comme va périr celui qui a osé profaner votre image. Que soient élevés les purs. Moi, Moronoe, que revêt la couleur du soleil, je vais à présent porter au nom de mes sœurs le coup qui fera jaillir le sang du cœur de l'agneau.

La fée se tut et baissa les yeux sur Hormund, écarta les bras. Dans sa main droite, le poignard brillait d'une lueur intense. La musique cessa. Le vieil homme sentit son souffle s'accélérer. Il se cambra inconsciemment, appelant de toute son âme la lame effilée.

La fée orangée et la fée bleue firent un pas de côté pour s'approcher de leur sœur pourpre. D'un geste solennel, elles en dégrafèrent la robe, qu'elles étendirent sur le corps malingre d'Hormund, le recouvrant jusqu'au cou. S'il avait pu ressentir quoi que ce fût pour une femme, il n'eût pourtant pas été troublé par la nudité de celle-là. Sa peau d'un blanc laiteux recouvrait un torse dénué de formes, presque cylindrique des épaules à la taille, et totalement lisse : pas de mamelons, pas de nombril, pas de poils pubiens pour cacher l'absence de sexe. Tandis que les deux officiantes déposaient le chapeau de leur sœur derrière la tête d'Hormund, qu'elles recouvrirent du voile translucide, par-dessus la robe pourpre, l'ancien conseiller se demanda pourquoi ces êtres adoptaient un masque de féminité. Les voies des dieux étaient impénétrables.

Les fées bleue et orangée reprirent leur place. Bientôt imitées par les quatre autres, elles se mirent à chanter des paroles inconnues en une mélopée répétitive, monotone. Seule celle qui disait se nommer Moronoe resta muette. Ayant une dernière fois levé les yeux au ciel, elle lévita jusqu'à l'autel, où elle s'agenouilla pour chevaucher telle une furie le vieil homme en proie à l'extase mystique.

Tenu par deux mains fermes, le poignard se posa sur la poitrine d'Hormund puis s'éleva lentement, tandis que le chant se faisait plus fervent, plus profond. Le visage de Moronoe s'assombrit soudain d'un rictus sadique. *Ô dieux, que votre volonté soit faite*, songea l'ancien conseiller quand la lame s'abattit. Elle traversa voile et robe avant de lui transpercer le cœur de part en part. Il mourut en regrettant de ne pas expier sa faute par de plus longues souffrances.

Moronoe abandonna le poignard dans la blessure, et se renversa en arrière, joignant enfin sa voix à celles de ses sœurs pour hurler les dernières mesures d'un chant où s'exprimait désormais une joie sauvage. Le sang qui s'écoulait du cadavre ruissela sur l'autel et s'engouffra dans la rigole creusée pour le recevoir. Il courut en un mince filet indigo vers l'endroit où la fée jaune, agenouillée, tenait avec respect la coupe dorée qui devait le recueillir. Lorsque le flot se tarit, elle se releva et tendit le calice à Moronoe. Toujours ployée selon un angle inhumain, cette dernière la porta à ses lèvres et but avidement quelques gorgées encore chaudes. Du sang coula sur sa gorge et sa poitrine informe. La coupe passa ensuite de main en main jusqu'à ce que chaque fée eût communié.

Exsangue, allongé sur la pierre souillée, Hormund semblait détendu, apaisé.

Dana et Finn s'éveillèrent en sursaut d'un sommeil qui n'eût dû s'achever que par la volonté de l'esprit du bois. Le garçon porta machinalement les mains à ses yeux pour les frotter. Sa sœur n'eut pas de tel réflexe. Déjà consciente de ce qu'elle était, elle dévoila ses dents parfaites en un sourire obscène.

— Maman ? murmura Finn. Où on est ?

Les iris pourpres de Dana s'étendirent démesurément jusqu'à recouvrir le blanc de ses yeux, lui conférant un masque de cruauté et d'horreur. Lorsqu'elle ouvrit la bouche, ce ne fut pas sa voix qui retentit, mais un millier, un million de voix différentes, mêlées pour créer un son rauque, puissant.

— Nous n'avons pas de mère. Les dieux n'ont pas besoin de mère.

— Les dieux ?

Finn observa sa sœur sans comprendre, effrayé, puis le pouvoir et la connaissance affluèrent en lui. Il eut la vision d'une lame d'or s'enfonçant dans la chair, d'un sang épais coulant sur la pierre – ce sang qui masqua peu à peu d'un voile indigo ses souvenirs d'enfant royal. Il n'était plus seul, désormais. Ils étaient tous avec lui, enfin réunis, soudés les uns aux autres pour former une seule entité. Dana avait raison : les dieux n'avaient pas besoin de mère. Mais Dana n'existait plus. Et Finn disparaissait lentement, étouffé, occulté par la multitude. À leur tour, ses yeux devinrent entièrement pourpres.

— Eh bien, nos sœurs, dit-il d'une voix multiple, plus grave que celle de la fillette. Nous y voilà enfin !

— Oui, nos frères. Le temps est venu de châtier ceux qui nous ont désobéi. Par qui allons-nous commencer ?

Ceux qui avaient été des enfants se tournèrent sans se consulter vers l'esprit du bois prostré sur le sol, endormi.

— Cette vieille folle nous a offert sa couche, remarqua Finn. Il est juste de l'en récompenser.

Des rayons lumineux jaillirent des yeux pourpres, quatre rayons qui se rejoignirent à mi-course et se fondirent en un seul pour aller frapper la vieille femme en pleine poitrine. Elle se redressa en hurlant, ramena les jambes sous elle comme pour se lever, puis explosa, répandant dans toute la pièce des lambeaux de chair et une sève orangée.

Au même instant, toute la portion de forêt comprise dans la contrée de la folie s'enflamma spontanément, tandis que résonnait le rire des dieux. Des insectes aux grands félins, des oiseaux aux humains, des arbres aux brins d'herbe, tout ce qui vivait là cessa d'exister. Un dernier bruissement de feuilles, une dernière pointe d'humour noir lancée par un mamba surpris, le dernier feulement d'une sauterelle… Puis il n'y eut plus que les flammes, brasier destructeur, fulgurant, impitoyable…

Deux formes humaines dansaient de joie au milieu des cendres. Leur rire s'éleva encore un instant, puis elles aussi s'immolèrent dans le feu spirituel – mais elles n'en furent pas détruites, bien au contraire. Dana et Finn s'élevèrent en droite ligne dans le ciel de Fuinör, ivres de liberté retrouvée. Ce monde était leur, et ils avaient le pouvoir de le détruire. Ils étaient tout-puissants. Ils étaient des dieux.

D'un commun accord, ils dévièrent de leur course verticale et s'élancèrent vers le pays des fées.

Au fond de sa caverne, l'enchanteur hurlait d'une douleur qu'il n'avait encore jamais connue, tandis que son bras droit s'atrophiait puis tombait en poussière, pitoyable reste d'une forêt morte.

La dernière bataille venait de commencer.

41

Les chevaux tinrent la promesse de Locksley. Quoique semblables à des montures ordinaires, au pelage noir, ils galopaient plus vite que ne volait une hirondelle et franchissaient des douzaines de lieues sans s'épuiser. Lorsqu'ils les trouvèrent à la lisière de la forêt, les hors-la-loi s'étonnèrent de leur absence de harnachement. Même ceux qui savaient monter éprouvèrent alors quelque inquiétude. Puis, anticipant leur désir, chaque animal s'avança vers son futur cavalier et s'agenouilla devant lui, l'invitant à prendre place. Quand tous les hommes furent à califourchon, la chevauchée commença. La plupart des serfs se cramponnèrent tout d'abord à la crinière de leur monture, certains allant jusqu'à lui passer les bras autour de l'encolure, mais très vite ils reconnurent l'inutilité de ces précautions. Maintenus par une force qu'ils n'expliquaient pas, ils ne ressentaient ni le frottement de l'air ni les secousses de la course.

Ils traversèrent ainsi d'un bout à l'autre la contrée de l'or, jusqu'à la chaîne de collines qui la séparait de celle du miroir. Les bêtes ralentirent à peine l'allure pour franchir la barrière naturelle. Elles semblaient savoir d'instinct en quel endroit poser leurs sabots sans crainte, quoique certains sentiers eussent mis une mule à rude épreuve.

Le périple se poursuivit avec la même vélocité. En dépit de l'obscurité, les hors-la-loi distinguèrent au loin d'autres bandes armées, galopant vers la place forte de tel ou tel baron, dont on apercevait parfois les feux.

Deux heures avant l'aube, les chevaux s'immobilisèrent près d'un épais bouquet d'arbres. Quand les cavaliers eurent mis pied à terre, stupéfaits, malgré les assurances de Locksley, de ne pas ressentir la fatigue, les coursiers s'évanouirent comme s'ils n'avaient été qu'un rêve.

— Eh bien ? s'exclama alors Jon, tirant ses camarades de leur hébétude. Qu'attendons-nous ? Le château du roi se trouve encore à près d'une lieue, et nous devons attaquer à l'aube. Que ceux qui ont une hache abattent un arbre et le taillent !

Plusieurs serfs s'empressèrent au pied d'un vieux sapin, crachèrent dans leurs mains et se mirent à l'ouvrage. Les autres profitèrent de ce court répit pour vérifier leur équipement. Rares étaient ceux qui portaient armure ou cotte de mailles. Celles qu'ils avaient volées à chevaliers ou hommes d'armes, endommagées lors du combat contre leurs propriétaires légitimes, n'avaient pas résisté aux années et aux intempéries. La plupart des hors-la-loi avaient revêtu une broigne en cuir bouilli, fabriquée de leurs mains. Leur manque d'expérience et d'outils adéquats en faisait une protection plus psychologique qu'efficace. Sans doute dévieraient-elles un coup de dague, mais elles n'arrêteraient pas une épée. Tous les serfs, à l'exception des moins habiles, étaient munis d'un arc. Bien peu avaient acquis une adresse suffisante à l'épée ou au fléau d'armes pour porter une telle arme au combat. Les autres avaient opté pour la masse ou la pique, lorsqu'ils avaient pu en voler une. Ils se contentaient sinon d'un gourdin, à l'image de Tuck, ou d'un épieu.

Vos avantages principaux seront le nombre et la surprise, leur avait répété Locksley. Il n'y a guère qu'une trentaine de chevaliers dans un château. Pris au piège sur les remparts, empêtrés dans des armures n'ayant d'efficacité que lorsqu'ils sont à cheval, ce sont des combattants comme les autres. S'ils tentent une sortie, il faudra qu'ils vous ouvrent le pont-levis.

Une trentaine de chevaliers, oui, mais aussi une centaine de soldats entraînés, équipés. Bien qu'il encourageât ses hommes d'une voix ferme, Jon n'était pas aussi confiant qu'il voulait le paraître. Même en cas de victoire, la moitié de ses compagnons mourraient, peut-être les deux tiers. Tous, en cas de défaite. Les hors-la-loi étaient environ huit cents, et près d'un quart n'avaient pas de poil au menton. C'étaient en général les plus enthousiastes.

Une demi-heure après l'arrivée près du bosquet, le sapin était abattu, débarrassé de ses branches et transformé en un bélier de fortune destiné à défoncer le pont-levis. L'idée était de Locksley, bien entendu. Nul homme né sur Fuinör n'eût pu l'avoir, car nul n'avait auparavant envisagé d'attaquer un château.

Lorsqu'il eut l'assurance que chacun était prêt, Jon forma ses troupes en un carré entourant les porteurs du bélier, et le groupe se mit en marche. Aux premières lueurs de l'aube, il arriverait devant le château.

Rowena fut éveillée en sursaut par des coups violents à la porte de ses appartements. Lynna, à son côté, poussa un gémissement et se retourna mais ne sortit pas du sommeil. La reine s'empressa de quitter la couche, passa un peignoir et alla ouvrir. C'était Douleur, lui aussi en vêtements de nuit, et l'air préoccupé.

— Dépêche-toi, dit-il. Il se passe des choses étranges.

— Quoi?

— Je ne sais pas exactement. Un garde est venu me réveiller. Des messagers viennent d'arriver et il paraît qu'ils racontent des choses invraisemblables. J'ai pensé qu'il valait mieux que tu viennes.

— Où sont-ils?

— Dans la salle d'audience.

— Je m'habille et j'arrive. Je te conseille d'en faire autant. Et si tu veux avoir l'air d'un roi, n'oublie pas la couronne.

Quelques minutes plus tard, les deux souverains pénétraient de concert dans la petite salle réservée aux audiences ordinaires. Trois hommes d'armes assis sur un banc, visiblement épuisés, se levèrent en les voyant et s'inclinèrent très bas.

— Assez de courbettes ! lâcha Rowena. Que se passe-t-il ? (Elle désigna l'un des soldats.) Toi, qu'as-tu à dire ?

C'était un homme assez âgé, qui sentait la sueur et la crasse. Sa cotte de mailles était tachée de sang et son bras gauche pendait le long de son flanc, inerte. Il reprit son souffle, tremblant sous le regard d'une reine qu'il n'avait encore jamais vue.

— J'arrive de chez mon maître, le baron Flawian, déclara-t-il d'une voix faible. À mon départ, une bande de hors-la-loi entourait le château, prête à donner l'assaut. Quand le chevalier Huygg est sorti parlementer, il a été criblé de flèches, mis en pièces. À l'heure qu'il est, on doit se battre, là-bas. Le baron vous implore de lui envoyer des renforts de toute urgence, car il craint de succomber sous le nombre.

— Locksley, murmura Rowena, puis, plus fort : Va te faire soigner et servir un repas aux cuisines. Je vais étudier la requête de ton maître.

L'homme hésita un instant, puis s'inclina et sortit. Rowena se tourna vers les deux autres.

— Et vous, quel message m'apportez-vous ? demanda-t-elle, bien qu'elle imaginât déjà la réponse.

Quand ils en étaient partis, leurs châteaux étaient aussi en passe d'être attaqués. La reine écouta leurs récits en silence puis les congédia.

— Je ne te savais pas aussi hypocrite, dit-elle à Douleur lorsqu'ils furent sortis. Tu aurais pu t'abstenir de jouer les innocents en venant me réveiller.

— Je ne savais pas de quoi…

— Tu te moques de moi ? Tu veux me faire croire que tu ignorais que l'enchanteur allait lancer une offensive aussi importante ?

— C'est pourtant le cas, répondit le roi sans se départir de son calme. Mais que tu le croies ou non n'a pas grande importance. Tu vas envoyer des renforts aux barons ?

— Certainement pas ! Si trois places sont prises d'assaut, il y a gros à parier que c'est aussi le cas des autres. Les messagers ne sont pas encore arrivés ou ils ont été abattus, c'est tout. Je ne vais pas me séparer d'hommes qui seront plus utiles ici.

— Tu crois que nous allons être attaqués aussi ?

Rowena s'immobilisa et le fixa droit dans les yeux, un sourire ironique aux lèvres.

— Soit tu es le plus mauvais menteur de tout Fuinör, soit tu restes aussi naïf que quand tu étais Fou. Je suis sûre qu'en ce moment même les hors-la-loi sont près de nos murs. Si tu veux une preuve, envoie tes cavaliers dorés en reconnaissance. (Douleur hocha la tête et se prépara à sortir. Elle le rappela.) Pendant que tu seras dans les baraquements, dis au capitaine de la garde régulière de venir me voir. Il faut préparer la défense du château.

Le soleil pourpre étendait ses premières lueurs sur la contrée du miroir, changeait l'obscurité en une grisaille mêlée de brume. Les rebelles avaient marché d'un bon pas, se relayant pour porter le lourd et encombrant bélier. La place forte se découpait à présent devant eux, géant qu'ils allaient devoir abattre. Le pont-levis était relevé, mais hormis la tête de quelques guetteurs on ne distinguait aucun signe d'agitation sur les remparts.

— Ils dorment encore, constata Jon, qui marchait en tête, flanqué de Tuck et de Will. Avançons. On chargera dès qu'ils nous verront.

— Père, regarde ! s'exclama soudain son fils en tendant le bras.

La stupéfaction se peignit sur le visage des serfs, tandis qu'un murmure craintif s'élevait dans leurs rangs : deux chevaux blancs venaient de prendre leur envol depuis le château, et, battant des ailes, se dirigeaient vers eux. Les cottes de mailles et le casque des cavaliers étaient d'un grenat luisant rappelant la couleur de l'or.

— Par les dieux! Ils vont passer au-dessus de nous, souffla Tuck. Adieu, l'effet de surprise. Dis donc, Jon, ils n'étaient pas prévus, ceux-là.

— Je sais. Tu veux renoncer?

— Non, trancha Will, devançant le gros homme. Prévus ou pas, il n'y a qu'à les abattre.

Il empoigna son arc et y encocha une flèche. Plusieurs serfs l'imitèrent, bandèrent leurs armes.

— Attendez qu'ils soient assez près, ordonna Jon. Sinon, on ne fera que leur donner l'éveil.

Quand les cavaliers dorés ne furent plus qu'à cinquante toises des hors-la-loi, qu'ils n'avaient pas encore repérés, les projectiles furent relâchés. La plupart, mal ajustés, se perdirent. Quelques-uns ricochèrent sur les cottes de mailles. Celui de Will s'enfonça dans le poitrail d'un cheval, qui hennit de douleur et se cabra en plein vol.

— Visez les montures! cria le garçon. C'est le seul moyen.

Une deuxième volée fut tirée. Cette fois, le résultat se révéla concluant : les chevaux constituaient des cibles assez grosses. Blessés à mort, ils perdirent de l'altitude puis s'abattirent comme des masses. En s'écrasant, ils désarçonnèrent leurs cavaliers. Meurtris, sonnés par le choc, les deux hommes n'eurent pas le temps de se relever avant d'être achevés par une meute de hors-la-loi hurlants.

Un coup d'œil vers le château apprit à Jon que l'escarmouche n'était pas passée inaperçue. Le chemin de ronde semblait en pleine effervescence. Il n'y avait plus à hésiter.

— Chargez! hurla-t-il.

Il eût voulu ajouter quelques encouragements, mais les mots lui manquèrent.

Le capitaine de la garde régulière se nommait Gwyn. C'était un homme d'une cinquantaine d'années, que la longue période de paix venant de s'achever avait rendu gras et bedonnant. Engoncé dans une armure d'écailles trop petite pour lui, il soufflait comme un bœuf à chaque pas. Rowena, cependant, n'était guère sensible au comique de la situation.

— Eh bien, capitaine! l'accueillit-elle. Le château va être attaqué d'un instant à l'autre. Avez-vous les moyens de repousser l'assaut?

— C'est impossible, objecta Gwyn, souriant. Nul ne commettrait le blasphème de combattre hors de la contrée de…

— Taisez-vous! coupa-t-elle en tapant du pied. Je ne vous ai pas fait venir pour débiter des âneries. Les faits sont là!

— Mais la loi…

— Capitaine, reprit Rowena, en tentant de se maîtriser. Les gens dont il est question sont des hors-la-loi. On les appelle ainsi parce que, justement, ils n'obéissent pas à la loi. Est-ce clair?

— Parfaitement clair, acquiesça son interlocuteur, avant de déglutir à plusieurs reprises.

— Fort bien! Que comptez-vous faire?

— Je l'ignore, madame. Combattre, je suppose…

— Vous supposez? (La reine se laissa tomber sur un fauteuil, découragée.) Ce château possède des remparts, capitaine. Vous êtes-vous déjà demandé à quoi pouvaient bien servir des remparts? Ou bien *supposez-vous* aussi qu'ils sont là pour faire joli?

Incapable de trouver une réponse satisfaisante, Gwyn prit le parti de se taire. Tous ces concepts nouveaux, qu'on tentait de lui inculquer, avaient quelque chose de surnaturel.

— Les remparts sont là pour protéger le château, reprit Rowena, comme si elle avait fait la leçon à un enfant. Les assaillants vont tenter de les escalader. Il vous appartiendra de les en empêcher, notamment en leur jetant des projectiles. Faites préparer les réserves de pierres et d'huile!

— Je suis désolé, madame, déclara le capitaine après un instant d'hésitation, mais nous n'avons pas de réserves de...

— Eh bien, jetez-leur des meubles! s'emporta la sorcière en se levant d'un bond. Jetez-leur des carrosses, des chevaux, des armures, mais jetez-leur quelque chose! (Elle baissa un peu le ton.) Avez-vous des balistes?

— Je ne sais pas, madame. Qu'est-ce que c'est?

Elle l'observa pendant quelques secondes, incrédule, puis se souvint que ses propres connaissances lui venaient des livres envoyés par l'enchanteur durant son adolescence. Puisqu'il n'y avait jamais eu d'assaut contre un château, puisque pareille chose était impensable, les soldats ignoraient tout des techniques de défense. Si stupide que cela parût, les remparts étaient bel et bien là pour faire joli.

— Très bien, soupira Rowena, résignée. C'est ma faute : j'aurais dû m'intéresser plus tôt à ce problème. Retournez auprès de vos hommes et faites de votre mieux. Les hors-la-loi ne doivent pas pénétrer dans nos murs.

Gwyn s'inclina et sortit de la salle d'audience, y laissant une souveraine presque convaincue d'avoir perdu sa couronne, mais décidée à se battre.

Dans la cour intérieure du château, les cavaliers dorés montaient en selle. Douleur, comme les autres, avait observé la chute des éclaireurs. Pour la première fois de son existence, il avait envoyé des hommes à la mort. Désormais, la garde royale n'avait plus besoin d'ordres. Les cavaliers n'avaient jamais pu s'intégrer aux autres soldats. Leur sentiment de différence et de supériorité faisait d'eux une caste à part entière, n'obéissant qu'au roi, plus par habitude que par amour. Douleur n'avait nullement eu l'intention de les opposer aux hors-la-loi de Locksley : c'eût été combattre son propre idéal. Pourtant, il ne détenait pas le pouvoir de les en empêcher : même un chef ne pouvait ordonner à ses hommes de se laisser massacrer sans se défendre.

Les cavaliers dorés prirent leur essor sous les yeux admiratifs des soldats réguliers. Ils n'étaient plus qu'une soixantaine, beaucoup ayant succombé à la vieillesse ou à la maladie depuis leur départ de la grande forêt. Lance en main, montés sur leurs chevaux ailés, ils restaient toutefois les meilleurs guerriers de Fuinör.

Debout sur le chemin de ronde, Douleur contemplait la charge des hors-la-loi, lesquels ne se trouvaient qu'à deux cents toises du château quand sa garde le quitta. Cessant de courir, ils empoignèrent arcs ou épieux. Ce qui allait suivre ne pourrait être qu'une boucherie. Dégoûté, le roi se détourna et descendit l'escalier menant à la cour. En bas, les derniers de ses anciens compagnons s'élançaient pour rejoindre leurs camarades.

— Hé, attendez-moi ! cria soudain une petite voix. Je veux venir avec vous !

Quittant les écuries à la hâte, Halôm trottait de toute la vitesse de ses petites jambes vers les retardataires. Le nain était devenu une sorte de mascotte. Sa bonne humeur et sa fascination pour les cavaliers dorés avaient assuré son adoption par ces derniers, lesquels lui avaient fait fabriquer une cotte de mailles à sa taille, semblable à la leur. Lorsqu'il la portait, c'est-à-dire toute la journée, il était fier comme un paon.

Douleur vit un des cavaliers éclater de rire et tendre la main à Halôm pour le jucher devant lui. Il songea à l'en empêcher puis renonça. En ce jour, le plus important était encore de mourir comme on l'entendait.

— Regardez, en voilà d'autres ! s'écria Will en voyant s'élever les premiers chevaux ailés.

— Halte ! ordonna Jon. À vos armes. Il faut les attendre.

Les serfs stoppèrent leur course, se bousculant au point de perdre parfois l'équilibre. En ordre de pagaille, ils se préparèrent à recevoir la charge. La plupart avaient oublié leurs craintes, galvanisés par leur première et facile victoire.

Jon vit son fils bander son arc, et s'aperçut avec tristesse que le visage du garçon se parait d'un sourire exalté. Tuer devenait un jeu.

Loin de voleter au hasard tels les deux premiers, les cavaliers dorés piquaient vers les hors-la-loi, lance en main. Ils adoptaient par groupes d'une dizaine leur coutumière formation en V, qui les faisait ressembler à de dangereux canards sauvages. Se déployant avec aisance, ils encerclèrent le groupe de serfs et attaquèrent de tous les côtés à la fois.

Les archers purent décocher trois volées de flèches avant que les assaillants n'arrivent sur eux. Une dizaine de chevaux s'abattirent, aussi silencieux en s'écrasant au sol que lorsqu'ils le foulaient de leurs sabots – entraînant leurs maîtres dans la mort.

Jon évita de justesse une lance pointée sur lui. Surpris de voir sa cible disparaître, emporté par son élan, le cavalier voulut trop tard redresser sa monture. Sa lance se planta dans la terre, le catapultant hors de sa selle. Jon l'acheva d'un coup d'épée entre les omoplates.

Bien des hors-la-loi n'eurent pas la même chance : littéralement embrochés, ils furent soulevés du sol quand les bêtes reprirent de la hauteur pour se remettre en position. Ayant atteint une altitude qui les mettait hors de portée des flèches, les cavaliers laissèrent tomber leurs victimes en une pluie macabre.

— Que ceux qui ont des piques ou des épieux entourent les archers ! cria Jon, qui apprenait les lois tactiques sur le terrain. Quand l'ennemi chargera, tuez les chevaux !

Tandis que les serfs manœuvraient dans le plus grand

chaos pour adopter la formation requise, leurs adversaires lancèrent le deuxième assaut. Les archers furent cette fois particulièrement heureux, car près de la moitié des montures furent abattues. Le sang jaillissant d'une demi-douzaine de blessures, les ailes perforées, elles rejoignirent les cadavres déjà nombreux qui jonchaient le champ de bataille. Ceux de leurs maîtres qui survécurent à la chute tirèrent l'épée et se jetèrent dans la mêlée. Quoique meilleurs combattants, ils se retrouvèrent vite à un contre quatre ou cinq. La plupart furent pourfendus par-derrière.

La deuxième charge se solda par un score quasi nul : parfois, le serf parvenait à éviter l'arme qui le visait et plantait la sienne dans le poitrail du cheval, précipitant le cavalier à terre ; parfois, il se faisait transpercer. Dans la majorité des cas, toutefois, serf et cheval finissaient pareillement embrochés, tandis que le cavalier subissait l'assaut de multiples coups furieux.

Will sentit une pointe acérée percer sa broigne et s'enfoncer dans son côté, pour ressortir presque aussitôt. Il cria de douleur, mais la blessure était légère. D'un grand coup d'épée, il brisa la lance de son adversaire. Un rire joyeux répondit à ses jurons. Le garçon leva les yeux et croisa le regard malicieux de Halôm, installé devant la selle.

— Tirez ! ordonna Jon. Avant qu'ils ne soient hors de portée !

Les cavaliers survivants reprenaient de l'altitude. Malgré le sang qui ruisselait sur son flanc, Will empoigna son arc et décocha deux flèches consécutives avec une rapidité digne d'éloges. Touché à mort, celui qui l'avait blessé vida les étriers, entraînant le nain avec lui. Halôm atterrit sur un empilement de cadavres et ne se fit pas le moindre mal. Sans cesser de rire, il vit Will s'approcher de lui, l'épée tirée, le regard fou.

— On les a eus, par les dieux ! s'exclama Tuck, couvert d'un sang qui n'était pas le sien, en agitant son gourdin avec frénésie.

À lui seul, le gros homme avait broyé les os d'une demi-douzaine d'adversaires. De la garde royale, seuls deux ou trois individus avaient échappé au carnage. Ils s'élancèrent à vive allure vers les murailles. Jon poussa un soupir de soulagement, et assena une bourrade affectueuse sur les épaules de son vieil ami. Ce fut alors qu'il vit Will.

— Non ! cria-t-il, trop tard.

La tête de Halôm vola à travers le champ de bataille. Elle sembla continuer de rire après avoir été tranchée. Le chef de guerre des hors-la-loi marcha jusqu'à son fils, qu'il gifla à la volée. L'incompréhension se peignit sur les traits du garçon.

— Ce pauvre infirme n'était même pas armé, tonna Jon. Tu l'as tué par plaisir. C'est pour mettre fin à la cruauté des nobles qu'on se bat, pas pour en instaurer une autre. Souviens-t'en !

Massant sa joue endolorie, Will regarda son père qui s'éloignait pour regrouper ses hommes. Il déchira rageusement l'habit d'un mort et banda sa blessure.

Rowena chargea Angiosta de battre le rappel de ses troupes. Les servantes devaient visiter tous les appartements afin de rassembler dames, damoiselles et enfants dans la salle de bal.

— S'il y en a qui ne veulent pas bouger, dis-leur qu'en restant seules elles risquent de se faire violer par des serfs assoiffés de sang et de stupre. Insiste sur le mot « serfs ». Elles ne devraient pas renâcler.

Quant aux serviteurs mâles en état de porter une arme, ils avaient ordre de se présenter aux baraquements pour se voir confier un poste de défenseur.

La reine envoya ensuite chercher les chevaliers et les réunit dans la salle du trône. Comme l'avait prévu Locksley, ils étaient à peine trente, mais tous avaient revêtu leur grande armure de combat. À pied, ils avaient la démarche pesante, tels des volatiles de basse-cour.

— Donnez l'ordre d'abaisser le pont-levis, madame! s'exclama l'un des plus vieux en la voyant entrer. Nous ne ferons qu'une bouchée de cette racaille paysanne.

Rowena attendit d'être assise sur son trône avant de répondre, ironique :

— Si quelqu'un parmi vous se sent lui aussi obligé d'exprimer une ineptie du même type, messeigneurs, je le supplie de faire vite. Nous perdons du temps.

Un silence religieux s'installa dans la pièce. Vexés, les chevaliers se décidèrent à attendre les ordres.

— Très bien, reprit-elle. Voici ce que vous allez faire. Six d'entre vous, peu me chaut de savoir lesquels, demeureront dans la salle de bal pour protéger les dames au cas où nos défenses seraient enfoncées. Le chevalier Ghénarys les commandera. (Le protecteur de la reine, désormais presque un vieillard, s'inclina avec respect.) Les autres se posteront à cheval dans la cour. Si l'ennemi réussit à s'y introduire, j'espère qu'ils sauront faire le nécessaire. Souvenez-vous qu'aujourd'hui il n'est pas question de gloire mais de survie. Je vous remercie, messeigneurs. Vous pouvez disposer.

Dès qu'ils furent à portée de flèche du château, les hors-la-loi goûtèrent à la morsure de leur arme favorite. Des dizaines d'archers se découpaient entre les créneaux, tiraient, puis se hâtaient de retrouver leur abri. Malgré leurs boucliers de cuir, bon nombre de serfs succombèrent sous ces traits. Hurlant des ordres au point d'avoir mal à la gorge, Jon tentait d'organiser l'attaque. Il posta deux lignes d'archers pour répondre à ceux des murailles, couvrant ainsi les hommes qui se précipitaient vers la place forte, porteurs de grappins, d'échelles bancales et du bélier. Une vingtaine suffisaient à peine pour déplacer l'énorme tronc. Chaque fois que l'un de ceux-là tombait, transpercé, un autre le remplaçait. Le bélier ne devait être abandonné sous aucun prétexte.

La plupart des hommes arrivèrent enfin au pied des murailles. Là, les tireurs du chemin de ronde ne pouvaient les atteindre qu'en se découvrant exagérément, ce qui les mettait à la merci des traits ennemis. Jon fit une évaluation rapide des pertes. Un bon tiers de ses hommes avait déjà succombé.

Plusieurs échelles furent dressées. Certaines, trop courtes, n'atteignaient pas les créneaux, ce qui était presque un bien : ainsi, on ne pouvait pas les repousser. Une corde permettait d'achever l'ascension. Faisant preuve d'une bravoure dont leur chef ne les eût pas tous crus capables, les hors-la-loi se bousculèrent sur les échelons. Tuck faisait tournoyer une corde munie d'un grappin. Jon chercha Will des yeux et le vit qui attendait son tour près d'une échelle. Le garçon, tourné vers lui, évita son regard dès qu'il se sentit observé.

L'instant d'après, le premier coup de bélier retentissait contre le pont-levis du château.

Tête basse, au risque de faire choir sa couronne, Douleur pénétra dans la salle du trône à l'instant où Rowena se préparait à la quitter. Quoique ses raisons fussent radicalement différentes, elle n'était guère plus altière que lui. Ce visage de dix-huit ans qui reflétait les passions d'une femme de quarante avait soudain quelque chose de monstrueux.

— Ils attaquent, annonça le roi avec une ironie sans joie. Qu'est-ce que tu vas faire ? Les massacrer à coups d'éclairs et de boules de feu ?

Elle le foudroya du regard puis s'apaisa, comprenant l'inutilité de sa colère.

— Mon pouvoir n'est pas sans limites, dit-elle. Même si je sauvais ce château, cela n'empêcherait pas la prise de tous les autres. C'est la fin de notre règne, Fou.

Douleur ne sursauta même pas. Depuis beau temps, plus rien ne le vexait. Il saisit sa couronne et la jeta négligemment sur le trône.

— La fin de *ton* règne, corrigea-t-il. Moi, je n'ai jamais voulu être roi. D'ailleurs, je n'ai jamais vraiment su ce que je voulais. J'irais bien me faire tuer sur les remparts, si seulement j'étais capable de choisir un camp…

— Il y a mieux à faire, remarqua l'enchanteur.

Il venait de se matérialiser devant le trône, souriant, malgré les circonstances. La manche droite de sa robe était vide. Le regard alarmé de Douleur fit pendant à la haine de Rowena.

— Maître ! Qu'est-il arrivé à votre bras ?

— Les dieux l'ont détruit. La nuit dernière, ils se sont éveillés et ils ont frappé. Mais ça n'a pas d'importance : je m'y attendais. À présent, écoutez-moi. Le combat qui se joue devant ce château n'est rien. Je pars pour le pays des fées, où je les affronterai, elles et leurs maîtres. J'ignore si j'aurais eu le pouvoir de les vaincre au mieux de mes capacités. Ainsi affaibli, je cours presque à la défaite. C'est pourquoi j'ai besoin de vous.

— De nous ? s'exclama la reine avec un rire sarcastique. Je ne vous connaissais pas un tel sens de l'humour.

— Je ne cherche pas à plaisanter, crois-moi, dit l'enchanteur. Et tu le sais. Tu dois venir avec moi. La destruction des fées signifierait la défaite des dieux, le début du changement…

— Et que m'importe, à moi, le changement ? coupa Rowena. Je ne veux qu'une seule chose : votre destruction à vous. Je n'ai pas le pouvoir de la provoquer, mais si les dieux le possèdent, je me rangerai à leurs côtés plutôt que de vous aider.

— Tu ne sais rien des dieux.

— J'en sais assez pour vouloir qu'ils vous brûlent tout entier !

Sa voix se brisa en un sanglot qu'elle tenta vainement de réprimer. Bousculant Douleur, elle se précipita hors de la pièce et disparut dans un furieux friselis d'étoffe.

— Quand cessera-t-elle de se mentir ? murmura l'enchanteur en secouant la tête, perplexe, avant de se tourner vers son deuxième élève. Et toi ?

— Je viens, maître, bien sûr. Mais si vous le permettez, j'aimerais faire mes adieux à quelqu'un qui m'est cher.

— Va, Douleur, concéda le vieil homme. Quelques minutes de plus ou de moins ne changeront rien à l'affaire.

Dans la salle de bal, des dizaines de dames affolées se blottissaient les unes contre les autres, secouées d'un frisson collectif chaque fois que retentissait le choc du bélier contre le pont-levis. Imprécations et hurlements leur parvenaient de l'extérieur, signe que le combat avait déjà commencé sur les murailles. Trépignant d'une rage impuissante, Ghénarys et une demi-douzaine de chevaliers gardaient les portes, prêts à mourir pour obéir à la reine. Glarth, également présent, s'était lui-même dispensé de service actif, entraînant avec lui Merryn et un Korthwo maussade. L'hermaphrodite se trouvait plus que jamais partagé entre deux sentiments : devait-il rester terré en compagnie des femmes ou rejoindre les hommes qui se battaient ? Si son cœur refusait l'inaction, sa raison lui soufflait qu'incapable de manier une arme, il ne pourrait que se faire tuer inutilement. Assis par terre, près de Merryn, adossé à un mur, il ruminait ses pensées.

Le fou de la reine, lui, inconscient des regards irrités, curieux ou méprisants qui se posaient sur lui, compensait par l'humour son manque de bravoure. Il ne cessait de parler, lançait plaisanterie sur plaisanterie et en riait lui-même, faute de trouver un auditoire réceptif.

Douleur entra sans s'annoncer, ce qui faillit lui coûter la vie. Deux chevaliers s'élancèrent en tirant l'épée. Ils le reconnurent au dernier moment, et s'agenouillèrent alors pour faire acte de contrition, implorer son pardon. Il ne leur prêta aucune attention. Les femmes terrifiées se turent lorsqu'il parcourut leur groupe du regard.

— Lynna n'est pas ici ? s'enquit-il auprès de Glarth, tandis que les couleurs désertaient son visage.

— Ma foi, non, à moins qu'elle ne se cache sous une table, ce qui est toujours possible.

— Où est-elle donc ?

— Dans les appartements de la reine, je suppose. Une banale attaque de hors-la-loi ne va tout de même pas lui faire briser ses habitudes.

Douleur jura, agacé par la désinvolture du fou. Bien entendu, nulle servante n'avait jugé bon de transmettre le mot d'ordre de Rowena en ses propres appartements. Lynna s'y trouvait toujours, terrorisée par ce remue-ménage. Le roi ne se perdit pas en conjectures : il courut à l'étage. La porte de l'antichambre n'était pas barricadée, ni celle de l'autre pièce. Lorsqu'il y fit irruption, haletant, un cri aigu l'accueillit.

— N'aie crainte, Lynna, balbutia-t-il en reprenant son souffle. C'est moi.

La jeune femme était enfouie sous les draps. Seul en émergeait son visage mouillé de larmes. Ses cheveux ébouriffés, emmêlés, et ses yeux grands ouverts la faisaient ressembler à une gorgone pétrifiée par son propre reflet. Quand Douleur s'avança vers elle, elle ramena ses membres contre son corps tremblant.

— Tu dois aller dans la salle de bal avec les autres, reprit-il d'une voix douce. Si tu restes toute seule ici, tu risques d'être tuée.

Elle secoua violemment la tête, incapable de parler. Le roi s'assit auprès d'elle et lui caressa l'épaule.

— Je t'aime, Lynna. Je ne te donnerais pas de mauvais conseil. Tu ne peux pas demeurer ici.

— Reste avec moi, articula-t-elle, la gorge serrée.

— Je ne peux pas. C'est ce que je suis venu te dire. Il faut que je parte.

— Non. Si tu pars, tu ne reviendras pas.

— Qu'en sais-tu ?

Elle lui saisit le bras à deux mains, l'attira vers elle avec une force qu'il ne lui connaissait pas.

— Je le sens, souffla-t-elle. Si tu me laisses, tu mourras. Et moi aussi. Nous mourrons tous.

Douleur comprit que l'attaque du château avait annulé tout ce que des années d'amour avaient pu faire pour Lynna, redevenue aussi craintive, aussi déraisonnable qu'au premier jour. Les yeux humides, il se laissa aller contre elle, baisa ses lèvres tremblantes. Deux personnes avaient besoin de lui au même instant, et aux deux il avait juré fidélité. Le choix était impossible.

— Je ne peux pas rester, dit-il encore.

Mais sans qu'il le voulût, ses doigts retrouvaient déjà les courbes du corps de Lynna. Sa chair et son cœur s'embrasaient d'un désir contre lequel l'enchanteur ne pouvait rien.

— Je t'aime aussi, chuchota la jeune femme en appelant les caresses qui la réconfortaient. Tu vas rester avec moi. Je t'aime…

Serrés en une dernière étreinte, ni l'un ni l'autre n'entendit la voix s'élever à l'entrée de la chambre. Ce fut à peine s'ils sentirent les flammes qui les consumèrent en une fraction de seconde, tels des arbrisseaux desséchés.

42

Les dieux se tenaient près de leurs statues, au cœur du temple. Main dans la main, ils observaient les fées agenouillées. Le soleil pourpre se levait. Les sept jeunes femmes étaient demeurées dans la même position depuis l'arrivée de Dana et Finn au milieu de la nuit, silencieuses, transfigurées par la présence de leurs maîtres. Quand les rayons de l'astre traversèrent enfin les portes du temple, ceux qui avaient été les enfants d'une reine échangèrent un regard et mêlèrent leurs voix – qui, chacune, en abritait une multitude.

— L'instant est arrivé, fidèles servantes. Notre plus grand ennemi va venir livrer ici un combat désespéré. Nous pourrions l'écraser tel un insecte, mais en récompense de votre loyauté, c'est à vous que nous confions cette tâche. Levez-vous, et recevez la puissance que nous vous offrons !

Les fées obéirent, ne tournant qu'avec crainte le regard vers les dieux. Comme dans la masure, deux rayons jaillirent des yeux flamboyants de Dana et de Finn, et se rejoignirent pour n'en plus former qu'un, qui toucha la fée pourpre au front. Cette fois, cependant, l'effet n'en fut pas destructeur. Moronoe se trouva soudain auréolée d'une lueur intense qui, par elle, se communiqua à ses sœurs. Toutes vibrèrent, tandis qu'elles accumulaient le pouvoir. Quand l'aura s'évanouit, elles étaient devenues de véritables réservoirs d'énergie.

— C'est bien, reprirent les dieux. Vous voilà capables de détruire à jamais celui qui se prétend enchanteur. Allez l'attendre hors du temple. Ce sanctuaire ne doit pas être profané.

Elles s'inclinèrent et sortirent une à une, à reculons, par la porte donnant sur la pommeraie. Lorsqu'elles eurent disparu, Dana chancela et chercha l'appui de Finn.

— Nous sommes épuisées, nos frères, soupira-t-elle. Était-il bon de nous affaiblir ainsi ? Nous sommes à présent aussi proches de notre incarnation humaine que de l'essence divine.

— N'ayez crainte, nos sœurs, répondit Finn. Notre puissance est en de bonnes mains. Nous ne saurions échouer.

L'enchanteur ressentit la mort de Douleur sans qu'il lui fût besoin d'y assister. Il avait toujours envisagé la possibilité que le Fou devenu roi achevât ainsi son existence. Pour Douleur lui-même, ce n'était pas un échec : en quête éternelle de l'amour véritable, il était mort par lui, après l'avoir enfin trouvé. Pour le grand œuvre, en revanche, la perte était inestimable. D'heure en heure, le vieil homme voyait diminuer ses chances de succès. Toutefois, dépourvu des capacités humaines de céder à la colère, au désir de vengeance ou au désespoir, il accepta l'inévitable. Un simple mot le transporta du château au centre du miroir. Jusqu'alors, il ne s'était tenu là que pour accueillir le soleil renouvelé, sans autre but que de communier avec Fuinör. Aujourd'hui, c'était différent.

Fermant les yeux, il demanda au miroir de cesser de le porter, et lentement, comme on s'englue, il s'enfonça sous les eaux tranquilles.

Un sourire cruel aux lèvres, Rowena demeura dans l'embrasure de la porte jusqu'à ce que s'éteignissent les flammes. Ayant suivi le même raisonnement que Douleur au sujet de Lynna, elle s'était empressée de venir la réconforter. Découvrir qu'on n'avait nul besoin de son aide et que, sans doute depuis des années, on la trompait, avait failli la jeter à terre. Lynna l'avait trahie, elle aussi, de la manière la plus hypocrite qui fût. Lorsque la reine l'avait entendue dire à Douleur des paroles qu'elle croyait réservées à elle seule, ses mains s'étaient tendues d'elles-mêmes. Les mots étaient sortis d'elle en saccades, expulsés par la folie. Et en même temps que les mots, les flammes.

Les derniers lambeaux des tentures du lit se consumaient lentement. Les cendres retombaient sur les deux silhouettes carbonisées, encore enlacées. Rowena sentit ses yeux la piquer. Elle les frotta comme pour en chasser de la fumée. Un petit rire forcé naquit dans sa gorge, pour y mourir presque aussitôt.

— Lynna…, murmura-t-elle.

Elle se retourna pour s'enfuir, incapable de supporter plus longtemps la vue des cadavres et l'odeur de chair brûlée qui emplissait la chambre.

La gifle la frappa en pleine figure, assenée par une main calleuse, aux os saillants, expulsant de son regard la peine et le dégoût pour y ranimer la colère.

— Allez-y! dit sèchement Angiosta. Tuez-moi aussi!

La vieille servante était indigo d'indignation et d'horreur. Les grosses larmes qui roulaient sur ses joues flétries déviaient de leur course au gré des rides et des crevasses. La marque de ses doigts s'inscrivait déjà sur la peau de Rowena, dont la colère tomba quand elle reconnut sa nourrice d'antan.

— Écarte-toi, dit-elle d'une voix faible. J'ai à faire.

— D'autres innocents à immoler, sans doute? interrogea Angiosta, amère. Je ne m'écarterai pas avant d'avoir dit ce que j'ai à dire. Je me suis souvent demandé pourquoi j'ai toujours eu plus d'affection pour vous que pour les autres enfants dont je me suis occupée. À présent, je le sais. Petite fille, vous étiez une peste. Ensuite, j'ai cessé de vous comprendre. Vous sembliez imperméable aux lois, aux conventions, mais toutes vos frasques avaient pour point de départ une idée intelligente, souvent généreuse. Quand vous êtes revenue prendre la couronne, on pouvait admirer votre courage, votre ténacité. Vous avez causé bien des morts, mais c'était pour une cause qu'on avait le droit de trouver juste. C'est pour ça que je vous aimais et – les dieux me pardonnent ! – que je vous aime encore. Mais vous ne le méritez plus. Vous êtes devenue cruelle, égoïste. Vous avez oublié vos désirs d'autrefois, alors même que vous croyez vous battre pour eux. Souvenez-vous ! C'est l'amour qui vous a fait chasser de la cour. Et aujourd'hui vous avez tué les deux seuls êtres à avoir peut-être compris le sens de ce mot, parce que vous, vous en avez été incapable. Chacun d'eux valait dix fois mieux que vous. Vous me dégoûtez ! (Elle fit un pas de côté, puis une révérence insultante.) Je vous en prie, madame, ne perdez pas de temps. D'autres crimes vous attendent. Si les combattants se sont déjà tous entre-tués, vous trouverez bien quelques enfants à égorger.

Ensevelie sous cette avalanche de paroles, Rowena demeura muette un long moment.

— Tu ne comprends pas, balbutia-t-elle enfin, la voix cassée. Je n'y suis pour rien. C'est l'enchanteur. C'est lui qui a tout fait.

— Je ne comprends qu'une seule chose, répliqua la servante, plus calme. Vous cherchez à vous décharger de votre culpabilité sur quelqu'un d'autre. Je ne sais pas qui est cet enchanteur, ni même s'il existe, mais ce n'est pas lui qui a tué ces deux-là. (Elle posa une main apaisante sur l'épaule de la reine.) Vous pouvez encore faire le bien, j'en suis persuadée. Sortez, donnez aux serfs ce qu'ils réclament, faites cesser ce massacre.

— Non, Angiosta, dit Rowena, qui secouait la tête. C'est lui, le responsable. Il faut que je le trouve et que je le détruise. Ensuite, tout ira bien. Il faut que je détruise l'enchanteur et tout ira bien.

Hallucinée, sans plus se soucier de la vieille femme, elle sortit en courant de ses appartements. Elle avait oublié ce qu'elle venait de faire, pourquoi, dehors, on se battait. Déséquilibrée par la précipitation, sa couronne glissa, rebondit sur son épaule et roula au sol. Quelques toises de parquet ciré, l'impact contre un mur, un joyau qui se fêle, et l'immobilité, enfin.

La sorcière ne s'arrêta pas. Les lèvres étirées par un sourire béat, elle courut à la salle du trône sans se soucier des soldats qui, un peu partout, débarrassaient le château de ses meubles pour aller les jeter sur les assaillants.

Lorsqu'elle parvint à destination, la grande pièce était vide. L'enchanteur avait disparu. Le lâche, songea-t-elle. Il savait qu'elle allait le tuer et il n'avait pas le courage de l'affronter. Pourtant, elle devait le trouver. Seule sa mort pourrait ramener la paix dans le royaume. Rowena s'immobilisa, cherchant à percer le brouillard qui obscurcissait son esprit. Un peu plus tôt, il avait dit qu'il devait se rendre quelque part, elle s'en souvenait. Mais où ? Dans la contrée de la folie, peut-être, ou bien… Non : au pays des fées !

Malgré sa désorientation, la reine sentait qu'elle n'était pas en état de se transporter magiquement où que ce fût. Elle allait devoir en appeler aux éléments. Ouvrant la fenêtre la plus proche, elle leva les yeux vers le ciel et murmura une incantation apprise naguère, rarement utilisée.

Un grand souffle d'air la fouetta, tandis qu'un tourbillon naissait devant la fenêtre, bousculant les battants qui frappèrent les murs de pierre. Deux vitres se brisèrent. Rowena enjamba l'appui et se jeta dans le vide. L'air mouvant l'accueillit délicatement en son sein et la maintint entre ciel et terre, attendant son bon vouloir. Toujours souriante, elle commanda aux vents de l'emporter loin du château. Elle dépassa ainsi sans les voir les hommes qui se battaient, n'entendit pas leurs cris sauvages ou douloureux, ne sentit pas l'odeur du sang. Il ne lui fallut que quelques minutes pour arriver à proximité du miroir.

— Me voilà, Aladin ! cria-t-elle.

Elle dissipa le tourbillon qui la soutenait et plongea vers les eaux du grand lac, où elle disparut dans une gerbe d'éclaboussures.

Encore une fois, le choc du bélier contre le pont-levis retentit, suivi d'un craquement de mauvais augure.

— Tiens ! s'exclama Glarth, gaillard. On dirait que nos chevaliers vont avoir du travail, finalement…

Plusieurs cris apeurés s'élevèrent du groupe des femmes. Korthwo serra les dents et frappa du poing sur le sol. Assis près de lui, Merryn sursauta, lui saisit le bras d'une main nerveuse.

— Qu'est-ce qui se passe ? interrogea-t-il. Korthwo ! Tu sais que je n'y vois rien. Dis-moi ce qui se passe.

— Rien, répliqua sèchement l'hermaphrodite. Nous attendons qu'on vienne nous égorger, c'est tout !

Une damoiselle ayant probablement à peine achevé sa deuxième décennie s'arracha à l'étreinte de sa mère – ou de son chaperon. Malgré les regards réprobateurs, elle s'approcha de Glarth.

— Vous croyez vraiment que ces manants vont pénétrer dans le château, messire ? demanda-t-elle.

Le fou l'observa à loisir avant de répondre. Elle était assez petite, très mince, mais son profond décolleté laissait deviner une poitrine avenante, que caressaient de longs cheveux mauves.

— Sans doute, mais vous n'avez rien à craindre. Nul n'oserait molester une beauté telle que vous.

Quoique flattée, la jeune femme avait trop peur pour relever le compliment.

— Que n'allez-vous vous battre ? interrogea-t-elle. Seriez-vous lâche ?

— Il faut bien que certains le soient, observa Glarth sans s'émouvoir, sinon comment reconnaîtrait-on le courage des autres ? Et si c'est être lâche qu'avoir peur de mourir, alors oui, je suis un lâche.

Le rire de Korthwo s'éleva, dissonant, méprisant.

— Tu mourras de toute façon, ici ou ailleurs. Moi, j'en ai assez : je vais me battre.

Joignant le geste à la parole, il se leva.

— Ton côté masculin qui ressort, je suppose, railla Glarth.

L'hermaphrodite lui jeta un regard dégoûté, tout en cherchant à se défaire des doigts de Merryn, serrés autour de son bras.

— Tu as toujours été un benêt, mon ami, déclara-t-il. Il n'y a aucune raison pour que ça change. (Il se tourna vers son compagnon aux yeux bandés.) Mais lâche-moi donc, toi !

— Où vas-tu ? interrogea Merryn, affolé. Je veux venir avec toi.

— Sans rien voir ? Tu te feras tuer encore plus sûrement que moi.

D'un geste rageur, il arracha son bandeau et le jeta sur les dalles de marbre. Son regard furieux soutint un instant celui de Korthwo, qui capitula.

— Très bien, soupira-t-il. Allons-y.

— Vous êtes complètement fous, constata Glarth, avant d'éclater de rire devant la justesse de cette remarque.

Il regarda tristement ses amis quitter la salle de bal, sachant avoir peu de chances de les revoir, puis son naturel prit le dessus.

— Savez-vous comment l'on tue un dragon, damoiselle ?

Sa compagne ouvrit la bouche de surprise, dévoilant des dents blanches et régulières. Le sourire de Glarth s'élargit.

— J'en ai tué un, autrefois, continua-t-il, reprenant pour l'occasion un de ses mensonges favoris. Venez donc avec moi : je vais vous raconter comment je m'y suis pris. Incidemment, vous a-t-on déjà dit que vous avez de fort jolis yeux?

L'enchanteur sortit de la fontaine sans y créer la moindre ride. Ce n'était pas la première fois qu'il venait au pays des fées. Bien des décennies auparavant, il s'y était aventuré sous la forme du ménestrel Aladin, le marchand de nuages. Les sept jeunes femmes l'avaient alors reçu sans méfiance, goûtant sa musique charmeuse comme un présent des dieux. Il avait ainsi pu se familiariser avec l'endroit. Si on ne l'avait pas autorisé à pénétrer dans le temple, il avait du moins observé la pommeraie et le volcan multicolore.

Dédaignant de poser pied à terre, il s'avança entre les grands arbres fruitiers, vers l'escalier de marbre, sachant ce qu'il allait découvrir. Pour ce combat-là, il n'avait jamais cru surprendre ses adversaires : les dieux étaient omniscients.

La fée pourpre se tenait sur la première marche, baguette en main ; ses sœurs derrière elle, telle une garde d'honneur. Toutes sept souriaient, adoptant leur masque de bonté coutumier. L'enchanteur s'immobilisa lorsqu'il parvint à la lisière de la pommeraie.

— Je vous salue, déclara-t-il, très calme. Non pas vous, servantes, mais vous, les dieux de Fuinör – qui m'entendez, je le sais. C'est pourquoi je vous adjure de m'écouter. Vous avez créé un monde injuste, cruel, mais la faute ne vous en revient pas individuellement. C'est à l'étincelle d'humanité qui se trouve encore en vous que j'en appelle. Je demande qu'aux lois imbéciles édictées lors de la création soient substituées celles de la nature, que je représente. Acquiescez à ma requête et Fuinör pourra enfin vivre. Cette bataille deviendra inutile. J'attends votre réponse.

Plusieurs secondes s'écoulèrent en silence. Les fées avaient fermé les yeux, comme pour recevoir un message de leurs maîtres. Enfin, Moronoe posa sur l'enchanteur son regard miséricordieux.

— Les dieux t'ont entendu, mon fils, dit-elle, doucereuse. Dans leur immense bonté, ils daignent t'accorder la réponse que tu souhaites. Si tu ne désires pas la bataille, ils t'ordonnent de mettre fin à celles qui déchirent la contrée du miroir, d'abandonner les serfs à leur sort, et de retourner te fondre en cette nature dont tu parles, qui t'a donné la vie.

— Je ne puis faire cela, déclara le vieillard.

— En ce cas, les dieux accèdent à ta requête. Le monde deviendra tel que tu le veux, à condition que tu réussisses à nous vaincre, nous les fées. Que dis-tu, à présent, mon fils ?

— Qu'il en soit ainsi. Je recevrai votre assaut.

Les futurs adversaires s'inclinèrent ensemble, puis l'enchanteur battit en retraite au milieu des arbres, pour se dissimuler derrière un large tronc. Aussitôt, il se rendit invisible et changea de position, volant tel un oiseau jusqu'au bord de la fontaine.

Le pommier qu'il venait de quitter fut frappé par un javelot de flammes et s'embrasa. Une fraction de seconde plus tard, son tronc explosait avec fracas, décochant une myriade d'éclats flamboyants. Le vieil homme détourna ceux qui l'eussent frappé, puis il attendit. Il gageait que ses ennemies viendraient le trouver plutôt que de détruire toute leur île.

Le chant monotone des fées s'éleva autour de lui. Elles avaient sans nul doute encerclé la pommeraie afin de ne pas offrir une cible unique. L'enchanteur entendit résonner l'écho ténu de leurs pas, tandis qu'elles approchaient. Il caressa du regard les branches et les feuilles des pommiers, s'imprégnant de leur essence. Ces arbres-là ne lui étaient pas aussi familiers que ceux de Fuinör. Emblèmes des fées, ils n'avaient pas contribué à lui donner naissance. Pourtant, en substance, ils n'étaient guère différents des autres. S'il devait trouver des alliés sur cette île, ce ne pourrait être qu'eux.

La fée indigo apparut entre deux troncs massifs. Sans attendre, l'enchanteur relâcha l'énergie qu'il venait d'accumuler. Sa volonté pénétra l'un des pommiers et se mêla à sa sève, l'irrigua du bout des feuilles à la pointe des racines. L'arbre se mit en mouvement. Deux de ses branches s'abaissèrent pour attraper la jeune femme à la taille et aux épaules. Elle poussa un cri de surprise aigu, mais ne chercha pas à se débattre.

Le vieillard sentit une force étrangère envahir le pommier, repousser lentement la sienne – la dévorer, plutôt. *Broie-la !* ordonna-t-il, mais il était déjà trop tard. Son énergie spirituelle lui fut renvoyée en une sphère immatérielle dure comme le roc, qui le fit vaciller.

— Tu as choisi toi-même l'arme du duel ! s'exclama la fée, que l'arbre relâchait, alors que ses sœurs apparaissaient près de la fontaine.

Elle n'eut qu'un geste à faire pour déraciner le pommier et le contraindre à avancer pesamment vers l'enchanteur.

Ce dernier jeta un vif coup d'œil autour de lui, et comprit qu'il avait perdu. Six autres arbres avaient mis fin à leur immobilité millénaire, extrayant leurs racines du sol qui les nourrissait. Sans la nature, il n'était rien. Si elle se retournait contre lui, il devenait moins que rien.

Pourtant, il tenta de s'échapper. Créant un courant ascensionnel sous ses pieds, il s'éleva de deux toises. Et fut presque aussitôt saisi par une branche rebelle. Il était trop faible – la contrée de la folie lui manquait cruellement –, et contre des adversaires aveugles son invisibilité ne servait à rien. Il l'annula. Bientôt, acceptant son sort, il fut totalement immobilisé sous le regard narquois des fées.

— Au volcan ! décida Moronoe. Obéissons aux dieux.

Entraînant à leur suite les arbres geôliers, les sept jeunes femmes s'envolèrent. Une traînée pourpre marquait leur sillage. Elles décrivirent un demi-cercle quasi parfait, dépassant le temple pour s'immobiliser cinquante pieds au-dessus du cratère d'où s'échappait la lave ardente. À la même altitude, sur le deuxième escalier de marbre, se tenaient les dieux.

— Voici celui que vous nous avez ordonné d'abattre ! clamèrent les fées d'une seule voix. Devons-nous le lâcher ?

— Ne faites pas ça ! hurla l'enchanteur.

— Écoutez-le, nos frères ! railla Dana. Voilà que le vieil imbécile a peur de mourir.

— Je suis incapable de ressentir la moindre peur, et vous le savez, répondit le vieillard. Je vous supplie simplement de réfléchir avant d'agir – pour une fois. En détruisant l'esprit du bois, vous avez anéanti toute une contrée. Si vous me détruisez, moi, c'est Fuinör que vous anéantirez. C'est cela que vous désirez, dieux de bonté ? Un monde fantôme ?

Dana et Finn échangèrent un regard complice puis levèrent elle le bras gauche, lui le droit. Les fées se raidirent, prêtes à relâcher dans la gueule brûlante les arbres et leur prisonnier impuissant.

Malgré sa lourdeur apparente, Tuck grimpait avec une agilité de jouvenceau à la corde qu'il venait de lancer. Ce fut ce qui lui sauva la vie. Soucieux d'abattre les serfs qui maniaient le bélier et ceux qui escaladaient les échelles, les défenseurs tardèrent à remarquer son grappin. Quand le premier l'avisa, Tuck n'était plus qu'à cinq pieds des créneaux. Il vit un homme d'armes se pencher, l'épée à la main, dans l'intention manifeste de trancher la corde. Faisant appel à toute la force de ses poignets, il se propulsa vers le haut. La lame mordit cruellement un toron mais n'acheva pas l'ouvrage. Tuck enroula d'un geste vif la corde autour de son poignet gauche. Saisissant son gourdin de la main droite, il en assena un coup dévastateur sur le crâne du soldat. Malgré le casque, ce dernier poussa un cri étouffé, lâcha son arme. Il demeura un instant immobile en un équilibre précaire, puis bascula en avant et s'abattit au bas des murailles.

Tuck s'accorda une demi-seconde pour souffler. Non loin de lui, un fauteuil garni de velours pourpre fracassa une échelle, projetant en vol plané une demi-douzaine d'hommes. Çà et là, des projectiles similaires s'abattaient sur les assaillants. Pourtant, il devenait évident que les défenseurs n'empêcheraient pas les hors-la-loi de pénétrer dans la place forte. Le nombre jouait contre eux. En bas, le bélier percutait inexorablement les rondins du pont-levis, lesquels donnaient de nets signes de fatigue. Une centaine de serfs se tenaient de chaque côté de l'huis gigantesque, prêts à s'engouffrer dans la brèche. Jon parmi eux.

Tuck acheva son ascension et se glissa entre les créneaux. Il fut aussitôt chargé par deux soldats, l'épée au clair. Sans chercher à éviter leur attaque, il plongea sur eux, les renversant littéralement. Une des lames lui effleura la joue. L'autre ne frappa que le vide.

— Par les dieux! jura le gros homme. Faudra-t-il vous tuer tous pour que vous compreniez?

Il se releva à genoux, écrasant ses adversaires sous sa masse impressionnante. Deux coups de gourdin mirent fin à leurs cris.

Plusieurs dizaines de hors-la-loi avaient déjà pris pied sur le chemin de ronde, distrayant les défenseurs, qui ne cherchaient plus à repousser les échelles ni à décrocher les grappins, si bien que de nouveaux assaillants ne cessaient d'arriver. Tuck aperçut Will, que sa blessure au côté avait nettement affaibli, face à deux soldats. Faisant tournoyer son gourdin, il se fraya un chemin entre les combattants. Quelques hommes d'armes téméraires, qui voulurent l'attaquer, subirent le sort des premiers. Le crâne brisé, ils allèrent s'écraser dans la cour intérieure. Quand Tuck parvint auprès de lui, Will venait de percer la garde d'un de ses adversaires, mais s'était mis à la merci du second en se fendant. Le gourdin du gros homme lui sauva la vie.

— Si tu te fais tuer, je te brise les os un par un, gamin!

Un craquement sinistre noya la réponse de Will. Sous les coups répétés, le pont-levis avait enfin cédé. Les serfs demeurés en réserve se ruèrent par l'ouverture en hurlant, dans une confusion totale. Alors seulement, Tuck remarqua la vingtaine de chevaliers qui n'avaient attendu que cet instant pour intervenir. Visières et lances s'abaissèrent, tandis que les chevaux s'ébranlaient.

Sur le chemin de ronde, l'ardeur des combats avait diminué. La plupart des soldats perdaient à l'évidence la foi. Le gros homme désigna les nobles guerriers, en contrebas.

— Descendons! lança-t-il à Will. On a plus besoin de nous par là qu'ici.

Sans attendre de voir si le garçon le suivait, il courut au premier escalier et en dévala les marches. Bien avant de pouvoir participer au combat, il observa l'effet désastreux de la charge montée sur les hors-la-loi. Moins bons coursiers que les chevaux ailés, ces destriers-là, bardés de fer, étaient pourtant plus redoutables au combat – presque aussi intouchables que leurs maîtres, si bien que la tactique adoptée contre les cavaliers dorés se révélait inapplicable.

On eût dit que les chevaliers ne tenaient pas des lances mais de véritables broches, sur lesquelles venaient s'enfiler un à un les serfs, telles autant de pièces de venaison. Les coups qui pleuvaient sur les armures ne faisaient guère que les érafler. Il faut les abattre, songea Tuck, sinon ils vont nous décimer. Il aperçut Jon, qui avait réussi à briser la lance de son adversaire du moment, et se défendait désespérément contre des coups d'épée, parant sans jamais avoir l'occasion de porter un coup décisif.

Mû par une impulsion soudaine, le gros homme lâcha son gourdin et se précipita vers le chevalier qui menaçait son ami. Il plia les genoux, empoigna à deux mains le pied botté de fer, et le força hors de l'étrier. Bandant ses muscles, il se redressa d'un coup. L'homme poussa un cri perçant et s'effondra avec fracas. Aussi agile sur le dos qu'une tortue, il ne put éviter l'épée de Jon, qui s'enfonça entre l'armure et le heaume.

Tuck eut un sourire satisfait. La méthode trouvée, il ne restait plus qu'à l'appliquer aux autres. Il n'eut cependant pas le loisir de mettre son idée à profit : lorsqu'il vit la lance pointée sur lui, il n'avait plus le temps de l'éviter. Le fer effilé pénétra dans son épaule droite et le transperça de part en part.

— Par les..., commença-t-il, avant de serrer les dents pour étouffer un hurlement.

Il ne voulait pas mourir inutilement. Ignorant la douleur, il referma les mains sur la hampe de l'arme et se laissa tomber au sol.

— Lâche ça, manant! hurla le chevalier, emporté par sa vitesse, avant de vider les étriers.

Tuck l'entendit choir auprès de lui et eut un rictus. Puis la souffrance fut la plus forte : il perdit connaissance.

Korthwo et Merryn, coude à coude, couraient vers la porte d'entrée du château, déjà entrouverte. Le hall était désert, excepté la forme allongée d'un homme d'armes couvert de sang. Les deux compagnons ralentirent leur allure.

— Tu crois qu'il est mort? interrogea Merryn.

Korthwo ne répondit pas. Il s'approcha lentement du soldat. D'après la traînée sanglante qu'avait laissée ce dernier derrière lui, on pouvait supposer qu'il avait cherché refuge dans le bâtiment avant de succomber à ses blessures. L'hermaphrodite le retourna sur le dos. L'homme était bel et bien mort, mais son épée pouvait encore servir. Avec une grimace de dégoût, Korthwo en écarta les doigts crispés et s'en empara.

— Attention ! cria soudain Merryn d'une voix angoissée.

Son ami se retourna vivement, l'arme levée avec maladresse, surpris par son poids : à voir les soldats en manier de semblables, il les avait imaginées légères. Brusquement, il comprenait qu'être armé ne signifiait pas savoir se battre.

— Il a un dard au bout de la queue ! glapit encore Merryn. Tue-le ! Mais tue-le donc !

Korthwo secoua lentement la tête. Merryn bondissait de part et d'autre du hall pour éviter les coups d'un invisible adversaire. Une hallucination, bien sûr, que les circonstances rendaient terrifiante.

— Aide-moi ! Tu ne vois pas qu'il essaie de m'avaler ?

— Non, murmura l'hermaphrodite. Je ne vois rien du tout…

Il baissa les yeux sur son épée. Même s'il n'était pas capable de la manier, la tenir lui donnait une impression de puissance. Il eut un sourire rapide et la jeta aux pieds de Merryn.

— Prends-la ! Si tu tues la bête, tu n'auras peut-être plus besoin de bandeau. Adieu !

— Ne m'abandonne pas !

Mais Korthwo avait déjà tourné les talons, laissant son compagnon à ses fantasmes. Il ne prit pas le temps d'étudier la situation. Ouvrant la porte en grand, il se précipita à l'extérieur. Le combat touchait à sa fin. Seuls deux ou trois chevaliers demeuraient en selle, harcelés par d'innombrables serfs. Sur les remparts, les derniers soldats défendaient leur vie sans espoir, ou bien se rendaient.

Korthwo vit un hors-la-loi pourfendre un homme d'armes d'un coup d'épieu, à trois pas de lui. Poussant un hurlement sauvage, il bondit sur le vainqueur, qui cherchait à dégager son arme. Le coup de poing mal ajusté de l'hermaphrodite ne fit pas même chanceler le rebelle, dont le coude se détendit pour atteindre son nouvel adversaire en pleine poitrine, l'envoyant rouler au sol.

— Viens te battre! cria Korthwo en se relevant d'un bond, malgré la douleur, les poings serrés. Allez, viens!

— Je ne frappe pas un homme désarmé, répliqua l'autre, méprisant. Va te faire tuer ailleurs.

— Je ne suis pas un homme! Bats-toi!

Korthwo déchira sa chemise avec rage, exposant ses seins nus. Le serf écarquilla les yeux un instant, puis sourit.

— Je ne me bats pas non plus contre les femmes.

— Je ne suis pas une femme!

— Ah non? Et qu'est-ce que tu es, alors?

— Je suis…

La voix de l'hermaphrodite s'étrangla, tandis qu'il reculait d'un pas. Venu de n'importe où, sans doute destiné à une tout autre cible, un carreau d'arbalète lui avait percé la poitrine. Il tomba à genoux.

— Je suis un fou, souffla-t-il avant de s'effondrer, face contre terre.

Le hors-la-loi resta un long moment immobile, incrédule, puis releva les yeux et courut vers la mêlée.

Glarth prit le bras de sa compagne et l'entraîna vers une des portes de la salle de bal.

— Reviens ici immédiatement, Flavie! cria une voix autoritaire.

— C'est ma mère, souffla la damoiselle.

Son compagnon se retourna et croisa le regard furieux de la femme qui veillait sur la jeune beauté. Il sourit, amusé.

— Je vous en supplie, noble dame, railla-t-il. Ne refusez pas à votre fille ce que vous-même avez goûté naguère.

Malgré l'atmosphère tendue, il y eut quelques gloussements. Il était de notoriété publique que la mère de Flavie avait payé leur juste prix les services de Glarth et de Merryn, plusieurs années auparavant. Elle ouvrit la bouche pour répondre mais ne put que pousser une exclamation outrée, avant de se rasseoir.

— Mes hommages, madame, conclut le fou.

La damoiselle se laissa guider dans les couloirs, jusqu'au premier étage.

— Où m'emmenez-vous, seigneur ? s'enquit-elle pourtant, d'une voix qui tremblait un peu.

— Dans mes appartements. N'ayez crainte : nous y sommes.

— Mais... était-il besoin d'aller si loin pour que vous me contiez votre histoire ?

— Certes non. (Glarth ouvrit la porte de sa chambre et invita Flavie à entrer.) C'est que je n'ai pas l'intention de gâcher en paroles le temps qui nous reste.

Sa compagne sursauta et posa sur lui des yeux étonnés.

— Qu'entendez-vous par là ? J'espère que vos intentions sont honnêtes.

— On ne peut plus honnêtes : je désire faire l'amour avec vous.

La damoiselle devint indigo de confusion, baissa le regard.

— Seigneur, je... Avec ces manants qui attaquent le château, nous ne pourrons jamais nous rendre dans la contrée de l'amour.

Glarth lui posa les mains sur les épaules. Elle frissonna.

— Y êtes-vous déjà allée ? demanda-t-il.

— Une fois, oui...

— Alors, dites-moi : qu'avez-vous fait là-bas qui ne puisse se faire ici ? (Il lui posa un doigt sur les lèvres pour arrêter sa réponse.) Et ne me parlez pas de loi. Il est probable que nous mourrons tous deux avant la fin du jour. Même dans le cas contraire, le château, le royaume tout entier seront la proie de serfs qui se moquent bien de la loi. Saisissons donc le plaisir qui nous est offert pendant que nous le pouvons encore.

Il prit le visage de Flavie entre ses mains, la força à le regarder. Lentement, il se pencha pour l'embrasser. Elle se raidit un peu, serrant les lèvres, mais ne fit pas mine de reculer.

— Laissez-vous tenter, murmura le fou. Vous ne risquez rien.

Elle hésita encore un instant, puis le repoussa, lui tourna le dos et souffla quelques paroles inaudibles.

— Qu'avez-vous dit ? s'enquit Glarth.

— Aidez-moi à délacer ma robe, répéta-t-elle, plus fort.

Will abattit lui-même un des deux derniers chevaliers. Après l'exemple donné par Tuck, ces derniers avaient vite perdu l'avantage. Même lorsqu'ils n'étaient pas pris par surprise, ils ne pouvaient résister à une dizaine d'hommes qui voulaient les faire choir. Les plus heureux, ceux qui maniaient un fléau, ne cherchaient plus à attaquer : décrivant de larges moulinets avec leur arme, ils se contentaient de tenir les serfs à distance.

Will ramassa une dague plantée dans une gorge, et courut vers celui qui avait causé aux hors-la-loi les plus grandes pertes. Assez petit, fermement campé sur sa monture, il n'avait pu être désarçonné. Les rebelles, nombre des leurs ayant subi le choc de son fléau hérissé, demeuraient hors de portée.

Sans prendre le temps de souffler, Will se jeta à terre et exécuta un roulé-boulé parfait. L'arme siffla au-dessus de lui sans l'atteindre et il parvint à son but : se retrouver sous le cheval. Surpris, le cavalier hésita avant d'éperonner la bête. Lorsqu'il le fit, le garçon avait déjà tranché d'un coup habile la sangle de la selle. Le destrier s'élança. Malgré la douleur qui le traversa quand les sabots le frappèrent à la jambe, Will sourit : la selle glissa et le chevalier mordit la poussière. L'instant d'après, il était percé de plusieurs coups mortels.

Une brume indigo passa devant les yeux du garçon. Le cheval ne lui avait pas brisé la jambe mais ses chairs étaient cruellement meurtries.

— C'est fini ! entendit-il. Le château est à nous !

Une silhouette imposante s'agenouilla près de lui. Une main se posa sur son front.

— Ça va, fils ? demanda Jon.

Will voulut s'écarter, envahi par la colère. Qu'espérait donc son père ? Qu'un peu de compassion effacerait le souvenir de la gifle ? Mais la douleur était trop grande, et le bruit des sabots, dans sa tête, l'empêchait de réfléchir.

— Réponds-moi, Will, insista Jon, inquiet. Ça va ?

Peu à peu, le garçon se rendit compte que le bruit était réel. Il écarquilla les yeux, tentant de dissiper le voile qui lui brouillait la vue. Comme dans un rêve, il vit le dernier chevalier briser le cercle des hors-la-loi qui l'entouraient. Sans doute lassé de demeurer sur la défensive, il se jeta en avant pour mourir avec plus de panache. Sa monture prit de la vitesse. Son trot pesant se rapprocha. Quelques avertissements s'élevèrent mais Jon ne les entendit pas, trop préoccupé par l'état de Will. Ce dernier comprit que le guerrier aller frapper son père par-derrière, à moins que lui ne fît quelque chose. Mais il ne ferait rien.

— Ça va, dit-il, en se forçant à sourire.

— À la bonne heure ! J'ai eu peur, tu sais.

La vue du garçon s'éclaircit tout à fait, lui révélant l'amour inscrit sur les traits de son compagnon. L'instant d'après, il se jetait sur Jon pour le mettre hors de portée du chevalier qui chargeait, mais il était déjà trop tard. Le fléau d'armes atteignit le hors-la-loi à la tempe et lui fit éclater la boîte crânienne.

— Non ! hurla Will. Je ne veux pas !

Il tenta de se relever pour empoigner le pied du cavalier, mais sa jambe meurtrie se déroba sous lui et il retomba en pleurs sur le cadavre de son père.

— Pardon ! sanglota-t-il. Oh, pardon !

Quelques secondes plus tard, assailli par une meute de serfs enragés, le dernier noble rendait son âme aux dieux.

Rowena jaillit de la fontaine tel un carreau décoché par quelque gigantesque arbalète. Trempée, ruisselante, les yeux étincelants, elle promena autour d'elle un regard inquisiteur et découvrit la pommeraie dévastée. Quoique son esprit fût presque accaparé par le désir de tuer l'enchanteur, elle se sentit choquée : nul n'avait le droit de déraciner ainsi des arbres. Malgré ses actions odieuses, son ancien maître ne se fût jamais rendu coupable d'un tel crime. La faute en revenait donc aux fées ou aux dieux. Mais où étaient-ils tous ?

La sorcière leva les yeux vers le temple. Il n'y avait personne en vue. À l'autre bout de l'île s'élevait la fumée du volcan, qui créait d'épais nuages au sein du ciel jaune.

— Hé ! appela Rowena à pleins poumons. Montrez-vous !

Nul ne lui répondit. Avec un cri de rage, elle s'éleva dans l'air, propulsée par les vents, et contourna à toute vitesse l'escalier titanesque. Le spectacle qui l'attendait de l'autre côté faillit lui faire perdre le contrôle de son pouvoir. Elle tomba en chute libre durant quelques secondes, avant de réunir assez de présence d'esprit pour s'immobiliser. Tout lui apparut au même instant : l'enchanteur au-dessus du volcan, les fées triomphantes et les dieux au bras levé, ces dieux auxquels elle avait sans le vouloir donné naissance.

— Dana ! Finn ! appela-t-elle sans comprendre. Qu'est-ce que vous faites ici ! Je croyais que…

— Aide-moi, Rowena ! s'exclama son ancien maître. Ces fous vont détruire Fuinör !

Les dieux éclatèrent d'un rire tonitruant et abaissèrent le bras. Aussitôt, les fées se détournèrent de leur prisonnier, mettant fin au sort qui faisait léviter les pommiers. Lentement, retenus par les dernières traces de magie, ils commencèrent à perdre de l'altitude. Le volcan, prédateur géant, attendait sa proie. Sous la chaleur, quelques branches s'enflammèrent en crépitant.

— Devons-nous abattre aussi celle qui vient d'arriver, ô dieux ? interrogea la fée pourpre.

— Pas encore…

Rowena observait ses enfants avec horreur. Elle remarqua les puits incandescents qu'étaient devenus leurs yeux.

— Dieux? souffla-t-elle, interloquée. Dana, Finn... Je suis votre mère.

— Nous n'avons pas de mère, déclara la petite fille. Prépare-toi à mourir, femme orgueilleuse et stupide.

— Rowena, je t'en supplie!

Ce n'était plus la voix de l'enchanteur qui s'élevait. Ce n'était plus l'enchanteur que les arbres conduisaient vers l'anéantissement dans la lave. C'était un jeune homme d'une étonnante beauté, vêtu d'un justaucorps multicolore, sur les épaules duquel tombaient de longs cheveux blonds soyeux. Du sang coulait de son bras droit tranché, nourrissant déjà le monstre à la gueule fumante. Son visage exprimait une détresse que Rowena ne lui avait jamais connue.

— Aladin, murmura-t-elle.

Soudain débarrassée de sa folie, elle sentit remonter en elle des souvenirs qu'elle maudissait – mais chérissait tout autant. Soudain, elle eut à nouveau dix-huit ans. Elle fut à nouveau la petite princesse remplie d'illusions dont le marchand de nuages avait un jour ravi la virginité. Elle se rappela son amour pour lui, oublia, en le voyant plonger vers la mort, la haine qui s'y était substituée depuis plus de vingt ans. Son regard se riva à celui du ménestrel. Malgré sa souffrance, il lui sourit. Alors, ce qui soutenait les pommiers se dissipa tout à fait. Homme et arbres disparurent au sein du cratère.

— Aladin! hurla la sorcière.

Ses bras se tendirent. Plus fort que la rage ou que la haine, le chagrin fit jaillir son pouvoir, lequel se concentra en un anneau de feu qui vola vers les fées. Celle qui portait la robe orangée, totalement prise au dépourvu, fut incapable de réagir. Les flammes l'entourèrent puis se resserrèrent d'un coup, la changeant en torche inhumaine. Elle n'eut pas même le temps de crier : son corps fut réduit en des cendres que le vent dispersa.

Finn et Dana chancelèrent. Un septième de leur puissance venait de s'évanouir. Plus fragile que sa sœur, peut-être, le garçon fut obligé de s'asseoir.

— Détruisez-la ! cria Dana en désignant sa mère.

Dans la contrée de la folie, Ketz s'éveilla en sursaut et examina les alentours, interloqué. L'humus carbonisé reprenait vie, retrouvait souplesse et fraîcheur. Les buissons s'étaient reformés. Quant aux arbres rasés par le feu, ils renaissaient, arbrisseaux bourgeonnants qui poussaient à vue d'œil.

— Tout à fait franchement, les copains, j'aimerais bien avoir quelques explications, siffla le serpent pour lui-même. Je sais qu'on est peu de chose, mais à ce point-là !

Plus que sa résurrection, un détail le chiffonnait, qu'il ne parvenait pas à identifier. Quelques secondes plus tard, quand les arbres furent presque parvenus à maturité, quand leurs bourgeons s'ouvrirent pour libérer des feuilles, le mamba comprit enfin. Tout ce qui auparavant était orangé – la chlorophylle, par exemple – était devenu noir. Les coquelicots restaient indigo, les bleuets d'un jaune pastel, mais leur tige était privée de couleur.

— Mais c'est une catastrophe ! s'écria Ketz, ce qui provoqua la fuite caquetante de trois lapins.

Furieux, il s'enfonça dans un buisson, au cœur duquel il se lova.

— Si je déniche un jour le crétin qui m'a transformé en mamba noir, il va pas être déçu du voyage, grommela-t-il entre ses crochets à venin.

Merryn ne savait plus combien de fois il avait bondi pour éviter la gueule ou l'aiguillon caudal du serpent ailé. Colossale, la bête bloquait le hall, et sa vélocité rendait toute fuite suicidaire. Il fallait vaincre ou mourir.

Son dernier bond avait conduit le fou près de l'épée jetée par Korthwo. Il se baissa souplement et la ramassa.

Le dard du reptile passa au-dessus de lui pour se planter dans un mur, déchirant au passage le portrait d'un souverain du temps jadis. Merryn frappa au jugé, doutant de pouvoir érafler les larges écailles. À sa grande surprise, l'arme pénétra profondément dans la chair et sectionna la queue du monstre. Un sang vert se mit à couler de la blessure à gros bouillons.

La bête poussa un hurlement furieux et recula pour frapper. Merryn vit s'élever la gueule aux crochets impressionnants, tandis que les ailes de dragon battaient avec violence. Pourtant, le serpent ne décollait pas du sol. Peut-être en était-il incapable. Le fou, tremblant, empoigna l'épée à deux mains et se planta face à son adversaire pour attendre l'attaque. Cette fois, il ne chercherait pas à l'éviter.

Sa queue battant un rythme vif, le reptile se propulsa vers sa proie, la gueule ouverte, prêt à lui enfoncer ses crochets dans le corps.

Merryn évita le pire par un bond en hauteur, mais le sommet de la tête gigantesque le frappa au creux de l'estomac. Il se sentit soulevé de terre, le souffle coupé, emporté par l'élan de son agresseur. La bête ne pouvait plus le mordre, mais il lui était tout à fait possible de le broyer contre un mur.

Faisant appel à toute sa volonté, Merryn leva son arme et l'abattit sur le crâne du serpent. Aussitôt, ce dernier se cabra, projetant au loin son involontaire passager, dont la tête heurta le sol de marbre. Une douleur ardente parcourut le fou. Avant de sombrer dans l'inconscience, il eut cependant le temps de voir le monstre animé de soubresauts furieux, le cerveau transpercé, et un sourire s'épanouit sur ses lèvres.

Ghénarys entendit les portes du château qui claquaient, les cris des hors-la-loi qui s'engouffraient dans le grand hall. Un frisson glacé le parcourut. Pour la première fois de sa vie, il allait devoir se battre, justifier ce titre de chevalier qu'il s'était attribué. Il observa ses compagnons du coin de l'œil. Les femmes s'étaient réfugiées dans un mutisme absolu, trop terrifiées pour gémir ou crier. Les autres chevaliers le regardaient en silence : fidèles à la reine, ils attendaient ses instructions. Ghénarys avala sa salive avec peine puis se redressa de toute sa hauteur.

— Deux hommes à chaque porte ! ordonna-t-il. Quoi qu'il arrive, les manants ne doivent pas les franchir !

Ils obéirent sans discuter. L'un d'eux, pourtant, le plus jeune, adoubé depuis quelques mois seulement, s'inclina devant Ghénarys avant de rejoindre son poste.

— Mourir à vos côtés sera un honneur, messire, déclara-t-il.

Le faux chevalier ne répondit pas, mais ces quelques mots firent plus pour lui que tous les honneurs accordés par Rowena. La fierté chassa l'angoisse. Serrant son épée avec fermeté, il se prépara à combattre.

Dans la cour intérieure, Will pleurait, effondré sur le corps de son père. Une partie des hors-la-loi gardait les hommes d'armes qui s'étaient rendus. Leurs compagnons s'étaient rués à l'intérieur du château. Toujours incapable de marcher, le garçon avait perdu sa rage de tuer.

— Par les dieux, arrête de te répandre, gamin ! lança soudain une voix connue. Il ne l'aurait pas voulu.

Levant les yeux, Will découvrit Tuck. Le gros homme, couvert de sang, avait serré son épaule transpercée dans un linge. Il paraissait à deux doigts de s'effondrer mais il était bien vivant.

— C'est ma faute, gémit le garçon. J'aurais pu le sauver.

Tuck s'assit en tailleur auprès de lui et lui posa une main ferme sur l'épaule. Il désigna les centaines de cadavres qui jonchaient la cour et les remparts.

— Au point où on en est, il n'y a rien à regretter, dit-il. On a payé le prix de la victoire, les autres tout autant que toi. Maintenant, il n'y a plus qu'à attendre.

Tous deux baissèrent la tête, épuisés. Ni l'un ni l'autre ne remarqua que certaines bannières étaient devenues noires.

Les six fées réagirent au même instant. Tout comme l'enchanteur un peu plus tôt, Rowena se rendit compte qu'ici la nature pouvait devenir son ennemie. Elle sentit les vents qui la portaient céder à la volonté de ses adversaires. Transpercés par des forces immatérielles, tempête attaquée par une autre tempête, ils se dissipaient rapidement. La sorcière en utilisa les derniers lambeaux pour perdre le plus d'altitude possible, mais lorsque tout soutien lui manqua, elle se trouvait encore à près de cinq toises du sol.

— Maman ! hurla Finn, quand elle s'écrasa sur les premières marches de l'escalier.

Les yeux du garçon étaient redevenus normaux. Perdre la puissance orangée avait suffisamment distrait ses personnalités divines pour que son humanité resurgît. De grosses larmes naissaient au coin de ses paupières. Il commença à dévaler les degrés, courant vers sa mère inerte.

Les fées furent parcourues d'une douleur brève mais fulgurante quand la moitié de leur pouvoir les quitta. Sonnées, elles n'obéirent pas instantanément aux ordres d'une Dana toujours vociférante.

— Attaquez ! Réduisez-les en cendres !

La dernière parole de la fillette fut absorbée par le grondement du volcan. La lave qui en jaillissait devint plus lumineuse, s'échappa avec plus de force. Malgré la disparition de la fée orangée, le spectre de refroidissement qui s'étalait sur le flanc de montagne brûlant demeurait intégral.

— Dieux de Fuinör, ne nous abandonnez pas ! clamèrent les survivantes, trop abasourdies pour songer à achever Rowena.

Cinq jets de lave fusèrent soudain du centre du cratère. Jaune, vert, bleu, indigo, violet. Chacun frappa en plein visage la fée qui portait sa couleur, puis la recouvrit entièrement. Telle une langue de caméléon, il ramena alors sa victime jusqu'à la gueule béante, où elle fut engloutie.

Aussitôt, l'obscurité s'abattit sur le monde. Les eaux noires de la mer venaient mourir sur une grève noire, où poussaient encore quelques pommiers noirs, aux fleurs noires. Sur l'escalier de marbre noir, un enfant noir venait de s'agenouiller près d'une femme noire vêtue d'une robe noire, tandis qu'un peu plus haut une petite fille noire s'écroulait en pleurant.

Dans le ciel noir, le soleil pourpre brillait toujours, n'illuminant plus que la dernière fée.

Le dégradé chromatique du volcan était intact.

Dana descendit lentement les marches pour rejoindre Finn et Rowena. Les dieux l'avaient quittée, elle aussi. Si elle ne gardait aucun souvenir de ce qui s'était produit entre le moment où elle avait succombé au sommeil dans la masure de l'esprit du bois et l'instant présent, elle éprouvait un amer sentiment de culpabilité, de chagrin, dont elle ignorait la cause.

La fée pourpre tendit les bras vers les jumeaux pour implorer leur aide. Elle n'obtint même pas un regard. Comprenant que les dieux avaient bel et bien fui le monde, elle lança un cri perçant et se précipita d'elle-même au cœur du volcan.

Et le soleil, lui aussi, devint noir.

Rowena ouvrit les yeux. Son corps n'était qu'un gigantesque foyer de souffrance. Elle tenta de remuer mais ses membres refusèrent de lui obéir. Pourtant, la lueur que diffusait la lave lui permit d'apercevoir ses enfants, et elle sourit. Ils pleuraient. Ils n'étaient pas des dieux, tout juste des enfants.

— Tu vas pas mourir, dis, maman ? implora Finn.

Dana sanglotait en silence, la gorge trop serrée pour parler.

— Mais non, elle ne va pas mourir! lança une voix forte. Le monde a encore besoin d'elle.

Auréolé d'un halo multicolore, à nouveau pourvu de ses deux bras, l'enchanteur s'échappa du cratère et flotta lentement vers eux.

Au château du roi, comme dans tous les autres, le combat cessa aussi vite qu'il avait commencé dès que le soleil s'éteignit. Les survivants, de quelque faction qu'ils fussent, ne songeaient plus à s'entre-tuer. Malgré l'obscurité, un soulagement intense les pénétrait.

Merryn, toujours inconscient, ne s'aperçut de rien. Quant à Glarth, serré contre le corps nu de Flavie, il ouvrit distraitement un œil, murmura : « Tiens, il fait nuit », et se rendormit.

Ghénarys rangea une épée qu'il n'avait pas utilisée, mi-déçu, mi-soulagé.

— Qu'on allume des torches, ordonna-t-il d'une voix calme. Je crois que nous n'aurons pas à nous battre. Attendons le retour de la reine.

Stoppés dans leur élan, les hors-la-loi se regroupèrent autour de Will et de Tuck, à l'extérieur du château. Certains rassemblèrent à tâtons des morceaux de bois – des armes brisées, surtout –, et bientôt un grand feu s'éleva. Sans savoir quoi, les anciens serfs commencèrent à attendre, eux aussi.

L'enchanteur s'agenouilla près de Rowena et lui prit le visage entre ses mains, le massa avec douceur. La sorcière sentit la puissance du vieillard passer en elle, diffuser dans tout son corps, courir le long de ses membres. Les os brisés commencèrent à se ressouder, les chairs écrasées à se régénérer.

— Je vous ai cru mort, maître, murmura-t-elle.

— C'est que tu ne me connaissais pas assez bien, dit-il en souriant. Les dieux m'ont rendu toute ma vitalité, au contraire, alors même qu'ils croyaient me détruire. Le volcan est l'essence de Fuinör, la source de toute vie. La lave était pour moi comme une eau de jouvence.

— Ils ne savaient donc pas ce qu'ils faisaient ?

— Ce sont des enfants. Des enfants inconscients.

Rowena leva péniblement la main pour désigner Finn et Dana, qui avaient cessé de pleurer.

— Non, pas eux, la détrompa l'enchanteur. Eux, ce n'étaient que des réceptacles. Fuinör était un monde de rêves, vois-tu ? Il a été créé par les rêves de tous les enfants de l'univers.

— L'univers ? interrogea la sorcière.

— Je t'expliquerai. Les dieux n'en étaient pas, ou plutôt, ils étaient la manifestation concrète de l'imagination inconsciente de millions d'êtres. Ils ont créé Fuinör en songe, à l'aide de leurs fantasmes enfantins, avec tout ce que cela comporte de simplicité, de logique et de cruauté. Mais c'est fini, désormais. La nature s'est rebellée contre ses créateurs ; elle a conquis une existence à part entière.

— Ça veut dire que les enfants ont cessé de rêver ?

— Bien sûr que non. Simplement, à partir d'aujourd'hui, ils rêveront un autre monde. Ils en rêvent peut-être déjà des milliers d'autres, qui exigeront sans doute à leur tour leur liberté. Il nous appartient à présent de reconstruire celui-ci, Rowena.

— Sans soleil ?

— Le soleil est toujours là, assura l'enchanteur. L'obscurité est la conséquence de la destruction des fées. Annuler une puissance en activité depuis le commencement des temps cause toujours de grands bouleversements. Mais le volcan vit encore. Nous allons connaître une décennie de nuit, c'est vrai. Pourtant, rassure-toi : dans dix ans, le soleil pourpre se lèvera sur un monde nouveau. Debout, Rowena ! Toi seule as le pouvoir de rassembler tous les hommes et de les faire travailler ensemble. Moi, je vais disparaître, me refondre en moi-même. À moins que tu ne veuilles toujours me combattre.

— Non, maître, dit la sorcière en secouant la tête. J'étais folle. Mais je ne mérite pas de vivre. J'ai assassiné Douleur et… (Sa voix se brisa.) et Lynna, que j'aimais. Vous auriez dû me tuer.

— Ne dis pas de sottises ! À l'échelle d'un monde, le bien et le mal sont des notions sans importance. Si tu n'avais pas agi comme tu l'as fait, nous ne serions peut-être pas libres aujourd'hui. Tout acte compte, quel qu'il soit. Au lieu de te reprocher tes erreurs passées, applique-toi à ne pas en commettre d'autres. Donne-moi la main, maintenant. Il est temps de rejoindre la contrée du miroir.

Rowena obéit, attirant ses enfants contre elle en un geste protecteur. L'instant d'après, ils apparaissaient tous quatre dans la cour intérieure du château, devant le feu. L'enchanteur avait une dernière fois revêtu l'apparence de Locksley pour, comme il l'avait promis, célébrer la victoire avec ses compagnons.

Ghénarys en tête, les chevaliers et les dames avaient rejoint les hors-la-loi. Tous avaient déposé les armes.

Les flammes pourpres aux reflets violets illuminaient des visages exaltés. La plupart des êtres rassemblés là ignoraient les raisons de leur joie, mais tous savaient qu'une nouvelle vie commençait pour eux.

La voix de l'enchanteur résonna dans la tête de la sorcière qui avait été reine.

— Regarde, Rowena. C'est le monde, qui est devant toi. C'est Fuinör : les flammes de la nuit !

FIN DE LA QUATRIÈME ET DERNIÈRE ÉPOQUE

Table

6395

Composition Chesteroc International Graphincs
Achevé d'imprimer en Europe (France)
par Brodard et Taupin à La Flèche (Sarthe)
le 5 avril 2002. 12399
Dépôt légal avril 2002. ISBN 2-290-32072-2

Éditions J'ai lu
84, rue de Grenelle, 75007 Paris
Diffusion France et étranger : Flammarion